新 潮 文 庫

魔 の 山

上 巻

トーマス・マン

高 橋 義 孝 訳

新 潮 社 版

1865

目次

第五章

魔の山

上巻

まえおき

　ここに物語ろうとするハンス・カストルプの話――これはハンス・カストルプのためにするのではなくて（やがて読者もおわかりになるであろうが、彼は人好きはするが単純な青年にすぎない）、ごく話し甲斐《がい》のありそうな話そのもののためにするのである（もっとも、これが彼の話であること、そして誰にでもそれぞれその人なりのおもしろい話がもちあがるわけのものではないということ、これはやはりハンス・カストルプのためにいっておかなければなるまい）。この話は大昔の話ではあり、いわばもうすっかり歴史の錆《さび》におおわれているので、どうしても最大級の過去形でお話ししなければならない。

　これは物語にとって不利なことではなくて、むしろ有利なことというべきであろう。物語は過去のことでなければならないからである。そして過去であればあるほど、物語固有の性質にもむいてくるし、また囁《ささや》くように過去を呼びだしてみせる語り手にとっても好都合だからである。しかし、今日の人間たち、ことに物語作者たちがそうなのであるが、この物語は実際の年数よりもずっと年をくっていて、その年のくい方は日数では測れないし、それが重ねたよわいも、地球の公転の数で計算することはできない。要するに、この物語の過去性、これは実は時間からくるものではないのだ。――時間という不可思議な要素の問題性と独特な二重性とを、ついでながら暗示しようがために、これだけのことをここにいっておきたい。

だが、事態明白なことをなにも曖昧《あいまい》にするには当るまい。この物語がはるかな過去の話だというのは、それが、生活と意識を深刻に分裂させたある転回点・境界線以前に起ったということからきているのである。……それが起る、あるいは、つとめて現在形を避けていえば、それが起ったのは、昔むかし、すなわちその勃発《ぼっぱつ》とともに非常に多くのことが起り、いまもって起ることをほとんどやめていないあの大戦前の世界でのことなのである。だから、あの大戦よりもずっと昔のことではないにしても、とにかくこれは過去の話なのである。しかし物語の過去的性格は、その物語が「むかし」のものであればあるほど、いっそう深く、いっそう完全で、いっそう童話めいてくるのではあるまいか。それに、私たちの物語は、その内的性質からいって、その他の点でも、あれこれと童話に関係があるといっても差支《さしつか》えなかろう。

私たちはこの物語を詳しく話すことにしよう、綿密かつ徹底的に。――というのも、物語のおもしろさや退屈さが、その物語の必要とする空間や時間によって左右されたことがはたしてあっただろうか。むしろ、私たちは、綿密すぎるというそしりをも恐れずに、徹底的なものこそほんとうにおもしろいのだという考えに賛成したい。

というわけで、作者はハンスの物語を手短かに話し終えるというわけにはいかないのである。一週七日では足りないだろうし、七カ月でも十分ではあるまい。いちばんいいのは、話し手がこの物語に係《かか》わり合っている間に、どれほど地上の時間が経過するか、その予定を立てないことである。いくらなんでも、まさか七年とはかかるまい。

これだけのまえおきをしておいて、では、話しはじめるとしよう。

第一章

到着

ひとりの単純な青年が、夏の盛りに、故郷ハムブルクをたって、グラウビュンデン州ダヴォス・プラッツへ向った。三週間の予定で人を訪《たず》ねようというのである。

ハムブルクからダヴォスまでといえば、それははるかな遠い旅である。だいたい三週間などという短い滞在期間のわりにしては遠すぎる。いくつかの国々を通り、山をのぼりくだりして、南ドイツの高原からボーデン湖の岸へおりる。そうして湖の躍《おど》る波を越えて、その昔底なしといわれた淵《ふち》を船で渡っていくのである。

それまでは大まかに、一直線に進んできた旅は、ここからはこみいってくる。なんども待たされたり、面倒なことが重なったりする。スイス領ロルシャハの町でまた汽車に乗るのだが、それさえもアルプスの小駅ラントクヴァルトどまりで、そこでまた汽車を乗換えなければならない。吹きさらしの、さほど風光明媚《めいび》ともいえないところでかなり長いあいだ待たされてから、こんどは狭軌鉄道に乗りこむ。そして、小型ながら非常に牽引力のあるらしい機関車が動きだす瞬間に、この旅のほんとうに冒険的な部分がはじまるのである。つまり、けわしい、執拗な上りがはじまって、それはいつ果てるともしれない。というのは、ラントクヴァルトはまだ中くらいの高さにある駅で、いよいよここからけわしく苦しい岩道を懸命にアルプスの奥ふかくのぼっていくのだから。

ハンス・カストルプ——というのがその青年の名前だった——は、灰色のクッションを張った小さな車室にただひとり、格子縞の旅行毛布にくるまってすわっていた。かたわらには、育ての親である大叔父ティーナッペル領事（この名前もさっそくここにあげておくが）から贈られた鰐皮の手提鞄が置いてあり、帽子掛けには冬外套がつるされて、ぶらぶら揺れていた。彼はガラス戸をおろした車窓に倚《よ》っていたが、午後になって次第に冷えてきたので、温室育ちで甘やかされてきた彼は、絹地に加工した、それがはやりのゆったりした夏外套の襟《えり》を立てていた。座席の横には、『大洋汽船《オーシャン・スチームシップス》』という仮綴《かりとじ》本《ぼん》が置いてある。旅のはじめのうちは、ときどきそれをのぞいて勉強していたが、いまは投げだされたままになっていた。そして喘《あえ》ぎあえぎのぼっていく機関車の吐きだす煤《ばい》煙《えん》が吹きこんで、表紙は煤《すす》でよごれていた。

旅にでて二日もすると、人間――まだ生活にあまりしっかりと根をおろしていない青年はなおさらのことだが――は、日常生活、すなわち義務とか利害とか心配とか見込みとか、自分がそういう名前で呼んでいたいっさいのものから遠ざかってしまう。それも、駅へいく馬車のなかで考えていた以上に遠ざかってしまうのである。ふつうには時間だけが持っていると考えられている力を、われわれ人間とその故郷との間に旋回し疾走しながら拡《ひろ》がっていく空間が示すようになる。つまり、空間も時々刻々に心的変化を生みだすのだ。そしてその変化は、時間によって生ずる変化によく似てはいるが、ある意味ではそれ以上のものなのである。時間と同じように、空間も忘れさせる力を持っている。しかし空間のそれは、人間をさまざまな関係から解き放って、自由な自然のままの状態へ移しかえるというやり方である。——実際、空間は、固陋《ころう》な俗人をすら、瞬時に放浪者のようにしてしまう。時は忘却の水だといわれるが、旅の空気もそうした一種の飲物であり、時の流れほど徹底的ではないにしても、それだけにいっそう効《き》きめは速い。

ハンス・カストルプもこれと同じようなことを経験した。最初彼には、この旅行をことさら重大なものと考えたり、心からこれにうちこんだりするつもりはなかった。むしろ、どうせ済まさなければならないものなら、さっさとこの旅行を済ませて、でかけたときと少しも変らないままで帰ってこよう、そしてしばらく中止しなければならなかった生活を、中止したそのところからまた始めればいいというのが彼の考えだった。まだきのうまでは平素の考えごとにすっかりとらえられていて、つい最近終えたばかりの試験のことや、目前に迫っているトゥンダー・アンド・ヴィルムス会社（造船・機械製作・ボイラー製造会社）で実習に入ることなどに心を奪われ、彼のような気質の者に許される精いっぱいのしびれをきらしながら、三週間さきを待っていたのである。ところがいまは、周囲の状況が自分の全注意力を要求するというような、こいつはいい加減には済まされないぞというような気持になってきた。まだ一度もその空気を呼吸したことのない、しかも普通とはまったく趣を異にした、独特に希薄で乏しい生活条件の支配する高いところへこうして引きあげられていく——これが彼を興奮させ、一種の不安をもって彼の心を充《み》たしはじめた。故郷や秩序はただ遠くうしろへいってしまったばかりではない、脚下何千丈という下の方に遠ざかってしまったのに、しかもなお彼は上へ上へとのぼりつづけている。故郷や秩序と、未知のものとの中間に漂いながら、彼は自問した、上へいくとどんなことになるのだろうか、と。海抜わずか数メートルのところで呼吸するように生れついて、それに慣れてきた彼が、せめて二、三日でも中くらいの高さの土地に滞在してからならまだしものこと、いきなりこういう極端な高いところへ運びあげられるというのは、賢明なことではなく、またからだにもよくなかったのではないだろうか。早く目的地に着けばいいと彼は思った。上に着いてしまえば、いずこも同じ生活で、よじのぼっている現在只今《ただいま》のように、自分に不似合いな空間にいるという思いもせずにすむだろう、と彼は考えた。外を見ると、汽車は狭い山合いをうねりくねりしながら走っていた。前部の車輛《しやりよう》が見える。営々として褐色《かつしよく》や緑色や黒色の煙の塊《かたまり》を吐いている機関車と、そしてその塊が風にひるがえるのが見える。右手の渓谷には水のざわめき流れる音が聞え、左手には黒ずんだえぞ松の樹《き》が、岩塊のあいだから、石を思わせるような灰色の空に向って伸びあがっていた。まっくらなトンネルがいくつかつづき、やがてふたたび明るみにでると、底の方に村落のある広い谷間がひらけてきた。それが閉じるとまた、裂け目や割れ目にまだ雪の残っている新しい峡《かい》がいくつもつづいた。貧弱な小駅になんども停車した。いずれも行止りの駅で、そこをでた汽車はいままでとは反対の方向へ走る。そのためにどちらへ向って走っているのか、わけがわからなくなり、もう方角の見当もつけられなくなって、頭が変になった。汽車はアルプスの奥ふかく、のぼりを重ねていく。厳《おごそ》かに幻想的にそびえ立つアルプス連峰の雄大な遠望がひらけてくるが、それもやがて路《みち》が曲りくねるとともに、畏敬《いけい》をこめた眼の前からふたたび姿を消してしまう。闊葉樹《かつようじゅ》地帯はすぎてしまったが、あるいは鳴禽《めいきん》地帯も終ってしまったのではないか、とハンス・カストルプは思った。そして、このようにものがなくなり、乏しくなることを考えたとき、彼は軽いめまいに襲われ、気分が悪くなって、二秒間ほど手で眼を覆《おお》っていた。しかしそれはすぐに回復した。見ると、のぼりが終って、峠もいくつかやりすごして、汽車はいま平坦《へいたん》な谷合いをのどかに走っていた。

八時近かったが、まだ日は暮れていなかった。遠景に湖がひとつ現われた。水は灰色、岸に沿ってえぞ松の森が黒々と周囲の山々へ這《は》いあがり、それがずっと上の方でまばらになり、やがて消えて、それから上は霧のかかったむきだしの岩になっていた。小さな駅に停車した。窓外の呼び声を聞くと、ダヴォス村の駅だった。もう少しで着くのだ、とハンス・カストルプは思った。するとだしぬけに、耳もとで、いとこのヨーアヒム・ツィームセンの「やあ、きたね、さあ降りろよ」というのんびりしたハムブルク訛《なまり》の声を聞いた。外を見ると、窓の下に当のヨーアヒムが茶の夏外套を着、頭には何もかぶらず、これまでにない健康そうな様子でプラットホームに立っていた。ヨーアヒムは笑って、またいった。

「さあ、でてこいよ、ぐずぐずしないで」

「でも、まだ着いたんじゃないんだろう」とハンス・カストルプはきょとんとした様子で、腰をかけたままいった。

「いや、着いたんだ。これがダヴォス村の駅だ。サナトリウムへはここからのほうが近いんだ。馬車をもってきた。まあ、その荷物をこっちへよこしたまえ」

こうして、到着と再会に興奮したハンス・カストルプは、笑ったり、まごついたりしながら、窓から手提鞄や冬外套、旅行毛布にステッキと傘《かさ》、はては『大洋汽船《オーシャン・スチームシップス》』にいたるまでの品々をヨーアヒムに渡した。それから車内の狭い通路を走りぬけ、プラットホームに飛びおりて、いいとこと本式に、いわばはじめて親しく挨拶《あいさつ》をかわした。しかしそれは冷静で慎みぶかいひとたちの間にかわされるような挨拶で、溢《あふ》れるような感情というものがなかった。奇妙なことだが、このふたりは、感情に溺《おぼ》れることを恐れるという、ただそれだけの理由で、以前から名前を呼びあうことを避けていたのである。かといって、姓を呼びあうというわけにもいかなかったので、おいとか、君とか呼びあうことにしていた。これがこのいとこたちの間の長年の習慣だった。

制服に、モール付きの帽子をかぶったひとりの男が、そそくさと少し照れたように握手をかわすふたり——ツィームセン青年は軍隊式にこれをやった——の様子を眺《なが》めていたが、やがて近寄ってきて、ハンス・カストルプに手荷物の預り証をいただきたいといった。この男は国際サナトリウム「ベルクホーフ」の門衛で、おふたりにはまっすぐ馬車で夕食へ急いでもらって、自分は町の駅からお客さんの大きなトランクを取ってくるというのである。男はひどいびっこだったので、ハンス・カストルプがツィームセンにまずきいたことはこうだった。

「あれは廃兵かい？　どうしてあんなにびっこをひいてるんだ」

「いや、名誉なことだね」とヨーアヒムは少し冷たく答えた。「そうじゃない。あの男は膝《ひざ》が悪い——いや、悪かったんだ。それで膝の骨を摘出してもらったんだ」

ハンス・カストルプはできるだけ早く頭を回転させた。「ああ、そうか」と、歩きながら顔をあげて、ちらりとあたりを見回しながら彼はいった。「だけど君はまさか、まだ悪いところがあるなんてぼくをだますつもりじゃないだろうな。君はもう、サーベルの飾り紐《ひも》でもつけて、いま演習から帰ってきたばかりというような様子をしているじゃないか」そういって横からいとこを眺めた。

ヨーアヒムは彼とくらべると背丈も高く、肩幅も広くて、青春の力そのものといった感じの、まるで軍服を着るために生れついたような男だった。金髪の多いハムブルクにも、よく見かける濃い褐色のタイプのひとりで、ただされ浅黒い顔が陽灼《ひや》けのためにほとんど青銅《からかね》色になっていた。大きな黒い眼、そして形のよいふっくらした口の上にはやした黒い小さなひげ、これでもし耳さえぴんと立っていなかったならば、彼はまさしく美男子といってよかっただろう。ある時期までは、この耳が彼のただ一つの悩みの種だった。いまでは別の心配があった。ハンス・カストルプは続けていった。

「ぼくといっしょにすぐ山をおりられるんだろうね。もうすっかりいいらしいじゃないか」

「君と、すぐに、かい」といとこはきいて、例の大きな眼をハンス・カストルプの方へ向けた。いつも穏やかな眼だったのに、この五カ月の間に少し疲れたような、いや、悲しげな表情を帯びていた。「すぐって、いつだい」

「そう、三週間したら」

「ああ、そうか。君はもう家へ帰ることを考えているんだな」とヨーアヒムは答えた。「まあ、待ちたまえ、君はたったいま着いたばかりじゃないか。三週間なんて、この山の上にいるぼくたちにはむろんゼロに等しいくらいのものだが、ここへやってきて、とにかく三週間しかいられない君にしてみれば、三週間だってたいした時間だものね。まあ、まず気候に慣れるんだな。それがどうして容易なことじゃないんだ。いまにわかるよ。それから、ぼくたちのところで変ってるのは気候だけじゃない。ここではいろんな新しいものがあるんだ、まあ気をつけていたまえ。それに、ぼくのことだが、こいつもそううまくはいくまいね、『三週間したら家へ帰る』なんて、君、そういうのは下界の考えさ。ぼくの顔がいい色に灼《や》けているというけれど、これはおもに雪灼けのせいなんで、ベーレンスの言いぐさじゃないが、たいして意味はないんだよ。この間の総診のときも、まず確実にあと半年はかかるだろうといわれたからね」

「あと半年。気は確かかい、君」とハンス・カストルプは叫んだ。ふたりはちょうど納《な》屋《や》ほどの大きさの駅の建物の前で、そこの石だらけの広場に待っていた黄色い二輪馬車に乗りこんだところだったが、二頭の栗毛《くりげ》が牽《ひ》きだすと、ハンス・カストルプは腹だちまぎれに固いクッションの上をあちこちと向きなおった。「あと半年。君はもう半年近くもここにいるじゃないか。よくそんなのんきなことをいっていられるなあ」

「うん、その時間のことだがね」とヨーアヒムは、いとこのあからさまな憤激には構わずに、前を向いたままなんどもうなずいた。「ここにいる連中は普通の時間なんかなんとも思っていないんだ。まさかと思うだろうけれどね。三週間なんて彼らにすれば一日も同然なんだ。いまにきっとわかってくるよ。なにもかもきっとのみこめてくるさ」といってから、ヨーアヒムはこう付け加えた。「ここにいると概念が変ってくるんだ」

ハンス・カストルプはじっと横からいとこを眺めていた。

「それにしてもみごとな回復ぶりだな」と彼は頭を振りながらいった。

「君はそう思うのか」とヨーアヒムは答えた。「そうだろう、ぼくだってそう思うよ」といって、彼はまっすぐにクッションの上でからだを起したが、すぐにまた元の斜めの姿勢にもどった。「そりゃ前よりよくはなった」と彼は説明した。「しかしね、やはりまだ健康とはいえない。左の上、前にラッセルの聞えたところだが、そこはいまでは少し粗《あら》い音がするだけで、それほど悪くはないんだが、下のほうはまだとても粗い音がする、それから第二肋骨《ろっこつ》間にも雑音があるんだ」

「えらく物知りになったものだな」とハンス・カストルプはいった。

「いや、まったくとんだ物知りさ。できることなら軍務について、こんな知識などけろりと忘れてしまいたいところだ」とヨーアヒムは答えた。「しかし痰《たん》がまだでるんでね」といいながら、なげやりに、しかも激しく肩をすくめて見せたが、これは彼には似合わぬしぐさだった。それから彼は夏外套の、いとこの方へ向いた脇《わき》ポケットから、なにやら半分ほど引きだしたと思うと、すぐまたそれをしまいこんでしまった。平たい彎曲《わんきょく》した青い瓶《びん》で、金属製の蓋《ふた》がついていた。「こいつをぼくたちここの上の連中はたいていて持ってるんだ」と彼はいった。「これにはまたぼくたちだけの名前がついていてね、まあ綽名《あだな》なんだが、実に愉快なのがね。この景色はどうだい」

ハンス・カストルプは景色を眺めた。そしていった、「雄大だ」

「そう思うかい」とヨーアヒムはきいた。

ふたりをのせた馬車は、鉄路と平行した、幅の不規則な道を、谷の軸の方向に少し辿《たど》って、やがて線路を左へ横ぎり、流れをひとつ渡ると、こんどはゆるやかな上りになった車道を森の斜面に向って進んでいった。斜面の、低く突きでた芝生《しばふ》の台地には、円《まる》い塔のある建物がひとつ、正面を南西に向けて長く延びていた。その建物はバルコニーばかりなので、遠目には海綿のように孔《あな》だらけに見えた。ちょうどいま、そこに明りがつきはじめたところだった。急にたそがれがやってきた。一面の曇り空をしばし賑《にぎ》わしていた淡い夕焼けがもう色あせてしまって、あの夜のやってくる直前の白けた、生気のない、悲しいような変り目の暮色があたりを領していた。少し曲りくねって長く延びた人家のある谷合いには、いまいたるところに明りがついた。谷底にも、両側の斜面のあちこちにも——とくに右側の、家が階段状にならんでのぼっている突きでた斜面がそうだった。左手の芝生の斜面を小径《こみち》がいくつか走っていて、それがぼんやりと黒ずんだ針葉樹の森のなかに消えていた。谷は出口へ向って狭くなっていき、その向うに遠く見える山々の絶壁は、冷たくスレート色に青ずんでいた。風がたちはじめて、夕方の冷気が身にしみてきた。

「いや、正直にいうと、それほど圧倒的でもないね」とハンス・カストルプはいった。

「氷河とか、万年雪をいただく山とか、雄大な巨峰とかはいったいどこにあるんだ。いま見えているやつなんか、どうもあまり高くもなさそうだが」

「いや、どうして、それがみんな高いのさ」とヨーアヒムは答えた。「ほら、植物帯の終っているのがほとんどどこにもとてもはっきりと見えるだろう。えぞ松がおしまいになると、それで何もかもなくなって、終りというわけさ。あとはごらんのとおり、岩ばかりだ。向うのシュヴァルツホルン、ほら、あの尖《とが》った山、あの右手には氷河もあるんだ。青いところがまだ見えるだろう。大きくはないが、れっきとした氷河で、スカレタ氷河というんだ。あの隙間《すきま》にあるピーツ・ミヒェルとティンツェンホルン、ここからは見えないが、これだっていつも雪にうもれているんだ、一年中ね」

「千古の雪かい」とハンス・カストルプはいった。

「そう、千古といってもいい。どうしてどうして、あれでみんな高いんだ。だけどね、ぼくたち自身がおそろしく高いところにいるってことを、考えてみなけりゃいけない。海抜千六百メートルだぜ。だから高いものでも、それが高くは見えないんだ」

「そう、ずいぶんのぼったからね。実をいうと、ぼくは心配で恐《こわ》くなった。千六百メートルか。計算してみると、ざっと五千フィートだね。ぼくはいままでこんな高いところへきたことはない」そういって、ハンス・カストルプは珍しそうに、まだ慣れない空気を試《ため》しに一息深く吸ってみた。爽《さわ》やかな空気だった——が、ただそれだけで、それは匂《にお》いも、中身も、湿り気もなく、軽くすっと入ってきて、これが空気だとは思われなかった。

「すばらしいね」と彼はおせじをいった。

「そうだろう、評判の空気だもの。ところで、この辺の今晩の景色はあまりよくない。ときにはもっといいこともあるんだ、ことに雪のときはね。でも飽きるね。ぼくたち、ここの上の連中は、実際、みんなもううんざりしてるんだ」といったヨーアヒムは、いかにもいやでたまらないというように口を歪《ゆが》めたが、これも大げさな、自制のないものに見えて、やはり彼には似つかわしくなかった。

「君はずいぶん変なもののいいようをするね」とハンス・カストルプがいった。

「変なもののいいだって」とヨーアヒムは少し心配そうに問いかえしながら、いとこを見た。……

「いや、なんでもない、失敬。ちょっとそんな気がしただけなんだ」とハンス・カストルプはあわてていった。それは、ヨーアヒムがもう三度も四度も使った「ぼくたち、ここの上の者」といういい方のことを指《さ》していたのである。彼はそれがなにか気になって、妙な感じがしたのだ。

「ごらんのとおり、ぼくたちのサナトリウムは街より高いところにあってね」とヨーアヒムはつづけた。「五十メートルだ。案内書には百メートルとなっているが、実は五十メートルだけなんだ。いちばん高いのは、あの向うのシャッツアルプ・サナトリウムだが、ここからは見えない。あそこじゃ冬になると道が通れないんで、死骸《しがい》を二連橇《ボッブスレー》でおろさなきゃならないんだ」

「死骸？　ああ、そうか。やれやれ」とハンス・カストルプは叫んだ。そして急に笑いだした。それは抑えつけようのない烈《はげ》しい笑いで、胸はそのためにゆすぶられ、冷たい風に少しこわばっていた顔が、歪んで顰《しか》め面《つら》になり、かすかな痛みを覚えた。「二連橇でか。そんな話をしながら、君はよくそうもおちつきはらっていられるものだな。この五カ月の間に君はずいぶんシニックになったな」

「シニックなものか」とヨーアヒムは肩をすくめながら答えた。「どうしてシニックなんだ。死骸にしてみれば、そんなことはどうだって同じじゃないか。……しかし、ここのぼくたちのところじゃ、みんなシニックになりかねないよ。だいたいベーレンスがもうそのシニックの錚々《そうそう》たるものでね――それになかなかおもしろい男で、学生組合の大先輩で、手術の名人のようだが、君の気に入ると思うよ。それからまたクロコフスキーという助手がいる――これが相当な代物《しろもの》なんだ。案内書にもとくにこの男の仕事のことが書いてある。つまり患者たちの精神分析をやるんだ」

「何をやるんだって。精神分析。そいつはご免だ」とハンス・カストルプは叫んだ。そしてこんどというこんどは、おかしさに圧倒されてしまった。もうどうにもおかしさを抑《おさ》えることができなかった。いろいろな話のあげくに、精神分析がでてきて、彼はすっかり参ってしまったのである。あまり笑ったので、前かがみになって眼をおさえている手の下から涙がこぼれた。ヨーアヒムも心から笑った——笑うのが気持いいらしい——こうして馬車が最後には並み足になって、急勾配《こうばい》の、環状になった車道を国際サナトリウム「ベルクホーフ」の正面玄関へと青年たちを運んできたとき、彼らはいとも上機嫌《きげん》に馬車をおりたというわけであった。

三十四号室

すぐ右手の、玄関のドアと風よけとのあいだに門衛の詰所があった。電話のところに腰をかけて新聞を読んでいたフランス人タイプの小使が、駅に迎えにきていたびっこの男と同じ灰色の制服姿で、そこからでてきてふたりを迎えて、明るく照らされたロビーを通って案内した。ロビーの左側には談話室がいくつも並んでいた。通りすがりにハンス・カストルプはなかをのぞいてみたが、そのどれにも人はいなかった。いったいお客はどこにいるのかきくと、いとこは答えた。

「いま安静療法をやっている最中なんだ。きょうは君を出迎えるんで、ぼくは外出をもらったのだ。ふだんならぼくも夕食後はバルコニーで横になっているんだ」

あやうくハンス・カストルプは、また笑いに圧倒されるところだった。

「ええっ、君たちは夜も霧のなかでバルコニーに寝るのか」と彼はいまにもふきだしそうな声できいた。……

「ああ、規則でそうなってるんだ。八時から十時までね。まあいいから、いって君の部屋を見たまえ、そして手を洗えよ」

ふたりはフランス人の小使の動かすエレベーターに乗った。するするとあがりながら、ハンス・カストルプは眼をぬぐった。

「笑いすぎてくたくたに疲れたよ」といいながら彼は口で息をした。「君があんまりおかしな話ばかりするから。……精神分析の話なんかはちときききすぎた、あいつはださないでもらうんだったね。それにぼくはやはり少し旅疲れがしているらしい。君もこんなに足が冷えるかい。そこへ顔がとても火照《ほて》るとくるんだから、なんともいやな気持だ。食事はすぐなんだろうね。どうやらお腹《なか》がすいたらしい。いったい、ここの上の君たちのところじゃまともな食事ができるのかい」

彼らは狭い廊下に敷いた椰子《やし》マットの上をしずかに歩いていった。乳色ガラスの丸笠《まるかさ》が天井から青白い光をおとしている。ワニスのような塗料を塗った壁が白く硬く光っていた。白いずきんをかぶり、鼻眼鏡の紐《ひも》を耳のうしろにかけた看護尼《かんごに》がひとりどこかに姿を見せた。明らかに、しんからの職務熱心とはいえないプロテスタントの看護婦で、好奇心が強く、無聊《ぶりょう》に苦しめられてそわそわしているように見受けられた。廊下に二カ所、白ペンキ塗りの番号のはいったドアの前の床に、フラスコのような、腹のふくれた頸《くび》の短い大きな容器が置いてあった。ハンス・カストルプはそれがどういうものなのか、それをきくのをそのときは忘れてしまっていた。

「ここだ」とヨーアヒムはいった。「この三十四号室だ。右隣がぼくで、左はロシア人の夫婦――これが少々だらしない騒々しい連中なんだが、どうにもほかにしようがなかったんだ。ところで、どうだい、この部屋は」

二重ドアになっていて、その二つのドアの間に衣類を掛ける釘《くぎ》があった。ヨーアヒムが部屋のスイッチを入れておいてくれたので、その小刻みにふるえるような光は、白い実用的な家具と、同じように白くて丈夫な洗濯のきく壁掛と、清潔なリノリウムの床と、近代趣味の簡素で明るい刺繍《ししゅう》をほどこしたリンネルのカーテンなどのある部屋を明るくのどかに照らしだしていた。バルコニーへでるドアが開《あ》けてあって、谷間のともしびが見え、遠くからダンスの音楽が聞えてきた。ヨーアヒムは親切にも、小さい花瓶《かびん》に何本か花を挿《さ》して、それを簞笥《たんす》の上にのせておいてくれた――それはちょうどそのころ一度刈ったあとの草のなかに見当るもので、のこぎりそうが少々にふうりんそうが二、三本だったが、ヨーアヒムがわざわざ自分で斜面の草原から摘んできてくれたものであった。

「いやありがとう」とハンス・カストルプはいった。「気持のいい部屋だ。ここでなら二、三週間は愉快に住める」

「おととい、この部屋でアメリカ人の女が死んだのさ」とヨーアヒムがいった。「ベーレンスが、君がくるまでにはその女が片づくだろうから、この部屋を君のにしたらどうだとさっそくいってくれたんだ。その女には婚約者が付き添っていてね、イギリスの海軍士官なんだが、これがあまりしゃんとしたところのない男なんだ。なにかというと廊下へ泣きにでるのさ。まるで子供だ。そうしては頰《ほお》にコールドクリームをすりこむんだが、あれはひげを剃《そ》ったあとに涙がしみてひりひりしたんだね。おとといの晩、そのアメリカ女は二度も猛烈な喀血《かっけつ》をして、それっきりさ。でもきのうの朝にはもう運びだされて、そのあと、ここはむろん徹底的に消毒された、ホルマリンでね。消毒にはあれがとてもいいんだそうだね」

ハンス・カストルプは興奮した放心状態でこの話を聞いていた。袖《そで》をまくりあげ、ニッケルの栓《せん》が電燈《でんとう》の光に光っている大きな洗面台の前に立った彼は、清潔なシーツのかかった白塗りの金属製のベッドをほんのちらと見やっただけだった。

「消毒したって。そいつはありがたい」と手を洗って拭《ふ》きながら、彼はぺらぺらといくぶんつじつまの合わないことをしゃべった。「そうだとも、メチールアルデヒード、どんなに強いバクテリヤでもこいつにゃかなわない――H_2COだ。でも鼻につんとくる、ね。むろん厳重この上ない消毒が根本条件だからね。……」いとこが学生のときからの普通の発音をしつけていたのに対して、ハンス・カストルプのほうは「むろ」と「ん」とを引離して「むろ・ん」という。なおも彼はぺらぺらとしゃべりつづけた。「ぼくのいいたかったのはね……おそらくその海軍士官は安全剃刀《かみそり》を使っていたんだと思うね、あれで剃ると、よく研《と》いだ剃刀でやるよりも怪我《けが》をしやすいからな。少なくともぼくの経験ではそうだ。だからぼくは二つを代るがわる使うことにしている……そりゃ、刺激された皮膚に塩水では痛いのが当然だよ、それで彼は海上勤務の経験からコールドクリームを使いつけていたんだろう、ぼくにはそれがどうということもないね……」こうして彼はなおもしゃべりつづけ、マリア・マンツィーニ――彼愛用の葉巻である――を二百本鞄《かばん》に入れて持ってきたとか、税関の検査がとてもゆるやかだったとかいう話をし、さらに故郷《くに》のいろいろな人たちからの挨拶《あいさつ》を伝えた。「いったいここじゃスチームは通さないのかい」と彼は突然大きな声をだしたかと思うと、スチーム管のところへかけよって、それに手を当てた。……

「うん、ぼくたち、ここではかなり寒い目にあわされているんだ」とヨーアヒムは答えた。「八月のうちからスチームが通るようになるには、気候が変らなくちゃね」

「八月が聞いてあきれるよ」とハンス・カストルプはいった。「寒くて仕方がないんだ。

おそろしく寒い、といってもからだがだよ、顔は妙に火照《ほて》っているんだが――ほら、ちょっとさわってみたまえ、ずいぶん熱いだろう」

顔にさわってみろなどとひとにいうことは、およそハンス・カストルプらしくないことで、自分でも耐《たま》らない気がした。ヨーアヒムもそれには取合わずに、ただこういった。

「空気のせいだ。なんでもないさ。ベーレンスも一日中青い顔をしているよ。どうしても慣れないひとだって多いんだ。さあ、行《ゴー・オン》こう、でないと何も食べられなくなってしまうから」

部屋の外にでると、例の看護婦がまた姿を見せて、近視の眼でもの珍しそうに彼らの方をうかがっていた。しかし二階にきたとき、ハンス・カストルプは、少し離れた廊下の曲り角のかげから聞えてくるまったくぞっとするような音に縛りつけられたようになって、急に立ちすくんでしまった。大きくはないが、なんともいやらしい音だったので、ハンス・カストルプは、顔をしかめながら眼を大きく見開いて、いとこを見つめた。紛れもなく、それは咳《せき》――男の咳だった。しかし咳といっても、これはハンス・カストルプがこれまで耳にしたどの咳にも似ていなかった。いや、この咳とくらべたら、ほかの、彼の知っている咳は、どれも健康で、すばらしい生命の発露だった。――まるで喜びも温《あたた》かみもない咳、まともに押しだされてくるのではなくて、分解した有機体の粥《かゆ》の中をぞっとするほど力なくかき回す音としかいいようのないようなものだった。

「うん」とヨーアヒムはいった。「悪いようだな。オーストリアの貴族でね、優雅で、まったく騎手に生れついたようなひとなんだ。それがいまではあんなありさまだ。しかしそれでもまだ歩きまわっているんだ」

彼らが歩きだしてからも、ハンス・カストルプはその騎手の咳のことを熱心に話そうとした。「考えてもみたまえ」と彼はいった。「ぼくは、あんなのはまだ一度も聞いたことがないんだ。まったくはじめてだ。だからぼくがびっくりするのも当り前だ。咳にも、それは、いろいろとあるさ、乾いたのや締りのないのや。普通にはどちらかというと、締りのないほうがまだましで、吠《ほ》えるのよりはいいというじゃないか。ぼくも若いころ(「若いころ」と彼はいった)喉《のど》をやられて、狼《おおかみ》みたいに吠えたことがあったっけが、それが締りのない咳になったときには、みんなして喜んでくれたものだよ。いまでもそれを覚えている。でもいまみたいな咳ははじめてだな、少なくともぼくにとってはね——あれは全然もう生きた咳というもんじゃない。乾いてもいない、かといって締りがないともいえないしね、もうとても言葉では現わせないようなものだ。あれを聞くと、ちょうどそんな咳をするひとのからだの中をのぞきこんでるみたいな気がしないか、そこのところがどんなになっているかと思ってね——なにもかもどろどろにつぶれている……」

「ねえ」とヨーアヒムはいった。「ぼくはあれを毎日聞いているんだ。なにもいま君から説明してもらうことはないよ」

しかしハンス・カストルプはいま聞いた咳をいつまでも気にして、あんな咳を聞くとまったく騎手のからだの中をのぞくような気がするると、繰返しいうのだった。そしてふたりが食堂に入っていったとき、旅に疲れたハンス・カストルプの眼は興奮してぎらぎら光っていた。

レストランにて

レストランのなかは明るくて、上品で、気持がよかった。ロビーのすぐ右手にあって、談話室と向いあいになっていた。ヨーアヒムの説明によると、ここは主として、着いたばかりで時間外の食事をするひとたちや来客のあるひとたちに利用されていた。しかし誕生日とか、さし迫った退院とか、また総診の結果がよかったとかで、盛大なお祝いの集まりがあるのもここだった。ときどきここで賑《にぎ》やかな宴会があり、シャンパンがふるまわれることもあるとヨーアヒムはいった。いまは三十歳ばかりの婦人がただひとりいるだけで、なにか本を読みながら、ぶつぶつ呟《つぶや》いては左手の中指でたえずテーブル・クロースの上を軽くたたいていた。青年たちが腰をおろすと、女は席を換えて、彼らに背を向けてしまった。あの女は交際ぎらいでね、それでいつも本を読みながらレストランで食事をするのだ、なんでもまだほんの小娘のころにサナトリウムへ入って、それからもう世間へでたことがないという話だ、とヨーアヒムが小声で教えてくれた。

「そうか、じゃあ五カ月の君なんか、あの女にくらべたらまだほんの駆けだしにすぎないんだな、一年辛抱したところで、やっぱりそうだね」とハンス・カストルプはいとこに向っていった。ヨーアヒムは、以前の彼には見られなかった例の肩をすくめてみせる癖でそれに応じながら、メニューに手をのばした。

彼らは窓際《まどぎわ》の一段高くなったテーブルに席を占めていた。いちばんいい席である。クリーム色の窓掛のそばに向いあって腰をかけたふたりの顔は、赤い笠《かさ》をかけたテーブル・スタンドの光に明るく照らされていた。ハンス・カストルプはいま洗ったばかりの手を組み合せて、楽しく待ちかねたように両手をもみ合せていた、これは食卓についたときの彼のいつもの癖であった。――おそらく彼の祖先たちが食前にしたお祈りの名残《なご》りなのであろう。黒服に白エプロンをかけ、たいへん健康そうな血色の、大きな顔をした、籠《こ》もったようなもののいい方をする愛想のいい娘が給仕をした。そしてハンス・カストルプは、給仕の女たちがここでは「広間嬢《ザールトホター》」と呼ばれていることを教えられて、大いにおかしがった。彼らはその娘にグリュオ・ラローズを一本注文したが、ハンス・カストルプはそのぶどう酒の温度が適当でないといって彼女をもう一度走らせた。食事はすばらしかった。アスパラガスのスープ、詰物をしたトマト、いろいろな添えもののついた焼肉、特別上等にこしらえたプディング、チーズ、くだものなどがでた。ハンス・カストルプは大いに食べた。もっとも食べだしてみると、思ったほど食欲のないことがわかったが、お腹《なか》がすいていなくても、自尊心の手前しこたま食べるというのが彼の習慣であった。

ヨーアヒムは料理にはあまり手をださなかった。ご馳走《ちそう》には飽きあきしていると彼はいった。ここの上の連中はみんなそうなんだ、そして食事にけちをつけるのがしきたりになっている、毎日ここにいるんじゃあね。……そのかわり、ぶどう酒のほうは満足そうに、いや、甘えかかるといったような様子で飲んだ。そして、感傷的な言葉づかいは心して避けながら、まともな話のできる相手がきてくれてうれしいと、繰返していった。

「実際、君がきてくれてありがたかった」と彼はいった。そういう彼の、いつものんびりした声が、感動の調子を帯びていた。「ぼくにとってはまさしくひとつの事件ともいえるね。なんといってもひとつの変化だからな——つまりこの永遠の、無限の単調の中の段落、区切りというわけだ。……」

「でも、だいたいここでは時間がさっさとすぎていくんじゃないのかい」とハンス・カストルプがきいた。

「速いとも遅《おそ》いとも、なんとでもいえるね」とヨーアヒムは答えた。「ここではそもそも、時間は流れないとぼくはいいたいね。ここのは時間なんていうもんじゃない、また生活なんていうもんでもない――そうさ、何が生活なもんか」と彼は頭を振りふりいって、ふたたび酒杯へ手を差しのべた。

ハンス・カストルプも飲んだ。いまは顔がもう火のようにあつかったが。しかしからだのほうは相変らず寒くて、手足には、うわついたような、それでいてなんとなく気がかりなような、落着かない妙な感じがあった。言葉がやたらにせいて、いい間違いをすることもたびたびだったが、彼は払いのけるような手つきをして、それには構わずに話しつづけた。またヨーアヒムも陽気になっていた。そして例の、ぶつぶつ呟きながらテーブルをたたいていた婦人が急に立ちあがってでていってしまうと、彼らの会話はいよいよ自由に、そして快活に運ばれていった。ふたりは食べながらホークを使って身ぶりをしてみたり、ひと口頬《ほお》ばったまま、もったいぶった顔をしたり、笑ったり、うなずいたり、肩をそびやかしたり、まだよく物をのみこみもしないうちからもう話のさきをつづけたりした。ヨーアヒムはハムブルクのことを聞きたがって、エルベ河改修工事の計画に話を向けた。

「画期的な工事だ」とハンス・カストルプはいった。「わが国、航運界の発展にとって画期的な工事だ――といっても決して過言ではないね。市ではそのための緊急臨時費として五千万マルクの予算を組んだが、しかるべき成算があってのことだと断言できるね」

彼はエルベ河改修工事をそれほど重く視《み》ているというのに、すぐまたその話題から離れて、ヨーアヒムに「ここの上」の生活や客たちのことをもっと話してくれと頼んだ。ヨーアヒムは喜んでその希望に応じた。彼も話をして気を軽くすることのできるのがうれしかったのである。彼は二連橇《ボッブスレー》のコースをおろされていく死骸《しがい》の話を繰返して、それがほんとうの話だということをもう一度はっきりと断言しなければならなかった。ハンス・カストルプがまた笑いにとりつかれると、ヨーアヒムもいっしょになって笑ったが、それは、心から笑いを楽しんでいるように見えた。そして彼はこの笑いに油を注ぐために、ほかにも滑稽《こっけい》な話をいろいろとして聞かせた。同じ食卓仲間の婦人にシュテール夫人というのがいるが、これはカンシュタットの音楽家の細君で、まあ相当の重症らしいが――こんなに教養のない人間にはいままでお目にかかったことがない。消毒のことを「調毒《ちょうどく》」という――それも大まじめでだ。それから助手のクロコフスキーのことを、代診のつもりなんだろうが「代珍《だいちん》」と呼ぶし。そいつを顔をしかめずにうけたまわっていなくちゃならないのだ。そのうえ陰口をよくきく女で、もっともここの上の連中はたいていそうなんだが、もうひとりのイルティス夫人というのが短刀を持っているという陰口をきいて、「短刀《たんじん》」を持っているといったんだ。「『短刀《たんじん》』だぜ――実際傑作だよ」そして半ば寝るような姿勢で椅子《いす》の背にそっくり返って、あまり笑ったために、腹の筋肉がふるえて、ふたりともほとんど同時にしゃっくりをしだした。

かと思うと、ヨーアヒムは憂鬱《ゆううつ》そうな顔になって、自分の運命についてこぼすのだった。

「いや、ぼくたちはこうしてここに坐《すわ》って笑っているが」と彼は顔を傷《いた》ましく歪《ゆが》め、横隔膜の震動にときどき言葉をとぎらせながらいった。「いつになったらここをでられるのか、全然見当がつかない。だってベーレンスがもうあと半年といったら、それはぎりぎりの計算なんで、さらに長びくものと覚悟しなければならない。だが、これはなんともつらいことだ、まあ、ぼくにとって悲しくないことかどうか、考えてもみてくれよ。ぼくはもう認可を受けて、あくる月には将校試験が受けられるというところだったんだからね。それなのに現在こんなところでぶらぶらしているんだからなあ、体温計を口にくわえて。そうしてあの教養のないシュテール夫人のいい間違いを数えたてたりして、時をむだにすごしているんだ。一年といえば、ぼくたちの年配じゃ大変なことなんだ。下界の生活でならこれは多くの変化と進歩を意味するんだからね。それなのに、ぼくはここでたまり水みたいに淀《よど》んでいなくちゃならない――そうだよ、腐った水たまりそっくりだ、決して極端な譬《たと》えじゃない。……」

奇妙にもハンス・カストルプはそれには何も答えずに、ただ、ここでもいったいスタウトが飲めるのかときいた。いとこがいささかあきれ顔でよく見ると、相手は眠りかけていた――というか、実はもう眠ってしまっていた。

「なあんだ、眠っているのか」とヨーアヒムはいった。「さあ、もう寝る時間だ、ふたりとも」

「だいたい時間なんてものは、ここにはないんだろう」とハンス・カストルプは回らぬ舌でいった。それでも彼はいっしょに歩いていった。疲労で文字どおり床にぶっ倒れそうな人のように、いくらか腰をかがめ、ぎごちない歩きつきで。――しかしまだ薄暗い電燈《でんとう》の光に照らされているロビーまできて、

「クロコフスキーがいる。急いで君をちょっと紹介しておこう」

というヨーアヒムの声を聞いたとき、彼はむりに気力を取戻した。

ドクトル・クロコフスキーは談話室のひとつの、暖炉のそばの、開《あ》いている引き戸にすぐ近い、明るいところに坐って、新聞を読んでいた。青年たちが近づいていくと、彼は立ちあがった。ヨーアヒムは軍隊式の姿勢をとっていった。

「ドクトル、失礼ですが、ハムブルクから参ったいとこのカストルプを紹介させていただきます。たったいま着いたところです」

ドクトル・クロコフスキーは同じ屋根の下に住むことになった新しい仲間を、一種快活な、逞《たくま》しい、気を引立てるような、きっぱりとした態度で迎えた。それは、自分とさし向いなら遠慮はいっさい無用、ただもう朗らかに信頼することだといわんばかりの態度であった。三十五歳ぐらいの、肩幅の広い、でっぷりした男だが、前に立っているふ

たりよりもずっと背が低いので、ふたりの顔を見るためには頭を斜めうしろへやらなければならなかった。——そして異常に血色の悪い顔の、透き通るような、いや燐光《りんこう》めいた青白さは、眼が黒々と輝き、眉《まゆ》が濃くて、すでに白いものが幾筋か見えはするものの左右にぴんと尖《とが》った、かなり長い頰《ほお》ひげが黒いだけに、いっそう際《きわ》だっていた。黒いダブルの、少しもう着古したような背広を着て、グレーの厚い毛糸靴下にサンダル風の透かしの黒い半靴をつっかけ、しなやかに折れ返ったカラーをしていた。ハンス・カストルプはこれまでにただ一度ダンツィヒのある写真屋がそんなカラーをしているのを見かけたことがあるが、事実それはドクトル・クロコフスキーの風貌《ふうぼう》に写真屋らしい印象を与えていた。彼は親しげな微笑をうかべて、ひげのなかから黄ばんだ歯をのぞかせながら、カストルプ青年と握手した。そしてバリトンの、やや外国人らしい歯切れの悪いアクセントでしゃべった。

「よくいらっしゃいました、カストルプさん。早くこの土地に慣れて、私たちのなかで愉《たの》しくおすごしください。失礼なことをおききしますが、こちらへは患者としておいでになったんでしょうな」

ハンス・カストルプが必死になって行儀よくしよう、眠気に打ちかとうとしている様子は、見るもいじらしいほどで、ぶざまな格好をしている自分が腹だたしく、この代診の微笑や相手の気を引立てるような態度を、青年に特有の猜疑《さいぎ》的な自尊心から、寛大な嘲笑《ちょうしょう》のしるしと解釈した。彼は問いに答えて、三週間の予定だということ、試験のことも話して、ありがたいことに自分はまったく健康だといい添えた。

「ほんとうですか」とドクトル・クロコフスキーはからかうように頭を斜め前に突きだして、いっそう微笑を深めながらたずねた。……「しかし、そうだとすると、あなたはきわめて研究に値する現象ですな。つまり、まったく健康な人間なんて、私はまだお目にかかったことがないのですから。失礼だが、どんな試験をお済ませになったのです」

「私はエンジニアなんです、先生」とハンス・カストルプは控え目ながら威厳をもって答えた。

「ああ、エンジニア」ドクトル・クロコフスキーの微笑はいわばひっこめられたような格好になって、一瞬、力と熱とを失った。「結構ですな。では、ここでは治療はいっさいお受けにならないのですな、肉体の面でも精神の面でも」

「はあ、そのつもりでおります」といって、ハンス・カストルプはほとんど一歩うしろにさがろうとした。

そのとき、ドクトル・クロコフスキーの微笑がまたも勝ち誇ったようにあふれでてきた。そして彼は、改めて青年と握手しながら、大声でいった。

「ではおやすみなさい、カストルプさん――申し分のない健康を満喫されてね。おやすみなさい、ではまた」そういって青年たちを解放すると、彼はふたたび腰をおろして新聞を読みはじめた。

エレベーターはもう止っていたので、ふたりは階段をのぼっていった、ドクトル・クロコフスキーと出会ったことで少し心をかき乱され、黙々として。ヨーアヒムはハンス・カストルプを三十四号室まで送っていった。部屋にはもう、あのびっこの男が新来の客の荷物をちゃんと届けてくれていた。それから十五分ほど雑談したが、その間にハンス・カストルプはねまきや洗面用具を取りだし、太い甘口の紙巻煙草《たばこ》をふかした。葉巻はとてもきょうは吸う気にはなれなかったが、それが彼には奇妙な異常なことのように思われた。「たいへんな様子をしているな、あの人は」と、彼は吸いこんだ煙草の煙を言葉とともに吐きだしながらいった。「顔が蠟《ろう》みたいに白いね。だけど、あの履物《はきもの》、ね、ありゃひどい。グレーの毛糸靴下にあのサンダルときては。結局ご機嫌《きげん》をそこねたというところかな」

「少し神経質なんだ」とヨーアヒムもそれを認めた。「あれほどそっけなく治療をはねつけなきゃよかったのに。少なくとも精神のほうの治療だけでもね。それを断わられるのがあの人にはいやなんだ。ぼくもそれほどよくは思われていない。こっちからあまり打ちとけて話しかけないんでね。でも、たまには夢の話をして、分析の材料を提供してやるんだが」

「そうか、じゃぼくはやっぱりあのひとにいやな思いをさせたのか」とハンス・カストルプは腹だたしげにいった。ひとの感情をそこねてしまった自分自身が不愉快だったのである。そうなるとまた疲労がなおのことはげしく襲いかかってきた。

「おやすみ」と彼はいった。「ぶっ倒れそうだ」

「八時になったら朝食の迎えにくる」といって、ヨーアヒムはでていった。

ハンス・カストルプは夜の身支度《みじたく》もそこそこに、ナイト・テーブルのランプを消すが早いか、眠りに襲われそうになったが、このベッドで一昨日誰かが死んだのだということを思いだして、はっとしてもう一度目をさました。「それがはじめてというわけでもなかろう」と彼は自分にいい聞かせた、そうすることで安心できるとでもいうように。「臨終のベッドというだけのことだ、ありふれた臨終のベッドだ」そして彼は眠りこんだ。

しかし眠りこむやいなや、彼は夢を見はじめて、翌朝までほとんど見つづけに見た。主として、ヨーアヒム・ツィームセンが妙に手足をひねくった姿勢で、傾斜したコースを二連橇《ボッブスレー》で降りていく夢であった。ヨーアヒムはドクトル・クロコフスキーみたいな、燐光めいた青白い顔をしていた。そして橇《そり》の前部にはあの騎手が坐って操縦していた。ただ咳《せき》をするのを耳にしただけの人なので、ひどくぼやけて見えた。「ぼくたちにしてみればそんなことはどうだって同じことじゃないか――ここの上のぼくたちにはね」と手足のねじくれたヨーアヒムがいった。それからぞっとするような、粥《かゆ》みたいな、どろどろの咳をしたのは、騎手ではなくてヨーアヒムだった。それを聞くとハンス・カストルプははげしく泣かずにはいられなかった。そしてコールドクリームを買いに薬局へとんでいかなければと思った。ところが道端に狐《きつね》のような顔をしたイルティス夫人が腰をおろして、手に何やら持っている。例の「短刃《たんじん》」とやららしいが、実はただの安全剃刀《かみそり》だった。そうとわかると、ハンス・カストルプはこんどはまたおかしくなってきた。こんなふうに、さまざまに揺れ動く気持の間をあちらへ投げられ、こちらへ投げられしているうちに、やがて半分開いたバルコニーのドアから朝の光がさしこんで、彼の目をさましたのである。

第二章

洗礼盤とふたつの姿を持つ祖父について

ハンス・カストルプには自分の生家については、ぼんやりとした記憶しかなかった。父のことも母のこともほとんど知らなかったのである。ふたりとも、彼の五歳から七歳までの短い期間に相ついで亡《な》くなった。最初は母がまったく不意に死んだ。産褥《さんじょく》の際、静脈炎による血管閉塞《へいそく》、つまりドクトル・ハイデキントが栓塞症《エンボリー》と呼んだ症状のために、心臓麻痺《まひ》を起して急死したのである。――そのとき、母はちょうどベッドの上に坐《すわ》って笑っていたので、あまり笑って転《ころ》げ落ちたように見えたが、本当は死んだから転げ落ちたのであった。これは父のハンス・ヘルマン・カストルプにとってはただでは済まされないことだった。彼は心から妻を愛していたし、彼自身もさして丈夫なほうではなかったから、妻の死という不幸に耐えることができなかった。それ以来彼は精神の調子を狂わせて衰弱してしまい、ぼやけた頭は商売上の手違いを招いて、カストルプ父子商会に莫大《ばくだい》な損失を与えた。翌々年の春、彼は吹きさらしの波止場《はとば》へ倉庫検査にでかけて肺炎に罹《かか》り、以前から弱っていた心臓は高熱にひとたまりもなく、ドクトル・ハイデキントのあらゆる手当にもかかわらず、五日目に死んで、市民の盛大な会葬を受け、聖カタリーナ教会の墓地の、植物園が見晴らせる、カストルプ家累代《るいだい》の立派な墓へ妻のあとを追っていった。

市参事会員だった祖父は、ごくわずかであったが息子よりも長生きをして死んだ。やはり肺炎で死んだのだが、息子とちがってハンス・ローレンツ・カストルプは執拗《しつよう》な生活力を持った強靭《きょうじん》な体質だったので、非常な闘いと苦しみのあげくに死んでいった。——この祖父が死ぬまでの短い期間、つまりわずか一年半の間、孤児になったハンス・カストルプは祖父の家で暮した。それは前世紀の初め、広場《エスプラナーデ》に面した狭い地面に建てられた北方古典趣味様式の家で、鈍色《にびいろ》に塗られていた。床から階段を五つ踏んで一階中央の入口に達すると、そのドアの両側には壁柱が立っていて、床まで届く二階の窓には鋳物《いもの》の鉄格子《てつごうし》が嵌《は》めてあり、二階の上にさらに二つの階があった。

二階は大半が応接間で占められていたが、その中に化粧漆喰《しっくい》天井の明るい食堂があって、ぶどう色のカーテンのついた三つの窓からは裏庭が見えた。この食堂で十八カ月間、毎日四時に祖父と孫はふたりだけで昼食をとったが、給仕のフィーテ老人は耳輪をはめ、銀ボタンのフロックコートを着、それに主人と同じ上等の麻の襟飾《えりかざ》りをつけ、この襟飾りの中へきれいに剃《そ》った頤《あご》を、やはり主人とそっくりのやり方で埋めていた。祖父はこの老人と低地ドイツ語で話し、「君」という親しい呼び方をしていたが、これは冗談でそうしていたのではなく大真面目《まじめ》でのことだった。祖父はユーモアを解する人ではなく、身分の低い人たち、つまり荷揚げ人足、郵便配達夫、馭者《ぎよしや》、召使等にそういう呼び方をするのがならわしになっていた。ハンス・カストルプはそれを聞くのが好きだったし、またフィーテが、給仕をしながら主人の左うしろから身をかがめて、左よりもずっとよく聞える市参事会員の右の耳へ、やはり低地ドイツ語で答えるのを聞くのも非常に好きだった。祖父はその返事がわかるとうなずき、マホガニー材の椅子《いす》の高い倚《よ》り掛かりと食卓の間に上体を真っ直《す》ぐにさせて、ほとんど皿の上へはからだをかがませずに食べつづけた。祖父の手の爪《つめ》は中高でさきが尖《とが》っていて、右の人差し指には紋章入りの緑色の指輪がはめてあったが、この美しい白い、痩《や》せて老いた手が、肉、野菜、馬鈴薯《ばれいしよ》などを一口ずつホークのさきへよそって、ホークの方へ軽くかしげられた口へ運ぶむだのない熟練した運動を、祖父の向い側に腰をかけた孫は、黙ってじっと、ことさらに注意するともなく眺《なが》めていた。ハンス・カストルプは、まだ不器用な自分の手を眺めて、自分もいつかは祖父と同じようにナイフやホークを巧みに操《あやつ》れるようになりそうな気がした。

また彼は、尖った端が祖父の頬《ほお》に触れている妙な形のカラーの前の、広く開いたところをふさいだ襟飾りを見て、自分もいつかはこんな襟飾りに頤を埋めるようになるだろうかと考えてみた。これは疑問だった。なぜなら、そうなるには祖父と同じぐらい年をとらなければならないし、それに、祖父とフィーテ老人を除いて、今日ではどこにもこんな襟飾りやカラーをしている人はいなかったからである。これは残念なことだった。というのは、雪のように白い襟飾りに頤を埋めている祖父の様子が、ひどくハンス・カストルプ少年のお気に召していたからである。彼が成人してから思いだしてみても、それはことのほか彼の意に叶《かな》った格好だった。そこには彼が心底から同意できる何かがひそんでいた。

食事が終ると、彼らはナプキンをたたんで巻き、それを銀環にはめる。ナプキンは小さなテーブル・クロースほどの大きさだったので、これは当時のハンス・カストルプにはかなり骨の折れる仕事だった。それが済むと、市参事会員は椅子から立ちあがり、フィーテがその椅子をうしろへ引く。祖父は足を引きずって、「小部屋」へ葉巻を取りにいく。ときどき孫もそこへついていった。

この「小部屋」はつぎのような事情でできたものだった。つまり三つ窓の食堂が家の間口全体を占めたので、こんな型の家によく見られる三つの客間《サロン》を設ける余地がなくなり、それが二つになったが、その二つの中で、食堂に直角の位置の客間は、往来に面する窓が一つで奥行きが不釣合いに深く、そこでその奥行きの約四分の一を仕切ってこの「小部屋」にした。天窓から明りの入るこの細長い部屋は、薄暗く、調度もわずかで、市参事会員の葉巻箱をのせた棚《たな》、ホイスト遊びのカルタ、得点を数えるための小さなチップ、パチンと開閉する小歯車のついた小さな記号盤、石盤、石筆、紙製の葉巻パイプなどが引出しの中にはいっているカルタ台、それにガラスのうしろに黄色の絹カーテンを張った、花梨《かりん》材のロココ風のガラス戸棚が部屋の隅《すみ》にあった。

「おじいさま」幼いハンス・カストルプは、この小部屋で、爪立《つまだ》ちして老人の耳元まで伸びあがりながらいった。「見せてちょうだい、ねえ、洗礼盤」

祖父はそうせがまれる前にもうカシミア織の長いフロックコートの裾《すそ》をはねて、ズボンのポケットから鍵束《かぎたば》を取りだしてガラス戸棚を開ける。すると、その中からは、変に気持のいい妙な匂《にお》いが少年の方に漂ってくる。戸棚の中には、もう使われなくなって、だからかえって魅力の増した品物がいろいろとしまってあった。柄の反《そ》った一対《つい》の銀製燭台《しょくだい》、寓意《ぐうい》的な彫りのある木箱のついた壊《こわ》れた晴雨計、銀板写真を貼《は》ったアルバム、杉材のリキュール酒を容《い》れる箱、五色絹の着物を固いからだに着た小さなトルコ人形――この体内にはゼンマイ仕掛けがあって、昔はそれでテーブルの上を走ったが、いまではそれがこわれてしまっていた――それから古風な船の模型、いちばん下には鼠捕器《ねずみとり》までしまってあった。しかし、老人は棚の中段から、銀の皿にのった、すっかり曇ったまるい銀の盤を取出し、皿と盤とを別々に、そのひとつひとつを裏返して少年に見せながら、なんども繰返してきた説明をまた新しくはじめるのであった。

盤と皿とは、見ればわかるが、いままた少年が改めて教えてもらったように、元来が一対《つい》のものではなかった。しかし祖父の話では、二つはもうまる百年の間、つまり盤が買われて以来、一対のものとして使われてきた。盤は、簡素で上品な形の美しいもので、十九世紀初頭の厳格な趣味によって作られていた。なめらかで重厚な感じを与え、まるい足台がついていて、内部は金メッキがしてあったが、長の年月のためにそれも色褪《いろあ》せて、黄ばんだ弱い光を放っていた。薔薇《ばら》とぎざぎざの縁のある葉とを浮彫りにした花輪が、唯一《ゆいいつ》の飾りとして盤の上縁をめぐっていた。皿のほうは、盤よりはるかに古いものであることがその内側の文字から読みとられた。そこには「一六五〇」という年号が唐草模様の装飾数字で刻まれていて、その年号の周囲をいろいろな渦巻状の彫刻が取巻いていた。これは当時の「斬新《モダン》な手法」による、勝手気ままなアラベスクの図案で、星のようにも花のようにも見えた。皿の裏側には、この器物を所有した代々の家長の名が、それぞれ違った書体で刻まれていて、その数はすでに七つに達し、どれにもこの盤を受けついだ年号が添えてあった。襟飾りの老祖父は、指輪をはめた人差し指で、いちいちそれらの名前を孫に指し示した。そこには父の名もあれば、祖父自身の名も、曾祖父《そうそふ》の名もあった。この「曾《ウル》」という接頭語が、祖父の口の中で二つになり三つになり四つになると、孫の少年は頭を横にかしげ、瞑想《めいそう》するような、あるいはぼんやり夢想するような眼つきで、口をつつましくうっとりと開いて、この曾《ウル》—曾《ウル》—曾《ウル》—曾《ウル》という音に耳を傾けた。それは、墓穴と時間の埋没を意味する暗い音であったが、それと同時に、現在の少年自身の生活と、遠い過去に埋没した時代との間の敬虔《けいけん》な連鎖を意味し、少年にまったく特異な印象を与えたので、その顔にそういう表情をとらせるのであった。この音を聞いていると、黴《かび》くさい冷たい空気、つまり聖カタリーナ教会やミヒャエーリス教会の納骨堂の空気を呼吸するような、帽子を手にして敬虔に爪立ちながら進む歩き方になる聖域の息吹《いぶ》きを感ずるような気がした。そしてまた、足音が反響するそういう神聖な場所の、ひっそりとした平和な静寂の中に身をおくような思いがした。この「曾《ウル》」というつろな音には、宗教的な感じと死の感じと歴史の感じとがまざり合っていた。そしてこれらいっさいが、少年にはなんとなく気持がよかった。いや、おそらく、少年が洗礼盤を見せてくれとたびたびせがんだのも、この音のため、この音を聞いて自分でもその音の真似《まね》をしてみたいためだったからであろう。

それから祖父は盤を皿の上に戻し、天窓からさしこむ光にほのかに輝く盤の、滑《なめ》らかなうす金色の内側を少年に見せた。

「やがて八年になる」と彼はいった。「わたしらがお前の頭をこの上にさしだし、お前を洗礼したお水がこの中へ流れこんだときからね。……聖ヤコービ教会のラセン役僧がお水を注ぐと、あの優しいブーゲンハーゲン牧師さまが、それを手のひらへお受けになって、お前の頭にかけられ、それがこの盤の中へ流れこんだのだよ。わたしらはお水を温めておいた。お前がびっくりして泣きださんようにな。ところがお前は泣くどころか、反対に、それまで泣きたてててブーゲンハーゲンさまもお説教に一苦労なさったというのに、いよいよお水という段になってお前はぴたりと泣きやんだ。それというのも、お前がご聖水のありがたさを感じたからだと思う。それからまた、ほどなく四十四年もむかしのことになるが、お前の亡《な》くなったお父さまが洗礼を受けて、お父さまの頭からお水がこの中に流れこんだ。それはお父さまが生れなすったこの家の、向うの広間の真ん中の窓の前でな、お父さまを洗礼してくださったのは、当時まだ生きておられた老牧師ヘーゼキエルさまだが、この方はお若いころ、フランスの兵隊どもの略奪、放火を非難する説教をなさって、すんでのことに銃殺というところまでいかれたお方でな——もうとうに神さまのおそばにいっておられる。ところで、七十五年前には、このわしが洗礼を受けた。やはり向うの広間でな、わしの頭がこうして皿の上にあるこの盤の上にかざされ、牧師さまが、お前やお前のお父さまのときと同じ洗礼の言葉をお唱えになって、温められた清らかなお水が、わしの、ちょうどいま残っているくらいしか生えていなかった頭の髪の毛から、お前たちのときと同じように、この金色の盤へ流れ落ちたのだ」

少年は祖父の細い白髪頭《しらがあたま》を見上げた。それは、祖父がいま話している遠い昔の洗礼のときのように、洗礼盤の上にかがみこんでいた。すると少年は、それまでにも経験したことのあるひとつの感情に襲われるのであった。それは進んでいると同時に止っているような、変転しながら停止していて、目まいを起すようで単調な繰返しをしているような、半分夢のようで、そのくせひとを不安にさせる一種異様な感情だった。これはいままでにも、洗礼盤を見せてもらうたびごとに経験した気持で、実は少年がふたたびそれに見舞われたいと待ち望んでいる気持であった。止りながらも、しかも動いているこの先祖伝来の器を、少年がこんなにたびたび見せてもらいたがったのは、いくぶんかはそういう気持からのことだった。

彼は後年、青年になってから自分の心の中をさぐってみると、この祖父のおもかげが両親のそれよりもはるかに深く、はっきりと強く印象に残っているということがわかった。これはおそらく、両者の共感と肉体的同質性に基づいていることだったのであろう。というのも、紅顔の少年が枯れて硬直した七十歳の老人に似ているといえるならば、この孫は祖父によく似ていたからである。しかし何よりもまず、この祖父という人は明らかにいかにもカストルプ家の人間らしい、輪郭の一段とはっきりとした人物だったのである。

社会的にいえば、ハンス・ローレンツ・カストルプの人柄や考え方は、彼が死ぬかなり以前すでに時代から取残されていた。彼は典型的なキリスト教徒の紳士で、カルヴィン教会に属し、おそろしく保守的な考えを抱《いだ》き、政治に参与しうる者を上流社会出の者に限ろうとしたその頑固《がんこ》さは、昔から自由に政治に関係していた都市貴族の執拗な抵抗を押し切って、職人階級が市会で議席と発言権を獲得しはじめた十四世紀の人間に見られるようなものであって、新しいことには一顧も与えようとはしなかった。彼が活動した数十年間は、世間一般が大いに発展して多様な変革を経験した時期、公共的な犠牲心や敢闘の精神にたえず高い要求が課せられた飛躍的進歩の時代であった。しかし、この新時代の精神が周知の輝かしい勝利をおさめたところで、それはカストルプ老人の関知するところではなかった。彼は、危険きわまりない港湾拡張事業や罰《ばち》あたりな大都市建設のばか騒ぎよりも、祖先伝来のしきたりや昔ながらの制度のほうをずっと尊重して、新しいことをできるだけ阻止し、抑圧しようとした。もし彼の思いどおりに事が運んでいたなら、政治は今日でも当時の彼自身の商会の事務室の流儀のように、牧歌的で古風な趣を呈していたことであろう。

老人は、生きている間も死後も、そういう人物として市民の眼に映っていた。幼いハンス・カストルプには、政治のことは何ひとつわかってはいなかったが、静かに物を眺める少年の幼い眼は、祖父について本質的には市民たちとまったく同じ観察をしていた。それはまだ言葉で表現されない、従って批評のない、むしろ新鮮というだけの観察にとどまってはいたが、後年意識的に祖父のことを回顧してみるさいにも、それはやはり言葉や分析をきらって、直截《ちょくせつ》に肯定しようとする性質をあくまで保持していた。前にもいったように、そこには自然な共感、つまりあの隔世遺伝的な親近性と緊密な結合がはたらいていたのであって、これは世間で決して珍しいことではない。子や孫たちは眺めながら感嘆し、感嘆しながら自分たちの中に遺伝的に用意されているものを知り、それを育てあげていくのである。

市参事会員カストルプは痩《や》せた長身の老人だった。高齢のために背や頸《くび》が曲っていたが、彼はこのわん曲を逆に押し返して伸ばそうとしていた。そのために彼の口は（食事のとき以外には義歯をはめなかったので）もはや歯にささえてもらえなくなった唇《くちびる》が、じかに裸の歯ぐきに密着していて、威厳を湛《たた》えながら苦しそうにへし曲げられていた。それに加えてまた、首がぐらつきはじめてきたのを防ぐ手段として、いかめしくからだを反らして頤《あご》を引くという姿勢ができあがったのであるが、幼いハンス・カストルプは、この祖父の姿勢が大好きであった。

彼愛用の嗅煙草箱《かぎたばこ》は、金をちりばめた細長い鼈甲《べっこう》製だったが、この小箱に映りがいいように彼は赤いハンカチを用い、その端がいつもフロックコートのうしろのポケットから覗《のぞ》いていた。これは彼の風采《ふうさい》に滑稽《こっけい》感を与える一つのすきだったが、それもあくまで年寄りに許された気ままという印象を与えた。それは老人の意識的なご愛嬌《あいきょう》が、敬愛すべき無頓着《むとんじゃく》なだらしなさのように見えて、とにかくハンス・カストルプの子供らしい烱《けい》眼《がん》に映った祖父の外見上の唯一《ゆいいつ》のすきであった。しかしハンス・カストルプは、七歳の少年時にも、その後成人してからの思い出の中でも、祖父の日常の姿が祖父の本来の真の姿とは思っていなかった。これが本当という祖父の姿は、いつもの祖父とは別様で、ずっと美しく本物らしく見える等身大の油絵に描かれた姿だった。この肖像画は、以前はハンス・カストルプの両親の家の居間に掛けられていたが、幼いハンス・カストルプとともにこの広場《エスプラナーデ》に面した祖父の家に移されて、応接間の赤絹張りの大きなソファの上に掛けられていた。

肖像画には市参事会員の公式服を着たハンス・ローレンツ・カストルプが描かれていた。この服装はずっとむかしの世紀の謹厳で敬虔な市民的服装で、重厚大胆な一共同体が幾代も維持し、豪華に身にまとってきたものである。それによって儀式的に過去は現在に、現在は過去にされ、事物の不断の連関や、取引きの際の自己の署名の尊敬すべき確実さが裏書されてきたものである。市参事会員カストルプは、この絵では、柱と尖頭《せんとう》迫持《せりもち》を背景に、薄赤い敷瓦《しきがわら》の床に立って全身を見せていた。頤《おとがい》を引き、口をへの字に曲げ、涙嚢《るいのう》の垂れた青い瞑想的な眼差《まなざ》しを遠くへ投げ、膝《ひざ》の下まで届く法官めいた黒く長い上着を着ていたが、これは前が開いていて、縁と裾《すそ》に幅広の毛皮の縁飾りがついていた。大きくふくらみをとった笹縁《ささべり》のある上袖《そで》から、簡素な生地の細い下袖が見え、レースの袖口は指関節のところまで包んでいた。老人らしい細い足は黒絹の靴下に包まれ、銀の締金のついた靴をはいていた。頸は、糊付《のりづけ》の襞《ひだ》の多い幅広の皿形頸飾りにかこまれ、この頸飾りの前のほうは押し下げられ、両側は上へ反《そ》っていて、その下からやはり襞のある麻の胸飾りが胴衣の上に垂れていた。腋《わき》の下には、上へいくほど細くなっている鍔広《つばびろ》の古風な帽子をかかえていた。

これは有名な画家の描いた値打ちのある絵で、モデルにふさわしい古代巨匠風なスタイルのすぐれた趣味を示していた。そして、見る人に、スペインふうな、オランダふうな、後期中世紀ふうなさまざまの想念を呼び起すような絵であった。幼いハンス・カストルプはいくたびもこの絵を眺めた。彼には、むろんまだ絵を見る眼はなかったが、もっと広い意味での、透視的ともいうべき理解力があった。少年がこの画布に描かれているような姿の祖父を実際に見たのは、祖父が威儀を正して議事堂へ乗りつけたときの一度だけで、それもほんの垣間見《かいまみ》にすぎなかった。しかし、前にものべたように、少年はこの画布に描かれた祖父の姿を祖父本来の真の姿と感じ、日常の祖父はいわばかりの祖父、間に合わせで不完全な、一時この世の寸法に合わせられた祖父としか思われなかった。つまり日常の祖父の姿に見られる風変りで奇妙なところは、明らかにこうした不完全な、おそらくはまた少し不手際《ふてぎわ》な間に合わせの結果なのであって、本来の純粋真実な姿を暗示するところの、完全には除去することのできない残滓《ざんし》のように思われた。なるほど日常祖父がつけていた高いカラーや大きな白ネクタイは、時代遅れなものであったが、これらは結局、かりの姿を示しているにすぎず、あの驚嘆すべき服装、すなわち絵の中のスペインふうの頸飾りを時代遅れと呼ぶことは不可能であった。祖父が外出の際にかむった、非常に反りの大きなシルクハットもまた、かりの姿に属するもので、これに対して祖父の真実の姿に属するのは、絵の中の鍔広《つばびろ》のフェルト帽であった。祖父が普段着にしていた、長い皺《しわ》のよったフロックコートにしても同じことで、幼いハンス・カストルプには、絵の中のあの笹縁と毛皮縁の長い上着のほうが、普段着の原型であり本来の姿だと思われた。

こんなわけで、祖父と永別する日がきて、祖父が輝かしく純粋で完全な姿で横たわっているのを見たとき、少年は心の中でそれをまったく当然のことだと思った。祖父と孫とがいくたびも食卓を挟《はさ》んで坐《すわ》った広間の中央に、いまハンス・ローレンツ・カストルプは、幾重もの花輪に囲まれた柩台《ひつぎだい》の上の、銀の金具を打った棺の中に横たわっていた。祖父は、この世にはただかりそめに住まっていたとしか見えなかったのに、それでも最後まで肺炎と粘り強く、長い間、闘いつづけた。そしていまや勝ち誇ってか、打負かされてか、とにかく闘病のために顔はすっかり変ってしまい、鼻はとがって、晴れの寝床の上に、厳粛で安らかな表情を浮べて横たわっていた。下半身は布団《ふとん》で覆《おお》われ、その上に一枝の棕櫚《しゅろ》がのせてあった。頭は絹の枕《まくら》で高くささえられて、そのために頤が晴れのスペインふうの襟飾《えりかざ》りの前襞の中に非常に美しくおさまり、レースの袖口で半ば覆われた手は、象牙《ぞうげ》の十字架を持っていたが、その手の指は巧みに自然らしく組み合せられていたものの、冷たい死の色は隠しようもなかった。祖父は瞼《まぶた》を伏せて、その十字架をじっと見下《みおろ》しているように見えた。祖父が最後の病に罹《かか》ったはじめごろは、ハンス・カストルプもたびたび祖父に会えたが、終りごろにはもう会えなくなってしまった。病気の苦しみはおもに夜の間に起ったためもあるが、ひとびとは病気と闘う祖父の姿を少年にはいっさい見せないようにしたので、彼は家の中の重苦しい雰囲気《ふんいき》、フィーテ老人の赤く泣きはらした眼、医者たちの車の出入りなどから、間接に模様を察することができただけだった。さて、少年が広間で直面した祖父の闘病の結末は、要約すれば、祖父がこの世でかりに適応させられていた姿から、いま厳《おごそ》かに解放されて、祖父本来の真の姿に永遠に帰っていったということだった。——フィーテ老人は泣きながらたえず首を振っていたし、ハンス・カストルプ自身も、急に亡くなった母や、その後間もなく、やはり静かによそよそしく横たわっていた父を見たときのように泣いたが、とにかくこれは肯《うなず》くことのできる結末であった。

なぜなら、死がハンス・カストルプ少年の精神や感覚に——とくに感覚に——感銘をあたえたのは、これほどの短期間に、しかも年少の身に、これでもう三度目だったからである。彼にとって死の姿を見ることも、それから受ける感動も、もはや新しい経験ではなくて、まったく馴《な》れっこになっているものだった。前の二回にも、なるほど子供として当然悲しみはしたが、十分に落着いた立派な態度で、取乱すというようなことはまったくなかった。三度目のいまとても同じことで、かえってその度合いが一段と高まっていた。両親に死なれたとき、そのことが自分の生涯にどういう実際的な意味を持つのか、そういうことは全然知らないまま、というよりは、そういうことには子供らしく無頓着のままで、周囲の誰かが自分の面倒を見てくれるものと信じこんで、両親の棺を前にしても一種の子供らしい落着きと、即物的な好奇心を見せただけだったが、これも三回目となると、経験に富んだ玄人《くろうと》まがいの感情や表情で、まったく大人びた陰影のある態度をとるようになっていたのであって、この場合彼が感動のあまり、また他人に誘われてたびたび涙を流したということは、当然の反射作用として、とくに問題とするにはあたらないのである。父に死なれて三、四カ月もするうちに、彼は死のことを忘れてしまったが、いまそれを思いだしてみると、当時のいっさいの印象が比較を絶した独特な形をもってはっきりと鋭く蘇《よみがえ》ってくるのを感じた。

その印象をほぐして言葉で現わすと、だいたいつぎのようになる。つまり死というものには、敬虔《けいけん》で、瞑想《めいそう》的で、悲痛な美しさに輝く、いわゆる宗教的な面があると同時に、これとは全然違った正反対の、きわめて肉体的で物質的な面、美しくもなければ、瞑想的でも敬虔でもない、本当は悲しいともいえないような面があるということである。厳粛で宗教的な面を意味するのは、遺骸《いがい》が麗々しく棺台に安置されたり、華《はな》やかな花とか、あの世の平和のシンボルとして有名な棕櫚の枝などであり、さらに、祖父の冷たくなった指に置かれた十字架、棺の枕元のトールヴァルトセン作の祝福するキリスト像、左右に高くつり下げられた、こういう場合に教会的な気分を漂わせる吊燭台《つりしよくだい》などはこういう面をいっそう強調する。そういうお膳立《ぜんだ》てのいっさいは、祖父がいまや永遠に、彼本来の真の姿に還《かえ》っていったという考えによって一段と厳粛な意味を帯びる。しかしこうしたお膳立てのすべて、とくにたくさんの花とか、その花々の代表格の月下香は、上に述べたのとは別の意味の、興醒《きょうざ》めのするような目的を持たされていて、幼いハンス・カストルプは、言葉でそうとはいわなかったが、はっきりとそれに気づいていた。つまりそういうものすべては、死のもう一つの面、美しくもなければ悲しくもなく、実に見苦しくて卑《いや》らしい肉体的な面を美化し、そのことを忘れさせたり意識させないようにする目的を持っていたのである。

死には見るに耐えない面があるからこそ、死んだ祖父はいかにもよそよそしく、それが祖父ではなくて、死が祖父のからだのかわりに嵌《は》めこんだ等身大の蠟《ろう》人形のように思われ、この人形のために、このような敬虔で厳粛な出費がなされているというふうに見えた。そこに横になっているひと、いやもっと正確には、そこに横たわっている物、それはつまり祖父自身ではなくて、ひとつの殻――ハンス・カストルプも知っていたが、蠟でできているのではなくて、ある特殊の物質から、いや、物質だけからできあがっている殻だった。だからそれは、見苦しくて、悲しみをも誘わないのだ――ちょうど肉体に関係し、肉体だけに関係している事物が人を少しも悲しませることがないように。幼いハンス・カストルプは、等身大の死の像をこしらえあげている、蠟のように黄色で滑らかな、チーズのように固い物質、すなわち、以前祖父であったひとの顔や手を眺めた。ちょうどそのとき、はえが一匹祖父の動かない額に舞い降りて、くちばしを上下に動かしはじめた。フィーテ老人は、死者の額に触れないように用心深くそのはえを追いながら、そのくせ自分のしていることの意味を知ってはいけないし、また知りたくもないとでもいうような表情で敬虔な顔を曇らせていたが、これは慎みというものであって、祖父がもはや肉体だけにすぎないという事実に関係していた。ところではえは追われてふらふら飛び回ったのちに、こんどは祖父の指の上、象牙の十字架近くにひょいと止った。一方でこんなことが起っている間に、ハンス・カストルプは、以前からよく知っている臭気、かすかではあるが、実に独特な強い臭気が、これまで以上にはっきりと感じられるような気がした。この臭気から彼は、不快な病気のために学友から除け者《のけもの》にされていた少年のことを思いだして、恥じ入った。月下香の匂《にお》いは、ひそかにこの臭気を圧倒するという目的を持たされていたが、美しく山盛りに盛られてきびしい匂いを漂わせていながら、一向にその目的を達成できなかった。

彼はいくたびも遺骸のかたわらに寄って別れを告げた。最初はフィーテ老人とふたりだけで、つぎにはぶどう酒商を営む大叔父ティーナッペルやジェイムズ、ペーターのふたりの叔父といっしょに、三度目は、晴着を着た一団の波止場《はとば》人足が、蓋《ふた》をあけた棺の前にしばらく立って、カストルプ父子商会の先代に告別した際である。それから埋葬の日がやってきたが、その日は会葬者で広間がいっぱいになった。ミヒャエーリス教会のブーゲンハーゲン師、すなわちハンス・カストルプを洗礼したあの牧師が、スペインふうの襟飾りをつけて追悼説教をし、長い葬列を従えた霊柩車《れいきゅうしゃ》にすぐ続く馬車の中で、幼いハンス・カストルプにたいへんやさしい言葉をかけてくれた。——こうして彼の生涯のこの時期も終り、ハンス・カストルプはその後すぐに家と環境とを変えたが——これはこの幼少の身にとって、もうすでに二度目のことであった。

ティーナッペル家にて。およびハンス・カストルプの精神状態に関して

家と環境は変ったが、別に彼が不幸になったわけではなく、法定後見人となったティーナッペル領事家に引取られ、一身上のことはもちろん、当時の彼には全然わからなかった利益の保護についても何ひとつ心配することはなかった。大叔父、つまりハンスの亡《な》き母の叔父ティーナッペル領事がカストルプ家の遺産を管理し、不動産を売り、貿易商カストルプ父子商会の清算事務も引受けてくれたのである。こうして残った財産は、まだ四十万マルクあまりあって、これがハンス・カストルプの相続遺産であった。ティーナッペル領事はこれを安全確実な債券に変えて、親類ということは抜きにして、四半

期のはじめごとに期末利子の中から、手数料として二パーセント差引いて自分のふところに入れた。

ティーナッペル家はハルヴェステフーデ街に沿った庭園の奥にあり、雑草一本もない芝生《しばふ》、薔薇《ばら》公園に加えて、河に向って眺望《ちょうぼう》が開けていた。領事は立派な馬車があるのに、毎朝徒歩で旧市街の事務所へでかけた。これは、少しでも運動するためと、ときどき頭の鬱血《うっけつ》に苦しめられていたためで、午後五時になるとやはり歩いて帰ってきた。ティーナッペル家ではそれから贅《ぜい》を尽した午餐《ごさん》がはじまる。彼は堂々としたからだつきで、最上等のイギリス地の服を着、とびでた水色の眼には金縁眼鏡、鼻は赤く、灰色の顋《あご》ひげは角刈りにし、左手のずんぐりした小指にはダイヤをきらきらさせていた。もうよほど以前に妻は亡くなっていた。ペーターとジェイムズという息子がいて、ひとりは海軍で、いつも家にいず、他は父のぶどう酒商を手伝っていて、商会の後継者と定められていた。シャレーンといって、ハムブルク近郊のアルトナの金細工師の娘が、なん年も前から家事をみていた。この娘の円筒のような手首は、糊《のり》の利《き》いた白い襞縁《ひだぶち》カフスで包まれていた。彼女は、朝夕の食卓に冷肉料理、蟹《かに》、鮭《さけ》、鰻《うなぎ》、鵞鳥《がちょう》の胸肉、ロースト・ビーフ用のトマト・ケチャップなどがたっぷりとだされるように気を配ったり、ティーナッペル領事宅で催される紳士たちの会食の際に、臨時雇いの召使の監督をしたりするのを役目にしていたが、幼いハンス・カストルプのために一所懸命になって母親のかわりを勤めてくれたのも彼女だった。

ハンス・カストルプははなはだみじめな天候の下で、風と水蒸気に包まれて、つまり黄色の防水ゴム・マントの中で成長していったが、それでも結構元気だった。なるほどはじめから貧血症気味で、ドクトル・ハイデキントもそういって、彼に毎日三度目の、放課後の正餐のときに、上等のスタウトをたっぷり一杯飲ませた。——これは滋養に富んだ飲物として世に知られていたし、ドクトル・ハイデキントの意見では、血を造る作用があるということだった。とにかくそれは、ハンス・カストルプの精気を巧《うま》い具合に鎮静させて、ティーナッペル大叔父が「ぼんやり」と名づけたハンス・カストルプの性癖、つまり口元をたるませて、何を考えるということもなしにただぼんやり夢想に耽《ふけ》る癖をますます助長させた。しかし、貧血ということを別にすれば、彼は健康で正常で、テニスもボートもかなりやれた。もっともどちらかといえば、自分でオールを動かすよりも、夏の宵に音楽を聞いて、上等の飲物をそばに、ハムブルクのウーレンホルストのボート小屋のテラスに腰をかけ、明りをつけたボートや、その間を縫って赤い灯、青い灯の映った水面を白鳥が滑《すべ》っていく光景を見ているほうが好きだったのである。彼は悠《ゆう》長《ちょう》でわかりよく、少々うつろで単調に、かすかに低地ドイツ語の訛《なまり》をまぜて話したが、その話しぶりを聞くと、あるいは、整った形の、どこか古風な感じのする顔に、遺伝的な無意識の自負心がひややかな眠そうな表情に現われている、そのブロンドの、端正な容姿を見ると、もうそれだけでこのハンス・カストルプは生粋《きっすい》の土地っ子で、いかにもこの土地にしっくりと合っているということが一目瞭然《りょうぜん》だった。彼自身にしたところで、自分のそういう点を吟味してみることがあったとしても、それを毛頭疑わなかったことであろう。

この大きな港町の雰囲気、彼の祖先たちも味わいすごした世界貿易と富裕な生活の雰囲気、それをまた彼も、心から満足して、なんの疑念をも挟《はさ》まず気持よく味わった。水と石炭とタールの匂《にお》い、積み上げられた植民地貨物の刺激的な臭気、そういう匂いを嗅《か》ぎながら波止場《はとば》に立っていると、巨大な蒸気起重機が、さながら使役象のように落着いた利口な力強いはたらきを発揮して、何トンもあろうという袋や梱《こり》や箱や樽《たる》や籠《かご》包みの大甕《おおびん》などを、碇泊《ていはく》中の船の船艙《せんそう》から貨車や倉庫へ陸揚げする光景が見られた。また彼のと同じ黄色の防水マントを着た商人たちが、昼ごろ取引所に押しかけていくのが見られた。彼も知っていたが、そこでは激しい商売上の戦いが展開されて、その中の誰かが自分の信用を失《な》くしてしまわないようにと、大急ぎで豪華な宴会を設けて人々を招待すべく、使いをださざるをえないような羽目に陥ることもよくあった。彼はまた群立する造船所を見（のち彼はこの世界と特殊な関係を結ぶようになったのだが）、ドック入りしているアジア航路やアフリカ航路の船の、塔のように高く巨大な船体が、竜骨や推進器をむきだしのまま太い支柱に寄りかかって、陸揚げされた怪物みたいに鈍重な図体をさらけだし、侏儒《こびと》のように群がった職工たちの手によって、こすられ、洗われ、槌《つち》で叩《たた》かれ、塗り変えられるままにされている光景を眺《なが》めた。屋根のある造船台には、未完成の船の骨組が煙のような霧に包まれて聳《そび》えていて、技師たちは設計図や排水表を片手に造船工に指図《さしず》している——こういうものはすべて、ハンス・カストルプが幼年時代から馴《な》染《じ》んできた風景であって、この風景は、彼にここが自分の故郷だというなつかしさのこもった気持のいい感情を覚えさせたが、こういう感情が最高潮に達するのは、たとえば彼が日曜日の午前、ジェイムズ・ティーナッペルやいとこのツィームセン——ヨーアヒム・ツィームセン——といっしょに、アルスター河畔の園亭で、年数の古いポート・ワインを飲んで温かい円パンと燻製《くんせい》の肉で朝食を摂《と》り、愛用の葉巻をくゆらして、うっとりしながら椅子《いす》の背にもたれるというような場合であった。つまり彼は富裕な生活を好いていたばかりか、なるほど貧血性のきゃしゃなからだつきではあったが、人生の単純な享楽《きょうらく》には、母の乳房《ちぶさ》をむさぼり吸う乳児のように激しく執着したという意味では、とくに生粋のハムブルク子だったのである。

彼は、民主的な商業都市を支配する上流階級の子弟にふさわしい高級な文明生活を、軽く上品にこなしていた。赤ん坊のようにたびたび入浴し、服は同じ階級の青年たちの間で信用を得ている仕立屋で作る。衣裳戸《いしょうと》棚《だな》のイギリスふうの引出しの中の下着類には、数は多いとはいえないが、みなきちんとしるしがつけられていて、シャレーンがこまめに管理していた。故郷を離れて遊学していたときも、ハンス・カストルプは、下着類は周期的にハムブルクの家へ送って洗濯させたり、つくろわせたりした（ハムブルク以外のドイツの土地ではアイロンの掛け方を心得ていない、と彼は固く信じこんでいたからである）。Ｙシャツのどれか一枚の袖口《そでぐち》が毛ばだっていたりしようものなら、彼は激しい不快感を覚えただろう。手の形は、とくに貴族的というほどでもなかったが、手入れはゆき届いていて皮膚は活《い》きいきとしていた。手首にはプラチナの鎖腕輪を、指には祖父の形見の印章指輪を嵌《は》めていた。歯は少し軟質で、いくつかの虫歯は金をかぶせて補修してあった。

立っていても、歩いていても、下腹が少し突きでていて、あまり凜々《りり》しい印象は与えなかったが、食卓での姿勢は非の打ちどころがなかった。隣席の人と（持ち前の聴きとりやすい、多少低地ドイツ語の訛《なまり》のある口調で）話をしたりするようなときには、真っ直《す》ぐの上体を礼儀正しくその人の方へ向けたし、鳥の肉を切り分けたり、所定の食器で海ざり蟹《がに》の鋏《はさみ》から薔薇《ばら》色《いろ》の肉を巧《うま》く引きだすときには、肘《ひじ》を軽く脇腹《わきばら》に当てがった。食事のあとで彼が要求するものは、第一に指洗鉢《フィンガー・ボール》、つぎがロシアの紙巻煙草《たばこ》だった。この煙草は関税ご免の品で、彼はこれを密輸入の裏口から手に入れていた。煙草のあとは葉巻である。これはマリア・マンツィーニという、実に味のいいブレーメンが発売元の特製葉巻で、この葉巻はいずれまたあとで話題になると思うが、そのかぐわしい毒素はコーヒーの毒素と混合して非常にいい気持を味わわせてくれた。ハンス・カストルプは煙草の味が、スチームのために落ちるのをおそれて、買いおきの分は地下室にしまっておいて、毎朝自分で地下室へおりていって、煙草入れに一日の必要量を詰めた。バターにしたところが、筋入りの小さな球《たま》の形ではなしに、かたまりのまま食卓にだされたとしたら、彼はあまりいい気持がしなかったことだろう。

　私たちは彼に好意を持ってもらえそうなことを、片っ端から数えあげようとしているのだが、実はこれで適当に彼を批判してもいるのであって、彼を、実際以上によくも、わるくもいってはいないのである。ハンス・カストルプは天才ではなかったが、愚物でもなかった。それでいて私たちが彼を評して「凡庸」という言葉を使わないのは、彼の知性とも、彼の単純な人柄ともほとんど関係のない理由、つまり彼の運命に対する敬意からなのである。そして私たちは、この彼の運命に超個人的意義を賦与したく思っている。彼の知能はとくに努力をしなくても実科高等学校の課程ぐらいはこなすことができた。——しかし、一所懸命に努力するなどというようなことは、それがどんな事情からであろうと、またどんな事柄に対してであろうと、彼の場合、到底考えられないことだったであろう。そんなに努力して苦しみたくはないという恐れからではなくて、そんな努力を払わなければならない必要は、どうしたって見いだすことができなかったからである。もっと正確にいえば、そんな努力を払わなければならない絶対的な必要はなかったからである。彼が漠然《ばくぜん》と、そういう必要はありえないということに勘づいていたからこそ、私たちは彼を凡庸と評したくないのかもしれない。

人間というものは、個々の存在として個人的生活を送っていくのみならず、意識的あるいは無意識的に、自分の生きている時代の生活や自分の同時代人の生活をも生活していくものである。そして私たちが、善良なハンス・カストルプが実際にそうであったように、自分の生活の普遍的、非個人的基盤を絶対的な、自明なものと見て、それに対して批判の眼を向ける気をさらさら起さないとしても、もしこの基盤に傷《いた》んだ箇所《かしよ》があったならば、そのために自分たちの精神的健康も本物ではないと漠然と予感することも大いにありうるだろう。われわれは誰しも、いろいろな個人的目的、目標、希望、見込みなどを眼前に思い浮べて、そういうもののために高度の努力や活動へと駆りたてられもしようが、しかし私たちを取巻く非個人的なもの、つまり時代そのものが、外見上ははなはだ活気に富んでいても、その実、内面的には希望も見込みも全然欠いているというような場合には、つまり時代が希望も見込みも持たずに困りきっているという実情が暗々裡《あんあんり》に認識できて、私たちが意識的または無意識的になんらかの形で提出する質問、すなわちいっさいの努力や活動の究極の、超個人的な、絶対的な意味に関する質問に対して、時代が空《むな》しく沈黙しつづけるというような場合には、そういう状況は必然的に、普通以上に誠実な人間にある種の麻痺《まひ》作用を及ぼさずにはおくまいと思う。しかもこの作用は、個人の精神的、道徳的な面から、さらにその肉体的、有機的な面にまで拡《ひろ》がっていくかもしれない。「なんのために」という質問に対して、時代が納得のいく返事をしてくれないというのに、現在与えられているものの力量を上回るほどの著しい業績を挙げようという気持になるのには、ごくまれな、あの英雄的な性格を持った精神的孤独と直截《ちょくせつ》さか、あるいは恐るべき生命力が必要であろう。ところでハンス・カストルプには、そのどれもが欠けていた。だから、本当の敬意をこめた意味からにもせよ、彼はやはり「凡庸」だったのであろう。

私たちがいまいったことは、この青年の学生時代における精神状況にのみならず、それ以降の社会的職業を選び終った年月のことにも関係しているのである。学校での進級ぶりについていえば、一、二の学級では落第した。しかし家柄もいいし、物腰も洗練されており、そのうえ熱中したわけではないが、数学にはかなりの天分を持っていたおかげで、どうにか進級していって、一年志願兵の許可証をもらってからも、学校のほうは一応卒業するまで続けることに決めた。そう決めたのも、実のところは、主としていままで慣れ親しんできた、一時的な未決定の状態をもう少し延ばすことができて、その間に自分が何にいちばんなりたいと思っているか、それをゆっくりと考える暇もあろうと予想してのことだった。なぜなら、彼には自分がいったい何になりたいと思っているのか、それが長い間わからなかったのであって、最上級生になってもそこが依然としてはっきりせず、やっと進路が決ってからも（「決めた」といってはいいすぎになるかもしれないくらいなのだが）もう少し別の決め方もありそうな気がしていたのである。

しかしそういう彼も、船に対してばかりは、いつも変らぬ興味を寄せていたことだけはたしかである。幼い時分に、幾冊ものソート・ブックのページを一本マストの漁船や、野菜運搬の荷足船《にたりぶね》、また五本マストの船などの鉛筆画で埋めたこともあった。十五歳のとき、スクリューを二つつけた新造船「ハンザ号」がブローム・アンド・フォス会社の進水台から進水するのを、特別席で見せてもらって、さっそくこの優美な船をそっくり、細部まで正確に写した水彩画を完成したこともある。ティーナッペル領事はその画《え》を私用事務室の壁にかけておいたが、とくにうねっている波の透明な暗緑色は、作者の愛情のこもった腕前を示していたので、ティーナッペル領事に向って、才能がある、将来きっと優秀な海洋画家になれるだろう、とほめてくれたひともいたほどである。――このほめ言葉を領事は安んじて養子に伝えた。というのも、そんな言葉を聞かされてもハンス・カストルプはひとのよさそうな笑いを洩《も》らすだけで、画家になれるものなら、たとい飢えてもかまわないというような、とほうもない妄想《もうそう》にとりつかれるなどということは絶対にありえなかったからである。

「お前の財産は決してそうたいしたものじゃない」ティーナッペル大叔父はときどき彼にいって聞かせた。「わしの金はだいたいジェイムズとペーターのものだ。つまりすべて商売に注ぎこんでいて、ペーターには配当をやっているというわけだ。お前の金はむろん有利確実に投資してあるから、利子はかたいが、利子だけで食っていこうとするには、少なくともお前の持っているものの五倍ぐらいのものがないと当節のことだから容易じゃない。もしお前がこの町で一旗あげる気なら、そうしていままでどおりの暮しを続けていこうという気なら、ひと踏ん張り踏ん張らなければならない。これを忘れないようにな」

ハンス・カストルプはこの大叔父の言葉を忘れずにいて、自分にも世間にも恥じないような職業を探した。そしていったんこうと決めてしまうと――この選択はトゥンダー・アンド・ヴィルムス会社のヴィルムス老人の提案によってなされたもので、この老人が土曜日の晩、ホイスト遊びの際、ティーナッペル領事に、ハンス・カストルプには造船の勉強をさせるがいい、これは妙案だ、そして自分の会社へ入れれば、大いに眼をかけてやる、といったのがきっかけになってそうなったのだが――いったん決ってしまうと、彼は自分の職業を非常に立派なもの、むろんきわめて複雑で努力も要《い》るが、そのかわりに優秀で重要な立派な職業であって、とにかく死んだ母とは腹違いの姉の息子ツィームセンの職業よりも、自分のおだやかな性分にずっとふさわしいものだと思った。いとこのヨーアヒム・ツィームセンは、熱心に士官を志望していたが、胸のほうがあまり丈夫でなかった。だからこそおそらくいとこには、精神的な労働や緊張をさほど必要としない戸外の職業が適しているというのが、ハンス・カストルプの多少軽蔑《けいべつ》をまじえた判断だった。なぜなら、自分はすぐ仕事に疲れてしまうくせに、仕事そのものには最大の敬意を払っていたからである。

私たちはここで、さきに暗示しておいたこと、つまり時代の欠陥によって個人生活が傷つけられるような場合、それは人間の肉体組織にまで及ぶことがあるという推定に話を戻そう。ハンス・カストルプが仕事を尊敬しない理由がどこにあっただろうか。そうでなければかえっておかしいというものである。あらゆる事情から推して、仕事は無条件に最大の尊敬を捧《ささ》ぐべきものと彼には思われていた、というか結局は、仕事以外に尊敬に値するものはなにもなかったのである。仕事は、それに耐えうるか、いなかというような原理、時代の絶対的なもので、そもそもそれ自体において正当化されている意義を有していた。そういうわけで、彼が仕事に向けていた尊敬の念は、ほとんど宗教的ですらあって、彼の知るかぎりではなんの疑いをもさしはさむ余地のないようなものだった。ところで、彼が仕事を愛していたかどうかということになると、これはこれでまた別問題だといわなければならない。つまり彼は仕事を深く尊敬してはいたが、愛してはいなかった。理由は簡単で、仕事と彼の健康とは両立しなかったのである。骨のおれる仕事は彼の神経を消耗させ、すぐに疲労させた。彼はきわめて率直に、自由な時間のほうが元来自分の性に合っている、鉛のような苦労の重荷を持たない、煩《わずら》わしさのない時間、歯をくいしばって頑張《がんば》って征服しなければならないような障害によってしばしば中断されるような時間ではなく、眼前に広くのび拡がっている時間のほうがずっと好ましいことを認めていた。仕事との関係における彼のこのような矛盾は、厳密にいえば、そこにいささか考究の余地を残している。もし彼が心の底で、つまり彼自身も勝手を知らないところで、仕事というものが絶対的価値であり、それ自体において正当化される原理だということを信じて、そこに安んじていられたなら、おそらく彼の精神も肉体も——まず精神が、それから精神を通してつぎに肉体が——もっと勇んで、もっと持続的に仕事にたち向っていったことであろう。そういう話になると、またしても彼は平凡なのか、非凡なのかという問題が起ってくるのだが、私たちの意図はこの問題の正しい解答をだすというところにあるのではない。私たち自身はハンス・カストルプの賞讃者《しようさんしや》の役割を買ってでているのではないから、彼は仕事のためにマリア・マンツィーニをゆっくりと味わうことを妨げられたのではあるまいかという臆測《おくそく》を抹殺《まつさつ》しようとはしないのである。——

彼としては兵役にはなんの関心も持たなかった。だいいち、彼の性に合わなかったし、また兵役に係《かか》わり合いを持たないで済ませるようにもした。それにまた、ハルヴェステフーデ街のティーナッペル家に出入りしていた軍医大尉《たいい》ドクトル・エーベルディングも、ティーナッペル領事が話のついでに、カストルプは、たったいまそとにでて勉強をはじめたばかりだから、武装の強制は相当にこたえるだろうといっておいたことも効《き》いたのかもしれない。

朝食時にスタウトで気持を落着ける習慣を遊学中も維持したため、ハンス・カストルプの頭はまことに緩慢にはたらいたが、それでもこの頭には解析幾何学、微分、力学、投影法、図式静力学などが詰めこまれた。積載排水量、空艙《くうそう》排水量、安定度、重心移動、傾心などの計算もしなければならず、そのためにときにはずいぶん苦しめられた。彼の専門の図画、つまり肋材《ろくざい》、吃水線《きっすい》、縦断面図等の製図は、あの波間に浮んだ「ハンザ号」の絵画的描写のように見事ではなかったが、抽象的明瞭《めいりょう》さを感覚的明瞭さで補って、陰影をつけたり、横断面を明るい色の絵具で塗ったりすることにかけては、彼はまず誰にもひけをとらなかった。

彼が、非常に清潔で立派な身なりで、眠そうな貴族的な若々しい顔に赤褐色《せっかっしょく》の小さな口ひげを蓄《たくわ》え、将来かなりの社会的地位に就《つ》きそうな容姿で休暇に帰省すると、市政を預かっていて各家庭や個人の事情にも詳しい人たち――自治制下の都市国家ではほとんどのひとたちがそうだったが――つまり彼の同市民たちは、将来カストルプ青年が公共生活において果す役割をあれこれと想像して、品定めするような眼差《まなざ》しで彼を眺めた。彼は名門の子で、カストルプという家名は昔から有名であったから、彼もいつかは政治に関与するだろうと予想されるのも当然であった。そうなれば彼は市会または市参事会に席を置いて、顕職に就いて主権の重荷を分担し、行政部門のいずれか、たとえば予算委員会とか建築委員会とかに所属して、意見を求められ、またその意見は尊重されるだろう。また、このカストルプ青年が将来はどの党派に所属することになるかも好奇心をあおる問題であった。ひとは見かけによらぬものとはいうけれど、どうみても彼は民主党の人たちが期待を寄せられるような人物とは見えなかった。だいいち、非常に祖父に似ていた。おそらく彼は祖父のように、錚々《そうそう》たる保守派としてのブレーキの役割を演ずるのではあるまいか。多分にそういう気味があったが、逆にその逆になりそうな気配もたしかにあった。なぜなら、所詮《しょせん》彼はエンジニアで、新進造船家として世界交通と技術に携わる人間だったからである。この観点からいえば、彼は急進派の一分子として、向う見ずな男、古い建物や風景美の冒瀆《ぼうとく》的破壊者として、無拘束なことユダヤ人のごとく、無信仰なことはアメリカ人のごとく、自然な生活習慣をつつましく擁護するというよりも、尊敬すべき伝統と無分別にも縁を切るほうを選び、こうして次ぎつぎに冒険的な実験を国家に強《し》いるようなことをしでかすかもしれない。はたして彼は、市会議事堂の複《ふく》哨《しょう》に捧《ささ》げ銃《つつ》の敬礼をうける市参事会のお偉方を誰よりもえらいと思うだろうか、あるいは野党支持へ回るのだろうか。こうした市民たちの興味をそそる問題に関しては、当の彼の茶褐色の眉毛《まゆげ》の下の青い眼からは、なんの答えも読みとられなかったし、白紙に等しいハンス・カストルプ自身そういうことに対してはまだどんな答えをも持っていなかったのである。

私たちがこの青年と出会った、あの旅路に彼がついたとき、彼は二十三歳だった。当時の彼はダンツィヒの工業大学で四学期、さらにブラウンシュヴァイクとカールスルーエの工科大学で四学期勉強して、最近、オーケストラの伴奏付きの抜群の成績でとまではいかなかったが、それでもかなりの成績で第一次の本試験をパスし、いよいよ見習エンジニアとしてトゥンダー・アンド・ヴィルムス会社に入り、ここの造船所で実習生として働こうとするところであった。ところがそこのところで彼の進路は、つぎのような方向転換をしたのである。

彼は本試験に備えてたいへんな勉強をしなければならなかったので、帰省時にはさすがに、彼のようなタイプの人間にしてはやや疲労しすぎているような様子だった。ドクトル・ハイデキントは彼を見るたびに小言をいって、転地をすすめた。しかも徹底的な転地療養であった。フリースラントのノルデルナイ島やフェール島のヴィークなどではとても十分といえない、医者として意見を求められるならば、造船所入りをする前に、二、三週間はアルプス入りをする必要がある、ドクトルはこういった。

ティーナッペル領事も、それがよかろう、と養子の甥《おい》にいった。しかしそうなるとこの夏はわれわれお互いに離ればなれに暮すことになる。わしをアルプスへ引っぱりあげようといったって、そいつは四頭の馬にもできない相談だ。アルプスはわし向きではない。わしに必要なのは、至極当り前の気圧だ。でないと鬱血《うっけつ》の発作が起る。お前がひとりでアルプスへでかけていってくれ、そしてヨーアヒム・ツィームセンを見舞ったらよかろう、というのが大叔父の意見であった。

まさに適切な提案だった。ヨーアヒム・ツィームセンは病気でアルプスにいたからである。それもハンス・カストルプぐらいの病気どころか、本当に危険な病状、一時はみんなびっくりしたほどの病状だった。もともとヨーアヒムは風邪《かぜ》をひきやすく、すぐ熱をだしたが、ある日とうとう血痰《けったん》を吐いた。ちょうどそのころに彼の宿願が達せられそうになっていたので、彼はひどく悲しみ悩んだが、そんな次第で大急ぎでダヴォスへいかなければならなかったのである。彼は、家族の希望どおり二、三学期間法律学を勉強していたが、やむにやまれぬ衝動に駆られて、進路を変えて士官候補生を志願し、すでに採用されていた。そして現在は国際サナトリウム「ベルクホーフ」（院長ドクトル・ベーレンス顧問官）で五カ月以上も療養生活をつづけていて、葉書によれば、もう死ぬほど退屈しているということだった。だからハンス・カストルプがトゥンダー・アンド・ヴィルムス会社で見習エンジニアのポストにつく前に、しばらくの間静養するというのなら、ダヴォスへいってかわいそうないとこの相手になってやるというのがいちばん自然でいいことだったのである——いとこにとっても、ハンス・カストルプにとっても。

彼がいよいよ旅にでることに決めたときは、夏の盛りで、七月もすでに下旬に入っていた。

彼は三週間の予定で旅立った。

第三章

謹厳なしかめ面《つら》

たいへんな疲れようだったので、寝すごしはしまいかと心配していたのに、ハンス・カストルプは必要以上に早起きしてしまった。それで朝の身支度《みじたく》にいつものように十分な時間をかけ、洗顔や美容のあとで、さらに荷物を解いたり片づけたりするだけの余裕すらあった。——朝の身支度はきわめて文化的で、それにはゴム製の盥《たらい》、緑色のラヴェンデル石鹸《せっけん》の入った木皿、これに付属した藁《わら》ブラシが主な役割を演じた。香水入りの石鹸の泡《あわ》を塗った頬《ほお》に、銀メッキの安全剃刀《かみそり》を当てながら、彼は昨夜の夢の数々を思いだした。そして理性の明るい光の中でひげを剃《そ》っている人間の優越感で、寛大に微笑しながら夢のばかばかしさに頭を振った。たっぷりと眠れたという感じはなかったが、気分は新しい日を迎えてさわやかだった。

頬にパウダーをふり、木綿のズボン下を穿《は》いてモロッコ革《がわ》の赤いスリッパをつっかけ、彼は手をふきながらバルコニーへでた。バルコニーは通しになっていて、手摺《てす》りのところまでは届かない磨《すり》ガラスで、各部屋ごとに区切られていた。冷たい曇った朝だった。左右の丘には霧が長く棚引《たなび》いて動かず、遠い山なみには白と灰色の雲のかたまりが垂れ下がっていた。あちらこちらに、青空が条《すじ》や斑点《はんてん》みたいに覗《のぞ》いていて、陽《ひ》の光が洩《も》れると、斜面のえぞ松の森の黒に対照して、谷底の部落が白く光って見えた。どこからか、朝の音楽が聞えてきた。おそらくゆうべも演奏会が開かれていたホテルからであろう。聖歌の和音が曖昧《あいまい》に聞えていたかと思うと、しばらく間を置いてこんどはそれが行進曲に変った。ハンス・カストルプは心底から音楽を愛していた。音楽を聞いていると、朝食の際のスタウトと同じに、神経が和らげられ麻痺《まひ》させられて、文句なしに「ぼんやり」してしまうからであった。いまも彼は頭を傾け、口を開いて、少し充血している眼で、気持よさそうに音楽に聞き入った。

眼下には、彼がゆうべ登ってきた曲りくねった車道が、サナトリウムまで這《は》いあがっていた。短い茎の星形りんどうが、斜面の濡《ぬ》れた草の中に咲いていた。台地の一部は垣《かき》で囲んで庭園にしてあって、そこに砂利道や花壇があり、巨大なえぞ松の根元には人工洞窟《どうくつ》もあった。トタン葺《ぶ》きの屋根の下に寝椅子《ねいす》を並べた療養ホールがひとつ、南に向いて建ててあって、その横に赤褐色に塗った旗竿《はたざお》が一本立ち、竿綱にとりつけられた旗がときどき風にはためいていた。緑と白の、どこの国旗でもない旗で、その真ん中には、医学の象徴である蛇《へび》がからんだアスクレピオスの杖《つえ》が染め抜かれていた。

女がひとり、庭園の中を歩き回っていた。実に悲惨なほど陰気くさい中年女である。黒ずくめの服装で、白髪のまじった乱れ髪にも黒い紗《しゃ》をまとい、膝《ひざ》を曲げ、腕をぎごちなく前へ垂らして、単調な速い足どりでせっかちに小路を歩いていた。額に横皺《よこじわ》を寄せ、涙嚢《るいのう》の垂れた黒い眼は吊《つ》りあがって前方を凝視していた。南国人ふうに青ざめた年老いた顔に悲哀をたたえ、大きな口はへの字に結ばれている。その顔からハンス・カストルプは、いつか見た有名な悲劇女優の肖像画を思いだした。この黒衣の青ざめた女は、自分ではっきりそうとは知らずに、遠くから聞えてくる行進曲の調子に合わせて、悲しそうに大股《おおまた》に歩いていたが、見ていてひどく気味が悪かった。

ハンス・カストルプは、憂《うれ》わしくも同情してその女を見おろしていたが、その悲痛な容姿のためには、朝日もかげりそうに思われた。しかし同時に、これとちがって、ある物音が聞えてきた。それは左どなりの部屋、ヨーアヒムの話ではロシア人夫婦のいる部屋から洩《も》れてきたが、これも新鮮で明るい朝にふさわしいものではなく、かえってなんとなく朝を粘々《ねばねば》とよごすように思われた。それは昨夜も耳にした物音であることを、ハンス・カストルプは思いだした。しかし昨夜は疲れていてそれに注意できなかった。その音は、取組み合ったり、くすくす笑いをしたり、喘《あえ》いだりする音で、その物音の淫猥《いんわい》な正体は、やがてハンス・カストルプ青年にも判明せずにはいなかった。もっとも彼は、最初は自分の善良さから、それを無邪気な性質のものと解するように努めてみた。この善良さは、別の言葉でいえば、たとえばやや古風だが「魂の純潔」とか、真面目《まじめ》で美しい「羞恥心《しゅうちしん》」とか、不名誉な真実拒否とか怯懦《きょうだ》とか、神秘的な畏怖《いふ》敬虔《けいけん》とさえもいえるものであっただろうが、隣室の物音に対するハンス・カストルプの態度には、これらいっさいが少しずつ含まれていた。それは、聞えてくる物音を気にしてはいけないし、またさして気にもならないとでもいうような謹厳なしかめ面の表情にも現われていた。この表情は、あまり独創的とはいえないが、彼がある種の場合にはいつも見せる慎み深さの表情だった。

そういう表情で彼はバルコニーから退却して部屋の中へ入った。忍び笑いのまじった物音にはちがいなかったが、事の成行きがひとをどぎまぎさせるほどに厳粛なものであるからには、これ以上聴き耳をたてているのはよそうと思ったからである。ところがいざ部屋の中へ入ってみると、壁どなりの騒ぎは一段とはっきり聞えてきた。家具の回りを追っ駆けごっこでもしているらしい。椅子がころがる。互いにつかみ合う。接吻《せっぷん》のチュウという高い音、そのうえ、偶然か、戸外の遠くからワルツが聞えてくる。この陳腐なメロディの流行歌が、眼に見えないこの場面の伴奏役を買ってでていた。ハンス・カストルプはタオルを手にしたまま突っ立って、聞いてはいけないと思いながらも、隣室の物音に耳を傾けていた。突然彼のパウダーをふった頬が赤らんだ。彼がはっきり予想していたとおりに事が運んで、悪ふざけがいまや明らかに動物的行為へ移っていったのである。これはこれは、なんたることだ、彼はそう思って踵《くびす》を返すと、わざと騒々しい物音をたてながら身支度を終えにかかった。まあ夫婦の仲だから、その点では別に問題はない。しかしいくら夫婦の仲だからといっても朝っぱらからとはひどい。それにたしかゆうべも夜通しごそごそやっていたように思う。ここにいるからにはふたりとも病気なのだろう、少なくともふたりのうちひとりは間違いなく病人であるはずだ、そうだとすると、少しは控えたほうがよさそうなものなのに。しかしなんとしてもけしからんことは、壁がこんなに薄くて、なにもかも聞えてしまうことだ、とハンス・カストルプは憤慨した。こんな状態ではとても我慢できない。安普請《やすぶしん》も安普請、大安普請だ。あとでとなりのふたりに会うような羽目に陥らないとも限るまい、それどころか紹介でもされたら、これは大事《おおごと》だ。そこまで考えてきて彼はびっくりした。というのは、さきほど剃りたての頰にさしていた赤み、というかそれにつれてでてきた熱っぽい感じが、そのまま頰にこびりついてしまっていて、なくなりそうにもないことに気づいたからである。彼はゆうべもあのかさかさするような顔の火照《ほて》りに悩まされたが、いまもゆうべとまったく同じことで、寝ている間はひっこんでいたのに、いまこの機会にまたでてきたのであった。彼はそれに気づくと、隣室の夫婦に対して好意的な気持になるどころか、逆に唇《くちびる》をとがらせて、何かひどい悪態をついたが、その後もう一度失敗をしてしまった。彼は再度水で顔を冷やしたが、それは悩みの種の火照りをいっそうひどくさせる結果になった。そのために、ヨーアヒムが隣室から声をかけて壁を叩《たた》いたとき、彼の返事は不機嫌《きげん》な震え声だったし、ヨーアヒムが入ってきたときも、彼は元気を回復してすがすがしい朝の気分を味わっている人間のようには見えなかったのである。

朝　食

「お早う」とヨーアヒムはいった。「どう、ここの第一夜の感想は。気に入ったかい」

彼は外へでる支度《したく》でスポーツ服を着、頑丈《がんじょう》な編上げ靴をはいて、薄手の外套《がいとう》を腕にかけていたが、その脇《わき》ポケットは中に入れた平たい瓶《びん》の形に膨《ふく》れている。きょうも無帽だった。

「ありがとう」ハンス・カストルプは答えた。「まあまあだ。そういっておくだけにするよ。変な夢を見たよ。それから、この建物の欠点は隣室の物音がつつ抜けだということだね。それがすこし困る。ところであの表の庭を回っている黒ずくめの女、あれはいったい何者だ」

それが誰を指《さ》すのか、ヨーアヒムにはすぐにわかった。

「ああ、『ふたりとも《トゥー・レ・デュー》』か」と彼はいった。「ここじゃ誰もあの女のことをそう呼んでいるんだ。それだけのことしかいわないもんだから。メキシコ人だ。ドイツ語はまったくだめ、フランス語も二つ三つ、片言を知っているだけだ。長男の付添いで五週間前からやってきているんだが、その長男というのがもう全然見込みなしでね、おそらく遠からずさ。――もうどこもかしこも悪くって、毒が全身に回っているといった状態なんだが、こうなるとお仕舞いはほとんどチフスと同じ具合だってベーレンスもいっているよ。――とにかくわれわれには恐ろしい話だよ。ところが二週間前に、次男がね、兄貴がまだ息のあるうちに会っておこうというので登ってきたんだが――兄貴もそうだが、これも絵に描いたような美男子だ――ふたりがふたり、すごい美男子で、眼なんかは燃えるように輝いているんだ。ご婦人連はもうすっかりやられちゃってね。この弟というのが、下にいるときもすこしは咳《せき》をしていたそうだが、それでもそのほかはどうということもなく、とても元気だったというのに、ここへくるが早いか熱をだしてね――それもいきなり三十九度五分だ。さっそく寝込んでしまったが、ベーレンスにいわせるとあれで再起できたら幸運中の幸運だそうだ。とにかく、ベーレンスがいうのには、ちょうどいいときにここへやってきたのだそうだ。……そういうわけで、あの母親はそれ以来、息子たちの枕《まくら》もとに坐《すわ》っていないときは、ああして庭を歩き回って、誰に話しかけられても『ふたりとも』というだけなんだ。それだけしかいえないんだし、それにスペイン語のわかる人はいまのところ、ここにはひとりもいないしね」

「そんなことなのか」とハンス・カストルプはいった。「ぼくがあの女に挨拶《あいさつ》したらやっぱりそういうのかな。妙な具合だな——なにか滑稽《こっけい》だし、といって気味も悪かろうしね」そういうハンス・カストルプの眼は、きのうのように、つまり長い間泣いたあとのように熱っぽく重たい感じで、あの騎手の異常な咳を聞いたときのように輝いていた。それに彼は、ようやくいまになってはじめてきのうと現在との連絡がとれて、だからまた事情がのみこめてきたというような気もした。実は起きしなにはまだすべてがはっきりしていなかったのである。彼はハンカチにラヴェンデル水を少し滴《た》らして、それを額と眼の下の辺に当てて、用意ができたと告げた。「よかったら、これからすぐに『ふたりとも』朝食にいこう」彼はひどく浮きうきした気持でこう冗談をいったが、ヨーアヒムは穏やかに彼を見やって、憂鬱《ゆううつ》そうな、いくぶん皮肉な、独特の微笑をみせただけだった——なぜそんな微笑を浮べたのか、それはヨーアヒムだけにしかわからないのである。

ハンス・カストルプは煙草《たばこ》を持っているかどうかを確かめると、ステッキ、外套、それに帽子を手にした。彼が帽子まで持っていこうとしたのは多少そこに反抗的な気持があってのことで、自分の生活様式や習慣に自信があったから、わずか三週間ぐらいの滞在だというのに、知らない土地の新しい習慣に従う気は毛頭なかったのである。部屋をでて、階段を降りる。ヨーアヒムは廊下であちこちのドアを指さし、それらの部屋主の名前、すなわちドイツや方々の外国の人名をいいながら、その病人たちの性格や病状を簡単に説明した。

もう食事を済ませて部屋へ戻ってくるひとたちにも会ったが、ヨーアヒムが誰かに「おはよう」というたびごとに、ハンス・カストルプもていねいに脱帽した。彼は、自分が濁った眼と赤い顔で大勢の他人の前へでていこうとしていることを気に病んで、緊張し神経質になっていた。もっとも、彼自身のそういう意識は部分的にしか正しくなかった。というのは、彼はむしろ青ざめた顔色をしていたからである。

「忘れないうちにいっておくけれど」と突然彼は妙に気負いたっていった。「あの庭の婦人にならぼくを紹介してくれてもいい。それも、そんな機会があったらのことだが。それは一向に差支《さしつか》えない。『ふたりとも』というかもしれないが、そういわれたっていいさ。こっちにはそれに対する用意ができていて、その意味もわかるから、しかるべく応対できるだろう。だが、あのロシア人夫婦とは知合いになりたくないな、いいかい。これは断然おことわりだ。実に無作法なひとたちだ。これからの三週間、彼らととなり合せで住むよりほかにしようがないなら、それも我慢しようが、知合いになりたいとまでは思わない、これぱかりは絶対に願いさげだ。そうするだけの権利はあると思うんだが。……」

「ああ、いいとも」とヨーアヒムはいった。「そんなにうるさかったかい。たしかに少々野蛮人だ、つまり未開人なんだね。君にも前もっていっておいたろう。男はいつも革《かわ》ジャンパーで食事にくる――それが擦《す》り切れたしろものでね。ベーレンスがなぜそれを咎《とが》めないのか、ぼくにはわからないんだ。女も、羽根飾りの帽子を被《かぶ》ったりしているにはいるが、どうも薄ぎたない女でね。……しかし心配はいらないよ。彼らはぼくたちとはずっと離れたところにある、下層ロシア人席に坐るんだから。下層ロシア人席なんていったのは、上流ロシア人席という上品なのばかり坐る場所もあるからさ――だから、かりに君が彼らといっしょになろうと望んでも、それはほとんど不可能なんだ。だいたい、ここでは誰かと知合いになるということがすでにもう容易なことじゃないんだ。なにしろこうたくさんの外国人がいるんだから。ぼくにしたところが、こんなに長くここで暮しながら、個人的な知合いというのは、ほんのわずかしかいないんだよ」

「いったいあのふたりは、どっちが病気なんだ」とハンス・カストルプが尋ねた。「男のほうかい、それとも女のほう？」

「男のほうだろう。うん、男だけだ」とずいぶん投げやりな調子でヨーアヒムがいったが、その間に彼らは食堂の前にある衣裳掛《いしょうかけ》のところで帽子や外套を脱いだ。それから低い円《まる》天井の明るい食堂へ入っていった。そこは人声が入り乱れ、食器がぶつかり合い、給仕女たちが湯気の立つ飲物の入った器を持って、急ぎ足で歩き回っていた。

食堂には七つの食卓があり、その大半は縦向きで、二つだけ横向きに並んでいた。相当大きく、一卓に十人ずつ着席できたが、食器はすべての座席にだされてはいない。入って斜め二、三歩のところにハンス・カストルプの席があった。それは横向きの二つの食卓に挟《はさ》まれた中央手前の食卓の短い側に用意されていた。ハンス・カストルプは自分の椅子《いす》のうしろに直立の姿勢で立って、ヨーアヒムが礼儀上紹介してくれた食卓仲間のひとりひとりに、ぎごちなく、それでも愛想のいいお辞儀を返したが、誰の顔もよく見なかったし、名前などもまったく聞きとることはできなかった。しかしシュテール夫人という名と、その人柄、赤い顔、脂《あぶら》じみた灰色のブロンドの髪だけはわかった。いかにも間違った、滑稽な言葉遣《づか》いをしそうな女で、まったく教養のなさそうな間抜けた顔付きをしていた。それから彼は腰をおろして、ここの最初の朝食が本式の献立であるのを見て我が意をえたと思った。

マーマレードや蜂蜜《はちみつ》の壺《つぼ》、ミルクで煮た米やオートミールの鉢《はち》、掻《か》き卵や冷肉の皿などが並んでいる。バターは至極たっぷりとだされていたし、鐘形の硝子蓋《ガラスぶた》を取って汗をかいているスイス・チーズを切っている人もいた。そのうえ、食卓の真ん中の鉢には新鮮な果物《くだもの》や乾《ほ》した果物が盛りあげてあった。黒服に白エプロンの給仕女が、飲物はココア、コーヒー、お茶、どれにするとハンス・カストルプに尋ねた。子供みたいに小さくて、老《ふ》けた馬面《うまづら》をした女だった。——彼女が侏儒《こびと》だとわかると、ハンス・カストルプは驚いていとこの顔を見やったが、いとこのほうは平然たるもので、「それがどうしたというんだ」とでもいいたそうな顔で、肩をすくめ眉《まゆ》をぴくりと動かしただけだった。それで彼もとりつく島もなく、相手が侏儒なのでとくにていねいにお茶を注文し、ミルクで煮た米に肉桂《にっけい》や砂糖をかけて食べながら、食欲をそそりそうな別の食物に眼を向けたり、七つの食卓の客たち、つまりヨーアヒムの仲間であり、ヨーアヒムと同じ運命のひとびとが、いずれも病気を体内にかかえておしゃべりしながら朝食を摂《と》っているありさまを眺《なが》めやったりした。

食堂は、近代趣味、すなわち極度に実用的な簡素さに一種の幻想性を加味した様式のもので、間口のわりに奥行きは浅い。周囲は回廊ふうにできていて、配膳台《はいぜんだい》はそこに並んでいる。この回廊と食堂の内部は、大きな迫持《せりもち》で結ばれている。柱の下半分には白檀《びやくだん》塗りの板が張られ、上半分は壁の上部や天井と同じように滑《なめ》らかな白塗りの地色で、その上にいく色かの縞《しま》模様がついていた。低い円天井の長い飾り縁にも、この簡素で気持のいい配色図案が用いられていた。部屋の照明には、光った真鍮《しんちゆう》製の電気シャンデリアがいくつか吊《つ》り下げられて、装飾効果をあげていた。これは三つの輪を各々《おのおの》水平に重ねて、それを優雅な編み細工でつなぎ、いちばん下の輪の周囲に乳色ガラス製の球形の笠《かさ》が、小さな月のようにつないで下がっていた。ガラスのドアが四枚あった――ハンス・カストルプの真っ正面にある二つのドアは食堂前のベランダに通じ、三つ目は左手前にあってそこから表のロビーに出ることができ、四番目のは廊下からの入口になっていて、ヨーアヒムが昨夜とは違った階段を通って案内したので、けさハンス・カストルプはこの四番目のドアから食堂へ入ってきたのであった。

彼の右どなりには、顔に産毛《うぶげ》の生《は》えた、頬を弱々しく火照《ほて》らせた、黒服の見映《ば》えのしない女が坐っていた。おそらくお針子か、出張裁縫師だろうと彼は思った。それというのも、この女がバターを塗った巻パンとコーヒーだけの朝食を摂っているのを見、また彼には昔から、得意さきで仕事をする女裁縫師を見るとバターつきの巻パンとコーヒーを連想する癖があったからであろう。左どなりはイギリスの令嬢、令嬢とはいえ右側の女と同じぐらいの年ごろの、たいへんなぶおんなで、指は骨と皮ばかりでかじかんだように見え、丸い字の並んだ故郷からの便《たよ》りを読みながら、血のように赤い色の茶を飲んでいた。彼女のとなりはヨーアヒム、さらにそのとなりがスコッチ織のブラウスを着たシュテール夫人だった。彼女は食事中も握り固めた左手を頬の近くにかざし、ものをいうときには、教養のありそうな表情をしようとして、兎《うさぎ》のような細長い歯から上唇《うわくちびる》をすぼめ上げるように努めるのであった。シュテール夫人の横には、薄い口ひげを生やして、何かまずいものでも口へ入れたというような顔つきの若者が、終始無言で食事をしていた。彼は、ハンス・カストルプが席に腰をおろしてしまってから食堂へ入ってきて、歩きながら誰の顔をも見ないで、それが挨拶のしるしのように一度頤《あご》を胸の方へ下げると、新来者への紹介を断乎《だんこ》として拒絶するというような態度で席についた。おそらく病気が重くて、従って挨拶や紹介などの形式的なことには関心も敬意も持てないというのか、あるいは自分の周囲の事柄いっさいになんの興味も感じないのか、そのどちらかなのであろう。しばらくの間のことだったが、この男と差向いに、非常に痩《や》せ細った淡《うす》いブロンドの若い娘が坐っていた。彼女はヨーグルトを一瓶《びん》皿に空《あ》け、匙《さじ》ですくって食べるとすぐに席を起《た》っていってしまった。

話ははずまなかった。ヨーアヒムはシュテール夫人に話しかけて彼女の病状を形式的に尋ね、よくないと聞かされて真実気の毒そうな顔つきをした。彼女は「だるくって」と愚痴をこぼした。「わたくし、とてもだるいんですのよ」と彼女はもの憂《う》げに、教養のない気どり方をした。そして、それにけさは起きがけにもう七度三分もあったんですもの、午後にはどんなことになるかしら、と彼女はいった。自分もシュテール夫人と同じ体温だと女裁縫師は白状した。しかもシュテール夫人とは逆になにか興奮するような気持で、まるでなにか特別の決定的なことがすぐ眼の前に待ち伏せているとでもいうような、はりつめた気分がして、どうも落着かない、しかもむろんそんなことのあろうはずはないから、これは心理的根拠のない生理的興奮にすぎまいと彼女は説明した。どうやら裁縫師などではないらしい。非常に正確な、学者のような話し方である。とにかくハンス・カストルプは、こんな貧相な人間が興奮するなんて、少なくとも興奮すると主張するなどとは、実に似つかわしくない、いや、まったく鼻持ちならないことだと思った。彼はお針子とシュテール夫人とに、ここへきてもうどのくらいになるのかと、順に聞いてみた。(前者は五カ月前、後者は七カ月前からここで暮していた)。つぎに英語の知識を総動員して、右どなりの女に、いま飲んでいらっしゃるお茶はどういうお茶か(それは野ばらの実を煎《せん》じたものであった)、味はどうかと尋ねると、相手は勢いこんだ口調で、おいしいと答えた。それから彼は、ひとが出たり入ったりしている食堂の内部の様子を眺めやった。第一回目の朝食には、別に全員が顔を揃《そろ》える必要はなかったのである。

彼は恐ろしい印象を受けることだろうと予想していたのに、その当ては外《はず》れた。食堂内の有様は至極陽気で、陰気な場所にいるといった気配は少しもなかった。陽灼《ひや》けした若い男女が鼻歌をうたって入ってきて、給仕女とおしゃべりをし、すさまじい食欲で朝食を食べだした。またかなりの年配の人たち――夫婦づれやロシア語を話す子供づれの家族もいれば、少年たちもいた。婦人たちはたいてい、体にぴったりとついた毛糸あるいは絹のジャケツ、つまりスウェーターを着ていた。白、あるいは色物の、折襟《おりえり》と横ポケットのついたもので、女たちがそれに両手を突っこんで立ち話をしている様子は美しかった。二、三の食卓では、近ごろ自分で撮《と》ったものと思われる写真を見せ合っていたり、ほかの食卓では郵便切手の交換がはじまっていたりした。天候、昨晩の睡眠、朝の口中検温の結果などが話題になっていた。たいていの人たちは愉快そうな様子をしていたが、そうかといってそこになにか特別の理由があるわけではなく、ただ誰も差迫った心配事もなく、大勢でいっしょにいるからというだけのことにすぎなかった。むろん中には、食卓に居残って、頬杖《ほおづえ》をつき、ぼんやりと前を見つめているようなひとも二、三いたが、しかしみんなは、そういうひとには一向に無頓着《むとんじゃく》だった。

突然ハンス・カストルプは、怒ったように、不快そうにからだをぴくっとさせた。誰かがドアを乱暴に締めたからである。それは、真っ直《す》ぐ玄関のロビーに通じている左手前のドアだった。誰かが把手《とって》から手を放したか、あるいはうしろへ叩《たた》きつけたかしたのだろう。いずれにせよ、ハンス・カストルプはそういう音は死ぬほどきらいで、昔からそれを聞くと我慢ならなかったのである。この嫌悪《けんお》感は彼の躾《しつけ》からきているものか、または彼の生れつきの性分によるものか、それはとにかくとして、彼はドアが荒々しく締められることに我慢がならず、もし彼の耳のそばでそんなことをしでかす者がいたら、相手が誰であろうと、彼はその人間に平手打ちを食らわせかねなかったであろう。そのうえ、このドアには小さなガラスが何枚もはめこんであったので、いっそうショックが激しく、まったくのばたん、ぴしゃんだった。ちぇっ、とハンス・カストルプは腹をたてた、なんという不愉快な不作法者だろう。しかし彼が犯人をつきとめようとしたときに裁縫師が話しかけてきたので、その暇がなかった。裁縫師に何事かを返事している彼の顔は無残にも歪《ゆが》み、ブロンドの眉根《まゆね》には深い縦皺《たてじわ》が刻まれた。

ヨーアヒムは、もう先生たちは姿を見せたかどうかと尋ねた。誰かが、もうここへは一度やってきて、彼らふたりとほとんど入れ違いぐらいにでていったと答えた。じゃ待たないででかけよう、紹介する機会は夜までにはいくらもあるから、とヨーアヒムがいった。しかしふたりは、出口のところで、ドクトル・クロコフスキーを従えたベーレンス顧問官が、急ぎ足で入ってくるのと危うく衝突しそうになった。

「おっとっと、危ない、あぶない」とベーレンスはいった。「鳥目で正面衝突というところでしたな」彼はものを噛《か》むように口を平たく動かして、ひどい下部ザクセン訛《なまり》でしゃべった。「ああ、あなたでしたか」と彼は、ヨーアヒムが直立不動の姿勢で紹介したハンス・カストルプにいった。「ようこそ」彼は青年に手を差伸べたが、その大きさはシャベルほどもあった。骨太で、ドクトル・クロコフスキーより頭が三つ分ほどののっぽだった。髪はもう真っ白で、首のうしろのとこが出っぱっていて、とびだした大きな充血した青い眼には涙がたまっていた。獅子鼻《ししばな》で、その下の、短く刈りこんだ小さいひげは、斜め上にはねあがっていたが、それは片方の上唇がまくれあがっているためだった。ヨーアヒムがベーレンスの頰の色についていったことはまったく誇張ではなかった。頰は青かった。着ている診察着が白いために、よけいに頰の青さが目立って見えた。診察着はバンド付きの膝《ひざ》の下まで届くもので、その下から縞《しま》ズボンと、少し古くなった黄色の編上げ靴をはいた大きな足が見えた。ドクトル・クロコフスキーも診察着を着ていたが、これは黒だった。黒の、光った木綿地のシャツのようなもので、手首のところにゴム紐《ひも》がはまっていて、この上っ張りがやはり青ざめた顔色を多分に強調していた。彼はまったく代診の地位にとどまって、三人の挨拶《あいさつ》にはまったく加わらず、ただ口をきっと結んで、自分が一段下に立たされていることに対する不満を表明しようとしていた。「おいとこさん同士でしたな」顧問官は青年ふたりを交互に指さし、充血した青い眼を上眼遣いにして尋ねた。……「それで、こちらも軍人さん志望ですかな」と彼はハンス・カストルプを顋《あご》でしゃくって、ヨーアヒムにいった。「いや、そうじゃない――ねえ？　それは一目でわかる」こんどは直接ハンス・カストルプに向っていった。「あなたにはどことなく文化人らしいところがおありになる、なんとなく、こう、さばけたところがおありだ。この伍長《ごちょう》さんのように、サーベルを鳴らしたがるようなふうが全然おありにならん。きっとあなたはこちらよりも患者としては模範生になられるでしょう。そうらしい。つまり、みなさんが患者としてものになるかならないか、それは一目見ればわかる。患者になるのにも才能を要しますからな。なにごとにも才能は大切だが。ところがこの偉丈夫には爪《つめ》の垢《あか》ほども患者たるの天分がない。練兵にはどうかしらんが、患者としてはまったくの能なしだ。実際あなたときたら、ここから逃げだすことばかりを考えている。ただもう逃げだしたい一心で、このわしを小突き回したり苛《いじ》めたりでな、一刻も早く山を下りて扱《こ》き使われたくってうずうずしているんだから。なんたるくそ真《ま》面目《じめ》です。たった半年もいてくれようとはしない。こんなに結構な場所なのにねえ。どうです、ツィームセン君、そう思いませんかな。まああなたのおいとこさんのほうは、私たちをうんと高く買ってくださるだろう。ここの生活をたっぷりと楽しんでくださるだろう。ご婦人方にも不自由はしませんよ、ここでも。——花も羞《はじ》らうようなのがうんといます。少なくとも外見上は絵のように美しいのがなん人もおいでです。しかしあなたはもっと色揚げしないといけませんな、よろしいか、でないともてませんよ。*人生の黄金の樹《き》は緑でしょうが、緑の顔色はどうも戴《いただ》けませんからな。むろん完全に貧血ですな」と彼はいって急にハンス・カストルプに近寄ると、人差し指と中指で下瞼《したまぶた》を引っくり返した。「やっぱり完全な貧血です、申上げたとおりにね。まったくの話、あなたがしばらくハムブルクをあとにされたことは、これは上出来でした。いや、あのハムブルクという土地はありがたいお得意さきだ。あすこの湿っぽい気象のおかげで、私たちも結構うるおうのですからな。ところでこの際、個人的な忠告をさせていただくとすれば——これはまったく無料（sine pecunia）ですが——ここにご滞在中は、なにからなにまでおいとこさんのするとおりになさることだ。あなたのようなケースは、しばらくの間、軽い肺結核（tuberculosis pulmonum）の場合と同じような生活をなさって、からだに少し蛋白《たんぱく》をつけるというのが、いちばん利口なやり方です。というのも、ここでは蛋白質の新陳代謝がちょっと奇妙なんですよ。……全身の燃焼作用が盛んでいて、そのくせからだに蛋白がつく。……ところでツィームセン君、よく眠れましたか？　ぐっすりと、ええ？　それならば、どうぞ散歩におでかけなさい。ただし三十分を越ゆるべからず。そうして、帰ってきたら水銀シガーを一服吸うこと。その結果はいつもちゃんと記入すること、ツィームセン君。忠実に、良心的にな。土曜日に体温表を拝見します。おいとこさんにもさっそく検温していただきましょう。検温にはなんの副作用もありませんからな。ではご機嫌《きげん》よう、皆さん。せいぜいご愉快にね。またあとで……さようら……」。こうして彼はドクトル・クロコフスキーを従えて、腕を振り、掌《てのひら》をまったくうしろに向けて前の方へ帆走っていった、左右へ「よく」眠れたかという質問を投げ、それぞれから「よく」眠れたという同じ返答を返されながら。

からかい。臨終の聖体拝領。中断された上機嫌

ハンス・カストルプは、いとことといっしょに、門衛部屋で手紙の整理をしているちんばの門衛と愛想よく挨拶《あいさつ》して、玄関から戸外へでたときに「とても気持のいいひとだね」といった。玄関は白塗りの建物の南東の側面にあって、この建物の中央は左右両翼より一階だけ高くなっており、スレート色のトタンで葺《ふ》いた低い時計台が載っていた。この玄関からだと、垣《かき》をめぐらした庭園に入らないで、直接外へでられた。眼前の山の斜面は牧場になっていて、そこのところどころには、かなり高いえぞ松や地面を這《は》う黒

松などが点在していた。彼らが歩いていく道は――谷へ下りる自動車路を除くと、これが唯一《ゆいいつ》の道らしい道だったが――ゆるやかな上りになって左側に走り、サナトリウムの裏側、つまり地下室へ通ずる階段の手摺《てす》りのそばに屑入《くずい》れの鉄桶《てつおけ》を置いた調理場や雇人部屋の脇《わき》をすぎて、なおかなりの間左手へ上っていってから、急に曲って、これまでよりもずっと急勾配《こうばい》になり、まばらな森の斜面を右手へ向って這いあがっていた。道は、固く、赤みがかった色をしていて、まだ湿っぽく、道端にはときどき石ころが転《ころが》っていた。この散歩道を利用しているのは、彼らだけではなく、ふたりのうしろを追って朝食を済ませた患者たちが上ってきたし、行く手からは、いく組もの散歩帰りの連中が、坂道をおりる場合の、ひと足、ひと足、踏みしめるような足どりで近づいてきた。

「とても気分のいい人だ」とハンス・カストルプは繰返していった。「ひどく軽快な話しぶりで、聞いていて愉快だった。『体温計』を『水銀シガー』だなんて、傑作だよ、ぼくにはなんのことかすぐわかったが。……さて、ひとつ、本物を一服やるか」彼は立ちどまった。「もう辛抱できないよ。きのうの昼食以来まともに吸っちゃいないんだから。……ちょっと失敬」彼が銀のイニシャルの入った自動車革《がわ》のケースから抜きだしたマリア・マンツィーニは、極上の葉巻で、彼にはその片側が平たくなっているのがとくに気に入っていた。彼は、時計の鎖についている小さな口切りで葉巻の先端を四角に切り取り、ライターの火をつけ、端のほうが太くなっているかなりの長さの葉巻を、二、三度吸って火をつけた。「さあ、これでよし」と彼はいった。「これでまた散歩を続けてもいいよ。君はくそ真面目《まじめ》の一本槍《やり》だからもちろん吸わないんだろうね」

「ぼくはもともと吸わないんだ」とヨーアヒムはいった。「いまさらここで吸いはじめる理由もないわけさ」

「それがぼくにはわからないんだ」とハンス・カストルプはいった。「ぼくには煙草《たばこ》をのまない人の気持がわからない――そういう人は、人生の最良の部分、少なくともきわめて優秀な快楽を断念するにひとしいんだからな。ぼくは朝眼を覚ますと、きょうも一日煙草がのめると思うと嬉《うれ》しくなるし、食事の際にも、そのあとの煙草が楽しみで仕方がない。そもそもこの食事というやつだって、そのあとで煙草が吸えるという楽しみがあればこそだとさえいえるくらいなんだ。むろんこれは少し大げさないい方だがね。しかし煙草のない一日なんて、ぼくにはこの上なく味気ないね、まったく荒涼とした、なんの魅力もない一日だな。朝起きて、きょうは吸う煙草がないなんて考えなければならないようだったら――ぼくは起きだす元気もなくなってしまうだろう、きっとそのまま寝ていることだろうと思う。だけど巧《うま》く火の回る葉巻さえあれば――空気が抜けたり、詰まったりするのはむろんだめだ、腹がたつだけだよ、そんなのは――つまり上等の葉巻があれば、それこそ安泰至極で、なんの不足も感じない。ちょうど海辺《うみべ》で寝そべっているようなものさ。海辺に寝そべっていると、ただそこに寝そべっているだけで、そのほかにはなにも要らないだろう、仕事も娯楽も。……ありがたいことに、煙草は世界中どこへいっても吸《い》えるからねえ。ぼくの知っているかぎりでは、どんなところへ吹き流されていこうとも、煙草のないところはない。極地探検者も、辛苦をしのぐのに煙草を十分に用意していくそうだが、ぼくはそういうことを本で読むたびに深く感動してしまうんだ。実際どんな艱難《かんなん》をしのがなくちゃならないかもしれないからね。――もしぼくがいまたいへん悲惨な目に会うと仮定すれば、葉巻がある間は、なんとかこらえてみせるよ、ぼくは。葉巻がどうにかぼくを救ってくれると思うね」

「とにかく」とヨーアヒムはいった。「君がそんなに煙草に執着するのは、少々だらしがないと思うね。まったくベーレンスがいったとおり、君は文化人だ。――もっともあれは必ずしも賞《ほ》める意味ばかりじゃないらしいが、いずれにしろ君は救いがたい文化人だな。それだ、問題は。しかし君は健康人なんだから、どうであろうと、それは構わないことは構わないんだが」という彼の眼には疲労の色が浮んできた。

「そうだ、健康さ、ぼくは。貧血を別にすれば」とハンス・カストルプはいった。「それにしてもベーレンスがぼくの顔色を緑色だといったのには、驚いたね。ずいぶんずけずけとものをいう人だ。それにちがいない、ここの君たちにくらべれば、ぼくはどうしたって緑色だし、だからぼくも自分で変だと思っていたんだ。うちにいたときは、そんなことに少しも気づかなかったんだが。あの先生が無造作に、しかもいわゆる無料

(sine pecunia）で忠告してくれたのは、たしかにありがたき仕合せだった。だからぼくは喜んであのひとの忠告どおり、すべて君を見習うことにしよう——そうするより、ここではほかにどうしようもないだろうからね。そしてぼくのからだに蛋白《たんぱく》がついたって、別に害にもならないだろうし。だが、この蛋白がつくなんていうのは、なんとなく聞えがよくないな、君だってそう思うだろう」

ヨーアヒムは歩きながら、二、三度咳《せき》をした。——坂道を登るのはやはり辛《つら》いらしかった。三度目の咳のとき、彼は眉《まゆ》をしかめて立ちどまった。そして、「さきにいってくれよ」といった。ハンス・カストルプはそのまま急ぎ足で歩きつづけ、うしろを振返らなかった。そして、ヨーアヒムとの間がだいぶ開いたと思ったころ、歩調を緩《ゆる》めて立ちどまりそうにしたが、それでもうしろを振返ってみようとはしなかった。

向うから男女の一団がやってきた。——先刻、彼の頭上の斜面の中ほどを走る平坦《へいたん》な道を歩く姿が見えていたが、いまは、踏みしめるような足どりで、がやがやとおしゃべりをしながら、彼の方に向って真っ直《す》ぐ下ってきた。さまざまの年齢の、六、七人のグループで、ごく若い者もいれば、かなりの年配のひとも二、三いた。彼はヨーアヒムのことを考えながら、頭を横にかしげてこの連中の様子をも窺《うかが》っていた。いずれも帽子なしで、褐色《かっしょく》に陽灼《ひや》けしていて、女たちは色物のスウェーター、男たちはほとんどが外套《がいとう》も持たず、ステッキさえもなしで両手をポケットに突っこんで、無造作に、ちょっと外をぶらつくというような格好だった。斜面を下るのには、一所懸命になって脚《あし》を踏ん張らなくてはならないということもなく、走りだしたり躓《つまず》いたりしないように両足を軽く踏みつけたり突っ張ったりしていさえすればよかったので、いや、ただだらだらと足に任せて下へおりていくだけでよかったから、彼らの歩きぶりには、なんとなく軽やかな、翼を生《は》やして飛んでいくような趣があって、それが彼らの表情をも姿全体をも覆《おお》って、はたで見ていると、思わずその仲間入りをしたい気持になるほどであった。

彼らが接近してくるにつれて、ハンス・カストルプには、彼らの顔がはっきりと見えてきた。近くで見ると、彼らのみながみな陽灼けしているわけではなくて、婦人ふたりは際《きわ》だって青白く、そのひとりは竹竿《たけざお》のように痩《や》せており、顔は象牙《ぞうげ》色で、もう一方は、さらに小柄で肥《ふと》っていて、顔には雀斑《そばかす》があって、醜かった。彼らは一様に彼の方を見て、あつかましく微笑した。髪をぞんざいに束ね、愚鈍そうな眼を半開きにした、緑色のスウェーターを着たのっぽの娘が、腕が触れ合いそうになるほどハンス・カストルプの近くを通りすぎていき、擦《す》れ違いざまに、ぴゅうっと音をさせたが、これは口笛ではなかった。唇《くちびる》を少しも尖《とが》らせなかったどころか、口は固く引いて結んでいた。彼女が半開きの眼で愚かしそうに彼を見つめている間に、ぴゅうっという音がとびだしてきたのである。――それは実になんとも不愉快な音で、濁っていて鋭く、しかもうつろで間の抜けた、終りほど調子の低くなる音で、縁日で売っている、仔豚《こぶた》の形のゴム風船の中のガスが、むせび泣きに似た調子で吹きだされて、しぼむときの、あの音を思いださせたが、そういう音が、どういう具合にしてかそれはわかりかねたが、いきなり彼女の胸からでてきたのであった。そして娘は仲間といっしょに通りすぎていってしまった。

驚いたハンス・カストルプは、しばらく呆然《ぼうぜん》と突っ立ったままでいたが、それから急いで振返ってみて、今の不作法があらかじめしめし合わされた悪戯《いたずら》であったらしいことに気がついた。というのも、向うの方へ去っていく彼らの肩を見ると、彼らが笑い合っていることがわかったし、唇の厚いずんぐりした青年などは、両手をズボンのポケットに突っこんで、ぶざまに上着をたくしあげた格好で、はっきりと頭をハンス・カストルプの方へ向けて笑っていたからである。……その間にヨーアヒムが追いついてきた。彼は、いつもの騎士的な流儀で、相手にからだの正面を向け、踵《かかと》をぴたりと合わせて、その連中に挨拶をしてから、柔和な眼つきでいとこの方へやってきた。

「おもしろい顔をしているじゃないか」と彼は尋ねた。

「あの女がぴゅうっとやったんだ」とハンス・カストルプは答えた。「ぼくのそばを通りしなに、お腹《なか》からぴゅうっという音をだしてみせたんだが、これはいったいなにごとなんだ」

「ああ、そのことか」といったヨーアヒムは、なんだ、ばかばかしいというように笑った。「あれはお腹からだした音じゃないよ、冗談じゃない。クレーフェルトだよ、ヘルミーネ・クレーフェルトという女だ。あの音は気胸《プノイモトラクス》からだすんだ」

「なんだって」とハンス・カストルプは尋ねた。彼はひどく興奮していたが、なぜそんなに気が昂《たか》ぶるのか、その理由は自分にもわからなかった。いまにも笑いだすか、泣きだすかするような、変な気持のまま、彼はつけ加えていった。「君たちの、そんな隠語はわからないよ」

「まあ、とにかく歩こう」とヨーアヒムはいった。「歩きながらでも説明できるから。まるで根が生えてしまったというような格好じゃないか。その気胸というのはね、君も想像できるだろうが、外科のほうのことで、ここの上ではよくやる手術なんだ。ベーレンスのおはこさ。……つまり、一方の肺がもうまったくだめなのに、片方の肺は健康、あるいはまだかなりしっかりしているという場合、その悪いほうの肺の活動を一定期間停止させて、休ませるんだ。……ここのところをね、ここを切開するんだ、どこかこの横の辺のところをね――ぼくには正確にはどこといえないんだが、ベーレンスはその名人なんだよ。そして、その切り開いたところからガスを入れる、窒素だ。そんなふうにしてチーズみたいになってしまった肺葉の活動を停止させるというわけだ。むろんガスは永持ちしないから、だいたい半月ごとに入れ替えなくちゃならない――ガスの詰め替えだな、つまり。そしてこいつを一年か、あるいはそれ以上続けてみて、万事好調なら、悪いほうの肺が治《なお》るというわけさ。しかしいつでも、誰にでも成功するとは限らないんだね。なんといっても冒険的な治療法なんだ。もっともこれが立派に成功した例は、いくらもあるそうだ。さっき君が出会った連中が、この気胸組さ。イルティス夫人もいたね——雀斑《そばかす》の女さ——それからレーヴィ嬢、痩せっぽちの、覚えているだろう——この女なんかはずいぶん長く寝ていたんだ。あのひとたちはグループを作っていてね。気胸というようなものになると、人と人とを結束させる力があるんだな。『片肺クラブ』と自称して、この名で通っているのさ。しかしこのクラブの花形は、あのヘルミーネ・クレーフェルトだ。気胸でぴゅうっという音をだせるんだからね。——こいつは彼女の特技といってもいいもので、誰でも真似《まね》のできるもんじゃない。どうやってだすのか、それはぼくも知らないし、ご本人にもはっきり説明できないんだ。しかし、急いで歩いたあとでなら、この音がだせるんだ。そこで、あの娘はこれを利用して人を驚かして喜んでいるんだ。ことに新入りの病人をね。しかし、そんなことは窒素の浪費だと思うんだが。現にあの女は一週間ごとに詰め替えをやってもらっているんだから」

ここでハンス・カストルプはついに笑いだした。ヨーアヒムの話を聞いているうちに、彼の興奮は笑うほうに決ったのであった。彼は歩きながら片手で眼を覆い、上体をかがめ、肩をゆすって低い声で痙攣《けいれん》的に笑いだした。

「クラブ名の登録もしているのかい」と彼は尋ねたが、声がつまって、よくものもいえなかった。必死に笑いをこらえていたため、声はかすかに呻《うめ》くように聞えた。「会則もちゃんとできているんだろうか。残念だな、君がその会員でなくて。もしそうだったら、ぼくも客員ぐらいにしてもらえるのに、あるいは準会員ぐらいにね。……ベーレンスに頼んで君も片肺の活動を停めてもらったらどうだい。そうすりゃ君だって、心がけ次第じゃぴゅうっと鳴らせるかもしれないのに。なんとか努力すれば、やってやれないことはないだろうにね。……こんな滑稽《こっけい》な話は、まったく聞いたことがない」といって彼は深く溜息《ためいき》をついた。「いや、こんなふうに茶化してしまって申し訳ないが、しかしみんな実にご機嫌《きげん》だったね、君の気胸友だちは。ぼくの方へ向ってやってきたときの格好ときたら。……あれが『片肺クラブ』だったとはね。ぼくに『ぴゅうっ』という音を浴びせかけたが――いや、どうもとんでもない娘もあったもんだが、しかし、いかにも朗らかで陽気だなあ。どうしてあの連中はああ浮きうきしているんだろうか」ヨーアヒムは返事の言葉を探した。「つまりね」と彼はいった。「みんなとても自由だということさ。……ごらんのとおりに、みんな若いだろう。時間なんか問題にしないし、それにへたをするとみんな死ぬかもしれないしね。真面目くさってみたところではじまらないというわけさ。ぼくはときどき考えるんだ、病気や死なんてものは、本当は厳粛なことじゃなくて、むしろぶらぶら歩きで暇潰《ひまつぶ》しをするなんてことと同じものなんじゃないだろうか。厳粛なんてことは、厳密にいえば、下界の生活にだけあるもんじゃあるまいかってね。君だってもう少しここで暮してみたら、それがだんだんとわかってくると思うんだ」

「そうかもしれない」とハンス・カストルプはいった。「きっとわかってくるだろう。現にもうぼくにはここの上の君たちのことがとてもおもしろい。興味さえ起れば、自然と理解もできるというもんじゃあるまいか。……しかしどうもおかしいぞ――ちっともうまくないんだ」といって彼は吸いかけの葉巻を眺《なが》めた。「どうもさっきからなにかおかしい、おかしいと思っていたんだが、そうか、マリアがうまくないんだな。まるで張子のシガーみたいな味なんだ。胃をこわしてるときみたいにね。それにしても、変だな。朝食はいつも以上に食べたんだが、食べすぎのあとの葉巻は、かえっていつもよりうまいくらいなんだから。ゆうべあまりよく眠れなかったせいかな。それで少し調子が狂ったのかもしれない。だめだ、捨ててしまおう」と彼はもう一度吸ってみたうえでいった。「吸えば吸うほどうまくない。むりに吸うのもばかばかしい」そしてちょっとためらってから、彼は葉巻を斜面の下の方の、湿った針葉樹の間へ投げ捨てた。「君、これはいったいなんと関係があると思う」と彼は尋ねた。……「これはどうやら、このぼくの顔のいまいましい火照《ほて》りと関係があるらしい。今朝《けさ》起きがけからまたもこの火照りに悩まされてるんだ。しょっちゅう顔が恥ずかしくって赤らんでいるようで、どうも実に癪《しゃく》にさわる。……君もここへきた最初はそんなふうだったんだろうか」

「うん」とヨーアヒムはいった。「ぼくも初めちょっとおかしかった。しかし心配することはない。最初にもいっておいたと思うが、ここの生活に慣れるのは決して容易じゃないんだ。からだの調子はすぐよくなるよ。ああ、あすこにちょうどベンチがある。少し腰をかけてから帰ろう。ぼくは安静療養をしなくちゃならないから」

道は平坦《へいたん》になっていた。ここからさきは、散歩道全体の三分の一ぐらいの高さでダヴォス街の方角に向って通じていたが、まばらに植わった、風に曲ってひょろ長いえぞ松の間からは、明るい光を受けて白みがかった姿で横たわっている町が見おろせた。彼らが腰をかけている簡単な作りのベンチの背景は、嶮《けわ》しい岩壁だった。その近くを、水が無蓋《むがい》の筧《かけひ》を伝って、ごぼごぼ、ぴちゃぴちゃと音をたてながら谷へ流れ落ちていた。ヨーアヒムは、登山杖《とざんづえ》の尖端《せんたん》で、南で谷を閉ざすようにしている雲に覆われたアルプスの峰々を指《さ》して、その名をいとこに教えようとした。しかし、ハンス・カストルプはちょっとそちらへ眼をやっただけで、前屈《まえかが》みの姿勢で、銀の金具のついた都会風のステッキの石突きで砂の上に、何か勝手な図を描きながら、ほかのことをききたがった。

「君にきこうと思っていたんだが――」と彼ははじめた。……「ぼくの部屋に寝ていた病人は、ぼくがやってくる直前に死んだということだったね。君がここの上にやってきて以来、もうどのぐらいひとが死んでいるんだろうか」

「五、六人はたしかなところだろうね」とヨーアヒムが答えた。「しかしね、どれもこっそり片づけられてしまうから、誰も全然知らずにすんでしまうか、さもなければ、あとになって偶然そのことを耳にするというぐらいのところだ。誰かが死んだことは厳重に秘密にされるんだ。つまりほかの患者たち、とくに発作に襲われ易《やす》い婦人患者たちのことを考えてのことなんだろう。だから、たとい君の隣室で誰かが死んだとしても、君は少しもそれに気づかないと思うよ。棺は朝早く、君がまだ眠っている間に運びこまれるし、死骸《しがい》を運びだすのも、そういうときを狙《ねら》って、たとえば食事時間を利用するといった具合だからね」

「ふうん」といってハンス・カストルプは何やら図形を地面に描きつづけた。「つまり、そういうことはいっさい、舞台裏で、というわけだね」

「うん、そういってもいいだろう。しかし、つい最近のは、ええっと、あれはざっと八週間ぐらい前のことだったと思うが――」

「八週間が『つい最近』というのは変だよ」と、ハンス・カストルプは無愛想な口調ですかさず口をはさんだ。

「え？　じゃこの『つい最近』は取消そう。それにしても君は几帳面《きちようめん》だね。ぼくは大ざっぱのところでいったんだが。では『しばらく前に』だ、一度その舞台裏を覗《のぞ》いてしまったことがあるんだ。むろんまったく偶然にね。それがまるできのうのことのようにはっきりと思いだせる。フユス、バルバラ・フユスというカトリックの少女のところへ、ヴィアティクム（Viatikum）つまり臨終の聖体が持ってこられたときのことだ。終油礼だよ。バルバラは、ぼくがここへやってきたころは、まだ起きていられて、浮かれてはしゃぐ、とても茶目なお転婆《てんば》娘だったんだが、急に悪くなってね、もう寝たっきりになってしまった。ぼくの部屋から三つ目の部屋に寝ていたが、両親がやってきて、それからとうとう坊さんさ。坊さんがやってきたのは、午後のお茶で、みんな部屋をるすにしていたときで、廊下には誰もいなかった。ところで、ぼくはうっかり寝すごしてね、正午の安静療養中に眠りこんでしまって、銅鑼《どら》を聞き洩《も》らして、十五分ほど遅刻してしまったんだ。だから、いよいよという肝心のときに、ぼくはみんながいる場所にいなくて、そのために君のいわゆる舞台裏を覗くということになってしまったんだ。何げなく廊下を歩いていくと、向うから、提灯《ちょうちん》をいくつもつけた金の十字架を先頭にして、レースの衣を着た坊さんたちがやってくる。先頭のひとりがトルコ軍楽隊の鈴付錫杖《しゃくじょう》のように、その十字架を捧《ささ》げ持っているんだね」

「そんな比較はないよ」とハンス・カストルプはたしなめるような口調でいった。

「ぼくにはそう思えたんだ。思わずそんな連想をしてしまったんだ。だが、まあ話を聞きたまえ。とにかく、彼らはそうやってぼくがいる方へ足早にやってきた。たしか三人だった。先頭は十字架の男、つぎが眼鏡をかけた坊さん、それから香炉を持った少年だ。坊さんはヴィアティクムを胸のあたりに捧げていた。これには蓋《ふた》がしてあった。坊さんは頭を一方にかしげて、いかにも神妙な様子だった。坊さんにとっちゃヴィアティクムはいちばん神聖なものだからね」

「だからこそ、だよ」とハンス・カストルプはいった。「だからこそ、ぼくは君が鈴付錫杖を連想したのが変だと思うんだ」

「わかった、わかった。しかし、君だってあの場に居合せたら、あとで思いだして、どんな顔つきをするか、しれたもんじゃないからね。なにしろ夢に見そうなものだったんだから。――」

「どうして」

「つまりこうさ、そんな場合にどう振舞ったらいいか、それがわからないんだ。帽子を脱ごうにも、はなからかぶっちゃいないしね。――」

「それなんだ」とハンス・カストルプはもう一度急いでヨーアヒムの言葉を遮《さえぎ》った。「だから帽子というものはかぶっていなくちゃいけないんだよ。ぼくはね、ここの上の君たちが帽子をかぶらないのが不思議でしようがなかったんだ。帽子というものはね、脱ぐべき機会に脱げるようにと、初めからちゃんとかぶっていなくてはいけないんだ。それで、それから君はどうしたの」

「壁際《かべぎわ》へ寄ってね」とヨーアヒムはいった。「畏《かしこま》って立っていて、坊さんたちが前へきたとき、軽くお辞儀をした――それがちょうどフユスっていう娘のいる二十八号室の前だった。坊さんはぼくに挨拶《あいさつ》されてうれしかったらしい。向うも頭巾《ずきん》を脱いで、実に丁寧なお辞儀をしたから。そこでこの一行も足をとめてね、香炉を捧げた少年の役僧がノックしたうえで、把手《とって》を回してドアを開けると、師僧をさきに部屋へ入れた。さあ、そこでぼくは驚いたのなんのといって、言葉でいっても君にはわかるまいが。坊さんが閾《しきい》をまたいだとたん、部屋の中で悲鳴があがったんだ、金切り声の。おそらく君だってあんなのは聞いたことがないだろうと思う。それが三、四度続いて、それから息つく間もないほどに泣きわめくんだ、大きく口を開いて泣いてるのか、あーん、あーんっていってね。悲しみと恐怖と反抗のまじり合った、実になんともいいようのない泣き方なんだ。その合い間には背筋がぞっとするような哀願の調子もまじっていてね。ところが、声がやがてふとうつろになり、ぼやけてしまって、まるで地の底へ沈んで、深い窖《あなぐら》からでも聞えてくるようになってしまった」

ハンス・カストルプはさっといとこの方へ顔を向けて、「フユスなのか、それが」と興奮して尋ねた。「で、『窖から』っていうのはどういうことなんだ」

「布団《ふとん》の中へもぐりこんでしまったからだ」とヨーアヒムは答えた。「そのときのぼくの気持ったらなかった。坊さんは閾のところに立って、しきりに慰めの言葉をなにかいっている。その姿はいまでも眼に見えるようだ。坊さんは慰めの言葉をかけながら、頭をしょっちゅうだしたり引っこめたりしている。十字架を持った男と役僧は、部屋に入れないで、宙ぶらりんだ。だからぼくは彼らの間から室内を覗くことができたのさ。部屋は君やぼくのと同じだが、ベッドはドアの左側の壁に寄せられていて、枕《まくら》もとには人が立っている。いうまでもなく親族、つまり両親だろうが、彼らもやはりベッドの方へ向ってなにかなだめるような言葉をいっているんだ。ベッドには不格好なかたまりみたいなものが見えるだけだったが、それが哀願したりぞっとさせるような声をだして抗議したり、脚《あし》をばたつかせていたりしていた」

「脚をばたつかせるって？」

「ありったけの力でだ。しかし、そんなことをやってみたところで、結局どうにもならない。最後の聖体を受けなければならなくなって、坊さんが近寄っていって、ほかのふたりも部屋へ入っていってドアが締められたが、その前に、フユスが一秒間ばかり布団から頭をだして、薄ブロンドの髪をふり乱したまま、眼をかっと見開いて坊さんを見つめたのをぼくは見てしまったんだ、もうまったく青ざめた、色も艶《つや》もない眼で。そして、ああ、ううという叫び声をあげて、また布団の中へ潜《もぐ》ってしまうのが見えたんだ」

「なんだっていまになってそんな話をしてきかすんだ」と、すこし間をおいてからハンス・カストルプはいった。「なぜゆうべのうちに話してくれなかったんだ。でもね、そんなに抵抗するなんて、きっとまだ大分体力が残っていたんだろうね。体力がなければ、そんなふうにはできないからね。それなのに坊さんを呼んでくるなんて残酷じゃないか」

「本当は弱っていたんだ」とヨーアヒムはいった。「……ああ、話すことが多すぎて、どれをさきにしたらいいのか、困るくらいなんだが。……その娘はもうすっかり弱っていたんだ。そんなに力がでたのは、恐ろしくて仕方がなかったからなのさ。死ななくちゃならなくなって、それが怖《こわ》くてたまらなくなったんだ。なにしろまだ若いしね、無理はないのさ。しかし、大の男だって、よくそんなふうに取乱すのがいるが、そういうのはむろんもう女々《めめ》しいかぎりだ。もっともベーレンスはこういう連中の取扱い方をよく心得ているんだ、つまりそんな場合の口上をね」

「どんな口上なんだ」と、ハンス・カストルプは眉根《まゆね》を寄せて尋ねた。

「『そんな格好はおやめなさい』っていうんだそうだ」とヨーアヒムは答えた。「少なくとも最近ある男がそういわれたことはたしかだ――現場に居合せて、その死にかけている男をしっかりと押えつけるのを手伝った婦長が話してくれたんだから。いよいよというときになってじたばたして、どうしても死にたがらないんだな。そこでベーレンスが『そんな格好はおやめなさい』をぶっつけたわけなんだ。そうすると、患者は急におとなしくなって、実に静かに死んでいったそうだ」

ハンス・カストルプは片手で膝《ひざ》を打ち、ベンチの背にもたれて天を仰いだ。

「いくらなんでも、君、それはちょっとひどすぎる」と彼は叫んだ。「『そんな格好はおやめなさい』なんて、高飛車な。それも、いま死んでいこうとするひとにね。そいつはどう考えてもひどすぎる。相手は死にかけているんだ。死にかけているひとは、ある意味では大いに敬わるべきなんだからな。そういう人間に向って、いくらなんでもそうはっきりとね。……死にかけているひとは神聖だといってもいいと思うんだがな、ぼくなんかは」

「それはぼくも否定しようとは思わない」とヨーアヒムはいった。「しかし、あんまり女々しいとね。……」

「いや、ちがう」とハンス・カストルプはヨーアヒムの反対に対して滑稽《こっけい》なほどの激しさで応じた。「ぼくがどうあってもいいたいのはね、死にかけている人間というものは、その辺をうろつき回って、笑ったり、金を儲《もう》けたり、腹鼓を打ったりしているがさつな人間よりは、ずっと高尚だということなんだ。そういう人間に向って、いかん、それはいかんよ――」そういう彼の声はひどく奇妙に震えた。「いけない、そういうひとに対してそんなに無造作に――」といいかけて彼は、笑いの発作に襲われ、それに圧倒されて言葉がつまってしまった。それはきのうと同じ性質の笑い、腹の底からこみあげてきて、全身を揺するとめどもない笑いだったが、そのため眼はふさがり、目蓋《まぶた》の間からは涙が滲《にじ》みでてきた。

「しっ」とヨーアヒムが急に注意を促した。「静かに」と彼は囁《ささや》いて、とめどもなく笑いこけているいとこの脇腹《わきばら》をそっと突いた。ハンス・カストルプは涙に濡《ぬ》れた眼をあげた。

左手から外国人がひとりやってきた。褐色の髪の、優雅な身ごなしの紳士で、黒い口ひげはやわらかな曲線を描いてひねられ、明るい色の弁慶格子《べんけいごうし》のズボンを穿《は》き、ふたりのそばへやってきてヨーアヒムと朝の挨拶を交《かわ》した――正確で立派なせりふだった――そして、脚を組み、ステッキによりかかって、優雅な姿格好でヨーアヒムの前に立った。

悪　魔（Satana）

この紳士の歳《とし》のほどはたやすく推察しかねたが、おそらく三十歳と四十歳の中ごろであろうか。一見若々しかったが、鬢《びん》のあたりにはもう白いものが見られ、上のほうはかなり薄くなっていた。薄い毛が中央に細長く残って、その両側に禿《はげ》が入江のように入りこみ、額を秀《ひい》でて見せていた。淡黄色の弁慶格子の太いズボン、非常に大きな襟《えり》の、フラノのダブルの、長すぎる上着、といういでたちはどう考えても瀟洒《しょうしゃ》とはいえなかった。角の丸いシングルカラーも、なんどか水をくぐったせいか角目がほおけ、黒ネクタイも古く、どうやらカフスはなしですませているらしい。――ハンス・カストルプがそう睨《にら》んだのは、手首のまわりに袖《そで》がくたくたに垂れ下がっているからであった。しかし彼は、自分の目の前に立っているのが、一個の紳士であることは疑いえなかった。教養のありそうな表情、自由で美しいとも表現できる物腰を見ても、この異邦人がひとりの紳士であることには疑いを挿《さ》し挟《はさ》む余地はなかった。しかし古めかしさと優雅の混合、黒い眼、やわらかく撥《は》ねあがった口ひげなどからハンス・カストルプがただちに連想したのは、クリスマスの時分に故郷の家の中庭で演奏しながら、黒ビロードのような眼をあげて帽子を差しだし、窓から十ペニヒの金を投げてもらう異国の音楽家たちだった。「筒琴*弾《ひ》きだ」と彼は思った。だからヨーアヒムがベンチから立ちあがって少しばかり照れくさそうに紹介したとき、その人の名を聞いて彼は別に奇妙だとも感じなかった。

「いいとこのカストルプです。――こちら、セテムブリーニさん」

ハンス・カストルプは、今までのふざけたような気分からまだすっかりとは醒《さ》めきらない顔で、同じく挨拶《あいさつ》をしようとして立ちあがった。しかしイタリア人は、私にはどうぞお構いなく、と丁寧な言葉遣《づか》いでふたりにふたたび腰をおろさせ、自分はいままでどおりの優雅なポーズでふたりの前に立ちつづけた。彼はそうやって立ったままふたりを見て、とくにハンス・カストルプを見て微笑した。美しい曲線を描いて撥ねあがっている豊かなひげの下で、口の片隅《かたすみ》がいくぶんは皮肉そうに歪《ゆが》められてできたこの微笑には、他人にある程度の冷静さと警戒を要求するような、一種独特な力があって、浮きうきしていたハンス・カストルプもたちまち冷静になって照れてしまったほどだった。

「たいへんなご機嫌《きげん》ですな。――ごもっとも、ごもっとも。すてきな朝ですからな。青い空、微笑する太陽。――」そういって彼は腕を軽々と優美に動かして、小さな黄色い掌《てのひら》を斜め上に空へ向け、眼も同じく明るくそのあとを追って空を見上げた。「どこにいるのかを忘れてしまうくらいです」

彼の言葉には外国人らしいアクセントがまったくなかった。それどころか、発音があまり正確なので、それでかえって外国人であることがわかってしまうぐらいであった。彼の唇《くちびる》は言葉を形作るのに一種の喜びを感じているようで、聞いていて気持がよかった。「で、ここへいらっしゃるまでの道中はいかがでした」と、彼はハンス・カストルプに話しかけた。……「もう判決は下っているのですか。つまり初診の陰気な儀式をおすませになっていらっしゃるのですか」――彼がその返事を聞くつもりだったとしたならば、ここで口をつぐんで相手の返事を待つべきであったであろう。とにかくこの男は他人にこの異国人は言葉を続けた。「軽くてすみましたか。愉快そうにしていらっしゃったからね――」ここで一瞬黙って口角を深く歪めた。「どうとも想像されますね。われわれのミーノス*とラダマンテュスは、あなたに何カ月、挑《いど》みかかったのです」――彼はこの『挑む』という言葉をとくに滑稽《こっけい》に発音してみせた。――「当ててみましょうか。六カ月。それともいきなり九カ月。なにしろ気前がいいですからな。……」

驚いたハンス・カストルプは、笑いながらミーノスとラダマンテュスとは誰のことか、思いだそうとして、答えた。

「どういうことなのでしょう。いいえ、あなたは思い違いしてらっしゃいます、ゼプテムー」

「いや、セテムブリーニと申します」とイタリア人はユーモラスにお辞儀をして、はっきりと訂正した。

「セテムブリーニさん――でしたね、失礼いたしました。いいえ、あなたは思い違いをしていらっしゃるのです。わたくしは病気ではないのです。このいとこを訪《たず》ねて二、三週間の予定でやって参りましたので。そのついでに自分も少々保養をいたそうかと思いまして。――」

「いや、それはどうも。ではあなたはわれわれの身内ではいらっしゃらないというわけですな。ご丈夫で、ここへはただ単に聴講生としてこられたということですか、冥府《めいふ》をおとずれたオデュッセウスのように。いや実にご大胆なことだ。亡者《もうじゃ》どもが酔生夢死の暮しを送っているこの深淵《しんえん》へ降りてこられたとは。――」

「深淵とおっしゃるのですか、セテムブリーニさん。ご冗談を。ぼくは五千フィートあまりも上ってあなたがたのところへやってきたのですが」

「それは感じだけのことです。そうですね、それは錯覚ですね」と、イタリア人ははっきりと手を振っていった。「われわれは深淵に堕《お》ちたやからです。ね、いかがですか、少尉《しょうい》殿」と彼はヨーアヒムに言葉を向けた。少尉と呼ばれて、ヨーアヒムは内心の喜びを顔にだすまいとして、考え深そうにこう答えた。

「なるほど仰《おお》せのとおりぼくたちは、少々だらしがない次第ですが、しかしやがては奮起しないものでもありますまいし」

「そうですな、あなたにはきっとそれができるでしょう。しっかりしていらっしゃるから、あなたは」とセテムブリーニはいった。そしてこんどはハンス・カストルプに向って、ひとり合点をしながら、「さよう、さよう、さよう」と、さをきつく三度発音して、上顎《うわあご》へ舌を三度軽く打ちつけた。そして、ぼんやりとした眼つきになるほどに眼を凝らしてこの新来の客を見つめて、さの音を前と同じぐらい強く三度発音して「さて、さて、さて」といい、ふたたび活《い》きいきした眼つきに戻って話を続けた。

「ではあなたは完全にあなたの自由意志から、私たち堕ちたやからのところへ上ってこられて、しばらく私たちに同宿の喜びを享受《きょうじゅ》させてくださるというのですな。そうでしたか。結構なことです。ところで、どれぐらいご滞在なさるおつもりですか。恐れ入りますが、ラダマンテュスではなくご自身で予定をおたてになるのに際して、いかほどのご期間をご自分にご求刑なさったのか、それが承れるとありがたいのですが」

「三週間です」とハンス・カストルプは、さぞ羨《うらや》ましがられるだろうと思って、少々得意になって浮きうきとした調子でいった。

「おお神（dio）よ！　三週間。お聞きかな、少尉殿。ここへ三週間の予定でやってこられて、それがすぎればすぐまたお帰りだとおっしゃる。これはちとあつかましい。いかがです、少尉さん。こんなことを申上げてたいへんぶしつけですが、私たちは週などという単位は知らないのです。私たちの最小の時間単位は一月なのです。私たちは大きな桁《けた》で計算するのでしてね。――これは亡者どもの特権なのです。このほかにも、亡者の特権はいろいろとありますが、どれもこれも似たり寄ったりのものです。失礼ですが、あなたは下界でどういうお仕事に携っていらっしゃいましたか。というか、どういうお仕事をなさろうとして準備なさっていらっしゃったのですか。ごらんのとおり、われわれは自分たちの好奇心を全然抑制しないのです。つまり私たちは、好奇心もひとつの特権だと見なしているわけですな」

「いや、そのご遠慮には及びません」とハンス・カストルプはいって、質問に答えた。「造船家。これはすてきだ」とセテムブリーニは叫んだ。「私の才能は、それとは別の方面にあるのですが、しかしあなたのお仕事がすばらしいことは、これは絶対です」

「セテムブリーニさんは文学者でいらっしゃるんだ」とヨーアヒムは少し照れくさそうに説明した。「ドイツの新聞にもカルドゥチ*（Carducci）の追悼文をご寄稿になっていらっしゃるんだよ――カルドゥチの、ね」そして彼は、ハンス・カストルプが不審そうに彼を眺《なが》めやって、（君は本当にそのカルドゥチのことを知っているのかい、ぼくと五十歩百歩というところじゃないのか）といってるような気がして、なおのこと照れてしまった。

「そのとおりです」とイタリア人は頷《うなず》いた。「かの偉大な詩人にして自由思想家がその生涯の幕を閉じたとき、私は彼の生涯について、お国の方々にお話をする光栄にあずかったのです。私は彼を識《し》っています。彼の弟子だといってもよろしいのです。私はボローニャで親しく彼の教えを受けたのです。もしこの私に教養と明朗さがあるとすれば、それは彼の賜物《たまもの》なのです。しかしいまはあなたのことが話題になっているのです。造船家！　あなたの存在は私には眼に見えて立派なものになってきましたね。そうやってそこに腰をおろしていらっしゃるあなたのお姿が、不意に仕事と技術的天才の世界を代表していらっしゃるように見えはじめてきましたな」

「でも、セテムブリーニさん――ぼくはまだ学生にすぎないのです。やっとこれからというところなのです」

「そうでしょう。しかし何事もはじめが肝心だ。どんな仕事であろうと、仕事という名に値する仕事は、すべてたいへんなものなのです。ね、そうではありませんか」

「まったくそのとおりだと思います、それは悪魔だって知っていると思います」とハンス・カストルプはいったが、これは彼の実感だった。

セテムブリーニはとたんに眉《まゆ》を吊《つ》りあげた。

「悪魔まで引合いにおだしになるとは驚いた。本物の悪魔までを。私の偉大な師がその悪魔に頌歌《しょうか》を捧《ささ》げているのをあなたはご存じでしょうか」

「失礼ですが」とハンス・カストルプはいった。「悪魔、にですか」

「さよう、悪魔にです。私の国ではおめでたいときによく歌われる頌歌です。O salute, O Satana, O ribellione, O forza vindice de la ragione『おお、健康よ、ああ、悪魔よ、おお、反逆よ、おお、理性の復讐《ふくしゅう》の力よ』……実にすばらしい歌です。もっともあなたの悪魔は、これとはちがうようです。私のいう悪魔は人間の仕事とは非常に仲がいい。あなたの悪魔は、なにかの理由で仕事を毛ぎらいする悪魔、つまり一般に小指も与えてはならぬと戒められている悪魔のほうを指すようですね」

こういう話全体は、人のいいハンス・カストルプにはひどく奇妙な印象を与えた。彼にはイタリア語がわからなかったが、その他の点でも好感の持てないものがあった。なるほど、それは冗談めかした軽口の雑談といった口調で話されたのにはちがいないが、どことはなしに日曜日のお説教めいたところがないではなかった。ハンス・カストルプはいとこの顔色を読もうとしたが、いとこは眼を伏せた。ハンス・カストルプはいった。

「失礼ですが、セテムブリーニさん、どうも私の言葉を必要以上に厳密にお取りになっていらっしゃるようです。私は悪魔とは申しましたが、それはあの、ただ言葉のあやにすぎないのです。本当にそうなんです」

「誰かが気の利《き》いたことをしゃべりませんとね」とセテムブリーニは、憂鬱《ゆううつ》そうに空を見た。しかし、彼はすぐに元気を取戻し、快活に、上品に、前の話に戻った。

「とにかく、あなたのお話から察するに、あなたは労働と名誉の相半ばする職業をお選びになったと考えてよろしいようですね。遺憾ながら私は人文主義者、つまりHomo《ホモ》 humanus《フマヌス》です。工学関係のことには本当に尊敬の念を抱《いだ》いていましても、所詮《しょせん》私は一門外漢たるにすぎません。しかし、そういう私にも、あなたのお仕事が理論的な面では明《めい》晰《せき》な頭脳を、実際面ではしっかりした人間を必要とするにちがいないということ、これは十分に考えられることです。——ね、そうではありませんか」

「それはたしかにそうです。その点では私はまったくあなたのご説に賛成です」とハンス・カストルプは、無意識のうちに少々雄弁になろうとして答えた。「今日では要求されるところが実に大きくて、むしろそれをできるだけ意識しないようにするほうがよさそうです。そうでないと元気をなくしてしまいます。実際容易なことではないのです。とくにあまり頑健《がんけん》な人間でない場合はなおさらなのです。……なるほどぼくはここへはただお客としてやってきているだけのことなのですが、むろん頑健この上もないとはいえない人間で、正直のところ、働くことが自分の性分だとは思っていません。むしろ、働くとすぐへたばってしまうというのが本当のところです。ぼくが自分を健康だと感ずるのは、なにもしないでいるときぐらいのものなのです」

「たとえばいまの場合のようにですか」

「いまの場合ですか、さあ。なにしろぼくはここの上へやってきたばかりですから。——ですからまだ少しまごまごしているのです」

「なるほどね——まごまごしていらっしゃる」

「そうです、それにゆうべはよく眠れませんでしたし、朝食もどうやらご馳走《ちそう》がありすぎたようです。……いつも普通の朝食になれているのですが、けさのはどうもたっぷりしすぎていたように思います。つまり英国人のいわゆる too rich というやつですね。要するに気分が少し重苦しく、そのうえけさはシガーがあまりうまくないときています。——そこなんですよ、問題は。これまでにこんなことはほとんどなかったのです。本当の病気の場合は別として。——ところがけさの煙草《たばこ》は革《かわ》をでも吸ってるみたいなので。諦《あきら》めて、ついに捨ててしまいました。無理に吸ってみたところではじまりませんからね。失礼ですが、あなたも煙草は召しあがりますか。召しあがらない。それではわかっていただけないかもしれませんが、ぼくのような、若い時分から人並み以上に煙草を愛用してきた人間にとっては、これがまあどんなに腹だたしい情けないことか。……」

「私は一向に不案内ですが」とセテムブリーニは答えた。「しかし煙草を飲まない人たちにも結構優秀な人間はいます。立派で冷静な精神の持ち主で、喫煙の習慣をきらった人は多いのです。カルドゥチもそうでした。しかし例のラダマンテュスだと、おそらくあなたにご同情申上げる資格を持っているでしょうな。あれもあなたと同じ悪癖の讃美《さんび》者《しゃ》ですから」

「いや、これはどうも——喫煙を悪癖とは、セテムブリーニさん……」

「だってそうでしょう。私たちは物事をありのままに、はっきりと表現しなければなりません。それでこそ人間生活は向上し、進歩するのです。私にも悪癖はある」

「じゃベーレンス顧問官は葉巻通なのですね。あれはいい人ですね」

「そうお思いですか。そうですか、それではもう挨拶《あいさつ》はなさったんですね」

「はあ、さきほど、出しなに。半分診察みたいな格好でした。もっともこれは無料(sine pecunia)ということでしたが。顧問官はぼくがかなりの貧血症だということをひと目で見抜いて、忠告してくださいました。つまり、ここに滞在中は、いとこと同じ生活を送って、精々バルコニーにも寝るようにということです。検温もさっそくはじめたほうがよかろうというお話でした」

「本当ですか」とセテムブリーニは叫んだ。……「こいつは愉快だ」と彼は笑ってからだをそらし、空に向って叫んだ。「あなたのお国の大音楽家のオペラにこうあるのをご存じですか、『わたしは鳥刺し、いつもご機嫌、ハイサ、ホプサッサ』*とにかくこれは愉快だ。で、あなたはその忠告どおりになさるおつもりですか。いや、これはお尋ねするだけでも野暮というものだ。そうなさらない理由はない。まったくあれは悪魔の手代だ、彼、ラダマンテュスは。それに実際に『いつもご機嫌』ですからな。ときには無理をしてそう見せかけている場合もあるが。つまりあれでたまにはくさっていることがあるんですよ。例の悪癖のおかげでね。――もっともそうでなければ悪癖とは申せませんが――つまり煙草が彼をメランコリックにするのです。それで私たちの敬愛すべき婦長が、買った煙草を自分で保管しておいて、彼には毎日少しずつしか渡さないのです。しかし彼は誘惑に負けてそいつを盗みだすこともあるとかで、その結果がふさぎの虫です。要約すれば、混乱せる魂とでもいうのでしょうか。婦長にもお会いになりましたか。まだですか。それはいかん。ぜひ知合いにおなりなさい。なにしろ、フォン・ミュレンドンクの一族ですからな。メディチのヴィーナスとちがうのは、女神には乳房があるところに、婦長はいつも十字架を下げていることです。……」

「は、は、は、これはいい」とハンス・カストルプは笑った。

「名前はアドリアティカ」

「名前までそんな名前なんですか」とハンス・カストルプは叫んだ。……「これは奇態だ。フォン・ミュレンドンクにアドリアティカ、なにかもう、ずっと昔に亡《な》くなったひとというような感じですね。まさに中世紀ですね」

「さよう、さよう」とセテムブリーニは答えた。「あなたが『中世的』とお感じになるもの、それがここには無数にあるのです。私一個人の確信するところによれば、ラダマンテュスが、あの化石みたいな女性を自分の恐怖の殿堂の監督者とした理由は、ただただ彼の芸術家としての美的感覚からきているのです。ラダマンテュスは、あなた、あれで芸術家なんですよ。――ご存じないでしょうが、油絵を少しやるのです。別にこれは禁じられていることではないし、誰にだってやれるのですから、どうということはないわけですが。……さて、あのアドリアティカですが、この女は相手構わず、十三世紀の中ごろ、ライン河畔のボンのある尼《に》僧院《そういん》に、ミュレンドンクという僧院長がいたということをいって聞かせる。おそらくあの婦長自身も、十三世紀の中ごろから、まだあまり歳月がたたない時分に生れたんでしょうからね。……」

「は、は、は、これはすごい、お口が悪いですねえ、セテムブリーニさん」

「口が悪い、とおっしゃる。つまり辛辣《しんらつ》だとおっしゃるのですな。そのとおり、私は多少辛辣です。――」とセテムブリーニはいった。「ただ、その辛辣さを、こんなくだらないことで浪費しなければならないのは残念です。しかし辛辣ということそれ自体には、あなたも別にご不満はないでしょうな。私をしていわしむればですな、辛辣とは、暗黒と醜悪の力に対する理性の武器、最も優秀な武器なのです。辛辣は、あなた、批評の精神です。そして、批評は、進歩と啓蒙《けいもう》の根源なのです」と、彼はたちまち話をペトラルカの上に移し、ペトラルカのことを「近代の父」と呼んだ。

「そろそろ安静療養の時間です」とヨーアヒムが静かな口調でいった。

文学者は優雅な手ぶりを交えておしゃべりをしていたが、最後にそのジェスチュアのままヨーアヒムの方を指してこういった。

「少尉《しょうい》殿が勤務のご催促です。では帰りましょう。私も同じ道を帰るのですから。――『右の方《かた》、すなわち権勢並びなき地獄の王（Dis）の砦《とりで》へ至る道』です。ああ、ウェルギリウス、ウェルギリウス。諸君、彼の右にいずる詩人があるであろうか。私はむろん進歩を信奉している。これはいうまでもない。しかしながら、ウェルギリウスは、いかなる近代人も知らないような形容詞を使いこなしているのです」ふたりといっしょに帰途につきながら、彼はなにかラテン語の詩句をイタリア語の発音で吟誦《ぎんしょう》しはじめた。しかし間もなく、街の娘らしい女が向うからやってくるのを見ると、その娘が格別美人というほどでもなかったのに、彼は吟誦を中止して女好きらしい微笑を浮べて、「ト、ト、ト、ト、ト」と舌を鳴らし、「ヨヨヨ《アイ・アイ・アイ》。ラ、ララ。可愛《かわい》い、かわいい別嬪《べっぴん》さん、私といっしょに遊びましょ。いかがです。『彼女の瞳《ひとみ》は怪しき光に輝きぬ』」と変な引用をし、困惑している娘のうしろ姿に投げキスを送った。

これを見てハンス・カストルプは、へらず口をきく人だな、と考えた。この考えは、セテムブリーニが粋《いき》な気紛《きまぐ》れのあとで、ふたたび毒舌を揮《ふる》いはじめたときにも、変らなかった。彼はこんどは主にベーレンス顧問官にほこさきを向けて、顧問官の大足を皮肉り、結核性脳膜炎を病んだ王子から贈られた顧問官という称号についてしゃべった。この王子がいかに数々のふしだらをやったか、いまでもこのあたり一帯の語り草になっているほどだが、ラダマンテュスだけはそれに眼をつむって、いやそれどころか全然見て見ないふりをして、天下の顧問官たるにふさわしい貫禄《かんろく》を示したというのである。それから諸君は、「夏シーズン」を考案したのもあいつだということをお聞き及びかな。それはもろんこんなことは彼ででもなければ考えつくはずがない。賞讃されてしかるべき功業だ。むそれ以前には、よほどのダヴォスびいきでないかぎり、この谷で夏を送るほどに忍耐強いものはいなかったのに、「われらがユーモリスト」は、これはある種の偏見の結果だということをその冷厳なる烱眼《けいがん》によって見抜き、少なくとも自分が経営する療養所に関するかぎりは、夏季療養は冬季療養にまさるともおとらず、とくにそれ特有の効果の故《ゆえ》に療養上必要欠くべからざるものであるという新学説を樹《た》てて、これを主張した。しかも彼は、この学説を広めることにも抜かりはなく、これに関する通俗的な広告文を作って新聞に掲載させた。おかげで商売は夏冬問わずの大繁盛だ。セテムブリーニは「すなわち天才ですな」といい、「ち・よ・つ・か・ん（直観）ですな」といった。それから彼の話は近くの療養所に移って、それらを片っ端からくさし、それらの経営者の商魂の逞《たくま》しさを辛辣《しんらつ》に称《たた》えた。カフカ教授というのがいる。……この医者は毎年多数の患者が退院を願いでる雪解けの危険期がやってくると、急な用事ができて自分はこれから一週間あまりの旅行にでかける、その旅行から帰ってから退院の手続きをしてあげようといって姿を隠してしまう。その一週間が六週間にもなる。あわれなのは患者たちで、カフカ先生の帰ってくるのを待ち侘《わ》びているが、待っている間にも入院費が情け容赦もなしに嵩《かさ》んでいく点にご注意申上げたい。またフィウメ*からカフカ先生に診察を頼んでくると、先方がスイス貨幣で五千フラン、耳を揃《そろ》えて支払うことを保証するまでは絶対におみこしを上げようとはしない。そうこうするうちに二週間がすぎる。ところがこの大先生のご到着した二日目に病人は死んでしまった。ドクトル・ザルツマン先生にいわせると、カフカ教授は注射器の不完全消毒で、患者たちに混合感染を起させているということだ。カフカ教授がゴム底靴を常用しているのは、その手にかかって死んだ患者たちの亡霊に足音を聞かれまいとしてだとザルツマンがかげ口をたたく――すると、カフカ教授はカフカ教授で、ザルツマンの療養所では患者に「葡萄《ぶどう》の甘露」を強制的に多量に飲ませるので――むろんこれは患者の支払いを嵩ませるためだ――そのために患者ははえみたいに死んでしまう。それも結核が原因ではなくて、アルコール中毒による肝硬変で死んでしまうのだ、とやり返す。……

こんな調子でセテムブリーニは話しつづけた。ハンス・カストルプは、彼の流暢《りゅうちょう》な悪口雑言の奔流に対して、心から無邪気に笑った。このイタリア人の雄弁は、言葉のまったく訛《なまり》のないきれいな純粋さと正確さのために、聴くひとに一種独特な快感を覚えさせた。彼のよく動く唇《くちびる》からは、言葉が、鋳造されたばかりのように、丸まると美しくとびだしてきた。話している本人も、自分が口にする垢抜《あかぬ》けのした、きびきびとした皮肉な言葉使いや表現や、それにまた単語の文法的活用や変化などを心からたのしみ味わっており、聞いているほうもそれに釣られて愉快になってくるのであった。彼のあまりにも明晰《めいせき》で冷静な精神は、ただ一回のいい誤りをも許すまいとしているようであった。

「実におもしろいお話ですね、セテムブリーニさん」とハンス・カストルプはいった。

「本当に活《い》きいきとしていて——そこのところを、どういう言葉でいい表わしたらいいか、ぴったりする言葉がうまく浮んでこないのですが」

「『造形的』はいかが」とイタリア人は、むしろ寒いくらいなのに、ハンカチで風を入れるような仕草をした。「求めておられる言葉はこれじゃありませんか。私の話し方は造形的だとおっしゃりたいのでしょう。おっと、これはどうだ」と彼は叫んだ。「ほら、あすこを、私たちの閻魔《えんま》大王たちがご散策中だ。これはまたなんという光景でしょう」

　彼ら三人はすでに道の曲り角を回っていた。セテムブリーニの話がおもしろかったためか、道が下りだったためか、あるいはハンス・カストルプが思ったほどにはサナトリウムから遠ざかっていなかったからなのか(はじめての道というものは、知っている道よりもはるかに遠く感ぜられるから)、いずれにしろ帰りは非常に早かった。セテムブリーニがいったように、二人の医師が、眼の下に見られるサナトリウムの裏側の空地《あきち》を歩いていた。白い診察着の顧問官が、頸《くび》のうしろをとびださせて両手を櫂《かい》のように動かし歩いていくそのうしろを、黒い上っ張りのドクトル・クロコフスキーが、臨床上の習慣から回診の際にはいつも院長のうしろにくっついているように要求されているので、院長同様に威張ってあたりを見回しながら歩いていた。

「クロコフスキーめ」とセテムブリーニは叫んだ。「ああやってぶらぶらしていますが、あいつはサナトリウムのご婦人連の秘密をみんな握っているんですよ。彼の服装の微妙な象徴性にご注目ください。彼があんな黒っぽい服装をしているのは、彼の最も得意とする専門分野が夜の世界であることを暗示するためなのです。あいつの頭の中には、たったひとつの考えしかない、しかもそのひとつがなんと不潔なことか。そういえば、エンジニア、あの男についてはまだ全然お話ししませんでしたね。もう挨拶はなさったのですか」

ハンス・カストルプは頷《うなず》いてみせた。

「で、ご感想はいかがです。多分あなたのお気に召したと思われますが」

「さあ、ぼくはなんといったらいいか、まだよくわからないのです。セテムブリーニさん。ほんのちょっとお目にかかっただけですから。それにぼくは物事をてきぱき批評できる性《たち》でもないので。ぼくはどういうひとに会っても、そのひとを見て、なるほどあなたはそういうひとか、それもいいだろうといった調子なんです」

「それは鈍感というものだ」とイタリア人はきめつけた。「批判しなければいけません。

自然があなたに眼光と悟性を授けているのはそのためなのです。あなたは私を評して辛辣といわれた。私が辛辣であるのは、おそらくはある教育的な目的のためになのです。われわれ人文主義者は、みな誰も教育者的素質を持っているのです。……諸君、人文主義と教育学とが、歴史的に関連を有していたことは、同時にまたこの両者の間に心理的な関係が成立していることをも保証するのです。人文主義者は教育者たらざるをえないし、またそうなくてはならないのです。人間の尊厳と美は、人文主義者によってのみ伝承されてきたのですからね。昔の混乱した反人文的な時代には、僭越《せんえつ》にも僧侶《そうりょ》が青年を指導する任務を引受けていた。しかしその後は人文主義者がその任務を受継いでいるのです。それ以来、諸君、新しい教育者のタイプはまだ生れていないのです。人文科高等学校《ギムナージウム》――ねえ、エンジニア、たとい私が反動という烙印《らくいん》を押されるとしてもですよ、私は原則的、抽象的には、人文科高等学校の味方なのです。……」

エレベーターに乗ってからもセテムブリーニはまだその話題について話しつづけ、いとこたちが三階でエレベーターを降りたときになってやっと口をつぐんだ。彼は四階まで上るのであった。ヨーアヒムの話では、彼は四階の裏側の小部屋に住んでいた。

「あまり金がないんだろう」とハンス・カストルプは尋ねながら、ヨーアヒムの部屋までついていった。ヨーアヒムの部屋は、隣の彼の部屋とまったく同じといってよかった。

「まあね」とヨーアヒムはいった。「金はないだろうな。あっても、ここの費用を支払うのにいっぱいいっぱいというところだろう。あの人のお父さんがすでに文学者だったそうだし、お祖父《じい》さんもそうだったという話だから」

「なるほど、それならむりもないね」とハンス・カストルプはいった。「しかし病気のほうは大分悪いのかい」

「ぼくの聞いたところじゃ、危険というほどのことはないらしい。が、痼疾《こしつ》なんだね。そしてたびたびぶり返すらしい。患《わずら》いはじめてからもう何年にもなるらしい。一時はしばらく退院していたのだそうだが、すぐに舞い戻ってこなければならなかったという話だ」

「気の毒だね。あんなに仕事に憧《あこが》れているのに。しかしたいへんなおしゃべり屋だね。話から話へとび移る身軽さといったら。さっきの娘ッ子の一件はちょっと度がすぎたね。ぼくはいささか照れたよ。しかしあのあとの、人間の尊厳について話した話は鮮《あざや》かなもんだった。祝賀会の演説というような感じだった。君はよくあのひととといっしょになるのかい」

頭の冴《さ》え

しかしながら、ヨーアヒムは都合があって、はっきりとした返事ができなかった。つまり彼は、テーブルの上にある天鵞絨《びろうど》裏の赤革《がわ》ケースから小さい体温計を取りだして、水銀の詰っているほうを口の中に挿《さ》し入れていたからである。舌の左下にくわえられたこのガラス器具は、彼の口から斜め上へ突きでていた。彼は着換えをし、靴をはき、作業衣のような短い上着を着込み、印刷した体温表と鉛筆、それから本を一冊、ロシア語の文法書をテーブルの上から取りあげた――彼はロシア語を齧《かじ》っていた。これは他日何か軍務上に役立ちもしようかと考えてのことだった。――これだけの用意が整うと、彼は外のバルコニーの寝椅子《ねいす》の上に横になり、ラクダの毛布を軽く足さきにかけた。

毛布はほとんど不要だった。十五分ほどのうちに雲が次第に薄らいで、もうすっかり夏らしい、暖かくて眩《まぶ》しい日光が照りつけてきて、ヨーアヒムは頭上に白いリンネルの日除《ひよ》けを拡《ひろ》げざるをえなかったからだ。この日除けは簡便な装置で、椅子の肘掛《ひじか》けに取りつけられていて、太陽の位置に応じて自由に動かせた。ハンス・カストルプはその仕掛けを賞《ほ》めた。彼はヨーアヒムの検温の結果を待って、その間に万事のやり方を見学した。バルコニーの片隅に立てかけられている毛革の寝袋（寒い日にはこれを使用した）を眺《なが》めたり、手摺《てす》りに肘を突いて下の庭を見やったりした。庭の共同療養ホールは、寝そべって、読んだり、書いたり、おしゃべりしたりの患者たちで賑《にぎ》わっていた。ただし、上からはその一部、つまり五脚ほどの椅子が見えるだけだった。

「検温は何分間なの」とハンス・カストルプは振向いてきいた。

ヨーアヒムは指を七本立ててみせた。

「それだったらもう経《た》っているよ——七分だったら」

ヨーアヒムは頭を振った。それからしばらくして口から体温計を取出して調べながら、こういった。

「時間というものはね、見張っていると、実にのろのろとしか進まないものなんだ。ぼくには一日四回の検温がとても楽しみなんだが、それというのも、一分とか七分とかいうものが実際にはどれくらいの時間なのか、それが検温でよくわかるからなんだ——まったくここにいると、一週七日があっという間にすぎてしまう」

「君は『実際は』なんていうが、そういうことはいえないんじゃないかな」とハンス・カストルプは答えた。彼は片方の腿《もも》を手摺りに載せた格好でそこに腰をかけていたが、白眼には血管が赤く浮きだしていた。「時間にはね、決して『実際は』というようなことはないんだ。長いと感ずるんなら長いんだし、短いと感ずるんなら短い。それが実際にはどれくらい長いのか、または短いのか、そんなことは誰にもわからないじゃないか」ふだんの彼にならこんな哲学めいたおしゃべりの癖は全然なかったのに、いまの彼はそういうおしゃべりをしてみたい衝動を覚えた。

ヨーアヒムはそれには反対だった。

「そうではないんじゃないか。だって時間を計るだろう、ぼくたちは。そのためには時計もあれば、カレンダーもある。ひと月たてば、それは君にも僕にも、誰にとってもひと月たったということなんだ」

「しかし、ね、いいかい」といってハンス・カストルプは、人差し指を濁った眼の横へかざしてみせた。「では一分とは、君が一分間検温するときに君の感ずるだけの長さを意味する訳だね」

「一分とは……、秒針が一回転するのに必要な時間、つまり、その間つづく時間をさすんだ」

「ところが、秒針がひと回りするのに要する時間なんて、実はまちまちなんだ――ぼくたちの感じからいうとね。そして事実は……つまりこの『事実上は』が問題ではなかろうか」とハンス・カストルプは言葉を繰返して、人差し指でぎゅっと鼻を押したので、鼻のさきがすっかり横へ曲ってしまった。「秒針が回ること、これはひとつの運動、空間的な運動にすぎない、そうだろう。そうか、つまりぼくたちは時間を空間で計っているんだ。しかしね、これは空間を時間で計ろうということにほかならない――空間を時間で計るのは、おそろしく非科学的な人間だけがやることなんだ。ハムブルクからダヴォスまで二十時間かかる――汽車ではね。しかし、歩けば何時間かかるだろうか。それから、頭で空想するとしたら。一秒だってかかりはしない」

「おい、君、君」とヨーアヒムはいった。「いったいどうしたんだ。ぼくたちが住んでいるここの土地は、君のからだに悪いのじゃないかな」

「まあ、黙っていたまえよ。きょうはすごく頭が冴《さ》えているんだ。そもそも時とは何か」とハンス・カストルプは問題を提出しながら、鼻の頭を乱暴に横へ押し曲げたために血の気が失《う》せて鼻の頭が白くなった。「教えていただけますか。われわれは空間を感覚器官で、すなわち視覚と触覚とで捉《とら》える。それはいい。しかしながら、どの器官がいったい時間を捉えるのか。お教え願いたい。ほら、わからないだろう。そうだとしたら、もしぼくらが厳密にはそれについてなんにも知らないもの、そのたったひとつの性質さえ挙げることのできないものを、どんな方法で計ったらいいというんだ。普通ぼくたちは、時間が経つ、という。よろしい、時間が経過するとしよう。だが時間を計ることができるためには……まあ、待ちたまえ、時間が計ることのできるものであるがためには、時間は一様にむらなく経過しなければなるまい。しかし時間がそんなふうに一様に経過するなんて、どこにそう書いてあるだろうか。ぼくたちの意識からすれば、時間は決して一様に流れていきはしない。ぼくらは秩序を維持する都合上、時間が一様にむらなく流れるものと仮定しているにすぎないので、従って、ぼくたちの時間単位なんてものは単なる約束ごとのひとつにすぎないのさ、失礼だが……」

「なるほど、結構だ」とヨーアヒムはいった。「ではここでぼくの体温計の目盛りが五本多すぎるということも、単なる約束ごとだというわけかい。しかしながら、ぼくはこの五本の目盛りのおかげで、軍務にもつけないで、しょうことなしにここでのらくらしているんだ、これはいったいどういうことになるんだろう」

「七度五分もあるのか」

「いや、そのうちまた下がるよ」こういってヨーアヒムは体温表に書きこんだ。「ゆうべは八度近かったが、それは君の到着のためだ。お客があると、誰でも体温があがる。それでも誰か訪《たず》ねてきてくれるのは嬉《うれ》しいよ」

「もう失敬しよう」とハンス・カストルプはいった。「頭の中には時間に関する考えがまだたくさんあるんだが――考えのかたまりといってもいいくらいにね。だけどそんなことで君をいま興奮させたくはない。いずれにしても、君の度盛りが多いことには変りがないものね。ぼくの考えは全部憶《おぼ》えておいて、あとでまた話すことにしよう。朝食のあとにでもね。朝食の時間には呼んでくれるね。ぼくもこれから安静療養だ。こいつはありがたいことに痛くもないし」そういうと彼は、ガラスの仕切り壁を抜けて自分のバルコニーへ戻った。そこにもやはり寝椅子と小卓が用意されていた。彼は、きれいに片付いている室内から、『大洋汽船《オーシャン・スチームシップス》』と、臙脂《えんじ》に緑の市松模様の美しく柔らかい膝掛《ひざか》けをもってきて、寝椅子の上に横になった。

　彼もさっそく日除けを拡げなければならなかった。寝てみると、はげしい太陽の直射光に耐えることができなくなったからである。しかし寝心地は上乗で、ハンス・カストルプは寝てみてすぐそれに気づいて、これをありがたく思った。――彼はこれまでにこんなに快適な寝椅子を見たことがなかった。台架は古風な型だったが――むろんそれは古い趣味によっただけのことで、椅子そのものは明らかに新製品だった――茶褐色《ちゃかっしょく》の艶《つや》をだした木でできていて、キャラコのような柔らかいカバーのかかった敷き布団《ぶとん》、つまり三枚の厚いマットを組み合せた敷き布団が、脚《あし》さきから寄掛りの上まで拡がっていた。外に、刺繍《ししゅう》入りのリンネルのカバーのかかった、固すぎも柔らかすぎもしない筒形の枕《まくら》が椅子に紐《ひも》でくくってあって、これがまた特別具合よくできていた。ハンス・カストルプは幅広の滑《なめ》らかな肘掛けに片腕をのせて、暇つぶしに選んだ『大洋汽船』にも手をださずに、眼《ま》ばたきしながらからだを横たえていた。明るく照り輝いている戸外の風景は、張出し縁の迫持《せりもち》のために、額縁の中の絵のような感じだった。ハンス・カストルプは感慨深げにそれを眺めた。と、急に彼はあることを思いだし、静まり返った中で大声をあげた。

「最初の朝食のときの給仕は、あれは侏儒《こびと》だったね」

「しっ」とヨーアヒムがたしなめた。「声が大きいよ。そうだったが、それがどうかしたのかい」

「いや、なんでもないんだ。ただそれについてまだ話さなかったもんだからね」

そういってから彼は夢見心地でうつらうつらしていた。寝椅子に横たわったのがもう十時だったが、それから一時間、長くも短くもない当り前の一時間が経過した。この一時間がすぎたとき、屋内と庭に銅鑼《どら》が鳴り響いた、はじめは遠く、やがて間近で、それからふたたび遠く。

「朝飯だよ」とヨーアヒムがいって、起きあがる気配がした。

ハンス・カストルプも安静療養を一応中止して、ちょっと身繕いするために室内に入った。ふたりのいとこ同士は廊下で落ち合い、下へおりていった。ハンス・カストルプがいった。

「どうもすばらしい寝心地だ。いったいあの椅子はどういうふうになっているんだろうね。売っているのなら、ぜひひとつ買ってハムブルクへ持って帰りたいな、本当に天国にでも寝ているような具合だったからね。それとも、ベーレンスの特別注文品なのだろうか」

それはヨーアヒムにもよくわからなかった。ふたりは帽子と外套《がいとう》を脱いで、ひとびとが食事をしている真っ最中の食堂に入った。これで二度目の食事だった。

食堂はミルクの反射で白く光っていた。どの席にも半リットルぐらいのミルクのはいった大きなコップが置かれていたからである。

「これはだめだ」とハンス・カストルプは、裁縫師とイギリス婦人の間にある末端の席について、まだお腹《なか》に最初の朝食が重苦しく入っているのに、おとなしくナプキンを拡げた。「こいつはいけない、どうも困ったな、ぼくはミルクが全然飲めないし、ことにいまは飲む気になれない。スタウトはないでしょうか」彼は侏儒の少女に、優しく丁寧に尋ねた。残念なことにスタウトはなかった。しかし侏儒の少女は、クルムバハ・ビールならといって、本当にそれを持ってきた。その褐色に泡《あわ》だつ濃い黒ビールは、スタウトの代りには持ってこいのしろものだった。ハンス・カストルプは、それを、半リットル入りの、底の深いコップでぐいぐい飲んで、冷肉をのせたトースト・パンを食べた。この食事にも、オートミールのほかに、バターや果物がふんだんにだされていた。ハンス・カストルプは、そういうご馳走《ちそう》にまで手をだすことはとてもできなかったが、とにかく眺めるだけは眺めた。それから彼は客の方へも視線を投げた。——これまでひとかたまりに見えていた客の様子が解きほぐされて、ひとりひとりがはっきりと区別されてきた。

彼の食卓は満員で、わずかに彼と差向いにある上席だけが空《あ》いていたが、それは医師の席だということだった。医者たちは、時間が許すかぎり患者たちと食事をともにする習慣で、その際食卓を順次に変えていくため、どの食卓にも医師用の席が空けてある。いまは手術中とかで、医者はふたりともきていなかった。例の、若い口ひげの男が、こんどもやってきて頤《あご》を胸に一度だけさげると、心配事でもあるような、そっけない顔つきで着席した。また淡いブロンドの痩《や》せた少女も、ほかには自分の食べる物はないとでもいうかのように、相変らずヨーグルトを匙《さじ》ですくっていた。こんど彼女の隣に席を占めたのは、小柄の元気な老婦人で、無口な若い男にロシア語で何かすすめたが、男のほうはたくさんの心配事をかかえこんでいるというような顔つきで老婦人を眺め、まずいものでも押しこんでいるというような表情で、返事をする代りにただ頷《うなず》くだけであった。この男と差向いになる席、すなわち老婦人のもう一方の隣席には、若い娘が坐《すわ》っていた。——美人で、艶のある顔色をし、豊かな胸は盛りあがり鳶色《とびいろ》の眼は子供のように丸く、美しい手には小粒のルビーをはめていた。彼女はなにかというと、すぐに笑って、やはりロシア語で話した、というよりむしろロシア語だけしか話さなかった。彼女の名はマルシャというのだそうだが、このマルシャが笑ったり話したりするたびごとに、ハンス・カストルプは、ヨーアヒムが気むずかしげに眼を伏せることに偶然気づいた。

横手のドアからセテムブリーニが入ってきて、口ひげをひねりながら、ハンス・カストルプの食卓の斜め前にある食卓の端の自席へ歩いていった。彼が腰をおろす際に、その食卓からどっと笑い声がした。おそらく、彼はまた何か悪態をついたらしい。「片肺クラブ」の会員たちの顔も見えた。ヘルミーネ・クレーフェルトが愚かしい眼つきで、ベランダに通じる向うのドアのひとつ前の自分の食卓へのろのろと歩いていき、朝の散歩の際上着を変なふうにたくしあげた、あの厚ぼったい唇《くちびる》の青年に挨拶《あいさつ》をした。象牙色の顔のレーヴィ嬢は、雀斑《そばかす》だらけの肥満したイルティス夫人と並んで、ハンス・カストルプの右手の横向きの食卓に他の人々といっしょに坐っていた。

「ほら、あれが君のお隣さんだよ」と、ヨーアヒムが前屈《まえかが》みの姿勢で、小声でいとこにいった。……隣室の夫婦が、ハンス・カストルプのすぐそばを、右側のいちばん奥の食卓、すなわち「下層ロシア人席」の方へ歩いていったが、そこでは、醜い男の児《こ》を連れた一家族が、すでにオートミールの山をがつがつ食べていた。お隣の亭主のほうはやせていて、くぼんだ頬《ほお》は灰色だった。彼は褐色の革上着に、留め金のある不格好なフェルトの長靴といういでたちだった。女房も小柄できゃしゃで、帽子の羽根飾りを揺らめかせて、ロシア革の小さいハイヒールの長靴で小股《こまた》に歩いていった。首には、汚《よご》れた羽根の襟巻《ボア》を巻きつけていた。ハンス・カストルプはこのふたりを不遠慮にじろじろと眺めやったが、そういうぶしつけな態度はふだんの彼には似合わしくなく、彼自身、それを残忍と感じたが、その残忍さが急に彼の心を一種の満足感で満たした。彼の眼は、どんよりとしていて、同時に押しつけがましかった。そのとき、第一回の朝食時と同様に、左手のガラス戸ががちゃん、ぴしゃんと凄《すご》い音をたてて締ったが、彼は前回のように身をすくませないで、ものうげに、しかめ面《つら》を作っただけであった。そして頭をその方へ向けようとして、それがいかに困難な徒労であるかに気づいた。そのためにこのときも、そういうふしだらなドアの締め方をするのが誰であるかを、確認できないままに終った。それというのも朝食のビールのせいで、いつもはそれが感覚をほどよく麻痺《まひ》させるぐらいであるのに、今は感覚をすっかり鈍らせぼやけさせてしまっていた――ちょうど額に一発喰《く》らったというような具合になっていて、目蓋《まぶた》は鉛のように重く、礼儀上隣席のイギリス婦人に話しかけようにも、舌が参っていて簡単な考えさえ言葉にならない。眼の向きを変えるのさえ大儀だった。おまけにあのいまいましい顔の火照《ほて》りが、またきのうと同じくらいに高まってきた。頬は熱で脹《ふく》れあがったようで、呼吸は困難、心臓は布でくるんだハンマーのように鼓動していた。それでいて彼がたいして苦痛を覚えなかったのは、頭がクロロホルムをふた口、三口吸ったあとみたいな状態だったからである。ドクトル・クロコフスキーが遅ればせに食事にきてハンス・カストルプたちの食卓に、彼と差向いの席についたことも、彼は夢のように意識しただけだった。しかしドクトルは、右隣の婦人たちとロシア語で話しながら、なんども鋭い眼差《まなざ》しで彼の方を見た――ドクトルに話しかけられた娘たち、つまり花のように美しいマルシャやヨーグルトを食べる痩せた娘は、おじけづいて恥ずかしそうに眼を伏せていた。ハンス・カストルプは、相変らず行儀よく、舌が巧《うま》く動かないので口を利《き》かないことに決め、ナイフやホークを特別行儀正しく動かすだけにした。いとこが彼に頷いて立ちあがると、彼も立ちあがり、食卓仲間の誰ということなしに頭をさげ、足を踏みしめてヨーアヒムのあとについて食堂をでた。

「つぎの安静療養は何時なんだい」と彼は建物の外へでたとき尋ねた。「いままでのところではあれがいちばん気に入ったよ。またさっそくあのすてきな椅子《いす》に寝てみたいな。散歩は遠くまでいくのかい」

いいすぎ

「いや」とヨーアヒムはいった。「ぼくは遠くまでいってはいけないんだ。この時間には、ぼくはいつも少し下へおりていって、時間が許せば村を通り抜けてダヴォスの町までいってみるんだ。店を覗《のぞ》いたり、ひとを見たり、必要な物を買ったりね。昼食前にまだ一時間寝られるし、昼食後も四時まで寝ていることができるから、別に心配は要《い》らないよ」

ふたりは陽光を浴びて車道をくだり、小川や狭軌鉄道の線路を越えた。眼前には谷の右側の山々が聳《そび》えていた。——「小シアホルン」「緑の塔」「ドルフベルク」とヨーアヒムがひとつひとつ名前をいい、さらに向うの小高い丘の、塀《へい》をめぐらしているダヴォス村の墓地もステッキで指して教えた。そのうちにふたりは、谷底から少し上のところを、階段ふうの斜面に沿って走っている本道へでた。

そこはもう本当は村とはいえなかった。村とは名ばかりで、療養地はたえず谷の入口へ伸びて村を食い、部落で「村」といわれていた部分が、いつの間にか「町」と呼ばれる部分に合併されて、両者の区別がつかなくなっていた。道の両側に並んでいるのは、屋根のあるベランダやバルコニーや療養ホールなどのあるホテルやアパートメントで、それらがいくつも、小さな素人《しろうと》下宿の家といっしょに並んでいた。ところどころに新築の家も見られた。ときどき家並みがとぎれ、そのために道路から、谷の広い草原が眺《なが》め渡せた。

ハンス・カストルプは、習慣上、好きな煙草《たばこ》の刺激が欲しくなり、シガーに火をつけてみたが、ビールを飲んだあとのせいか、期待したとおりの香りらしいものをときどき鼻に感じてなんともいえない満足感を味わったが、それも実はごくまれにほんの微《かす》かに味わえたにすぎず、仄《ほの》かな快感を楽しむのにもある種の神経的努力を必要としたのであって、革を吸ってるようなまずい味のほうがずっと強かった。しかし彼は自分の無力を認めたくなくて、ほとんど香りのない、あるいは揶揄《やゆ》するようにごく僅《わず》かに匂《にお》うシガーの芳香を、まだしばらくは夢中で追い回してすっかり疲れてしまって、ついにうんざりしてシガーを投げ棄《す》てた。彼の頭はぼうっとしていたが、愛想よく会話をしなければという義務感に捉《とら》われていて、先刻の「時間」に関するすばらしい考えを思いだしてみようとした。しかしあの複雑な「一群」はきれいにぬぐい消されてしまったかのようで、このテーマについての、ほんのわずかばかりの考えも頭の中に残っていないことに気づいた。そこで、そのかわりに彼はからだに関する話をはじめたが、それも幾分風変りな話しぶりだった。

「つぎの検温は何時？」と彼は尋ねた。「昼食後かい。そう、それはいい。有機体の活動のいちばん活潑《かっぱつ》なときだからね、それだけのことはあるというものだ。ベーレンスはぼくにも検温をすすめたが、あれはむろん冗談だろうね、だが――セテムブリーニもそれには大笑いをしていたものね。だってそんなことは完全に無意味だからな。それに体温計も持っていないし」

「それは」とヨーアヒムはいった。「なんでもないことだ、一本買えばいい。ここではどこにでも売っているよ、ほとんど軒並みに」

「しかしその必要はなかろう。ぼくはいやだね。安静療養ぐらいならぼくだって我慢できるし、おつき合いする気にもなるが。でも検温までやるのは、聴講生の身分としてはいささか念が入りすぎる。それはやはりここの上の、君たちの仕事だ。だけど変だな」と彼は恋する男の仕草に似て、両手を心臓に当てて話しつづけた。「なぜ心臓がこんなにどきどきするんだろう。――どうも気になる。実はさっきからずっとこれを気に病んでいるんだ。ねえ、心臓の鼓動というものは、何か特殊な喜びあるいは心配のとき、すなわち心気が興奮するときの現象なんだろう、ねえ？　しかるに心臓がいかなる原因も理由もなしに、つまり独力で勝手に鼓動しはじめたとすると、これは実に気味が悪い。いいかい、つまりこんな感じがするんだ、肉体がね、勝手に働いていて、もはや精神と無関係で、まあ死んだ肉体とでもいおうか、といっても実は死んでいるのではなく――そんなものは全然存在するわけがないからね――反対にきわめて溌剌《はつらつ》と生活してるんだ、しかしそれが独力でね。だから当然爪《つめ》も伸びるし髪も伸びる、それにぼくの知っているかぎりでは、物理的、化学的に非常に活潑な回転をつづけているんだな。……」

「それはまたなんというもののいい方だ」とヨーアヒムは思慮深そうに、たしなめるような調子でいった。「回転をつづけるって？」おそらく彼はそのことで、けさの「軍楽隊鈴付錫杖《しゃくじょう》」でやられたときの仕返しを、ある程度はやってのけた気でいるらしい。

「だけどそうなんだから仕方がない。実に活潑に回転しているんだ。どうしてそれがおかしいのかな」とハンス・カストルプは尋ねた。「しかしぼくのいいたいことは、そこじゃないんだ。ぼくがいいたいことはね、肉体が独立して、精神とは無関係に活動し、別にこれという理由もないのに、こんなふうに心臓が鼓動すると、なんだかとても心配で、気味が悪いんだよ。とにかく形式的だけでも、何かその原因、つまりこれに付随した心気の興奮とか、いわばそれを正当づけるような喜びとか不安感とかいったものを探しださずにはいられない――というのがぼくの正直なところなんだ。もっともこれはぼくの場合にかぎってのことだろうが」

「うん、わかるよ」とヨーアヒムは溜息《ためいき》をついていった。「きっと熱があるときによく似た状態じゃないのかな。熱のあるときも、君のいわゆる『活潑な回転』が肉体を支配するからね。その活動を多少とももっともらしいものとして説明できるような興奮の原因を探し求めたい気になる、と君がいうのもなるほどと思う。——しかしまたずいぶんおもしろくない話をはじめたもんだな」と彼は震え声でいって、口をつぐんでしまった。それに対してハンス・カストルプは肩をすくめてみせただけだったが、そのすくめ方は、ゆうべヨーアヒムがやってみせたのとまったく同じだった。

ふたりはしばらく黙ったまま歩きつづけた。やがてヨーアヒムが口をきった。

「ところで、君は連中をどんなふうに思う。ぼくらの食卓仲間さ」

ハンス・カストルプは気のない品定めでもやるような顔つきをした。

「そうさな、たいしておもしろそうなのはいないね。他の食卓だともっとおもしろいのがいそうだが。シュテール夫人は髪を洗う必要があるね。脂染《あぶらじ》みて、べとべとしているよ。それからあのマズルカとか、なんとかいう女の子、あれは少し変なんじゃないか。くすくす笑ってばかりいてさ。ハンカチで口を抑《おさ》えどおしじゃないか」

ヨーアヒムはこの名前のいい誤りをおもしろがって、大声で笑った。

「マズルカはよかったな」と彼は叫んだ。「マルシャだよ。マリーぐらいの意味だね。ああ、実際少し笑い上戸《じょうご》だな。本当はもっとおとなしくしていなけりゃいけないんだ。決して軽くはないんだから」

「だけど、そんなふうには見えないね」とハンス・カストルプはいった。「とても健康そうじゃないか。選《よ》りに選って胸が悪いなんて思えない」そういっていとこと陽気な眼《まな》差《ざ》しを交すつもりで顧みると、いとこの陽《ひ》に灼《や》けた顔は、血の気を失ったときに特有の斑《まだら》色になっていて、まったく奇妙なことに、口はいまにも泣きだしそうな表情に歪《ゆが》んでいた。こういう表情を見た若いハンス・カストルプは、得体のしれぬ恐怖を覚えて、急いで話題を変え、他のひとたちのことを尋ね、マルシャのことといとこの顔のことはすぐ忘れてしまうように努力したが、これは幸いにして成功した。

　野ばらの煎茶《せんちゃ》を飲んでいるイギリス婦人は、ミス・ロビンスンといった。それから裁縫師と思ったのは、そうではなくてケーニヒスベルクのある官立高等女学校の先生で、それであんなに正確な言葉遣《づか》いをする理由が判《わか》った。彼女はエンゲルハルト嬢といった。元気のいい老婦人に関しては、こんなに長い間ここにいるヨーアヒムもその名前すら知らなかったが、とにかくあのヨーグルトばかり食べている少女の大叔母に当るとかで、ずっと少女といっしょにサナトリウム暮しを続けているということだった。しかし彼らいとこたちの食卓仲間でいちばん重病なのは、あの口ひげを生やした、むっつりと浮かぬ顔つきをした若い男、オデッサ出身のドクトル・ブルーメンコールで、彼はもうここへきて何年にもなるということであった。

　ちょうどふたりは町の歩道を歩いていた——見るからに国際的療養地の繁華街というふうであった。ぶらぶら散歩している療養客の大半は若い人で、運動服姿の無帽の青年紳士とか、やはり帽子を被《かぶ》らない白いスカートの女性たちであった。ロシア語や英語の会話が聞え、道の両側にはきれいなショー・ウィンドーのある店が並んでいた。ハンス・カストルプは激しい疲労感と戦いながらも好奇心を燃やして、むりに眼をそういうものに向け、一軒の男物専門の洋品店の前では、長い間そこに立って、陳列されている商品がトップ・モードのものであることを知った。

彼らはそこから屋根つき回廊をめぐらした丸屋根の音楽堂へでたが、そこでは楽団が演奏をしていた。ここはヘルスセンターで、その幾面もあるコートでは、ひげを剃《そ》った脚長《あしなが》の青年たちが、きちんと折り目のついたフランネル・ズボンにゴム底の運動靴をはき、袖《そで》をまくりあげて、白い服の陽に灼《や》けた娘たちとテニスをやっていた。娘たちは、走り回って、日光の中で上体をのけぞるように伸びあがらせて、頭上高くから、真っ白なボールを打ちこんでいた。手入れのいき届いたコート上には、粉のような埃《ほこり》が舞っていた。いとこたちは空《あ》いたベンチに腰をおろして、試合を見物したり、批評したりした。

「君はここではテニスはやらないんだね」とハンス・カストルプが尋ねた。

「してはいけないんだ」とヨーアヒムが答えた。「それよりも、毎日寝ていなくちゃならないんだ。……セテムブリーニにいわせると、ぼくたちは水平暮しの人間なのさ。駄洒落《だじゃれ》だがね。——あそこにいる連中は、健康人か、禁を犯しているか、そのどっちかなんだ。それに本気でスポーツをやっているというより——むしろあんな格好をしてみたいから、ああしているのさ。タブーといえば、ヘルスセンターではやっているが、ぼくたちのところで禁じられてることはほかにもまだたくさんある。たとえばポーカー。また方々のホテルではプティ・シュヴォーがはやってるが、これはぼくらのところでやると追いだされてしまうんだ。いちばんからだに悪いんだそうだ。だけど夜の点呼後に街へおりていって賭《か》けるひともいないわけじゃない。例のベーレンスに顧問官の称号を与えたという王子なんか、その常習犯のひとりだったらしい」

ハンス・カストルプはこの話をほとんど聞いていなかった。彼は口をぽかんと開けていた。鼻風邪《はなかぜ》のためではなく、鼻で自由に呼吸することができなかったからである。彼の心臓もまた、音楽堂でやっている音楽とはちぐはぐな調子で鼓動して、それが妙に苦しく感ぜられた。こういう混乱した、ばらばらな気持のまま彼が眠りかけたとき、ヨーアヒムが帰ろうと促した。

ふたりはほとんど話をしないで帰った。ハンス・カストルプは平坦《へいたん》な道で二、三回躓《つまず》き、頭を振って憂鬱《ゆううつ》な微笑を浮べた。跛《びっこ》の門番がエレベーターで彼らの階まで送ってくれた。ふたりは三十四号室の前で簡単な「ではまた」という挨拶《あいさつ》をして別れた。ハンス・カストルプは急いで部屋を通り抜けてバルコニーへでた。そしてそのまま寝椅子《ねいす》に倒れこみ、そのままの姿勢で、心臓の激しい動悸《どうき》に搔《か》き乱された重苦しいまどろみの中へ落ちこんでいった。

むろん、女だ!

どのくらい眠ったのか、自分にはわからなかった。銅鑼《どら》が鳴った。しかしこれは、すぐ食事へこいという合図ではなくて、食堂へ行く用意を促すものだった。ハンス・カストルプはそれを知っていたので、その金属的な音がもう一度鳴り響いて消えうせるまで寝ていた。ヨーアヒムが部屋を抜けてバルコニーまで迎えにきたときになって、彼はようやく着替えにとりかかった。しかしヨーアヒムは待ってくれなかった。彼は時間を守らないことを軽蔑《けいべつ》し、きらった。食事の時間すら守れないで、どうして勤務ができるように回復し、健康になれるだろう、と彼はいった。むろんそうにはちがいなかったので、ハンス・カストルプも、自分は病気というわけではないが、ただ眠くてどうにも仕方がないと弁解するほかはなかった。彼は急いで手を洗うだけにして、いとこといっしょに食堂へおりていった。食事はこれで三度目である。

客たちは両方の入口からぞろぞろ入ってきた。向う側の、ベランダに通じる開いたドアからも入ってきて、やがてそれぞれ七つの食卓についた。それがまるで前の食事のとき以来ずっとそのままそこにいたかのような印象を与えた。ハンス・カストルプの眼には、少なくともそんなふうに映った。それは夢のようなばかばかしい印象以上にでるものではなかったにしろ、彼はぼんやりした頭から一瞬この印象を払いのけることが不可能であったばかりか、むしろ彼はそこにある種の満足感すら見いだし、そのためか、彼は食事中もたびたびその印象を呼び戻して、完全にその錯覚にひたることができた。元気のいい老婦人は、骨の無いような国語で筋向いのドクトル・ブルーメンコールに話しかけ、ブルーメンコールのほうは気のない顔つきでそれに耳を傾ける。老婦人の痩《や》せた姪孫《めいまご》は、ついにヨーグルト以外のもの、つまり給仕女が持ってきた皿に入った粘液状のクレーム・ドルジュを食べだしたが、それもほんの二匙、三匙《さじ》口に入れただけでやめてしまった。美人のマルシャはオレンジ香水の匂《にお》うハンカチを口に当てて、くすくす笑いを抑えていた。ミス・ロビンスンはけさも読んでいた例の丸っこい字の手紙をまたひっぱりだして読んでいたが、彼女にはドイツ語が全然通じなかったし、またわかろうともしないようだった。ヨーアヒムが彼女に、例の騎士的態度で天候か何かについて英語で話しかけたが、彼女は口をもぐもぐやって言葉少なに返答しただけで、ふたたび黙ってしまった。スコッチのブラウスを着たシュテール夫人はどうかというと、彼女は午前に診察を受けたとかで、いままさにその結果を報告しているところだった。無教養な人間によく見られる気どり方で、上唇《うわくちびる》から兎《うさぎ》のような歯を見せて、右の上に雑音があり、左の腋下《わきした》も依然として怪しいから、あと五カ月はここにいなければならないと親父《おやじ》がいったと嘆いてみせた。悲しいかな教養のないために、彼女はベーレンス顧問官を「親父」

と呼び、「親父」が今日自分たちの食卓に坐《すわ》っていないといって憤慨した。「順序」からいえば（「順番」といおうとしたものらしいが）、親父は今日の昼食はこのテーブルで摂《と》るはずなのに、またしても左隣の食卓にいる（事実ベーレンス顧問官は左隣の食卓に坐っていて、自分の皿の前に大きな手を組み合せていた）。しかしこれは何も驚くには当らない。左隣の食卓には、アムステルダムの肉体美人ザーロモン夫人が坐っていて、彼女は日曜以外の日にもいつも肩が露《あらわ》な服装で食事にくるので、それがきっと親父のお気に召しているに相違ない。しかし自分にはそういう親父の気持が解《げ》せない。なぜなら、親父は診察するたびごとに、ザーロモン夫人のからだのどの部分でも、思う存分に見られるではないか、そう彼女は主張した。それからほどなくして、このシュテール夫人が興奮して囁《ささや》くには、昨晩上の療養場、つまり屋上の療養ホールで灯が消された。これも彼女によれば「透明」な目的からであって、親父はそれに気づいて、病院中に響き渡るほどの大声で怒鳴ったが、むろんこんども犯人は発見されずに終った。しかしそれがブカレストのミクロジヒ大尉《たいい》であることぐらいは、何も大学を卒業しなくてもわかろうというものだ。あの男は、女といっしょなら、どんなに暗くても暗すぎるということはないという男で、――コルセットなんかしているが、教養の「キョ」の字もない、けだものさながらの人間だ。――「本当よ、肉食獣だわ」と、シュテール夫人は額と上唇に汗を光らせながら、息も絶えだえな声で繰返した。ミクロジヒ大尉が、ウィーンのヴルムブラント総領事夫人とどんな関係にあるかは、村でも街でも知らない人はない。——もはやそれは「神秘な」関係などといった甘ったるいものではない。ときによると朝早く、総領事夫人がまだ寝床の中にいるころから、大尉は彼女の部屋に入りびたって、単に彼女のお化粧中そばにくっついてるというだけでは満足できなくて、先週の火曜日などには、午前四時ごろようやく彼女の部屋から引きあげたということである。——先日人工気胸の手術が巧《うま》くいかなかった十九号室のフランツ青年の付添い看護婦が、ちょうど引きあげてくる大尉にばったり会って、恥ずかしくて狼狽《ろうばい》のあまり自分の探していた戸口を間違えてしまって、気がついたら、ドルトムント出身のパラヴァント検事の部屋に入りこんでいたそうである……ともいった。それからシュテール夫人は、彼女がいつも水歯磨《はみがき》を買う下の町の「美星院《びせいいん》」（美容院というつもりが「美星院」になってしまったらしい）について長談義をしたあげく、ようやく話を終えた。ヨーアヒムは眼を伏せたまま自分の皿をじっと見つめていた。

昼食は調理もすぐれ、分量もたいへんなものだった。滋養に富んだスープも加えて六品はでた。魚料理のあとには、添え物のついたこってりとした肉料理、つぎに特製の野菜料理と鳥の丸焼、味の点では昨晩のに劣らないプディング、最後がチーズと果物だった。どの鉢《はち》も二回ずつ回された。——そのたびごとに七つの食卓の人たちは、皿に山と盛ってこれを平らげた。——食堂全体は狼《おおかみ》のような食欲に支配されていた。もしそれがなんとなく無気味な、いや、ぞっとするような印象を与えさえしなかったならば、これはただ見ているだけでかなり小気味のいい図にちがいなかった。おしゃべりをしたり、パンを投げ合ったりする元気のいい連中だけがそういうすさまじい食欲を見せていたのではない。食事の合間々々に頭を手でささえ、前方を凝視している陰気で物静かなひとたちも例外ではなかった。左隣の食卓にかけている、小学生くらいの年齢で発育不全の、短い袖《そで》の服を着て度の強い丸い玉の眼鏡をかけた少年は、皿に盛ったものは全部切り刻んで粥《かゆ》か雑炊《ぞうすい》のようにし、その上に屈《かが》んで、時どき眼鏡の奥へナプキンを突っこんで眼をぬぐいながらがつがつと食べていた。——ぬぐっているのは汗か涙か、それはわからなかった。

この豪華な食事中にふたつの出来事が起って、それがハンス・カストルプに、彼の現状が許すかぎりでの注意を喚起した。そのひとつは、またもガラス戸が乱暴に締められたことだった。ちょうど魚料理のときであったが、彼はびくっとして腹をたて、こんどこそはその犯人をつきとめてやる、と我が身にいいきかせた。単に心の中でそう思ったばかりでなく、彼はそれを口にまでだしてしまった。それほど彼はむきになっていた。突きとめてやるぞ、と彼が非常に勢いこんで呟《つぶや》いたので、ミス・ロビンスンも女教師も驚いて彼を見た。彼はそう呟いて上半身を左へ捻《ね》じ曲げて、充血した眼を大きく見開いた。

ひとりの婦人が食堂を横切っていくところだった。夫人というよりむしろ若い娘といったほうがよかったかもしれない。中背の、白いスウェーターに色物のスカート、赤味の勝ったブロンドの髪は、編んで無造作に頭のまわりに巻きつけられている。その横顔は、ハンス・カストルプの席からはほんの少ししか、あるいは全然見えないといってもよかった。彼女は足音をたてずに静かに歩いたが、それが入ってきたときのがたん、ぴしゃんと奇妙な対照をなしていた。女は、特徴のある忍び足で、幾分頭を前に突きだして、ベランダへでるドアに直角に置いてあるいちばん左の端の食卓、すなわち「上流ロシア人席」の方へ歩いていった。片手は、からだにぴったり合ったスウェーターのポケットの中へ突っこみ、片手は頭のうしろへ回して髪を押えている。ハンス・カストルプはその手をじっと見つめた。——以前から彼は手に対してはある種の勘と批評的な興味を持っていて、初対面の人に対しては、からだのこの部分にまず注目するという癖があった。いま髪を押えている手は、どうもあまりまっとうな女らしい手ではなかった。少なくとも若いハンス・カストルプの属する階級の女たちの手のように、手入れもしてなければ、磨かれてもいなかった。幅が広くて指は短く、どことなく幼くて子供っぽい、つまり女学生の手のような趣があった。爪《つめ》もマニキュアなどにはほとんど縁がなさそうで、無造作に切られていて、これも女学生めいていた。爪の両側の皮膚が少しささくれているのは、指を嚙《か》む悪癖からではあるまいかと思われた。——しかしなんといってもかなり離れたところから眺《なが》めているので、これは実際に見たというよりも、むしろ感じでそんなふうだと知ったというところだった。遅刻常習犯のこの女は、ちょっと頷《うなず》いてみせただけで食卓仲間への挨拶《あいさつ》を済ませ、上席についていたドクトル・クロコフスキーの隣へ、食堂に背を向けて食卓の内側に坐った。そして依然として手で髪を押えたまま、肩越しに振返ってほかのひとたちの方を見回した。——ハンス・カストルプは、その頬《ほお》骨《ばね》が高く、眼が細く切れていることをちらと見てとった。……しかしそのとき、彼の心を、なにかの、または誰かの漠《ばく》とした思い出が掠《かす》めすぎた。……

むろん、女だ、と彼は思って、またもやそれをはっきりと口にだして呟いてしまったので、女教師のエンゲルハルト嬢にはその意味がわかった。そしてこの貧相な老嬢は心を動かされたかのように微笑してみせた。

「ショーシャ夫人です」と彼女はいった。「とても投げやりな方。可愛《かわい》い方ですわ」そして、彼女の頬のばら色が、産毛《うぶげ》の下でいっそう濃くなった。口をきくときは、いつもそうなるのが癖だった。

「フランス人ですか」とハンス・カストルプは無愛想な調子で尋ねた。

「いいえ、ロシア人です」とエンゲルハルトはいった。「おそらくご主人のほうがフランス人か、フランス系なんでしょう。私もよくは存じません」

あれがそうか、とハンス・カストルプは怒ったまま尋ね、上流ロシア人席の撫《な》で肩の紳士を指《さ》した。

いや違う、主人はここにはいないし、まだ一度もここへやってきたことはない、彼を知っている者はいない、という返答だった。

「ドアはもっと当り前の締め方をすればよさそうなものですな」と彼はいった。「いつもがたん、ぴしゃんです。女らしくもない」

女教師がそれは自分のとがでもあるかのように、恐縮して微笑しながらその小言を甘受したので、ショーシャ夫人の話はそれきりになってしまった。——

もうひとつの出来事は、ドクトル・ブルーメンコールがしばらく座をはずしたことで、ただそれだけのことだった。ふだんから気分の悪そうな彼の顔色が、急にひどくなり、いつもよりいっそう浮かぬ顔で一点を凝視していたが、やがて静かに椅子《いす》をひいてでていった。そしてそれを機会に、シュテール夫人の無教養のはなはだしさが丸だしになった。彼女は、自分はブルーメンコールほどの重症ではないという低級な満足感からか、憐《あわれ》みと軽蔑《けいべつ》の入り混った眼差《まなざ》しでブルーメンコールの中座を見送って陰口をきいた。

「かわいそうね。——間もなくお陀仏《だぶつ》よ、また『青きハインリヒ』(患者用のたんつぼ、『緑のハインリヒ』はゴットフリート・ケラーの有名な小説)のご厄介になるのよ」彼女は、まったく自制心を欠いた無知な無表情で「青きハインリヒ」という奇怪な隠語を口にしたので、これを聞いたハンス・カストルプは、恐ろしいような、笑いたいような、奇妙な気持に襲われた。しかしドクトル・ブルーメンコールは、数分して、中座したときと同じのひっそりとした様子で戻ってきて、ふたたび食卓について食事を続けた。彼もずいぶんたくさん食べた。どの料理もお代りをして、浮かない、むっつりとした顔つきで、口もきかずに食べつづけた。

まもなく昼食が終った。スムーズなサービスのために——つまり例の侏儒《こびと》の少女がおそろしく敏捷《びんしょう》に動いたので——食事はたっぷり一時間ぐらいで終った。ハンス・カストルプは、息をするのが辛《つら》くて、どんなふうにして三階まで辿《たど》りついたかよく覚えていなかったが、とにかくふたたびバルコニーの快適な寝椅子に横たわっていた。昼食後の午後のお茶までの時間は安静療養にあてられていて、これは一日中で最も大切な、厳守されなければならないものだった。彼は、ロシア人夫婦とヨーアヒムの両者からは磨硝子《すりガラス》の仕切りで隔てられたその中間に寝て、口で息をして、心臓の鼓動に耳を傾けながら夢うつつの状態にあった。ハンカチで鼻をぬぐうと、それに赤く血がついたが、からだに関しては神経質で元来がいくぶん心配性の彼には珍しく、きょうはそれを思い煩《わずら》う気力もなかった。彼はもう一度マリア・マンツィーニに火をつけ、こんどは味をまったく無視して、最後まで吸った。彼は、自分がここの上の世界へやってきて以来、どんな風変りなことを見聞しているかを思い、そのために眼まいがするような、重苦しい夢にうなされるような気持を味わった。シュテール夫人が愚かにも口にしたあのものすごい隠語を思いだしたときには、こみあげてくる笑いで胸が二、三度揺すぶられるのを感じた。

アルビン氏

バルコニーの下にある庭園では、二匹の蛇《へび》のからんだ例のアスクレピオスの杖《つえ》を図案にした空想的な旗が、ときどき微風になぶられてひるがえっていた。空はまた一面に曇って、太陽が隠れると、急に寒くなってきた。満員らしい共同安静ホールからは、話し声やくすくす笑いがしきりに起った。

「アルビンさん、お願いだからナイフを放して、どこかへしまってちょうだいな、怪我《けが》でもしたらたいへんですから」と女のかん高い震え声が哀願していた。その声に、「ねえ、アルビンさん、後生だから私たちをはらはらさせないで、そんなおそろしいものは誰の眼にもふれないところへしまってくださいよ」という別の声が続いた。——すると、最前列の端の寝椅子《ねいす》に寝て、巻煙草《まきたばこ》をくわえたブロンドの青年が、ふてくされた口調で答えた。

「なにをいうんです。少しナイフをひねくり回すぐらいのことは、ご婦人方にも大目に見ていただきましょうよ。こいつは特別よく切れるんです。カルカッタでめくらの魔法使いから買ったナイフです。……その魔法使いは、これを呑《の》みこんでしまった、するとそのすぐあとで、そいつの弟子が五十歩ほど離れた地面の中からこれを掘りだしたんです。……手にとってみますか。切れるの切れないのって、剃刀《かみそり》なんかの比じゃない。ちょっと刃にさわっただけで、バターを切るように肉へぐさりだ。さあ、もっとおそばへ持っていきましょうか……」そういってアルビン氏は立ちあがった。金切り声が起った。

「そうだ、ピストルをお目にかけよう」とアルビン氏はいった。「そのほうがもっとおもしろい。相当なピストルですぞ。貫通力がものすごい。……部屋から取ってきましょう」

「アルビンさん、アルビンさん、そんなことおやめになって」と二、三人が叫んだ。しかしアルビン氏は部屋へいこうと、もう安静ホールからでて、外へ姿を現わした。――ふらふらした青二才で、子供のようなばら色の顔をしていて、耳の横にはわずかに頰《ほお》ひげを生やしている。

「アルビンさん」と婦人のひとりが彼の背後から叫んだ。「そんなことより外套《がいとう》を取ってきてお召しになったら。ね、お願いだから。六週間も肺炎で寝ていらしったというのに、もう外套も毛布もなしで煙草をのんでいらっしゃるなんて。神さまの罰《ばち》が当りますわ、アルビンさん、本当よ」

しかし彼はただ嘲笑《ちょうしょう》してそこを立ち去り、数分後にはピストルを持って戻ってきた。婦人たちは前にもまして気違いじみた金切り声をあげ、幾人かは椅子からとび起きようともがいて、足に毛布をからませてしまって、倒れるのもいた。

「どうです、みなさん、小さくて、ぴかぴかに光ってるでしょう」とアルビン氏はいった。「だが、ここを押すと、一発ズドンです……」またもや金切り声が起った。「むろん実弾が入っています」とアルビン氏は話しつづけた「この円盤に薬莢《やっきょう》が六個はめられていて、一発ごとに円盤が一穴ずつ回転する。……とにかくぼくは伊達《だて》や酔興でこんなものを持っているんじゃないのですよ」と劇的効果が薄らいできたことに気づいたアルビン氏は、こういいながらピストルを胸ポケットに滑《すべ》りこませ、ふたたび椅子に坐《すわ》って脚《あし》を組み、新しい巻煙草に火をつけた。「伊達や酔興からじゃないのです」と彼は繰返して、唇《くちびる》をきっと結んだ。

「ではなんのためなの。なんのために」と、不安に声をふるわせて何人かが尋ねた。

「まあ、恐ろしい」と急に誰かが叫んだ。するとアルビン氏はゆったりと頷《うなず》いてみせた。

「どうやらやっとおわかりになってきたようですな」と彼はいった。「本当に、そのためにこそぼくはこいつを持ち歩いているんです」と、肺炎が治《なお》ったばかりだというのに、彼は、多量の煙草の煙を吸いこんでふたたびそれをもうもうと吐きだし、落着き払った口調で話しつづけた。「ぼくがこんなものを用意しているというのは、このままここでこんなばかをやっていくことにうんざりして、みなさんに謹んでおいとまごいをする日に備えてなのです。なんということはないんですよ。……どうすればいちばん手際《てぎわ》よくやっつけることができるか、それについては少し研究もしましたし、見通しもついています。(「やっつける」という言葉がでたときに誰かが「きゃーっ」と悲鳴をあげた)。心臓のところはいけない。……狙《ねら》いがうまくつきませんからね。……それにぼくは、一瞬にして意識を消滅させたい、つまりですね、この可愛《かわい》い小さな異物を、この興味深い器官に対して用いるというわけだ……」そういってアルビン氏は人差し指で短く刈りこんだブロンドの頭を指して見せた。「ここを狙うに限る――」アルビン氏はもう一度ポケットからニッケルでメッキしたピストルを取りだし、銃口で顳顬《こめかみ》を叩《たた》いた。――「この動脈の上のところです。……鏡なんか見なくっても巧《うま》くいきます。……」

何人もの嘆願し抗議する声が起り、激しいすすり泣きの声もまじった。

「アルビンさん、アルビンさん、ピストルをお離しになって。顳顬からピストルを。なんていうことをなさるの。アルビンさん、まだお若いんですから、きっとご丈夫になってよ。下の世界へお戻りになって、誰からも愛されるようにおなりになるわよ、本当よ。だからちゃんと外套を着て、横になって、毛布もかけて、養生なさいよ、ね。アルコールでからだをふいてくださる先生が見えても追い返したりするんじゃありませんよ。煙草もおやめになることよ、ねえ、アルビンさん。私たち、心からあなたのおからだ、あなたの大切な大事なお若いおからだのことを心配して、こんなにお願いしていますのよ」

しかしながら、アルビン氏は耳を藉《か》そうとはしなかった。

「いや、いいんです、ほうっておいてください」と彼はいった、「構わないでください、ぼくはこれでいいんです。ご親切には感謝します。ぼくはいつだってご婦人方のお言葉どおりにしていて、お断わりなんかしたことは一度もない。だけど、運命の車輪を停めようとしたって、それはできない相談だということ、これはみなさんにもおわかりのことじゃないかとぼくは思います。これでもうここは三年目です。……もうたくさんだ。もうおつき合いはごめんです。――ぼくがそういったって、決してむりはないでしょう。もう治《なお》らないんですよ、みなさん――このぼくをよくごらんになってください。このぼくは、もう治らない人間なんです。――先生だって、いまじゃもうごまかしや気休めはいいはしません。お目こぼし願いたい。こういう事実の結果としてぼくが多少だらしがなくったって、それはいいし、何もする必要もない、これは、高等中学校で落第と決れば、もう先生から質問もされなにされることもない、あれと同じことなんです。ぼくはいまやあの幸福な境遇にまた舞い戻ってきたというわけです。ぼくはもはや何もする必要がないし、もはや問題にされることもない、なんでもかんでも笑ってすませばそれでいいんだ。いかがですか、チョコレートは。さあ、どうぞ。ご遠慮なく。まだたくさん部屋にあります。ボンボンが八箱、板チョコレートのガラ・ペーターが五枚、ソフト・チョコレートが四ポンド、上の部屋にあります。――どれもみんな、肺炎で寝ていた間の、サナトリウムのご婦人方からのお見舞品なのです。……」

どこからか、バスの声が、静かに、と命令した。アルビン氏は短い笑い声をたてた。——それは、弱々しく、千切れたような笑いであった。そして安静ホールは、夢か妖怪《ようかい》かが消えうせたあとのように静まり返って、その静寂の中に、しばらく前まで話されていた言葉が、不気味な余韻を漂わせていた。ハンス・カストルプはそれがすっかり消え失《う》せてしまうまで耳を傾けていた。彼はアルビン氏が間違いなく軽薄な青二才だと思う一方、この若僧に対して、ある種の羨望《せんぼう》の念を抑えかねた。ことに彼自身、第二学級の前期に落第したことがあるので、あの学校生活から採ってこられた譬《たと》えには少なからず心を動かされた。彼は、あの学年の最後の三カ月間は、みなのあとを追いかけていくことをまったく断念して、何もかも笑いとばしていられた。そのときの痛快な境遇、屈辱的でないことはないが、ユーモラスで、気楽な境遇の愉《たの》しさがまざまざと思いだされた。彼は改めて当時の境遇についてあれこれと考えてみた。それはもうろうとした、あやふやなものであったから、正確に表現することは困難であったにしろ、しかし、大ざっぱにいって、名誉はむろん大きな長所にはちがいないが、不名誉にもそれに劣らぬ長所がある、いやそれどころか、不名誉の長所は無限だと思われた。試みにアルビン氏の境遇に身を置いて、もはや名誉の重圧から完全に解放され、不名誉の無限な長所を存分に享《きょう》受《じゅ》したとしたら、どんな気持になるだろうか、そんなことを心にあれこれ想像してみて、彼は放縦で甘美な感情に襲われる自分の身をかえりみて驚き、そのために心臓は、一時、前よりもいっそう烈《はげ》しく鼓動した。

悪魔が失敬な提案をする

それから彼は眠りこんで意識を失ってしまった。左のガラス壁の向うで交《かわ》されている話し声で眼をさますと、懐中時計の針は三時半を指《さ》していた。隣室では、この時刻にはベーレンス顧問官とは別個に回診するドクトル・クロコフスキーが、例の不作法な夫婦とロシア語で話をしていて、亭主の容態を尋ねたり、体温表を見せてもらったりしているらしかった。やがてドクトル・クロコフスキーはバルコニー伝いに進まないで、つまりハンス・カストルプのバルコニーを迂回《うかい》していったん廊下へでて、廊下の入口からヨーアヒムの部屋へ入っていった。自分がこのように迂回され無視されてみると、ドクトル・クロコフスキーとふたりきりで会いたい気持など全然ないのに、ハンス・カストルプはそれでもなんだか侮辱されたように感じた。なるほど彼は健康で、ここでは問題外の存在だった。——つまり、ここの上の人たちのところでは、健康という名誉を担《にな》う人間は、問題にされず相手にされないことはハンス・カストルプ青年にもわかってはいたが、それがいま妙に不快なことのように思われた。

ドクトル・クロコフスキーはヨーアヒムの部屋に二、三分いて、ふたたびバルコニー伝いに進んでいった。さあ、起きて、お茶にでかける用意だ、といとこのいうのがハンス・カストルプに聞えた。「よしきた」と彼は応じたが、長時間寝ていたせいか、ひどく眩暈《めまい》がした。気色のわるいうたた寝のためにまたもや顔が非常に火照《ほて》ってきたが、そのくせむしろ寒気がするようにも感じられる——おそらく毛布のかけ方が不十分だったからであろう。

彼は眼と手を洗い、髪や着物を整え、廊下でヨーアヒムといっしょになった。

「君もアルビン氏の騒ぎを聞いたかい」並んで階段を降りながら彼はいとこに尋ねた。

……「むろんさ」とヨーアヒムがいった。「あの男は懲罰に処せられるべきだ。くだらないおしゃべりで昼の休養を台なしにしてしまったどころか、婦人連をすっかり興奮させて、そのため病状を何週間分も逆戻りさせてしまったんだから。不届き極《きわ》まりない反逆罪だ。だけど彼を告発しようなんて者はいない。そのうえ、ああいうおしゃべりが大概の人には結構な気晴らしとして歓迎されているんだよ」

「君はあんなことがありうると思うのか」とハンス・カストルプが尋ねた。「あの男が本気で『平気だ』なんていって、実際にその異物とかを用いるということがさ」

「そうさね」とヨーアヒムが答えた。「全然ありえないということもない。ここの上では結構そんなことも起りうるんだ。ぼくがここへくる二カ月前だかに、ここに長い間いた学生がね、総診後、向うの森の中で首をくくったそうだ。ぼくがここへきたころは、まだその話でもちきりだった」

ハンス・カストルプは興奮のあまり、あくびをした。

「いやね、正直のところ、ここは薄気味がわるい」と彼はきっぱりといった。「気分がいいとは思えない。ひょっとすると、長逗留《ながとうりゅう》できなくて、途中で引きあげることになるかもしれない――それでも別に悪くは思わないだろうね」

「引きあげる？　いったい何をいいだすんだ」とヨーアヒムが叫んだ。「ばかばかしい。やっと着いたばかりじゃないか。最初の一日ぐらいで判断なんかできるものか」

「え？　まだこれで一日目？　ぼくにはもうずいぶん長い間――長い間ここの上の君たちのところにいるような気がするんだ」

「また時間論をはじめるのはやめてもらいたいな」とヨーアヒムがいった。「あいつのおかげでけさは完全に頭が混乱させられてしまったんだから」

「いや、安心したまえ。あんなことはもうすっかり忘れてしまった」とハンス・カストルプは答えた。「時間論なんて、いまはもう跡形なしに消えうせてしまった。頭ももうろうとしているし。あれはあれで、すぎてしまったことだ。……ところで、お茶なんだね」

「そうだよ。そのあと、もう一度、けさのベンチまで散歩だ」

「いいとも。だけど、あのセテムブリーニにまた出会うのはごめんだな。きょうはもう気のきいたお話の相手は勤まらないんだから。前もっていっておくけど」

食堂では、お茶の時間にだされるような飲物はすべて準備されていた。ミス・ロビンスンは例のごとく血のように赤い野ばらの実の煎茶《せんちゃ》を飲み、あの姪孫《めいまご》はこんどもヨーグルトを匙《さじ》ですくっていた。そのほか牛乳、紅茶、コーヒー、チョコレート、ブイヨンすらあって、あの盛りだくさんな昼食後の二時間を寝てすごした客たちは、どの食卓でも、乾《ほし》ぶどう入りのケーキの大きな切れにバターを塗るのに懸命だった。

ハンス・カストルプは紅茶を注文し、それにビスケットを浸して食べた。マーマレードにもちょっと手をだしてみた。乾ぶどう入りケーキは、とっくりと眺《なが》めはしたものの、それを食べることは、考えただけでぞっとした。こうして彼はもう一度、簡素で華《はな》やかな円天井の下に、七つの食卓を置いたこの食堂の自分の席に坐《すわ》っていた。――これで四回目である。しばらくのちの七時に、彼は五度目にそこに坐ったが、これが夕食だった。

この夕食までのわずかな間に、いとこふたりは例の山の絶壁の筧《かけひ》のかたわらにあるベンチのところまで散歩した。――このときはずいぶんたくさんの患者が道を往来していて、ふたりはひっきりなしに挨拶《あいさつ》を繰返さなければならなかった。――さてそのあとがバルコニーの安静療養で、この一時間半はあっという間に、なんの内容もないまま経《た》ってしまったが、ハンス・カストルプはその際烈《はげ》しい悪寒《おかん》を覚えた。

晩餐《ばんさん》には彼は礼儀正しく着替えをして、ミス・ロビンスンと女教師の間の自席につき、野菜スープ、添え物つきの肉のフライと焼き肉、ケーキを二切れ、黒パンに特別上等のチーズをのせて食べた。ケーキにはマクロン、バタークリーム、チョコレート、ジャム、マルツィパンなどが入っていた。このときも彼はクルムバハ・ビールを一瓶《びん》注文した。しかしそれを深いコップの半分ほど飲んだときになって、彼はベッドに横にならなければからだが持たないことをはっきり意識した。頭の中は騒音でいっぱいで、目蓋《まぶた》は鉛のように重く、心臓は小さな罐《かん》を打つような鼓動を続けた。美人のマルシャが前に屈《かが》んで小粒のルビーをはめた手で顔を隠しているのが、彼には自分が笑われているように思われて不快だったが、そういう彼自身は、他人の笑いものになるまいとして必死の努力で頑張《がんば》っていたのである。シュテール夫人が何か話したり主張したりしている声が、まるで遠方から聞えてくるように聞えてきたが、その内容があまりにも奇抜なために、彼は自分の耳を疑い、あるいは彼女のいっていることが彼の頭の中でそういう愚劣なことに変化するのかと、はなはだ情けない混乱に陥《お》ち入った。シュテール夫人は、魚料理のソースなら二十八種類作ることができるといい張っていた。――自分の夫すら、そんなばかなことをいうなと叱《しか》るが、私には、責任をもってそう断言するだけの勇気がある、夫は、「そんなことをいうものではない。誰が聞いても本当だとは信じないし、たとい本当だとしても、滑稽《こっけい》であることに変りはない」というが、しかし私は、今日この場で、私には二十八種の魚料理用ソースを作ることができるとはっきり宣言したい、というのである。哀れなハンス・カストルプは、これを聞いて気が変になってきた。驚きのあまり、彼は額を指でささえ、口に入れていたチェスターチーズをのせた黒パンを噛《か》んで嚥《の》み下すこともすっかり忘れていた。一同が食卓を離れたとき、彼はまだ口の中に黒パンを含んでいた。

患者たちは左手のガラス戸からでていった。それは、表のロビーに直通し、いつもがちゃんと締められる、あのいまいましいドアだった。大半の者がこの通路を選んだのは、晩餐後ロビーやそれに隣合せの幾つかのサロンで社交的な集まりが行われる習慣だったからである。多くのひとたちは、それぞれに小グループを作って立ち話をしていた。緑色の羅紗《らしゃ》を張った折り畳み式カルタ・テーブルでは、盛んに勝負が争われていた。別のテーブルではドミノ、またほかのテーブルではブリッジをやるひとたちもいた。ブリッジには若い連中ばかりが参加した。アルビン氏やヘルミーネ・クレーフェルトもまじっていた。とっつきのサロンには光学応用の娯楽装置がいくつかあって、レンズを覗《のぞ》くと、箱の中の写真、たとえばヴェニスのゴンドラの船頭の写真が、別に動くわけでも生きているわけでもないが、とにかく立体的に見える実体鏡、それから、やはりレンズを覗いて、それについている輪を軽く回転させるにつれて、様々の色の星形や唐草模様が魔法のように千変万化する望遠鏡式万華鏡《まんげきょう》などもあった。また回転式の円筒器具があって、この胴にキネマのフィルムを入れて横から覗くと、胴にあいている穴から、煙突掃除夫《そうじ》と喧嘩《けんか》している粉屋とか、生徒を鞭《むち》で叩《たた》いている先生とか、飛んだりはねたりしている綱渡り師とか、田舎《いなか》踊りの一組の男女の百姓などが見られた。ハンス・カストルプは、膝頭《ひざがしら》に冷たい手をついて、かなり永い間、それらの装置をひとつひとつ入念にのぞいてみた。彼はまた、不治の病人だというアルビン氏が、口の端を引きさげ、遊び人気どりの生意気な身ごなしでカルタを扱っているブリッジのテーブルのそばにも、しばらく立ちどまってみた。部屋の一隅《いちぐう》にはドクトル・クロコフスキーがいて、彼を半円形に取巻いたシュテール夫人、イルティス夫人、レーヴィ嬢らと元気のいい熱心な会話を続けていた。上流ロシア人席に属するひとたちは、カーテンだけでカルタ室から仕切られている隣の小さいサロンにみこしを据えて、水いらずでたのしそうに話し合っていた。そこには、ショーシャ夫人のほかには、胸のくぼんだ、出目金でブロンドのひげを生やした元気のない紳士、金の耳輪をはめ、柔らかい髪を乱した、突飛でユーモラスな顔つきの、濃いブリュネットの少女、この仲間入りをしたドクトル・ブルーメンコール、ふたりの撫《な》で肩の青年などがいた。ショーシャ夫人は白いレース襟《えり》の青い服を着ていた。彼女はこのグループの中心人物といった格好で、この小サロンの奥にある丸テーブルの向うのソファに坐り、顔をカルタ室の方へ向けていた。この不作法な女性を見ると、ハンス・カストルプは、非難したい気持に駆られる一方では、彼女が自分の心の中で何かを連想させるのだが、それがなんであるか、はっきりしないことを思った。……のっぽの、髪の毛が薄い三十年配の男が、小さな茶色のピアノでメンデルスゾーンの「真夏の夜の夢」の結婚行進曲を三度たてつづけに弾《ひ》いた。そして二、三の婦人がそれをもう一度所望すると、彼は女たちの眼をそれぞれ黙ってじっと覗《のぞ》きこむように見てから、この調べの美しい曲をまた改めて弾きはじめた。

「失礼ですが、ご機嫌《きげん》はいかがでいらっしゃる、エンジニア」ズボンのポケットに両手を突っこんでそれまで客の間をぶらぶらしていたセテムブリーニが、ハンス・カストルプの前へやってきてこう尋ねた。……相変らず鼠色《ねずみいろ》のフラノの上着に明るい弁慶格子《べんけいごうし》のズボンといういでたちの彼は、話しながら微笑したが、そのはねあがった黒い口ひげの下の、人を小馬鹿《こばか》にしたように曲っている口角を見たハンス・カストルプは、ふたたび何か興醒《きょうざ》めがするような気がした。彼はひどく間抜けた顔で、締りのない口をし、充血した眼でイタリア人を見た。

「ああ、あなたでしたか」と彼はいった。「朝の散歩の際の、あの上のベンチのところ……水の流れている……すぐにあなただということはわかりました。ところで本気になさらないかもしれませんが」と、そんなことはいうべきではないと承知しながらも、彼はこう言葉を続けた。「あそこではじめてお会いした瞬間、ぼくはあなたを筒琴弾《つつごとひ》きだと思ってしまったのです。……むろん実にナンセンスなことで」彼はセテムブリーニが冷やかに何かを探りだそうとするような眼つきになったので、さらにこうつけ足した。「——いや、どうもまったくばかなことで。自分でもまったく合点がいかないのですが、いったい全体どうしてぼくが……」

「ご心配には及びません、なんでもないことじゃありませんか」セテムブリーニはハンス・カストルプをもう一瞬黙って見つめたうえで答えた。「ところで、きょうはどんなふうにおすごしでしたか——この歓楽境ご滞在の第一日目は」

「ありがとうございます。すべて規定どおりにいたしました」とハンス・カストルプは答えた。「大半が『水平生活』でした。が、あなたはこの言葉を好んでお使いになるということですけれど」

セテムブリーニは微笑した。

「何かの折にそんないい方をしたかもしれません」と彼はいった。「それで、あなたはここの生活様式をおもしろいとお思いですか」

「おもしろいともいえれば、退屈だともいえるようです」とハンス・カストルプは答えた。「場合によってはこの二つを区別するのが困難でしてね。全然退屈しなかったともいえるのです。——なにしろ退屈するには、ここの上の、あなたがたの生活はあまりにも賑《にぎ》やかですからね。見るもの聞くもの、すべてが新しかったり珍しかったりで、しかも、それがふんだんにある。……それでいて、一日どころか、もうずいぶん長いことここに住んでるようにも思われるのです。……ここへきてすっかり歳《とし》をとって、おかげで利口になったような気もするのです」

「利口に？」とセテムブリーニは眉《まゆ》を吊《つ》りあげた。「失礼ですが、いったいあなたはおいくつです」

ところが、どうしたことかハンス・カストルプはそれに答えられなかった。彼は自分の歳を思いだそうと一所懸命に、いやそのために絶望的な努力をしてみたが、彼はその瞬間、自分の年齢がわからなくなってしまった。彼は少し時間を稼《かせ》ぐつもりで、自分から相手の質問をもう一度繰返して、こういった。

「……ぼくですか……歳ですか。むろん二十四です。もうすぐ満二十四歳になります。どうも失礼しました、疲れているものですから」と彼はいった。「でも疲れていると申しただけでは、まだ十分にぼくの現在の状態を表現し尽したことにはならないようです。夢を見ていて、それを夢だとは知っているが、さて眼をさまそうとすると、どうしてもさませないという状態をご存じでしょうか。あれです、あれとそっくりなのがぼくの現在の気持です。どうも熱があるようです。外に原因は考えられません。足は膝のところまで冷えきっているのです、本当ですよ。といっても、もしそんないい方が許されるとしての話ですが、だって膝はもう足じゃありませんからね。――お許しください、頭がすっかり混乱していまして。まあそれも別に不思議じゃないかもしれません。朝の早くからあの……例の気胸をぴゅうっと鳴らされて、午後があのアルビン氏のおしゃべりでしょう。それも水平状態で聞かされたんですから。本当にもうぼくは、自分の五官をとても信用できないような気持です。ですから正直なところ、顔が火照《ほて》ったり足が冷えたりするのよりは、このほうが一段とやりきれないのです。率直なご意見をお聴かせ願いたいのですが、二十八種類の魚ソースを作るというシュテール夫人の話は、本当だと思いになりますか。つまり、その、彼女に実際にそれだけのものが作れるかどうかではなく――これはありえないことです――あのひとが本当にさきほど夕食の際にそう主張したのかどうか、あるいは単にぼくの耳にそんなふうに聞えただけなのかどうか――それが知りたいのです」

セテムブリーニはハンス・カストルプの顔をじっと見つめていた。彼は話を聞いていなかったようだった。その眼はまたもや何かを「凝視」するように、すわってしまって、何も見えないような眼つきになってしまっていて、けさと同じく「そら、そら、そら」「そら、そら、そら」と三度ずつ彼はいった――嘲笑《ちょうしょう》するような、考えこむような口調で、「そ」のSを鋭く発音して。

「二十四、といわれましたな」少し間を置いて彼はこういった。……

「いや、二十八です」とハンス・カストルプはいった。「二十八の魚ソースです。普通のソースというのではなくて、魚料理用のソースなのですから、これはどうも実にとほうもない話です」

「エンジニア」と、セテムブリーニは怒ったような、警告するような口調だった。「しっかりしてくださいよ。もうそんな愚劣なナンセンスはおやめなさい。私はそんなことは何も知らないし、知りたいとも思いません。――二十四歳におなりでしたな、ふむ……では失礼だが重ねてお尋ね、というか、ご希望ならば私一個人の提案と考えていただいても結構だが、それをひとつ申上げてみましょう。どうもここにご滞在なさることはあなたにとっては有意義なことではなさそうです。つまりあなたが私たちのところにおられても、あなたにとっては肉体的に、そしてもし私の思いちがいでなければ、また精神的にもよろしくないようですから――いかがでしょう、ここでこのうえ時をすごされることは断念されて、今夜にも荷物をまとめられて、あすの定期急行列車でお帰りになっては」

「ぼくに帰れとおっしゃるんですか」とハンス・カストルプは尋ねた。……「まだ着いたばかりなのに。いや、それはだめですよ。最初の一日ぐらいでは何もわかろうはずはないのですから」

そういって、彼が偶然隣室に眼をやると、ショーシャ夫人の細い眼と広い頰骨《ほおぼね》が正面から見えた。この女はいったい何を、誰のことを思いださせるのだろう、と考えてみたが、頭が疲れていて、少しぐらいの努力ではこの問いに答えをだすことはできなかった。

「ここの上の、あなた方のところの空気に慣れるのは、たしかにそう容易なことではないようです」と彼は話しつづけた。「しかしそれははじめから予想していました。だから、最初の二日や三日、頭が少々ぼんやりしたり、熱をだしたりする、そうしてそれでもう参ってしまうというのでは、あんまり情けないじゃないでしょうか。そんなことでは卑怯者《ひきょうもの》といわれても仕方がないでしょう。だいいち、それはまったく理性に反しています。――いや、そういうことはいけません、現にあなたご自身が……」

彼は急に高飛車な、きめつけるような調子でそういって、興奮のあまり肩をゆすったが、そこにはイタリア人の提案を撤回させずにおくものかといった気配が感じられた。

「私はあなたの理性に脱帽します」とセテムブリーニは答えた。「それからまた勇気にも敬意を表します。あなたのおっしゃることはいちいちごもっともで、それに対してしかるべき反対意見を持ちだすことは困難なようです。それに私はまた、ここの空気にうまく適応同化した典型的な例をいくつも実際に見てもいます。たとえば、去年ここにいたクナイファー嬢ですな、オティーリエ・クナイファーという、良家の出で、某高級官吏の令嬢がいました。彼女はここに一年半あまり暮している間に、ここがすっかり気に入ってしまって、そのために完全な健康体になってからも――つまりここでもときには健康になれる場合があるんですな――どうしても家に帰りたがらない。もっとここにいさせてくれと、それこそ心の底からベーレンス顧問官に頼んだのです。自分は家へ帰れないし、帰りたくもない、ここが自分の家で、ここにいてこそ自分は幸福なんだというのです。しかしちょうど入院患者が激増して、彼女の部屋も他のひとに当てなければならなくなって、結局その哀願も空《むな》しく、病院側では彼女が健康を回復したものとみなして、何が何でも退院させようとかかった。ところがオティーリェは高熱をだして、体温表のカーブが急上昇してしまったのです。しかし病院側では、普通の体温計の代りに『のっぺらぼう』体温計を当てがったので、その高熱の正体がばれてしまったというわけです。――『のっぺらぼう』といってもおわかりにならないでしょうが、目盛りのない体温計のことです。これに医師が物差しを当てて調べてみて、熱の上がり下がりを記入するという仕掛けのものです。そしてオティーリェの熱は三十六度九分だということがわかった。平熱ですな。そうするとこんどは、湖へいって泳いだんですな。――五月のはじめですよ。夜は冷えましたが、湖の水は氷のように冷たいというほどでもなく、厳密には二度か三度かでした。彼女は水中にかなり長時間つかっていて、そんなことをすれば病気にでもなるだろうと思ったのです――その結果はというと、依然健康。両親の慰めの言葉などには耳も藉《か》さないという、傷心と絶望のうちにここを去っていきましたがね。『下へいって何をするというの』と彼女はなんども叫んだ。『ここが私のうちなのに』とね。その後どうしましたか。……おや、私の言葉をお聞きになっていらっしゃらないようですな、エンジニア。思いちがいでなければ、あなたは立っていらっしゃるのがやっとというところらしい。少尉君《しょうい》、さあ、おいとこさんを引取ってくれたまえ」と彼は、そのときちょうどそばへ寄ってきたヨーアヒムにいった。「ベッドへおつれするんですな。理性と勇気とを兼ね備えられたおいとこさんだが、今晩は少々ふらついていらっしゃる」

「いや、どういたしまして、全部伺っていました」とハンス・カストルプは断言した。「『のっぺらぼう』とは、つまり、全然目盛りのない水銀柱のことでしょう――ね、いかがです、ちゃんと伺っておりましたでしょう」しかし彼はヨーアヒムといっしょに、他の数人の患者とエレベーターで上へ引きあげていった。――今晩の社交時間はもう終りで、ひとびとは散りぢりになり、夜の安静療養のために安静ホールやバルコニーへ向った。ハンス・カストルプはヨーアヒムの部屋までついていった。廊下の椰子蓆《やしむしろ》を敷いた床が彼の足の下でゆるやかに波打っていたが、彼はそれをさほど不快に感じなかった。彼はヨーアヒムの部屋の大きな、花模様のある安楽椅子《いす》に腰をかけて――こういう椅子は彼の部屋にもあった――マリア・マンツィーニに火を点じた。マリアは膠《にかわ》だとか石炭だとか、その他いろいろのものの味はしたが、本来の味はしなかった。そんなことにはお構いなしに葉巻を吸いつづけながら、彼はヨーアヒムが安静療養の用意をするのを眺《なが》めていた。作業服みたいな、短い室内着の上に古い外套《がいとう》を着たヨーアヒムは、ナイト・テーブル用の電気スタンドとロシア語入門書を持ってバルコニーへでて、小さな電気スタンドをともし、体温計を口にくわえたまま、寝椅子に横たわり、そこに拡《ひろ》げてあった二枚の大きなラクダ毛布を実に器用にさばいて、それにくるまった。いとこの鮮《あざ》やかなやり方を見ていて、ハンス・カストルプは心から感じ入った。ヨーアヒムは、毛布を一枚ずつ、まず左から縦に腋《わき》の下までかけ、それから下の方から足をくるみ、つぎには右から同じことを繰返し、こうして最後は完全に左右の均衡のとれた平たい包みのようになり、頭と肩と腕だけを外へ出すようにした。「実に見事なものだな」とハンス・カストルプはいった。

「何ごとも練習次第さ」ヨーアヒムは歯で体温計を押えて話ができるようにした。「君だってできるよ。あすはぜひとも君の毛布を二枚買いにいかなくちゃね。毛布だと下界でも使えるし、ここの上では必需品だから。なにしろ君はスリーピング・バッグも持っていないし」

「だけどぼくは、夜はバルコニーに寝る気はないよ」ハンス・カストルプは断言した。「それはごめんだ。もういまからお断わりしておくよ。そんなことしたら、いささか奇妙だろうからね。なにごとにも限度があってしかるべきだ。だからぼくもどこかで一線を画して、ここの上の君たちのところへは単にお客としてやってきたんだということを、はっきりさせておく必要があると思う。まあ、もう少しここにいて、葉巻でも吸っていることにしよう。どうもまずくて困るが、これはマリアのせいではないんだから、今夜はこれで十分ということにしておかなければね。もうすぐ九時だね。――まだ九時前とは残念だ。だけど九時半になれば、まあまあ普通はベッドへ入ってもそうおかしくはなさそうだね」

彼は烈《はげ》しい寒けを覚えた。――悪寒《おかん》の発作はいくどもやってきた。ハンス・カストルプは飛びあがると、壁の寒暖計目指して、まるで寒暖計を現行犯として取押えるとでもいうような勢いでとんでいった。室内温度は列氏九度*だった。スチームの管に手を当ててみると、死んだように冷たかった。八月だからってスチームを通さないのはけしからんじゃないか、問題は、そのときの月の名ではなくて、そのときの温度なのに、その温度は、人間を犬ころみたいに震えあがらせてしまっているじゃないか、というようなとりとめないことを彼は呟《つぶや》いた。しかし顔は燃えるように火照っていた。いったん椅子に坐《すわ》ったが、もう一度立ちあがると、呟くように、ベッドの上掛けの毛布を貸してくれるようにヨーアヒムに頼み、椅子にかけて毛布で下半身を包んだ。そういう格好のまま、熱と寒気を同時に感じながら、葉巻のまずさに気をくさらせていると、たまらなくみじめな気持になってしまった。こんなに悲惨な目にあったことは生れて以来はじめてのように思われてきた。「悲惨だな」と彼は呟いた。ところが、そういう気分の間を縫って、突然、まったくいいようのない放縦な喜びと希望の感情が彼の心に襲いかかってきた。この感情を一度味わった彼は、もう一度それが繰返されはしないかと、じっと坐って待ってみた。しかしそれは二度とやってはこないで、みじめな感じだけがあとに残っていた。そこで彼はとうとう立ちあがって、ヨーアヒムの毛布をベッドへ投げ返し、口を歪《ゆが》めたまま、「おやすみ」「凍死しないようにね」「朝食にはまた誘ってくれるね」といったようなことを呟きながら廊下伝いに自室へよろめき戻った。

彼は服を脱ぎながら、漫然と何か歌をくちずさんだが、それも別に心が浮きたっていたからではなかった。彼は、夜の身仕度《みじたく》という文化的義務のこまかい動作を、たいして注意もはらわないで、ほとんど機械的に続け、旅行用小瓶《こびん》からピンク色の水歯磨《はみがき》をコップに注ぎ、音をたてないで含嗽《うがい》をし、良質の肌《はだ》ざわりの柔らかな菫石鹸《すみれせっけん》で手を洗い、胸のポケットにＨＣと刺繍《ししゅう》してある薄手の上等な麻の、長い寝間着を着た。そして横になると燈火《とうか》を消し、熱のある混乱した頭をアメリカ娘が死んだという枕《まくら》の上にのせた。すぐに眠れるものとばかり思っていたのに、それは間違いで、さきほどまでは辛うじて開けていた目蓋《まぶた》が、こんどはどうしても閉じようとせず、せっかく合わせたと思うと、忽《たちま》ち落着きを失ってぴくぴく動いて開いてしまう。ふだん寝つけている時刻までにはまだ間があることだし、そのうえきょう一日、いやというほど寝ているんだから、と彼はひとり言をいった。そのうえ屋外から絨毯《じゅうたん》を叩《たた》いているような音がしてきた。——しかしそんなはずはなかったし、事実これは彼の思いちがいで、それはほかならぬ自分の心臓の音だった。自分の心臓の音が、からだの外の、まるでどこか遠くの屋外で絨毯を籐《とう》編《あ》みの塵叩《ちりたた》きではたくときの音のように聞えてきたのである。

部屋の中はまだまっくらになってはいず、ヨーアヒムの部屋の側からも、下層ロシア人席の例の夫婦の部屋の方からも、バルコニーの電気スタンドの光が、開け放たれているバルコニーのドアを通してさしこんでいた。ハンス・カストルプは、目蓋を開けたり閉じたりして仰向けに寝ていたが、ふいにある一つの印象、日中受けた一つの印象、すなわち、それを見て非常に驚き、人情からしてすぐに忘れてしまおうとした一つの観察が心に蘇《よみがえ》ってきた。それは、マルシャとその容姿のことが話題になった際にヨーアヒムの顔にみられたあの表情、陽灼《ひや》けした頰がまだらに青ざめ、口がまったく特異な悲哀をたたえて歪んだあの表情だった。いまになってハンス・カストルプは、あの表情が何を意味するかを見抜いた。しかもそれを実に鮮やかに、相手の身になって親しく理解し洞察《どうさつ》できた。それは、あの屋外の、籐の塵叩きで絨毯を叩く音の速度も強度も二倍になり、そのために「街」から響いてくる小夜曲《セレナーデ》がほとんど聞えなくなってしまったほどだった。——つまり下のあのホテルでは今夜もコンサートがはじまっていて、均斉のとれた構造の古臭い小歌劇風の旋律が、闇《やみ》を縫ってここまで聞えてきた。ハンス・カストルプはその旋律を囁《ささや》くような口笛でまね（口笛は囁くようにも吹ける）、羽根布団《はねぶとん》の下の冷たい足で拍子をとった。そんなことをしていて眠りこもうなどとはむろんとほうもないことだったが、また少しも眠気を覚えなかった。ヨーアヒムがなぜ青くなったか、その理由がきわめて鮮明に理解されて以来、彼にとって世界はまったく面目を一新した。そして、それがあの放縦な喜びと希望の感情となってもう一度彼の心を揺すったのである。いずれにせよ、それがなんであるかははっきりさせないままに、彼は何かを待っていた。そして左右の隣人が夜の安静療養を終えて、室外の水平状態を室内のそれに変えるべく、各自の部屋の中へ戻ってくる気配を耳にしたときになって、彼は、あの不作法な夫婦も、今晩は静かにしていてくれるだろうと自分にいって聞かせた。今夜は彼らも休戦だろう、それにちがいない。しかし彼らは決してそうではなかったし、ハンス・カストルプにしても正直のところ、決してそう考えたわけではなかった。本当をいえば、もし彼らが戦火を交えなかったとしたならば、彼のほうが逆にそれを不思議に思ったことだろう。それにもかかわらず、聞えてくる物音にひどく驚いて、いくども声をださずに彼は叫んだ。「冗談じゃないぞ」と彼は声を殺して叫んだ。「これはたまらん。すごい、いやまったくすごい」そんな叫び声の合間にも、彼は相変らず囁くような口笛を、執拗《しつよう》に響いてくる古臭い小歌劇風の旋律に合わせていた。

そのうちに浅い眠りがやってきた。そしてそれと同時に、さんざんな夢、ゆうべの夢に輪をかけたような、わけのわからない混乱した夢をみて、はっと驚いたり、錯乱した思いつきを追い回したりして、いくどかもう少しで夢からさめそうになった。膝《ひざ》を曲げ両腕を硬直させて前へ垂れたベーレンス顧問官は、大股《おおまた》の、まさに荒々しいといった感じの足どりで、しかもそれを遠くから聞えてくる行進曲に合わせて、庭の小径《こみち》を歩いていた。彼はハンス・カストルプの前に立ちどまった。見ると度の強い丸玉の眼鏡をかけている。そして、なにかわけのわからないことをいった。「むろん、立派な市民ですな」彼は許しも乞《こ》わずに、大きな手の人差し指と中指とで、ハンス・カストルプの目蓋を下へ引きおろした。「わしの推察どおり、実に尊敬すべき市民でいらっしゃる。才能はある、全身の燃焼作用の昂進《こうしん》に対する才能がないわけではない。二、三年ぐらいの歳月はけちけちなさらんだろうな、ここの上の私たちのところで自由に勤務する年限ぐらいはな。さて、よいしょと、みなさん、ひとつぶらぶら歩きにおでかけなさい」そう叫んで、彼が二本の大きな人差し指を口に突っこみ、妙に音の冴《さ》えた口笛を吹くと、空中を左右から実物よりも小さい女教師とミス・ロビンスンがとんできて、ちょうど食堂でハンス・カストルプの左右に腰かけるように、顧問官の左右の肩に腰をかけた。顧問官はそのまま飛びはねるような足どりで立ち去ったが、その際ナプキンを眼鏡のうしろへ突っこんで眼をふいた。――ふいたのが汗か涙か、それは誰にもわからなかった。

それからまた彼は、自分が長年授業の合間の休み時間をすごした校庭で、やはりそこに居合せたマダム・ショーシャから鉛筆を借りようとしていた。彼女は銀のキャップに入った中くらいの長さの、軸を赤く塗った鉛筆をハンス・カストルプに渡し、授業後必ず返してくれるように、気持のいいしゃがれ声で念を押したが、彼女が広い頬骨の上の灰緑色の混った青い眼で彼をじっと見つめたとき、彼は必死になって夢の世界から身をもぎ離そうとした。彼女がこうも活《い》きいきと思い起させるものはいったい何か、そして誰か、それがいまわかったうえは、もう決してそれを忘れまいと思ったからである。彼はこの体験をあすのためにとっておこうと思って、それを急いでしっかり心に刻みつけた。というのもふたたび眠りと夢の中に包みこまれそうになるのを感じたからである。それから彼は、急いでドクトル・クロコフスキーの手から逃げださなければならないような具合になっていた。ドクトル・クロコフスキーは彼をつかまえて、精神分析にかけようとする。それに対してハンス・カストルプはそれを、気違いのように、実に愚かにこわがった。彼はもどかしい足どりでガラスの仕切りのそばをいくつも通り抜けて、バルコニー伝いに逃げ、いのちがけで庭に跳《と》びおり、せっぱつまって赤褐色《せっかっしょく》に塗った旗竿《はたざお》によじ登ろうとさえしたが、追っかけてきた医師にズボンぐるみ片脚をむずと摑《つか》まれたそのとたん、びっしょりと汗をかいて眼をさました。

いくらか落着いてふたたび浅い眠りに入ったかと思うと、こんどはこんな夢を見た。彼は自分の前にいるセテムブリーニをその場から肩で押しのけようとしている。セテムブリーニは彼の眼前に立って微笑していた――豊かな黒い口ひげが美しい曲線を描いて撥《は》ねあがっているその下に浮べられた、優雅で冷静で嘲笑《ちょうしょう》的な微笑、ハンス・カストルプにはこれが我慢ならないものに思われた。「あなたは邪魔です」彼は夢の中で自分がそういうのをはっきりと聞いた。「どいてください。たかが筒琴弾《つつごとひ》きじゃありませんか。そこにいられちゃ邪魔なのです」しかしセテムブリーニは微動だにもしない。そこでハンス・カストルプは、突っ立ったまま、さてどうしたものだろうかと考えていた。そこと、まったく偶然に、時間の本質に関するきわめてすぐれた思いつき、つまり時間とは「のっぺらぼう」、すなわち医者をたぶらかそうとする患者に当てがわれる目盛りなしの体温計にほかならないということがわかった。――これはぜひあすヨーアヒムに話してやらなければ、とはっきり決心して眼をさました。

こんな冒険や発見をしているうちに夜の時が流れすぎていったが、その際、ヘルミーネ・クレーフェルトやアルビン氏やミクロジヒ大尉《たいい》たちも、それぞれにわけのわからない役割を演じていた。ミクロジヒ大尉はシュテール夫人を頤《あご》にくわえて誘拐《ゆうかい》しようとして、パラヴァント検事の槍《やり》で串刺《くしざ》しになった。しかしハンス・カストルプは、あるひとつの夢ばかりは、その夜は二度、しかもまったく同じ内容のものを見た。二度目に見たのは夜明け近くだった。彼が七つの食卓の食堂に坐っていると、がたん、ぴしゃんともののすごい音でガラス戸が締り、白いスウェーターの、片手をポケットに突っこみ、片手を後頭部にやったショーシャ夫人が姿を現わした。ところでこの不作法な女性は、上流ロシア人席ではなくて、ハンス・カストルプのところへ音もなくやってきて、無言で片手を差しだし、彼の接吻《せっぷん》を許したのである。――しかし彼女が差しだしたのは、手の甲ではなくて、手のひらだった。ハンス・カストルプは彼女の手に、爪《つめ》の両側の皮膚がささくれ、幅が広くて、指の短い、手入れのいき届いていない掌《てのひら》に接吻した。すると、彼が昼間、試みに名誉の重荷を免ぜられた身になって不名誉のもつ無限の利点を享楽《きょうらく》してみようとした際に、身内からこみあげてきたあの放縦で甘美な感情が、いまふたたび頭の天辺《てっぺん》から足の爪先《つまさき》まで滲《し》み渡った。それは、夢の中でのほうが、現実の場合よりもはるかに強烈であった。

第四章

必要な買物

「これでもうここの夏は終りなのかい」と三日目にハンス・カストルプは皮肉な調子でいとこに尋ねた。……

天気が急に変った。

この高いところでわれわれの聴講生がまる一日を送った二日目は、輝かしい夏めいた一日だった。えぞ松の梢《こずえ》から若芽が槍《やり》の穂先のように延び、その上には紺碧《こんぺき》の空がきらめき、灼熱《しゃくねつ》した日光で谷底の部落はぎらぎらと照り輝いていた。陽光に温まった山腹の短い草の中を、たくさんの牝牛《めうし》が草を食べにぶらつき、その鈴の音が周囲の空気を明るく平和に充《み》たしていた。女性患者たちはすでに第一回目の朝食時から、洗いのきく薄地のブラウスを着て現われ、中にはレース袖《そで》の者さえいたが、このレース袖はどの女性にも似合うというわけにはいかなかった。——たとえばシュテール夫人の場合は全然いけなかった。こういう花やいだものを着こなすには、彼女の腕はあまりにもぶよぶよと肥《ふと》りすぎていた。男たちもこのすばらしいお天気のおつき合いをして、それぞれに服装を変え、薄いアルパカの短い上着とか麻服などもちらほら見え、ヨーアヒム・ツィームセンは青い上着にクリーム色のフラノのズボンといういかにも軍人々々した組合せのスタイルで姿を現わした。さてセテムブリーニはどうかというと、彼も繰返し衣換《ころもが》えをする意図を口にだしていった。「どうです」と彼は昼食後いとこたちといっしょに街へ散歩におりていくときにいった。「この太陽の烈《はげ》しいことは。私も軽いものに着換えなくてはなりますまいな」しかしそういう聞えのいい言葉を口にしておきながら、彼は相変らず襟《えり》の大きな、フラノの長い上着に、弁慶格子《べんけいごうし》のズボンといういでたちだった。おそらくそれ以外の服は持っていないのだろう。

それなのに三日目には、まるで自然がひっくり返っていっさいの秩序が崩《くず》れ去ってしまったかのような具合になった。ハンス・カストルプは自分の眼を信じることができなかった。昼食後の安静療養に入って二十分もしたころに、太陽があわただしく隠れてしまって、東南の山頂に泥炭色の醜悪な積雲がでてきて、異様に冷たい、肌《はだ》を刺すような風が起った。氷に鎖《とざ》された未知の極地から吹きつけてくるかとさえ思われるこの風は、突然谷合いを吹きまくって、気温は急激に下降し、周囲の様子ががらりと変ってしまった。

「雪だ」とガラスの仕切り戸の向うからヨーアヒムの声がした。

「雪がどうかしたというの」とハンス・カストルプは聞き返した。「まさかこれから雪が降るっていうんじゃないだろうね」

「降るよ」とヨーアヒムはいった。「この風はもうとっくにおなじみなんだ。こいつが吹くと橇道《そりみち》ができる」

「なにをいっているんだ」とハンス・カストルプがいった。「まだ八月の初めだろう」

しかしこのあたりの事情に通じているヨーアヒムの言葉は正しかった。それから数秒もしないうちに、しきりに雷鳴が轟《とどろ》き渡る中を烈しい吹雪《ふぶき》——一寸さきも見えないほどの吹雪が襲ってきた。天地は白い水蒸気に包まれたようになって、部落も谷もすっかり見えなくなってしまった。

雪は午後の間中降りつづけた。スチームが通りだした。ヨーアヒムは毛皮のスリーピング・バッグを用いて療養勤務を継続したが、ハンス・カストルプは屋内に退却し、スチームのそばへ椅子《いす》を近づけ、どうも納得がいかないといったふうになんども頭を振りながら、戸外のひどい天気を眺《なが》めやった。あくる朝は吹雪もやみ、外の気温も二、三度になったが、積雪は一フィートもあり、ハンス・カストルプは繰拡《くりひろ》げられたまったくの冬景色にただ驚きの眼をみはるばかりだった。スチームはまたとめられて、室内は六度だった。

「これでもう君たちの夏は終ったのかい」とハンス・カストルプは嫌味《いやみ》たっぷりにいいと

こに尋ねた。……

「必ずしもそうではないんだ」とヨーアヒムはありのままを答えた。「これからだってまだ夏らしいお天気の日がないわけじゃない。九月になってもそんな日がよくあるんだ。だが本当のところは、ここでは季節の区切りがとても曖昧《あいまい》なんだね、つまり季節がまじり合っていて暦のとおりには事が運ばないんだ。冬の最中に陽がかんかん照って、散歩すると汗がでて上着を脱ぐほどの日がなんどもあるし、夏だって、いや、ここの夏がときと場合によるとどんなものになるか、君にもこれで納得がいっただろう。それに雪だが——こいつがなにもかもめちゃくちゃにさせてしまうんだ。一月にも降るが、五月だってやはり同じように降るし、八月でさえごらんのとおりだ。結局のところ、雪の降らない月はないということだね、そう思っていて間違いはない。要するにここでは、冬のような日、夏のような日、春のような日、秋のような日といった日はあるが、いわゆる四季というものはないんだ」

「すてきな混乱だ」とハンス・カストルプはいった。オーバーシューズをはき、冬外套《ふゆがいとう》を着た彼は、いとこといっしょに町へおりて安静療養用の毛布を買いにでかけた。こんな天候では、とても膝掛《ひざか》けだけですませるわけにはいかなかった。ついでに毛革のスリーピング・バッグも買おうか、と彼は考えたが、そこまでは踏みきれなかった。というか、そんなことを考える自分が自分で恐ろしかったのである。

「やめた、やめた」と彼はいった。「毛布だけにしておこう。毛布だったら、下へ帰ってからも使えるし、それにまたどこにもあるものだから別にどうということもない。毛布ならなにも異様なことはないから。だけど毛革のスリーピング・バッグとなると、これはちょっと特殊なものになるからね。——だってそうだろう、そこまで整えるとなると、なにかこうここへすっかり腰を落着けて、君たちの仲間入りをしたというような格好になるからね。……だから要するに、たった二、三週間の滞在では、何もそれまで買う必要はないということだ」

これにはヨーアヒムも賛成だった。二人は、英国街の、品物が豊富に取揃《とりそろ》えてある洒落《しやれ》た店で、ヨーアヒムが使っているのと同じような、柔らかくて気持のいい、縦横が特別長目になっている自然色のラクダ毛布を二枚買って、それを国際サナトリウム「ベルクホーフ」の三十四号室へさっそく届けさせるようにした。ハンス・カストルプはその日の午後からそれを使ってみようと思ったからである。

ところでこれは第二朝食後の散歩のときのことであった。一日のうちでこのとき以外には町まででかけていく機会はなかった。雨が降ってきて、街路の雪は、粥《かゆ》のような雪解けに変って跳《は》ね返った。帰り道でふたりはセテムブリーニに追いついた。無帽の彼は、雨傘《あまがさ》をさし、やはりサナトリウムへ帰るところだった。きょうのイタリア人は顔色が黄色で、明らかに気持が滅入《めい》っているようであった。彼は例の訛《なまり》のない見事なドイツ語で、寒さと湿気に完全に参っていると嘆いた。せめてスチームぐらい通してくれてもよさそうなものなのに。浅ましい権力者たちは、雪がやむと急いでスチームをとめるが――これは実に非人間的な措置であって、理性をあざけるものだ、と彼はいった。これに対してハンス・カストルプが、室内の温度を寒いくらいにしておくのも、おそらく療養のための考慮からでていることだろう――それにそうすれば、患者たちが早くから寒がりになることも防げるだろう、と反対意見を述べると、セテムブリーニは烈しい嘲笑《ちょうしょう》でこれに応じた。「なるほど、療養上の考慮ね。神聖不可侵の。エンジニアが畏敬《いけい》的な口調で療養上の考慮ということを口にされるのは至極ごもっともだが、しかし、ここにひとつ奇妙に思われることは――実に祝賀に値するともいうべき意味で奇妙に思われることは、この療養法中で、とくに絶対必要とされている療養法は、権力者たちの経済的利害に一致するもののみにかぎられているということで、これとさして関係を持たない場合に対しては眼をつぶってしまう……」いとこたちが笑うと、セテムブリーニは自分の渇望《かつぼう》する暖かさと関連して、彼の亡《な》くなった父親について話しだした。

「私の父は」と彼はうっとりとした調子で、ゆっくり話しはじめた。――「実に繊細な人でした。――心身ともにひどく敏感で。冬になると、彼は自分の小さな暖かい書斎をいかばかり愛したことでしょう。父は心からそれが好きだったのです。小さな暖炉にはいつも赤々と火がたかれていて、列氏二十度の温度が保たれていなければならなかったのです。冷えて湿っぽい日とか、身を切るような北風の吹く日など、玄関から書斎に入ると、部屋の暖か味が柔らかいマントのように肩をくるんで、眼は快い涙でいっぱいになったものでした。書斎には書物や草稿が山と積まれていて、中にはおそろしく貴重なものもありました。そういう精神的財宝に取囲まれて、青いフランネルの部屋着をまとった父は、狭い斜面机のかたわらに立って、文事に精進《しようじん》していました。——父は小柄できゃしゃな体質で、私の肩ぐらいの背丈だったのです。でも顳顬《こめかみ》の辺には白髪が房々《ふさふさ》と垂れ、鼻筋は長く美しく通っていました。……父はすぐれたラテン語学者だったのです。彼は当時の権威者のひとり、屈指の国語学者、ならぶものなきラテン語の文体家、そしてボッカチオのいう理想どおりの文学者（uomo letterato）でした。……父と話をするために、学者たちが遠くからはるばるやってきたものです、あるいはパランダ*から、あるいはクラカウから。彼らは父に心からの畏敬の念を表現するために、わざわざ私たちの町パドゥヴァへやってきたのです。そういう人たちを父はやさしい、しかも威厳ある態度で迎えました。父はまた一流の作家でもあって、暇を利用してはきわめて艶麗《えんれい》なトスカーナの散文で物語も書いたひとです。——文学（idioma gentile）の大家だったのです」セテムブリーニは、この母国語の音節を舌の上でゆっくり溶かすようにし、首を振り、うっとりとして発音した。「父は自分の小さな庭をウェルギリウスの例にならって作らせました」と彼は話を続けた。「言葉は健康で美しかった。しかし彼は自分の部屋が暖められていることを、何にもまして求めたのです。そうでないと、震えて、寒い目に逢《あ》わされた怒りで、涙を流しさえしました。ぜひひとつ考えていただきたいものだ、エンジニア、それに少尉《しょうい》殿も、そういう父の子の私が、盛夏の候に寒さで震えあがり、汚辱的な印象にたえず魂が責め苛《さいな》まれるこの忌《い》むべき野蛮地帯で苦労しなければならないとは。ああ、たまらないことですよ、これは。しかも私たちを取巻く連中は、いったいいかなる人種か。あの滑稽《こっけい》極まりない悪魔の手代、顧問官！　クロコフスキー」――セテムブリーニは舌をよじらせなければこの名前は発音できないというようなふうをした。――「人間の体面を重んずる私は、あの抹香《まっこう》臭い怪物の犠牲になることを拒絶する。だからあの厚顔無恥な懺悔《ざんげ》僧《そう》クロコフスキーは私を憎んでいるのだ。……それから私の食卓仲間……この私が陪食を強制される連中は、まあなんという手合いでしょう。右隣はハレのビール屋――マグヌスという名の――乾草《ほしくさ》の束みたいなひげを生やした男。『文学のお話はごかんべん願いたいですな』というのです。『いったい文学が何を与えてくれます。うるわしき品性！　そんなものがなんの役にたちますか。わたしゃ実際家だが、この世間の実生活上で、うるわしき品性などにお目にかかったためしはありませんからな』これがマグヌス氏の懐《いだ》いている文学観なのです。うるわしき品性……　いやはや、実になんともかんとも。向い合せにはマグヌス夫人が坐《すわ》っています。頭がぼけていくと同時に蛋白《たんぱく》を失っていきつつある。野卑不潔なる惨状です……」

セテムブリーニの話を聞いていたヨーアヒムもハンス・カストルプも、別にしめし合せたわけでもなかったのに、偶然ふたりとも同じことを考えていた。ふたりにとってこの話は、愚痴っぽく不愉快で煽動《せんどう》的なものに思われたが、他面その大胆で皮肉で反抗的な点がおもしろくもあり、いや、有益にすら感じられた。ハンス・カストルプは「乾草の束」だとか「うるわしき品性」といった表現や、それを話す際のセテムブリーニの滑稽で絶望的な身ぶりを見て、心から笑った。そこで彼はこういった。

「おおせのとおり、こういう場所では顔ぶれが少々不揃いになりますね。食卓仲間も自由に選べませんし。――それに自由に選べるとしたら、たいへんな結果になるでしょうしね。ぼくらの食卓にも、お話のような婦人がひとりいます……シュテール夫人という――あなたもご存じと思いますが。このひとが話しだすと、眼の遣《や》り場に困ることもなんどかあります。まずこのひとの教養のなさといったら、実に恐るべきものなのです。それに、しじゅう体温のことやからだのだるいことで愚痴をこぼします。気の毒なことに、あまり軽いほうではないらしいんですね。でもぼくは実に不思議に思うのですが――病気で、そこへ持ってきて無知なのですから――こういっていいのか、わるいのか、よくわかりませんが、無知でしかも病気だということが、ぼくにはひどく奇妙に思われるのです。この組合せは、おそらくこの世で最も悲惨なものではないでしょうか。どんな顔をしてそれに対すればいいのか見当がつきません。われわれ人間は、病人に対しては誠意と尊敬の念を示したいと思う。病気はある意味では、尊厳なものといえましょうから。しかるにですよ、その病人が、『代珍《だいちん》』だとか『美星院《びせいいん》』だとか、年がら年中い い間違えばかりしているような無知な人だとなると、まったく泣いていいのか、笑っていいのか、見当がつかなくなるのです。これは実に人間感情にとってひとつのディレムマを意味するもので、まことに傷《いた》ましいかぎりです。ぼくの考えからすると、無知と病気とはどうしても調和しないのです。われわれは普通このふたつのものを別々に考えていますね、つまり無知な人間は健康で平凡、病気は人間を高尚に、賢明に、特異な存在にすると考えていますね。そう考えるのが当り前だと思いますが、それともちがうでしょうか。どうもぼくはなんだか少しおしゃべりしすぎたようですが」と彼は話を結んだ。「偶然こんな話になってしまったものですから……」といって彼はしどろもどろになった。

ヨーアヒムも少し照れくさそうだった。セテムブリーニは、礼儀上青年が話を終るまで待とうといった様子で、眉《まゆ》をひきつらせて黙っていた。しかし本当は、まずハンス・カストルプをしどろもどろにさせておいたうえで、ゆっくりとやっつけるつもりであった。

「これは、これは（sapristi）エンジニア、あなたがこれほどの哲学的才能を披瀝《ひれき》なさるとは。あなたのご説では、どうやらあなたは見かけほどには健康ではいらっしゃらないようですな。というのも、あなたは明らかに立派な知性を持っていらっしゃるから。しかし、失礼ながら、私はあなたのご説に賛成いたしかねるばかりか、さらにそれを拒否し、私がそれとは反対の立場に立つ人間であることをはっきりと申上げたいのです。ご承知かもしれませんが、私は精神的な問題に関するかぎりは、決して控え目にしていることのできない性分でして、従って、屁理屈《へりくつ》屋というそしりを受けても、私としてはあなたがいまご披瀝になったような、反論に値するご意見にはぜひとも反論を呈したいと存ずるのです。……」

「でも、セテムブリーニさん……」

「まず、まあ、お聞き……くださいな。あなたがおっしゃろうとすることは、私にもよくわかる。つまりあなたは、只今《ただいま》あなたがお話しになったご意見は、実は厳密な意味であなたご自身のご意見ではなく、あなたも真剣にそう考えていらっしゃるわけではない、まあ空中に浮遊している無数の可能な諸見解の中のひとつをつかまえて、無責任に試験的にそれを採りあげられただけのことだとおっしゃりたいのではありませんか。これはね、まだ男性的な決断力を欠いている、あなたぐらいの年配にありがちな現象でしてね。つまりいっさいの見解を一応試験してみようということです。試験採用(placet experiri)だ」とセテムブリーニは、「採用(placet)」の c をイタリア語ふうに柔らかく発音していった。「たしかにそれも結構な原則です。しかし私が奇妙に思ったのは、なぜあなたのこうした試験が、いまあなたのお話しになったような方向を選んだのかということなのです。どうも私にはそれが単に偶然の結果だとは考えられないのです。つまりあなたは、いまのうちに矯正《きょうせい》しないと、それがそのまま性格的に固着してしまう危険のある素質を持っていらっしゃるのではないかと私は恐れるのです。ですから私には、あなたのお考えを是正する義務があると思うのです。あなたのご説に従うと、病気と無知の結合は、この世の中で最もうっとうしいものだということですね、私としても、それにはたしかに賛成です。肺病やみの馬鹿者《ばかもの》よりは頭のいい病人のほうが好ましいということには私とても同感です。しかしあなたが無知と病気が結びつくということを、ある種の様式的誤謬《ごびゅう》、造化の倒錯的趣味、あなたのお言葉を拝借すれば『人間的感情に対するひとつのディレムマ』とお考えになるならば、私としてはどうしてもそれに反対せざるをえないのです。あなたが病気は何かとても品のいいもの——さきほどどんな言葉をお使いになったのでしたか——きわめて尊敬に値するものであって、無知とはまったく不調和なものだ——これもあなたのお言葉ですが——とお考えになっていらっしゃるとすると、私はあなたに反対せざるをえないのです。私はそれに対して、はっきりと『ノー』と申上げましょう。病気というものは絶対に品のいいものでも、尊敬に値するものでもありません。——そういう考え方それ自体がすでに病的であるか、あるいは病気の原因となりうるものなのです。あなたがそういう考え方から遠ざかられるように、私はこう申上げたい、それは陳腐極《きわ》まりない不潔な考え方だと。つまりそれは、人間という理念がポンチ画のように歪曲《わいきょく》され辱《はずかし》められて、懺悔贖罪《しょくざい》が人間の迷信を利用して栄えた時代、調和と健康がいかがわしい悪魔的なものと見なされる一方では、病気が天国への入場券のように見なされた、あの暗黒時代に発生した考え方なのです。しかし理性と啓蒙《けいもう》によって、人類の魂を覆《おお》っていたそういう暗い影は追い払われてしまいました。――むろんまだ完全にとはいえません、今日もまだこの暗影との闘いは続けられています。そしてこの闘いこそ『仕事』というものなのです。現世における仕事、この世界のため、人類の栄誉と福祉のための仕事が、つまりそれなのです。そして理性と啓蒙というこのふたつの力は、この日々の闘争によって鍛錬されていき、未来において人類を完全に解放し、人類を進歩と文明の道へ、ますます明るい温和で清らかな光明に向って促進せしめてやまないことでありましょう」

これはたいへんなことになったぞ、とハンス・カストルプは、驚いたり照れたりしながら考えた。これはまるでオペラのアリアみたいだ。いったいぼくの話のどこがこんな結果を導きだしたのだろう。それにしても少々味気のないお説教だ。それに仕事、仕事というが、いったい仕事がどうしたというのだろう。その仕事というやつと、この場所柄とは韻が合うまいに。そこで彼はこう答えた。

「ありがたいお話でした、セテムブリーニさん。実にすばらしいものですね。これ以上に……造形的に話そうとしたって、とてもだめですね」

「反動的傾向はですな」とセテムブリーニはひとりの通行人と擦《す》れちがいざま、そのひとの頭上を雨傘を乗り越えさせてふたたび話しはじめた。「つまりあの悲惨な萎縮《いしゅく》した時代の考え方に精神的に復帰すること——本当ですよ、エンジニア、それは病気というものにほかならない。この病気はこれまで十二分に研究し尽されたものであって、科学はこれを種々の名称で呼んでいます。いずれも対象そのものとは完全に無関係な学問用語であって、あなたにしたところが別にそれをお聞きになりたいとも思われますまい。しかしながら、人間の精神生活ではいっさいが相互に関連しています。互いが互いの原因となり結果となるのです。また、悪魔には小指さえも与えるな、さもないと手の全部、いやそれどころか魂までも奪われるともいわれているでしょう。……他面また、健康な原理というものは、そのいずれを最初にしようとも、つねに健康なものしか生みださないのですから。——あなたにこの際深く銘記しておいていただきたいことはこうです、病気は無知と無関係の上品で尊厳なものであるどころか、むしろその反対に人間を卑しめるものだということです。——いや、病気は人間という理念を台なしにしてしまう傷《いた》ましい汚辱なのです。個々の場合、病人をいたわったり、大切にしてやったりすることは結構ですが、しかし、病気を精神的に尊崇するとなると、それは倒錯というものです——ここのところをしっかりつかんでいただきたい——それは倒錯です、いっさいの精神的倒錯の端緒なのです。さきほどあなたが話題にされた婦人——その名前を思いだすことはいま断念します——ああ、そうですか、シュテール夫人、どうもありがとう——つまるところこの滑稽な婦人は——あなたがおっしゃった人間的感情にとってのひとつのディレムマを意味するものとは思われません。病気で無知——これは所詮《しょせん》悲惨そのものであって、事はきわめて簡単、つまりそこには憐《あわれ》みと軽蔑《けいべつ》あるのみです。ディレムマ、すなわち悲劇というものはね、あなた、自然で高貴で健全な精神を、人間生活に耐えられない肉体に宿らせ、それによってその人格の調和を無惨《むざん》にも破砕するときとか——あるいは最初からそのような調和を不可能にしている——というような場合にのみ起りうるのです。レオパルディをご存じですね、エンジニア。少尉殿は？　私の国の不遇な詩人です、せむしで病弱、この悲惨な肉体のために、その本来偉大な魂はたえず汚辱にまみれ、皮肉の泥沼の中へ引きずりおろされたのですが、この詩人の魂の嘆きは、これを聞く者の心を引裂かずにはおきません。まあ、ひとつお聞きください」

そういってセテムブリーニはイタリア語の詩句を朗吟しだした——美しい音節を舌の上で溶かし、首を左右に振り、ときどき眼を閉じ、つれのふたりがイタリア語を一言も解しないことも一向に気にかけなかった。自分の記憶力と発音に自分で陶酔し、それを聞き手にも認めさせることが目的らしいことは明らかだった。最後に彼はこういった。

「しかしあなたがたにはおわかりにならない。この悲痛な意味を理解なさらずに、ただ聞いていらっしゃるだけなのですから。だが、みなさん、ここをよく感じとっていただきたいのですが、片輪者のレオパルディは、何よりも婦人の愛に恵まれなかったのです。そしてこれこそ彼から魂の萎縮《いしゅく》に抵抗する力を奪った最《さい》たるものだったと思われるのです。彼には名声も人徳も、その輝きは味気なく、自然は意地悪く見え――事実自然は意地悪なのです。愚鈍にして意地悪です、この点で私も彼に賛成します――かくてついにレオパルディは絶望してしまいました。――口にいうのもおそろしいことですが――彼は科学と進歩に絶望してしまったのです。エンジニア、これが悲劇というものですよ。これこそあなたのいわゆる『人間的感情にとってのディレムマ』なのです――あんな婦人の場合なんか問題にならないのです――あんな女の名前を思いだそうとして記憶力を煩《わずら》わせることなんか真っ平ごめんです。……どうか、お願いですから、病気によって生じる人間の『精神化』などということは口になさらないように。冗談じゃありませんよ。肉体なき魂は、魂なき肉体と同様に非人間的かつおそるべきものです。しかし前者がきわめて例外的なものであるのに対して、後者は当り前のことです。一般には、肉体がのさばって、いっさいの権力と活動力を独占して、卑猥《ひわい》極まりない独立を企《たくら》みます。病人として生きている人間なんていうものは、もうまったく単なる肉体にすぎないのであって、これこそまさに反人間的な、屈辱的な現象なのです。――多くの場合、病人は、腐肉と大差はないのです……」

「これは妙だね」とヨーアヒムが前屈《まえかが》みになって、セテムブリーニを中に挟《はさ》んで向う側を歩いていたいとこの方を見て急にいいだした。「君もちょっと前に、全然同じようなことをいっていたね」

「そうだったかな」とハンス・カストルプはいった。「そういえばぼくも同じようなことを考えたということは大いにありうるね」

セテムブリーニは二、三歩黙って歩いていたが、やおら口をきった。

「それならますます結構ですね、みなさん。それならなおさら具合がいい。別に私はあなた方に特別新奇な哲学を講じようというわけではないのですからね。それは私の柄じゃない。われわれのエンジニアがすでに同じことに留意されていたとあれば、それはつまり、エンジニアが精神的な道楽をなさって、天分ある青年の常として、いっさいの可能な見解の味をちょっと試してみようとしておられるのだろうという私の推察がまったく正しかったことを証拠だてているのです。天才的な青年というものは決して白紙なんかではない。正も邪も、いわばいっさいがすでに魔法インクで記入されている紙片のようなものです。教育者の仕事は、この正をはっきりと現像し、映しだされんとしている邪を、適当な感化によって葬《ほうむ》り去ることです。ところであなた方は、きょうはお買物にでかけられたのですか」セテムブリーニは打って変った軽快な口調で質問した。

「いいえ、買物といっても、ほんの」とハンス・カストルプはいった。「つまり、その

「いとこの毛布を二枚買ってきたんです」とヨーアヒムがあっさり答えた。「安静療養用の。……なにしろこう寒いんでは。……それから二、三週間ご相伴するようにといわれているものですから」と、ハンス・カストルプは笑いながら地面に視線を落した。

「ああ、毛布ですか、安静療養の」とセテムブリーニはいった。「それはどうも、やれやれ、まったく、試験採用(placet experiri)のね」と彼はイタリア語風の発音でいった。彼らはびっこの門衛に挨拶《あいさつ》されてサナトリウムに帰り着き、セテムブリーニは食事前に新聞を読むといってロビーを通って談話室の方へいった。彼は第二回目の安静療養はさぼってしまうつもりらしかった。

「いや、実に驚いたね」エレベーターに乗ってから、ハンス・カストルプはヨーアヒムにいった。「骨の髄までの教育者というやつだ――そういう素質があるということは、自分でもいっていたけれど。まったくあのひとの前ではうっかり口もきけないな。へたなことをいうと、長々とお説教を食ってしまうから。しかしあの話し方は見事なものだ。あのひとの口からは、言葉という言葉がどれもとても丸々と、おいしそうにとびだしてくる――あのひとのしゃべるのを聴いていると、つい焼きたての巻パンを連想する」

ヨーアヒムは笑った。

「それはあのひとにはいわないほうがいいぜ。お説教を聞いていると、巻パンを思いだすなんて、あのひとが聞こうものなら、さぞかし気を落すだろうから」

「そうかしら。いや、そうとばかりもいえないんじゃないか。あのひとの話を聞いているとね、どうも彼にとってはお説教だけが目的じゃなくて、教育ということはどちらかといえば二のつぎで、何よりもあの話し方、つまり言葉をあんなふうに跳《は》ねさせたり転がしたりする……ゴムマリのように弾力的にね……それが何よりの目的なんじゃあるまいかと思われて仕方がないんだ。だからぼくらがその点をちゃんと見ているということは、決してあのひとの機嫌を損《そこ》ねることにはならないと思うんだ。ビール屋のマグヌスの『うるわしき品性』はむろん滑稽《こっけい》だが、しかしそんならセテムブリーニ自身が、文学の本来の目的はなんであるかをはっきりといってくれるべきではなかっただろうか。自分の弱点を見せるのが嫌《いや》で質問しなかったが、ぼくだってそういうことは全然わからないんだ。なにしろ文学者なんてものにお目にかかったことは一度もないんだから。しかし、うるわしき品性は問題にならないとしても、うるわしき言葉はたしかに文学の問題なんじゃあるまいか。セテムブリーニと話していると、どうしてもそんな印象を受けるんだ。それになんという言葉の使い方をするんだろうね。『人徳』なんて言葉を平気で使うんだから。……ねえ、君。ぼくなんかそんな言葉は生れてこの方まだ一回も口にしたことがないし、学校で教科書に virtus とあっても、ただ単に『健気《けなげ》さ』ぐらいに訳していたものなんだ。ぼくはなんだか身がすくむような思いだった、本当に。しかし、あんなふうに何もかも糞味噌《くそみそ》にこきおろすのを聞いていると、苛々《いらいら》しないでもないな。寒さがけしからん、ベーレンスがけしからん、マグヌス夫人は蛋白《たんぱく》をなくしているからけしからん、要するになにもかもけしからんのだから。あれは天邪鬼《あまのじやく》なんだよ、ぼくはそれがすぐにわかった。つまり彼は、現在のものはなにもかも気に入らなくて、それでけちをつけるんだが、ああいう悪口はいつ聞いてみても、少し我儘《わがまま》すぎると思う。そう思わざるをえない」

「君はそういうけれどもね」とヨーアヒムは考え深そうにいった。「それでも何か、我儘とは別物の、その反対の誇りの高さといったものがあると思う。彼は自尊心のある人間だ、あるいは人類全体を尊重しようとしている人間だよ。そういうところがあるからこそ、ぼくはあの男が好きなんだ、なにかこうしゃんとしているように思えるんだ」

「それはたしかにそうだ」とハンス・カストルプはいった。「それどころか、あのひとにはなにかこうぴりっとしたところさえある。——それがときにはひとを窮屈にするほどにね。なんということなしに——まあ監督されているようなとでもいったらいいか、いや、これは悪くない表現だ。つまり、ぼくが安静療養用の毛布を買ったことに対しても、なにかそれに同意できない、なにかそれが不満で、なんとかしてそれを非難しようとしているような気味もあったと思うが、君はどう思う」

「そんなことがあるものか」とヨーアヒムは驚いて、考え深げにいった。「そんなことはない。ぼくには想像もできない」それから彼は体温計を口にくわえ、必要なものを携えて安静療養にとりかかった。ハンス・カストルプは昼食に備えて、もうさっそく身じまいをはじめた。昼食までには一時間そこそこしかなかった。

時間感覚についての補説

昼食後、三階へ帰ってみると、すでに毛布の包みがハンス・カストルプの部屋の椅子《いす》の上に置かれていた。彼はこの日はじめて毛布を使ってみることになった。熟練者のヨーアヒムに毛布にくるまる手順を教わったが、これはここの上の誰でもがやっていることで、新来者がさっそく覚えこまなければならない技術だった。最初に毛布を一枚ずつ寝椅子に拡《ひろ》げ、寝椅子の足のほうでかなりの部分が床の上に垂れるようにする。そして寝椅子に腰をかけて内側の毛布をまとう。それにはまず縦に腋《わき》の下までかけ、つぎに下から足をくるむことになるが、これは坐《すわ》ったまま上体を屈《かが》めて、折った毛布の両端を摑《つか》むのである。それからこんどは、同じことを反対側から繰返すのだが、足先の毛布の両端を縦の線にぴったりと合わせないと、左右釣合いよく平らに仕上がらない。つぎにこれとまったく同じやり方で外側の毛布の操作をするのだが——これは前の場合より厄介だ。無器用で無経験なハンス・カストルプは、ヨーアヒムが教えてくれる手順どおりに、身を屈《ま》げて練習しながら、すっかり参ってしまって、ふうふういった。ヨーアヒムによれば、三回の確実な動作で二枚の毛布を同時に身にまとえるのはごく少数の老練な人だけであって、そういう羨《うらや》むに足るほどの巧妙な技術の習得には、長年の練習以外に、素質も必要だということだった。この素質という言葉を聞いてハンス・カストルプは、幾回もの屈伸で痛くなった背中をうしろへ投げて笑いころげた。その言葉がどうしてそんなに滑稽《こっけい》に響くのか、それがすぐにはわからなかったヨーアヒムは、けげんな顔つきでいとこを見つめていたが、やがて彼も笑いだした。

「それでいいんだ」ハンス・カストルプがなめらかな円筒形になり、柔らかい筒枕《つつまくら》に頸《くび》をあて、それまでの屈伸運動で疲れきって寝椅子に横になったとき、ヨーアヒムはそういった。「それでもう零下二十度になろうと平気だ」そして彼も毛布にくるまるため、ガラス仕切りの向うへ帰っていった。

ハンス・カストルプには、零下二十度になるなどということを本気になって考えてみる余裕はなかった。というのも、ひどく寒けがして、バルコニーの木の迫持《せりもち》越しに、戸外の、小糠雨《こぬかあめ》がしとしとと降って、いまにもまた雪になりそうな湿っぽい風景を眺《なが》めている間に、なんども悪寒《おかん》に身震いしていたからである。周囲がこんなにじめじめしているのに、頰《ほお》は相変らず火照《ほて》って、かさかさで、暖かすぎる部屋にいるようなのがひどく奇妙だった。それに毛布にくるまる練習ですっかり疲れてしまっていた。――『大洋汽船』を読もうと思って、本を眼の前に持ってきても、本を持つ手がぶるぶると震えた。彼は元来がそう頑健《がんけん》ではなかった。――ベーレンス顧問官もいったように、完全な貧血症だったから、それですぐ寒さにやられるのだろう。しかしそういう不快感も、きわめて快適な寝心地、すなわちこの寝椅子の分析不可能で神秘的とさえ思われる特性のおかげで緩和された。この寝椅子は、最初に試《ため》してみたときからハンス・カストルプをひどく感心させたのだが、使用するたびごとにその寝心地のよさがますますはっきりしてきた。クッションのつくり具合によるのか、あるいは椅子の背がほどよく傾斜しているせいか、肘《ひじ》掛《か》けの高さや広さがうまくいっているためなのか、あるいは単に手ごろな固さの筒枕によるものなのか、いずれにしろのんびりと手足を休めるのには、この快適な寝椅子にまさるものがほかにあろうとは思われなかった。こうして、さし当り仕事も邪魔もない二時間、サナトリウムの規定どおり、神聖に維持される主要安静療養の二時間があることを思うとハンス・カストルプはもうまったく満足して、ここの上へは単に客としてきているにすぎない自分ではあるが、この安静療養というものが自分にもまことにぴったりとした規則だと感心した。こう感じたのも、彼は生来辛抱強く、長時間の無為にも耐えることができ、前にもいったように、忙しくて頭が麻痺《まひ》するほどの仕事でいつの間にか消滅したり追放されたりすることのない自由な時間をこよなく愛していたからである。四時のお茶には菓子やジャムを食べ、すこし戸外を歩き、ふたたび寝椅子に休んでいるうちに、七時の夕食になる。食事時のつねで、そこには、眼の保養や何か緊張した気持、何かを楽しみに待つ感じがあった。食後は、実体鏡の覗《のぞ》き箱や、望遠鏡式万華鏡《まんげきよう》や、円筒形の映写器具などをちょっと覗いてみる。……つまり、ここに「住み慣れた」といえば大げさだが、ハンス・カストルプはもう毎日の日課にだけは完全に慣れてしまった。

見知らぬ土地に住み慣れる、以前の習慣を――骨は折れるが――変えて新しい土地に順応する、しかもその場合順応それ自体が目的であって、完全に順応したと思う間もなく、あるいは完全に順応した直後に、順応の努力を中止して元の状態に帰っていくことをはっきりと予定した上で順応しようと努力すること、どう考えてみても、そこには実に奇妙なものがある。われわれはこういう事態を、中休みの間奏曲として、日常生活の大きい連鎖の中へ挿入《そうにゅう》する。しかも「休養」という目的で。格別の仕切りのない単調な生活を送っていると、それに慣れっこになってしまって気が緩《ゆる》み鈍る危険があるので、そうすることによって有機体を更新し革新するのであるが、では、同じ習慣を長年続けているとどういう原因から有機体が緩み鈍くなるのか。それは、われわれの肉体や精神が人生のいろいろな要求のために疲れたり消耗したりするからなのではない（疲労や消耗がその原因であるならば、それを回復させるには休息という薬がある）、原因は、むしろ心的なものにある。つまり時間の体験が原因なのである。——間断なく同じ生活が続く場合には、時間の体験が失われる危険があって、この時間体験というものはわれわれの生活感情そのものときわめて密接な関係にあり、一方が弱くなると、それに伴って他方もみじめに萎縮《いしゅく》する。退屈ということについては、世間にいろいろと間違った考え方が行われている。一般には、生活内容が興味深く新奇であれば、そのために時間は「追い払われる」、つまり時間の経《た》つのが短くなるが、単調とか空虚とかは、時間の歩みにおもしをつけて遅くすると信じられているが、これは無条件に正しい考えではない。一瞬間、一時間などという場合には、単調とか空虚とかは、時間をひきのばして「退屈なもの」にするかもしれないが、大きな時間量、とほうもなく大きな時間量が問題になる場合には、空虚や単調はかえって時間を短縮させ、無に等しいもののように消失させてしまう。その反対に、内容豊富でおもしろいものだと、一時間や一日くらいなら、それを短縮し、飛翔《ひしょう》させもしようが、大きな時間量だとその歩みに幅、重さ、厚さを与えるから、事件の多い歳月は、風に吹き飛ばされるような、貧弱で空虚で重みのない歳月よりも、経過することがおそい。従って、時間が長くて退屈だというのは、本当は単調すぎるあまり、時間が病的に短縮されるということ、のんべんだらりとした死ぬほど退屈な単調さで、大きな時間量がおそろしく縮まるということを意味する。一日が他のすべての日と同じであるとしたら、千日も一日のごとくに感ぜられるであろう。そして毎日が完全に同じであるならば、いかに長い生涯といえどもおそろしく短く感じられ、いつの間にかすぎ去っていたということになるだろう。習慣とは、時間感覚の麻痺を意味する。あるいは少なくともその弛緩《しかん》を意味する。青春期の歩みが比較的ゆっくりとしているのに、それ以後の年月が次第にせわしい急ぎ足で流れすぎていくというのも、この習慣というものに原因があるにちがいない。新しい習慣を持つことや習慣を変えることなどが、生命力を維持し、時間感覚を新鮮なものにし、時間の体験を若返らせ強め伸ばすということ、それがまた生活感情全体の更新を可能にする唯一《ゆいいつ》の手段であることをわれわれは心得ている。習慣の切替え、すなわち変化とエピソードによる休養と回復、これが転地とか湯治場行きとかいうことの目的である。新しい滞在地におけるはじめの数日にあっては、時間が潑剌《はつらつ》とした、力強く幅のある歩み方をするものだ。——これがおよそ六日から八日ぐらいの間は続く。そして、「慣れる」につれて次第に日々の足どりの短くなっていくのが感じられる。生に強く執着する人、もっと正確にいえば、生に執着しようとする人なら、いまふたたび日々が軽やかに、かすめるようにすぎていくのを見て、ぞっとすることだろう。たとえば、四週間の滞在では、最後の週が不気味なほど慌《あわ》ただしくすぎていく。むろん、この時間感覚更新の効果は、日常生活の中へ挿話的に入ってきた旅行後も残っていて、ふだんの生活に戻ったあとあとまでも効力を保っている。つまり旅行後の数日間はやはり新鮮で、幅が広く、若々しく感じられるが、しかしそれもほんの数日の短期間にすぎない。なぜなら、平素の生活習慣から離れるよりも、それに復帰するほうが容易だからである。その際、時間感覚が老齢のために衰弱しているか、あるいは——これは元来が生活力の弱い証拠にほかならないが——それが一度も旺盛《おうせい》な発達を遂げたことのない場合には、時間感覚はまたたちまちにして麻痺し、二十四時間もすれば、もう家を離れたことなんかなかったような、旅行がまるで一夜の夢であったかのような気になるものである。こういう見解をここへ挿入したのは、二、三日経ってからハンス・カストルプ青年が（赤く充血した眼でいとこを見て）、つぎのようにいったとき、彼もまたこれに似たことを考えていたからなのである。

「どう考えてみても不思議なのは、知らない土地へやってきた当初は時間が長く感じられるということだ。というのは……何もぼくが退屈しているというんじゃなくてね、逆に、ぼくはまるで王様のように愉快にやっている、といってもいいくらいなんだ。けれども、振返ってみると、つまり回顧的にいえばだね、ぼくはもうここの上に、どのくらいかよくわからないほど長い間いるような気がする。ぼくがここへ着いて、着いたことがとっさにわからないでいたとき、君が『さあ、おりるんだよ』といってくれたが——覚えているかい——あれはもう大昔のことのように思われる。これは時間を測るとか頭で考えるとかいうこととは全然無関係の、純然たる感じだけの問題だが。『ここへきてもう二月も経ったような気がする』といえば、これはむろんばからしい、ナンセンス以外の何物でもない。けれども『とても長く』ということだけは、これはたしかにいえることだね」

「そうさ」と、体温計を口にくわえたまま、ヨーアヒムは答えた。「それでぼくも大助かりだ。君がここにやってきてくれてから、ぼくはまあ君にしがみついているようなものだから」ヨーアヒムがこんなことをまったく無造作に、しかも全然説明なしでいったので、ハンス・カストルプはおかしくなって笑いだした。

フランス語をしゃべってみる

いや、いや、まだここに慣れたなどとはいえなかった。ここの生活の特色のすべてを知るという点においても、「ここの上の人たち」のきわめて風変りな雰囲気《ふんいき》に自分のからだを順応させるという点においても、慣れたなどとは到底いうことはできなかった。——ここの生活の風変りな面のすべてを知り尽すということは、短期間の滞在ではまったく不可能であり、彼が自分自身に向っていったように(これはヨーアヒムにも話したのだが)、三週間かけても、それは依然として不可能だったであろうし、とにかくそう急にできることではなかった。なぜなら、この順応ということは、彼にとってはひどく骨の折れる、非常な努力を要することであって、一向に進捗《しんちょく》する気配がなかったからである。

平日は、日課が明瞭《めいりょう》に区分され、整然と組みたてられていたから、こっちで調子を合わせさえすれば、すぐそれに慣れていっしょに駆けだすこともできた。しかし、週またはそれ以上の時間単位の枠《わく》内に入れられると、普通の日も、やはり一種の周期的な変化を受け、そういう変化は、ひとつの変化が終ってから別の変化が起るというように、順を追って繰返された。また、ハンス・カストルプが毎日見かけるひとの顔とか個々の事物とかに関しても、そこにはいわば一歩ごとに学ばなければならないものがあって、表面的に眺《なが》めていたものを綿密に観察したり、はじめてのものを新鮮な感受性で受入れたりしなければならなかったからである。

たとえば、到着の晩にすぐ眼についた、廊下のそこここのドアの前に置いてある容器、頸《くび》が短くて胴中の膨《ふく》れた容器には酸素が詰っている。——これは、彼の問いに対してヨーアヒムが説明してくれてわかったことである。純粋な酸素の入ったこの容器一壜《びん》は六フランで、この活力ガスは瀕死《ひんし》の病人に最後の力を奮いたたせ、その力を維持させる。——患者はこれを管で吸入するのだそうである。こういう壜がドアの前に置かれている部屋には、瀕死の病人、すなわち、ハンス・カストルプと二階でばったり会ったベーレンス顧問官の言葉でいえば「危篤患者《*モリブンドウス》」が寝ているのだそうである。——その日、顧問官は白い診察着に例の青い顔色で、廊下を泳ぐような格好でやってきて、ハンス・カストルプと並んで階段を上った。

「やあ、参観のお客さん」とベーレンスはいった。「その後いかがです。われわれはお眼鏡に叶《かな》って及第ですかな。いや、まことに光栄です。いかにもここの夏のシーズンは、これで相当なものです、血筋はよろしいのです。これを世の中に宣伝するについては、私もちょっと骨が折れましたな。それにしても、ごいっしょにここの冬が送れないというのは遺憾のきわみですな。たしか八週間ご滞在でしたね。え、三週間？　それはまた気ぜわしいことで。外套《がいとう》を脱ぐ暇もありませんな。まあ、ご随意に。しかし、やはり冬をごいっしょできないのは残念です。というのはですな、ここへやってくるはホッテル客」と、彼はおどけた、とてつもない発音でいった。「あの下の街へやってくる世界各国のホッテル客、これは冬にしかきませんが、この連中をごらんにならないといけませんよ、まったく教養の足しになる。奴《やっこ》さんたちが足に板片《いたぎれ》をくっつけて飛ぶところは、まったく大笑いです。それにたいへんなのは婦人連です、極楽鳥のように色とりどりに飾りたてて、妖艶《ようえん》この上なしでな。……ところで私はモリブンドゥスのところへいかなければ」と彼はいった。「ここだ、この二十七号室。最終段階です。中央ドアから退場、です。きのうときょうとで、酸素壜五ダース片づけた大呑兵衛《のんべえ》です。しかし正午までにはご先祖のところへ（ad penates）ご出発でしょう。やあ、ロイター君」と彼は二十七号室へ入りながらいった。「どうです、もう一壜やったら。……」ベーレンスの言葉がドアのかげに消えた。しかしベーレンスがドアを締める直前、ハンス・カストルプは部屋の奥のベッドの枕《まくら》の上に、薄い頤《あご》ひげの若い男の青白い横顔を見た。男は大きい眼玉をゆっくりと動かしてドアの方を見た。

これがハンス・カストルプのはじめてみたモリブンドゥスであった。というのも、彼の両親も祖父も、いわば彼に隠れて死んだからである。頤ひげが上に持ちあげられたこの若い男の頭は、いかにも荘厳に枕の上にのっていた。異様に大きな眼が、ゆっくりドアの方に向けられたときの、その目つきの意味深長だったこと。ハンス・カストルプは、かいま見た光景に心を奪われたまま、階段の方へ歩きつづけ、思わず知らずあの危篤《きとく》患者そっくりの、大きな、意味深長な、ゆっくりと見回す目つきをまねてみた。そして、そういう目つきで、自分がいましがた通りすぎた部屋からでてきて階段の踊り場で彼を追い越した婦人を見つめた。彼はうっかりしていたが、それはショーシャ夫人だった。彼の変な目つきを見ると、夫人はかすかに微笑し、後頭部の辮髪《べんぱつ》を手で押え、彼の前を音もなく、しなやかに、頭を前へ突きだし加減にして階段をおりていった。

最初のうちもそうだったが、その後も長い間、彼にはほとんど知合いができなかった。毎日の日程も知合いを作るのには不便だった。それにハンス・カストルプは控え目な性《たち》で、自分も、ベーレンス顧問官がいったように、ここの上では「参観人」だと思っていて、ヨーアヒムと話をしたり、いっしょに出歩くぐらいのことで満足していた。いつも

廊下にでている看護婦は別で、彼女はしじゅう首を伸ばして彼らの様子をうかがってい
た。ヨーアヒムは、前にもときどきしばらくの間彼女の話し相手になってやったことが
あるので、いとこを彼女に紹介した。鼻眼鏡の紐《ひも》を耳のうしろへ垂らしたこの女は、気
どったうえに、ぎごちない話し方をしたが、よくよく観察すると、退屈のあまり頭が変
になっているようなふうにも見受けられた。ところでいざ話し相手になってやると、こ
んどは彼女を振払うことは容易でなくなってくる。彼女は話が終るのを病的に恐れ、青
年たちが立ち去りそうな気配をみせると、早口にまくしたてたり、しきりに眼を動かし
たり、絶望的な微笑を投げて彼らを引きとめようとしたりするので、ふたりのほうでも
彼女をかわいそうに思って、結局相手になってやることになってしまう。彼女は、法律
家の父親、医師のいとこなどについてながながとおしゃべりをした。——それによって
自分を立派に見せ、自分が教養ある社会層の出身であることを知らせようという下心の
あることは明らかだった。その話によると、世話をしている部屋の患者は、コーブルク
の人形工場主の息子、ロートバインという姓の若者だが、このフリッツ・ロートバイン
青年の病気は最近腸にまで及んだ。十分お察しくださると思うが、これは関係者一同に
とってはやりきれないことだ。ことにアカデミックな家柄の、上流階級のデリケートな
神経を持っている人間には、なんともやりきれない。なにしろ少しの間も眼が離せない。
……ついこの間もちょっと外出して歯磨粉を買って帰ってきたら、病人はベッドの上で

濃い黒ビールを一杯、サラミ・ソーセージ一本、黒パンの大きなのを一つ、胡瓜《きゅうり》一本を眼の前に並べている始末だった。これら故郷の美味は、家族が見舞品として送ってよこしたものだが、そのあくる日の彼は、生きてるというよりは死んでいるような状態だった。これは自分で自分の死期を早めているということであって、彼にとってやがて救いにはなるだろうが、わたし、ついでにわたしの名を紹介させていただけるなら、――普通はベルタだが、本名はアルフレーダ・シルトクネヒトという――わたしにとっては同じことだ。ここが片づいても、わたしはここか、またはほかのサナトリウムへいって、重い軽いは別として、とにかく病人に付き添うだけのこと、それ以外にわたしの前途に開けている道はないのだから。

しかし、とハンス・カストルプは口を挟《はさ》んだ、なるほどあなたのお仕事は辛《つら》いものではあろうが、やり甲斐《がい》もたしかにあると思われる。

むろん、と彼女は答えた、やり甲斐はたしかにある――しかしやり甲斐はあるが、辛いこともたしかだ。

それではロートバインさんのご本復を祈ります。そういっていとこたちは立ち去ろうとした。

すると彼女は、言葉や目つきで彼らにすがりつくのであった。そうまでしてもう少し引きとめようとする彼女の様子があまりにも哀れで、それを振切ることは残酷に思われた。

「いまは眠っています」と彼女はいった。「いまは付き添っていなくってもいいのです。ですから、わたし、二、三分だけでもと思って廊下へでて参りましたの。……」さてそれから彼女は、ベーレンス顧問官があまりにもぞんざいな口をきくが、これは自分の家柄を考えてくれないからだと愚痴をいいだした。ドクトル・クロコフスキーがずっと立派に思われる——あれは情を解するひとだという。そしてまたぞろ父親やいとこに話を戻した。これ以外の話題は彼女の頭に詰っていなかった。ふたりが立ち去りかけると、彼女はいきなり声を張りあげ、ほとんど叫びに近い声をあげて、ふたりをもう少し引きとめようとして躍起になったが、これは失敗に終った。——ふたりはついに彼女の手からのがれて、その場を立ち去った。ベルタ看護婦はまだしばらく上体を前屈《まえかが》みにしたまま、彼らを眼で引戻そうとするように、吸いこむような眼でふたりのうしろ姿を見送っていた。それから大きな溜息《ためいき》をひとつついて、担当の患者の部屋へ戻っていった。

その他、ハンス・カストルプがこの数日間に知り合ったのは、例の黒衣蒼白《そうはく》の婦人、彼が庭で見かけた「ふたりとも（tous-les-deux）」と呼ばれているメキシコ婦人だけである。彼は、あだ名どおりの傷《いた》ましいきまり文句を、実際に本人の口から聞くことになった。むろん彼には心の用意ができていたので、その場になって失態を演ずることもなく、あとから考えてみても、自分のそのときの応対ぶりには満足だった。最初の朝食後の規定の散歩にでかけるとき、いとこたちは表玄関前で彼女に出会った。彼女は黒いカシミヤの外套を羽織り、膝《ひざ》を曲げた、落着かない動き方をする大股《おおまた》の足どりでその辺を歩き回っていたが、悲しみにやつれた、大きな口が目立つ老衰した顔は、白髪《しらが》混りの頭髪のまわりに巻いて頤《あご》の下で結んだ黒いヴェールとは対照的に、かすかな乳白色に光っていた。例のごとく無帽のヨーアヒムが頭を下げて挨拶《あいさつ》すると、彼女は相手を見つめて狭い額の横皺《よこじわ》を深め、のろのろと返礼した。彼女は新顔に気づくと立ちどまり、軽く頷《うなず》いて青年たちの接近を待った。この新顔が彼女の運命を知っているかどうか、またこの悲惨な運命についてどういうことをいうか、彼女としてはそれを聞かずにはいられなかったからである。ヨーアヒムがいとこを紹介した。彼女はマントの下から未知の客に手を差しだした。痩《や》せて、黄ばんで、筋張っていて、指輪をいくつもはめた手だった。そしてうなずいて、ハンス・カストルプをじっと見つめてから、こういいだした。

「フタリトモ、アナタ」と彼女はいった。「フタリトモデスヨ……」

「伺ッテオリマス、マダム」とハンス・カストルプは低く答えた。「大変オ気ノ毒ニ存ジマス」（以下片仮名ハ原書ニフランス語デ書カレテイルコトヲ示ス・訳者注）

彼女の真っ黒な眼の下の皮膚の弛《たる》みは、彼がこれまでに見たことがないほど大きくて重たそうだった。彼女のからだからは、すがれたような、かすかな匂《にお》いが漂ってきた。彼は和《なご》んだ重々しい気持を味わった。

「メルシ」彼女は弱り果てた容姿によく調和した、がらがら鳴るような発音をして、大きな口の片隅《かたすみ》を悲劇的に低く垂れ下げた。彼女は手をマントの下へ引っこめ、頭を垂れて例の歩き方でそこらを歩きはじめた。ハンス・カストルプは散歩の足を進めながらいった。

「君、どうだ、うまく応対できたろう。ぼくはね、ああいうひとたちとはうまく応対できるんだ。きっとそのこつを生れつき心得ているんだね――そう思わないかい。賑《にぎ》やかなひとたちよりも悲しんでるひとたちが、親しみやすいように思われる。どうしてなのか、理由はよくわからないけれどもね。おそらくぼくが孤児で、両親を早く亡《な》くしたからかもしれない。ひとが真面目《まじめ》で悲しそうな様子をして、そこらに死の影が漂っているような場合には、ぼくは圧迫感も覚えないし、狼狽《ろうばい》もしない。逆にいかにも自分にふさわしい場所にいるような気がする。みんなが賑やかにしているよりも、そのほうがぼくにはぴったりするんだ。賑やかなのは苦手さ。このごろ考えたんだが、ここの婦人たちが死や死に関するものをひどくこわがるために、周囲もそれに気を使って、それでそうしたものを婦人たちには見せまいとして、臨終の聖体も婦人たちの食事中に運びこむというのは、どう考えてみてもばかげているね。愚劣だ、子供っぽいよ。君は棺を見るのはあまり好きじゃないのか。ぼくは好きだよ。棺というものはとても美しいと思う。空《から》のときもそうだが、誰か中に入っていれば、まさに荘厳そのものだ。葬式には何かこう精神を高揚させるようなものがある――ぼくはときどき考えるんだが、魂を高めたかったら、教会へいくよりも葬式にいくべきだろう。みんな立派な黒服で、帽子を脱ぎ、棺を見つめて厳粛に敬虔《けいけん》にしていて、誰もいつもみたいに駄洒落《だじゃれ》なんかとばさない。ぼくは、世間のひとたちがたまには少々敬虔になっているのを見るのがとても気持がいいんだ。ぼくは、自分は牧師になるべきではなかっただろうか、と、なんども自問してみたことがある――ある意味ではこれはぼくにそう不似合いなことでもなかったろうと思う。……さっきのぼくのフランス語には間違いはなかっただろうね」

「大丈夫だ」とヨーアヒムはいった。「とにかく『タイヘンオ気ノ毒ニ存ジマス』は、あれで満点だった」

政治的嫌疑《けんぎ》

平日の周期的変化がやってきた。まず、テラスで音楽が演奏される日曜日――十四日目ごとにめぐってくるこの日がくれば、二週間がたったということであって、ハンス・カストルプがここへ着いたのは、そういう二週目の後半であった。彼は火曜日に着いたから、この日曜日はここへきてから五日目という勘定になる。天候はあの冒険的な急変によって冬へ逆戻りしたのち、いまふたたび旧に復した。――きょうは春のような、穏やかで爽快《そうかい》な日和《ひより》で、さみどりの空にはすがすがしい雲が浮び流れて、夏らしい緑を回復した斜面や谷は、やわらかな日光を浴びていた。先日の新雪は、とっくに融《と》けてなくなっていた。

みな日曜日に敬意を表し、きょうは日曜日だということをことさら目立たせようとして一所懸命になっているのがよくわかった。病院側と患者たちとは熱心に協力し合った。朝のお茶にはもう刻んだ乾燥果実をふりかけた菓子がでたし、どの座席にも河原撫子《かわらなでしこ》や石楠花《しゃくなげ》などを活《い》けた小さいコップが置かれ、男たちはそういう花を襟《えり》のボタン孔《あな》に挿《さ》した(ドルトムントのパラヴァント検事などは黒い燕尾服《えんびふく》に斑点《はんてん》模様のチョッキといういでたちだった)。が、女性連の服装もずいぶん華美軽快だった。――たとえばショーシャ夫人は朝食時に袖《そで》のたっぷりとした、さらりとしたレースの朝衣《マテイネ》で姿を現わし、ガラス戸をがちゃんと締めて、食堂にいるひとたち全体に向って自分の美しい姿を惜しみなく見せ、それから忍び足で自席へ進んでいった。その朝衣はよく似合っていた。ハンス・カストルプの隣席のケーニヒスベルクの女教師は、それにすっかり感激してしまった。――あの下層ロシア人席の野蛮な夫婦でさえ、きょうの安息日のことをちゃんと考慮に入れて、男は革上着の代りに短いフロックコートを着、フェルト靴でなしに革靴を穿《は》いていた。女は相変らず汚《よご》れた羽根の襟巻《ボア》を巻きつけていたが、その下には襞《ひだ》のある襟飾りをつけた緑の絹ブラウスを着ていた。……この夫婦を見たとき、ハンス・カストルプは眉《まゆ》をしかめて顔を赤くしたが、ここへきてからというもの、彼の顔はどうかするとすぐに赤くなった。

二度目の朝食後ただちにテラスで音楽がはじまった。いろいろの金管楽器や木管楽器の吹奏者たちがテラスにでてきて、軽快にまたは荘重に、昼食近くまで演奏を続けた。このコンサート中は安静療養も強制されるようなことはなかった。バルコニーに横になって耳の饗宴《きょうえん》を楽しんでいる者もいたし、庭の安静ホールの椅子《いす》も三つ四つ占領されていたが、大部分の患者は日覆《ひおお》いのあるテラスの白塗りの小卓に坐《すわ》っていた。椅子に坐るのはあまり大げさだと考えた陽気な若い連中は、庭へおりる石段を占領して、そこでわいわいやっていた。いずれも若い男女で、ハンス・カストルプがもう名前や顔を知っている連中だった。ヘルミーネ・クレーフェルト、アルビン氏などがいたが、アルビン氏はチョコレートの入った花模様の大箱をみんなに回して食べさせ、自分は食べずに、やさしい父親のような顔つきで金口の巻煙草《まきたばこ》を吹かしていた。「片肺クラブ」会員の厚い唇《くちびる》をした青年、象牙《ぞうげ》色の肌《はだ》をした痩《や》せっぽちのレーヴィ嬢、手首をぶらんと折り曲げて胸から鰭《ひれ》のように垂らしたラスムッセンという名の、灰色がかったブロンドの青年、アムステルダムのザーロモン夫人もいた。彼女は赤い服の、肉づき豊かな女性で、若い連中の仲間入りをしていたが、そのうしろには、『真夏の夜の夢』を少し弾けるあのっぽの、髪の薄い男が、突きだした膝《ひざ》を両手で抱いて坐っていて、濁った眼で、食い入るようにザーロモン夫人の陽灼《ひや》けのした襟足に見入っていた。さらにまた、髪の赤いギリシアの少女、貘《ばく》みたいな顔つきの、得体のしれない別の少女、厚い玉の眼鏡をかけた大食《おおぐら》いの少年、ほかに十五、六ぐらいの少年などがいた。この少年は片眼鏡をしていて、咳《せき》をするたびに食塩匙《しょくえんさじ》のような形に長く伸ばした小指の爪《つめ》を口へ当てた。どうやらとほうもないばか者らしかった。――そのほかにも大勢のひとがいた。

「あの、小指の爪を伸ばした少年ね」とヨーアヒムが小声で話して聞かせた。「ここへきたときはごく軽くて、熱もなかったんだ。医者の父親が用心からここへよこしたので、顧問官は三カ月ぐらいの滞在と踏んだんだ。それが三月経《た》ったいまでは、本当に悪くなって、熱も三十七度八分から三十八度ある。生活が実に非常識でね、横っ面《つら》を張り倒してやりたいくらいなんだ」

いい、いとこたちは、ほかの連中とは少し離れたテーブルをふたりきりで独占していた。ハンス・カストルプは朝食に飲み残した黒ビールをここへ持ってきて、それを飲みながら葉巻を吹かしていた。葉巻はときどき少しばかりうまい味がした。彼はビールや音楽のためにぼんやりとした気分になって、いつものように口を開け、頭をかしげ、周囲の暢気《のんき》な療養生活者たちのありさまを充血した眼で眺《なが》めていた。彼らのすべてが、制御できない破壊作用に冒されたからだを持っているということ、その大部分が微熱を帯びていることを彼は思ってみたが、それは邪魔になるどころか、逆にこの場の情景に一段と風変りな趣を添え、一種の精神的な魅力にすらなっていた。……テーブルにいるひとびとは、泡立《あわだ》つレモン・スクワッシュを飲み、石段の上では写真を撮《と》っているひともいた。郵便切手の交換をする人もあり、髪の赤いギリシアの少女はスケッチ・ブロックにラスムッセン氏を写生していた。彼女はその絵を見せまいとして、隙間《すきま》のある大きな歯をだして笑いながら体を左右へくねらせるので、ラスムッセン氏は彼女の手からブロックを取上げるのにずいぶん苦労した。ヘルミーネ・クレーフェルトは、石段に腰をかけ、目を半眼に見開いて、丸く巻いた新聞紙で音楽の拍子をとりながら、アルビン氏から一束の野花をブラウスにつけてもらっていた。唇の厚い青年はザーロモン夫人の足もとに腰をおろし、首を回して彼女を見あげて何か話をしていたし、その彼女のうしろでは、髪の薄いピアニストが一心不乱に彼女の襟足を見つめていた。

医師たちもやってきて療養者たちの仲間入りをした。ベーレンス顧問官は白の上っ張り、ドクトル・クロコフスキーは黒の上っ張りで、テーブルの列に沿って進んでいった。顧問官はたいていのテーブルに愛想のいい冗談をふりまくので、彼の歩いてゆくあとに陽気な笑いが、船の進んだあとの航跡のように残った。彼らふたりが若い連中の方へ降りていくと、女性たちは体を揺すったり横目を使ったりしてドクトル・クロコフスキーを取囲み、顧問官は日曜日を祝して、男性たちに編上靴の芸当を披露した。大きな片足を一段高い石段の上にのせ、靴紐《くつひも》を解き、それを特別なやり方で片手に持つと、もう一方の手を使わず手練の早業《はやわざ》で靴に十文字にかけて見せるのである。これには誰もが驚き、二、三人が真似《まね》をしてみたが、みな失敗した。

のちにはセテムブリーニもテラスに姿を見せた。――彼は散歩用のステッキをついて食堂からでてきたが、相変らずのフラノの上着に褪黄色《たいおうしょく》のズボンという格好だった。彼は上品で鋭い批判的な表情で周囲を見回し、いいとこたちのテーブルに近づくと、「おお、これは、これは」といって、いっしょに坐る許しを求めた。

「ビール、煙草、音楽」と彼はいった。「まさにあなたのお国だ。どうやらあなたは、エンジニア、民族的な気分を解されるらしい。魚が水を得たというような具合ですな、祝着《しゅうちゃく》至極です。私にもその調和あるご心境に少々あやからせていただきたい」

ハンス・カストルプは表情を引締めた――というか、イタリア人の姿を認めるや否《いな》や、緊張した面持になっていた彼は、こういった。

「セテムブリーニさん、お遅刻ですね。コンサートはもう終りますよ。音楽はあまりお好きではないのですか」

「聞け、といわれては聞きたくないのです」とセテムブリーニは答えた。「こういうふうに週間行事として聞くのはご免です。衛生的見地から強制された、薬局の匂《にお》いのする音楽は真っ平です。私は、自分の自由というか、われわれのような者に残されている僅《わず》かな自由と品位とをいささか重んずるのです。あなたがここで参観人としておすごしになっていらっしゃるように、私もこうした催しに際しては参観人の資格で出席するのです。——十五分ぐらいの予定です。あとはまた自分の生活に戻ります。それが私には自主独立の錯覚を与えてくれるのです。……それは錯覚以上のものだとはいいません。しかし、それである種の満足感が得られるのなら、それで十分ではないでしょうか。ただしあなたのおいとこさんの場合は別です。おいとこさんにとっては、これもまた勤務のひとつなのですからね。そうじゃありませんか、少尉殿《しょうい》、あなたはこれも勤務のひとつだと思っておいでてしょう。いや、ちゃんとわかっています。あなたは奴隷《どれい》の境涯にあっても誇りを失わぬ術《すべ》を心得ておいでだ。手のこんだ術にはちがいないが。ヨーロッパ人の誰でもが会得《えとく》しているわけではないのですから。ところで、私が音楽愛好家かどうかとのお尋ねですが、『愛好者』という言葉を使われるのでしたら（実はハンス・カストルプはそんな言葉は使わなかったのである）、その用語選択はまずくはないと思いますね、おだやかな浮気といったような意味の言葉ですから。そのとおり、異議はありません。私は音楽愛好家です。——といっても、これは私が音楽をことさらに尊重しているということではありません。——私は言葉、すなわち精神を盛る器、進歩の道具、その輝かしい鋤《すき》である言葉を何よりも尊重し愛しているのですから。……音楽……これは口ごもるような、曖昧《あいまい》な、無責任な、気ままなものです。おそらくあなたは、音楽だって明晰《めいせき》なものでありうると反論なさりたいでしょう。しかし、自然だって、小川だって明晰でありうるのだし、そうだからといって、それがどうしたというのでしょう。それは真の明晰ではないのです。それは夢のような、無意味で無責任な明晰、首尾一貫しない明晰であって、人をそういう境地に安住させてしまう誘惑力を具《そな》えているから危険でもあるのです。……たとえば音楽に気高い身ぶりをさせるとします。よろしい、それによって私たちの感情は燃えたたせられます。しかし肝心なのは、理性を燃えたたせてくれるかどうかなのです。音楽は一見運動そのものと思われますが――それにもかかわらず私は、音楽というものは静寂主義に結びつくのではないかと疑っているのです。極端ないい方をしてよろしければ、私は音楽に対して政治的反感を懐《いだ》いているのです」

これを聞いたハンス・カストルプは、思わず掌《たなごころ》を拊《う》って、そういう意見はこれまでに聞いたことがないと叫ばずにいられなかった。

「だが、とくとご考慮願いたい点があります」とセテムブリーニは微笑した。「人間を感激させる究極の手段としては、音楽は最上のものです。すなわち精神に音楽の力を受《う》け容《い》れる用意ができている場合は、上や前へ引っぱる音楽の力はたいへんなものです。しかし文学というものがまずもって音楽に先だっていなければならないのです。世界を進歩させるには音楽だけでは不十分でもあり、危険でもあります。とくにあなたには、エンジニア、音楽はきわめて危険だ。ここへきてあなたの表情を拝見したとき、私はとっさにそれを見抜いたのです」

ハンス・カストルプは大いに笑った。

「いや、ぼくの顔をそんなにごらんにならないでください、セテムブリーニさん。どうお思いになるかしれませんが、ぼくにはここの上の、あなた方のところの空気がどうも苦手なのです。ここの環境に慣れることは、予想以上に困難なようです」

「思い違いしてらっしゃるのではありませんか」

「いいえ、決してそんな。相変らずとても疲れて、熱っぽい気分なのです」

「ぼくはやはりこういうコンサートを催してくれる当事者側に感謝すべきだと思います」と、ヨーアヒムは考え深そうにいった。「セテムブリーニさん、あなたはこの問題を一段高いところから、つまり文学者の立場から眺めていらっしゃる。それにはぼくも異議はありません。それにしても、ここでこうして少しばかり音楽が聴けるということに、ぼくはやはり感謝してしかるべきだと思うのです。ぼくはとくに音楽好きではありませんし、ここでいま演奏されている音楽にしたところが、とくにすばらしいとは思いません。——古典ものでも近代ものでもなくて、ただの吹奏楽にすぎません。しかしそれでもありがたい気分転換だと思うのです。二、三時間の時間はまともに満たしてくれます。時間をいくつにも分けて各部分を満たしてくれるので、どの部分も何か内容を持つことになります。ところが、ここではどうでしょう、ここではいつも何時間、何日、何週間というものがあっという間にすぎていってしまいます。……いま演奏しているような軽い曲の続くのはおそらく七分間ぐらいのものでしょうが、その七分はそれだけで独立した何物かであるわけです。初めと終りがちゃんとあって、それは他の部分からは際《きわ》だっていて、いつものようにすぐ消えうせてしまわないようになっています。さらにこの七分は、曲の音形によっていくつかの部分に分けられ、音形はさらに拍節に分けられているので、つねに何かが進行しつつあり、どの瞬間にも何か手ごたえのある意味が与えられているのです。ところが、いつもはそれが……どうも私には正確に……」

「すてきだ」とセテムブリーニが叫んだ。「すてきですよ、少尉君。あなたは、音楽の本質に存する疑うべからざる倫理的要素をものの見事に指摘なさった。つまり音楽が完全に独自の潑剌《はつらつ》とした分割の仕方によって時間の流れを目ざまし、精神化し、貴重なものたらしめるということですね。音楽は時間を目ざまします。音楽はわれわれを覚醒《かくせい》させ、時間をきわめてデリケートに享受《きょうじゅ》させるのです。音楽が時間を目ざましめるかぎり……それは倫理的です。目ざましめるかぎり、芸術というものは倫理的なのです。しかし、もし芸術がその反対のことをやったらどうでしょうか。人間を麻痺《まひ》させ、眠りこませて、活動や進歩の邪魔をするとすれば。音楽にはそれもできるのですよ。音楽は麻酔剤の作用を及ぼす術もよくよく心得ているのです。あの悪魔的な作用を、皆さん。麻酔剤は悪魔的だ、それは鈍感と頑固《がんこ》と無為と奴隷的沈滞を惹《ひ》き起す。……音楽にはいかがわしいところもあるのです。だから私は音楽にはうさんくさいものがあるという私の意見を撤回するつもりはありません。私が、音楽に政治的嫌疑《けんぎ》をかけているといっても、それはいいすぎとは思われないのです」

彼はそんな調子でさらに話しつづけ、ハンス・カストルプもそれに耳を傾けていたが、その話のすべてを正確に理解するところまではいかなかった。疲れていたし、また向うの石段の上で騒いでいる若い陽気な連中に注意をそらされもしたからである。これはいったいどうしたことだろうか、貘《ばく》みたいな顔をした少女が、片眼鏡の少年のニッカーボッカーの膝《ひざ》のところのバンドのボタンを縫いつけてやっているではないか。しかも少女は、喘息《ぜんそく》で呼吸が乱れて苦しそうだし、少年のほうも軽く咳をしながら、食塩匙のように伸ばした小指の爪を口へ当てていた。ふたりとも病人なのだ。しかしこういう光景から、ここの上の若いひとたちの風変りな交際ぶりがよくわかった。楽隊はポルカを演奏していた。……

ヒ ッ ペ

日曜日はこんなふうに平日とは違っていた。さらに午後も、幾組かのひとたちが馬車の遠乗りをやったので、この点でも平日の午後とは別の趣があった。お茶のあとで、二頭だての数台の馬車が車道をのぼってきて表玄関前に止り、客を待ったが、客は主としてロシア人、それも婦人たちだった。

「ロシア人はよく馬車を乗り回すんだ」とヨーアヒムがハンス・カストルプにいった。――ふたりはいっしょに表玄関前で、おもしろ半分に出発のありさまを見物していた。「クラヴァデルか、湖か、フリューエラ谷か、クロースタースへいくんだろう。目的地はだいたいそんなところだ。君さえよかったら、ぼくたちも君の滞在中一度ぐらい馬車を走らせてもいいんだが。もっとも君は差当りはここに住み慣れるのに忙しくて、どうしようという気にもなれまいが」

ハンス・カストルプはそれに賛成した。口に巻煙草《まきたばこ》、両手はズボンのポケットという格好で、彼はあの小柄で元気なロシアの老婦人が、痩《や》せこけた姪孫《めいまご》と他のふたりの婦人といっしょに、一台の馬車に乗りこむのを見ていた。それにショーシャ夫人も加わった。彼女は背中にベルトのある薄地のダスター・コートを着ていたが、無帽だった。彼女は老婦人と並んで奥の方に腰をかけ、前の座席はふたりの娘たちが占めた。四人とも楽しそうで、柔らかくて骨のないようなロシア語をしゃべって、たえず口を動かしていた。馬車の屋根が低くて坐《すわ》りこむのがむずかしかったといったり、大叔母さんが食糧として持ちこんできた、詰綿やレース紙を詰めた木箱の中のロシア菓子を、もういまから取りだしてみんなにすすめて、しゃべったり、笑ったりしていた。……ハンス・カストルプはショーシャ夫人の軽くしゃがれた声を注意して聞き分けていた。この不作法な女性を見るたびごとに、彼はやっとのことで夢の中で思いだすことのできた誰かと彼女との類似性を、改めて強く感じるのであった。……しかしマルシャの笑い、口を覆《おお》ったハンカチの上から覗《のぞ》いている子供らしい丸い鳶色《とびいろ》の眼つき、内部はかなり蝕《むしば》まれているらしいが、それでも高く盛りあがった胸などを見ていると、彼はまた別のことを、先日それを見て深く心を動かされたことを思いだした。そして彼は慎重に、頭を動かさないで横のヨーアヒムの顔色をうかがい見た。幸いなことに、ヨーアヒムの顔にはあのときのような斑点《はんてん》は見られなかったし、唇《くちびる》だってあれほど悲しげな歪《ゆが》み方をしてはいなかった。しかし彼は一心にマルシャを見つめていた。――その態度や眼の表情は、どう考えても軍人的とはいいがたく、まるでしょんぼりとした忘我状態にあるようで、これは完全に普通人の表情だった。やがて彼は気を取直して、すばやくハンス・カストルプの方を見たので、ハンス・カストルプは危うく眼を逸《そ》らして空を眺《なが》めやった。彼はそうしながら心臓がときめくのを覚えたが――これはとくに理由もないのに勝手にどきどきするのであって、心臓はここへきて以来、いつもそんなふうに鼓動した。

それからあとは、食事を別とすれば、とくに日曜日らしいということはなかった。食事もしかし、平日以上に盛りだくさんというわけにもいかないものだから、料理も一段と凝ったものがだされた（昼食は、蟹《かに》と二つ割りの桜桃とで飾ってマヨネーズをかけた鳥料理がでた。アイスクリームには糸砂糖で編んだ小籠《こかご》に入れたパイが添えられ、生のパイナップルもでた）。夕食にビールを飲んだあと、ハンス・カストルプはいつもよりもずっと手足がだるく、ぞくぞく寒気もして、疲労の極に達したので、いとこには九時ごろにもうお休みをいい、急いで羽根布団《はねぶとん》を頤《あご》の上まで引っかぶると、そのまま打ちのめされたように眠ってしまった。

あくる日、すなわちこの参観人がここの上ですごす最初の月曜日には、日課上規則的に反覆《はんぷく》される別の変化がめぐってきた。それは二週間目ごとに、「ベルクホーフ」の成年者で、危篤《きとく》患者を除いてドイツ語のわかる者全員に対して、食堂で行われるドクトル・クロコフスキーの講演であった。いとこの話によると、これは連続講演で、『病患形成力としての愛』という通しタイトルの、通俗科学的な内容のものらしかった。この啓蒙《けいもう》的な催しは二度目の朝食後に催されるが、やはりヨーアヒムの話では、これに欠席することは許されないし、少なくとも非常に不快に思われることは確かなのだそうで、その点誰よりもドイツ語に堪能《たんのう》なセテムブリーニが、この講演に一度も出席しないばかりか、それに関していつも嘲笑《ちょうしょう》的言辞を弄《ろう》していたことは、非常な厚かましさだと一般に見なされていた。ハンス・カストルプは、第一には礼儀上、第二には露骨な好奇心から、早速出席しようと決めた。しかし彼は、その前に実にばかばかしい失敗をしでかしてしまった。すなわち自分ひとりで遠くまで散歩しようと思いたったのだが、それがまるで予想もできないまずい結果に終ったのである。

「ねえ、君」朝、ヨーアヒムが彼の部屋へやってきたとき、彼はいった。「このままじゃぼくはもうとてもだめだ。もう水平生活にうんざりだ、血液まで眠りこんでしまいそうだ。むろん君は別さ。君は病人なんだから、君まで誘おうとは思っていないが、しかしぼくだけは朝食後すぐに散歩らしい散歩にでてみたいんだ。君さえ許してくれたらね、足にまかせて二、三時間歩き回ってきたいんだ。食べものも何か少しポケットに入れて、そして完全に独立独歩でいく。帰ってきたときのぼくが別人のようになっているかいないか、ひとつ試《ため》してみようじゃないか」

「結構だ」相手の望みや計画が真剣なのを見て、ヨーアヒムはそういった。「しかし、いっておくが、あまりむりはしないようにね。ここは故郷《くに》とは事情が違うんだから。それに、講演の時間には遅れないようにね」

ハンス・カストルプ青年がこんな計画を思いついたのは、実は肉体的理由のほかに、別の理由もあった。彼の頭が熱で浮かされたようになったり、いつも口のなかがすっきりしなかったり、心臓が自分勝手に鼓動したりするのは、単に彼がこの土地に慣れにくいためばかりとはいえないらしかった。彼にはこういうことはむしろ、隣のロシア人夫婦の不作法や、病気で無知なシュテール夫人の食卓談話や、毎日廊下で耳にする騎手のぐにゃぐにゃした咳《せき》や、アルビン氏の言動や、若い患者たちの交遊ぶりから受ける印象や、マルシャを見つめるときのヨーアヒムの表情や、その他これに類する種々の見聞からきているように思われたのであった。だから、この「ベルクホーフ」という魔力圏からいったん脱出して戸外の空気を存分に吸いこみ、うんとからだを使い、たとい晩にはぐったりとなってしまっても、疲れの理由がはっきりしていればさぞ気持もよかろうと考えてのことであった。そういうわけで、ヨーアヒムが朝食後、例の筧《かけひ》のそばのベンチまでと規定された療養勤務上の散歩にでかける際に、彼は勇んでヨーアヒムと別れ、ステッキを振りふり車道を下り、自分だけの散歩をはじめたのである。

曇った、うすら寒い朝、八時半ごろだった。彼は予定していたとおりにすがすがしい朝の空気を胸いっぱい吸いこんだ。空気は吸いこみやすく、湿っぽい匂《にお》いもなければ、内容も思い出もなく、新鮮で軽快だった。小川と狭軌鉄道線路を横断すると、道幅の不規則な街道にでたが、すぐそれを離れて草地のなかの小径に入った。その道は、ほんのしばらく平地を進んで、斜めに、かなり急に、右側の斜面を登っていく。ハンス・カストルプには登りが嬉《うれ》しかった。彼の胸は拡《ひろ》がった。ステッキの握りで帽子を額からずらし、少し登ってから振返って、ここへくる途中に通りすぎた湖の鏡のような面を遠くに認めたとき、彼は歌を歌いだした。

それは、彼になんとか歌える歌、つまり学生の宴会歌集や体操歌集にある通俗的で感傷的な歌ばかりであって、たとえば、

詩人よ、愛と酒を称《たた》えよかし、

されど美徳はさらになお――

というような歌であった。彼は最初小声で呟《つぶや》くように歌っていたが、やがて大声で力いっぱいに歌った。彼のバリトンには柔らかみはなかったが、きょうは自分の声が美しく思われ、歌っているうちに、次第に興奮していった。歌いはじめたときの調子が高すぎた場合には裏声まで張りあげたが、それすら彼には美しく思われた。歌詞が思いだせない場合には、意味に頓着《とんじゃく》せず、何かの言葉や文句をメロディーに添えてごまかし、声楽家のような口の格好でrの口蓋音《こうがいおん》を派手に際《きわ》だたせて、無意味な言葉や文句を歌いあげた。しまいには、歌詞も旋律も即興の、そういう自作の歌を、オペラ歌手のように腕を拡げて歌いさえした。斜面を登りながら歌を歌うのは、ひどく骨の折れる仕事であって、すぐに息切れがして、呼吸がますます困難になってきた。それでも歌の美しさに奉仕しようという理想主義から、自分の苦痛を我慢し、激しくあえぎながら、なおも声をふりしぼったので、ついに極度の息切れから何も見えなくなってしまって、眼前に火花のようなものがちらちらし、脈搏《みゃくはく》は飛ぶように速く、とうとう彼は太い松の根方に、くたくたになって坐りこんでしまった。あれほど意気盛んだった彼に、いま不意に深い無気力、絶望すれすれの興醒《きょうざ》めた気持が襲いかかってきた。

　神経がかなり落着いて、ふたたび散歩を続けようとして立ちあがったが、そのとき頸《くび》の骨が激しく震えた。まだ若いのに、かつてのハンス・ローレンツ・カストルプ老人とそっくり同じに、彼の頭はがくがくと揺れた。彼自身こういう現象によって、死んだ祖父をなつかしく思いだしたが、首の震えを別に不快には思わず、むしろ祖父が頭の震えを防ごうとして頤を胸に引きつけた威厳あるやり方、少年の彼が非常に好ましく思ったあのやり方を真似《まね》て、得意にさえなった。

彼は曲折する道をさらに高く登りつづけた。牝牛《めうし》の首につけた鈴の音に惹《ひ》かれてそちらの方へ足を向けると、案の定家畜の群れが、屋根に石の重しを載せた丸太小屋のそばで草を食べていた。ひげ面《づら》の男がふたり、斧《おの》を肩にして向うからやってきて、彼の近くで別れていった。「じゃあ、また。ありがとう」ひとりが喉《のど》にかかった低い声で相手にいうと、斧を担《かつ》ぎ替えて、道もないところを枝を踏みしだく音をたてながら、えぞ松の間を谷へおりていった。「じゃあ、また。ありがとう」といった男の言葉が、静けさの中に不思議な響きを伝え、登りと歌とでくたくたになっていたハンス・カストルプの心に、夢のように触れた。彼はあの山の住人の、重々しくて幼稚な喉音《こうおん》を真似てみようとして、小声でやってみた。彼は、木立がまばらになる樹木限界地帯までいってみるつもりで、山小屋からもう少し登っていったが、時計を見てその計画を中止した。

彼は左折して部落へでる方角をとり、小径を歩いていった。小径はしばらく平坦《へいたん》に進み、それから下りになった。高い針葉樹の森に入り、そこを抜けて下りにかかると、彼の膝《ひざ》は登りのとき以上に妙な震え方をしたが、用心しいしい、ふたたび歌いはじめた。

森をでたときに、眼前に展開された見事な風景、平和で雄大な絵のように、きちんとまとまっている風景に接して、彼は思わず息をのんだ。

右側の崖《がけ》から落ちて、階段状に並んだ岩の上を泡立《あわだ》ちながら流れる渓流が、浅い石の川床の上を走り、それが勢いを緩《ゆる》めて谷の方へ流れていくところに、粗末な手摺《てす》りのある小橋が、まるで絵のように架かっていた。あたりに生い茂った灌木《かんぼく》のような植物の鐘形の花が、地面を青く見せていた。亭々と伸びて均斉のとれたえぞ松の大木が、あるいは離ればなれに、あるいは群れをなして、いかめしく谷間や丘に立っていたが、その中の一本は渓流沿いの斜面に斜めに根を張り、この一幅の画中に、奇怪な姿を斜めに突きだしていた。あたりは美しく淋《さび》しく、川の音だけしか聞えなかった。ハンス・カストルプは、渓流の向う側に休憩用のベンチがあるのを見つけた。

急流や、あわただしい水の泡の眺《なが》めを楽しんだり、単調ではあるが内部に種々の変化を秘めた、牧歌的なおしゃべりをしている水声に聞き入ったりしようと思って、彼は小橋を渡ってベンチに腰かけた。それというのもハンス・カストルプは、音楽と同じように、あるいはそれ以上にざわめく水音を愛していたからであった。ところが、彼がベンチで一息入れたとたん、不意に鼻血がでてきて、そのためについ服を汚《よご》してしまった。鼻血はかなり激しく、しかもしつっこかったので、彼は三十分ほどというもの、たえず渓流とベンチの間を走って往復して、ハンカチをゆすいで、絞って、そのハンカチで鼻を押えて、ベンチに仰向けに横たわるのに目の回るような思いをした。やっと鼻血がとまってからも、彼はそのまま横になって、両手を頭のうしろに組み、両膝を高く立て、眼を閉じ、耳いっぱいに水音を聞いていた。多量の出血で、気分は悪いというよりもむしろ静かに落着いて、生活機能が妙に低下したような状態だった。いったん息を吐くと、長い間新しい空気を吸う要求を感じないので、からだを静かに横たえたまま、心臓に何回かそっと鼓動を続けさせ、それから漸《ようや》くものうげに、浅く息を吸いこむというようにした。

そのうちに彼は突然、二、三日前の夜に見た夢、最近の印象をモデルにして見たあの夢の原型になっていたところの、幼い日の一場面に自分が舞い戻っていることに気がついた。……それも徹底的に、過去と現在との間にある空間や時間がまったく取払われてしまうほど徹底的に過去の中へ引戻されてしまったので、そこには、現在この上の、渓流のかたわらにあるベンチの上に寝ているのは生命のない肉体であり、本当のハンス・カストルプは、はるか過去の少年時代とその情景の中に、しかも非常に単純で、実に冒険的な、心も酔い痴《し》れるほどの一場面中にいるというような気味さえあった。

ハンス・カストルプは、十三歳の、まだ半ズボン姿の高等中学校第三学年前期生であった。彼は校庭で同年配ぐらいの、ほかのクラスの少年のひとりと話をしていた。——会話はハンス・カストルプが自分のほうから勝手にしかけたもので、内容も簡単ではっきりとしたものだったから、ほんのしばらくの間で終ってしまったのだが、しかしこの会話は彼を非常に喜ばせた。それは最後の時間とそのひとつ前の時間の間の休憩時間、ハンス・カストルプのクラスの時間割でいうと、歴史の時間と図画の時間に挟《はさ》まれた休憩時間のことであった。こけら葺《ぶ》きの、出入口が二つある塀《へい》で街路から隔てられた校庭は、硬質赤煉瓦《れんが》が敷いてあって、そこを生徒たちが列を作って歩いたり、グループで立っていたり、つるつるに上塗りのしてある校舎の壁の張り出しに腰をかけたような具合によりかかったりしていた。話し声が校庭いっぱいに入り乱れていた。中折帽の教師がハムをはさんだ巻パンを食べながら、生徒たちの行動を監視していた。

ハンス・カストルプの話し相手は、姓をヒッペ、名はプリービスラフ（Pribislav）という少年であった。どういうものか、名の中のrをシ（sch）のように発音するので、プシービスラフとなるのであったが、この奇妙な名は、何か人並みではなく、少し異様なヒッペの外貌《がいぼう》にいかにも似つかわしかった。ヒッペは高等中学校の歴史の教授の息子で、評判の模範生であり、ハンス・カストルプとほとんど同年配ぐらいだったのに、一学級上に進んでいた。彼はメクレンブルクの生れで、明らかに古い時代の混血、つまりゲルマンの血にヴェンデン・スラヴ*の血が混ったか――またはその逆の混血の子孫にちがいなかった。その丸い顔の、短く刈りこんだ髪はブロンドだった――しかし眼の色は青味がかった灰色、あるいは灰色がかった青というような曖昧《あいまい》な――たとえば遠い山のような色で――眼の形も独特で、細長く、厳密には少し斜めになっていて、その眼のすぐ下の頬骨《ほおぼね》が、際だってとびだしていた。――この顔だちは、ヒッペの場合、醜い感じよりも、逆に快い感じをひとに与えたが、それでも友だちみんながつけた「キルギス人」というあだ名がしっくりするような顔だった。ヒッペはもう長ズボンに、背中にベルトのついた青色の、喉元までつまった短い上着という服装だったが、襟《えり》にはいつもふけがすこしついていた。

はっきりいうと、ハンス・カストルプはかなり以前からこのプシービスラフに目をつけていたのである。――校庭に散らばっている、知っているのや知らない生徒の中からハンス・カストルプは彼を選びだし、彼に興味を持ち、彼を眼で追いまわし、彼を讃美《さんび》とでもいうような特殊な関心をもって眺め、学校へいく道ですらも、ヒッペが級友と談笑する様子を観察したり、ヒッペの話したり笑ったりするのを見たり、ヒッペの気持いいかすれ声、はっきりしない嗄《しゃが》れ気味の声を、遠くから聞き分けるのをたのしみにしていた。ヒッペの異教徒的な名、彼が模範生であること（しかしこれは絶対にたいしたことではなかった）、それにあのキルギス人のような眼――ときどきそれと意識せずに横眼になるとき、溶けるように暗い、ぼんやりとした夜の色を帯びる眼――そういうことが彼のヒッペに対する関心の根拠だといえばいえなくもなかったが、ハンス・カストルプにしてみれば、自分の感情を精神的に理由づけたり、あるいはいざというときに自分の感情をどう名づけるかなどということは、まったくどうでもいいことだった。彼とヒッペとの間は、「知合い」という間柄などではなかったので、これは友情と呼ぶこともできなかった。しかし第一に、彼には自分のヒッペに対する感情を、いつか他人に話すことがあろうなどとは思われなかったので、それをどういう名で呼べばいいかと気を使うような必要はなかった。それというのも、その感情は話題になるのがふさわしくもなければ、話題になりたがりもしないといった感情だったからである。第二に、名づけるということは批評とまではいかなくても、少なくとも限定すること、未知なものを既知の慣れたものの中へ組み入れることを意味するのであるが、ハンス・カストルプは、こういう心の財宝とでもいうべきものは、決して限定されたり、組み入れられたりすることのないように保護しなければならないと、無意識裡《むいしきり》に固く信じこんでいたのである。

名づけたり、人に話したりすることにきわめて縁遠いこの感情は、その根拠が筋の通ったものであろうとなかろうと、とにかく実に根が強かった。ハンス・カストルプは約一年前から――約といったのは、その感情が芽生えた時期は正確に探りえないからである――それを胸に秘めていたが、十二、三歳ごろの一年間がいかに大きな時間量のものであるかを考えてみれば、このことは、少なくとも彼が誠実で、忍耐強い性格の人間であったことの証明と見なして差支《さしつか》えなかろう。遺憾なことに、性格の特性を表現する名称は、それが賞《ほ》める意味のものであろうと非難する意味のものであろうと、一般に道徳的判断を含んでいるものである。しかし性格にはつねに二つの面があり、ハンス・カストルプの「誠実」も、格別彼がそれを自慢していたわけではなかったが、善悪の道徳的判断を離れていえば、彼の鈍重で緩慢で持続的な気質、つまり一種の保守的な根本気質からきているものであって、そのために彼は、ある状態なり境遇なりが長く続けば続くほど、それを愛したり維持したりする価値もあると思うのであった。それにまた、彼には自己の現状や現在の制度がかぎりなく続くものと信ずる傾向があり、そのためにそれらを尊重しこそすれ、それらが変化することは望まなかった。だから彼のプシービスラフ・ヒッペに対する、遠くからのひそやかな関係にしても、彼はそれにすっかり慣れてしまって、これは自分の生涯を通じて変らない状態だと決めこんでいた。彼は、自分とヒッペとの関係から生れてくるいろいろな心の動き、たとえばきょうはヒッペに会えるだろうか、ヒッペが自分のそばを通るだろうか、偶然自分を見てくれないだろうかといったような緊張した気持を愛し、自分の秘密が与える静かで微妙な満足感を愛し、こうしたことにつきものの失望感をすら愛したが、最も大きな失望は、プシービスラフが「欠席する」日で、そういうときは校庭も砂漠のように思われ、そういう一日はまったく魅力を失い、彼はただ未来の希望だけに縋《すが》らざるをえなかった。

こういう状態が一年あまり続いたあげくに、それがあの冒険的な最高潮に達し、それ以後のもう一年、この状態はハンス・カストルプの持続的な誠意によって続けられ、そして終ってしまったが、彼自身は、かつて自分とプシービスラフ・ヒッペとの結びつきが生れたことに気づかなかったのと同じように、その絆《きずな》が弛《ゆる》んで解けていくのにも気づかなかった。ヒッペが、父の転任に伴って学校と町から離れてしまったことさえも、ハンス・カストルプはまるで知らなかった。それ以前に彼はもうヒッペのことを忘れていた。こうして、「キルギス人」の姿は、彼の知らないうちに彼の生活に入りこんできて、緩慢にではあったが、次第にその明瞭《めいりょう》さの度合いを増し、あの校庭で対面した瞬間に最も親密で具体的な姿をとってそのまましばらくの間前景にとどまり、やがてまた次第に遠ざかり、別れの悲しさも残さないままに霧の中へ消え去ったのであった。

ところであの瞬間、いまハンス・カストルプの心がふたたびそこへ引戻されているあのとほうもない冒険的な場面、プシービスラフ・ヒッペとの実際の対話は、こんな具合にはじめられたのである。図画の時間の前にハンス・カストルプは鉛筆を持っていないことに気がついた。みなそれぞれに自分の鉛筆が必要だった。ほかのクラスの中に、彼が鉛筆を借りられる間柄の者もいないではなかったが、彼は、自分のいちばんの知合いはプシービスラフだ、自分が心の中でかなり長い間にわたって友人関係を育ててきたプシービスラフこそ、自分にいちばん身近な者だと思っていた。彼は心を躍《おど》らせて、この機会——彼によればこれは機会だった——に、思い切ってプシービスラフに鉛筆を借りようと決心した。このことは、彼が実際上はヒッペと知合いではないことから、ずいぶん異常な行動であるわけだが、彼はそのことに気づかなかったのである。というか、もうまったく向う見ずな気持に駆られてしまっていて、そんなことを気にする余裕がなかったのである。こうして彼は煉瓦《れんが》を敷いた校庭の雑沓《ざっとう》の中で、本当にプシービスラフの前に立ってこういった。

「すまないけど、君、鉛筆貸してくれないか」

プシービスラフは、突きでた頬骨の上のキルギス人のような眼で彼を見つめると、別に驚いた様子もせずに、あるいはそういう様子は見せないで、例の感じのいい嗄れ声でいった。

「いいよ。だけど、授業が済んだら、きっと返してくれよね」彼はポケットから鉛筆《クレイヨン》を取りだした。銀メッキのキャップをした鉛筆で、キャップについている輪を上へ押すと、中から軸を赤く塗った鉛筆がでてくる仕掛けになっていた。プシービスラフがその簡単な仕掛けを説明する間、ふたりの頭はその上に屈《かが》んでいた。

「だけど、折らないでね」と彼はつけ加えた。

どうしてそんなことをいうのだろうか。まるでハンス・カストルプが鉛筆を返さないかのような、それを乱暴に扱うかのような口ぶりではないか。

ふたりは顔を見合せて微笑したが、それ以上話すことがないので、互いに肩を、つぎに背中をそむけてその場から立ち去った。

たったそれだけのことであった。しかしハンス・カストルプはプシービスラフの鉛筆を使ったこの図画の時間中ほどに、満足感に浸りえたことはかつてなかった。そのうえさらに彼には、その鉛筆をあとで持ち主に自分で返しにいくという楽しみもあって、これは借りた結果自然に、しかも当然生じたおまけであった。彼は断り無しに鉛筆の先を少し尖《とが》らせ、こぼれ落ちた赤塗りの削り屑《くず》を少々、約一年もの間机の奥にしまっておいた。たとい誰かにそれを見られたとしても、それの持つ深い意味は、誰にも推察できなかったであろう。鉛筆の返却は至極あっさりと行われた。それは、いかにもハンス・カストルプの気持にぴったりしたやり方で、彼にはそれが自慢ですらあった。彼はヒッペと親しく話し合ったことだけで、痺《しび》れるような快感を味わっていた。「これ」と彼はいった。「ありがとう」

プシービスラフは、何もいわずにすぐ仕掛けを調べてみて、鉛筆をポケットにしまった。

……

その後ふたりは二度と話したことはなかったが、この一度だけは、まったくハンス・カストルプの勇気によって可能になったのであった。……

彼は、自分の沈んでいた夢現の境の深さに驚いて、大きく眼を見開いた。「夢をみていたようだ」と彼は思った。「そうだった。あれはプシービスラフだった。長い間彼のことを思いだしもしなかったが。あの削り屑はどうなっただろう。あの机は、故郷のテイーナッペル大叔父の家の屋根裏部屋にあるはずだ。小引出しの左の奥にはまだ例の削り屑が入っているだろう。あれ以来、一度も取りだしてみたことはないが。捨ててしまおうと思うほどにも注意しなかった。……あれはたしかにプシービスラフそのものだった。これほどに活《い》きいきと彼に再会するとは予想もしなかったが。いまみた彼は、彼女におそろしく似ていた――ここの上の、あの彼女に。それでおれは彼女にこんなに惹《ひ》かれるのだろうか。あるいは、それだからこそ彼に、あんなに興味を持ったのだろうか。ばかばかしい。いや実にばかばかしい話だ。とにかくもういかなければ。大急ぎで」それでも彼はまだ寝そべったまま、考えこんだり思い出に耽《ふけ》ったりしていて、やがてやっとのこと立ちあがった。「じゃあ、また。ありがとう」彼はそういって笑いながら、眼に涙を浮べた。さて出発しようとして帽子とステッキを手にしながら、彼は急いでまた腰をおろした。膝《ひざ》の調子がおかしかったからである。「おっと危ない」と彼は思った。「どうもいけないな、十一時きっかりに、講演を聞きに食堂へでなくちゃいけないというのに。なるほどここの散歩にはすばらしい面もあるが、厄介な面もあるらしい。いずれにしろもういかなければ。横になっていたので足がちょっと萎《な》えただけだろう。歩いているうちには、また元どおりになるだろう」彼はもう一度立ちあがろうとした。こんどは適当に踏ん張ったので巧《うま》くいった。

意気揚々たる出発に比べて、帰路はさんざんだった。急に顔が青ざめたり、冷汗が額に浮んだり、心臓が不規則に搏《う》ったり、呼吸が苦しくなったりして、なんども道ばたで休まなければならなかった。こうして苦労しながら曲りくねった道を下っていったが、療養ハウスの近くの谷に着いたとき、そこから「ベルクホーフ」までの長距離の道を歩きつづけることはできないということがはっきりとわかった。電車はなし、貸馬車は見つからずで、彼は、空箱を積んだ荷馬車を「村」の方に駆っていく馭者《ぎょしゃ》に頼んで乗せてもらった。彼は馭者と背中合わせになって馬車から両脚《りょうあし》を垂らし、通行人の同情や驚きを買いながらうつらうつらと、馬車の震動につれて揺れ動き、踏切のところまできて、そこで降りると、金額もたしかめずに馭者に駄賃をやり、急ぎ足で車道をのぼっていった。

「オ急ギクダサイ」門衛のフランス人がいった。「講演ハモウハジマッテオリマス」ハンス・カストルプは帽子とステッキを衣裳《いしょう》掛けへ投げかけ、舌を歯で挟んで、急ぎながらも注意を払い、細目に開いているガラス扉から食堂の中へ入っていった。療養客たちはすでに幾列にも並んだ椅子《いす》に腰をかけ、右側の狭い面にはフロックコート姿のドクトル・クロコフスキーが、テーブル・クロースをかけ水差しをのせたテーブルを前にして話をしていた。……

精神分析

ドア近くの一隅《いちぐう》に、運よく空席がひとつ彼をさし招いていた。彼は横からそっとその席に滑《すべ》りこみ、前からそこにいたような顔をした。聞きはじめたばかりの熱心さを示している聴衆は、一心不乱にドクトル・クロコフスキーの唇《くちびる》の動きを見守るのに夢中で、彼にはほとんど注意しなかった。これは、彼がひどい様子をしていただけに、かえって好都合だった。彼の顔は麻布のように青ざめ、服は血で汚《よご》れ、まるで殺人の現場からやってきた殺人犯のようであった。むろん彼の前の席の婦人は、彼が腰をかけたとき、うしろを振向いて、吟味するような細い眼で、じろじろ彼を眺《なが》めた。それは、ショーシャ夫人だったが、彼はそうと知って一種の腹だたしさを覚えた。これはまずい、これじゃいつ落着けるというのだ、ここでは静かに坐《すわ》って、少しは元気も回復できようかと思ったのに、このひとが鼻さきに坐っているとは。——いまとは事情が違っていたら、これも悪くない偶然と喜んだかもしれないが、疲労の極にあるいまでは、かえってこれは具合がわるかった。講演中、新たな重荷で息切れするだけのことだ。彼女はプシービスラフそっくりの眼で、彼と彼の顔と彼の服の血痕《けっこん》を見た。——その態度はいかにも手荒にドアを締める女の不作法につながっているような、遠慮のないあつかましいものだった。

それに椅子《いす》にかけている姿勢はどうだろう。ハンス・カストルプの属する上流社会の貴婦人たち、背中を真っ直《す》ぐにして、頭は隣席の同伴の紳士の方へ向け、唇をすぼめて話す女性たちとは比較にもならない。ショーシャ夫人はぐったりとだらしなくかけ、背中を丸め、両肩を前に垂れ、頭を突きだしているので、頸椎骨《けいついこつ》が白いブラウスから覗《のぞ》いていた。プシービスラフもこれと同じ格好に頭を突きだしていたが、彼が品行方正な優等生であったのに対して（もっともそのためにハンス・カストルプは彼から鉛筆を借りたわけではない）――ショーシャ夫人のだらけた姿勢、ドアの乱暴な締め方、無遠慮な目つきなどは、明らかに彼女の病気と関係があった。というか、彼女の不作法は、あの若いアルビン氏が自慢した無拘束な自由、不名誉ではあるがほとんど無限の利点を有するあの自由の現われにほかならなかった。……

ショーシャ夫人のぐったりした背中を眺めているうちに、ハンス・カストルプの思想は混乱してきて、思想というよりは夢想めいたものになっていったが、そこへドクトル・クロコフスキーののんびりしたバリトンの声、柔らかく響くr音が、遠方から聞えてくるように聞えてきた。しかし広間の鎮《しず》まり返った空気、周囲のひとたちの注意深い緊張した空気が彼にも作用して、彼を夢現の境から目ざました。……彼は周囲を見回した。隣には髪の薄いピアニストがいた。彼は頭をのけぞらせて腕組みし、口を開けて謹聴していた。向うの方には、女教師のエンゲルハルト嬢が貪婪《どんらん》な眼を輝かせ、産毛《うぶげ》のある両頬を紅潮させていた。——しかしこういう赤い火照りは、ハンス・カストルプが注意して見た他の婦人たちの顔にも浮んでいて、たとえばアルビン氏の隣のザーロモン夫人も、ビール醸造業者の細君で蛋白《たんぱく》をたえずなくして痩《や》せていくというマグヌス夫人の場合も例外ではなかった。ずっとうしろの方にいるシュテール夫人の顔は、惨憺《さんたん》たる無教養の陶酔を見せ、象牙《ぞうげ》色のレーヴィ嬢は眼を半眼に見開いて掌《てのひら》を膝《ひざ》に、椅子の背にもたれかかっていたが、その胸は律動的に激しく膨《ふく》れたりしぼんだりしていた。もしこれがなかったならば、彼女は死人に変らなかった。レーヴィ嬢の胸の動きを見ていたハンス・カストルプは、昔、蠟製《ろうせい》模型蒐集《しゅうしゅう》室でみた、胸にゼンマイ装置のある女の蠟人形を思いだした。何人かの客は、すぼめた手を耳に当てたり、あるいはそうしようとしかかって、途中で気を奪われて手を半分ほどの高さに持ちあげたままの格好で話に聞き入っていた。色の浅黒い、一見頑健《がんけん》そうなパラヴァント検事は、もっとよく聞えるようにと、一方の耳を人差し指で揺すっては、またその耳をドクトル・クロコフスキーの雄弁のほうに向けていた。

いったいドクトル・クロコフスキーは何について話しているのか。いかなる思想を展開しているのか。ハンス・カストルプは全神経を集中して進行中の話に追いつこうとしたが、話の最初は聞いていないし、会場に入ってからも、ショーシャ夫人のぐったりした背中に気をとられてぼんやりしていたので、話に追いつくのが容易ではなかった。話題になっているのは一つの力……あの力……つまり愛の力についてであった。これは当然のことだった。このテーマは連続講演の通し題目の中にも謳《うた》われており、またこれがドクトル・クロコフスキーの専門のテーマである以上、彼がそれ以外の話をするはずもなかった。しかしハンス・カストルプにしてみれば、これまでは話題はいつも造船の運動装置といったような事柄だっただけに、いま急に愛に関する講演を聞くというのは、ちょっと勝手違いな妙な感じがした。こういう控え目な、秘密な性質の対象を、真昼間、しかも大勢の紳士淑女を前にして論ずるとは、いったいどんなやり方でやるのだろう。この対象をドクトル・クロコフスキーは、さまざまな表現の仕方、詩的でもあれば学問的でもあるスタイルで、しかも非情な科学的態度で、歌うように震える口調で論じていた。ハンス・カストルプには、そういう話し方がどうも少しふしだらに感じられたが、婦人たちの頰が紅潮し、男性たちが耳を揺すぶらせた原因は実はこの点にあるらしかった。しかも講演者が、「愛」という言葉をつねに少しずつ違った意味で使ったので、そのいわゆる愛がどんな意味の愛であるのか、つまり敬虔《けいけん》なものを指《さ》しているのか、情熱的で肉欲的な愛のことをいっているのか、それが一向にはっきりしなかったのだが――それがまた軽い船酔いに似た気持を起させた。ハンス・カストルプは、この言葉がいまここでのようにいくども続けて口にされるのを聞くのは、生れてはじめてのことだった。いやそれどころか、彼は自分ではまだ一度もこの言葉を口にしたことがないし、他人の口からもそれを聞いたことがないように思われた。あるいはそれは彼の思い違いだったかもしれないが——いずれにしろ、彼には、こうはっきりとこの言葉を繰返し口にすることは、許されないことのように思われてならなかった。それどころか、愛（Liebe）という、真ん中の音量のない母音を舌音と唇音《しんおん》で挟《はさ》んだ、頼りない一音節半のこの言葉は、いくども聞いているうちには、ひどく厭《いや》らしいものになり、何かこう、水を割ったミルクとでもいうようなもの——青白い、ぐにゃぐにゃしたものを連想させた。それというのも、ドクトル・クロコフスキーの話していることが、厳密にいって、まことにどぎついものだったから、なおのことその感が深かった。しかしドクトル・クロコフスキーのような話し方をすれば、相当烈《はげ》しいことをいっても、聴衆は広間から逃げださずにすむということは、少なくとも明らかであった。彼は、誰もが知っていて黙っていることを、陶酔させるような口調で話すだけでは満足しなかった。彼は妄想《もうそう》を打破し、徹底的な啓蒙《けいもう》に乗りだし、銀髪の老人を尊敬したり、幼児を天使のように純潔だと考えたりする感傷を全然認めなかった。きょうの彼はフロックコートこそ着ていたが、相変らずソフト・カラーに鼠色《ねずみいろ》の靴下にサンダルを穿《は》いていた。この身なりは、ハンス・カストルプを少々驚かしはしたが、しかし主義を主張してやまない理想主義者という印象を与えていた。ドクトル・クロコフスキーはテーブル上の幾冊もの本や綴《つづ》ってない原稿から、いろいろの実例や挿話《そうわ》を引用して自説を補足し、詩までもいくどか引いて、愛の恐るべき形態、愛の現われ方、全能に似た愛の力の辿《たど》る異常で悲痛な、無気味な変化について論じた。あらゆる本能のなかで、と彼はいった、愛こそ最も不安定な頼りない本能であり、錯誤や救いがたい倒錯に陥る傾向はこの本能に固有のものであって、それはあえて異とするには足りない、なぜなら、この強力な衝動は単一なものではなくて、もともといろいろなものの複合体であり、そのうえそれは、全体としては正常なものであろうとも、元来は種々の倒錯の複合体なのである。ところで、とドクトル・クロコフスキーは話を続けた。われわれは、個々の成分の倒錯性から、全体をも倒錯だと結論することはむろんできないから、どうしても全体の正常性の全部ではなくてもその一部を、個々の成分の倒錯に対しても承認しなければならない。これは論理の要求であって、聴衆者一同はよくこの点にご留意願いたい。それが魂の抵抗と自己調整である。——すなわち市民的とでも名づけたいほどに行儀がよくて、整理役を買ってでる本能であり、この本能の調整的、制限的作用を受けて、個々の倒錯的本能が合体して、正常で有用な全体となる。——これは、いずれにしろしばしば見受けられる歓迎すべき過程にはちがいないが、しかしその結果についていえば（ドクトル・クロコフスキーは軽蔑《けいべつ》気味な口調で付言した）それはもう医師や思想家の関知するところではない。反対に他の場合、つまりこの過程がうまくいかず、われわれがこの過程の達成をみずから阻止するようなことがある。しかしそういう場合のほうが、おそらくいっそう高貴な、心的にはいっそう貴重なケースだと何人《なにびと》が主張しえないであろうか、とドクトル・クロコフスキーは質問の形式でいった。なぜならば、この場合二つの力の集団、つまり愛の衝動とこれに敵対する本能、その中でもとくに羞恥《しゅうち》や嫌悪《けんお》の本能が、市民的、一般的な程度を越えた、異常な緊張と情熱を示し、魂の深部で行われるこのような両者の間の闘争のために、迷える本能は、囲いの中に入れられて安全で行儀よいものとなることができず、通常の調和、規定どおりの愛の生活へと導かれていくことが不可能になる。純潔の力と愛の力のこういう闘争——問題はむろんこの闘争以外の何物でもない——は、それではいかなる結果に終るのであろうか。それは一見純潔の勝利に終る。恐怖、行儀よさ、慎み深い嫌悪、臆病《おくびょう》な純潔を憧《あこが》れる気持、それらは、愛を抑圧し、愛を暗闇《くらやみ》のうちに幽閉して、愛の混乱した要求を、せいぜいのところ部分的に意識の舞台へ登場させ、活動させはするが、決してその諸要求を全面的に容認しようとはしない。しかしこの純潔の勝利は、あくまで外見上の勝利、戦果なき勝利にすぎない。なぜなら愛の要求は、これを阻《はば》んだり抑圧できたりするものではないからである。愛は抑圧されても死にはしない。それは生きつづけて、暗黒の深部で依然として要求を貫徹しようとしつづけ、やがては純潔の拘束を脱してふたたびその姿を現わすが、しかしその姿はまったく変化していて、それと見分けがつかない。——では、この否定され抑圧された愛がふたたび現われでる際の姿、愛がかぶる仮面はどういうものであろうか。そう尋ねながらドクトル・クロコフスキーは、本当に聴衆からその返答を期待しているかのように、座席を見渡した。しかし、彼はもうずいぶん多くのことを自分でいってきたのであるから、この答えも自分でいうにちがいなかった。というのも彼は、自分のほかに誰もそれを知らないが、彼だけはたしかに知っているというような様子をしていたからである。燃えるような眼、蠟《ろう》のように青ざめた顔、黒いひげ、鼠色の毛糸の靴下に、修道僧のようなサンダルをはいたこの男は、彼自身、彼の話にあった純潔と情熱の間の闘争の象徴のように見えた。少なくともハンス・カストルプはそういう印象を受けながら、他の聴衆といっしょに極度に緊張して、否定された愛がふたたび姿を現わす際にとる姿がどういうものであるかという問題の解答を待った。女性たちはほとんど息をとめていた。パラヴァント検事は、大事な瞬間に耳の孔《あな》がよく開いていて、問題の答えを正確に聞きとれるようにと、もう一度急いで耳を揺すぶった。するとドクトル・クロコフスキーはいった、病気がそれである、病気の症状は、仮面をかぶった愛の活動であり、いっさいの病気は、変装した愛にほかならない、と。

これがその答えだった。もっともすべての聴衆が、その答えを十分に理解できたわけではないにしろ。広間中の聴衆は一斉に溜息《ためいき》をついた。パラヴァント検事は重々しく頷《うなず》いて賛意を表したが、その間にもドクトル・クロコフスキーは、彼の主張を展開していった。ハンス・カストルプは、いま聞いたことをよく考えてみて、それが自分に納得のいくことかどうかをはっきりさせようとして、頭を垂れた。しかし彼は、そういう性質の思考過程を辿《たど》ることに慣れてはいなかったし、失敗に終った散歩のために頭もあまり働かなかったので、とかく注意が他にそれがちとなって、眼の前にある背中、編んだ髪を下からささえようとして、うしろへ回された腕に、気をとられてしまった。

こんなに間近なところでショーシャ夫人の手を見るのは、胸が苦しくなるような感じであった。――そうなると否応《いやおう》なしにそれを観察し、拡大鏡にかけたように、その手の欠点や不完全さのことごとくを数えあげずにはいられなかった。ずんぐりしていて、爪《つめ》をぞんざいに切った女学生のようなこの手は、どう見ても貴族的とはいえず――指関節の外側が本当に清潔かどうか怪しいし、爪の横の皮膚が、ささくれているのは、歯で嚙《か》んだためであることはいうまでもなかった。ハンス・カストルプは顔をしかめたが、その眼は依然としてショーシャ夫人の手に吸い寄せられていた。愛に対する市民的抵抗について語ったドクトル・クロコフスキーの言葉が、漠然《ばくぜん》と彼の記憶に蘇《よみがえ》ってきた。……後頭部にしなやかに回された腕は、手よりも美しくて、ほとんどむきだしだった、というか、袖《そで》の生地はブラウスの生地以上に薄かった。――この薄い紗《しゃ》のため、腕は薄靄《うすもや》につつまれたように美しかった。もしこれが何もまとっていなかったら、これほど優美には見えなかったであろう。その腕は、ほっそりしているくせに豊満で――それに冷たい感触を湛《たた》えていた。市民的抵抗などではとても太刀《たち》打ちできそうにもない腕だった。

ハンス・カストルプは、ショーシャ夫人の腕を凝視しながら、夢のような考えに耽《ふけ》った。女というものは、まあなんという服装をするものなのだろう。女たちは、頸《くび》や胸のところどころを露《あらわ》にして、透けてみえる紗で腕を美しく見せる。……世界中どこへいっても、女性はそういう服装でわれわれ男性の欲望を掻《か》きたてる。ああ、人生は美しい。しかし人生が美しいのは、女が魅惑的な装《よそお》いをするという当然のことによってなのだ。――それはむろん当然といえることであって、それが一般的な慣習として誰にでも承認されているためか、誰も無意識にそれを受入れていて、いまさらそれについて考えてみて、騒ぎたてたりなどしない。しかし、人生を真に楽しむには、それが実に魅惑的、ほとんどお伽話《とぎばなし》的な慣習であることをよく考えて、はっきりとそれを意識してみる必要があるのではないか、とハンス・カストルプは心中ひそかに思った。いうまでもなく、女性がお伽話のように魅惑的な装いをしながら、しかも礼儀作法に適《かな》っているのにはしかるべき理由があってのことで、それはひとつの目的、すなわちつぎの世代のため、人類の繁殖のためである。ところで、その女性が胸を病んでいて、母になる資格をまったく欠いているとしたら――その場合は女性の魅力ということはいったいどういうことになるのか。それでもなお、女が紗の袖をまとって自分のからだに――病気に内部を蝕《むしば》まれている自分のからだに、男の好奇心を惹《ひ》きつけるということが、まだなんらかの意味を持っているのであろうか。それが無意味であることは明白であって、本来ならば、それは似つかわしくないこととして、禁ぜられてしかるべきではあるまいか。病人の女に男が関心を懐《いだ》くということ、これは……つまりかつて自分がプシービスラフ・ヒッペに対してひそやかな関心を寄せたことと同様に、まったく反理性的なことだ。この比較はばかげたものであって、また少しばかり悲しい傷《いた》ましい思い出でもあったが、それは勝手に蘇ってきた思い出でもあった。ここで彼の夢のような考えは急に中断された。それは、彼の注意が、そのとき異様にかん高い声を張りあげたドクトル・クロコフスキーに、ふたたび惹きつけられたからであった。実際、両腕を拡《ひろ》げ、斜めに頭をかしげた姿勢で小卓の向うに立ったドクトル・クロコフスキーは、フロックコートをまとってはいたが、十字架上のキリストさながらに見えた。

ドクトル・クロコフスキーは、講演を終るに当って精神分析の大宣伝をやり、両腕を拡げて、すべての聴衆に自分のところへくることを勧めていた。わがもとにきたれ、汝《なんじ》ら重荷を負うて苦しめる者よ、といったような文句を彼はいった。彼がすべてのひとを、重荷を負って苦しめる者と固く信じて疑わないということは明らかだった。彼は、隠された悩み、羞恥と悶《もだ》え、分析の救済的効能について語り、無意識の解明を讃美《さんび》し、病気を意識化された情動に再変化させることを力説し、信頼を説き、回復を約束した。それから彼は、両腕をおろして頭をまっすぐに起すと、講演用の印刷物をとり纏《まと》め、その包みを学校教師そっくりに左手で肩に当てがい、首根をしゃんとし、回廊を通って広間からでていった。

聴衆は立ちあがると椅子《いす》をずらし、ドクトルが広間をでていったときに通った出口へと、のろのろと動きだした。それはあたかも、ハーメルン＊の笛吹きのうしろについていった子供たちのように、彼らがドクトルのうしろから、四方から求心的に集まって、ためらいながらも自分の意志を喪失し付和雷同して進んでいく、というような具合にみえた。ハンス・カストルプは椅子の背に手をやって、ひとびとの流れの中に立ったままでいた。自分はここへはお客としてきているだけで、ありがたいことに健康だから全然問題にならない人間で、このつぎの講演のときにはもうここにいないだろう、と彼は思った。ショーシャ夫人が頭を前に突きだして、忍び足で立ち去るのが見えた。彼女も分析してもらうのか、と思うと、彼の心臓はときめきだした。そのために彼は、ヨーアヒムが椅子の間を縫って近づいてくるのに気づかず、声をかけられてびくりとした。

「やっと間に合ったね」とヨーアヒムがいった。「遠くまでいったのかい。で、どうだった」

「うん、よかったよ」ハンス・カストルプが答えた。「ずいぶん遠くまでいったんだ。しかし正直をいうと、期待したほどの収穫はなかった。早すぎたのか、あるいは完全な失敗だったかだ。さし当ってはもう一度繰返す気はないよ」

ヨーアヒムは講演の感想については何も尋ねなかったし、ハンス・カストルプもそれには触れなかった。ふたりは、無言のうちにいい合せでもしたかのように、その後も講演のことは全然話題に上《のぼ》せなかった。

種々の疑惑と考慮

火曜日である。われわれの主人公はここの上の人たちのところでもう一週間をすごしたことになる。それでこの日の朝の散歩から帰ってきたとき、はじめての一週間分の勘定書が彼の部屋にとどいていた。きちんとした商用文書のような書類で、薄緑色の封筒に入っていて、上の方にはカット（上欄にベルクホーフの建物が魅力たっぷりに描かれていた）があり、左横にはこのサナトリウムの案内書の抜萃《ばっすい》が、狭い欄にこぎれいに印刷してあり、「最新原理に基づく精神分析療法」についても、とくにその字間をあけて印刷されていた。達筆に記入された勘定は、百八十フランちょうどになっている。内訳は、賄《まかない》料と医療費が一日につき十二フラン、部屋代一日八フラン、「入院費」の項目には二十フラン、部屋の消毒費十フラン、他に洗濯やビールや到着の晩の葡萄酒《ぶどうしゅ》の代金などが細かに計算されて、その合計がこの総額になっていた。

ハンス・カストルプはヨーアヒムといっしょに一応その計算を調べてみたが、すべてはきちんとしていた。「医療なんか受けてはいないが」と彼はいった。「ぼくの勝手で受けなかったのだし、しかも賄料といっしょになっているんだから、それだけ差引いてくれとも要求できまい。そういう扱いもできないだろうしね。しかし、この消毒料は儲《もう》けているね、アメリカ娘ひとりの消毒に H_2CO 十フランなんか要《い》るはずはないよ。しかし全体としては高いというより安いほうだ。サービスしてくれるものを考えてみるとね」こうしてふたりは、二度目の朝食前に「事務局」へ勘定を払いにでかけた。

「事務局」は一階にあった。ロビーの向うの、衣裳室《いしょう》、調理室、配膳室《はいぜん》の前を廊下伝いに進んでいくと、自然とそのドアの前へでる。そのうえ陶器の標札がかかっているので間違えようがない。

ここでハンス・カストルプはサナトリウム経営の商業的中心部を、興味をもって少々覗《のぞ》いてみることができた。小さいが本式の事務所だった。タイピストがひとり働いていて、三人の男の事務員が屈《かが》みこむような姿勢でデスクに向い、隣室には事務長あるいは支配人といった格のかなり堂々たる風采《ふうさい》の紳士が、部屋の中央の円机で事務をとっていて、客のいとこたちには、眼鏡越しに事務的な、品定めするような冷やかな一瞥《いちべつ》を投げただけだった。事務員が窓口で紙幣をくずしたり、金を出し入れしたり、領収書を作ったりする事務をやっている間、官庁や役所などに対して尊敬の念を抱《いだ》くドイツの青年らしく、ふたりは生真面目《きまじめ》で控え目な、恭順とさえいえる態度で黙って立っていた。そこをでて朝食にいく途中、また朝食後の他の機会にも、ふたりはベルクホーフ療養所の組織についていろいろと話し合ったが、この場合も、ここに以前から住んでいるヨーアヒムが説明役に回った。

ベーレンス顧問官は、この療養所の所有者、経営者のように見えるが——実はそうではなかった。ここには姿を現わさない別の権力が、彼の上にも背後にも控えていて、それはこの事務所という形でいささかその存在を示していた。それは監査団体の株式会社で、ヨーアヒムが断言するところによると、医師には高給を払うし、経営方針もかなり大まかなのに、株主には毎年相当の配当金を支払うので、この会社の株はきわめて有利らしかった。従って、顧問官は独立の経営者ではなくて、ただの代理人、職員、幹部のひとりにすぎなかったが、それでも番付面では最高幹部のひとり、全組織の首脳であった。もっとも彼は同時に院長でもあるから、病院経営の算盤《そろばん》の面にはまったくタッチしなかったが、監査団体を含めた組織全体には決定的な勢力を有していた。西北ドイツに生れた彼は、自分の意図や計画に反して、何年か以前に現在の地位についたのだそうである。つまり、彼の妻のためにここへ引上げられたわけで、その妻はかなり以前に亡《な》くなり、「村」の墓地——右側の山腹の、谷の入口近くの絵のように美しいダヴォス村の墓地に葬《ほうむ》られていた。顧問官の家の中の、いたるところに飾られた写真とか、アマチュア画家の顧問官が自分で描いた、同じく彼の家の壁にかかっている油絵の肖像画から想像すると、彼の妻は大きすぎる眼の、ひ弱そうなからだつきのひとだったが、なかなか魅惑的な美人だったらしい。夫婦はふたりの子供、息子と娘とをもうけたが、その後、虚弱なからだを熱に冒され、この地方に運びあげられ、二、三カ月でもうまったく衰弱し、体力を消耗し尽してしまったという。噂《うわさ》では、彼女を崇拝せんばかりに愛していた顧問官は、この打撃にすっかり正気を失ってしまって、その後しばらくは鬱病《うつびょう》的な状態に陥《おちい》り、往来でくすくす笑ったり、変な身ぶりをしたり、独《ひと》り言をいったりして、人目を引いたということである。その後、彼はもはや以前の環境へは帰らないで、そのままこの土地に住みついてしまったのであった。ひとつには、妻の墓から離れたくないということもあったが、彼がここに住みついてしまったのは、そういう感傷的なことからではなくて、彼自身も少々胸を病んでいて、自分の医学的診断から、結局彼も、この土地に踏みとどまるべきだと判断したからである。こうして彼は、自分の監督下に療養している患者たちと同じ病気に罹《かか》っている医師、すなわち病気には関係のない健康で自由な立場から病気と闘う医師ではなくて、自分も病んでいる一医師として、ここに定住したのであった。――これは珍しいことにはちがいないが、決して稀《まれ》なことではなく、そこには長所もあれば短所もあるということは明らかである。医師が患者と同じ病気仲間だということは歓迎すべきことで、苦しむ者だけが苦しむ者を指導したり救済したりできるのだという、一応もっともらしい意見がある。しかしある力の奴隷《どれい》となっている者が、はたしてその力を精神的に支配できるであろうか。自分自身が病気の支配を受けていて、しかも他人を病気から解放できるであろうか。病める医師という存在は、一般的にいえば自己矛盾であり、うさんくさい現象である。そのような医師の病気に関する精神的知識というものは、経験によって豊かになり、倫理的に強化されるというよりも、むしろ濁らされ、掻《か》き乱されることのほうが多いのではあるまいか。彼には、病気を真正面から、明白な敵意をもって見据えるということができまい。彼は自由ではなく、どちらの側の人間であるかは、曖昧《あいまい》である。それゆえ、病気の世界にある人間が、健康人と同じ心的態度で、他人の治療はもとよりのこと、その保護だけにでも関心を持ちうるものかどうかという問題、この問題は十分慎重に注意深く考えてみなければならないであろう。……

ヨーアヒムを相手にして「ベルクホーフ」や院長のことを話したとき、ハンス・カストルプは、こういう疑いや憂慮を例の調子で少しばかりしゃべってみたが、それに対してはヨーアヒムは、ベーレンス顧問官が現在もなお病気であるかどうか、それは全然わからないが――おそらくもう治《なお》っているのではあるまいか、と答えた。ベーレンス顧問官はかなり前からここで治療に従事していた。――それ以前は独立の開業医であって、その聴診と気胸手術とには定評があった。その後に、招かれてこの「ベルクホーフ」のひとになり、もう十年近くもこのサナトリウムときわめて密接な関係を結んでいた。彼の住宅はサナトリウムの奥、すなわち建物の西北翼の端にあり（ドクトル・クロコフスキーもその近くに住んでいた）、セテムブリーニが嘲笑《ちようしよう》的に噂したあの旧貴族出身の婦人で、ハンス・カストルプもちらりと見たことのある看護婦長が、独身暮しの彼の身の回りの世話をやいていた。息子はドイツの大学で勉強しており、娘はすでにスイスのフランス語地帯にいる弁護士のところにとついでいて、顧問官はひとり暮しであった。ベーレンス二世は休暇中にときどき父を訪問するそうで、ヨーアヒムがここにきてからもすでにいちどそういうことがあったというが、彼の言によれば、そのときサナトリウムの婦人連はすさまじいまでに興奮し、体温はあがり、安静ホールでは嫉妬《しっと》のために喧嘩《けんか》騒ぎまで起るという始末で、そのためにドクトル・クロコフスキーの特別診察時間には、平常以上の人数が押しかけたということだった。……

代診クロコフスキーには専用の特別診療室があてがわれていた。これは大診察室、実験室、手術室、レントゲン室と同様に、サナトリウムの建物の、採光のいい地下室にあった。一階からそこへ通じている石段が地下室へおりていくような印象を与えるので、地下室といったまでの話で、実はこの印象は——錯覚にすぎなかった。なぜなら、第一に、一階がかなり高いところにあり、第二に、ベルクホーフの建物全体が山際《やまぎわ》の傾斜面に建てられていて、だからこのいわゆる「地下室」も、庭や谷に臨んで前方に眺望《ちょうぼう》が開けていた。こういう事情のために、石段の印象や意味もかなり弱められ、消されてしまっていた。石段をおりていくと、いかにも地上から地下へおりていくといった感じがあったが、いざ地下へおりてみると、まだ地上にいる、というか、少なくとも地上から二、三フィートばかり低いところにいるにすぎなかった。この錯覚を、ハンス・カストルプはおもしろく感じた。――彼はある日の午後、マッサージの先生に体重を計ってもらいにいくいとこにつき合って、ここへ「おりて」みた。そこにも病院らしい明るさと清潔さとが支配していた。すべてが白一色で、ドアというドアが白いラックの色に光っていた。ドクトル・クロコフスキーの応接室のドアも、白く塗ってあり、彼の名刺が製図用ピンでとめてあった。このドアに達するには、廊下の高さからもう二段余分におりなければならず、その部屋は物置のような感じだった。このドアは階段の右手、廊下の端にあり、ヨーアヒムを待つ間ハンス・カストルプは、廊下を往《ゆ》き来《き》してとくにそのドアに注意していた。すると実際に、そこからひとがでてきた。未知の、最近ここへきたばかりの婦人、髪を額にカールして、金の耳輪をした小柄で上品な婦人だった。彼女は低く身をかがめて階段をのぼってきたが、片手はスカートをつまみあげ、他のほうの指輪をした小さい手でハンカチを口に当て、そのハンカチの上から、上体を屈《かが》めたまま、色の淡《うす》い、大きな、とまどったような眼を空に注いでいた。一階へ通じる階段の方へ、小刻みな足どりで、スカートの音をたてながら急いでいったが、突然何か思いだしたかのように立ちどまり、それからまたふたたび小刻みに駆けて階段のうしろに姿を消した、相変らず屈みこんで、ハンカチを口に当てたままで。

この婦人がドアを開けてでてきたときに見えた部屋の内部は、白い明るい廊下に比べてはるかに暗く、ここの部屋々々の病院らしい明るさも、そこまでは及ばないというように見えた。ハンス・カストルプの見たところでは、ドクトル・クロコフスキーが精神分析を行う私室は、ひそやかな薄明り、深い闇《やみ》に包まれていた。

食卓での談話

ひとりだけの散歩の際に、ハンス・カストルプは頭が祖父と同じように震えるのを経験したが、それがその後も、華《はな》やかな食堂での食事中にも残っていて、若い彼を狼狽《ろうばい》させた。つまり食事どきにかぎって、ほとんど規則的に頭が震えだし、そうなると止めることができなくなり、それを隠すのも容易でなかった。頤《あご》を胸に引きつけるという例の威厳ある姿勢も、永くは続けられないので、彼は別のやり方を工夫して、首が震えるという弱点を人目に曝《さら》すまいと努めた。たとえば、左右の隣人に話しかけて努めて頭を動かしているとか、スープを匙《さじ》で口へ運ぶような場合、左の前膊《ぜんぱく》を食卓にぎゅっと圧《お》しつけて姿勢が崩《くず》れないようにするとか、料理皿が変る合間には、肘《ひじ》を突いて手で頭をささえるとかするのであるが、食卓に肘を突いて手で頭をささえるというようなことは、彼自身も不作法だと思ったが、だらしのない病人たちの集まりだからこそ、許されもするというべきだったであろう。しかし、そういうことは、どれも厄介で、それまでは食事といえば常に緊張感があり、見物するものがあってたいへんおもしろかったのに、それがいまでは心の重荷になってきた。

しかし本当をいえば——ハンス・カストルプもそれは十分承知していたが——彼がそれを相手に一所懸命になって戦っているこの恥ずべき現象は、単なる肉体的原因、つまり、この土地の空気やそれに馴《な》れるための努力によるのではなくて、精神的興奮の現われであり、食事中の緊張した気持や食堂の中の人や物に直接関係があった。

ショーシャ夫人は、ほとんどといっていいくらいに、いつも遅れて食事にやってきたが、彼女が姿を現わすまではハンス・カストルプは席についていても落着けなかった。彼は、彼女のやってきたことを知らせる例のがたん、ぴしゃんという音をいまかいまかと待ち構え、その音と同時に自分がぴくっとからだを震わせ、顔から血の引くのがあらかじめ感じられ、また実際いつもそのとおりだった。はじめは彼も向っ腹をたててそちらの方へ振向き、怒りの眼差《まなざ》しでこの不作法な遅刻女を、「上流ロシア人席」の彼女の席まで眼で追い、そのうしろ姿に小声で歯の間から叱責《しっせき》や非難を浴びせた。しかし、それがいまでは、以前にも増して深く顔を皿の上に伏せて唇を嚙《か》みしめたり、不自然なまで顔を反対側に向けたりするようになっていた。つまり彼は、自分が彼女に対して怒る資格がないということ、彼女を非難できるほどに自由ではなくて、彼女の呪《のろ》われた罪の共犯者であるために、他人に対しては、彼女といっしょにその責任をとらなければならないような気持になっていたのである。すなわち彼は恥じ入ってしまったわけであるが、それもショーシャ夫人のためというよりは、ひとびとに対して自分自身を恥じたのである。——もっともそんなに気を使う必要はなかった。食堂のひとびとは、誰もショーシャ夫人の不作法や、それを恥じるハンス・カストルプなどに頓着《とんじゃく》する者はいなかったからである。しかし彼の右隣の女教師エンゲルハルト嬢だけは別であった。

この見栄《みば》えのしない女は、ハンス・カストルプがドアの乱暴な締め方に過敏であることから、こういうことを見抜いていた。つまり、この左隣の青年とあのロシア婦人との間には一種の情緒的関係が生じていて、こうした関係というものは、一度成立しさえすれば、その性格などたいした問題でなく、そのうえ——俳優的な訓練や天分が欠けているところから、実に不手際《ふてぎわ》に演じられているところの——この青年の無関心な態度は、この関係が弱まるどころか、反対に一段と昂進《こうしん》した段階を意味していることをちゃんと見抜いていた。自分自身に対する男性の関心などということにはなんらの要求も希望も持っていないエンゲルハルト女史は、ショーシャ夫人に関しては、忘我的な恍惚《こうこつ》感に浸っておしゃべりをした。——これは妙なことであったが、ハンス・カストルプはこうした彼女の煽動《せんどう》的言動が意味するものを、すぐにではないが結局は完全に看破して、それをいまわしいとさえ思った。それにもかかわらず、彼は進んでそのおだてに乗り、わざとたぶらかされようとした。

「がたん、ぴしゃん」と老嬢はいった。「あのひとですね。誰だか、見なくてもわかります。ね、あのひとですわ――なんて可愛《かわい》らしい歩き方でしょう――まるで小猫がミルクの皿に忍び寄っていくようですわ。席を代ってあげましょうか、そうしたらあなたももっと楽にあのひとの様子がごらんになれるわ。あなたがお顔をずっとあのひとの方にばかり向けていようとはなさらない、そのお気持は、よくわかりますわ。――もしそんなことをなさったりしたら、あのひと、どんなに自惚《うぬぼ》れるかしれませんわ。……あのひと、いま仲間に挨拶《あいさつ》をしていますわ。……あなたもちょっとごらんになったら。あのひとの様子を見ますのは、いい気持ですわ。いまみたいに笑いながらものをいいますと、片方の頰《ほお》にえくぼができるのです。あれはいつもできるんじゃなくて、あのひとがそうしようというときだけです。とても可愛い、子供のようなひとなのね、だからあんなになげやりなんでしょう。ああいうひとには、もう否応《いやおう》なしに惹《ひ》きつけられてしまいますわ。ああいうひとのなげやりに腹をたてても、それが結局は、好きになる誘いになるだけのことなのですね。腹をたてながらも好きにならずにいられないなんて、そういうのは何かとても幸福なことですわね。……」

口に手をかざして女教師は、他人に聞えないように囁《ささや》いたが、老嬢らしい彼女の頰の産毛《うぶげ》の下が赤らんで、それが、彼女の体温が平熱以上であることを思いださせた。彼女の色っぽいおしゃべりは、哀れなハンス・カストルプの心に滲《し》み入り、彼の血を騒がせた。何かに縋《すが》りたい気持から、彼は第三者から、ショーシャ夫人が魅力的な女であることを保証してもらいたかった。さらにまた、理性や良心が何かととがめだてしようとする、こういう感情にあえて溺《おぼ》れきっていられるように、外部から激励してもらいたかったのである。

ところで、こういう愉《たの》しい話も、具体的な内容をまるで欠いていた。ショーシャ夫人に関する詳細なことは、エンゲルハルト嬢がどうあがいてみたところで、サナトリウムの誰でもが知っている以上のことは彼女も知らなかったからである。彼女はショーシャ夫人と知合いの間柄でもなければ、ショーシャ夫人の知合いの誰かと交際しているわけでもなかった。彼女がハンス・カストルプに自慢できたたったひとつのことは、彼女の故郷がケーニヒスベルク、つまりロシアの国境からあまり離れていないところにあり、彼女がロシア語をほんの少々知っているということだった。そんな貧弱なことにすぎなかったが、それでもハンス・カストルプは、これをショーシャ夫人と彼女との間に遠い個人的な関係があることの証拠のように考えたかった。

「結婚指輪をしていないようですが」と彼はいった。「いったいどうしたんでしょう。結婚していると伺っていましたが」

女教師はまるで窮地に追いこまれて、何か弁解せずには済まされなくなったとでもいうように狼狽《ろうばい》した。ショーシャ夫人に関しては、彼女はハンス・カストルプにそれほどまでにも責任を感じていたのである。

「それはあまり厳密にお考えになることはないと思います」と彼女はいった。「既婚婦人だということはたしかです、疑う余地はないのです。よく外国のお嬢さん方が少し歳《とし》を召すと、もったいをつけようとなさってマダムとおっしゃるようですけれど、あの方には、ここの誰もが知っていますけれど、ロシアのどこかにれっきとした旦那《だんな》さまがいらっしゃるのです。本当はショーシャなんていうフランス名前じゃなくて、ロシア名前なのです、終りがアノフとかウコフとかいう。私、存じていましたけれど、いまちょっと思いだせないのです。お望みなら、どなたかにおききしてみてもよろしいわ。知ってるひとがきっと幾人かいるはずです。指輪？　ええ、たしかにはめていらっしゃらないから、私も変だと思っていました。でも、きっとお似合いにならないからじゃなくって？　手の幅を広く見せるからでしょう。それとも、結婚指輪なんかするのは旧弊だと考えていらっしゃるのかもしれないわ、あんなつるつるした金指輪なんか。……あれをはめて、買物籠《かいものかご》なんか持てば、もう完全にありきたりのお上《かみ》さんですわ。……ああいう指輪をなさるのには、あの方はきっと気性が大きすぎるんだと思いますわ。……ロシアの女の方は、みんなあんなふうに自由で大まかでいらっしゃるようですわね。それにだいたいああいう指輪には、何か、こうすげなく拒絶するような、興醒《きょうざ》めさせるようなものがありはしないでしょうか、隷属《れいぞく》の象徴みたいで、女のひとを尼さんのような感じにしてしまって。われに触るるべからずという花言葉の、あの鳳仙花《ほうせんか》のようにしてしまいます。ショーシャ夫人がそんなことを嫌《いや》がっても、私、少しも変だとは思いません。……あんなにおきれいで、女盛りというような方なのですもの。……あの方はきっと、握手をお許しになる殿方に、自分がもう結婚の絆《きずな》で縛られた身の上であることを、すぐさま感じさせる必要もお気持も持っていらっしゃらないのだと思います。……」

まったくこの女教師の熱狂ぶりは目ざましいものだった。ハンス・カストルプはびっくりして彼女の顔を見つめたが、彼女は狼狽《ろうばい》しながらも、彼を見返した。それからしばらく、ふたりはひと息入れるために口をつぐんだ。ハンス・カストルプは、食事を続けながら頭の震えを抑えていたが、やがてこういった。

「ところでご主人はどういう方なのです。あのひとをほうりっぱなしにしているのですか。まだ一度もここへは見舞いにこないのですか。いったい何をしているひとなのです」

「お役人ですの。ロシアの行政官で、とても辺鄙《へんぴ》なダーゲスタンという、ロシアの極東の、コーカサス山脈の向うの県の。ええ、さきほども申しましたように、ここの上でご主人にお目にかかったひとはひとりもありません。あの方がこんどまたここへいらっしゃってからもう三月になりますけれど」

「すると、あの人はこんどが初めて、というのじゃないのですね」

「ええ、そうです、こんどが三度目です。その間はどこかよそにいらっしゃったのでしょう、ここと同じような。——そうして、逆にあの方のほうからときどきご主人をお訪《たず》ねになるのです。しょっちゅうではありませんが、年に一回、しばらくの間いっていらっしゃるようですわ。別居生活とでも申しますのでしょうか、あのひとのほうからご主人をご訪問なさるのです」

「そうでしょうね、あのひとは病気なのですから。……」

「ええ、それはそうですけれど、たいした容態ではないのです。サナトリウムにいっきりで、ご主人と別居していなければならないというほどではないのです。それにはほかの理由がいろいろとあるようですわ。ここのひとたちはそんなふうに想像しております。あの方が、コーカサス山脈を越えた向うのダーゲスタンなどという野蛮で未開な土地にお暮しになるのがおいやだとしても、それももっともなことだと存じますわ。でも少しもご主人とごいっしょにお暮しにならないというのは、やはりご主人にも責任があるのではございませんかしらねえ。お名前はフランス式でも、ロシアの役人なのですもの。またロシアの役人というものは、実に野蛮な人種ですわ。いつでしたかそういうひとをひとり見たことがありましたが、赤ら顔に鉄のような色の頬ひげを生やして。……ロシアの役人というものはとても袖《そで》の下がきいて、あのウオトカというお酒には眼がありませんの、ブランディのことです。……酢《す》漬《づけ》の茸《きのこ》を二つ三つとか、キャビアをのせたパンを一切れぐらい、体裁上食べるには食べますが、狙《ねら》いはそのウオトカのほうで——まるで浴びるように飲むのです。それでいて、それがほんの一杯なのですから呆《あき》れます。……」

「あなたは万事そのご主人のせいになさいますが」とハンス・カストルプはいった。「しかしふたりが円満に暮していけないのは、あるいは夫人のほうに原因があるのかもしれませんね。公平にご観察なさったところはどんなものでしょうか。あの夫人の様子をはたから眺《なが》めて、それにあのドアを乱暴に締める不作法も考え合せてみますと。……どうも私には、あの夫人は天使のようには思われません。こう申したからといって、気をわるくなさらないでください。どうも無条件には彼女を信じるわけにはいきません。あなたも少し公平さを欠いていらっしゃるのではないでしょうか。……あの夫人にすっかり夢中になっていらっしゃって、たいへんご贔屓《ひいき》のようでいらっしゃるから。……」

彼はときにはこんなことを口にした。彼は本来自分に縁のない一種の狡《ずる》さを発揮して、エンゲルハルト嬢がショーシャ夫人に対して熱中してみせる真意を十分承知の上で、それをわざと誤解して、その場かぎりの何か滑稽《こっけい》なことにすぎないかのように受取ってみせた。そして、自分が自由な立場から傍観的に、冷静でユーモラスな口調で老嬢をからかっているように振舞った。彼がこんなごまかしをしたところで、そこには少しの危険もなかった。彼には自分とぐるになっているエンゲルハルト嬢が、自分の図々《ずうずう》しいごまかしに同意するだろうということをよく承知していたからである。

「お早よう」と彼はいった。「よくおやすみになれましたか。きっとあなたの美しいミンカの夢でもごらんになったのでしょうね。……おやおや、あなたは、あのひとの話をすると、すぐお顔を赤くなさる。まったくすっかりやられていらっしゃるのですな。いや、否定なさる必要はありませんよ」

本当に赤くなった女教師は、茶碗《ちゃわん》の上に上体を屈《かが》めて、左の口の端から囁《ささや》いた。

「あら、いやですわ、カストルプさん。私を狼狽させようとなさって、そんな当てこすりをおっしゃったりして、いけない方だわ。そんなことをなさると、私たちがあのひとに眼をつけていて、そのことであなたが私の顔を赤くさせておしまいになることが、このみんなにわかってしまうじゃありませんか。……」

食卓で隣合せに坐《すわ》ったこのふたりは、実際変ったことをやっていたわけである。ふたりとも、自分たちが二重、三重の嘘《うそ》をついていることをよく承知していた。ハンス・カストルプのほうは、ショーシャ夫人について話したいばかりに、ショーシャ夫人をだしに使って女教師をからかって、この老嬢とのこういうわるふざけに、不健康で倒錯的な慰めを見いだしていたし、老嬢のほうは、第一には取持ち役を演ずるために、第二には青年を喜ばせようとして、本当に自分でも少しショーシャ夫人が好きになっていたために、そして第三には、青年にからかわれたり赤面させられるのがなんとなく楽しかったから、彼のお相手をしていたのである。こういう事情については、ふたりとも、自分に関しても相手に関しても十分に知っていたし、またそれぞれがそれぞれにその辺の事情を見抜いていることをも心得ていた。実にこみ入った不潔なことだった。こういう複雑で不潔なことには、ハンス・カストルプは嫌悪《けんお》感を覚える性分で、いまの場合も彼はそれを汚《きた》ならしく感じたが、一方また彼はそういう自分自身に対して、ここへはしばらくの間お客としてやってきたのであって、もうすぐ帰るのだというような気休めをいって聞かせて、この濁った泥沼の中をぴしゃぴしゃ音をたてて跳《は》ね回っていた。彼は公平な態度を装《よそお》って、自分がまるで審査員か何かででもあるような口をきき、例の「なげやり」な女性の容貌《ようぼう》を批評して、あのひとは横顔より正面からのほうがずっと若くて美しいとか、ふたつの眼の間が離れすぎていて、姿勢もどうかと思われるが、腕はとても美しく、「しなやかな形」をしているなどといった。そんなことをいいながら、彼は必死になって首の震えを隠そうとした。しかし、その努力が空《むな》しいことは女教師にも気づかれてしまったし、しかもその彼女までが頭を震わせているのを見て、彼は心から不快を感じた。彼がショーシャ夫人を「美しいミンカ」といったのは、政略、元来彼には縁のない狡猾《こうかつ》さからでたことであって、そうすれば彼はつぎのように続けて尋ねることもできるからであった。

「『ミンカ』はとにかくとして、あのひとの名は本当はどう呼ぶんですか。あなたのようにぞっこん惚《ほ》れこんでいらっしゃる方は、それぐらいのことは絶対にご存じだと思いますが」女教師は考えこんだ。

「ええ、知っていますわ」と彼女はいった。「知っていたんです。タチアーナじゃなかったかしら。いいえ、違うわ、ナターシャでもなかった。ナターシャ・ショーシャ？　いいえ、そんなふうには聞えませんでしたわ。あ、思いだした、アヴドーチャというのです。何かそんなような名でした。カチェンカとか、ニノチュカとかいう名でなかったことはたしかです。本当に、私、忘れてしまいましたわ。でもぜひお知りになりたいのでしたら、きいてきてあげます、そんなこと、造作もないことですもの」

そのとおりに彼女は翌日もうその名をきいてきていた。昼食中、ガラス戸ががちゃんと締ったとき、彼女はその名を口にした。ショーシャ夫人の名はクラウディアであった。ハンス・カストルプにはそれがすぐにはのみこめなかった。彼はその名を繰返しきいたうえ、字の綴《つづ》りまで教えてもらってやっと理解した。それから彼は、赤く充血した眼でショーシャ夫人の方を眺め、まるでその名を本人に当てがって試《ため》してみるとでもいったふうに、なんどもその名を繰返して呟《つぶや》いた。

「クラウディア」と彼はいった。「なるほどね、きっとそうでしょう、よく似合いますよ」彼はショーシャ夫人の名を知ったことが嬉《うれ》しくてそれを少しも隠そうとはせず、ショーシャ夫人のことをいうときは「クラウディア」としか呼ばなくなった。たとえば、

「あなたのクラウディアがパンを丸めていますよ。あまり上品とはいえませんね」といった具合である。すると女教師は、「問題は誰がそんなことをするかですわ。クラウディアなら、それもよろしいのよ」と答えるのであった。

こういう次第で、七つの食卓を並べた広間での食事は、ハンス・カストルプにとっては最大の魅力であった。一回の食事が終ると彼は残念に思ったが、しかし、二時間か三時間半後にはふたたびここに坐れるのだと思って慰められた。そしてふたたびそこへ坐ってみると、ずっとそこに坐りつづけていたような気がするのであった。実際、その間に何があったというのであろうか。何もなかった。山の水が流れているところか、あるいはイギリス区までのちょっとした散歩と、しばらく寝椅子《ねいす》に横になっただけである。これがこれは中断というほどのものではなく、問題にすべきほどの邪魔でもなかった。これが見通しのつかない仕事があって、しかもそれを無視できないとか、なんらかの心配や苦労を控えてのことであったならば、こんなふうにはいかなかったであろう。しかし「ベルクホーフ」の要領よく組立てられた生活には、そんなことはなかった。ほかのひとたちといっしょに食後立ちあがって広間を去っても、ハンス・カストルプはまたつぎの食事を楽しみにして待つことができた。——しかしそれも、彼が病んだクラウディア・ショーシャ夫人といっしょになるのを待つ気持を、「楽しみ」という言葉で表現してもよければの話である。なぜなら彼の場合、「楽しみ」という言葉は、浮気で逸楽的な単純なありふれた意味ではないからである。読者には、ハンス・カストルプの人柄や気持には、こういう言葉、つまり享楽的《きょうらく》で陳腐な言葉がぴったりとすると思われるかもしれない。しかし彼も理性や良心のある青年として、そう無造作にショーシャ夫人を見たり、夫人といっしょにいることを「楽しんで」ばかりいられなかったことを思いだしていただきたい。だからわれわれは誰かが彼にそういう言葉を彼の前で使ってみせたとしたら、彼は肩をすくめてそれを拒絶したことであろう、ということをここではっきりさせておこうと思う。

たしかに彼はある種の表現に対しては容赦しなかった。――これはとくにいまここでいっておく必要がある。彼は頬をひどく火照《ほて》らせながら歩き回り、無心にひとりで歌を口ずさんだりした。その歌は、いつどこで覚えたのか、いずれは何かの会か慈善音楽会かで、小さな声のソプラノ歌手が歌うのを聞いたことがあって、いまそれを思いだしたのであろう。――甘ったるいくだらぬ歌で、こういうでだしであった。

　　君がひとことに、わが胸いくたびか、
　　いかばかりときめくことよ

彼はさらに続けて、

　　君が唇より洩《も》れいでて
　　わが胸に通うその言の葉！――

と歌おうとして急に肩をすくめ、「くだらない」といい、この可憐《かれん》な歌を、古風で愚劣で感傷的だときめつけて歌いつづけることをやめてしまった。――ちょっと憂鬱《ゆううつ》な気持がしたが、いさぎよく中断してしまった。低地の健康なおぼこ娘に、世間的でなごやかな有望なやり方で、いわゆる「ハート」を捧《ささ》げ、世間的で有望で常識的な、つまり幸福な陶酔感に満足していられるような、そこらの若者には、こんな甘い歌もあるいは歓迎されるかもしれない。しかしハンス・カストルプや彼のショーシャ夫人に対する関係には――「関係」という言葉は、彼の責任に帰せらるべきものであって、われわれはこの言葉に対して責任はとらない――この歌は全然ふさわしくなかった。寝椅子に横になって「くだらない」という審美的批評を下すと、ほかに適当な歌があったわけではなかったが、彼は鼻に皺《しわ》を寄せて歌を途中でやめてしまった。

横になって、周囲の閑静さの中で――一日中でもいちばん主な昼寝の安静療養の時間に、院則によって「ベルクホーフ」の隅々《すみずみ》まで及んでいる閑静さの中で――自分の心臓が忙しそうに、耳にまで聞えるほどの鼓動を続けるのに気をとられながら、彼が、満足に思ったことがひとつある。それは、彼がここの上へきてからたえずそうだったように、彼の心臓はいまも執拗《しつよう》に図々しく鼓動していたが、ハンス・カストルプは最近では、それが最初のころほど気にかからなくなってきたということである。もはや彼には、心臓が自分勝手に、理由なしに、自分の気持と無関係に鼓動するとはいえなくなっていた。

心臓と気持との間に関係が生じたのである、というか、心臓は簡単に気持と関係を作ることができたのである。すなわち彼は、この肉体器官の激しい活動に対して、納得のいく精神的感動を、実に手軽に対応させることができたわけだった。ハンス・カストルプは、ショーシャ夫人のことを考えさえすれば――むろん考えた――心臓の鼓動に似つかわしい感情が湧《わ》きでてくるのであった。

不安の昂進《こうしん》。ふたりの祖父と
たそがれどきの舟遊びとについて

お天気は惨憺《さんたん》たるものだった。――この点ではハンス・カストルプがここに滞在した短期間は落第だった。雪こそ降らなかったが、いやな雨がびしょびしょと幾日も降りつづけ、深い霧が谷を覆《おお》った。そのうえ、おかしなことに雷が――そのくせ食堂にはスチームが通されたほどに寒かった――盛んに鳴り、それが方々の山にいくどもこだました。「残念だ」とヨーアヒムがいった。「朝食携帯でシャッツアルプへでも一度いってみよ《よ》うかと思っていたのに、これでは話にならない。せめて君の最後の週には、天候も好くなればいいが」

しかしハンス・カストルプはこう答えた。

「いや、構わないよ。何をしようという気もないんだから。例の散歩が失敗したからね、あまり変化もなく、ぼんやりとしているのが、何よりだ。ここに長くいるひとには変化も必要だろうが、ぼくのような三週間そこそこの滞在客には、その必要もないよ」

たしかにそのとおり、彼は少しも退屈してはいなかったのである。何か希望するとしても、その実現や挫折《ざせつ》はここでのことであって、シャッツアルプとやらの上でのことではなかった。彼は退屈などに悩まされてはいなかった。彼が心配しはじめたのは、滞在期間がそろそろ終りそうになってきたということであった。もう二週間目も残すところわずかとなり、やがて滞在期間の三分の二がすぎてしまうだろう。三週間目になると、もう荷造りのことを心配しなければならない。ハンス・カストルプの時間感覚は、もはや最初のころの活《い》きいきとした趣をとっくに失ってしまっていて、一日々々がつねに新たな期待によって長くされ、ひそかな経験によって膨脹《ぼうちょう》させられたにもかかわらず、毎日々々はふたたび飛ぶようにすぎていった。……まことに時間は謎《なぞ》であり、その正体は不可解である。

ハンス・カストルプの毎日を長くもし、短くもしたひそかな経験を、ここでもっと詳しく語るべきであろうか。その経験は誰もが知っているようなものであり、それが感傷的で愚かな要素を有することでは、世間にざらに見られるものと全然異なるところがなかった。例の古臭い「いかばかりときめくことよ」という歌がぴったりしそうな、常識的で有望な場合といえども、これ以上に平凡な形をとることはできなかったであろう。ショーシャ夫人が、あるひとつのテーブルから自分のテーブルへと張られている糸にまったく気づいていないはずはなかった。それにハンス・カストルプは、ばかばかしいことだが、少しでも、いやなるべく多く彼女がそれに気づいてくれるようにと望んでいた。「ばかばかしい」というのは、彼自身も自分の念願がいかに非常識なものであるかを十二分に承知していたからである。しかし、目下彼が投げ入れられているような状態、そうなりかけているような状態の中にいる人間には、これがどれほど愚劣で常識はずれな状態であろうとも、それを相手にぜひ知ってもらいたいのだ。それが人の常情というものではあるまいか。

偶然か、あるいは感応作用によってか、ショーシャ夫人は食事中に問題のテーブルの方を二、三度振返り、そのつどハンス・カストルプの視線にぶつかったので、四度目にわざと振返ってみると、そこにはまたもや彼の視線があった。五度目は直接現場を押えることができなかった。これは彼が「部署」についていなかったからである。しかし彼は彼女に見られていると感づいて、慌《あわ》てて彼女の方を見返すと、彼女は微笑しながら眼をそらせた。彼女の微笑を見て、彼の心は疑惑と歓喜でいっぱいになった。彼女が彼を幼稚だと思ったとしたら、それは彼女の思い違いというもので、彼にすれば、あくまでも洗練された身ごなしを望んでいたのである。六度目に、彼女が自分の方を見ていることを感じ、知り、覚《さと》ったとき、彼は、例の大叔母さんとおしゃべりをしようとして彼のテーブルにきていたにきびだらけの婦人を、不快に耐えないといったようにじろじろと見つめる演技を続けた。向うのキルギス人の視線が彼から逸《そ》らされたことがはっきりするまで、彼はその状態を二、三分の間、根気よく維持しつづけた。――滑稽《こっけい》な芝居だったが、彼にすれば、ショーシャ夫人がそれを見抜いてくれて大いにありがたかったばかりか、ぜひともそれを見抜いてくれて、彼の洗練ぶりとその克己心に関心を抱《いだ》いてもらいたかったのである。……またこんなこともあった。料理と料理の合間にショーシャ夫人が何気なく振返って食堂を見回す。ハンス・カストルプが待ち構えていて、ふたりの視線が合う。――病人の女は曖昧《あいまい》に窺《うかが》い見るような冷笑的態度だし、ハンス・カストルプは興奮して必死に相手の眼を見返そうとする（それも歯をくいしばって、たじろぐまいとして頑張《がんば》った）――ふたりが睨《にら》み合っている間に、彼女のナプキンが膝《ひざ》から床へ滑《すべ》り落ちそうになった。ショーシャ夫人がびっくりしてそれを押えようとする。するとその動きが彼の手足にも伝わり、彼は思わずぴくっとして腰を半ば浮かせ、ナプキンが床に落ちたらたいへんだとばかりに、八メートルの距離を一気に、間にあるテーブルを回って、彼女の手助けにはせ参じようとする。……彼女は床とすれすれのところでやっとナプキンを押えることができた。からだをかがめて床にはすかいに身を伏せ、ナプキンの端を摑《つか》んで自分の愚かな些細《ささい》な狼狽《ろうばい》に腹をたて、それもどうやら彼のせいだといったようなこわい顔で彼の方をもう一度振返って見たが、彼の飛びあがりかけた格好と吊《つ》りあがった眉毛《まゆげ》を見ると、彼女は笑いながら視線をそらした。

ハンス・カストルプは、この出来事を小躍《こおど》りせんばかりに喜んだが、しかしその反面、仇討《あだう》ちをされずには済まなかった。それからのまる二日間、つまり十回の食事の間、ショーシャ夫人はもう食堂の内部をまったく見回さなくなり、食堂へ入る際の、例の癖の、ほかのひとたちに「正面をきる」儀式もやめてしまった。これは彼にとって辛《つら》いことだったが、しかしこの中止も、彼への面当《つらあ》てであったに相違なく、だから消極的な形ではあれ、関係は明らかに存在していたことになり、彼にはそれで十分だった。

実際ヨーアヒムのいったとおり、ここでは同じテーブル以外のひとたちと知合いになるのは、決して容易なことではなかった。なるほど夕食後の一時間ほど（それもときには二十分ぐらいで切りあげられることがあった）毎晩懇親会のようなものが開かれたが、その間ショーシャ夫人はいつも自分の仲間、すなわち扁平《へんぺい》な胸をした紳士や、柔らかい髪のユーモラスな令嬢や、物静かなドクトル・ブルーメンコールや、撫《な》で肩《がた》の青年たちなどといっしょになって「上流ロシア人」の専用らしい小サロンの奥に陣取っていたし、ヨーアヒムはいつも早目に切りあげようとした。夜の安静療養の時間を短くしてはならない、というのがヨーアヒムの意見だったが、そこには彼のあえていおうとしない克己的な理由もあったようである。ハンス・カストルプはそれを感じ、またそれを尊重しもした。われわれはハンス・カストルプのことを「だらしがない」といって非難したが、しかし彼の念願がどういう性質のものであったにしろ、彼はショーシャ夫人と世間的な交際を望んでいたのではなかった。彼は、それを妨げている周囲の事情に心中同意していたのである。彼が、見たり、働きかけたりしてロシア婦人との間に生みだすことに成功した、一種の緊張をはらんだ関係は、非世間的な性質のもので、それは義務というものとはいっさい関係がなかった。つまりハンス・カストルプには、ショーシャ夫人を敬遠しようとする、世間的な見地から生れた気持があって、その気持がかなり強くこの関係に絡《から》みついていたのである。ハンス・ローレンツ・カストルプの孫である彼は、なるほど心臓の鼓動の原因が「クラウディア」にあることを承認しはしたが、しかしそれは、主人と別居し、指に結婚指輪も嵌《は》めず、諸処方々の療養地を渡り歩き、だらしのない姿勢で、ドアを乱暴に締め、パンを小さく丸め、指を嚙《か》む癖のあるらしいこの異国の女と、実際に現在のひそかな関係以上の交渉を持つことはできないとする彼の確信——ふたりの間には越え難い深淵《しんえん》があるという確信、彼女といっしょでは彼の認めるいかなる批判にも耐えられないだろうという確信を動揺させるまでには至らなかった。賢明にもハンス・カストルプは、自分自身について少しの自惚《うぬぼ》れをも持っていなかったが、父祖代々から伝わる広義の誇りは、彼の額にも、少し眠そうな感じの眼のあたりにも現われていた。この自負心のおかげで、彼はショーシャ夫人の人柄を見て優越感を覚えたのであり、またこの優越感を自分にかくしだてしようともしなかった。彼がとくに強くこの広義の自負心を、またおそらくはじめて感じたのは、奇妙にも、彼がある日、ショーシャ夫人がドイツ語で話しているのを聞いたときのことであった。——その日の彼女は、食事後スウェーターのポケットに両手を突っこみ、食堂の中で安静ホールの仲間らしい一婦人患者と立ち話をしていたが、ハンス・カストルプが通りすがりに耳にしたのは、彼女が愛くるしげに努力しながら話しているドイツ語、つまり彼の母国語、そのときまったく突然に、しかもいままでにない誇りをもって彼が自分の母国語だと感じたドイツ語であった。——しかし彼のそういう誇りも、彼女の愛らしい訥弁《とつべん》と片言まじりの魅惑を前にしては、すっかり骨抜きにされてしまった。

一言でいえば、ハンス・カストルプは、ここの上のひとたちの、だらしのない一員である彼女に対する自分のひそやかな関係を、休暇中の一ロマンスぐらいにしか考えていなかった。それは決して理性の批判——彼自身の理性的良心の批判に耐えることのできない休暇中のロマンスであった。それというのも、ショーシャ夫人が何よりもまず病人であって、無気力で、熱があり、からだの内部を蝕《むしば》まれているからではあったが、しかしそれはまた彼女の人間性全体のいかがわしさと密接な関係を持っていて、ハンス・カストルプの慎重で敬遠する気持にも深くつながっていることであった。……冗談ではない、彼には彼女と実際に交際しようなどという気は毛頭なかった。この程度のことは、一週間後にトゥンダー・アンド・ヴィルムス商会へ見習いに入れば、きれいさっぱり忘れてしまうだろうと考えていたのである。

しかし現在の彼は、この病人の女性に対する微妙な関係から生れてくる興奮、緊張、満足、失望などを、この夏の旅行の真の目的、内容と考え、それに夢中になり、その結果によって気分を左右されはじめるほどになっていた。皆が毎日同一の日課に縛られ、狭い場所にいっしょに暮すという周囲の事情が、そういう状態を大いに昂進させた。ショーシャ夫人の部屋は彼のとは別の階——二階にあったが（女教師の話だと、ショーシャ夫人は共同安静ホール、つまり最近ミクロジヒ大尉《たいい》が電灯を消したというあの屋上の安静ホールで、安静療養をしているということであった）、彼が彼女と顔を合わせる、というか、合わせなければならない機会は、一日五回の食事時の外に、朝から晩までいくらもあった。チャンスに富む偶然がこんなにたくさんあることは、一種の不安感を覚えさせないでもなかったが、ハンス・カストルプにはこれもまた、前途になんの不安も心配もない生活と同様に、すばらしいことと思われたのであった。

そのうえ彼は自分からも働きかけ、頭をしぼって思案を凝らし、巧《うま》いチャンスをものにしようとさえした。ショーシャ夫人はいつも遅刻したので、彼もわざと遅れて、途中で夫人に会えるようにした。ヨーアヒムが呼びにきても、彼は支度《したく》にぐずぐずしていて、あとからすぐいくからといって、いとこにはひと足先にいってもらった。彼のような状態にある人間の本能から、彼は適度に時間をおいて二階まで走りおり、おりてきた階段に続く階段をおりないで、反対の端にある他の階段の方へといった。というのも、この階段は、前から見当つけておいた部屋――七号室――のドアの近くにあったのである。従って、階段から階段までの間の廊下を歩く途中には、いわばひと足ごとにチャンスが転《ころが》っていたわけだ。いつなんどき目ざすドアが開くかもしれない。――事実またそのドアはいくども開いた。がちゃんと、ショーシャ夫人のうしろでドアが締ると、彼女は音もなく進みでて、音もなく滑るように階段へ向って歩いていく。……その際、彼女は手で髪を押えながら彼の前を、あるいは彼のあとから歩いていくのであった。彼は背中に彼女の視線を感じ、手足がちくちく痛むのを覚え、背中に蟻《あり》が這《は》うようなむず痒《がゆ》さを感じながら、彼女に弱味を見せまいと頑張って、彼女なんか眼にもとめないというような、毅《き》然《ぜん》たる独立独歩の態度で、行動した。――彼は、上着のポケットに両手を突っこんだり、不必要に肩をゆすったり、激しく咳《せ》きこんで拳《こぶし》で胸を叩《たた》いたりした。――が、それはみな、彼が自分のにせの虚心坦懐《たんかい》さを見せびらかそうがためのものであった。さらに狡猾《こうかつ》に立ち回ったことも二度ある。彼は食卓についてから両手でポケットを押えて、狼狽した腹だたしい様子で「しまった、ハンカチを忘れてきてしまった。もう一度上へ取りにいかなくては」といった。彼はクラウディアと会うためにもう一度あと戻りをしたのだが、これは彼女の前やうしろを歩いていくこと以上に冒険的で刺激的だった。この計略実行の第一回目のときは、彼女はやや離れたところから彼をじろじろと、おそろしく無遠慮に、しかもあつかましい態度で、上から下まで眺《なが》め、そばまでくると無愛想に面をそむけていきすぎてしまった。つまりこのときはたいした収穫はなかった。しかし二回目のときには、彼女は、離れている間ばかりではなく――最初から最後まで、つまり顔と顔とを見合せている間中ずっと陰鬱《いんうつ》そうな目つきで彼の顔を凝視し、擦《す》れちがう際にも顔を彼の方へ向けてまで彼を見つめつづけた。――哀れなハンス・カストルプには、これが骨の髄にまでしみ通るように感じられた。しかし、だからといってわれわれは彼に同情する必要はない。それが彼の望みだったのだし、なにもかも彼がお膳《ぜん》だてした上でのことだったからである。とにかくこの出会いは、彼がのちになってはじめてそのときのありさまをはっきりと思いだすほどに、その当座も、とくにその後になって、彼をひどく興奮させた。ショーシャ夫人の顔をそんなに近いところで、そんなにその隅々までをはっきりと見たことはなかったのである。頭に無造作に巻きつけられたブロンドの、金属的といってもいいような赤味がかった髪から、おくれ毛がほつれているのまで見分けられた。顔だちも一風変っているが、これは彼には昔から親しいもので、彼がこの世の中でいちばん好きな顔だちであり、異国的で個性的で（異国的なものだけが個性的だと思われるからだが）、北方的な異国情緒を湛《たた》え、謎《なぞ》をはらみ、その特徴と各部分相互との間の関係が判明しないので研究欲をそそられる彼女の顔、それは手を伸ばせば届くほどに彼の顔の近くまでやってきた。この顔の最大の特色は、目立って高く突きでた顴骨《かんこつ》であろうか。そのために、平べったくて離れすぎた眼が、圧《お》しあげられ吊《つ》りあげられたように見え、またこの顴骨のために下の頰《ほお》のあたりが柔らかに窪《くぼ》み、この窪みがさらに間接的に作用してか、唇《くちびる》が反《そ》り気味の豊満な形を作っていた。しかし問題は、その眼だった。細くて、魅惑そのもの（とハンス・カストルプは考えた）といってもいい形をしており、色は遠い山の灰色がかった青色、あるいは青みがかった灰色であって、なんとはなしにぼんやりと横眼を使うとき、溶けるように暗い曖昧《あいまい》な色になるキルギス人そっくりの眼であった。――無遠慮に、陰鬱《いんうつ》に間近からハンス・カストルプを眺めるとき、位置も色も表情も、びっくりするくらいにプシービスラフの眼に似ているクラウディアの眼。「似ている」といっては当らない。――それは同じ眼であった。顔の上半分が広いこと、獅子鼻《ししばな》、赤みがかった白い皮膚、健康そうな頰の色（といってもショーシャ夫人の頰の赤さは本物ではなく、ここの上のひとたちの顔色同様、屋外安静療養で表面だけ陽《ひ》に灼《や》けていたのだが）――これらすべてがプシービスラフにそっくりで、かつてふたりが校庭で擦れ違ったときにも、プシービスラフもこれとまったく同じ眼で彼を見つめたのである。

これはあらゆる意味で衝撃的なことであった。ハンス・カストルプは彼女との出会いに有頂天になった。しかし、同時になんとなく不安の高まってくるのを感じた。その不安は、狭い場所でチャンスに富んだ偶然にとりまかれている状態に感じたのと同じ性質のものであった。とうの昔に忘れてしまったプシービスラフが、ここの上でショーシャ夫人としてふたたび彼の眼前に姿を現わして、キルギス人そっくりの眼で彼を見つめたこと、これも何かの因縁、免れがたい宿命——幸福でもあれば不安でもある宿命に支配されているような気持を彼に味わわせた。つまりそれは希望に充《み》ちていると同時に不気味でもあり、それどころか危険であって、そのために若いハンス・カストルプの心の中には、救いを求めたいような気持が湧《わ》き起ってきた。——そして救済、忠告、援助、つまり思わずあたりを見回して何かを求めるような気持に似た本能的な、漠然《ばくぜん》とした動きが、彼の心中に生じた。そして、彼は少しでも頼りになるようなひとを次ぎつぎと思い浮べてみた。

そこにはまずヨーアヒム、善良で志操堅固なヨーアヒムがいた。この五カ月ばかりの間に、眼つきがひどく悲しげになってしまったヨーアヒム、以前はまったくそういうことがなかったのに、いまではときどき、焦《いら》だたしく激しく肩をすくめてみせるようになったヨーアヒム——シュテール夫人のいわゆる「青きハインリヒ」(シュテール夫人がそういう際の、実に愚劣なあつかましい顔を見るたびに、ハンス・カストルプは心がすくみあがってしまいそうだった)、例のガラス瓶《びん》をポケットに忍ばせているヨーアヒム……ここを立ち去って、ここのひとたちが、かすかではあるが明瞭《めいりょう》な軽蔑《けいべつ》の意を含ませて「下界」とか「低地」とかいっている健康人の世界へ帰って、宿願の軍務に就《つ》こうとしてベーレンス顧問官を困らせている謹厳なヨーアヒムがいた。一日も早くその日がくるようにと、またここの上で浪費する時間を惜しむ気持からも、彼は真面目《まじめ》に実直に、療養勤務に励んでいた。それはむろん一日も早く治《なお》りたい一心からではあったが——しかしヨーアヒムの精勤ぶりは、ハンス・カストルプもときどきそう感じたように、次第に療養勤務そのもののための精勤となりつつあることもたしかだった。療養勤務も結局は勤務に変りはなく、義務の遂行という点では全然同じことだった。それだからこそヨーアヒムは、夕べの集まりでも、十五分ぐらいするともう安静療養へ帰ろうとせいたが、これはたいへん結構なことであった。こうした催促がなければ、ハンス・カストルプはおそらくまったく無意味になんの目的もなしに、そのままそこにいつづけて、ロシア人たちの小サロンを遠くから眺めやっていたことであろう。つまり彼のこうした市民的気風にとっては、ヨーアヒムの軍隊的な几帳面《きちょうめん》さが幾分かは救いになっていたのである。

しかしそれほどせっかちにヨーアヒムが夕べの集まりから逃げだそうとしたについては、まだ別の隠れた原因があったのであって、ハンス・カストルプはヨーアヒムの顔色が斑《まだら》に青ざめたり、その唇がある瞬間には、妙に悲しげに歪《ゆが》められたりするわけがわかってからは、その隠れた原因をはっきりとつかんでいた。それはマルシャ、美しい指に小粒のルビーを光らせ、オレンジ香水の匂《にお》いを漂わせ、豊満だが蝕《むしば》んだ胸を持ち、いつも笑っているマルシャも、ほとんど毎晩のようにひとびとの集まりに加わっていたからである。そしてこれがヨーアヒムをあまりにも強烈に、恐ろしいほどに引きつけるために、彼は長くそこにいることができないのだと、ハンス・カストルプはひとり合点していた。ヨーアヒムも「つかまって」いたのである——オレンジ香水を振ったハンカチを持つマルシャは、ごていねいにも一日五回、自分たちの食卓にいっしょに坐《すわ》るのだから、自分よりもヨーアヒムのほうがもっと狭い場所に閉じこめられていて、もっとしっかりと「つかまって」いることになるのだろうか。いずれにせよ、ヨーアヒムは自分の問題で忙殺されていたために、彼も、ハンス・カストルプにとってはたいした頼りにはならなかった。ヨーアヒムが毎晩夕べの集まりから逃げだすのは、さすがだという感じは与えたが、それもハンス・カストルプを落着かせるのにはなんの役にもたたなかった。それからまた療養勤務に励む彼の模範的態度や、療養勤務に関して示してくれた熟練した手引きにしたところが、そこにはハンス・カストルプにとってなんとなく気遣《きづか》わしいものがないでもなかった。

ハンス・カストルプは、ここへきてからまだ二週間にもならなかったのに、それ以上長くいるように思われてならなかった。彼の横で、ヨーアヒムが謹厳実直に遵奉《じゅんぽう》しているここの上のひとたちの日課が、彼にも神聖で、当然のことで、侵すべからざるものであるように思われてきて、ここの上の世界から見れば、下の低地の生活はずいぶん不思議で異様であるように感じられてきた。ハンス・カストルプは、寒い日の安静療養用の、平べったい、ミイラの包みみたいになるために使う二枚の毛布の扱いにもすっかり上達してしまった。規定どおりに毛布をからだにまとうのも、いまではヨーアヒムにひけをとらないほどで、考えてみれば、下の低地では誰ひとりとしてこんな技術や規定なんかを知らないということがかえって実に不思議に思われた。それはたしかに不思議だった。——しかし彼はまたそれを不思議だと思うこと自体を不思議がった。すると、彼の心中には、周囲から忠告や助けを求めたい不安感が事新たに湧き起ってくるのであった。

彼はベーレンス顧問官と、その無料（sine pecunia）の忠告、すなわちここでは患者たちとまったく同じ生活様式を採用し、検温もするようにという忠告を思いださずにはいられなかった。——それからまたこの忠告を嘲笑《ちょうしょう》して「魔笛」の一個所を吟詠したセテムブリーニのことをも思わずにはいられなかった。ハンス・カストルプは試験的に、このふたりについても、頼りになるかどうかと考えてみた。白髪のベーレンス顧問官はハンス・カストルプの父親ほどの年配だった。それに彼は院長で、最高権威者だった。——そして若いハンス・カストルプが不安のあまりとり縋《すが》りたいと思っていたものは、父親的な権威にほかならなかった。しかし彼が子供のような信頼感をもって顧問官のことを考えようとしても、それはできない相談だった。彼はこの土地に妻を埋葬し、その悲しさでしばらくの間は気が変になり、その後も妻の永眠の地から去ることができず、それに自分自身が少し病んでいたという事情からもこの地にとどまったひとである。それはもはや昔語りといっていいものであろうか。いまの彼は健康で、患者を健康にして一日も早く低地に帰らせ、人生の勤務につかせようと本気で考えているのだろうか。彼の頰はいつも青ざめていて、平熱以上の体温があるらしかった。しかしこれも気のせいにすぎず、あの顔色も空気のためかもしれない。そういうハンス・カストルプ自身がすでに、体温計で測ったわけではないが、熱もないのに毎日顔がひどく火照《ほて》って困っているではないか。しかし顧問官が話すのを聞いていると、やはりどうも顧問官が微熱を帯びているものとみなさないわけにはいかなかった。どう考えても彼の話し方は尋常ではなかった。とても軽快で、陽気で、楽しげな話しぶりではあったが、そこには何か突飛で尋常でないものがあった。それにあの青ざめた頰、妻のことを思って泣いているみたいに涙をためた眼のことを思い合せると、そういう感じは深まる一方であった。ハンス・カストルプは、セテムブリーニが顧問官の「ふさぎの虫」とか「悪癖」について話したこと、顧問官を「混乱せる魂」と呼んだことなどをも思いだした。これは彼お得意の毒舌、誇張であったかもしれないが、ハンス・カストルプは、ベーレンス顧問官のことを考えてみたところでたいして気休めにはならないということを知った。

ところでそのセテムブリーニである。天邪鬼《あまのじゃく》で大げさで、自称「人文主義者」（homo humanus）で、病気と無知の結合を矛盾とか人間感情にとってのディレムマなどと呼ぶのは不届きだと、例のきびきびした雄弁でハンス・カストルプをたしなめたセテムブリーニがいる。彼はどうであろうか。彼は頼りになるであろうか。ハンス・カストルプは、ここの上へきてから夜になって彼を見舞った夢の数々、活《い》きいきとしたいくつかの夢を思いだした。夢の中でハンス・カストルプは、このイタリア人の、上ひげが美しく跳《は》ねあがっている下に浮ぶ冷静な、かすかな微笑に立腹して、彼を「筒琴弾き」と罵倒《ばとう》し、邪魔だといって彼を押しのけようとしたことがあった。しかしこれは夢の中での話である。日中のハンス・カストルプは夢の中のハンス・カストルプとは別人で、そんなに勝手に行動することはできなかった。目ざめているときは、いくらか事情が違う。――セテムブリーニの珍しい人柄――愚痴っぽくて、饒舌《じょうぜつ》な人柄や、その反抗癖、批評癖について考えてみることも、わるいことではあるまい。セテムブリーニはみずから教育者をもって任じている。明らかに彼は他人に感化を及ぼしたがっている。そしてハンス・カストルプのほうでは感化されたがっている。もっとも先日セテムブリーニは、荷物をとりまとめて、予定を繰りあげて、帰国するようにと大真面目に提案したが、ハンス・カストルプにはそれを承認するほどセテムブリーニのいいなりになる気はなかった。

試験採用（placet experiri）とハンス・カストルプは微笑しながら考えた。人文主義者（homo humanus）と名告《なの》ってはいない彼にも、それぐらいのラテン語はわかった。こうして彼はセテムブリーニに注目し、山腹のベンチでいっしょになったとき、「街」

までの規定の療養散歩中に偶然出会ったとき、その他の機会、たとえば食後セテムブリーニがいちばん最初に腰をあげて、例の弁慶格子《べんけいごうし》のズボンを穿《は》いて、爪楊子《つまようじ》をくわえた姿で七つのテーブルの並んだ食堂を練り歩いて、規則も習慣もいっさい無視していとこたちのテーブルを参観にやってきたりするときには、その話に批判的な顧慮を払うことを忘れるというのではないが、進んでこれを謹聴することにしていた。そんなときのセテムブリーニは、上品な姿勢で足を組んで立ち、爪楊子を持った手で手真似《てまね》も混えてしゃべったり、あるいはハンス・カストルプと女教師、またはハンス・カストルプとミス・ロビンスンの間のテーブルの角《かど》に、自分で椅子《いす》を引寄せて坐り、彼自身は食べなかったらしいデザートを、九人の食卓仲間たちが平げるのを見物していた。

「このお上品なお仲間に入れていただきましょう」と、いとこたちとは握手し、ほかのひとたちにはお辞儀して彼はいった。「いやはや、あのビール屋君ときたら……ビール屋夫人の絶望的容姿には触れずにおきましょう。しかし、かのマグヌス氏だ――彼はいましがた民族心理学の講演をいたしましてね。お聞きになりますか。『わが愛する祖国ドイツは、たしかに一大兵営である。しかも勇壮武烈の精神を潜めておる。私としては、かかるわれらが武勇の気風を、他の諸民族の慇懃《いんぎん》さと交換する気はない。腹背から欺《あざむ》かれては、なんの慇懃ぞやであります』といった具合です。私は我慢できなくなりました。しかも私の正面の、不吉な赤みをたたえた頰の持ち主、つまり哀れなるジーベンビュルゲンの老嬢は、誰も知らないし知ろうともしない『義兄』とかについてしゃべり通しです。だから、こうして逃げだしてきたというわけです」

「軍旗を巻いて逃げていらっしゃったのね」とシュテール夫人がいった。「お察ししますわ」

「そのものずばりですね。まさにそれだ」とセテムブリーニは叫んだ。「軍旗です。やはりここは違っていますね——やはり私はお門違いをしなかったわけだ。そうです、私は軍旗を巻いて逃走してきました。……めったにこういう名文句は思いつくものじゃない。あなたのご療養の進行ぶりについて伺わせていただきたいですな、シュテール夫人」

シュテール夫人の気どりようは、まさに見ものだった。「それなんですのよ」と彼女はいった。「まったく相も変らずといったところですの、あなたもご存じのとおり。一歩前進二歩後退なのです。五カ月辛抱すると、親父《おやじ》がやってきて——また半年の追加。本当にタンタロスの苦しみというものですわ。大汗をかいて押しあげ、やっと坂の上についたと思うと……」

「それはまたご親切なことだ。あなたはあの気の毒なタンタロスに少しばかり気分転換を計ってやってくださったわけだ。永劫《えいごう》の飢渇《きかつ》のかわりに、一度は有名な大理石転《ころ》がしをさせてやろうとおっしゃるわけですな。これこそ本物の博愛です。ところでマダム、あなたに不思議な現象がみられるのです。よく魂の遊離、幽霊の話がありますが……私はこれまで一度もそういう話は信じなかったのですが、しかしこれはあなたの身の上に起っていることで、私もどうやら半信半疑になってきたのです。……」

「私をおなぶりなさるんですね」

「何をおっしゃる。絶対にそんなことはありません。あなたの存在の不可解な面について、私を安心させていただきたいのです、なぶる、なぶらぬは、それからのことです。昨夜の九時半から十時までの間、私は庭を少しぶらついていました。——そしてバルコニーをずらりと見渡したのです。——あなたのバルコニーにも電気スタンドが闇《やみ》の中に輝いておりました。ということは、つまりあなたが、義務と理性と規則に従って安静療養をなさっておられたはずだということです。『われらがうるわしき佳人はかしこに横たわり』と私はひとり言をいったものです。『シュテール氏の腕の中へ一日も早く戻らんものと、薬師《くすし》の指図を忠実に守られつつあり』と。しかるにどうでしょう、ほんのつい先刻、私がどんなことを耳にしたと思われます？　その時刻にあなたがシネマトーグラフォ（セテムブリーニ氏はこの言葉を、イタリア語式に四番目の「ト」にアクセントを置いて発音した）——すなわち療養ホテルのアーケードの映画館でキネマを鑑賞なさって、その後、喫茶店で甘いぶどう酒とシュークリームとかを召しあがっておられたのを目撃したひとがあるというのです。しかもですな……」

シュテール夫人は肩をよじらせ、ナプキンを口に当ててくっくっと笑いながら、ヨーアヒム・ツィームセンと、だんまり屋のドクトル・ブルーメンコールの脇腹《わきばら》を肘《ひじ》でつつき、このふたりに狡猾《こうかつ》で馴《な》れなれしく目《ま》ばたきをしてみせ、その他いろいろとばかげたご満悦ぶりを示した。彼女は夜分バルコニーに電気スタンドをともしておいて監視の眼をくらまし、自分はこっそり抜けだして下のイギリス区で憂《う》さ晴らしすることにしていた。カンシュタットでは彼女の夫が彼女の帰りを待ちわびていた。しかしこういう手を使っているのは、彼女ばかりではなかった。

「……そのうえ」とセテムブリーニは話しつづけた。「そのシュークリームは、いったいどなたとごいっしょに召しあがったのですか。ブカレストのミクロジヒ大尉《たいい》ですね。彼はコルセットをしていると誰かが私に話してくれましたが、おお、神よ、この場合そんなことがどれだけ問題になるというのです。お願いですが、マダム、あなたはどこにおられたのですか。あなたがふたりいるのです。あなたは眠って、あなたの肉体的部分がひとり淋《さび》しく安静療養をしている間に、霊的部分のほうはミクロジヒ大尉といっしょにシュークリームを召しあがっていらっしゃったのです。……」

誰かにくすぐられでもしたかのように、シュテール夫人は身もだえして嬉《うれ》しがった。

「もっともその反対のほうがお気に召したかもしれませんな」とセテムブリーニがいった。「つまりお菓子のほうはおひとりで召しあがる。安静療養のほうはミクロジヒ大尉

「ひ、ひ、ひ……」

と……」

「みなさんはもうおといの話をお聞きですか」イタリア人は思いだしたように尋ねた。「人攫《ひとさら》いの。――悪魔に、いや、本当は母親に攫われたのです。実にしっかり者の婦人で、すっかり気に入りましたな。ほら、あの前の方の、クレーフェルト嬢の食卓にいたシュネールマン少年、アントン・シュネールマン君ですよ。――ああして空席になっているでしょう。なあに、すぐにふさがります、私は空席の心配なんか少しもしませんがね、アントンは一陣の風に攫われて、あっという間に消えてしまったのです。ここには、一年半いましたが――十六歳で。そして最近また六カ月追加されたばかりだったのです。ところがどうしたことでしょう。誰の仕業《しわざ》か知りませんが、誰かがマダム・シュネールマンに一筆認《したた》めたのですな。お母さんは坊やの酒その他(baccho et ceteris)の行状を嗅《か》ぎつけて、突如として姿を現わしたのです。堂々たる体軀《たいく》の小母さんでしてね、私より頭三つ分ぐらい背が高く、白髪で、気が短くて、黙ってアントン君の頬を二つ三つ引っぱたき、首玉を摑《つか》んで汽車に乗せてしまいました。『だめになるのは、下でもなれる』というのです。そして帰ってしまいました」

セテムブリーニの話しぶりがおかしかったので、周囲で話を聞いていたひとたち全部が笑った。彼はここの上のひとたちの共同生活に対してはつねに批判と皮肉とを忘れなかったが、新しい出来事はなんでも知っているようであった。実際彼はなんでも知っていて、新来の患者名ばかりか、そのひとたちの境遇についても大体のところは承知していた。彼は、きのうこれこれこういう男または女が肋骨《ろっこつ》の切除手術を受けたと報告し、秋からは三十八度五分以上の患者は入院を許さない方針だということも信頼すべき筋から聞きこんできた。昨夜ギリシアのミュティレーヌからきているマダム・カパスーリアスの小犬が、女主人の寝室用小卓の上にある電気警報器の押釦《おしボタン》の上に坐《すわ》ったので大騒ぎになり、とくにマダム・カパスーリアスがひとりではなくて、フリードリヒスハーゲンのデュストムント判事といっしょに寝室にいたので騒ぎは一段と大きくなったとも話して聞かせた。この話にはドクトル・ブルーメンコールまで微笑を浮べずにはいられなかったし、美しいマルシャはオレンジ香水の匂《にお》うハンカチを息も詰りそうなくらいに口に当て、シュテール夫人は両手で左の胸を押えて金切り声をあげた。

しかしロドヴィコ・セテムブリーニは、自分や自分の素姓についてもいいとこたちを相手にいろいろと語った。それは、散歩の途中や、夕べの集まりの際や、昼食が終って大部分の患者たちが食堂から引きあげてしまってもこの三人がもうしばらくはテーブルの片隅に居残り、広間の給仕女たちが跡片づけをし、ハンス・カストルプが三週間目になって少しは味のするようになったマリア・マンツィーニをふかしたりするようなときであった。ハンス・カストルプは注意深い批判を怠らないようにして、異様な感じを覚えながらも努めて感化を受けようと、イタリア人の話に耳をかたむけた。彼の話は風変りな、まったく新しい世界を繰拡《くりひろ》げてみせてくれたのである。

セテムブリーニは、自分の祖父について話した。祖父はミラノの弁護士だったが、何よりも熱烈な愛国者、政治的煽動家《せんどうか》、雄弁家、雑誌寄稿家といったような人間だったという。――このひとも孫と同じように反抗家であったが、その反抗ぶりは孫のそれよりもはるかに大胆で大規模なものであった。つまり孫のロドヴィコは、彼自身口を歪《ゆが》めていったように、せいぜいのところ国際サナトリウム「ベルクホーフ」の生活を痛罵《つうば》して嘲笑《ちょうしょう》的批評を浴びせ、美しい行動的な人間性の名においてそれに抗議を申込むくらいであったのに対して、祖父は諸国の政府を悩まし、当時の分裂した祖国イタリアを無気力な隷属《れいぞく》状態に陥《おとしい》れていたオーストリアと神聖同盟に対して陰謀を企て、イタリア全土に散在していた某秘密結社の熱狂的な党員、――炭焼党員《カルボナロ》（Carbonaro）のひとりであった。セテムブリーニは、この話はいまでも危険だとでもいうかのように、そこのところで急に声をひそめた。要するに孫の話から察するに、彼の祖父のジュゼペ・セテムブリーニは、いとこたちには怪しげな、熱情的で煽動的な人物、首謀者、謀叛人《むほんにん》といった人物のように思われたので、礼儀上できるだけ敬意を表するようにはしていたが、うさんくさいものに対する嫌悪《けんお》、いや反感の色を顔に浮べずにはいられなかった。もっとも、現在この場合の事情がちょっと妙であることはむろんだった。いとこたちが聞いた話はもうとうの昔の、約百年も以前の、すでに歴史になってしまっていることである。彼らがいま聞かされていること、つまり必死な自由の精神とか圧政に対する不屈の闘争心とかいうような事柄は、歴史上の、とうの昔のこととして頭ではよく承知していたが、彼らがそういう事柄にこれほどまでも身近に接したことは、これまでに一度もなかったわけである。いとこたちは、セテムブリーニの祖父の煽動的、陰謀的な行動が、統一と独立を願う祖国への偉大な愛と結びついていたことも聞かされた。彼の祖父の革命的行動は、この尊敬に値する結びつきの産物であり発現だったのであって、彼らにとっては、煽動と愛国心とのこういう混合がどれほど異様なことに思われたにしろ――つまり彼らは祖国愛というものを保守的な秩序愛と同一視することに慣れていたので――それでも当時のイタリアの一般情勢からすれば、反逆は市民道徳であり、律義《りちぎ》な分別は公共に対する怠惰な無関心を意味したのだろうと思わないわけにはいかなかった。

ところで祖父セテムブリーニは、たんにイタリアの愛国者であったばかりでなく、自由を希求するあらゆる民族の同胞、戦友でもあった。イタリアのトリーノで計画された奇襲、クーデターが失敗してからは、この企てに言論の上でも行動上でも加わっていた祖父は、メッテルニヒ公の捕吏たちから身をもってのがれ、その後の何年かにわたる亡命の歳月中に、スペインでは憲法制定のため、ギリシアではギリシア民族独立のために戦って、血を流した。このギリシアでセテムブリーニの父が生れた。――だからこそおそらく父はあのように偉大な人文主義者、古典的古代の愛好者となったのであろう――父の母はドイツ系の婦人で、ジュゼペはこの女性とスイスで結婚し、以後の波瀾《はらん》万丈の生活にいつも彼女を伴っていた。亡命生活十年の後、祖父は故郷に帰ることができて、ミラノで弁護士を開業したが、自由の獲得、統一的共和国家の建設を、演説や文章、詩や散文で国民に呼びかけ、熱烈で独裁者的感激に溢《あふ》れた革命のプログラムを書き、解放された諸民族が人類全体の幸福の確立を目的として団結すべきことについて、明快な文体で予言することを決してやめなかった。孫のセテムブリーニの話の中で、ハンス・カストルプ青年に特殊な印象を与えた点がひとつあった。それは祖父ジュゼペが生涯を通じてもっぱら黒の喪服姿で同胞の前に姿を現わし、イタリアのために、つまり悲惨な奴隷状態のうちに衰滅しつつある祖国のために、喪に服している者と自称していたという話である。これを聞いたハンス・カストルプは、それまでにもすでに何回かそうしたように、自分の祖父のことを改めて思いださずにはいられなかった。孫の彼が覚えているかぎりでは、彼の祖父もつねに黒服を身にまとっていたが、それはこのイタリア人の祖父とは根本的に違った意味においてであった。彼は祖父の古風な服装について考えてみた。祖父のハンス・ローレンツ・カストルプは、本質的には過去の一時代に生きた人間であったが、彼は古風な服装によって自分が現代に所属しないことを暗示し、ただかりそめに現代に順応し、死んではじめて彼の本質にふさわしい真の姿（スペインふうの皿形頸飾りをつけた姿）へと厳かに帰っていったのであった。このふたりの祖父の間には、実際にはなんという相違があったことであろうか。そう考えてハンス・カストルプはじっと眼を据えて、重々しく頭を振ったが、それはジュゼペ・セテムブリーニに感心したようにもみえ、またジュゼペ・セテムブリーニの生き方を、驚いて否定するようにもみえた。彼は、物事が奇異にみえるからといってそれを否定してしまわないように努力し、それを比較して確認するだけにとどめておくようにした。彼は、ハンス・ローレンツ老人の細長い頭が、広間で、あの静止しながらも動いている父祖伝来の器の洗礼盤上にかしげられ、淡い金色の器の内部を、物思いに耽《ふけ》るような姿勢で覗《のぞ》きこんでいるありさまを想起した。祖父は唇《くちびる》を丸くすぼめていた。それは「曾《ウル》」という接頭語の、暗い敬虔《けいけん》な音をだすためであったが、その音は、人々が敬虔な前かがみの姿勢で歩く神聖な場所を想像させた。また彼は、ジュゼペ・セテムブリーニが三色旗を小腋《こわき》にして反《そ》りを打った軍刀を片手に、黒い眼を誓うように天へ向け、自由の戦士たちの先頭に立ち、専制政治の陣営へ突撃していくありさまを思い描いた。このふたりには、いずれにもそれぞれに美しくて立派な風格があるとハンス・カストルプは考えたが、しかし彼は自分が個人的、あるいは半個人的な理由で少し依怙贔屓《えこひいき》したいような気になったので、それだけ余計に公平無私であろうと努力してそう考えてみたわけである。彼が少しばかり依怙贔屓をしようという気を起したのは、セテムブリーニの祖父は政治的権利の獲得を目ざして戦ったのに対して、ハンス・カストルプの祖父や、さらにその祖先たちは、はじめはいっさいの権利の所有者だったのに、それをその後の四百年間に暴力と理屈で賤民《せんみん》たちに奪い取られてしまったからであった。……それにこのふたり、つまり北方の祖父も南方の祖父も、いずれもつねに黒服を身にまとって、どちらも堕落した現代に対しては厳《きび》しく距離を置こうとしていた。むろん、一方は自分が本質的に所属している過去と死のために、敬神的な気持からそうしたのに対して、他は信心深さを目の敵《かたき》とする進歩のために、反逆的な気持からそうしたのである。そうだ、このふたりは二つの相異なった世界、または方位というようなものだ、とハンス・カストルプは考えた。彼はセテムブリーニの話に耳をかたむけながら、いわばこの二つの世界ないしは方位の中間に立って、吟味するように、あるいは一方を、あるいは他方を眺《なが》めているうちに、前にも一度こんな経験をしたことがあるように思われてならなかった。数年前の晩夏、ホルシュタインのある湖で、夕方ひとりで小舟を漕《こ》いだときのことが思いだされた。すでに七時、太陽は沈んでいて、満月に近い月が東の岸の叢《くさむら》の上に昇っていた。ハンス・カストルプは小舟を漕いで静かな水面を渡っていったが、そのとき十分あまり、空がひとをとまどいさせる夢のようなありさまを呈した。まだ明るく、西の空にはガラスのように冷たくはっきりとした昼の光が拡がっていたのに、頭をめぐらして東の空を見ると、そこには同じように透明で実に美しい、しめやかな靄《もや》のかかった月夜があった。こういう奇妙な状態が約十五分ぐらいも続き、やがてあたりは月光の世界になっていったが、陽気な驚きを覚えながらハンス・カストルプは、一方の明るい風景から他の明るい風景へ、昼から夜へ、夜から昼へと、眩《まぶ》しげに眼を移行させた。彼はいま、そのときのことを思いださずにはいられなかった。

そういう慌《あわ》ただしい活動的な生活を送ったのであるから、セテムブリーニ弁護士は優《すぐ》れた法律学者にはなれなかったのにちがいない、とハンス・カストルプは考えつづけたが、孫は、祖父が幼少から死ぬまで、法の基本的原則に拠《よ》って譲らなかったと保証した。それを聞いたときのハンス・カストルプは頭が少しぼんやりしていて、「ベルクホーフ」の六品もある昼食のために肉体の活潑《かっぱつ》な活動を要求されていたにもかかわらず、この原理を「自由と進歩の源泉」と呼ぶセテムブリーニの考え方を理解しようと努力した。それまでのハンス・カストルプにとって、進歩とは十九世紀の起重機の発達というようなことを意味していて、事実セテムブリーニ氏はそうしたものを軽蔑《けいべつ》していないし、彼の祖父も軽蔑してはいなかったそうである。イタリア人は、封建時代の甲冑《かっちゅう》を古道具にしてしまった火薬とか、印刷機が発明された国ということで、話を聞いているふたりの祖国ドイツに深甚《しんじん》なる敬意を表明した。けだし印刷機の発明は思想の民主的普及——つまり民主的思想の普及を可能にしたからである。こういう点で、すなわち問題が過去に関するかぎりは、イタリア人はドイツを礼讃《らいさん》したが、諸民族がまだ迷信と奴隷状態にあって惰眠をむさぼっている間に、最初に啓蒙《けいもう》と教養と自由の旗を翻《ひるがえ》したのはイタリアであるから、彼の祖国にこそ栄冠が与えられてしかるべきだと信じていた。いとこたちと山腹のベンチのところではじめて出会ったときもそうだったように、彼はハンス・カストルプの専門領域の工学と交通を大いに尊重していたが、もっともそれは工学や交通そのものをではなくて、工学や交通が人間の道徳的完成に果す意義を尊重したのであって――自分は工学や交通にそういう意義があることを認めるにやぶさかなる者ではないといった。工学は徐々に自然を征服し、連絡をつけ、道路網や電信網を拡大整備して風土上の相違を克服した。それによって工学は、諸民族を互いに接近させて知合いにし、相互間に人間的協調の道を開き、互いの偏見を打破し、人類全体の融和を確立するのに最も信頼すべき手段であることを証明した、と彼はいった。人類は暗黒、恐怖、憎悪《ぞうお》から出発したが、輝かしい道程を経て、共感、清澄《せいちょう》な心、寛容、幸福という究極段階へと前進し、向上していっているのであって、この道を進んでいこうとする者にとってもっとも速い乗物は工学だ、と彼はいった。そして、ハンス・カストルプがそれまでまったくかけはなれたものと考えていた二つのカテゴリーを、セテムブリーニはいっしょにして、いい、ひと息に、工学と倫理性といい、それに続けてキリスト教の救世主について話しだした。彼がいうには、まずキリストが平等と協調という原理を啓示し、ついで印刷機がこの原理の普及を大いに促進し、最後にフランス大革命によってそれが法律にまで高められたのである。こうしたことをセテムブリーニ氏はきわめて明るく弾力に富んだ言葉で話したが、ハンス・カストルプ青年には、それが、曖昧《あいまい》な理由からではあったが、何かひどく混乱した話のように感じられた。セテムブリーニの祖父が生涯にただ一度だけ、それも壮年期のはじめに心から幸福感を覚えたことがあった。それはパリの七月革命のときであって、彼の祖父は当時、人類がこのパリの三日間を天地創造の六日間と同列に置く日がやがてやってくるだろうと、声高らかに公言したということであった。それを聞いてハンス・カストルプは、テーブルを叩《たた》いて心の底から驚かずにいられなかった。パリの人々が新制度を作った一八三〇年の夏の三日間が、主なる神が陸と水とを分け、永遠の星、花、樹《き》、鳥、魚、その他いっさいの生物を創造した六日間と並び称せられるなどということは、ばかばかしいかぎりであって、彼はあとでいとこととふたりきりになったときにも、それをはっきりといい、そんな無茶な、ほとんど不快だとさえいえる話はないといった。

しかし彼は、いろいろな試験をやってみるのはいいことだと思って、進んで感化を受けるつもりだったので、彼自身の敬虔さや好みからは抗議を申込みたいようなセテムブリーニ氏の物の並べ方に対してもただ黙ったままでいて、自分が冒瀆《ぼうとく》的だと感ずることも大胆不敵ということなのかもしれないし、自分には悪趣味と感じられること、つまり祖父セテムブリーニが防塞《ぼうさい》を「人民の王座」と称したり、「いまぞ市民の長槍《ちょうそう》を人類の祭壇に捧《ささ》ぐべきの秋《とき》」といったことも、少なくとも当時のイタリアでは、詩情に溢れた高尚な精神の表現として通用したのかもしれないと考えた。

ハンス・カストルプには、なぜ自分がセテムブリーニ氏の話を謹聴するのかがよくわかっていた。はっきりとまではいかないが、一応はそのわけがわかっていた。彼が神妙にセテムブリーニ氏の話を聞いていたのには、自分が明日か明後日にはふたたび羽根を拡げて自分の住み慣れた秩序の世界へ舞い戻る人間であることを意識していて、いっさいの印象を甘受し、いっさいの事象の接近を許すという、旅行途上の臨時聴講生ののんきで無責任な休暇気分からであったが、しかしそこには一種の義務観念のようなものもはたらいていた。彼は良心の命令というようなもの、正確にはやましい良心の命令的勧告に従ってセテムブリーニの話に耳を傾けていたのである、脚《あし》を組んでマリア・マンツィーニをふかしていたり、三人連れでイギリス区から「ベルクホーフ」への坂道を歩いていたりしながら。

セテムブリーニの分類と説明によれば、二つの原理、つまり暴力と正義、圧制と自由、迷信と良識、停滞の原理と沸騰《ふっとう》的運動の原理、すなわち進歩とが世界支配をめぐって相争っている。そしてその一方をアジア的原理、他をヨーロッパ的原理と呼ぶことができるのは、ヨーロッパが反乱、批判、改革活動の地であるのに対して、東の大陸は不動、つまり無為の停滞を具現しているからである。この二つの力のうちいずれが最後の勝利を占めるかについては、まったく疑問の余地がない。——それは啓蒙の力、理性的完成の力である。なぜなら、人間性はその栄光に満ちた道を前進しながら、たえず新しい民族を誘引して同行し、ヨーロッパでは一層広い地盤を獲得しながら、アジアに向って進出しはじめているのであるから。しかし人間性が絶対的勝利を手に入れるのはまだまださきのことで、ヨーロッパの国でありながら本当に十八世紀も、フランス大革命が起った一七八九年も経験していない国があり、そういう国々において君主政体や宗教が消滅してしまうまでには、善意のひとびと、つまりすでに光明を見いだしたひとびとが、偉大で高邁《こうまい》な努力を重ねていかなければならない。しかしその日は遅かれ早かれ到来する、とセテムブリーニはいいながら、口ひげの下に優雅な微笑を浮べた——その日は、鳩《はと》の翼にのってこないとしたならば、鷲《わし》の翼にのってやってくるだろう。その日の夜明けは、理性と科学と正義を旗印にした、あらゆる民族が団結する親睦《しんぼく》の黎明《れいめい》を意味するであろう。そしてその日にこそ、祖父ジュゼペの仇敵《きゅうてき》、あの不名誉な王侯や政府の同盟に光輝ある対照をなす市民的デモクラシーの神聖同盟——要するに世界共和国が誕生するであろう。しかしこの最終目標に到達するには、第一にあのアジア的、奴隷《どれい》的な停滞原理がそこにたてこもって抵抗を続ける城、その中心的拠点たるウィーンを撃たねばならない。オーストリアを完全に滅亡させて過去の怨《うら》みを晴らし、正義と幸福が地上を支配するように用意を整えなければならない。

ハンス・カストルプには、セテムブリーニがさわやかな弁舌でまくしたてる主張の結論ともいえるこの最後の言葉にまったく興味が持てなかった。それは彼の気に入らなかった、というか、それが繰返されるごとに、彼は個人的または民族的な悪態を聞かされたような不快感を覚えずにはいられなかった。——ヨーアヒム・ツィームセンとても同じことで、イタリア人の話がその方向へそれていくと、彼はいつも眉《まゆ》をひそめてそっぽを向き、話を聞くのをやめてしまったり、さあ療養勤務だといってみたり、話題を変えようと努力したりした。ハンス・カストルプも、こうした脱線話にまで耳をかたむける義務はないように思った。つまりそういう話は、明らかに彼の良心が試験的に感化を受けるようにと命令的に勧めることの範囲外にあるものだった。しかしこの良心の勧告の声はきわめてはっきりとしていたので、セテムブリーニ氏がいい、いとこたちと食卓でいっしょになったり、外で出会ったりしたときには、いつもハンス・カストルプのほうからセテムブリーニにせがんで、その考えを披瀝《ひれき》してもらうようにしていたのである。

そういう考え方、理想、不屈の努力は、セテムブリーニにいわせれば、彼の家の伝統であった。祖父、父、孫の三人とも、各人各様に生涯と精神をそういうものに捧げてきたのである。その点では、父も祖父ジュゼペに決してひけをとらなかった。ただし父は祖父のように政治的煽動家《せんどうか》、自由の戦士ではなく、物静かで柔和な学者、いつも机に向っている人文主義者だった。ところで人文主義とはいったいなにか。それは人間に寄せる愛というものにほかならず、従ってまた政治であり、人間という観念を汚し卑《いや》しめるいっさいのものに対する反逆である。人文主義はその形式偏重の点で非難されてきたが、人文主義が美的形式を尊重するのは、唯《ただ》ただ人間の品位のためなのであり、その点、人間憎悪や迷信のほかに、恥ずべき無形式に陥っていた中世に対して、人文主義は光輝ある対照をなしている。人文主義はその出発点から人間の権利、現世の利益、思想の自由、生の歓喜のために闘いつづけてきたのであり、天国はばか者どもに任せておけと主張してきたのである。プロメテウス、まさしく彼こそ最初の人文主義者であり、あのカルドゥチが讃歌《さんか》を捧げた悪魔と同じ存在なのだ。……ああ、カルドゥチ、このボロニャの年老いた教会ぎらいが、ロマン主義者たちのキリスト教的感傷性に皮肉な痛罵《つうば》を浴びせるところを、あなたがたに聞いてもらいたかった。彼はマンツォーニ*の聖歌を皮肉り、マンツォーニが「青白き天尼ルーナ」に喩《たと》えたロマン主義の影と月光の詩を罵倒した。それはまったく(per Baccho)痛快のきわみだった。それにカルドゥチのダンテ解釈も聞いてもらいたかった。――彼はダンテを、禁欲や現世否定に対して革命的、世界改善的実行力の擁護に努めた都会人、大都市の市民として称讃した。つまり、詩人ダンテが「やさしく敬虔《けいけん》な婦人(Donna gentile e pietosa)」と呼んで称《たた》えたのは、詩のなかで現世的認識や実践的労働の原理を具現しているダンテ夫人そのひとなのであって、ベアトリーチェの虚弱で、秘教的な、影のごとき存在ではなかったのだ。……

こういう次第でハンス・カストルプは、ダンテについてもあれこれと聞き知ることができた、しかも権威者の口から。むろん彼は、話し手のセテムブリーニに誇張癖があることを計算に入れて、話の全部を信じこむようなことはしなかったが、それにしてもダンテが目ざめた大都会人だったという説は、一応傾聴に値すると思った。さらに彼の聞いたところでは、セテムブリーニは自分自身をも話題にして、自分、すなわち孫のロドヴィコは、近い祖先の傾向、つまり祖父の公民的傾向と父の人文主義的傾向の結合した存在であり、従って自分は文学者、自由な著作家になったのだ、と説明した。なぜなら文学とは、結局は人文主義と政治との結合にほかならず、この二つのものは、人文主義自体がすでに政治であり、政治が人文主義であるだけに、いっそう自然に結び合うものなのである。……ここでハンス・カストルプは耳をそばだてて、話をよく理解しようと努めた。なぜなら、いまこそビール商のマグヌス氏の無学ぶりがよくわかるはずであって、文学がどうして「美しい品性」ではないのか、それも理解できるだろうと期待したからである。セテムブリーニはふたりに、ブルネットーという名の人のことを聞いたことがあるかと尋ねた。一二五〇年ごろフィレンツェ市の書記をしていて、美徳と悪徳に関する書物をあらわした*ブルネットー・ラティーニ氏についてはすでにお聞き及びであろうか。彼こそは、フィレンツェ人に磨きをかけ、言葉に関する作法を教え、彼らの共和国を政治の原則によって統治することを教えた最初のひとである。「これですよ、諸君」とセテムブリーニ氏は叫んだ。「これなのです」と叫んで彼は、「言葉」、言葉の尊重、雄弁について語り、雄弁こそ人間性の勝利なり、といった。なぜなら、言葉は人間の名誉であり、言葉によってはじめて人生は生きるに値するものとなる。単に人文主義のみならず、人間愛一般が、つまり人間の尊厳、人間尊重、人間の自己敬愛という古くからの諸観念は、言葉や文学と密接不可分の関係にあるのである。――(「ね、聞いたかい、君」とハンス・カストルプはあとでいとこにいった。「文学では美しい言葉が問題だってさ。ぼくもそう思っていたんだよ」)――だから政治もまた文学に関係している、というか、むしろ政治は、この結合、人間愛と文学との同盟から生れるのである。なぜなら、美しい言葉からこそ美しい行為が生れるからである。「みなさんのお国には」とセテムブリーニはいった。「二百年以前にひとりの詩人がいました。すぐれた雄弁家でした。この詩人は、美しい筆蹟《ひっせき》は美しい文体を生むという考えから、筆蹟の美しさということを非常に重要視していました。しかし彼はもう一歩進んで、美しい文体は美しい行為を生むというべきだったのです」美しく書くとは、美しく考えるということとほとんど同じことであって、美しい考えという段階から美しい行為という段階までは、あとほんの一歩である。あらゆる人間教育やその道徳的完成は、文学の精神、つまり人間尊重の精神から生れるが、これはまた同時に人間愛と政治との精神である。しかり、これらいっさいのものはひとつなのだ。同一の力、同一の観念である。そしてそれはひとつの名称で要約できる。で、その名称とは？　その音節の組合せは別に耳新しいものではないのだが、その意味や威厳は、おそらくいとこたちはまだはっきりとは把握《はあく》していないのではあるまいか——さてその名称は「文明」である。セテムブリーニはこの言葉を発音しながら、乾杯するひとのように、小さな黄色い右手をさしあげた。

ハンス・カストルプ青年は、こういう話はすべて傾聴に値すると思った。無拘束に、試験的に聞くのではあるが、とにかくそれらは聞くに値するものだと思ったので、ヨーアヒム・ツィームセンにもそういう意味の見解を述べたが、ヨーアヒムのほうはちょうどそのとき体温計を口にくわえていて、そのために曖昧な答えしかできず、その後も体温計の数字を読みとったり、それを表に記入したりで忙しく、それやこれやでセテムブリーニの意見について批評を下すだけの余裕がなかった。しかしハンス・カストルプのほうは、すでにいったように、自分から積極的にセテムブリーニの見解を聞かせてもらって、それを通して自分の考えを検討しようとした。そして、そういう自己吟味から明らかになったのは、まず第一に、目ざめているときの人間が、眠ってくだらぬ夢を見ている時の人間とはっきり区別されるのは実にありがたいということだった。——夢の中のハンス・カストルプは、もういくどもセテムブリーニ氏を面と向って「筒琴弾き」と罵倒したり、「邪魔ですよ」と、力いっぱいに彼を押しのけようとしたりしたが、目ざめている時のハンス・カストルプは、礼儀作法も正しくセテムブリーニの話を謹聴し、この先生の分類や説明の仕方に抗議したくなっても、分別をはたらかせて、そういう気持をなだめ抑制したのである。もっとも彼の気持の中にそういう抵抗感がはたらいていたのは否定できない事実であって、それは以前から、というか、本来彼の心の中にいつもあったものなのである。それにさらに、現在の状況、すなわちここの上のひとたちのところで得た間接的な、同時にまた半ば秘められた体験から生れてきたものも加わっていた。

それにしても、人間とは何物であろうか。人間の良心は、なんと欺《あざむ》かれやすいものであろうか。人間は、義務の声の中からすら、情熱に身を委《ゆだ》ねるための口実を巧みに聞きだすのである。ハンス・カストルプは義務感から、公平と平衡を維持すべく、セテムブリーニ氏の話を謹聴し、それから感化を受けようとして、セテムブリーニ氏の理性や共和国や美しい文体についての見解を、好意的に批判した。しかし、彼は先生の意見を拝聴したのちには、それだけいっそうのびのびと、自分の考えや想念をそれとは反対の方向に走らせることが許されるように思ったのである。——つまり、われわれが疑問に思っていること、あるいはそれと察していることをはっきり言葉で表現するならば、おそらくハンス・カストルプは、本来なら良心が決して発行してはくれないような許可証を手に入れようとして、そういう目的のためにだけ、セテムブリーニ氏の話に耳をかしたのかもしれないのであった。ではその別の方向、愛国心とか人間尊重とか文学とかいうようなものとは逆の方向、ハンス・カストルプがふたたび自分の思念や行動をそちらの方へ向けても差支《さしつか》えないと思った方向には、いったい何が、あるいは誰が控えていたのであろうか。そこに控えていたのは、誰あろう……クラウディア・ショーシャ——ぐんなりとして、からだの内部を蝕《むしば》まれた、キルギス人のような眼をしたクラウディア・ショーシャであった。ハンス・カストルプが彼女のことを思うと（しかし、この「思う」という言葉は、彼女に対する彼の熱情的な打込み方を表現するのには、あまりにも控え目すぎることはたしかである）、ふたたびあのホルシュタインの湖上に薄暮小舟を浮べて、西岸の磨《みが》きあげたような白日の光から、東の霧のたちこめた月の夜空へとまどって呆然《ぼうぜん》とした眼差《まなざ》しを移したときのような気持がするのであった。

体温計

ハンス・カストルプがここへ着いたのは火曜日だったので、彼の一週間は火曜日にはじまり火曜日に終った。彼が事務所で二度目の週末勘定を支払ったのは、もう二、三日前のことだった。——ちょうど百六十フランというわずかばかりの勘定は、ここの滞在に含まれている金銭で評価できない美点を、金銭に換算できないという意味で全然計算に入れないとしても、また、金銭に換算できなくもないようなある種の催し物、たとえば十四日目ごとに催される療養音楽やドクトル・クロコフスキーの講演なども計算外として、単に一般のホテルなみに提供されるような本来の意味でのサービス、つまり快適な部屋とか一日五回の豊富な食事だけを見積ってみても、それにしたところがハンス・カストルプには少額で安いと思われた。

「高くはない、むしろ安い。君もここの勘定が不当だとはいえないだろう」と、聴講生はここの定住者にいった。「つまりね、君は部屋代と食費に一月六百五十フランきっかり必要なわけだが、それには医療費もすでに含まれているんだからね。もっとも君が多少旦那《だんな》風《かぜ》を吹かして、周囲に愛想よくしてもらいたいとなると、このほかにチップを月に三十フラン奮発するとしよう。それでも合計六百八十フランだ。しかし君は、ほかにもいろいろの雑費や手数料というようなものがある、というだろう。飲物や化粧品や葉巻の費用とか、ときには遠足、馬車の遠出もやるだろうし、靴屋や仕立屋の払いもあるだろうしね。よろしい。それにしたところが君は月に千フランは使えまい。一年でも一万マルクにはならない。それ以上超《こ》えることは絶対ない。生活費はそれだけで済むんだからね、君は」

「暗算はお見事だというほかはない」とヨーアヒムはいった。「君がそれほど暗算上手だとは夢にも思わなかった。それに、いきなり一年分の計算までしてしまうとは、太っ腹だね。君もここの上へきてよほど修業を積んだと見える。しかし、君の計算は多過ぎる。ぼくは葉巻なんか吸わないし、服だってここでは作らずに済ませたいんだ。そんな気はないんだ」

「じゃ、まだ高すぎたというわけか」とハンス・カストルプは少し狼狽《ろうばい》していった。彼がいとこの勘定に、葉巻や服の新調の金額まで加算したのはどういうわけかはっきりしなかったが、彼の鮮やかな暗算についていえば、これは少々ペテンであって、ただそんな天分があるように見せかけたいというだけのことだった。万事につけてそうであるように、暗算にかけても彼はどちらかといえば鈍いほうで、そういうことには熱心になれなかったのである。この場合の敏速な暗算も即席のものではなくて、彼があらかじめ計算しておいた結果、それも鉛筆と紙を使って計算しておいた結果なのである。ある晩ハンス・カストルプが安静療養していた際(彼もとうとうほかのひとたち並みに、夜もバルコニーで寝るようになっていた)、彼は急に思いついて、すてきな寝椅子《ねいす》からわざわざ立ちあがって、部屋から計算用の紙と鉛筆を取ってきた。そして計算の結果、いとこが、というよりむしろここの療養客たちは、一年に合計一万二千フラン要《い》ることをたしかめた上に、おもしろ半分に自分だってここの上で生活するのが、経済上は十二分に可能なことを確認したのであるが、それというのも、彼は自分を年収一万八千から一万九千フランの人間とみなすことができたからなのである。

さて彼の二度目の週末勘定は、すでに三日前謝礼や領収書と引換えに済んでいたが、これは、彼のここの上での滞在が、予定の最後の週の第三週間目になっていたことを意味する。つぎの日曜日には、おそらくもう一度、あの十四日目ごとにめぐってくる療養音楽をここで聞くことだろうし、月曜日には、これもやはり十四日目ごとに行われるドクトル・クロコフスキーの講演にもう一度出席することになるだろう——彼は自分にもヨーアヒムにもそういった。しかし火曜か水曜には、またヨーアヒムをひとりここに残して出発することになるだろう。ヨーアヒムは、かわいそうなことに、ラダマンテュスにさらに数カ月間、療養期限を延期されていて、あわただしく接近してくるハンス・カストルプの出発のことが話題になると、いつも彼のやさしい黒い眼が悲しそうに曇るのであった、ああ、いったいこの休暇の期間はどこへ消え去ってしまったのだろう。それが流れ去り、飛び去り、逃げうせてしまったのは——どんなふうにしてだったのか、まったく不思議というよりほかはなかった。彼らがいっしょにすごそうと予定していた日は、二十一日という、最初のうちは見通しもつかないくらいの日数だったのに、それがいまでは急にあと三日か四日というわずかばかりのものになってしまっていたのである。ほとんど問題にするに足りないほどの日数で、なるほど平日の二つの周期的変化によって多少の重みがつけられたとはいうものの、その間は荷作りや挨拶《あいさつ》などの心配事でさぞ忙しいだろう。三週間などという日数は、ここの上では無に等しかった。——それはここへきたときにすぐみんなからいわれたことであった。最小の時間単位は、ここでは一カ月だとセテムブリーニはいったが、ハンス・カストルプの滞在はこの単位以下のもので、だから大げさに滞在などとは呼べず、ベーレンス顧問官のいわゆる「こんにちは、さよなら」式のつかの間の訪問にすぎなかったのである。ここでは時間がこうも慌《あわ》ただしくすぎ去るというのは、おそらく全身の燃焼作用が昂進《こうしん》するためであろうか。こんなにあっという間に時間が流れすぎてしまうこと、それは、このさきまだ五カ月もここに踏みとどまっていなければならない（五カ月ですめばの話だが）ヨーアヒムには慰めになるだろう。しかし、それにしてもこの三週間の間、ふたりはもっと時間に敏感になって、たとえば規定の七分間がずいぶん長い時間に思われる検温の際のように、用心深く時間を監視しているべきであったろう。……やがてひとりの交際相手を失うという悲しみを眼に現わしていたいとこには、ハンス・カストルプも心から同情した。――彼自身はまたふたたび低地の生活に戻り、諸民族を結合する交通技術の発展に貢献するというのに、哀れないとこは、これからさきもひとりぼっちでここに居残らなければならない、そう考えるたびごとに、彼は心からの同情の念を禁じえなかったのである。それはひりひり燃えるような、ある瞬間には胸のうずくような、きわめて激しい感情だったので、ときとして彼は、自分が無造作にヨーアヒムをここの上にひとりぼっちにして立ち去っていけるかどうかと、真剣に考えこむことさえあった。つまりこれは、彼の同情がそんなにも強かったということであって、だから彼は次第に、自分のほうから、自発的には、出発のことには触れないようになった。むしろヨーアヒムのほうがときどき話をそこへ持っていき、ハンス・カストルプは、前にもいったように、生来の分別や心遣《づか》いから、いよいよというときまではそれについては考えたくないというような様子を見せていた。

「まあせめて君がここのぼくらのところへきて」とヨーアヒムはいった。「いささか保養できてね、下へ戻ってから、すっかり元気を回復したという気になってくれるようだとありがたいがね」

「うん、みんなには君からよろしくと伝えるよ」とハンス・カストルプは答えた。「そして君も、遅《おそ》くとも五カ月以内には帰ってくるとね。ぼくが保養できたって？　こんなわずかな日程では保養も休養もあったものじゃないよ。でもまあ休養できたということにしておこう。たとい期間は短くても、結局は休養になったにちがいないからね。むろんここの上でのいろいろな印象は実に珍しいものだった。あらゆる点で目新しくて、精神的、肉体的にきわめて刺激的だったが、その反面実に疲れもしたよ。そういう印象をきちんと整理して、この土地にすっかり慣れた、という気はまだしないんだ。土地に慣れるということが休養の前提条件だろうけれどね。ありがたいことにマリアはまた元のマリアに戻って、二、三日前から味がでてきた。しかしハンカチには、ときどきまだ赤いしみがつくし、それにこのいまいましい顔の火照《ほて》りや心臓の無意味な動悸《どうき》ときたら、どうやら最後までこいつからは解放されそうもない。いや、いや、とても慣れたなんていえないね、なにしろ期間が短かすぎて、とてもそんなことはいえはしないよ。もっと長期間いなければ、とてもこの土地に慣れていろいろの印象を整理することはできない。長期間ここにいれば本格的な休養もできるし、蛋白《たんぱく》もついてふとるだろうが、残念だよ。『残念』というのはね、この滞在をもっと長期のものにしなかったのが決定的な失敗だったということでね、時間なんか結局はなんとか都合がついただろうし。こんな状態では、ぼくは平地へ帰ったら、まず第一に三週間ぐらいぶっ通しに眠って、休養の休養をとらなければならないような気がする。それほど参っているように思われるときがあるんだ。そのうえこのカタルというやつがあるんだから、癪《しゃく》にさわる……」

事実、ハンス・カストルプは猛烈な鼻カタルをおみやげにして平地に帰っていくことになりそうであった。彼は風邪《かぜ》をひいていた。おそらく安静療養中にひきこんだらしい。それもどうやら夜の安静療養中のことらしかった。というのは、天候が寒くて湿っぽいのに、彼は一週間ほど前から夜の安静療養をも実行していた。この天候は、彼の出発までに回復する見込みはなさそうであった。しかしそういう天候も、ここでは悪天候とはいえないことを彼は知っていた。ここでは悪天候などという概念は全然通用しないのである。天候など誰も問題にしなかったし、そんなことを思ってもみないというふうだったので、ハンス・カストルプも、青年に特有の教化されやすい柔軟さ、つまり、そのときどきの環境内にあっての考え方や習慣に順応するところの、青年固有の気軽な適応性から、ここの上のひとたちの天候に対する無頓着《むとんじゃく》さにかぶれはじめていた。土砂降りの雨になっても、それで空気の湿度が増すと考えてはならず、事実湿度は増さなかったらしいが、それというのも、相変らず熱しすぎた部屋の中にでもいるか、あるいはしこたま酒を飲んだときのように、顔の火照りが取れなかったからである。寒さについていえば、これは相当なもので、しかしだからといって、部屋へ逃げこんでみても仕方がなかった。なぜなら、雪にならないとスチームは通されなかったし、部屋に坐《すわ》りこんでいても、冬外套《がいとう》をはおって、二枚の上等なラクダの毛布に例のやり方でくるまって、張出縁に寝ているときよりも快適だとはいえなかったからである。いや、むしろその反対、その逆で、つまりバルコニーに寝ているほうが、比較にならないほど快適であって、彼の率直な判断では、これはハンス・カストルプがそれまで経験した境遇の中で最も楽しいものであり、どこかの著作家で炭焼党員《カルボナロ》とやらが、この境遇を「水平」生活だと、言外に悪意をこめてきめつけていたところで、その楽しさはなんらの動揺をきたさなかった。そして、ことに夜、横の小卓に小さなランプをともし、ぬくぬくと毛布にくるまり、味が戻ってきたマリアをくわえ、寝椅子のなんともいえないすぐれた長所の数々に満足し、もちろん鼻のさきを氷のように冷たくし、かじかんで赤らんだ手に本――相も変らぬ『大洋汽船』――を持ち、バルコニーのアーチ越しに、こちらには点々と、あちらにはぎっしりと集まった灯火に飾られた夕暮の谷を見渡すときの趣はまた格別であった。その谷からは、ほとんど毎晩、少なくとも一時間ぐらいは、遠くへだたっているため気持よく柔らげられた音楽、しかも聞き慣れた旋律、オペラの抜萃曲《ばっすい》、『カルメン』とか『トゥルバドゥール』とか『魔弾の射手』の抜萃曲、それに均整のとれた軽快なワルツ、聞いていて首を威勢よく左右に振り動かしたくなるような行進曲、陽気なマズルカなどがきこえてくる。マズルカ？　いや、あの娘はマルシャといった、小粒のルビーをはめたあの娘は。そして、隣のバルコニー、厚い磨《すり》ガラスの仕切りの向うには、ヨーアヒムが寝ていた。——ハンス・カストルプはときどき、ほかの水平生活者たちを憚《はばか》って用心深く遠慮した低い声で、このヨーアヒムと言葉を交《かわ》した。ヨーアヒムも自分のバルコニーで、ハンス・カストルプと同じように楽しくやっていたが、彼は音楽的な人間ではなかったので、いとこと同じように毎夜のコンサートを楽しむことができなかった。それは彼のために残念だというよりほかはなかったが、そのかわりに彼は、ロシア語の文法書を読んでいたらしい。しかしハンス・カストルプのほうは、『大洋汽船』を毛布の上に置いたままにして、心から音楽に聞き惚《ほ》れ、その構成の透明な深みを楽しそうに覗《のぞ》きこみ、個性や気分に溢《あふ》れた旋律の霊感に心から満足するというふうであって、その際、セテムブリーニの音楽評、とくに、音楽は政治的にうさんくさいという腹だたしい言葉を思いだすと、ただもう腹がたってきたが、この、音楽評は、その祖父ジュゼッペが、七月革命を天地創造の六日間と同列に置いたということにも劣らない暴言だと思われた。

……ヨーアヒムは、ハンス・カストルプとちがって音楽の楽しみも、喫煙のかぐわしい享《きょう》楽《らく》も知らなかったが、その他の点ではいとこ同様無事平穏に、いささかの心配もなく、平和に、バルコニーに横になっていた。きょう一日が終り、そのいっさいが終了して、これ以上きょうは何もない。びっくりさせられるようなことも起きないし、心臓の筋肉に無理な要求が課されることもない。それと同時に、この狭い世界の中でいかに生活が円滑に、規則正しく運ばれていくかを考えてみれば、おそらくは、あすもすべてがきょうのように、最初から最後まで同じように反覆されるだろうという確信にも到達する。こうした二重の確信と安心は至極気持がよく、音楽や味の戻ったマリアとともに、これはハンス・カストルプの夜の安静療養を本当に幸福なものにするのに重要な一役を買っていた。

しかし、これほど完璧《かんぺき》な境遇にありながら、この新入りの聴講生は安静療養中に（あるいはどこかで、何かの拍子に）ひどい風邪をひきこんでしまったのである。重い鼻カタルの初期らしく、それが額のうしろにどっかと腰を据えて気分を重苦しくし、懸壅垂《けんようすい》がひりひりと痛み、空気は、自然が用意しておいてくれたいつもの通路を通らずに、冷えびえと、ぎくしゃくと潜《もぐ》りこんできて、そのためにたえず痙攣《けいれん》的な咳《せき》がでた。一夜にして彼の声は、強い酒で焼けてただれたような、うつろなバスの音色を帯びてしまった。

彼にいわせれば、その夜はすっかり咽喉《のど》がひからびて、息が詰り、そのためにたえず跳《は》ね起きて、とても眠れたものではなかったという。

「いや、それは困ったことになったね」とヨーアヒムがいった。「処置なしだな。ここでは、風邪なんていうものは認められないんだ。そんなものはありえないということになっているんだ。空気が極端に乾燥しているから、風邪なんかひくはずがない、ということになっているのさ。だから風邪をひいたなんていったって、ベーレンスにどやされるだけのことだ。むろん君の場合は事情が多少ちがっている。君なら風邪をひく権利もありそうだ。いまのうちにそのカタルの根を断ち切ってしまえばいいんだが。平地だと、そういう処置も受けられるだろうが、ここだと、どうかな――それを真《ま》に受けてもらえるかどうか。ここでは病気にならないほうがいいんだよ、誰も心配してくれやしないから。これは何もいまにはじまったことじゃないが、君も最後のおまけとしてそれを経験することになったわけだ。ぼくがここへやってきた当座、ある婦人が、まる一週間というものたえず耳を押えて、痛い、痛いといっていたが、それがやっとベーレンスの目にとまった。ベーレンスはなんといったと思う、『心配ご無用、結核性ではありません』、それでおしまいさ。むろん、できるだけのことはやってみよう。あしたの朝、マッサージの先生が回ってきたら、ぼくから話しておこう。それが順序だから。そうすればきっと彼が上へ伝えてくれて、おそらく何かしてくれるだろう」

ヨーアヒムはそんなふうにいってくれたが、はたして順序を踏んだだけのことはあった。金曜日にはさっそく、ハンス・カストルプが朝の運動から部屋に戻ると、誰かがドアをノックし、フォン・ミュレンドンク嬢、すなわち「婦長さん」と呼ばれている婦人と彼が親しく知り合う機会が生じたのである。彼はこれまで、この忙しそうな婦人を親しく見たことがなかった。ただ遠方から、つまりある病室から廊下を横切って反対側の病室へ入っていくところを見かけたり、食堂にちょっと姿を現わしたときに、そのきいきい声を聞いたりしただけであった。しかるにその彼女が、いまやまさしく彼のところへやってきたのである。彼女は彼のカタルのことで、彼の部屋のドアをその骨ばった指でこつこつ、そそくさとノックし、相手の返事も待ちきれないせわしなさで入ってきて、閾《しきい》の上でもう一度身をそらせて、部屋の番号を確認した。

「三十四号室」、彼女はかん高いきいきい声で言った。「間違いなし。こちら（Menschenskind）お風邪ですって。（On me dit, que vous avez pris froid, I hear, you have caught a cold, Wy, kaschetsja, prostudilisj, ich höre, Sie sind erkältet?）何語でお話ししたらいいですか。ああ、ドイツ語ね。そうでしたね、ツィームセンさんのお客さんだ、わかりました。私はこれから手術室へいかなければなりません。クロロホルムの麻酔が必要な人がいます、豆サラダを食べたんです。まったく油断も隙《すき》もありゃしない。……それで、こちら（Menschenskind）は、ここで風邪をひいたとおっしゃるのですね」

この旧貴族出身だという婦人の話しぶりに、ハンス・カストルプはあっけにとられてしまった。彼女はまるで自分の言葉を飛び越えていくとでもいうような早口でまくしたてながら、檻《おり》の中の猛獣が何かを嗅《か》ぎだすかのように鼻を突きだし、落着かず、頭をぐるぐる回転させるような動かし方で左右へ向け、雀斑《そばかす》のある右手を、拇指《おやゆび》は立てたまま軽く握って、からだの前で手首から上をさかんに振った。それは、「早く、早く、早く。私のいうことを聞いてばかりいないで、あなたが何かいって、早く私をいかせてくださいな」とせきたてているような様子であった。彼女は、四十代の貧弱な、いじけたからだつきで、ぶざまで、ベルトのついた白い診察服を着ていた。胸には柘榴石《ざくろいし》の十字架が下がっていた。看護婦帽の下からは赤らんだ薄い髪が覗《のぞ》いていて、充血した、片方にずいぶん大きなものもらいのある水色の眼をきょろきょろさせ、鼻は反《そ》りかえり、蛙《かえる》のような口で、下唇《くちびる》を斜めに突きだし、それがものをいうたびにシャベルのように動いた。しかし、ハンス・カストルプは生来の人なつこさ、他人に信頼をおく控え目で辛抱強い態度で彼女を見まもっていた。

「いったいどんなお風邪、ええ？」婦長はふたたび問いかけて、鋭く見つめる眼つきをしてみせようとしたが、これはうまくいかなかった。眼がすぐ横にそれてしまうからである。「そんな風邪はごめんですね。ときどきひかれるのですか。おいとこさんもちょいちょいそうじゃなかったかしら。いったいおいくつ？　二十四？　曲者《くせもの》です、そのお歳《とし》は。で、ここへいらっしゃって、そうしてお風邪をお召しになったの？　でもここでは風邪なんてものは通用しませんのよ、それは下界の戯言《たわごと》です（彼女が下唇をシャベルのように動かして、この「戯言」という言葉を口にしたその様子には、不潔で奇怪なものがあった）。正真正銘の気管支カタルです、眼を見ればわかります。――」（そういって彼女はもう一度、突き刺すように鋭く彼の眼に見入ろうとしたが、この風変りな試みはこんども成功しなかった）「しかし、カタルは寒さからくるのではなくて、何かに伝染して起るもので、だから問題は、その伝染が単なる無害な伝染か、あるいは有害なものかにかかっているのです。それ以外のいっさいは戯言です」（またしてもいやらしい「戯言」がでてきた）「その感染もたいしたものではないかもしれません」といって彼女は、大きなものもらいのある眼で彼をじっと見つめたが、それはただ見つめたというつもりだけのものらしかった。「では、毒にならない消毒薬をさしあげましょう。たぶん効《き》くでしょう」彼女はベルトに吊《つ》っていた黒革《かわ》の鞄《かばん》の中から、小さい包みを取りだしてテーブルの上に置いた。フォルマミントだった。「でも興奮したお顔つきだこと。熱がおありのようですね」相変らず彼女は彼を見つめようとするが、そのたびに眼がすこし横にそれた。「熱はお計りになったのですか」

彼は否定した。

せていた。

「どうして？」と彼女は尋ねて、斜め前へ下唇を突きだして、それをそのまま空に浮かせていた。

彼は黙っていた。……この愛すべき青年は、返事につまった小学生が、席に立ったまま口をつぐんでしまうように初心《うぶ》なのであった。

「全然検温なさらないんですか」

「します、婦長さん。熱があるときは」

「だって、こちら(Menschenskind)、検温というものは、第一に、熱の有無をしらべるためなのですよ。それで、あなたは、熱がないとおっしゃるの」

「よくわからないのです、婦長さん。はっきりしないのです。ここの上へきてからは、いつも少し熱っぽく、そしてぞくぞくしていたんです」

「はは あ。で、体温計はどこにお持ち？」

「持っていないのです、婦長さん。持っているはずはありませんよ。ぼくはここへお客にきただけで、健康なんですから」

「戯言をおっしゃる。私をお呼びになったのは、健康だからですか」

「いいえ」彼は慇懃《いんぎん》に笑った。「その、すこし——」

「——風邪をお召しになった。そういう風邪にはもうなんどもお目にかかっています。はい、これ」そういって彼女はもう一度鞄の中を掻《か》き回し、黒と赤と、二つの細長い革の小函《こばこ》を取りだして、これもテーブルの上に置いた。「こちらは三フラン半、こちらは五フラン。むろん五フランのほうが上等です。ていねいに扱えば一生保《も》ちます」

彼は微笑しながら赤いケースをテーブルから取上げ、開けて見た。ガラス製の器具が、その大きさに窪《くぼ》んだ赤ビロード張りの窪みの中にきっちりとはまっていた。それは装身具のように美しかった。赤線は度の目盛り、黒線は分の目盛りを現わし、数字は赤、下端の細くなった部分には、鏡のように光る水銀が詰っていた。その水銀柱は、哺乳《ほにゅう》動物の標準体温以下の、ずっと低い温度を示して冷たく光っていた。

ハンス・カストルプは自分の身分や体面にふさわしいやり方を心得ていた。

「こちらをいただきましょう」彼はもう一つのケースのほうへは眼もくれないでそういった。「この五フランのを。いますぐあなたに……」

「承知しました」婦長はきいきい声でいった。「大事な買物をなさるときには、けちけちなさってはいけません。お代はお急ぎにならなくても結構です、お勘定のほうへ回しておきます。ちょっと拝借、もっと下げておきましょう、ずっと下までおろしておきましょう――はい、これでよろしい」彼女は彼から体温計を受取って何度もそれを空で振って、水銀をずっと下の方へ、三十五度以下にまで下げた。「これでもまた上がってきます、水銀君は這《は》いあがってきます」と彼女はいった。「さあ、お得なお買物です。この検温の仕方はご存じですね。舌の下で七分間、一日四回、舌で包みこむようにしてください。では、さよなら、お大事に」彼女はそういって部屋をでていった。

ハンス・カストルプはお辞儀をしてから、テーブルのそばに立ったままで、婦長が姿を消していったドアを眺《なが》めたり、彼女が置いていった検温器を見たりした。「フォン・ミュレンドンク婦長というのはあれか」と彼は思った。「セテムブリーニは彼女がきらいだが、なるほどそういえば、あの女にはいやなところがいろいろある。むろんあのものもらいはいただけないが、あれは一生くっつけているといったものじゃあるまい。しかし、あの女がおれのことを必ず『こちら』(Menschenskind)と呼ぶのはどうしてだろう。しかも真ん中にsを入れるときている。書生流で、なんとも奇妙な感じだ。体温計を一本売りつけられたが、きっといつも二、三本は鞄の中に忍ばせているのだろう。ヨーアヒムの話だと、ここではいたるところで、あらゆる店で、そんなものがあろうなどとは想像もできないような店でも、体温計を売っているというが、おれの場合はこっちからわざわざ買いにいかずに、体温計のほうで勝手におれのふところへ飛びこんできたというわけか」彼は、その小ぎれいな器具を容器から取りだして眺めると、それを持ったまま、そわそわと部屋の中をなんどもいったりきたりした。激しい動悸《どうき》がした。彼は開け放たれたバルコニーのドアの方を振返ってみて、ヨーアヒムを訪《たず》ねたい衝動に駆られ、部屋のドアの方へいきかけたが、それを中止してふたたびテーブルのそばに立ちどまり、咳払いをして声の嗄《しゃが》れ具合を調べてみた。すると咳がでた。「そうだ、熱があるかどうか、ひとつ調べてみよう」彼はそういって、急いで体温計を口の中へ入れた。水銀の詰っているさきのほうを舌の下へ入れて、唇の間から体温計を斜め上に突きだし、それを唇でしっかり包んで、外気が入らないようにした。それから彼は腕時計を見た。九時三十六分だった。彼は七分間の経過を待った。

「一秒といえども入れすぎてはいけないし」と彼は思った。「早くだしすぎるのもいけない。しかし、おれなら信用できるだろう、おれなら上げもしなければ下げもしないのだから。おれなら、セテムブリーニが話したあのオティーリエ・クナイファーとかいう女のときのように『のっぺらぼう』なんかは不必要だ」彼は舌で体温計を押えたまま部屋の中を歩き回った。時間はのろのろと進み、わずか七分間が無限のように思われた。最後の瞬間をうっかりしてやりすごしはしないかと、気を揉《も》んで時計を見てみると、まだやっと二分三十秒経過しただけだった。部屋の中の品物を取りあげてはまた置いてみたり、いとこに気づかれないように注意してバルコニーへでてみて、外の風景を見渡してみたりもした。この高原の谷間の風景、その千状万態の姿、つまり方々の尖《とが》った峰や尾根や山壁、左手の、その背が斜めに部落の方へおりていて、山腹が牧場のある荒涼たる森に覆《おお》われている「ブレムビュール」の岩壁、いまでは彼もその名をすっかり覚えこんでしまった右手の山々の連なり、ここから見ると谷を南の方でふさいだ格好になっているアルタインの岩壁、それらはいずれも彼にはもうすっかりおなじみになっていた。

──彼はまた、台地に設けられた庭園の砂利道、花壇、岩窟《がんくつ》、えぞ松などを見おろしたり、安静療養最中のホールからのひそひそ話に耳をそばだてたりした。それから部屋へ戻りかけて、口中の体温計の位置を直すようにしながら、またもや腕を前方に突きだし、手首から袖口《そでぐち》をずらし、前腕を顔の前へ曲げて時計を見た。あれこれと努力し、押したり突いたり蹴《け》ったりのあげくが、まだやっと六分経過しただけであった。しかし、そのあとで彼が部屋の真ん中に立ち、夢でも見るような気持でぼんやり物思いに耽《ふけ》っている間に、残りの一分が、彼に隠れてこっそり忍び足で進んでいて、彼がもう一度腕をあげてみたときは、それがすんでのところで逃げ去ってしまいそうであった。そして彼が、面倒だ、結果はどうせ同じことだと、体温計を口から取りだして、眼をきょろつかせて検《しら》べてみたときはもう手遅れで、時間は八分目の三分の一が経過していた。

体温計の度盛りが、彼にはすぐには読みとれなかった。水銀の光と扁平《へんぺい》なガラスの外壁の反射が融《と》け合って、そのために水銀柱がずっと上まであがっているようにも見えたし、また全然あがっていないようにも見えたからである。彼は体温計を眼に接近させて、いろいろとひねくり回してみたが何も見えなかった。それでもようやく適当な角度を探り当てて、水銀の姿をはっきりと見ることができた。彼はそれをしっかり捕え、すばやく読みとって頭に入れたが、水銀柱は、実は相当伸びあがっていたのである。それは、標準体温の限度を越え、分線を何本分か進んでいた。熱は三十七度六分あった。

午前の十時そこそこなのに、すでに三十七度六分――これは高すぎた。つまりこれは立派な「体温」であって、彼のからだは感染しやすい状態にあって、ある病気に感染した結果生じた熱であった。そして問題は、ただ、それがどういう性質の感染であるかにあった。三十七度六分――ヨーアヒムもこれ以上の熱はなかった。重症患者、危篤《きとく》患者として床につききりの病人以外には、ここではこれ以上の熱のある人間はひとりもいなかった。気胸をやっているクレーフェルトも……ショーシャ夫人といえども、そんな熱はなかったのである。むろん彼の場合は、ここのひとたちと同じの、本物の熱ではなく――下界のひとたちのいう風邪熱にすぎないのであろう。しかし、それとて厳密に区別したり分類したりすることは困難だった。風邪をひいてはじめてこれだけの体温になったのかどうか、これはハンス・カストルプには疑問だった。もっと早く、顧問官がすすめたときにさっそく水銀に相談してみなかったことが、いまさらながらにくやまれた。顧問官の忠告は正しかったのだ。残念ながらそれがいまになってやっとわかったが、セテムブリーニがそれをあんなふうに笑いとばしたのはまったく間違いだったのである――共和国だの美しい文体だのと勝手なほらを吹くあのセテムブリーニが。ハンス・カストルプは、水銀柱の位置がガラスの反射で見えなくなるたびに、それを一所懸命にひねくり回してふたたび示度を探《さが》しだし、それをなんども見直しながら、共和国と美しい文体を軽蔑《けいべつ》した。体温計は相変らず三十七度六分を示していた、それも、まだ午前中だというのに。

彼はすっかり興奮してしまった。体温計を手に持ったまま（しかも、縦にしては差障《さしさわ》りがありはしないかとばかり、水平にして）、部屋の中を二、三度歩き回り、それから慎重そのものという態度で体温計を洗面台の上に置き、とりあえず外套《がいとう》と毛布で安静療養にとりかかった。彼は腰かけると、教えられたとおりに毛布を左右から、つぎに下から一枚ずつ、すっかり慣れた手つきで、からだのまわりに投げかけ、おとなしく横になったままで、二度目の朝食の時刻にヨーアヒムが迎えにくるのを待った。彼はときどき笑ったが、それはまるで誰かに笑いかけるとでもいったような感じだった。胸がときどき、息苦しく震えながら高まり、そのために気管支カタルの胸から咳《せき》がでてきた。

十一時の銅鑼《どら》が鳴ったのち、いいとこを朝食に誘いに部屋に入ってきたヨーアヒムは、相手がまだ寝ているのを見た。

「どうしたんだ」ヨーアヒムは寝椅子《ねいす》に近づいて、けげんそうに尋ねた。……

ハンス・カストルプはしばらく黙ったまま前方を見ていて、それから返事をした。

「ああ、最新のニュースはね、僕が少々熱があるということさ」

「それはいったいどういう意味だい」とヨーアヒムが尋ねた。「熱っぽいというのかい」

ハンス・カストルプはもう一度返事をしばらく控えたうえで、もの憂《う》げに答えた。

「熱っぽい感じは、もうかなり前から、ずっとあったんだ。だけどこんどはそういう主観的な感じの問題ではなくて、精密にたしかめたんだ。つまり計ってみたのさ」

「検温？　どうやって計ったんだ」ヨーアヒムは驚いて叫んだ。

「むろん体温計でさ」ハンス・カストルプは、相手をからかいながらたしなめるような調子で答えた。「婦長さんに一本売りつけられてね。彼女は必ず『こちら』(Menschens-kind)という呼びかけ方をするが、そのわけはいざ知らず、あれは正式じゃないね。非常に優秀な体温計を、すばやく一本売りつけていったよ。ぼくの熱が知りたかったら、部屋の中の洗面台の上にある。ほんのちょっとした熱だが」

ヨーアヒムはくるりと向きを変えると部屋の中へ引返した。そしてふたたびやってくると、ためらいがちに、

「三十七コンマ五半だね」といった。

「じゃ、少し下がってしまったんだな」とハンス・カストルプは急いで答えた。「六あったんだ」

「午前中にしては決して『ちょっとした熱』じゃないぜ」とヨーアヒムがいった。「困ったことになったな」彼は両腕を腰に当て、頭を垂れて、本当に「困った」という格好でいとこの寝椅子のかたわらに立った。

「寝ていなくてはいけないね」

ハンス・カストルプはその返事の用意をしていた。

「わからないね」と彼はいった。「三十七度六分なら、なぜ寝なくちゃいけないのだろう。ぼくよりも低くはない君やほかのひとたち——君たちみんなが——自由に飛び回っているというのにさ」

「それは、しかし、事情が少しちがうんだ」とヨーアヒムはいった。「君のは急性で、無害なものさ。君のは風邪の熱だ」

「第一に、だね」とハンス・カストルプは、自分の主張を、第一、第二と分けたりさえした。「無害な熱——そんな熱があると仮定してだよ——無害な熱だと寝なければならないが、そうでない熱なら寝なくてもいいなんていう理由がぼくにはのみこめない。第二に、だ、この熱は風邪の熱じゃなくて、前々からの熱なんだよ。ぼくとしてはね」と彼は結論へ移った。「三十七度六分はあくまでも三十七度六分とみたいのさ。君たちがそれだけの熱があって、平気で飛び回っているのなら、ぼくだってそれくらいのことは一向に構わないはずだと思うんだ」

「しかしぼくだってここへきた最初の四週間は寝ていなければならなかったんだ」とヨーアヒムが抗議した。「そうして、寝ていても体温がさがらないことがわかった上で、はじめて起きさせてもらったのさ」

ハンス・カストルプは微笑した。

「それでどうなの？」と彼は尋ねた。「君とぼくでは、しかし、事情が違うんだろう。

君のいっていることにはどうも矛盾がある。初めは区別しながら、こんどは同じだというんだ。それは『戯言《たわごと》』じゃあるまいか」

ヨーアヒムは踵《かかと》でくるりと一回転したが、さてふたたびいとこの方を向いたときの彼の陽灼《ひや》けした顔は、一段と赤黒さを増していた。

「違うよ」と彼はいった。「ぼくは少しも同じだといっていやしない。混同しているのは君のほうなんだよ。ぼくはね、ただ、君がひどい風邪をひいていること、それは声を聞いただけでもわかるし、しかも来週は家へ帰る予定なんだから、風邪をこじらせないように寝ていたらどうだろうかといっているんだ。だけど君にそうする気がないのなら——つまり寝ているつもりはないというのなら、それなら寝ていなくても結構なんだ。君に命令する気なんかないんだよ。とにかくいまは朝食にいこう。もう遅刻だ」

「そうだ、急ごう」とハンス・カストルプは毛布をはねのけた。彼が部屋にとってかえして髪にブラシをあてている間、ヨーアヒムは洗面台上の体温計をもう一度みていた。そしてハンス・カストルプは、そのヨーアヒムをわきから眺めていた。それからふたりは黙って部屋をでて、食堂で自分たちの席についた。この時刻にはいつもそうだったが、どの席にもミルクがだされていて、それが白く光っていた。

侏儒《こびと》の少女がハンス・カストルプのためにクルムバハ・ビールを持ってきた。しかし彼はそれを諦《あきら》めて断った。きょうはビールは飲まないことにしよう、全然飲まないでおこう、いや、すまないけれども、きょうは水を一口飲むぐらいのところでやめておこう。こういう彼の言葉が一大センセーションを惹《ひ》き起した。どうなさったんですの。なんで急にそんなことをおっしゃるのです。なぜビールを召しあがりませんの。——少し熱があるんです、とハンス・カストルプはさりげなくいった。三十七度六分、ほんのちょっとですが。

　すると、みんなは人差し指を立てて彼をたしなめる仕草をした。——はなはだ奇妙な光景だった。みんなはいたずらっぽい調子で、首を横にかしげ、片方の眼をつむり、耳のあたりで人差し指を振った。まるで、いままで純真を売り物にしていたひとが何か突飛なことをしでかして、それが皆に知れ渡ったとでもいうような具合であった。「おや、まあ、あなた」と女教師は微笑しながらおどす真似《まね》をして、産毛《うぶげ》の生えた頰を赤くした。「結構なお話ですね、ほんとにたいしたお話だこと。いまに見ていらっしゃいよ」——シュテール夫人も「あら、あら、あら」といって、短い赤い指を鼻の横に当てておどした。「参観の殿方に温度（Tempus）がおありですって。あなたも相当なものね——ご立派だわよ、頼もしい同志だわ」——上手《かみて》の席に坐《すわ》っている大叔母さんも、ニュースが伝わると、ふざけて、ずるそうに彼を脅《おど》す真似をした。美人のマルシャも、これまでハンス・カストルプに目もくれなかったのに、彼の方へかがんでオレンジ香水の匂《にお》うハンカチを口に当てたまま、まん丸い鳶色《とびいろ》の眼で彼を見つめて、やはり彼を脅す真似をした。

シュテール夫人から伝え聞いたドクトル・ブルーメンコールもみんなと同じそぶりをしたが、しかしそれでもハンス・カストルプの顔は見なかった。ミス・ロビンスンだけが、例の打解けない様子を崩《くず》さずにいた。ヨーアヒムは真面目《まじめ》な表情で眼を伏せていた。こんなにまでみんなからからかわれたので、ハンス・カストルプはくすぐったくなり、謙遜《けんそん》して何か否定の言葉を述べなければなるまいと思った。「いや、皆さん」と彼はいった。「皆さんは勘違いをしていらっしゃるのです。ぼくの熱は全然他愛もないもので、このとおり、ただの風邪でして、眼に涙がでて、胸が重苦しくて、夜の半分が咳《せ》きこんで、どうもとてもやりきれないのです。……」しかし誰も彼の弁解など受けつけようとはせず、そんな言い草はたくさんだといわんばかりに笑って手を振り、「さよう、さよう、そのとおり、ごまかし、逃げ口上、風邪のお熱、そうでしょう、そうでしょう」と叫んだ。そして一同急に異口同音に、即刻診察を受けるようにとすすめた。このニュースでみんなが活気づいて、この朝食中は、七つの食卓の中で、この食卓がいちばん賑《にぎ》やかだった。ことにシュテール夫人ときたら、襞縁《ひだべり》からまっ赤で頑迷《がんめい》な首を突きだし、頰には小さなひびを見せて、ほとんど野蛮とも評すべき饒舌《じょうぜつ》で、咳の快感について一席長広舌をふるった。——胸の奥底でむず痒《がゆ》さがつのり、それが大きくなって、その刺激に応ずべく、こちらも痙攣《けいれん》したり我慢を重ねたりしながら息をずっと深くしていく気持、これはまことになんともいえないほど楽しくて、いい気持である。それは急にあのくさめをしたい刺激が高《こう》じてきて、たまらなくなり、うっとりと二、三度大きく息を吐いたり吸ったりしたのち、その刺激に身を任せて、甘美な爆発に全世界を忘れ去るあの快感に似ているではないか。しかもときには二度、三度と続けざまにすることもある。これぞ人生の無料の楽しみというものであろう。もっとも、ほかにもたとえば霜焼けを掻《か》く快感がある。春さきに、これがおそろしく痒くなり、それを一心不乱に、残酷に、それこそ血のでるほど狂暴に掻きむしって恍惚《こうこつ》となるのも同じ種類の愉悦であるが、そんなときに、ふと鏡を見ると、そこには悪魔のようなしかめっ面《つら》が映っている、というのである。

こんなふうに無教養なシュテール夫人が、寒気がするほどことこまかに話をしているうちに、盛りだくさんだが本来は簡単な二度目の朝食が終り、いとこたちは午前中の第二回目の散歩にダヴォス街まででかけていった。途中はヨーアヒムが物思いに沈み、ハンス・カストルプのほうは風邪のためにはあはあ息を弾《はず》ませ、錆《さび》ついたような胸でしきりと咳払いをしていた。帰り道にヨーアヒムがこういった。

「ものは相談だが、どんなものだろうか、きょうは金曜日——だからあすの食後には、ぼくの月例の診察がある。総診日ではないが、ベーレンスがぼくをちょっと打診してみて、クロコフスキーに何事か二、三書きとらせることになっている。そのときに君もいっしょにいって、ついでのことにちょっと診《み》てもらってはどうだろうか。まあ大げさな話さ――これがうちにいるんだったら、ハイデキント先生の往診を願うというところなんだがね。ところが、ここにはその道の専門家がふたりもいるというのに、君は飛び回っていて、どこがどう悪いのか、寝たほうがいいのか、どうか、そんなこともわからないでいるんじゃ仕方がないからね」

「ああ、いいよ」とハンス・カストルプがいった。「そうしよう。だってそのとおりだから。それに一度は診察を見学するのも悪くないだろうし」

こうして彼らは意見の一致をみた。そして坂を上ってサナトリウムの玄関前にきたとき、偶然当のベーレンス顧問官に出会ったので、ふたりはさっそくこの好機を利用してその件を頼みこんでみた。

からだの大きなベーレンス顧問官は、頸《くび》のうしろの肉をとびださせ、山高帽を阿弥陀《あみだ》にかぶり、葉巻をくわえ、青い頰で、眼をうるませて玄関からでてきたが、彼はいままで手術室で腕をふるっていて、これからはダヴォス村へ私的な患者の往診にでかけるとのことで、仕事をする気十分というところだった。

「やあ、いかがです、ご両人」と彼はいった。「相変らず膝栗毛《ひざくりげ》ですか。広大な世界は見事なものだったでしょう。私はメスと骨鋸《ほねのこぎり》で割の悪い決闘を終えてきたところだ――大仕事でした、肋骨《ろっこつ》切除というやつでな。昔は十人のうち五人までが手術台上で冷たくなったものだが、当節では私たちも要領がよくなりましてね。それでもまだときには、死因（mortis causa）を手術半ばにまた包みこむ場合もありましてな。しかし、きょうの患者は話のわかる先生でした。いよいよの瞬間にも泰然自若たるものでした。……名前だけの胸郭なんて、実に変なものですよ。まるで鼠蹊部《そけいぶ》ですわ。ぶざまで、まあ、胸部の観念を曖昧《あいまい》にしてしまいますな。ところで、あなた方は？　貴殿にはいかがお暮しかな。アヴェックの生活はまたひとしおというところかな。いかがです、ツィームセン君、古狸《ふるだぬき》殿。しかしまたあなたはどうしてお泣きなさる、この参観人君は」と彼は突然ハンス・カストルプをみていった。「大っぴらに泣くのは、ここではご法度《はっと》ですぞ、院則が許しません。みんなが真似をしだしたらどうなります」

「風邪なのです、先生」とハンス・カストルプは答えた。「原因不明ですが、ひどいカタルにやられました。咳はでる、胸は重苦しいの、さんざんの態《てい》たらくなのです」

「ほほう」とベーレンスはいった。「では腕のいいお医者さんに診てもらうのですな」

ふたりは笑った。ヨーアヒムが靴の踵《かかと》を合わせて答えた。

「実はいまそうしようと思っているのです、先生。あすは私の診察日に当りますが、そのときにいいとこもいっしょに診察していただくことをお願いしようと思っていました。火曜日の出発のことがどうかと思いましたので……」

「よろ」とベーレンスはいった。「よ、ろ、し、い。よろしいですよ。はなからその必要があったのですよ。ここにお住いになるからには、そのこともごいっしょになさるのが当をえています。むろんこれは当方で強制すべきことではないが。では、あすの二時、秣槽《かいばおけ》から離れられたらさっそくにな」

「熱も少々ありますので」と、ハンス・カストルプはそのことについても触れた。

「何をおっしゃる」とベーレンスは叫んだ。「それが私にわからんとでも仰《おお》せかね。この眼は節穴ではござらぬ」そういって彼は、大きな人差し指で、充血した、青くうるんだ、涙ぐんだ自分の二つの眼を指した。「それで、いったいどのくらい」

ハンス・カストルプは神妙に体温を報告した。

「午前中に、ですな。ふむ、たいしたものだ。はじめにしては、なかなか味なところをお見せになる。ではあす二時にお揃《そろ》いでご出頭を願いましょう。光栄です。では、祝福せられたる滋養分摂取を」そういうと彼は、がに股《また》の足を踏みしめふみしめ、空気を掻きわけるように両手を動かして、葉巻の煙をうしろへなびかせながら、坂道をゆっくりと下っていった。

「これで君の希望どおりに約束できた」とハンス・カストルプはいった。「上出来だね。ぼくもこれで申請済みというわけだ。せいぜい甘草《かんぞう》の煎《せん》じ汁か、咳止め用の煎薬を処方するぐらいのことだろうが、それでもいまのぼくには、医者にあれこれいってもらったほうが気持も落着くしね。だけれども、なんだってあのひとはいつもあんなにしゃべり散らすんだろう」と彼は話しつづけた。「はじめのうちはそれがおもしろかったが、いつもああやられると、飽きるね。『祝福せられたる滋養分摂取』とは何事だ。なんたる戯言ぞや、といいたいところだね。『祝福せられたる食事を』ならまだしもだ。『食事』なら、『日々の糧《かて》』というのと同じように、いわば詩的な言葉で、『祝福せられたる』という言葉ともぴったり合う。しかし『滋養分摂取』というのは純然たる生理現象で、だからそれを祝福するというのは、どう考えても嘲弄《ちようろう》的だ。それに葉巻をふかしているのもおもしろくないね。だって煙草《たばこ》はあのひとの健康によくないそうじゃないか。メランコリックになるっていうじゃないか。だから見ていてなんだか不安になるんだ。セテムブリーニは、顧問官が無理に快活を装《よそお》っているといったが、セテムブリーニはとにかく批評家で判断を下す人間なんだから、これは正しいといわざるをえないな。ぼくも少しは批評精神を鍛えて、なんでも物事をありのままに受取ることのないようにすべきかもしれないね。その点彼の発言は正しいよ。しかし批評や非難や義憤から出発しながら、そのうちに批評とは無関係の、まったく別の気持がまじってきてしまって、そうなると道徳的厳格さなんかどこかへとんでいってしまって、そのために共和国だの美しい文体だのまでが味もそっけもないものになってくることにもなるんだね。……」

　彼はとりとめもないことを呟《つぶや》いていたが、自分で自分のしゃべっていることがよくわからないようであった。ヨーアヒムはちらりと横眼を使っただけで、「ではまた」といった。ふたりはそれぞれに自分の部屋に戻ってバルコニーへでた。

「何度？」しばらくしてからヨーアヒムが小さな声で尋ねたが、それは別に彼がハンス・カストルプがふたたび体温計のお世話になっているところを目撃してのことではなかった。……ハンス・カストルプは、至極平静な口調で返事をした。

「変りはないよ」

事実、彼は部屋に入るとさっそく、けさ買ったばかりの小ぎれいな器具を洗面台から取りあげ、下へ振って用済みになった三十七度六分の水銀をさげて、慣れた様子でこのガラス製の葉巻を口にくわえて安静療養にとりかかったのであった。しかし、大いに期待して、たっぷり八分間は舌の下へ入れておいたのに、水銀は今度も三十七度六分から上へはあがらなかった。午前の検温時以上に高くはならなかったが、それでも熱は熱だった。光った水銀柱は、昼食後には三十七度七分までに達し、この患者がその日一日の興奮や事件ですっかり疲労した晩方には、三十七度五分で、翌朝は三十七度にしかならなかった。しかし正午ごろにはふたたび前日と同じ高さに達した。こんな上がり下がりのうちにその翌日の昼食を迎え、それが終るとベーレンス顧問官とのランデヴーの時間がやってきた。

のちになってからハンス・カストルプは、この食事時間にショーシャ夫人が、大きなボタンと縁飾りのついた、ポケットのある黄色のスウェーターを着ていたことを思いだした。それは新しいスウェーター、というか、ハンス・カストルプがはじめて見るスウエーターだったが、それを着て彼女は例のごとく遅参して、ハンス・カストルプの見慣れたしぐさで食堂のひとたちにちょっと正面をきってみせ、それから毎日五回そうするように、自分の食卓へ滑《すべ》るように歩いていき、おとなしやかに着席し、おしゃべりをしながら食事をはじめた。横向きの中間に斜めに置いてある食卓の端に坐っていたセテムブリーニの背中越しに、ハンス・カストルプは「上流ロシア人席」の方を見やって、毎日のこととはいえ、きょうは特別念入りに気をくばって、彼女の頭がしゃべりながら動くのや、そのうなじの円《まる》みや、ぐったりとした背中の線を事新しく観察した。ショーシャ夫人は、この食事中は一度もうしろを振向かなかった。しかしデザートのあと、広間の短いほうの右側、下層ロシア人席のところで、鎖つきの大きな振子時計が二時を打ったとき、彼女がこちらを振向いたので、ハンス・カストルプの心は怪しく動揺した。時計が二時を——一、二——とふたつ打っている間に、この美しい女病人はゆっくり頭をめぐらせ、上半身を少しねじ向けて、肩越しにはっきりとハンス・カストルプの食卓の方を——それも漠然《ばくぜん》と彼の食卓の方ではなく、まぎれもなく本当に彼ひとりだけを見やった。その引締まった唇の辺やプシービスラフふうの細い眼には微笑が漂っていて、まるで「どう？　もう時間よ。あなた、いかないの」とでもいいたそうな様子だった（というのも、眼だけでものをいうときは、口では相手の名を丁寧にいったことさえない間柄でも、話はあなたで交《かわ》されるのである）——これはハンス・カストルプを完全に狼狽《ろうばい》させ、動揺させた突発事件であった——彼は自分の眼を容易に信ずることができず、茫《ぼう》然《ぜん》としてショーシャ夫人の顔を見つめ、それから彼女の額、髪へと視線を走らせて宙にそらした。彼女は、彼が二時に診察を受けるということを知っているのだろうか。彼女の様子からは、もうそれを知っているようにも見えたが、そんなことのあろうはずはなかった。それからまた、ハンス・カストルプが目下考えていたこと、すなわちもう風邪はよくなったから診てもらう必要はない、とヨーアヒムを通して顧問官にいおうかどうしようか、と考えていたことも知っていようはずはなかった。しかし、彼女の問いかけるような微笑を見ては、断わろうかという思いつきも色褪《いろあ》せて、不快な退屈なものとしか感じられなくなってしまった。つぎの瞬間、ヨーアヒムがもう巻いておいたナプキンを食卓にのせて、眉毛《まゆげ》をあげて合図をし、まわりの人々に挨拶《あいさつ》して食卓から離れたので、ハンス・カストルプも、外見はしっかりとした足どりではあったが、心の中は動揺して、先刻の彼女の眼つきや微笑をまだ背後に感じながら、いとこのあとに続いて食堂をでた。

ふたりは、きのうの昼前からもうきょうの診察について触れずにいたが、いまも黙契のうちに何もそのことはいわなかった。ヨーアヒムは足を早めた。すでに約束の時間をすぎていたせいでもあったが、とにかくベーレンス顧問官は時間がやかましかったからである。食堂をあとにして、一階の廊下を通って「事務局」の横を通りすぎ、蠟《ろう》で磨《みが》いたリノリウムの敷いてある清潔な階段を地階へ「おりて」いった。階段をおりた正面にはドアがあって、ヨーアヒムがそのドアをノックした。そこにかかっている陶器製の標札から、それが診察室の入口であることがわかった。

「おはいり」ベーレンスがはに力をこめて叫んだ。診察着を着て、右手の黒い聴診器で腿《もも》を叩《たた》いて彼は部屋の中央に立っていた。

「テンポー、テンポー」と彼はいいながら、うるんだ眼で掛時計を見やった。「もっとお早く願いたいもんですな、諸君。(Un poco più presto, Signori!) われわれは尊堂の丸がかえではありませんからな」

ドクトル・クロコフスキーは窓の前の、両袖の事務机に向っていた。彼は黒光りする木綿《もめん》地の、シャツのような診察着を着ていて(そのためにいっそう顔色が青く見えた)、机に肘《ひじ》を突き、片手にペン、片手をひげの中に、患者カードらしい書類を前に、部屋に入ってきたふたりに対しては、代診の資格で立ち会うだけだというような無表情な顔をしていた。

「さあ、通信簿をお見せなさい」ヨーアヒムの遅参の詫《わ》びに答えながら、顧問官は体温表を受取って眼を通した。その間にヨーアヒムは急いで上半身だけ裸になって、脱いだ衣服はドアの横の衣桁《いこう》に掛けた。ハンス・カストルプを構う者はいなかった。彼はしばらくの間立って見物していたが、やがて水の入っているフラスコがのせてある小卓のそばの、肘掛に総《ふさ》のある古風で小さな安楽椅子《いす》に腰をおろした。壁際《かべぎわ》には、分厚い医学書や分冊にした書類のつまった書棚《しょだな》があった。そのほかに家具といえば、ハンドルで高低の調節ができる長椅子が、蠟引きの白布をかぶせ、頭をのせる枕《まくら》には紙のカバーをかけて置いてあるだけであった。

「コンマ七、コンマ九、コンマ八」ベーレンスは、一日五回の検温結果が丹念に記入してあるヨーアヒムの週間カードをめくって読みあげた。「相変らずほろ酔いですな、ツィームセン君。この前より（「この前」とは四週間も前のことであった）固まったとはいえません。まだまだ毒は消えておらん」と彼はいった。「むろんきょう、あすというわけにはいきません。われわれといえども魔法は使えませんからな」

ヨーアヒムにしたところが、自分は何もきのうここの上にやってきたわけではないと抗議できたのではあるが、彼はうなずいて、裸の肩をすくめただけだった。

「いつも鋭い呼吸音のしていた右肺門の刺痛はその後いかがです。何、よろしい？　ではこちらへどうぞ。謹んで打診と参《そ》りましょうか」こうして診察がはじまった。

ベーレンス顧問官は足を開き、反り身になり、聴診器を小腋《こわき》に挟《はさ》んで、まずヨーアヒムの背部の右肩の上端を打診した。右の太い中指を小槌《こづち》に、左手を台に手首を動かして打診した。つぎに肩胛骨《けんこうこつ》の下へさがり、背中の中部と下部の側面を打診した。それから、もう慣れているヨーアヒムは、腕をあげて、腋の下を打診してもらった。同じことが今度は左側でも繰返された。それが終ると顧問官は「回れ右！」と号令し、前胸部の打診にとりかかった。首のすぐ下の鎖骨辺からはじめて、上胸部から下胸部へかけて、右から左の順で打診した。打診がひととおり終ると、つぎは聴診であった。聴診器の栓《せん》を耳にはめると、顧問官はヨーアヒムの胸と背中に聴診器の口を当てて、さきに打診した個所のすべてを聴診した。ヨーアヒムはその間、息を深く吸いこんだり、わざと咳《せ》きこんだりしなければならず、これがひどく疲れることらしく、彼は息を切らして、眼に涙を浮べた。ベーレンス顧問官は、ヨーアヒムのからだの内部から聞きとったいっさいの結果を、簡潔な用語でいちいち事務机の代診に書きとらせた。そのありさまはハンス・カストルプに、仕立屋で服の寸法をとる光景、つまりきちんとした身なりの仕立師が、お客の胴や手足の方々へ一定の順序に従って巻尺を当てて、とった寸法をかたわらに屈《かが》んだ弟子に書きとらせる光景を思いださせた。「短音」、「短縮」とベーレンス顧問官は口授した。「肺泡音《はいほう》」、続けて「肺泡音」(明らかにこれはいい徴候であった)、つぎが「粗音」、こういって彼は眉をしかめた。「大きな粗音」、「雑音」。それをドクトル・クロコフスキーは、仕立職人が親方のいう数字を書きとるように一つひとつ書きとった。

ハンス・カストルプは首をかしげたまま、ヨーアヒムの、大きく息を吸いこむたびに皮膚が引っぱられて、窪《くぼ》んだ腹の上に肋骨《ろっこつ》が(幸いにして彼にはまだ肋骨があった)浮きでてみえる上半身——胸と相当に逞《たくま》しい腕(片方の手首には金鎖の腕輪をつけていた)に黒い毛の生えている小麦色のすらりとした若者らしい上半身を、考え深げに眺めながら、その場のすべてのことを見学していた。あれは体操家の腕だ、とハンス・カストルプは考えた。おれはそういうことには無関心だったが、ヨーアヒムはいつも体操が好きだった。軍人になりたいという希望も、それにつながっていたんだ。彼は日ごろから、からだというものについて、おれ以上に、おれとは違った考え方をしていたのだ。おれときたらまったく市民的で、入浴とか上等な飲食物のほうにばかり気をとられていたが、彼のほうは男性的なことを要求されたり、またそういうことをするのが好きだった。しかるにいまの彼のからだは、以前とはまったく別の意味で、すなわち病気によって強調され、のさばり返っているではないか。彼はほろ酔いで、毒は消えそうにもなく、いつになったら健康になるのかもわからない。かわいそうなヨーアヒム、下の世界でこれほど軍務につきたがっているというのに。この立派なからだつきはどうだろう、絵に描いたようではないか。これで胸毛さえなければ、ローマのヴァティカン宮殿のベルヴェデーレのアポロにそっくりだ。それなのに、この内部は病んでいて、その外部も病気のために熱すぎるのだ。病気というものは、人間をまったく肉体的に、いや、それどころか、単なる肉体にしてしまう。……そこまで考えてハンス・カストルプははっとし、急いでヨーアヒムの裸の上半身から視線をそらせて、ヨーアヒムの大きくて黒い、やさしい眼を探るように見た。その眼は、から咳をしたり息を吸いこんだりするために涙を浮べ、診察されながらハンス・カストルプの上を素通りして、悲しそうに空を見ていた。

やがてベーレンス顧問官の診察が終った。「もうよろしい、ツィームセン君」と彼はいった。「順調です、悪いなりに、ね。このつぎには（それは四週間後の話であった）どこもかしこも、もっと良くなっているでしょう」

「先生のお考えでは、まだどのくらい――」

「またもやご催促か。この酩酊《めいてい》状態では、貴官の部下を酷使するわけにもゆきますまい。先日も、あと半年のご辛抱と申しあげたはずですな――あれからどのくらい経《た》ったか、ひとつ指折り数えていただけますか。しかし、この、半年というのは、最小限度のこととお考えくださいよ。ここでも結構まともな暮しができるはずですがな。少しはおとなしくしてくださらんとね。ここは、むろん、牢獄《ろうごく》（bagno）でもなければ……シベリアの鉱山でもない。それとも、何か異議でもおありかな。はい、よろしい、ツィームセン君、お引取りください。さあ、おつぎ」彼はそう叫んで宙を見やった。彼は腕を伸ばして聴診器をドクトル・クロコフスキーに渡した。クロコフスキーは立ちあがってそれを受取り、ヨーアヒムに代診としての簡単な見習的診察を行なった。

慌《あわ》てて立ちあがったハンス・カストルプは、股《また》を拡《ひろ》げて口を開けたまま、何事かを考えこんでいるというような顧問官を見つめながら、急いで支度《したく》にとりかかった。慌てているので、斑点《はんてん》模様のYシャツが頭から容易に脱げなかった。やがて彼の、肌《はだ》の白い、ほっそりとした、ブロンドの髪の姿が顧問官の前に立った。――それはヨーアヒム・ツィームセンよりも、よほど市民的なからだつきであった。

しかし彼の前の顧問官は依然として何事かを考えこんでいて、ハンス・カストルプを全然構いつけなかった。ドクトル・クロコフスキーがふたたび机に向い、ヨーアヒムが服を着はじめてからやっとベーレンスは決心がついたとでもいうように、「つぎのお方」のほうに注意を向けた。「そうそう、あなたの番でしたな」と彼はいって、ハンス・カストルプの上膊《じょうはく》を大きな手でつかみ、彼のからだを自分から押し離して、鋭い眼つきをした。その眼は人の顔ではなくて、からだを見ていたのである。彼は品物か何かを回すように青年のからだを回して背中を見た。「ふむ」と彼はいった。「ではどんな音がするか、ひとつ拝見するとしますか」こうしてヨーアヒムのときと同じように打診がはじまった。

彼はヨーアヒム・ツィームセンの場合とまったく同じ個所をすべて打診し、二、三の部分はなんども繰返して打診した。左上の鎖骨の辺、そこから少し下がった個所を交互に、比較するように、しばらく打診していた彼は、「聞えますか」とドクトル・クロコフスキーに尋ねた。……五歩ぐらい離れた事務机に向っていたのに、ドクトル・クロコフスキーはうなずいて、聞えると合図した。彼はあまり真剣にうなずいたので、ひげが下へ押しつけられ、そのさきが上向きに折れ曲ったほどであった。

「深く息を吸いこんで――咳をして」顧問官はふたたび聴診器を手にしてこう命じた。

顧問官が聴診する八分か十分の間というもの、ハンス・カストルプは真剣だった。医者はその間一言も口をきかず聴診器をあちこちに当て、前に打診で手間どった個所は、特別入念になんども聴診を繰返した。それが終ると彼は器具を小腋に挟んで両手を背中に回し、自分とハンス・カストルプの間の床に視線を落した。

「そうです、カストルプ君」と彼はいったが、顧問官がハンス・カストルプ青年を姓だけで呼んだのは、これがはじめてだった。「私たちが予想していたのと、大体（praeter-propter）同じです。実をいうと、私は君に眼をつけていた、カストルプ君、いまだから申上げるが――それもあなたとお近づきになる無上の光栄に浴した最初からなのですな。しかも私は、あなたが自分はここに属すべき人間だと、そのうちに悟るだろうということも、かなりの確信をもって考えていたのです。これまでにも、ここへ遊び半分に上ってきた連中で、あたりをねめ回しているうちに、そういう傍観者的な物好きな態度をきれいに捨てて、もっとゆっくり滞在したほうがよさそうだと――『よさそうだ』どころじゃありませんぞ、ここのところをしっかりとのみこんでいただきたいが――忽然《こつぜん》として思い知った例はいくらもありますからな」

ハンス・カストルプの顔色が変った。ヨーアヒムはズボン吊《つ》りのボタンをかけようとしていた手をとめて、そのままの格好で耳をすませた。……

「あなたにはあんなに立派でお人柄のいいいとこさんがおられる」顧問官は足の指さきと踵《かかと》

でからだを前後に揺り動かしながら、ヨーアヒムの方を頤《あご》でしゃくって話しつづけた。

「――あのひとも間もなく、病気だったのは物語だといえるようになると思います。しかしたといそうなったにしても、あのひと、つまり、あなたの実のおいとこさんが、むかし一度病気だったという事実にはなんの変りもないわけで、そして、これが、思想家のいわゆる先験的にあなたのことをもある程度は説明してくれるのです、カストルプ君。……」

「しかし彼とぼくとはまたいとこなのです、先生」

「なんとおっしゃる、まさかいとこの関係を否認なさるのではありますまい。それが事実であろうとなかろうと、あのひととあなたとが血縁の間柄であることは確かでしょう。いったいどちらからの？」

「母方のです、顧問官さん。彼の母がぼくの母の義理の――」

「そしてあなたの母上はご健在かな」

「いいえ、亡《な》くなりました。ぼくがまだ小さい時分です」

「で、ご病気は」

「血栓《けっせん》です、顧問官さん」

「血栓？　そんない方はもう古い。そしてお父上は」

「肺炎で亡くなりました――」とハンス・カストルプはいって、「祖父も同じ病気です

――」と付け加えた。

「ほう、お祖父《じい》さんも。いや、ご先祖さまのことはそのくらいにしておきましょう。こんどはあなたについてだが、あなたはこれまでずっと萎黄《いおう》病の傾向があったはずだ、いかがです。しかし、肉体労働にも精神労働にもとかく疲労しがちだったのではありませんか。そうですね。それに、よく動悸《どうき》がする。最近になってね。よろしい。そのうえあなたは明らかに気管支カタルにかかりやすい。あなたは以前にも一度病気をしたことがあるのをご存じですかな」

「ぼくがですか」

「さよう、いまは、あなたのことを申しているんですよ。ところで、この違いがわかりますか」といって顧問官は、胸の左上とそのすこし下とを交互に叩《たた》いた。

「そっちのほうがこちらよりも少しうつろに響くようです」とハンス・カストルプがいった。

「満点。専門医になれる。これはつまり濁音で、すでに石灰化した古い患部、癒着《ゆちやく》した患部からでてくる音です。あなたは前科者というわけですよ、カストルプ君。しかし、あなたがそのことをご存じなかったとしても、別に誰を咎《とが》めるわけでもない。早期診断は困難です――とくに低地の同僚諸君にはね。何も私たちのほうが耳がいいと自慢してるのではない。むろん、このほうが専門だということはたしかだが。しかし、ここの空気が私たちの聴覚を鋭敏にしてくれる。よろしいかな、ここの上の、この希薄な乾燥した空気がな」

「おっしゃるとおりだと存じます」とハンス・カストルプがいった。

「よろしい、カストルプ君。ところで聞いていただきたい。これから格言を二つ三つ申上げます。あなたがいまの程度で、よろしいかな、つまり、体内の風袋の濁音とか癒着とか体内の石灰性異物ぐらいのことで済んでいくものなら、私はあなたをお国へ送り帰して、これ以上あなたのことは全然心配しないことにする、おわかりですか。しかし事情現在のごとくであって、診察の結果もきわめてはっきりしており、そのうえ、とにかく現在只今《ただいま》はここにこうして滞在しておられるのだから――国へ帰られても、それはむだと申すものですよ。ハンス・カストルプ君――あなたは結局またすぐにここへ舞い戻ってこなければなりますまいな――」

ハンス・カストルプは、改めて心臓に血が逆流して、そのために動悸《どうき》が激しくなるのを覚えた。ヨーアヒムは相変らずうしろのボタンに手を回したままの姿勢で、立って、眼を伏せていた。

「つまり、濁音のほかに」と顧問官はいった、「左上に粗音があり、これはほとんど雑音に近くて、明らかに新しい患部から聞えてくるものです。――むろん軟化竈《なんかそう》だとはいいませんが、しかし浸潤個所であることはたしかです。だからして、もしあなたがこれまでのように下界の暮しを続けていかれるとすれば、あなたの肺葉は全部、文句なしにだめになります」

ハンス・カストルプは身動きもしないで立っていたが、その口の辺が変にぴくつき、心臓が肋骨に向って鼓動するのが外からもはっきりと見えた。彼はヨーアヒムを見たが、その眼をとらえることができなかったので、もう一度顧問官の顔を、色の蒼《あお》ざめた、うるんだ青色の眼の、片方に吊りあがった口ひげを生やした顔を見た。

「以上のほかに外的症状として」とベーレンスは言葉を続けた。「午前十時に三十七度六分という体温があるが、これは只今の打診、聴診の結果に大体一致します」

「ぼくは」とハンス・カストルプがいった。「カタルの熱だと考えていたのですが」

「そのカタルですよ」と顧問官は答えた。……「その原因は何か。お話をしてあげましょう、カストルプ君、よく聞いていらっしゃいよ。私の見るところでは、あなたの脳にはずいぶんたくさんの襞《ひだ》がおありのようだから。つまり私のいいたいのはここの空気のことです。これは病気を癒《なお》すのにはいい、とあなたはお考えでしょう、ね、そうですね。たしかにそのとおりです。しかし、ここの空気はまた病気を誘発させるのにも適しているのです、よろしいかな、まず病気を促し、からだに革命を起し、潜在する病気を爆発させる。あなたのカタルも、気を悪くしないでくださいよ、その爆発なのです。あなたが下の低地におられたころから熱がおありだったかどうか、それはわかりませんが、少なくともここの上では最初の日から熱がおありになったことはたしかで、カタルに罹《かか》ってはじめて発熱なさったわけではありません――私の意見によればね」

「そうです」とハンス・カストルプはいった。「たしかにぼくもそうだと思います」

「おそらくあなたは到着早々からほろ酔いだったのです」と顧問官は力をこめていった。「それはバクテリアにより発生した可溶性毒素によるもので、これが中枢《ちゆうすう》神経系統へ陶酔作用を及ぼします、よろしいか。すると頬が火照《ほて》るというわけです。まず寝床に入られることですな、カストルプ君。二、三週間寝てみて、酔いがさめるかどうか試《ため》してみるのです。それからさきのことは、またそのときのこと。あなたのレントゲン写真のきれいなのをひとつ撮《と》ってあげましょう。ご自分のからだの中を覗《のぞ》いてみられるのもおもしろいですよ。しかし、これはいまからもう話しておきますが、あなたのような症例は、きょう、あすよくなるというような性質のものではありません。誇張した広告の謳《うた》っている治療結果とか、奇蹟《きせき》的な快癒とかは望むことはできません。しかし、私は実はひと目で、あなたがそこの旅団長閣下以上に立派な患者さんで、病人としての才能があることを見抜いたのです。検温器の線が二、三本下がるとすぐに帰りたがるひとよりもですな。そこにいらっしゃる将軍は、『気をつけ』はいい号令だが、『休め』はよくない号令だというように心得ておられるんですからな。市民の第一の義務は安静です。あせってもむだです。では私を失望させたもうなよ、カストルプ君、そして私の人物鑑識力にけちがつかないようにお願いしますよ。では前へ進め、そして車庫へ入る！」

こういってベーレンス顧問官は話を打切ると、つぎの診察までの時間を、活動家らしく書きものに使おうとして机に向った。ドクトル・クロコフスキーは席から立ちあがって、ハンス・カストルプのところまで歩み寄った。彼は頭を斜め後方にかしげ、片手を青年の肩にかけ、ひげの中から黄ばんだ歯がのぞきだすほどにはっきりとした微笑を浮べ、いかにも嬉《うれ》しそうに新入り患者の右手を握った。

第五章

永遠のスープと突然の光明

読者をあまり驚かせては申し訳ないので、はじめに物語の語り手自身があらかじめ驚いておいたほうがよさそうに思われることがここにひとつある。ハンス・カストルプがここの上のひとたちといっしょにすごした最初の三週間（神ならぬ身にとっては、それはこんどの旅行の予定総日数の、真夏の二十一日間で片付くはずであった）に関する報告は、不思議なくらいに私たちの予想にたがわず、多くの空間と時間とを要した——しかし、その後、彼がすごした三週間は、とても最初の三週間に必要とした紙やページや時間や日と同じだけの行数なり言葉なり時間なりを要することはまずあるまいと思う。すでにいまから予想されるが、これ以後の三週間は、あっという間にすぎて、片付いてしまうだろう。

不思議といえば不思議だが、しかし、よく考えてみるとこれは当然の話で、物語を話したり聞いたりする場合はぜひこうでなければならないのである。私たちの物語の主人公、ハンス・カストルプ青年は、運命の悪戯《いたずら》によって偶然足どめをくったが、その彼にとってと同様に、私たちにとっても時間が長くなったり短くなったりすること、私たちの時間感覚にとって時間が伸びたり縮んだりするのは当然のことで、これは物語の法則に適《かな》っているのである。ところで、私たちがハンス・カストルプとともに時間の神秘について経験する不思議な現象のうち、いまここで触れるのとはまったく別のものにも、読者の注意を喚起しておいたほうが賢明かと思う。しかしながら、さしあたってはまず読者につぎのことを思いだしていただけば十分であろう。それは、私たちが病気のためにベッドですごす「いく日」かは、それがかりにどれほど長い期間にわたるものであろうとも、きわめて迅速に経過するという事実である。毎日々々が似たような日々の反覆なのであるが、もし毎日が似たような日だとすれば、「反覆」というのは、厳密にいうと正しくはない。それは本来、単調とか、永遠に続く現在とか、悠久《ゆうきゅう》とかいわれるべきものであろう。正午のスープが君の枕《まくら》もとへ、きのうも運ばれたように、そしてまたあすも運ばれるであろうように、運ばれてくる。そして、それを見た瞬間に、君は永遠の息吹《いぶ》きをふと感ずる――その息吹きがどこからどうしてやってくるのか、それは君にもわからないが、スープが運ばれてくるのを見ると、君は目まいがするような気がして、時間の形を捉《とら》えることができなくなり、時間というものがぼやけてしまう。そして森羅《しんら》万象の真の形式とは、君の枕もとへ永遠にスープが運ばれてくる、まさしくその、なんの拡《ひろ》がりも持たない現在なのである。しかしながら、永遠に関連して退屈などということを持ちだすのは、これはたいへんな矛盾というべきであって、私たちは矛盾を避けたいと思うし、とくに私たちがこの主人公といっしょにいる間はそれを避けたいと思う。私たちが現在いる世界の最高権威者であるベーレンス顧問官の命令に従って、ハンス・カストルプは土曜日の午後からベッドに寝ていた。彼は胸のポケットに頭文字を縫いつけた寝間着を着、両手を頭の下に入れ、アメリカの娘やその他おそらく何人の人間が死んだかわからない清潔で白いベッドに寝て、現在の不思議な身の上を考えながら、風邪で濁った青い単純な眼を天井に向けていた。しかし、もし風邪がなかったならば、彼の瞳《ひとみ》は澄んで明るく翳《かげ》のないものだったかというと、それはわからなかった。彼の心がどれほど単純であったにしろ、現在の彼の気持は、澄んで明るく翳のないものであるどころか、非常に曇って混乱し、ぼんやりとしていて、うさんくさく、曖昧《あいまい》だったからである。寝ていると、気違いじみた歓喜の笑いが内部からこみあげて胸を揺すり、これまで経験したことのない放縦な歓喜と希望で心臓がとまりそうになったり、痛んだり、かと思うと、つぎの瞬間には恐怖と不安で顔が青ざめ、心臓が飛ぶような急調子で肋骨《ろっこつ》を叩《たた》いたが、それは実は良心そのものの鼓動なのであった。

ヨーアヒムは、最初の日は病人の気持をなるべく乱さないようにと、話をいっさい遠慮した。二、三度おずおずと病室へ入ってきて寝ている病人に頷《うなず》いてみせ、何かほしいものはないか、と一応尋ねてみた。どんな話も避けたがるハンス・カストルプの気持を汲《く》んだり尊重したりするのは、ヨーアヒムにしてみれば、彼自身もそういう気持を抱《いだ》いていたから、自分のほうがいとこ以上に苦しい立場にあると思いこんでいただけに、それだけいっそう容易であった。

それでも、日曜日の午前に、ヨーアヒムはまた以前のようにひとりきりの朝の散歩を終えて帰ってくると、差迫った必要事についていとこと相談することを躊躇《ちゅうちょ》しなかった。溜息《ためいき》をまじえて、彼は病人の枕もとでこう話した。

「くよくよしてもはじまらないね、こうなった以上、するだけのことはしなければならない。なにしろうちでは、みんな君の帰りを待っていることだろうから」

「さあ、どうかしら」とハンス・カストルプは答えた。

「いまはまだ別に心配もしてはいないだろうが、これが水曜になり木曜になればね」とヨーアヒムがいった。

「なあに」とハンス・カストルプがいった。「誰もいついつまでと待っていやしないよ。ぼくが帰らないうちから、いつ帰るだろうかと待ったり、日を数えたりするほどみんな暇じゃないよ。帰ったら帰ったときさ。そしてティーナッペル大叔父は『やあ、帰ってきたか』、ジェイムズ叔父は『どうだった』といって、それでお終《しま》いさ。ぼくが帰らないのに気がつくのには、だいぶ時間がかかるよ、本当だよ。むろん、近いうちに知らせなくちゃいけないけれど……」

「君だって」とヨーアヒムはいって、また溜息をついた。「こんどのことでぼくがどんなに辛《つら》い思いをしているか、わかるだろう。これからいったいどうなるんだろう。むしろんぼくは責任みたいなものを感じているんだ。君はぼくを見舞いにきてくれたんだし、ぼくが君をここへ紹介したんだが、こうして君は帰れなくなってしまって、いったいいつここを引上げて仕事につけるのか、それがわからないことになってしまった。ぼくにはそれがとても辛くてね。君にもわかってもらえるだろうが」

「ちょっと待ってくれたまえ」両手を頭の下へ入れたまま、ハンス・カストルプがいった。「いったいどうしてそんなに心配をするんだ、ばかばかしい。ぼくは君を見舞いにきた、それはたしかさ。しかもぼくはその一方では、ハイデキントにすすめられて、自分の休養のためにもここへきたんだからね。ところが、ハイデキントやぼくたちみんなが考えていた以上に休養の必要があることがわかっただけのことだ。『こんにちは、さよなら』式にここへやってきて、そういかなくなったのは、何もぼくがはじめてじゃないだろう。たとえばあの『ふたりとも』の次男を見たまえ。あれはここへきてから、ぼくなんかよりもどんなにひどいことになったか――まだ生きているのかどうか。おそらく食事時間中にそっと運びだされた組じゃないのかな。ぼくが少し悪いというのは、自分でも意外だ。これまでのようにここでただのお客としてではなくて、患者として、自分を本当に君たちのひとりとして感じるためには、これから修業しなくちゃならないだろうね。しかし、それでいてまた、ぼくはそれをたいして意外だとも思ってはいないんだ。だってぼくはからだの調子がすこぶるいいなんて、一度も感じたことはなかったんだからね。それに両親があんなに早死したことを考えると――からだの調子のいいのを望むほうが無理だよ。君のからだに少しきずがあるということもね、むろんいまじゃほとんど治《なお》っているとはいうようなものの、正直に認めざるをえないしね。だから、ぼくたちの血統には、何かそういうものがいくらかあるのかもしれないね、少なくともベーレンスはそんな意味のことをいっていたね。とにかくぼくは、きのうからここに寝ていて、いったい自分はいままでいつもどんな気持でいたか、そして全体に対して、つまり人生に対して、人生の要求に対してどんなふうであったかを考えてみたんだ。ぼくの性質には、いつもある種の真面目《まじめ》さと、逞《たくま》しくて騒々しいものをきらう気持があった――先日もそのことを話し合ったが、ぼくが悲しく敬虔《けいけん》なことに対する興味から、ときには僧侶《そうりょ》になろうと思ったりするということね。――たとえば棺にかけるあの黒い布とか、銀の十字架をのせるとか、R・I・P……つまり『安らけく眠れ（Requiescat in pace）』だね……あれはどんな言葉よりも美しく、『万歳』などという、どちらかといえば騒々しい言葉よりもはるかにぼくには好ましいんだ。そういうことは、やはりぼく自身がきずのあるからだで、初めから病気と友だちだからなのではあるまいか、と思うんだ——それがこんどの、この機会にわかったというわけさ。しかし、もしそういうことだったとしたら、ぼくがここの上へやってきて、診察を受けたのは、結局幸福だったともいえはしないかしら。だから君は気に病むことなんか少しもないんだ。君も聞いたろう、ぼくがもう少し下界の生活を続けていたら、おそらくぼくの肺葉は全部文句なしにだめになってしまったかもしれないんだから」

「そういうことはわからない」とヨーアヒムはいった。「本当さ、そういうことはわかりっこないよ。だって、君には前にも悪いところがあったということだけれども、それは誰も心配しないうちに、ひとりでに治ってしまって、いまではほんのわずか濁音が残っているだけだというじゃないか。だから、こんど発見された浸潤個所だって、君が偶然ぼくのところへやってこなかったとしたなら、おそらく前の場合と同じように自然に治ってしまったかもしれないだろう。——だからなんともいえないわけさ」

「それはそうさ、まだなんともいえないということはたしかだ」とハンス・カストルプは答えた。「だからね、最悪の場合を予想する権利もないわけだ。たとえばぼくの療養に必要な滞在日数もそれさ。ぼくがいつになったら帰国して造船所へ入れるかわからないと君はいうけれど、それは物事を悲観的に見た場合の話で、さきゆきどうなるかわからないというのに、そんなふうに考えるのは、ぼくには早計だと思われるんだ。なるほどベーレンスはいついつまでという期限はつけなかったが、あれは用心深いから、予言者の真似《まね》はしなかったんだろう。まだレントゲン検査や写真は終っていないが、それが済めば真相は客観的にはっきりするさ。その結果、予定以上に早く熱も下がって、君たちにさようならをしないともかぎらない。だから、まだ万事がよくわからないうちに、知ったかぶりをして、うちの者に大袈裟《おおげさ》なことを通知するには及ばないわけだ。そのうちに一筆啓上といけばそれでたくさんだ――少しからだを起せばこの万年筆で自分で書ける――つまりね、ぼくがひどい風邪をひきこんで熱をだしてしまって、当分旅行はできないと書いてやればいいんだ。それからさきのことは、そのときのことさ」

「そうだな」とヨーアヒムはいった。「差当りは、そういうことにしておこう。それから、もうひとつのことも、もう少し待ってからにするか」

「もうひとつって?」

「のんきなことをいっては困るよ。君は手提鞄《てさげかばん》ひとつで、三週間分の用意しかしてきていないだろう。下着やYシャツや、冬着も要《い》るし、靴だってもっと必要だろう。それに金も送ってもらわなくちゃね」

「もし」とハンス・カストルプはいった。「もし、もしそういうものがすべて必要になったらね」

「そうだね、待つことにしよう。しかし……いや、いいだろう」とヨーアヒムはいって、興奮したように部屋の中を歩き回った。「ただし、楽観は禁物だ。ぼくはここにもう長くいるんだから、様子がよくわかるんだ。べーレンスが、雑音に近い粗《あら》いところがあるといったときは。……しかし、むろん少し待とうよ」

そのときはそんなことで終った。それからまず平日の一週間目と二週間目の変化が巡ってきた。――寝たままのハンス・カストルプのところへはいつもヨーアヒムがやってきて、十五分ほどベッドの縁に腰をおろしていろいろと話してくれたので、間接的にではあるが、彼も委細を知ることができた。

日曜日の朝食をのせた盆には、草花を挿《さ》した小さな花瓶《かびん》が飾ってあり、その日、食堂ででた上等のお菓子も添えてあった。やがて下の庭園とテラスが活気づき、十四日目ごとの日曜日の音楽演奏がラッパのトララとクラリネットの鼻音ではじまったが、ヨーアヒムはいとこの部屋で、いとことといっしょにそれを聞いた。彼はバルコニーへ出る開《あ》けっ放しのドアのところで、ハンス・カストルプはベッドの上でからだを半分起して、首をかしげ、なつかしげな、神妙でうつろな眼つきで、聞えてくるハーモニーに聴き入り、音楽には「政治的ないかがわしさ」があるといったセテムブリーニの饒舌《じようぜつ》を思いだすと、肩をすくめた。

前にもいったように、彼は、寝こんでからの数日間の見もの、聞きものはヨーアヒムの口から聞き知ったが、そのうえさらに、日曜日にはレースの朝衣を着た女性がいたかとか、またはそれに類した盛装をしたひとがいたかとか（レースの朝衣を着るにはもう寒すぎた)、午後遠出をしたひとがいたかとか(実際二、三のグループが遠出をやった。「片肺クラブ」の連中は揃《そろ》ってクラヴァデルへでかけた)、ヨーアヒムにしつこく尋ねた。月曜日、ヨーアヒムがドクトル・クロコフスキーの講演から帰って、正午の安静療養をはじめる前にちょっと病人を見舞ったところ、病人はさっそく講演の内容について話を聞きたがった。ヨーアヒムは講演のことには触れたくなさそうで、口が重かった。——前の講演のときも、ふたりはそれについてはなんの話もしなかったが、ハンス・カストルプは話の中身を詳しく知りたいといって、うるさくせがんだ。「ぼくはここに寝ているけれども、払うべきものはちゃんと人並みに払っているんだ」と彼はいった。「だからサービスのお相伴にも少しはあずかりたいのさ」彼は、二週間前の月曜日、あんなにみじめな結果に終ったひとりの散歩のことを思いだした。彼のからだに革命的作用を及ぼし、潜在していた病気を爆発させたのは、実はあの散歩だったのではないだろうか、と彼はいとこに語った。「ところで、この辺のひとたちときたら、実に気持のいい話しぶりをするんだね」と彼は声を大きくしていった。「ただの普通のひとたちだけれどね。——とてもいかめしくって堂々とした話しぶりだ。ときには詩みたいに聞えるんだ。『じゃ、またな、ありがとう』」と、彼は木こりの口調を真似ていった。「そういう言葉を森の中で聞いたんだけれど、一生忘れられないだろうな、あれは。ああいう印象は、ほかのいろいろな印象や思い出といっしょに、生涯耳に残るだろうと思う。——で、クロコフスキーはきょうも『愛』についてしゃべったのかい」と彼は尋ね、愛という言葉をいう際に顔をしかめた。

「決ってるよ」とヨーアヒムがいった。「ほかの話をするはずはないさ。それが彼のテーマなんだから」

「で、きょうはどんなことをしゃべった」

「たいした話じゃない。この前の話で、君も大体見当がつくだろう」

「しかし、何か新しいことをいったんだろう」

「別に新しいことは話さなかったよ。……うん、きょうのはね、純然たる化学論だ」ヨーアヒムは渋りがちに話しはじめた。ドクトル・クロコフスキーの話では、「その場合」一種の中毒、有機体の自家中毒が起る。この中毒は、人体中に拡《ひろ》がっているある種の物質、今日までその正体が明らかにされていないある種の物質が分解する結果生じるのであり、この分解の産物が脊髄《せきずい》神経中枢《ちゅうすう》のあるものに麻酔作用を及ぼす。これはモルヒネやコカインなどの外的毒素を常用する場合とまったく同一の麻酔作用である。

「その結果頰《ほお》が火照《ほて》るというわけだな」とハンス・カストルプはいった。「ほら、やっぱり聞いておいたほうがよかったじゃないか。しかし、なんでもよく知ってるね、あの男は。――知らないことはないんだな。彼は、いまにきっと、からだ中に拡がっているというその未知の物質も発見するだろうし、神経中枢を麻酔させる可溶性毒素も調合するようになるだろうな。そうなると彼は、誰でも怪しげに酔わせてしまうだろう。昔のひとは、おそらくそんなことも知っていたんじゃないのかな。あのひとの話を聞いていると、本に書いてある昔の媚薬《びやく》とか、そういった種類のことも、何か本当のことらしく思われてくるね。……君、もう帰るの」

「うん」とヨーアヒムはいった。「ぼくはもうすこし寝ておかないといけないんだ。きのうから線が上がってしまってね。君の一件が少々こたえたらしい」

これは日曜日と月曜日のことであった。そして、ハンス・カストルプのいわゆる「車庫」暮しの三日目が明けたが、これは別にどうということもない平日の火曜日だった。しかしながら、火曜日は彼がここの上へやってきた日で、これで彼はここに丸三週間滞在したことになる。それで彼は故郷《くに》へ手紙を書き、叔父たちにそれとなく近況を通知しなければならなくなった。彼は背中に羽《は》根枕《ねまくら》を当てがい、サナトリウムの便箋《びんせん》に帰国が予定より遅れることを書いた。風邪の熱で寝ているが、院長のベーレンス顧問官は大事をとるひとらしく、この風邪を単なる風邪とはみなさず、差出人つまりハンス・カストルプの体質全般に関係があるという診断で、というのも、院長は彼にはじめて会ったときすぐに彼がひどい貧血性なのを見抜いたからである。要するに、ここの先生方は自分が休養に予定していた日数を十分なものとは考えていないようである。こんごのことは判明し次第ご通知する云々《うんぬん》。――これでよし、とハンス・カストルプは思った。余計なことは何ひとつ書かず、それでとにかくしばらくの間のことは済む。——この手紙は小使に渡され、小使はそれをポストに入れる代りに、直接つぎの定期列車に託してくれた。

　これが済むと私たちの冒険家は、大仕事を片づけたような気になってほっとし、咳《せき》をしたり、カタルで頭がはっきりしないのに悩みながらも、のんきに毎日々々を暮していくことになったが、普通の毎日はいくつもの小部分から成っていて、その毎日は同じことの連続であることから単調で、長くも短くも感じられなかった。朝がくると、マッサージの先生が入口のドアを元気にノックして入ってくる。彼はトゥルンヘルという名の筋骨逞しい大男で、シャツの袖《そで》をまくりあげた腕には血管が盛りあがり、喉《のど》にかかる潰《つぶ》れたようなしゃべり方をし、ハンス・カストルプのことを、他のすべての患者同様に部屋番号で呼び、アルコールでからだを拭《ふ》いてくれる。この巨漢が去って間もなく、着替えを終えたヨーアヒムがやってきて朝の挨拶《あいさつ》をし、午前七時の検温結果を尋ねたり、自分の体温を告げたりする。ヨーアヒムが下の食堂で朝食を摂《と》っている間、ハンス・カストルプは背中に羽根枕を当てて、生活の変化に伴って旺盛《おうせい》になった食欲にまかせて、朝食を認《したた》める。そしてその際、床から離れられない患者や危篤《きとく》患者の部屋を、医者たちがこの時刻に食堂からやってきて足早に回診して歩き、忙しそうに事務的に彼の部屋にも入ってくるのであったが、これは少しも彼の気持を乱さなかった。——彼は砂糖煮の果物をもぐもぐやりながら、「ぐっすり」眠れたと報告し、顧問官が部屋の中央のテーブルに拳《こぶし》をついてそこに載っている体温表を急いで調べるのを茶碗《ちゃわん》越しに眺め、でていく医者たちの挨拶にも、平静なのんびりとした声で答えるだけであった。それから葉巻をふかしていると、いつの間にか朝の規定の散歩にでかけていたヨーアヒムが帰ってくる。そしてふたりはあれこれと話をするが、それから二度目の朝食までの時間は、――ヨーアヒムはこの間に安静療養をする――頭のからっぽな、精神的に貧困な人間ですら退屈を覚える暇もないほどに短かった。――彼には、最初の三週間中の印象をもとにして、いろいろと考えこむ材料がふんだんにあったし、それに彼は、現在の身の上や、こんごのことについても考えてみなければならなかったので、サナトリウムの図書室から借りだした二冊の分厚い絵入り雑誌も、枕もとの小卓上に置き放しで手にとる暇もろくになかった。

それと同様に、ヨーアヒムがダヴォス街までの二度目の散歩にいって帰ってくるまでの時間も、一時間足らずであった。ヨーアヒムは、散歩から帰るとふたたびハンス・カストルプを訪《たず》ね、散歩の途中で見聞したことをあれこれと話し、病人の枕もとに立ったり腰をかけたりしてしばらく時間をすごしてから正午の安静療養にとりかかる。――この安静療養の時間はといえば、やはりこれも一時間足らずであった。従って、両手を頭の下に、天井を見つめて何かちょっと考えごとに耽《ふけ》っていれば、もう銅鑼《どら》が鳴って、床から離れられない患者とか危篤患者以外のひとたちに、昼食にでかけるように促す。

ヨーアヒムはでかけていく。そして、ハンス・カストルプのところへは、「昼のスープ」なるものが運ばれてくる。しかし、この名称は、運ばれてくる実物に比して、あまりにも簡素で象徴的であった。つまりハンス・カストルプに当てがわれたのは病人食ではなかったからであり——それにまたそんなことをする必要はまったくなかった。病人食も減食も、彼の容態ではまったく不必要であった。彼は部屋に寝てこそいたが、勘定のほうはちゃんと人並みに払っていたから、この永遠に動かぬ時刻に彼の枕もとへ運ばれてくるものは、「昼のスープ」などではなく、一品も減らされていない「ベルクホーフ」正式の六品料理である。——そしてこの料理は平日でも盛りだくさんだったが、とくに日曜日はお祭のときのように豪勢であった。これはヨーロッパ各国の料理に通じた料理長の手によってサナトリウムの豪華ホテルなみの調理場で調進された。床を離れられない患者を世話する広間嬢が、食事をニッケル鍍金《めっき》の深蓋《ふかぶた》をかぶせたきれいな深鍋《ふかなべ》に入れて運搬してきて、すでに用意されている病室用食卓、つまり一本脚《あし》で立っている不思議な食卓を、ベッド越しに病人の前まで押してくる。その食卓に向ったハンス・カストルプは、まるでグリムの童話中の仕立屋の息子がいう「ご馳走《ちそう》を出せ！」の食卓に向うようにして食事をする。

食事が終るか終らないかのうちに、もうヨーアヒムが帰ってくる。ヨーアヒムが自分のバルコニーに帰って、正午の安静療養の静けさが「ベルクホーフ」の建物全部を支配するのは、だいたい二時半ごろである。いや、ちょうど二時半とはいえない。正確にはやっと二時十五分なのである。しかし時間のやりくりが大まかな場合、たとえば旅行していて何時間も汽車に乗っていたり、その他、生活上のいっさいの努力をあげて時間を潰《つぶ》すことに専心し、ほかには何もすることがなくてただ待っているだけというような状態にある場合には、まとまった時間単位でない十五分などという端数《はすう》は、勘定されないでそのままのみこまれてしまうものである。二時十五分――これはもう二時半と見てもいいのであり、それどころかもう三時になりかけているのだから、いっそのこと三時といっても差支《さしつか》えない。三時までの三十分は、三時から四時までのまとまった一時間の序曲とみなされて片づけられてしまう。時間のやりくりが大まかな場合は、こんな具合に時間は片づけられてしまうのである。こうして正午の主要安静療養時間も結局は一時間ということになってしまうのだが――この一時間にしたところが、終りのほうが短縮され、切り詰められ、いわば省略符号《アポストロフ》をうたれてしまう。そしてその省略符号とは、すなわちドクトル・クロコフスキーであった。

さよう、ドクトル・クロコフスキーは、午後の単独回診の際に、もはや回り道をしてハンス・カストルプを避けるということをしなくなった。いまではハンス・カストルプも員数の中に入り、もはや途中にある隙間《すきま》といった存在ではなくて、れっきとした患者であり、無視されないで何かと質問されたりするようになっていたが、それまでの彼はいつも、この無視されることを心中ひそかに不快に思っていたのである。ドクトル・クロコフスキーがはじめて彼の部屋に姿を現わしたのは月曜日であった。――「姿を現わした」というのは、そのときハンス・カストルプの受けた印象、奇妙ですこし恐ろしいような気持を表現するのには、まさにこの言葉がぴったりとしていたからである。彼はそのとき半ばまどろんでいた、というか、四分の一ぐらいまどろんでうつらうつらしていたが、代診が廊下のドアからではなくてバルコニーの方から部屋へ入って彼のところへ歩みよってきたので、ひどくびっくりした。彼はバルコニーの開けっ放しになっているドアから入ってきたので、そのためにまるで空から降ってきたとしか思われなかったのである。とにかく、この時間の省略符号である代診は、黒服に青白い顔で、肩幅が広く堂々たる風采《ふうさい》で、ハンス・カストルプのベッドのわきに立ち、はっきりとした微笑を浮べ、ふたつに分けたひげの間から薄黄色い歯を見せた。

「わたしがやってきたのでお驚きですな、カストルプさん」と彼はバリトンの優しい声で、だらだらとした、少し気どったいい方で、rを異国風な口蓋音《こうがいおん》にして発音した。rの音を巻舌でなくて、舌を上の前歯のすぐ後ろに軽く一度打ちつけただけでだすのである。「しかし、私があなたのお部屋へもご容態を伺いに参上したというのは、私の楽しい義務の遂行なのです。あなたと私たちとの関係は新しい段階に入ったわけなのです。客、一夜にして同志となる。……」（「同志」という言葉を聞いてハンス・カストルプは少し不安になった）「まったく思いもよらないことでした」ドクトル・クロコフスキーは同志らしい調子でふざけた。……「私がはじめてあなたにご挨拶をして、わたしが間違った――あのときはたしかに間違いでした――推測を下したのに対して、あなたがご自分の完全な健康をきっぱり宣言なさったあの晩には、事態がこう進展しようとは思いもよらなかったのですがね。あのとき、私は自分の疑いを表明したように記憶していますが、しかし本当はあれは決してそういう意味ではなかったのです。私は実際以上に自分が眼が利《き》くようなふりをする気はありません、あのとき、浸潤のことなんか私の念頭にはなかったのです。私の言葉はそれとは別の、もっと一般的な、もっと哲学的な意味だったので、私は、『人間』と『完全な健康』とがはたして矛盾なく調和しうるかどうかと疑ったのです。そして、あなたが診察を受け終えられた今日でも、私は私の建前からして、尊敬すべき院長とはちがって、この浸潤個所を」――といって彼は指さきで軽くハンス・カストルプの肩に触れた――「関心の中心と見なしてはいないのです。私にとっては、それはあくまで第二義的な現象です。……器質的なものはつねに第二義的です。……」

ハンス・カストルプはぴくりとした。

「……そういうわけで、私にしてみれば、あなたのカタルなどは第三義的な現象です」とドクトル・クロコフスキーはごくあっさりと付け加えた。「カタルのほうはいかがです。そのほうは、安静に寝ておられさえしたら、そのうち簡単に片がつくでしょう。きょうは何度でしたか」そのとき以来代診の訪問は普通の回診と同じになり、それ以後の何日か何週間かにわたる訪問もつねに同じだった。すなわち、ドクトル・クロコフスキーは三時四十五分、あるいはそれよりちょっと前にバルコニーから入ってきて、寝ている病人にはっきりとした微笑をみせて挨拶し、病気について至極簡単な質問を終えると、それから少しの間くだけた雑談とか同志らしい冗談とかをいったりした。そこにはなんとなくうさんくさい感じがなくもなかったが、それも度を越しさえしなければ、しまいには結構それに慣れてしまうものである。静止しているように一定不変の平日に、ドクトル・クロコフスキーが毎日必ず姿を現わして、正午の安静療養の時間に省略符号を打つことにハンス・カストルプはすっかり慣れてしまって、もうそれを全然怪しまなくなってしまった。

代診がまたバルコニーからでていくと、もう四時であった。四時といえば、午後もすでに遅い。突然、いつの間にか午後ももうそんなに遅くなり、しかも日暮れが急速に近づいてくる。そして下の食堂と、この三十四号室とで午後のお茶が飲まれている間に、五時近くとなり、ヨーアヒムが三回目の規定の散歩から帰ってきていとこを訪《たず》ねるころは、そろそろ六時近くになっている。だから夕食までの安静療養は、ごく大ざっぱに計算すれば、これもわずか一時間ほどということになり、この小一時間も考えごとをしたり、枕《まくら》もとの小卓の上に世界写真画報を備えていたりするものにとっては、苦もなくこなすことのできる時間量であった。

ヨーアヒムは夕食にでかけ、部屋に食事が運ばれてくる。谷間はとっくにかげっていて、ハンス・カストルプが食事をしている間に、白い部屋の中も急に暗くなる。食事を終ると羽根枕にもたれ、食べおえた料理の皿を前に、慌《あわ》ただしく暮れていく景色、きのうもおとといも一週間前もほとんど変化のない夕暮れの景色をじっと眺めやる。もう夜であった――さっきまではまだ朝だったのに。小さく区切られて退屈させないように工夫された一日が、こうして文字どおり知らぬ間に崩れ去り、消え去る。ハンス・カストルプはこれに気がつくと、微笑を誘う驚き、あるいはいろいろな意味でしんみりとした気持を覚えた。彼の年配ではまだ時間の流れに恐怖をいだくまでにはいかないのである。彼には「相変らず」同じものを見ているという気持しかしなかった。

ハンス・カストルプが静かにベッドで寝るようになってから十日か十二日ほど経《た》ったある日のこと、そういう日暮れどき、つまりヨーアヒムが夕食と夜の集会からまだ帰っていなかったとき、部屋のドアがノックされ、不審に思ってハンス・カストルプが「どうぞ」というと、ロドヴィコ・セテムブリーニが閾《しきい》の上に姿を現わした。――同時に部屋の中が眩《まぶ》しいくらいに明るくなった。訪問客が、まだドアも閉めないうちに、天井の電灯のスイッチをひねったのである。その光は天井や家具の白色に反射して、部屋は忽《たちま》ち震えおののくような明るい光に満たされた。

ハンス・カストルプがこの何日かの間に、ヨーアヒムにはっきりと名前をあげて消息を尋ねた療養客は、このイタリア人ただひとりであった。ヨーアヒムはいつも十分くらいの間、いとこのベッドの縁に腰をかけたり、または立ったままで——一日十回——サナトリウムの毎日の生活の小さな事件や変化を話して聞かせたが、ハンス・カストルプが何かきくときは、いつも一般的、非個人的なことばかりだった。ひとりぼっちで寝ている彼は、新来の客のこととか、知っているひとで誰か退院したひとのこととか、そういうことばかりであった。そして、新しい客はあるが、退院したひとはいないことを聞かされると、彼は満足そうであった。「新顔」がひとり増《ふ》えたということであった。この痩《や》せて青い顔の若者は、いとこたちの食卓のすぐ右手の食卓の、象牙《ぞうげ》色のレーヴィ嬢とイルティス夫人の間に坐《すわ》ることになったそうである。それなら、ハンス・カストルプもいずれそのうちその男を見ることができるであろう。では誰も退院しないんだね？ ヨーアヒムは眼を伏せて、いない、と簡単に答えた。そして、しまいにはさすがの彼もいくらか声を苛立《いらだ》たせて、彼が知っているかぎりでは、誰も退院しそうにないこと、だいたいここから退院するということはそう簡単にはいかないということ、そういうことをはっきりとのみこませようとしたが、それでもヨーアヒムはなお、その後もなんどか、いや一日おきにいとこの同じ質問に応じなければならなかった。

セテムブリーニについては、ハンス・カストルプははっきり彼の名前をあげて尋ね、彼が「こんどのこと」をどういっているか、それを聞きたがった。こんどのことって？「つまり、ぼくがこうして寝かせられて、病気になってしまったということさ」実際セテムブリーニはごく簡単にではあるが、それについて意見を述べたということであった。ハンス・カストルプが姿を見せなくなったその日すでにセテムブリーニがヨーアヒムのところへやってきて、客人の行方《ゆくえ》を尋ねたということである。そのときのセテムブリーニは明らかに、ハンス・カストルプがもう国へ帰ったという返事を期待している様子であった。ヨーアヒムが事情を話すと、彼はイタリア語を二言洩《も》らしただけだったそうである。彼はまず「ecco」といい、つぎに「poveretto」といった。翻訳すれば「いわないことじゃない」と「かわいそうに」となる。このふたつの言葉ぐらいなら、ふたりにもその意味がよくわかった。「どうしてぼくが poveretto なんだろう」とハンス・カストルプがいった。「彼にしたところで、人文主義と政治から成る文学論をかかえてここの上に生きのびていて、現世的な福祉増進は一向に果さずじまいじゃないか。なにもひとをそう上から見下してあわれがるにも及ぶまいにね。これでもぼくは彼よりは早く低地へ帰れるんだぜ」

そのセテムブリーニ氏が、不意に明るくなった部屋に姿を現わしたのである。――肘《ひじ》をついてドアの方を向いていたハンス・カストルプは、眩しげに眼を細めて相手を見て、それがセテムブリーニだと知って顔を赤くした。セテムブリーニは相変らず大きな襟《えり》のついた厚地の上着を着て、少し擦《す》り切れたカラーをつけ、弁慶格子《べんけいごうし》のズボンを穿《は》いていた。食事を済ませてきたところで、例のごとく爪楊枝《つまようじ》をくわえている。口ひげが美しくはねあがっている下で、口の片隅《かたすみ》をいつものように歪《ゆが》め、上品で冷静で批判的な微笑を浮べていた。

「今晩は、エンジニア。お加減いかがでいらっしゃる。お邪魔してよろしければ、灯《あかり》が要《い》りますので――勝手な振舞いをお許しください」彼はそういって、小さい手を元気よく天井の灯火の方にあげた。「何か考えこんでおられたようですが。――別にお邪魔するつもりはありません。目下のあなたにしてみれば、考えこまずにはいられないでしょうし、お話相手にはおいとこさんがいらっしゃる。私が余計な人間であることぐらいは、よく承知しておりますが、しかし、それにもかかわらず、私たちはこうして互いに狭い場所でいっしょに暮して、相手に人間同士としての関心、すなわち精神的な関心、気持の上の関心を抱いているのです。……あなたのお姿をお見かけしなくなってから一週間あまりになりますが、私は下の食堂《レフエクトーリウム》であなたのお席が空《あ》いているのを見て、てっきりあなたはもうご帰国になられたものと思っていました。ところが少尉《しょうい》君が、その私の思い違いを、あるいは失礼に聞えませんでしたら、あえて申しますが、私の楽しい思い違いをただしてくださった。要するに、ご容態はいかがです。どうしておすごしですか。

ご気分はいかがです。ひどく参っていらっしゃるというわけではありますまいな」

「これは、これは、セテムブリーニさん。どうもご親切に。は、は、『レフェクトーリウム』(修道院の食堂)ですか、さっそく、洒落《しゃれ》ですね。まあおかけください、どうぞ。邪魔だなんて、とんでもない。ぼくはただ横になって、考えごとをしていたのです。――考えごとなんていっては少し大げさですが。不精で、それで灯をつけなかっただけのことです。いや、ありがとうございます。いつもと変りありません。安静にしていたので風邪はほとんど治ったのですが、この風邪も、一般的にいえば、第二義的現象なんだそうですよ。体温がまだ正常でなく、三十七度五分だったり、三十七度七分だったりで、これは寝るようになってからも変りないのです」

「あなたは規則的に検温していらっしゃるのですね」

「ええ、一日六回、ここの上のあなた方とまったく同じにやっています。は、は、は、ご免ください、ぼくたちの食堂を『レフェクトーリウム』とおっしゃったのが、まだおかしくて。あれは修道院で使う言葉ではありませんか。本当にここにはそんな感じもありますね。――修道院へ入ったことはありませんが、やはりこんなふうなのでしょうね。それから『戒律』もすっかり覚えこんで、厳格に守っています」

「信心深い修道僧のようにですか。あなたの新発意《しんぼち》時代は終ったのです。宗団加入の宣誓もすませたというところでしょう。謹んでお祝い申上げます。あなたは『ぼくたちの食堂』とさえおっしゃるほどになっていらっしゃるんですからね。それに——これはなにもあなたの男子としての面目を損《そこな》うために申上げるのではありませんが、あなたは僧というよりは、むしろうら若い尼さんを思わせます——髪を短くしたばかりの、殉教的な大きな眼の尼さん、キリストの純潔な花嫁ですな。私も前にときどきそういう小羊を見たことがある。しかし、そのたびに……なにか感傷的な気持になったものです。ああ、それから、おいとこさんにすっかり伺いました、あなたはいざ帰られようという間際《まぎわ》に診察をお受けになったのだそうですね」

「熱があったものですから。——いや、セテムブリーニさん、これくらいの風邪をひきますと、平地にいたってかかりつけの医者を呼んだことでしょう。それを専門医がふたりもいる、いわば本場で、——診察も受けないというのはむしろ変だったでしょうし……」

「ごもっとも、ごもっとも。それにあなたは、いわれないさきに検温なさったのですな。もっともこれは最初からすすめられておいででしたがね。体温計はミュレンドンクに売りつけられたんですね？」

「売りつけられた？　いいえ、必要上一本買ったまでのことです」

「なるほど。合法的取引きですな。で、院長はあなたに何カ月ふっかけました。……おやおや、どうも私は、前にも一度こんなことをお尋ねしましたね。覚えていらっしゃいますか、あなたがここへおいでになったばかりのときです。あのときはまことに颯爽《さっそう》たるご返答をいただきましたが……」

「むろん覚えております、セテムブリーニさん。あれからぼくはいろいろと新しい経験をしてきましたが、当時のことはまだきのうのようによく覚えています。あのときからもうあなたはとてもおもしろいお話をしてくださって、ベーレンス顧問官を閻魔《えんま》大王に見たてたりなさいましたが。……ラダメス……いや、ちょっと待ってくださいよ、少し違いましたね……」

「ラダマンテュスですか。ひょっと彼をそう呼んだかもしれません。折にふれて頭の中に湧《わ》きだしてくるものを、残らず記憶してはいられません」

「ラダマンテュス、そうでした。ミノスとラダマンテュス。それにカルドゥチのこともあのとき伺いました……」

「失礼ですが、カルドゥチの話はいまはやめておきましょう。いまのあなたの口からカルドゥチという名前を伺うのは、あまり突拍子もないような気がしますから」

「お言葉に従います」とハンス・カストルプは笑っていった。「でもあなたのおかげでぼくは彼についていろいろと勉強ができました。そうです、あのころのぼくはまだ何もわかっていなくて、あなたにも三週間の予定できたと申上げました、なにしろそう思いこんでいたのですから。あのときはちょうどクレーフェルトの気胸でぴゅうと挨拶《あいさつ》され、ぼうっとなっていました。しかしあのときからもう熱があるように感じていたんです。つまり、ここの空気は、病気を治すのにいいばかりか、発病させるのにも向いていて、それでときどき病気を爆発させるんですから。これも結局のところ、病気が治るのに必要なことなんでしょうが」

「うまいことをおっしゃるではありませんか。ベーレンス顧問官は、それではあのドイツ系のロシア婦人のこともお話ししましたか。去年――いやもう一昨年になりますが、ここに五カ月滞在した婦人です。まだお聞きではない？ お話しすべきだったと思いますな。とても感じのいい婦人で、血統上はドイツ系のロシア人で、既婚の、もう子供もある若い母親でした。東の方からここへやってきて、淋巴《リンパ》性の体質で、貧血に悩んでいましたが、それ以上に憂慮すべき病気をかかえているようでした。ところでここで一カ月を送ると、彼女はどうも気分がすぐれないと訴えだしました。まあご辛抱を、というわけで二カ月目も終ったのですが、悪化する一方だとたえずいっているのですね。医者はどういったかというと、病人の容態のよしあしは、医者だけが判断できることで、病人にいえることは、気分のよしあしだけだ――しかも気分のよしあしなどということはたいしたことではない、つまり彼女の肺には異常がない、と断言したのです。そこで彼女はもう何もいわずに、療養に精をだすが、毎週体重が減っていく。四カ月目には、診察中に気絶までしました。ベーレンスは相変らず、なんでもない、肺に異常はない、というのです。しかし五カ月目になると、歩くことさえできず、そのことを東の国にいる夫へ通知したのです。やがてその夫からベーレンスは一本の手紙を受取りました。私もこの眼で見たのですが、封筒には威勢のよい筆跡で『至急、親展』と書いてあった。どうやらあなたにはここの気候が向いていないようですな、こういってベーレンスは肩をすくめてみせました。彼女はずいぶん怒りましたよ。それならそうと、なぜもっと早くいってくれないのか、そんなことは最初から感じていたことだ、おかげでからだを台無しにしてしまったではないか、というわけです。……たぶん彼女は東の国の夫君のもとでふたたび元気を回復したことでしょう」

「これはいい。お話しぶりがとてもおもしろいです、セテムブリーニさん、本当にあなたのお言葉はひとつひとつが造形的です。いつだったか前に聞かせてくださった話、湖に入って、『のっぺらぼう』をあてがわれたという娘さんの話も、いまだにぼくはときどき思いだして笑ってしまうんです。ずいぶんいろいろな話があるものですね。全部知り尽すなんてことは到底望めませんね。とにかく、ぼくの病気の正体はまだはっきりしていないんです。顧問官は少し悪い個所を見つけたというんですが。以前患《わずら》っていたのに全然気づかなかった古い患部があって、これは打診の際にぼくもその音を聞かせてもらいましたが、こんどはどこかこの辺に、活《い》きのいい患部の音がするのだそうです——は、は、こんなことを『活きのいい』なんて妙ないい方ですね。けれどもいままでのところは単に聴診に基づくだけで、本当に正確な診断は、ぼくがもう一度起きてもいいようになって、レントゲン検査と撮影が済んでからのことでしょう。それではじめて積極的な確実なことが判明するだろうと思います」

「はたしてそうでしょうか。――あなたは、写真の乾板にときどき斑点《はんてん》が現われ、それが単なる現像技術上の斑点にすぎないのに空洞《くうどう》とみなされたり、反対に本当に悪い個所があるにもかかわらず、写真にはなんの斑点も現われない場合があるということをご存じですか。写真の乾板なんかが当てになるでしょうか。ここに若い古泉研究家の病人がいたことがあります。熱があるということで、写真の乾板にもはっきり空洞が映っていました。空洞の音さえ聞えるというのです。そこで彼は結核の治療を受け、それがもとで死にました。死体解剖の結果は、彼の肺にはまったく異常がみられず、死因は何か球菌だったことが判明したのです」

「ちょっとお待ちください、セテムブリーニさん、もういまから死体解剖ですか。ぼくの場合は話がまだそこまでいってはいないと思うのですが」

「エンジニア、あなたは隅《すみ》に置けませんな」

「そしてあなたは骨の髄まで批評家で、懐疑派ですね、本当に。あなたは精密科学すら信用しようとなさらない。しかし、あなたの乾板には斑点が現われるのでしょうか」

「そうです、いくつか見えるのです」

「で、あなたは本当に少々お悪いのですか」

「ええ、残念ながらかなり悪いんです」そう答えたセテムブリーニ氏はうなだれた。しばらくの間話がとぎれ、セテムブリーニは軽く咳《せ》きこんだ。ハンス・カストルプは楽な姿勢で坐《すわ》りこんだまま、口をつぐんだ客を見ていた。彼はこのきわめて簡単なふたつの質問によって、いっさいの問題、共和国と美しい文体の問題すら反駁《はんばく》して彼を黙らせたような気がした。彼はとぎれた会話を自分から回復させないでおいた。

やがてセテムブリーニ氏は微笑しながら顔をあげた。

「ところでお話しくださいませんか、エンジニア」と彼はいった。「おうちの方々はこの知らせをどんなふうにお受取りになりましたか」

「とおっしゃるのは、どの知らせのことでしょうか。ぼくの帰国が遅れるということについてのですか。いや、うちの者といっても、つまりぼくの家族は三人の叔父で全部なんですよ、大叔父とその息子がふたり、しかもこのふたりとぼくとは、むしろいとこ同士の間柄です。そのほかに家族はありません。ずっと以前に両親をなくしたんです。彼らがこの知らせをどう受取るか、それをお知りになりたいとおっしゃるんですか。誰もまだ詳しいことは知りませんよ、ぼくと同じですよ。安静療養をはじめたころにひどい風邪をひきこんで、そのために帰れないと書いてやりましたが、あまり長びくので、きのうもう一度手紙を書いて、ベーレンス顧問官がカタルのことからぼくの胸の状態にも注意しだしたそれがはっきりするまでは出発を延期するようにいっておられるといってやりました。おそらくみんなはそれをごく冷静に了解してくれたことと思います」

「そしてあなたのお勤め口はどうなるのですか。何か就職なさるばかりの、実際的なお仕事があったように伺っていましたが」

「ええ、見習いの仕事なんです。その造船所のほうは、一応断わってもらうことにしました。そんなことで造船所が困るなんてことは決してありません。見習いなんか何年こなくったって、一向に困ることはありませんから」

「それは結構。ではその方面では、万事支障なしというわけですな。だいたいお国の方々はみな冷静ですね、そうじゃありませんか。それにまた精力的でもありますね」

「ええ、そうですね、精力的でもありますね。どうしてなかなか精力的ですよ」とハンス・カストルプはいった。彼は遠く離れたこの高いところから故郷のひとびとの気風を考えてみて、相手がまことに的確にその特色を捉《とら》えたと思って、相槌《あいづち》を打った。「冷静で精力的、たしかにそのとおりです」

「それで」とセテムブリーニ氏は言葉を続けた。「あなたがずっと長期にわたってここの上に滞在なさるとしたら、私たちもここであなたの叔父さん、つまり大叔父さんにお会いできるわけですね、きっとあなたのお見舞いにやってこられるでしょうから」

「とんでもない」とハンス・カストルプは叫んだ。「やってくるものですか。十頭の馬でも、あの叔父をここへ連れてくることはできません。叔父は卒中性の体質でして、首がほとんどないくらいに肥満しています。いや、叔父には普通の気圧が必要なんですよ。ここへあがってきたりしたら、あなたのお話しになった東のほうの婦人以上にひどい目に会うことでしょう。ほんとにたいへんなことになりますよ」

「それは残念。卒中性ですか。では冷静も精力も通用しませんな。——叔父さんはきっとお金持なのでしょうね。あなたもそうでしょう。あなたのお国のひとは誰もみな金持でしょうね」

セテムブリーニ氏のいかにも著作家らしい要約の仕方にハンス・カストルプは微笑したが、彼は楽な姿勢のまま、もう一度遠く離れた故郷の空に思いを馳《は》せた。彼は、思いだしてみて公平に判断しようとした。距離を設けていることに励まされて、彼は公平な判断を下すことができた。彼は返答した。

「ええ、金持です——金持でない場合もありますが。で、金持でないと——実にみじめです。ぼくですか。ぼくは百万長者ではありませんが、ぼくの持っているものはみな確実なところへ投資してあって、ぼくは誰の世話にもならないですむのです。暮しに不自由することはありません。しかしぼくの話はやめましょう。もしあなたが、あの下では金持でなければ悲惨だといわれるのでしたら——それだとぼくも賛成です。金持でないか、もう金持でなくなってしまった場合——それこそみじめな話ですよ。『あの男？

あれはまだ金があるのか』というわけです。……このとおりの言葉で、このとおりの顔つきでそうきくのです。ぼくもそういう文句を聞きましたが、これが案外深く印象づけられていたのですね、いまになって考えてみると。だから聞き慣れていても、やはり実に奇妙な気持がしていたんですね。――そうでなければ、こんなに印象に残らなかったでしょうからね。それともどうお考えになりますか。たとえばあなたにとって、人文主義者のあなたにとって、こういうぼくらの国がお気に召すでしょうか。あそこに住んでいるぼくにすら、なんども恐ろしい気がしたのをいま思いだします。もっともそのことでぼくが個人的に辛《つら》い目にあったわけではないのです。たとえば人寄せで最上の高い葡萄酒《ぶどうしゅ》がだせない家とは誰も交際しようとしませんし、そこの娘さんはもらい手がありません。万事そういった気風です。ぼくはここにこうして寝ていて、遠くからそのことを考えてみると、なんだか恐ろしくなるのです。あなたはさっきなんておっしゃったのでしたかしら。――冷静で、そして、そして精力的だとおっしゃいましたね。そのとおりです。しかしそれは何を意味するのでしょうか。それは無情で冷たいという意味ですよ。そして無情で冷たいとは、残酷ということにほかならないのです。あの下には、無慈悲で容赦しない残酷の気風があるのです。こうして寝ながら、そのことを、遠くのここから考えてみると、ぞっとしてしまいます」

じっと耳を傾けながらセテムブリーニは頷《うなず》いた。ハンス・カストルプが一応批判し終って黙ってしまったのちも、彼はなお頷いていた。そしてそれから吐息をついて、こういった。

「人生につきものの残酷さ、それがあなたの社会でとっている特殊な現象形態、私にはこれを弁護する気はありません。それはとにかくとして、そういう残酷さを非難するのは、かなりセンチメンタルなことだと申上げなければなりますまい。あなたがお国におられた場合は、あなたは自分を笑い物にすることを恐れて、そういう非難はなさらなかったことでしょう。そして、そういう非難を、人生の無能力者に任せて、平然としておられたことでしょう。そのあなたがいまこうしてそういう非難をなさるということは、ある種の疎外《そがい》を証拠だてているのですが、私はそういう疎外感の増大するのを見たくはないのです。そういう非難をいつも口にする者は、人生から、つまり彼が生れてから育ってきた生活様式から脱落していく危険にさらされているのです。おわかりでしょうか、エンジニア、この『人生からの脱落』が何を意味するかを。私はそれを承知しています。私はそれをここで毎日見ています。ここへやってくる若者たちは（ここへやってくるのは、その大半が若い人たちなのです）、少なくとも半年後には、いちゃつくことと体温のことしか念頭に置かなくなるのです。そして遅くとも半年後には、それ以外のことは何も考えることができなくなり、ほかのことはすべて『残酷』、あるいはもっと正確には、間違い、無知と感ずるようになってしまうのです。あなたは実話がお好きだが——

ご希望に副《そ》うことができそうですな。ここに十一カ月滞在していて、私もよく知っている女房持ちの息子の話があります。あなたよりすこし年上だったと思います、いやもうかなりの年配でした。医者は彼がよくなったものと見て、試験的に彼を退院させたのです。彼は家族の懐《ふとこ》ろへ帰っていきました。彼の場合は、家族というのは叔父さんではなくて母と妻でした。ところが彼は終日体温計をくわえて寝ていて、ほかのことにはいっさい見向きもしない。『あんたたちにはわからないよ』と彼はいうのです。『これがどんな気持かは、あの上で暮した者でないとわからないよ。ここの下には、根本概念が欠けているんだから』そういう言いぐさです。しまいに母親が、『お願いだから上へ帰っておくれ。私たちの手には負えないから』というわけで匙《さじ》を投げました。そうして彼はここへ舞い戻ってきました。つまり彼の『故郷』へ帰ってきたわけです――ご存じでしょうが、一度ここで暮したことのある者は、ここを『故郷』と呼びます。彼は若い細君と完全に疎遠《そえん》になってしまいました。彼女は『根本概念』を欠いていましたからね。そして細君のほうは諦《あきら》めました。彼女には、夫がそのいわゆる故郷で同じく『根本概念』を持っている伴侶《はんりょ》を見つけて、もう下へは帰ってこないだろうと考えたからです」

ハンス・カストルプは上の空で聞いていたようであった。彼は、話が終ってからも白い部屋の眩《まぶ》しい光を、遠方をでも眺めやるように見ていた。そして拍子抜けしたときになって笑って、いった。

「『故郷』といったんですか。さっきおっしゃったとおり、それは少々センチメンタルですね。まったくあなたはいくつも実話を知っていらっしゃいますね。ぼくはさきほどの無情と残酷のことを、いまも考えつづけていたのですが、この数日、それについてはずいぶん考えてみたのです。どうでしょう、下の低地のひとたちの考え方、『あの男にはまだ金があるのか』というような質問、またそれをいうときの顔つきなど、そういうものを少しも残酷とは感じないというのは、よほど鈍感なのではないでしょうか。ぼくはとても人文主義者ではありませんが、そういうことに対して何も思わないなんてことは一度もなかったのです。――むしろそういう話を耳にするたびにいつも異様な感じを受けたということを、いまになってはっきりと思いだすのです。それを平気で聞けなかったのには、ぼくが自分でも気づかなかったぼくの罹病《りびょう》傾向と関係があったのかもしれません。ぼくは自分の耳で古い患部の音を聞きましたし、それにベーレンス先生はそのほかにも新鮮な軽い患部を発見されたということですから。これはぼくには意外でしたが、しかし結局はそうたいして驚きもしませんでした。ぼくは自分が特別頑健《がんけん》だとは一度だって思ったことはありませんし、それに両親もあんなに早く亡《な》くなったんですから。――ぼくは小さいときに両親のどちらにも死なれてしまったのです。……」

セテムブリーニ氏は頭と肩と手の全部を使って、「で、それから！」と尋ねるような明るい優美な身ぶりをした。

「あなたは著述家でいらっしゃるから」とハンス・カストルプはいった。「——つまり文学者でいらっしゃるので、こういうことはよくおわかりでしょうし、またぼくのような境遇の人間が、そう鈍感ではないし、だから世間の残酷さにも平気ではいられないことも、よくわかっていただけるだろうと思います——つまりですね、跳《と》び回り、笑って、お金を儲《もう》けて、腹鼓を打っている世間のひとたちの、……どうもぼくには自分の考えをうまくいうことが……」

セテムブリーニは一揖《いちゆう》した。「あなたのおっしゃりたいのは」と彼は注釈を入れた。「幼いころからいくども死に親しんでいる人間は、無思慮な世間の、無情で残酷な言動、つまり野卑に対しては神経質に、鋭敏にならざるをえなくなるということでしょう」

「ええ、そのとおりです」ハンス・カストルプは心から感激して叫んだ。「本当に、ぴたりと、実に巧みに表現してくださいましたね、セテムブリーニさん。死に親しんでいる。——ぼくにはわかっていました、文学者のあなたなら……」

セテムブリーニは頭をかしげ、眼をつむり、ハンス・カストルプの方に手を差上げた。——それは相手に、黙ってさきを聞くようにという希望を実に美しく、しかも穏やかに表現した身ぶりであった。ハンス・カストルプがとっくに口をつぐんでしまって、これからまだどんなことがいわれるのかと、少々まごつきながら待っている間も、彼はさらに数秒間その姿勢のままでいた。それからやっと黒い眼——筒琴弾《つつごとひ》きの眼を見開いてこういった。

「エンジニア、どうかお聞きください。どうかよく心にとめておいていただきたいのですが、死に対して健康で高尚で、そのうえ――これはとくに申添えたいことですが――宗教的でもある唯一《ゆいいつ》の見方とは、死を生の一部分、その付属物、その神聖な条件と考えたり感じたりすることなのです。――逆に、死を精神的になんらかの形で生から切り離したり、生に対立させ、忌《いま》わしくも死と生を対立させるというようなことがあってはならないのです。それは健康、高尚、理性的、宗教的の正反対ともいえましょう。古代人は、彼らの石棺を生命や生殖の寓意《ぐうい》のみならず、淫猥《いんわい》な象徴で飾りさえしました。――つまり古代人の宗教心からいえば、神聖なものは淫猥なものと同意義である場合がきわめて多かったのです。古代人は死を尊敬する道を知っていたともいえます。死は生の揺《ゆり》籃《かご》、更新の母胎という意味で、尊敬さるべきものなのです。生から切り離された死は、怪物、漫画――そしてさらに厭《いと》うべきしろものになりさがるのです。独立した精神的力としての死はきわめて放縦な力であって、その罪悪的引力は実に大きなものと思われます。しかし、それに人間精神が共鳴する場合は、これ以上に恐るべき倒錯はないこともまたたしかです」

そういってセテムブリーニ氏は黙った。そういう一般論で口をつぐむと、彼はきっぱり話をやめてしまった。彼は本気だった。それは座興のための話ではなかった。彼は相手に口を開いたり反対したりする機会を与えず、いうだけいってしまうと声をさげて終止符を打ってしまった。彼は口をつぐみ、膝《ひざ》に手を重ね、弁慶格子《べんけいごうし》のズボンの脚《あし》を組み、浮かせた足さきを軽く揺すりながら、じっとそれを見つめていた。

ハンス・カストルプも黙っていた。彼は羽根布団《はねぶとん》の中に坐《すわ》って、壁の方に顔を向けながら指さきで軽く掛け布団を叩《たた》いていた。彼は説教され、たしなめられ、叱《しか》られたように感じた。彼は子供がすねたときのような態度で黙っていた。かなり長い間、話はとぎれたままでいた。

しまいにセテムブリーニはふたたび顔をあげて、微笑しながらこういった。

「私たちは以前にもこれと同じような――全然同じともいえるような議論を戦わしたことがあります。――あなたはまだ覚えておいででしょうか。――たしか散歩の途中だったと思いますが――病気と無知について話し合い、あなたはこのふたつの結合を矛盾――しかも病気に対する敬虔《けいけん》の情から矛盾だといわれました。これに対して私は、あなたの病気礼讃《らいさん》を、人間のイデーを汚す陰気な気紛れだと申上げました。幸いにして、あなたには私のこうした抗議を考慮にいれる余裕が全然なくもないように拝見しました。私たちはそのほかに、青年の中立的態度、その精神的逡巡《しゅんじゅん》、選択権、あらゆる見方を試験しようとする傾向とか、そうした試験は決して決定的、最終的な選択とみなしてはならないし――その必要もないということなどについてお話ししました。それでどうでしょうか——」こういってセテムブリーニ氏は両足を床に揃《そろ》え、両手を膝の間に重ね合せ、頭も少し斜めに突きだして、微笑しながら椅子《いす》から乗りだした。——「こんごともですね」彼は少々感動的な声で話しつづけた。「こんごともそういうあなたの練習や実験にお手伝いしたり、またあなたが危険な見方に片寄る危険のあるときは、あなたに干渉してその矯正に努めることを私にお許し願えましょうか」

「むろんそれはありがたいことです、セテムブリーニさん」ハンス・カストルプは慌《あわ》てて、けちでいくぶん片意地な反抗的態度を放棄し、掛け布団の上を叩くのも中止して愛想よく客の方を振向いた。

「どうもご親切にありがとうございます。……はたしてぼくのような者に……つまりぼくが……」

「全然無料（sine pecunia）です」セテムブリーニは立ちあがって口真似《くちまね》をした。「けちけちしませんよ」ふたりは笑った。入口の二重ドアの、初めその外側のドアが開くのが聞え、それからすぐ内側のも開かれて夜の集会から帰ってきたヨーアヒムが姿を現わした。彼はイタリア人を見て、最前のハンス・カストルプと同様赤面した。彼の日に灼《や》けた黒い顔が一段と赤黒くなった。

「やあ、お客さんだね」と彼はいった。「それはよかった。ぼくは引留められちゃってね。ブリッジを一回つき合わされたよ。……表向きはブリッジなんだが」と彼は首を振っていった。「本当はまったく別の代物《しろもの》でね。五マルクもうけた。……」

「夢中にならなければ、そんなこともたまにはいいさ」とハンス・カストルプがいった。

「うん、うん、ぼくはその間に、セテムブリーニさんのおかげでとてもおもしろく時間をすごした。……それでは言葉が足りないことはむろんだがね。せいぜいそのいんちきブリッジ向きの言葉だ。セテムブリーニさんは時間をきわめて有益に埋めてくださったんだ。……いやしくも真面目《まじめ》な人間なら――こんな、つまり君たちの間でいんちきブリッジが行われるようになったこんなところからは、一日も早く退散するように努めるべきだ。しかしその一方ぼくは、セテムブリーニさんのお話をもっともっとお聞きして、いろいろと参考になるようなお話を伺うために、もっと長い間熱が下がらなくて、ここの君たちのところに止《とど》まっていたいとも思っているんだ。ぼくもしまいには『のっぺらぼう』をあてがって、ごまかしが利《き》かなくなるようにしなくちゃいけないかな」

「前にも申しましたが、エンジニア、あなたはなかなか隅に置けませんな」とイタリア人はいった。彼はそれから非常に丁重に暇乞《いとまご》いをした。いとことふたりになるとハンス・カストルプは、ほうっと溜息《ためいき》をついて独《ひと》り言《ごと》のように、「たいした教育者だ」といった。「本当に人文的教育者だ。実話と理論を巧みに混ぜてたえず矯正的干渉を狙《ねら》っているんだ。彼と話をしていると、どうしても話が高尚になるね。こんな高尚なことを話したり考えたりしようとは夢にも思わなかった。もし彼と下の低地で出会ったとしたら、ぼくにはとてもあんな話はわからなかっただろうな」と彼は付け加えた。

この時間にはヨーアヒムはいつもハンス・カストルプの部屋でしばらくの間遊んでいった。そのために彼は夜の安静療養を三、四十分犠牲にした。ふたりはハンス・カストルプの食卓の上で将棋をさすこともあった。――ヨーアヒムが将棋道具を一組下から持ってきていたのである。それからヨーアヒムはそれをかかえて、体温計を口に、自分のバルコニーへ帰っていき、ハンス・カストルプも夜の帳《とばり》に包まれた谷から、あるいは近く、あるいは遠く聞えてくる軽音楽に聞き入りながら、その日の最後の検温を終えた。十時にはヨーアヒムも、例の下層ロシア人席のロシア人夫婦も安静療養をやめるのが聞えた。そしてハンス・カストルプも横向きに寝て、眠くなるのを待った。

夜という一日の半分は、昼より扱い難かった。血液異常のためか、あるいはここのところ毎日の水平暮しのためか、とにかくハンス・カストルプは何時間も眠れないままのことがよくあった。そのかわり、眠れば変化に富んだ、実に活《い》きいきとした夢を見た。それは眼がさめてしまってからも、それを楽しんでいられるような夢だった。昼間は細かく区分され、分類されて短くなったが、夜は流れすぎる時間が区別なく融《と》け合っているために、昼と同様短く思われた。しかしまた、やっと朝が近づいて部屋の中が次第に白く明るみはじめ、周囲の事物の輪郭がはっきりし、姿を現わすのを静かに眺めていたり、戸外でうす曇りか晴れた日がはじまるのを見るのは興味深かった。そしていつの間にか、マッサージの先生の力強いノックがして、それがその日の日課の開始を知らせた。ハンス・カストルプは旅行にカレンダーを持ってこなかったので、日付がいつも正確というわけにはいかなかった。それでそれをときどきいとこから教わろうとしたが、ヨーアヒムにしてもその点ではいつも正しい返事ができるとはかぎらなかった。しかし、それでも日曜日がある程度の手がかりになった。そして同じ日曜日でも、ハンス・カストルプがきょうのように暮した日曜日、すなわち演奏会がある一週間置きの、十四日目ごとの日曜日が多少の手がかりになった。それによって判断したところでは、九月もかなりすぎて、もう中旬近くになっていた。ハンス・カストルプが寝こんで以来、外の谷では以前の曇った寒い天候が真夏のような輝かしい天候に変り、それがいく日も続き、ヨーアヒムは毎朝いとこのところへ白ズボン姿でやってきた。こういう晴天続きの日に寝ていなければならないのは、ハンス・カストルプにしてみれば、気持の上でも、また若い筋肉のためにも、実に残念であった。こんな天気の日に、こんなふうに寝てすごさなければならないこと、それを彼はあるとき「恥ずかしい」と小声でいいさえしたが、しかしここで活潑《かっぱつ》に歩き回ることが危険であることは経験上よく承知していたから、起きていても、寝ているいまと大差はなかろうと考えて自分を慰めた。それにバルコニーの大きなドアが広く開いていれば、戸外の暖かい陽光のおこぼれに与《あずか》ることもできた。しかし指図されていた部屋暮しも終りに近づくころにはふたたび天候が急変した。一晩で霧がおり、温度が下がり、谷は霙《みぞれ》まじりの吹雪《ふぶき》に包まれて、スチームの乾燥した空気が部屋をいっぱいにした。そんなある日にハンス・カストルプは、朝の回診にやってきた顧問官に、寝てからきょうで三週間になるから起きてもいいかと尋ねてみた。「おや、もう卒業ですか」とベーレンスはいった。「ちょっと拝見。なるほどいかにも仰《おお》せのとおり。しかしあれ以来あなたにはたいした変化がみられませんな。なに、きのうは平熱、さよう、午後六時の検温までは。ではカストルプ君、私も野暮はよしにして、あなたを娑婆《しゃば》へ帰しましょうか。さあ、『起《*た》ちて往《ゆ》』きたまえ、むろん規定の範囲、程度を越えるべからずです。そのうちあなたのレントゲン写真を撮《と》りましょう。予定に入れておいてくれたまえ」彼は部屋をでしなにドクトル・クロコフスキーにそう命じて、ハンス・カストルプを太い親指で肩越しに指さし、充血してうるんだ青い眼で代診の青白い顔を見た。……こうしてハンス・カストルプは「車庫」をでた。

ハンス・カストルプが床を離れてはじめていとこといっしょに、外套《がいとう》の襟《えり》を立て、ゴム靴ばきで筧《かけひ》のそばのベンチまで往復したとき、途中で彼は、三週間経過したことを彼が告げなかったとしたら、いったい顧問官はいつまで自分を寝かしておくつもりだったろうかと、そのことを問題にした。ヨーアヒムはぼんやりとした力のない眼で、口を絶望的な「ああ」という溜息の形に開いて、手でどれだけ長い間寝かされっ放しかわからないという感じを空《くう》に描いてみせた。

「あ、見える」

一週間して、ハンス・カストルプはフォン・ミュレンドンク婦長からレントゲン室へ出頭を命ぜられた。彼は催促する気はなかった。「ベルクホーフ」のひとたちは多忙だった。医者も職員も明らかに仕事に追われていた。最近また新しい客がやってきた。蓬髪《ほうはつ》でシャツも着ず、前の詰ったルパシカを着こんだロシア人学生がふたり、それからセテムブリーニの食卓に加わったオランダ人夫妻、それにメキシコ人のせむしである。彼はその恐ろしい喘息《ぜんそく》の発作で食卓のひとたちを驚かした。発作が起ると、彼は男女の区別なく隣席のひとに長い手でしっかりしがみつき、締木のような力で締めつけ、驚いて抵抗したり助けを求めるひとたちに、彼の恐怖のお相手をさせた。つまり、冬のシーズンは十月からだというのに、食堂はもういまから満員だった。そしてハンス・カストルプぐらいの症状では、つまり彼ぐらいの病気の等級では、特殊な配慮にあずかる権利は少しもなかった。たとえばシュテール夫人であるが、彼女がいかに無知、無教養であったにしろ、ハンス・カストルプ以上に重症であることは明らかだったし、ドクトル・ブルーメンコールはむろんのことだった。そういう等級や差異というものにまったく無感覚でなければ、ハンス・カストルプ級の症例では控え目に小さくなっているのが当り前だった。――しかもこうした差別的精神が「ベルクホーフ」の家風であってみれば、これはなおさらのことである。つまり軽症者は軽蔑《けいべつ》されていたのである。ハンス・カストルプはそのことをひとびとの話しぶりからしばしば感じとった。ここで通用している標準に基づいて、軽症者は軽蔑的口調で噂《うわさ》された。しかし軽症者を軽んずるのは単にそれ以上の重症者、一般に重症な人ばかりでなく、彼と大差のない病状の「軽い」ひとたちまでがそうだった。「軽い」ひとたちがそういう態度をとるのは、彼ら自身の自己軽蔑を告白しているようなものであったが、彼らにしてみれば一般の標準に従うことによって、健康人に対する自分たちの誇りを傷つけないですんだのである。これはいかにも人間的であった。「ああ、あれか」みんなこんな具合に互いに噂し合う。「あの男は実は少しも悪くないんだよ。本来ならばここにいる権利さえないんだ。空洞ひとつないんだから……」これが「ベルクホーフ」の精神というものであった。それは特別な意味では貴族的ともいえる精神だった。規則や制度という名のもとには、どんなものに対してであろうと敬意を表せずにはいられなかったハンス・カストルプは、「ベルクホーフ」のこの精神にも敬意を表した。所変れば品変る、である。旅行者が旅さきの民族の習慣や規準を嘲笑《ちょうしょう》するのは自分の無教養を広告するようなもので、どの民族も他の民族に優《まさ》るなんらかの特性を持っているものである。ハンス・カストルプはヨーアヒムに対してすらいくぶんの尊敬と遠慮を覚えた。――それはヨーアヒムがここに彼よりも余計に滞在していて、ここの世界の案内者、指導者であったためというよりも、むしろヨーアヒムが彼より明らかに「重かった」からである。こういうわけで、誰もが自分の病気をできるだけ重く見せ、その点を誇張し、貴族の組に入るなり、あるいはそれに近づこうとしたりするのは当然のことであった。ハンス・カストルプも食事の際に質問されると、実際の検温の結果に二、三本の線を加えて話し、食えない男だとみんなから指でおどかされたりすると、得意な気持にならざるをえなかった。しかし少しくらいのおまけをつけてみても、彼は依然として下級のひとりであって、だから辛抱と遠慮以外に彼にふさわしい態度はなかったのである。

彼は最初の三週間と同じ生活、すなわちヨーアヒムの隣の部屋ですっかり身につけたあの変化のない規則正しい生活を再開していた。彼の生活は、中断されなかったかのように、初めの日から円滑に進行した。たしかにこの中断は中断とはいえなかった。床《とこ》を離れたハンス・カストルプは、ふたたび食堂へでてみてはじめて、そのことをはっきりと感じた。ヨーアヒムは生活の変化を努めて重要視して、だから床あげしたいとこのためにその席を二、三の花で飾ることを忘れなかったが、しかし彼を迎えた食卓仲間は別に騒ぎもしなかった。三週間ぶりにみる彼らの態度は、以前に三時間おきに会っていたときの彼らの態度と基本的には大差はなかった。それはなにも人好きのする単純な彼にみんなが無関心だったとか、誰もが自分のこと、つまり直接利害関係のある自分のからだのことしか念頭になかったなどということのためよりも、むしろ誰もがハンス・カストルプがいなかった間の時間を意識しないでいたからである。ハンス・カストルプにしても、女教師とミス・ロビンスンとの間の、食卓の端にある自分の席に坐《すわ》ってしまうと、前にここに坐っていたのがほんのきのうのことぐらいにしか思えなくて、だから難なくみんなの空気の中に融《と》け入ることができた。

彼の食卓仲間にさえ彼の蟄居《ちっきょ》生活の終了がたいしたことではなかったのであるから、——他の食卓のひとたちがそのために騒ぎたてるはずもなかった。それに気づいた者さえなかったのである。——むろんセテムブリーニは例外で、彼は食事を終えると近づいてきて、冗談めかして愛想のいい挨拶《あいさつ》をした。ハンス・カストルプはそれ以外にもひとりの例外を考慮に入れていたが、そのひとが例外であったかどうかは、ここではまだなんともいえない。彼のほうで勝手に、クラウディア・ショーシャは彼がふたたび姿を見せたことに気づいているに相違ないと決めていたまでの話である。——彼女は例のごとく遅刻してきて、ガラスのドアをがちゃんと締めると、すぐ細い眼で彼を見やり、彼も彼女を見返したが、彼女は腰をおろす際にもう一度肩越しに、ちょうど三週間前、彼が診察を受けにいく前のときのようにほほえんで彼を振返って見た。その振向き方は実に大胆で無造作で——彼の気持をもほかのひとたちをもはばからないやり方だったので——彼はそれを素直に喜んでいいのか、あるいはそれを彼なんか眼中にない証拠として、それに対して腹をたてればいいのかわからなかった。いずれにしても彼女の眼つきは、彼女と彼の世間的な無関係さを彼にとって恐ろしいまでに、彼の心をしびれさせるまでに否定し、覆《くつがえ》すものであって、そのため彼の心臓は締めつけられた。——事実彼はすでに息苦しくなるほどにガラス戸の開く瞬間を待っていたのであって、がちゃんという音を耳にすると、彼の心臓は痛いくらいにきゅっと縮んだ。

ここで一言付け加えておく必要のあることは、この上流ロシア人席の婦人患者に対するハンス・カストルプの精神的関係、つまり彼女の中背の、忍び足の、キルギス人のような眼の容姿に対して彼の感覚と単純な精神が抱《いだ》いた関心、あるいは簡単には彼の「恋慕の情」(これは「下」の平地の言葉であり、「わが心いかばかりときめくことよ」の歌がここにもある程度は当てはまりそうな印象を与えるであろうが、それに構わずこの言葉を使用しておく)——これは、彼の蟄居《ちっきょ》中に大幅な進展をみせていたのである。彼が朝早く眼をさまして次第に明るんでいく部屋の中を見ているときとか、夕方、おもむろに暮れていく黄昏《たそがれ》の色に眺め入っているときとかには、彼の眼前にはいつも彼女の姿が浮んでいた(セテムブリーニが突然電灯をともして病室に姿を見せたときも、この青年は彼女の姿をありありと思い浮べていたので、それで彼は、人文主義者の姿を見てあんなにまで赤面したのである)。細かく区分された一日のどの時間にも彼女の口、頬骨《ほおぼね》、心を締めつけるような色と形と位置をした眼、ぐったりした背中、頸《くび》の格好、ブラウスの後ろの衿刳《えりぐ》りから見える頸椎《けいつい》、薄い紗《しゃ》に透けて見える腕のことを彼は考えていた。だからして彼にとっては時間は飛ぶようにすぎていったのであるが、そのことに私たちが触れなかったのは、そういう幻像をみている恐ろしいばかりの幸福の中にも良心の呵責《かしゃく》が混っていて、私たちはそれに同情したからなのである。彼の幸福感には恐怖と驚き、それに漠然とした、茫漠《ぼうばく》たる、まったく冒険的な気持にまで高まろうとする希望と歓喜と不安が結びついた、なんともいいようのない気持が絡《から》んでいたが、それはこの若者の心臓——本来の肉体的な意味での心臓を、ときにはひどく締めつけたので、そういうときの彼は片手を心臓に、片手を額に眼にかざすように当てて、思わずこう呟《つぶや》いてしまうのであった。

「ああ、たまらない」

というのも、その額の背後にはいろいろな考え、というか、その萌芽《ほうが》がいっぱいに詰っていたのである。この考えこそ放縦なまでに甘美にその幻像を包んでいて、それはマダム・ショーシャの無頓着《むとんじやく》や無遠慮、彼女が病気であること、病気によって彼女の肉体が強調され高められていることを、医者の言によればハンス・カストルプにも関係を持つことになった病気による彼女の肉体化ということを対象とするものであった。彼は額の奥で、ショーシャ夫人が振向いたり微笑したりして、ふたりが世間的な意味で他人であるという事実を無視し、あたかもふたりが社会的存在どころか、もう話し合う必要さえない仲であるかのごとく振舞う冒険的な自由というものを味わいつくしていた。……彼が愕然《がくぜん》としたのも、ほかならぬそのためであった。以前に彼が診察室でヨーアヒムの上半身から慌《あわ》てて眼をそらし、相手の眼を覗《のぞ》きあげたときと同じ意味で愕然としたのである。——あのとき、そうなったのは、同情と心配からであったのに対して、こんどはそこにまったく別の気持がはたらいていた。

さて、狭い舞台での、チャンスに富んだ、規則正しい「ベルクホーフ」の生活は、ふたたび単調に続けられていった。——ハンス・カストルプはレントゲン写真を撮《と》る日を待ちわびながら、善良なヨーアヒムとふたたび起居をともにし、どの時間もヨーアヒムとまったく同じようにすごした。ハンス・カストルプ青年にとってヨーアヒムが隣にいてくれることは好都合だった。彼の隣人は病んでいたが、軍隊的な生真面目《きまじめ》さを多分に持ち合せていたからである。むろんその生真面目さは、自分でもそうとは気づかないうちに療養勤務だけに満足しかけていて、療養勤務が低地での義務遂行の代用物、かわりの天職になったかのようなふうもあった。——ハンス・カストルプは、それを見抜けないほどの愚者ではなかった。彼はしかし、この隣人が彼の市民的気質に及ぼす牽制《けんせい》的、抑制的な影響を十分に感じとっていた。——この隣人とその良き手本、監督があったからこそ、彼は極端で無謀なことをしないですんだのだとさえいえるかもしれない。真面目なヨーアヒムが、丸い鳶色《とびいろ》の眼、小粒のルビー、すぐ笑いだす癖、外面上は実に豊かな胸などを包むオレンジ香水の匂《にお》いに毎日攻撃されて、どんなに一所懸命にそれと交戦していたかを彼は毎日見ていた。ハンス・カストルプは、ヨーアヒムがその雰囲気《ふんいき》の影響を恐れたり逃げたりしているその理性的態度と真摯《しんし》さに打たれて、少したしなめられ教えられるところがあり、それゆえにこそ細い眼の女からいわば「鉛筆を借りる」ことをやめていたのである。——もしこの軍紀厳正な隣人がいなかったならば、経験上からいって、ハンス・カストルプがそのような挙にでる危険は大いにあったのである。それでヨーアヒムは笑い上戸のマルシャのことを一度も口にしなかった。それでハンス・カストルプもクラウディア・ショーシャのことをヨーアヒムに話すことを差控えていた。その埋め合せに、彼は食事の際に右隣の女教師とこそこそ話をした。彼は老嬢がしなやかなからだつきのショーシャ夫人に参っていることをからかい、赤面させ、自分のほうは、かつてのカストルプ老人を真似《まね》て頤《あご》を引き、威儀を正した様子を保った。彼は老嬢に、マダム・ショーシャの個人的な事柄、つまり彼女の生れや、夫のことや、年齢や、病気のことについて、新しい耳よりな知識を仕入れてくるようにと頼んだ。子供があるだろうか、と彼は尋ねた。——とんでもない、子供なんかひとりもいませんわ、ああいうひとにどうして子供なんか持てるでしょうか、子供を持つことはおそらく厳禁されているのでしょうし——それにどんな子供ができるでしょう、これが返事だった。これにはハンス・カストルプも賛成せざるをえなかった。それに子供を持つにしてはもう遅すぎるだろう、と彼はおそろしく散文的な臆測《おくそく》をしてみた。どうかした拍子に、ショーシャ夫人の横顔はもうかなりいかつく見える。三十は越しているのだろうか――この質問に対して、エンゲルハルト嬢は激しく抗議した。クラウディアが三十とは。せいぜいのところ二十八ぐらいでしょう、といい、横顔のことについては、変なことはいわないでくれ、と青年をきめつけた。むろんクラウディアの横顔は一風変っていて、そこらの健康で愚かな女たちの横顔に似てはいないが、しかしまたそこには実に柔和な若々しさと甘美な趣がある、と彼女は主張した。そしてエンゲルハルト嬢は彼を懲《こ》らしめようとして、すぐに言葉を続けて、ショーシャ夫人はたびたびひとりの男性の訪問、すなわち「街」に住む同国人の男性の訪問を受けていて、夫人はその男性を午後自分の部屋に迎え入れることを知っているといった。

これは効《き》いた。ハンス・カストルプは何気ない様子をしようと努めたが、その顔はすっかりひきつり、歪《ゆが》んだ。彼が彼女の報告を聞き流すような格好をして口にした「ばかな」とか「まさか」とかいう意味の言葉も不自然だった。その同国人の出現を彼は最初努めて問題にしないようにしてみたが、それは不可能だった。彼は唇《くちびる》をひきつらせながら話をたえずその男に持っていった。若い男なのか。みんなの話では若くて立派な男性だということだが、まだ自分の眼で確認していないからなんとも答えられない、と女教師はいった。病気なのか、という質問には、病気だとしてもたいしたことはないのだろう、という答えが返ってきた。その男はおそらく下層ロシア人席の同国人並みに、まさかシャツなしではないのだろう、とハンス・カストルプがさらに嘲笑的な質問を続けると、エンゲルハルト嬢はもっと彼を懲らしめてやろうとして、それは保証すると断言した。そこでハンス・カストルプも、これが容易ならぬ問題であることを認めて、その同国人が何者であるかを調査してくれるように老嬢に懇望した。二、三日後、彼女はそのことに関する報告の代りに、まったく別の新しい話を聞きこんできた。

それは、クラウディア・ショーシャが肖像画を描いてもらっていること、つまり彼女がモデルになっているということであった。――老嬢は、ハンス・カストルプにそれを知っているかと尋ねた。彼が知ろうと知るまいと、このことは信頼できる筋から聞いてきたのだから信用していい。しばらく前からショーシャ夫人はこの院内のあるひとのモデルになって肖像画を描いてもらっている。――しかも、それは誰かというと、誰あろう顧問官である。ベーレンス顧問官がそのあるひとであって、彼女はそのためほとんど連日彼の私宅に通っている、というのであった。

この知らせに、ハンス・カストルプは、前の話よりもいっそうひどいショックを受けた。彼はそれについていろいろと苦しい負け惜しみをいった。それはありうることだ、顧問官が油絵を描くことぐらいは誰でも承知している――何も騒ぎたてるほどのことではない、別に何か禁を犯しているわけではないし、誰にも許されていることなのだから。

では顧問官はやもめ暮しの自宅で描いているのだろうか。せめてフォン・ミュレンドンク嬢くらいはその場に居合わすのだろう。彼がそうきくと、婦長にはたぶんそんな暇はないだろうと老嬢が答えた。——「暇がないことではベーレンスも婦長と同じでしょう」と、ハンス・カストルプはやり返した。それでその話は一応終ってしまったかのように見えたが、しかし彼はそれでその話を打切るどころか、それに関してさらに詳細な他のことを根掘り葉掘り尋ねる始末であった。その絵について、その大きさ、つまり頭だけか膝《ひざ》までかとか、またモデルになる時間についてなど。——しかしエンゲルハルト嬢はそういうことについては、やはりその詳細を全然知らなかったので、今後の調査の結果を待つようにと青年を慰めるよりほかはなかった。

この話を聞いて、ハンス・カストルプの体温は三十七度七分に上がった。ショーシャ夫人が受ける訪問よりも彼女がする訪問のほうがはるかに彼の心を苦しめ、彼を不安に陥《おとしい》れた。ショーシャ夫人の私的な個人的な生活そのものが、つまりその内容がどうであるかなどということとは無関係に、彼に苦悩と不安を味わわせはじめていたのに、内容上のいろいろとうさんくさいことまでが耳に入ったいまとなっては、彼の苦悩も不安もまたひとしおだった。ロシア婦人とその訪問客の同国人の男性との交渉は、さっぱりした罪のないものと見なせないこともなかった。しかしハンス・カストルプは少し以前から、罪のない関係などすべて戯言《たわごと》にすぎないと考えはじめていた。従って、ぺらぺらしゃべりまくる男やもめと、細い眼の忍び足で歩く若い婦人との関係にしても、単なる油絵だけの関係だとは思われなかった。顧問官がモデルの選択に当って示した趣味は彼自身の趣味と完全に一致するものだったから、彼はそこに到底あっさりとした関係などは想像できなかった。従って、顧問官の青い頬とか赤く充血したうるんだ眼だとかを思い浮べてみたところで、それはたいして気休めにはならなかった。

彼がそのころ偶然に目撃した情景も、やはり彼の趣味を確認してくれるものだったが、それは前の話とは違った感銘を彼に与えた。いとこたちの食卓の左、側面のガラス戸近くにザーロモン夫人や眼鏡の大食家の少年たちの坐《すわ》る横向きの食卓があって、そこにひとりの患者が坐っていた。ハンス・カストルプの聞いたところでは、彼はマンハイム生れで三十年配の、髪の薄い、虫歯の、臆病な話し方をする男だった。夜の集まりのときには、ときどきピアノを、それもほとんどといっていいくらいに『真夏の夜の夢』の中の結婚行進曲しか弾《ひ》かない例の男である。ここの上のひとたちの間ではそう珍奇な現象でもなかったが、この男は非常に信仰が篤《あつ》いということであった。彼は毎日曜日、下の「街」の教会へ礼拝に出かけるということだし、安静療養中ももっぱら表紙に聖杯や棕《しゅ》櫚《ろ》の枝を印刷した敬虔《けいけん》な本を読んでいるという噂《うわさ》だった。ところがある日この男が、彼が見ているのと同じ方向――つまりショーシャ夫人のしなやかな姿に眼を注いでいるのをハンス・カストルプは発見したのである。それも変におどおどとした、卑《いや》しいほどあつかましい目つきだった。一度それに気がつくと、ハンス・カストルプはいくどもそれを確認せずにはいられなかった。夕食後、このマンハイムの男が、娯楽室の患者たちの仲間に加わって、向うの小さなサロンに、病んではいるが愛らしいショーシャ夫人が腰をおろして柔らかい髪のタマラ（例のユーモラスな娘の名前である）とか、ドクトル・ブルーメンコールとか、扁平胸《へんぺい》で撫《な》で肩の食卓仲間の紳士としゃべっているのを、ぼんやりと悲しげに見つめているのが見受けられた。またその男が向きを変えてひとびとの間を押分けながら上唇を浅ましく吊《つ》りあげ、横でもう一度静かに肩越しに夫人の方を振返るのが見られた。そのほか、ガラスのドアががちゃんと締ってショーシャ夫人が自分の席へ滑《すべ》るように歩いていくと、マンハイムの男ははじめは眼を伏せているが、やがて見ずにはいられなくなって眼をあげ、彼女を貪《むさぼ》るように見つめるようなこともあった。さらにこの哀れな男が、食後、出口と上流ロシア人席の間に立ってショーシャ夫人に前を通りすぎさせ、すぐそばから自分には眼もくれない彼女を、悲しみをたたえた眼で食い入るように見詰める光景もなんどか見受けられた。

この発見も少なからずハンス・カストルプ青年の胸にこたえたが、しかし、マンハイムの男のこうした哀れな凝視は、年齢、人物、地位のいずれにおいてもハンス・カストルプに優《まさ》るベーレンス顧問官とクラウディア・ショーシャの私的交渉ほどには彼を不安にしなかった。クラウディアはマンハイムの男に眼もくれなかった。もしそうでなかったならばハンス・カストルプの敏感になった心はそれを感知したはずである。従って彼には、私たちが自分と同じ陶酔と情熱に悩んでいる他人を見たときに感ずる気持、つまり嫌悪《けんお》と親しみの入り混った奇妙な気持はあったにせよ、これは嫉妬《しっと》の醜悪な刺《とげ》ではなかった。しかし話を進めていこうとするならば、ここでこういうことといっさいを説明したり、分析したりしている暇はない。とにかく哀れなハンス・カストルプは、このマンハイムの男を見て、当面の彼の事情から、悲喜こもごもといった気持をいだかされたのであった。

こうしてハンス・カストルプのレントゲン検査までの一週間がすぎた。彼は一週間がすぎ去ったことに気づかなかったが、とにかくある朝、一回目の朝食時に婦長から（彼女はこんどももらいをこしらえていたが、以前のものではなかったのだろうから、この罪のない、しかし醜悪な腫物《はれもの》は、体質的なものと見なして差支《さしつか》えなかった）午後に検査室へ出頭するように命ぜられたから、それは一週間がすぎていたということなのであった。指定時間は午後のお茶の三十分前であった。それもいとことといっしょに、ということだったが、それはヨーアヒムもこの機会にもう一度レントゲン写真を撮《と》ることになっていたからである。――前の写真がもう古くなりすぎていたのであろう。

そういうわけでふたりのいとこ同士は午後の長い安静療養を三十分だけ短縮し、時計が三時半を打つと、石段を偽《にせ》地下室へ「おり」ていき、診察室とレントゲン室を分つ小さな待合室に腰をおろした。——もう経験ずみのヨーアヒムは落着きはらっていたが、ハンス・カストルプは自分の有機体の内部生活を覗《のぞ》いたことがないので少し興奮してわくわくしていた。待合室には他の患者も順番を待っていた。ふたりが入っていったときには、すでにいく人かの先客が破れた絵入新聞を膝に乗せていた。いとこたちは彼らといっしょに待つことになった。彼らの中には、食堂でセテムブリーニの食卓に坐る見あげるように大きな若いスウェーデンの男もいた。彼が四月にここに到着したときはよほどの重症で、入院を断わられそうだったが、いまでは体重が八十ポンドも増《ふ》えてやがては全快の折紙付きで退院させられるということだった。ほかに下層ロシア人席の婦人がひとりいた。貧弱なからだつきの母親で、しかもそのサーシャという男の児《こ》はいっそう貧相で、鼻が長く、醜くかった。これだけのひとたちが先客であった。彼らが出頭を命ぜられた順番はいとこたちよりさきにちがいなかったから、隣室のレントゲンの仕事は遅れているようであった。だから温かいお茶は飲めそうにもなかった。

検査室の中は騒ぎだった。指図《さしず》している顧問官の声が洩《も》れ聞えた。三時半か、それを少しすぎるころになってやっとドアが開いた。——開けたのはこの地下室で働いている専門の助手だった。——まず幸運児の大男であるスウェーデン人だけが中へ入れられた。彼の前の患者は他の出口からでていったらしかった。それからは仕事がはかどった。十分後にはスウェーデン人が、療養地と療養所の移動広告ともいうべき全快した大男が、どっしりした足どりで廊下を立ち去っていくのが聞えた。つぎにロシア人の母親とサーシャが呼ばれた。スウェーデン人の場合と同様、こんどもハンス・カストルプはレントゲン室内の薄暗がり、人工的な薄暗がりを覗き見た。——反対側のドクトル・クロコフスキーの分析室内と同様であった。つまり室の窓には全部覆《おお》いがされていて、日光を遮《さえぎ》り、二、三の小さい電灯が点《とも》っていた。サーシャと母親が呼ばれ、ハンス・カストルプがそのうしろ姿を見送っているとき——廊下のドアが開いて、いとこたちのつぎに出頭を命ぜられていた患者が（レントゲン室の仕事が遅れたためにまだその順番がきていなかったが）待合室に入ってきた。それはショーシャ夫人だった。

クラウディア・ショーシャが不意にこの小さな待合室へ入ってきて坐ったのである。ハンス・カストルプはそうと知って眼を瞠《みは》ったが、とたんに彼の顔からすっと血が引き、下顎《したあご》がたるみ、その結果口が開きそうになるのをはっきりと感じた。クラウディアがきわめて簡単に、しかもまったく不意にいままで彼女のいなかった狭い部屋の中にやってきて——そして、いとこたちといっしょに腰をかけたのである。ヨーアヒムはちらりとハンス・カストルプの顔を見て眼を伏せたばかりか、いったん戻した絵入新聞をふたたびテーブルから取上げ、その背後に顔を隠してしまった。ハンス・カストルプにはいとこを真似《まね》るだけの決断力がなかった。彼は青ざめたあとで真っ赤になり、心臓は激しく高鳴った。

ショーシャ夫人は、レントゲン室に通ずるドアのわきの、切株のような、形ばかりの肘掛《ひじか》けのある小さな円型の安楽椅子《いす》に坐り、うしろによりかかって軽く脚を組み、空《くう》を見やったが、ひとに見られているのを意識してか、そのプシービスラフそっくりの眼の視線を、神経質に方向をそらして少し横眼になった。白いスウェーターに青のスカートという服装の彼女は貸出図書館の本らしい書物を膝の上にして、床《ゆか》におろしているほうの脚の靴の踵《かかと》で軽く床を打っていた。

一分あまりもすると、彼女はもう姿勢を変え、まわりを見回して、どうしようか、どの方向を向けばいいのかと、迷ったような顔で立ちあがり――そして口を開いた。何か質問したのである。彼女は何もしないで坐っているハンス・カストルプにではなくて、絵入新聞を耽読《たんどく》しているように見せかけているヨーアヒムに何かを尋ねた、彼女のあの唇で言葉を作って、彼女のあの白い喉《のど》からそれに声を添えて。それは、深くはないが、少し鋭い、気持のいい嗄《しゃが》れ声――ハンス・カストルプがずっと昔から聞いて知っている声、一度は彼のすぐ耳のそばで、「いいよ。でも時間がすんだら、きっと返してね」といったあの声である。当時はもっと滑《なめ》らかにはっきりと話されたのが、いまはいくぶん幼稚で、たどたどしいしゃべり方だった。というのも、話している婦人には生来この言葉を使う権利がなく、単にそれを借用しているにすぎなかったからである。以前にも二、三度、彼女がそんなふうにしゃべるのを聞いたことがあり、彼はそのたびにへり下った恍惚感《こうこつ》を交えた一種の優越感を味わったのであった。ショーシャ夫人は片手を毛糸のスウェーターのポケットに入れ、片手でうしろから髪を押えてこう質問した。

「失礼ですが、あなたは何時に呼ばれておいででしたか」

ヨーアヒムはちらりといとこの方を窺《うかが》ってから、腰をおろしたまま靴の踵を合わせて答えた。

「三時半です」

彼女はまたいった。

「私は三時四十五分です。いったいどうしたんでしょう。もう四時になります。いましがたも、どなたかがお入りになったばかりなのでしょう、そうでしたわね」

「ええ、ふたりです」とヨーアヒムは答えた。「私たちの前に呼ばれていたひとたちです。仕事が遅れているようです、三十分ぐらいは」

「いやねえ」彼女はそういって神経質に髪に手を触れた。

「そうです」とヨーアヒムは答えた。「私たちもこれで三十分ちかく待たされているのです」

ふたりはこんなふうに話し合い、ハンス・カストルプはそれを夢の中でのように聞いていた。ヨーアヒムがショーシャ夫人と話すのは、彼自身が彼女と話すようなものであった——ただしそれも、違うといえば全然違うことではあったが。ヨーアヒムの「そうです」という返事がハンス・カストルプの気に入らなかった。目下の彼の境遇からいえば、その返事は図々しい感じを伴い、少なくともきわめて冷やかな返事のように思われたからである。しかし結局のところそう返事したのはヨーアヒムであった――彼はそれができる立場にあった。ヨーアヒムなら彼女と話すことが許されていたのだし、この「そうです」という思いきった表現も、少しはハンス・カストルプに当てつけていったものらしかった。――これは、ハンス・カストルプ自身が、ここにどのくらい滞在する予定かと尋ねられたときに「三週間」と答え、ヨーアヒムとセテムブリーニに威張ってみせたのと同じことであった。彼女はヨーアヒムが新聞で顔を隠しているのにあえてそのヨーアヒムに話しかけた。――それはヨーアヒムがハンス・カストルプ以上にここに長期間滞在していて、彼女と以前から顔見知りだったからであろう。しかしそのほかにも理由があって、それはヨーアヒムとショーシャ夫人との間には、礼儀正しい交際、言葉による交際だけがふさわしく、そこには野性的、深淵《しんえん》的、震撼《しんかん》的、神秘的といった要素の入りこむ余地が全然なかったからである。もしオレンジ香水の匂《にお》いをさせる鳶色《とびいろ》の眼の誰かが彼らといっしょにこの部屋で待っているのだったとしたら、ふたりを代表して「そうです」といったりするのは――彼女と自由ではっきりとした関係にあるハンス・カストルプだったことであろう。彼ならば「そうです、まったくいやになりますね、お嬢さん」とでもいって、颯爽《さっそう》と胸の内ポケットからハンカチを取りだして鼻をかんだかもしれない。「まあ少し我慢なさってください。ぼくらもあなたと同じ目にあっているんですから」といえば、さぞかしヨーアヒムはハンス・カストルプの大胆さにびっくりすることだろう――しかし、ヨーアヒムはいとこと位置を交換したいとは決して本気に考えなかったことだろう。実際またハンス・カストルプにしても、いまショーシャ夫人と話しているのが彼ではなくてヨーアヒムだからといって、そのことでヨーアヒムを嫉妬《しっと》するなどということはなかった。彼女がヨーアヒムに話しかけたことを、彼は不平ともなんとも思っていなかった。彼女がヨーアヒムを話相手に選んだことは、彼女が目下の情勢を考慮に入れたこと、すなわち彼女が現在の情勢を意識していることを告白するものである……。そこで彼の心臓は激しく高鳴った。

クラウディアは、ヨーアヒムに至極平然として扱われると（ハンス・カストルプはこの冷淡さのなかに、善良なヨーアヒムの同病の婦人に対する軽い敵意すら感じとって、すっかり平静を失いながら、しかしまたその一方では微笑せずにはいられなかった）――部屋の中をひと回りしようとした。しかし部屋にはそれだけの広さがなかったので、彼女は絵入新聞をテーブルから手にとって、形ばかりの肘掛けのある椅子に戻った。ハンス・カストルプは祖父の頤を引く癖を真似て、奇妙なほど祖父に似た格好で腰かけながら彼女を見ていた。ショーシャ夫人はふたたび脚を組んだ。膝《ひざ》のみならず脚全体のすらりとした線が、青い羅紗《らしゃ》スカートに現われていた。彼女は中背の、ハンス・カストルプの趣味を十分満足させる背丈だったが、身長の割に脚が長く、腰も太くなかった。彼女はうしろに凭《もた》れかからずに、前屈《まえかが》みに坐《すわ》り、腕を組んで重ねた脚の上腿《じょうたい》に載せ、背を丸め、肩を前へ落すようにしていたために、頸椎骨《けいついこつ》ばかりか、背骨までが、ぴったり体に合ったスウェーターの隙間《すきま》から見えた。マルシャの胸のように盛りあがって豊満ではない、小さい娘のような胸が、両側から圧迫されていた。不意にハンス・カストルプは、彼女もまたレントゲン撮影のためここに坐って待っているのだということに気づいた。顧問官は彼女をモデルに油絵を描いている、つまり彼女の外貌《がいぼう》を油絵具でカンヴァスに移しているが、こんどは体の内部を暴露する光線を薄暗いところで彼女にかけようとしている。そう考えるとハンス・カストルプは、そういう想像に対しては真面目《まじめ》で慎み深い顔をしなければならないような気がして、謹厳なしかめ面《つら》をして、わきを向いた。

三人が待合室で向い合っている時間はそう長くは続かなかった。隣の検査室では、サーシャとその母親にあまり手間どるまいとし、遅れを取戻そうとしている気配があった。白い上っ張りの助手がふたたびドアを開け、ヨーアヒムは立ちあがって新聞をテーブルに返し、そのあとについてハンス・カストルプもドアの方へ進んだが、彼は内心ためらっていた。というのも、婦人に先立つまいとする騎士的躊躇《ちゅうちょ》と、できればここでひとつ礼儀正しくショーシャ夫人にフランス語ででも話しかけ、さきを譲ろうかという誘惑的な考えが、彼の心の中で同時に動いたからであった。彼は急いでフランス語の単語や文体を考えてみた。しかし彼には、そうした礼儀作法がここで認められているのか、あるいは一定の順番は騎士道以上に重んじなければならないのかがわからなかった。その辺の消息にはヨーアヒムのほうが余計通じているはずであったが、彼はハンス・カストルプの感動した、食い入るような眼つきにも素知らぬ顔で、眼前の婦人に一向にさきを譲る気配を見せなかった。それでハンス・カストルプもいとこのうしろからショーシャ夫人の前を通って、ドアから検査室へ入った。彼女はそのとき屈んだままの姿勢で、眼をちらりとあげただけだった。

彼は後に残してきたいまの十分間の冒険のことで忙殺されていたので、レントゲン室へ入ってからも心は相変らず隣室にあった。人工的な薄暗がりの中に立った彼の眼には何も、いやだいたいのものしか見えなかった。「いったいどうしたんでしょう。いましがたも、どなたかがお入りになったばかりなのでしょう。いやねえ……」そういったショーシャ夫人の気持のいい嗄《しゃが》れ声がまだ耳に残っていて、その声の響きがしびれるような快感となって背筋を走った。彼は彼女の膝の線が羅紗のスカートに浮きでているのを見たし、また頭のまわりに巻きつけた編んだ髪からほつれて屈んだ項《うなじ》に垂れ下がっている薄赤いブロンドの短い髪の毛の下の頸椎骨も見た。そしてふたたび戦慄《せんりつ》が背筋を走った。ベーレンス顧問官は、入ってきたふたりには背を向けて書棚《しょだな》か書架かの出っ張りの前に立ち、腕をのばして、薄黒い種板を天井の薄暗い電灯の光にかざして眺めていた。

いとこたちはそのわきを通って部屋の奥へ進んだが、助手が彼らを追い越して、ふたりを検査し処理する準備にとりかかった。一種独特な臭気が部屋の中に漂っていた。気の抜けたオゾンのような臭気で、それが室内に溢《あふ》れていた。黒布で覆われた窓の間に部屋の出っ張りが突きでていて、部屋は大小二つの部分に分れていた。物理器械、凹面《おうめん》レンズ、配電盤、高く立っている測定器などが見られ、小さい車輪のある台架の上にカメラ様の箱があり、壁にはガラスの透明な陽画が列をなしてはめこまれていた。——写真屋のアトリエか暗室、あるいは発明家の実験室か科学者の魔法部屋のような感じであった。

さっそくヨーアヒムが腰から上だけ裸になりはじめた。まだ若くて、ずんぐりとした、頬の赤い、白い上っ張りを着こんだこの土地生れの助手が、ハンス・カストルプもそうするようにと指図した。すぐ片付いてじきに彼の番になるからということだった。……ハンス・カストルプがチョッキを脱いでいる間に、それまで狭いほうの仕切りの中にいっていたベーレンスが、広いほうへやってきた。

「ほほう！」と彼はいった。「これはこれは、我らの双生児君！　カストルプとポルックス。＊……どうぞ悲鳴をおあげにならんようにな。まあお待ちなさい、おふたりともすぐ見抜いてあげます。あなたは、カストルプ君、恐《こわ》いんでしょう、私たちに体内を覗《のぞ》かれるのが。心配ご無用。まったく審美的処置です。ほら、この私たちの私設画廊をごらんになりましたか」そういって彼はハンス・カストルプの腕を引っぱって、並んでいる暗いガラス板の前に立たせ、その後方にぱちっと灯を点じた。ガラス板が明るくなって画《え》が現われた。ハンス・カストルプは人間の四肢《しし》を見た。手、足、膝蓋骨《しつがいこつ》、上腿、下肢、腕、骨盤を彼は見た。しかし人体のこうした部分の丸味を帯びた生態、すなわち肉の部分は、輪郭が幻のようにぼやけていて、はっきり精密に現われている核、つまり骨格を、霧のように、青白い光のようにぼんやりと包んでいるにすぎなかった。

「とてもおもしろいです」とハンス・カストルプはいった。

「むろんのことです」と顧問官が答えた。「青年諸君には有益な実物教育です。光線による解剖、近代科学の勝利ですな。これは婦人の腕です、この愛らしい感じからもそれとおわかりでしょう。彼女はこれで楽しい逢瀬《おうせ》に誰かを抱きしめるのです」そういって彼は笑ったが、上唇が短く刈りこんだひげといっしょになって片方へ吊《つ》りあがった。像が消えた。ハンス・カストルプは、横でヨーアヒムのレントゲン写真を撮る準備がなされているのに眼を向けた。

撮影は先刻ベーレンス顧問官が立っていた出っ張りのこちら側で行われた。ヨーアヒムは靴屋の使う床几《しょうぎ》のようなものに腰かけ、前にある板に胸を押しつけてそれを両腕でかかえた。すると助手が手で捏《こ》ねるようにして彼の姿勢を直し、肩をもっと前にださせ、背中を撫《な》でおろした。それから彼はカメラの背後へいって一般の写真師のように身を屈め、両脚を開いて映り具合を調べ、これでよしといった表情になった。彼はわきへ退いてヨーアヒムに、深く息を吸いこんで全部終るまで息を吐きださないようにと注意した。ヨーアヒムの屈んだ背中が伸び、そのまま動かなくなった。その瞬間助手が配電盤に必要な操作をし、二秒間、物質を貫流するに必要なおそろしく強力な電気がかかった。何千ヴォルトか何十万ヴォルトかの電力、というふうにハンス・カストルプは聞いたような気がした。電気はどうやら一筋にまとめられたかと思うと横道にそれて放電しようとし、あたかも鉄砲でも撃つかのようにぱちぱち鳴った。計量器もぱちぱち音をたてて青い光を放ち、長い電光が音をたて、壁沿いに走った。どこかから赤い光が、眼の玉のように、静かに威嚇《いかく》するように、室内を覗いていた。そしてヨーアヒムのうしろにある瓶《びん》が緑色の光に満たされた。やがてすべてが平静に還《かえ》った。光の現象が消え、ヨーアヒムはほっと息を吐いた。

「つぎの犯人」とベーレンスはいって、ハンス・カストルプを肘《ひじ》で突いた。「疲れたなどといって逃げようとしてはいけませんぞ。見本を一枚差上げますよ、カストルプ君。そうすれば、あなたはお子さんやお孫さんにも、あなたの胸の秘密を壁に映しだしてみせることができます」

ヨーアヒムは腰掛けを離れ、助手は乾板を入れ替えた。新米のカストルプに対してベーレンス顧問官はみずから腰のかけ方、からだの構え方を教えた。「抱いて」と彼はいった。「板を抱いて。なんならそれを何か別のものと空想されても結構。そしてうっとりしたように胸をぴったりつける。そう、そのとおり。息を吸いこむ。吸いこんだままださないように」彼は号令した。そして「では」と助手にいった。ハンス・カストルプは胸いっぱいに空気を吸いこんで、瞬《また》きしながら待っていた。彼の背後でふたたび放電がはじまり、ぱちぱち、ぱんぱんとさかんに音がして、やがて元に戻った。対物レンズがハンス・カストルプの体内を覗き終ったのである。

ハンス・カストルプは腰掛けから離れた。光線に貫かれても別に痛くも痒《かゆ》くもなかったが、いま自分の身の上に起ったことでぽっとして、何かまごついていた。「お見事、お見事」と顧問官がいった。「こんどは私たちが覗いてみましょう」万事心得のあるヨーアヒムはもうつぎの場所へいっていて、出口の近くの台のかたわらに立った。彼の背後には複雑な構造の器械があって、その背の高さのところに半分ぐらい水のはいった蒸《じょう》溜器《りゅうき》がついていて、前の方の胸の高さぐらいのところには、滑車《かっしゃ》で下げられた枠《わく》入りの板が下がっていた。左側の配電盤と計量器の間には、赤い丸い電球が突きでていた。垂れ下がっている板を前に、顧問官は腰掛けにまたがってその赤い電球を点《つ》けた。天井の明りが消え、ルビー色の光だけがあたりを照らした。やがて専門医がその光も簡単に消すと、深い闇《やみ》が実験者たちを包んだ。

「まず眼を慣らさなくてはね」顧問官が闇の中でこういうのが聞えた。「これから見ようとする物を見るには、まず猫のように大きな瞳《ひとみ》をしなければね。あなたもご存じのとおり、昼間の普通の眼で簡単にはっきりと見えるしろものではありませんからな。明るい昼、それに昼のいろいろな華《はな》やかな像も、ひとまず心からぬぐい去りませんとな」

「そうでしょうね」顧問官の肩の背後に立ったハンス・カストルプはこういって、この暗闇では眼を開いていても塞《ふさ》いでいても同じことなので眼を塞いでいた。「こういうものを見るには、いわば眼を闇で洗うことが必要なんですね、それはまったく当然です。私は、はじめに無言のお祈りといったふうに、少し精神を落着けるのがいいと思います。それが本当だと思いますよ。私はここに立って眼を塞いでいます。眠たい好《い》い気持です。だけどこの臭《にお》いはなんでしょうか」

「酸素です」と顧問官はいった。「空中に匂っているのはオクシゲンです。室内放電の大気的産物です。……さあ眼を開いて。これから祈禱《きとう》がはじまる」ハンス・カストルプは急いで眼を開いた。

スイッチを切り変える音がした。モーターが動きだし、凄《すご》い勢いで空に向って唸《うな》りだしたが、つぎの操作で一定の速度に調整され、床が規則的に震動した。赤い光が、細長く垂直に、静かに威嚇するようにこちらを覗いていた。闇の中から蛍光板《けいこうばん》の青白い四角形が、ゆっくり乳色に光りながら、夜明けの窓のように浮び上がってきた。ベーレンス顧問官は靴屋のような台にまたがり、股《また》を開き、その上に拳《こぶし》をついて、人間の有機体の内面を覗き見させるこの板に獅子鼻《ししばな》を押しつけるようにしていた。「見えますかな、君」

と彼が尋ねた。ハンス・カストルプは顧問官の肩の上から屈みこんだが、もう一度頭をあげて、ヨーアヒムの眼、先日の診察のときのように穏やかで悲しげな目つきをしているかと思われる眼のあたりの暗がりに向ってこういった。

「見てもいいね」

「いいよ、いいよ」ヨーアヒムは暗闇の中から寛大な返事をした。大地が震動し、活動する電力がぱちぱち音をたてて唸《うな》っている中で、ハンス・カストルプは前屈みになって青白い窓、ヨーアヒム・ツィームセンの裸の骸骨《がいこつ》を覗いた。胸骨と脊椎《せきつい》が重なって一本の軟骨様の薄黒い柱に見えた。前面の肋骨《ろっこつ》は、それより薄く見える背部の肋骨と交差して見え、上方では鎖骨が左右へ弓形に分岐し、肉の部分の柔らかい朦朧《もうろう》たる膜の中に、ヨーアヒムの肩胛骨《けんこうこつ》、上膊骨《じょうはくこつ》の基部が、くっきりむきだしになって見えた。胸腔《きょうこう》は明るく透明だったが、そのなかに脈管や薄黒い斑点《はんてん》や、黒みがかった斑紋が認められた。

「鮮明な像です」と顧問官がいった。「端正な痩身《そうしん》で、軍人らしい若々しさです。これまでに私はここで便々たる太鼓腹をのぞいたことがありますが、これには光線が通らなくて、何も見分けられませんでした。あんな脂肪層を透《とお》す光線は、こんごの発明に俟《ま》たなくてはならん。この青年のは楚々《そそ》たるものですよ。横隔膜が見えますか」彼はそういって、窓の中の、上がったり下がったりしている浅黒い弧を指してみせた。

「この左側の突起、隆起が見えますか。十五歳のときに患《わずら》った肋膜炎の痕跡《こんせき》です。深く息を吸って」と彼は号令した。「もっと深く。だめ、だめ、もっと深く」するとヨーアヒムの横隔膜が震えながらずっと上まで持ちあがり、肺の上部が明るくなったが、顧問官はまだ満足しなかった。「落第」と彼はいった。「肺門淋巴腺《リンパせん》が見えますか。この癒着部《ゆちやくぶ》が見えますか。この空洞が見えますか。ここに彼をほろ酔いにさせる毒素の製造所があるのです」しかしハンス・カストルプの注意は、真ん中の太い線の後方に、それも主として向って右に、薄黒く見える嚢状《のうじよう》の物、不格好な動物状の物に奪われていた。これも浮遊する水母《くらげ》のように、規則正しく伸縮していた。

「心臓が見えますか」顧問官は大きな手をふたたび腿《もも》から離して、脈打ちながら垂れている物を人差し指でさした。ハンス・カストルプが見ていたのは、まさしく心臓だったのだ。名誉を重んずるヨーアヒムの心臓であった。

「君の心臓を見せてもらうよ」彼は絞りだすような声でいった。

「いいよ、いいよ」ヨーアヒムがふたたび返事した。彼は暗闇の中で静かに笑っているらしかった。しかし顧問官が、感傷的なことをいい合うのは止《や》めてもらいたいと、ふたりに沈黙を命じた。彼が胸腔内の斑点、線、黒い斑紋を調べている間、聴講生もヨーアヒムの墓場の姿と骸骨、つまり裸の骨組と紡《つむ》ぎ針のように細い死の姿を飽かずに見守っていた。敬虔《けいけん》さと恐怖が心をいっぱいにした。彼はなんども「はあ、見えます」といい、「あ、見える」と感動の声を放った。ティーナッペル方《がた》の親戚《しんせき》で、もうかなり前に死んだある婦人の話を聞いたことがある。彼女は、ある不幸な能力を与えられた、というか負わされていた。そしてその能力を謙虚な気持で負っていたということだが、彼女の眼には間もなく死ぬ人が骸骨の姿で見えたのである。そしていまのハンス・カストルプにも、善良なヨーアヒムがそんなふうに見えた。むろん彼の場合は物理的、光学的科学の助けと設備によるものであって、だから別に問題にするには足りなかったが、それでも彼は、透視力を持ったあの婦人の運命につきまとう悲哀がわかるような気がした。彼は、いま見たものについて、というよりはむしろ自分がそれを見たことにひどく心を動かされ、こんなものを見させるということがそもそも怪《け》しからんことなのではあるまいか、ぱちぱち鳴って震動する暗闇の中でこうしたものを見ることが許されることかどうかについて、ひそかな疑念が心中に湧《わ》いてくるのを感じた。彼の心の中では、冒瀆《ぼうとく》の強烈な快感と敬虔の情とが錯綜《さくそう》した。

それから数分してこんどは彼自身が電光に曝《さら》される身になり、ヨーアヒムはふたたび完全な体に戻って服を着た。顧問官はこんども乳色の板から、ハンス・カストルプの内部を覗いた。彼が独り言のように切れぎれに洩《も》らした言葉や小言から推察すると、彼の予測を裏書するような結果が蛍光板に現われたようであった。調べ終ると、顧問官は患者のせつなる願いを容《い》れて、患者に患者自身の手を蛍光板からのぞかせてくれた。こうしてハンス・カストルプは、当然見ることを覚悟しなければならなかったとはいえ、しかし本来人間に見ることを許されていない物、そしてまた彼自身もそれを見ることがあろうとは夢にも思っていなかった物、すなわち自分の墓場を覗いたのであった。死後の分解作用を彼は光線の力で生前に見てしまったのである。彼が現在まとっている肉が分解し消滅し、ぼんやりとした霧になり、その霧の中に右手の精緻《せいち》な骨が、薬指の下の節に祖父の形見の紋章入り指輪を黒く緩《ゆる》く浮きたたせて見えていた。人間の体を装飾する目的で作られたこの世の非情物の一つとしての指輪は、この肉が分解すればふたたび自由になり、さらに別の肉体へ移っていってしばらくの間また嵌《は》められる運命にあるのであろう。あのティーナッペル家のとっくの昔に亡《な》くなった婦人の眼、透視し予見する眼によって、ハンス・カストルプは自分の体の見慣れた部分を見た。そして生れてはじめて、自分がいつかは死ぬということを知った。そんなことを考えながら、彼はいつも音楽を聞くときの顔つき、つまりずいぶん間の抜けた、眠そうな、敬虔な顔つきで、口を半分開け、頭を横へかしげた。顧問官がいった。「凄《すご》いでしょう、どうです。そうです、たしかに一抹《いちまつ》の妖怪味《ようかいみ》の存することは否定できませんな」

そして彼は電力をとめた。床の震動が止《や》み、光の現象が消え、魔法の窓はふたたび闇に包まれた。天井の電灯が点いた。ハンス・カストルプが急いで服を着ている間に、ふたりの青年に向ってベーレンスは、素人《しろうと》にもわかるようにと気を配りながら、いま見た結果について二、三話をして聞かせた。とくにハンス・カストルプのケースについては、レントゲンの結果が科学の名に恥じないほどに、聴覚による診断とぴたりと一致していた。古い患部も新鮮な患部も、いずれも見えるのである。そして「索」——「結節のある索」が、気管支から肺臓のかなり深部にまで入りこんでいる。先刻もいったように、近いうちに透明陽画を進呈するから、ハンス・カストルプは自分でそれを見ることができるだろう。では安静と忍耐と規律を守り、検温し、食べ、仰臥《ぎょうが》し、待機し、これから帰ってお茶でも飲むように。顧問官はそういってふたりに背を向けた。いとこたちは帰ろうとした。ハンス・カストルプはヨーアヒムのうしろについていきながら、出口で背後を振返って見た。ショーシャ夫人が、助手に招かれてレントゲン室へ入っていった。

自　由

いったいハンス・カストルプ青年はどんなふうに思っていたのであろうか、彼にはこの上のひとたちのところですごした客観的な七週間を、七日のように思っていたのであろうか、あるいはその反対に、ここに実際にいた以上に長く滞在しているというように思っていたのであろうか。彼はそのことを自分で考えてみたり、ヨーアヒムにも尋ねてみたりしたが、これは結局どちらとも決定しかねた。つまりどちらともいえるのであって、ここですごした日のことを思い返してみると、不自然なほど短くもあれば、また同様に不自然なほど長くも感じられはしたが、ただし実際の長さだけには、どうしても感じられなかったのである。――むろんこれは、時間というものを大ざっぱに自然現象として、実際の長さとか短さとかいうようなことをいっても差支《さしつか》えないものと仮定してのことである。

とにかくもう十月も目前に迫り、あすにもやってきそうであった。それくらいのことはハンス・カストルプにもたやすくわかったし、それに同病者たちの話からも、これは知ることができた。「知ってる？　あと五日でまた一日《ついたち》よ」ヘルミーネ・クレーフェルトが仲間の若いふたりの男たち、学生のラスムッセンと、ゲンザーという例の唇《くちびる》のぶ厚い若者にそういっているのを彼は聞いた。彼らは、昼食後の、食物の匂《にお》いがまだ残っている食堂で、食卓の間に立ったまま、安静療養に帰らないでおしゃべりをしていた。「十月一日よ。あたし、事務局のカレンダーで見てきたの。これでこの遊び場の十月も二度目というわけね。仕様がないわ、さあ夏も終りだわね、あれで夏といえたらの話だけど。あたしたちは夏をごまかし取られちゃったのよ。大きくいって、一生をごまかし取られちゃったようにね」彼女はそういって頭を振りながら、いかにも無知な色を浮べた眼を天井へ向け、片肺で溜息《ためいき》をついた。「元気をだしなさいよ、ラスムッセン！」続いて彼女は相棒の撫《な》で肩を叩《たた》いた。「何か洒落《しゃれ》でもいわなくて？」「格好な出物もないんでね」ラスムッセンがそう答えて、両手を鰭《ひれ》のように胸から垂らした。「それに在庫品は生憎《あいにく》とでてこないし。どうもぼくはいつもひどく疲れてるよ」「犬も食わないね」ゲンザーがぼやいた。「このうえまだこんなふうに生きていかなくちゃならんとはね」そして彼らは肩をすくめて笑った。

爪楊子《つまようじ》をくわえたセテムブリーニがその近くに立っていたが、食堂をでるときハンス・カストルプにいった。

「彼らの言い草を額面どおりに受取ってはいけませんぞ、エンジニア、彼らがどんな悪態をついても、それを本気には受取るべからずです。みんな至極快適にやっているくせに、例外なく悪態をつくのです。自堕落な生活を送っているうえに、まだ人の同情を強《し》いたり、皮肉や毒舌や悪口をいう権利があると思っているんですな。『この遊び場で』、なるほどそのとおりだ。私はここを遊び場だと睨《にら》んでいます、それも実に疑わしい意味でですよ。『ごまかし取られた』とあの女はいいましたな、『この遊び場で一生をごまかし取られた』とね。しかし試《ため》しにあの女を平地へ帰してごらんなさい。帰ってからの生活だって、やはり一日も早くここへ舞い戻りたいとしか受取れないような生活しか、しないでしょう。実際、皮肉というもの、ここで流行している皮肉というやつにはご用心ください、エンジニア。だいたいこの皮肉という精神態度には用心が大切です。皮肉というものが修辞法の直截《ちょくせつ》な古典的手段としての皮肉でないかぎり、また健全な悟性にとって一瞬といえどもその意味が紛らわしくはないような皮肉でないかぎり、それはふしだらなものとなり、文明の障害となり、沈滞と非精神と悪徳の不潔な戯《たわむ》れと化するのです。私たちを取巻く雰囲気《ふんいき》は、こうした種類の泥沼の植物を繁茂させるのに非常に適していることは明らかです。だから私の申上げることがあなたによくわかっていただけたらと思っているのですが、わかっていただけるかどうか、私としてはそれが心配でもあるのです」

もしこのイタリア人の話を七週間前に低地で聞いたとしたら、これはおそらくハンス・カストルプには馬の耳に念仏だったであろう。しかしここの上にこれだけ滞在したおかげで、彼の精神はその意味を理解できるようになっていたのである。むろんまだ知的理解という意味での理解の仕方であって、おそらくそれ以上に重要な心的理解とまではいっていなかったが。セテムブリーニが、いろいろと気まずいことがあったいまもなお、こんなふうに話しかけてくれて、彼を戒めたり教えたり、彼に影響を及ぼそうと努力しているのに対して、ハンス・カストルプは内心感謝したが、いまでは彼の理解力も成長して相手の言葉を批判したり、少なくともある程度は同意を留保するまでになってきていた。「そらはじまった」と彼は思うのであった。「皮肉についても、音楽の場合と同じことだ。ただ皮肉を『政治的にうさんくさい』といわないだけだ、つまり、皮肉が『直截な古典的修辞法の一手段』でなくなった瞬間に、それがうさんくさくなるといわないだけのことだ。しかし『一瞬といえどもその意味が紛らわしくない』皮肉とは、いったいいかなる皮肉をいうのか、ぼくにも一言いわせてもらえるものなら、あえてそうお尋ねしたい。——そんな皮肉は、無味乾燥な杓子定規《しゃくしじょうぎ》にすぎないだろう」——つまり成長途上にある若者は、こんな具合に恩知らずなのである。恩を受けながら、受けた恩にけちをつけるのである。

しかしこういう反抗的気分を明らさまに口にだすことは、彼もさすがにいきすぎと考えたのか、彼はただセテムブリーニ氏のヘルミーネ・クレーフェルト評に関して、不当に思われた、もしくはなんらかの理由でそう感じたかった点にだけ異議を唱えることにした。

「しかしあのお嬢さんは病人でしょう」と彼はいった。「たしかにとても悪いんですから、彼女が捨鉢《すてばち》になったって、それは無理もないのではないでしょうか。あのお嬢さんは、そんならいったいどうすればいいとお考えなのです」

「病気にしろ、絶望にしろ」とセテムブリーニはいった。「それは往々にして放縦の現われにすぎないことがあるのです」

「ではレオパルディは」とハンス・カストルプは考えた。「科学と進歩にさえはっきりと絶望したというレオパルディはどうなのだ。そして先生ご自身は。彼だって同じように病気でなんどもここへ舞い戻ってきたのだから、カルドゥチが喜びそうな弟子《でし》とはいえないではないか」そう考えたうえでハンス・カストルプは言葉にだしてこういった。

「あなたは優しいお気持の方なのでしょう。それなのに、あのお嬢さんがあすにも死ぬかもしれないのに、あなたはそれを放縦だとおっしゃるのですね。これはもっと詳しく説明していただきたいのです。病気がときとして放縦の結果だとおっしゃるのでしたら、これはもうそのとおりでもありましょうけれど……」

「そのとおりですとも」とセテムブリーニは口を挟《はさ》んだ。「なるほど、私がそう申上げることにとどめておいたのなら、ご異存はなかったわけですな」

「あるいはまた、病気はしばしば放縦の口実に利用されるものだといわれたのでしたら——それも私は承認できたのですが」

「お礼を申します（grazie tanto）」

「しかし病気が放縦のひとつの現われだというのはどうでしょうか。つまり放縦の結果ではなくて、放縦と同じものだとおっしゃるのは。これは逆説というものではないでしょうか」

「ああ、お願いです、エンジニア、どうか曲解なさらないでください。私が皮肉についていったことを、そっくりそのまま逆説にも当てはめてみてください。むしろ逆説は皮肉以上に悪いものとお考えください。逆説は静寂主義の毒の花、あるいは頽廃《たいはい》した精神の鬼火とも、放縦の最大なるものともいえます。ところであなたはふたたび病気の弁護をはじめられるのですね……」

「いいえ、そうではないのです。ぼくにはあなたのお話しになることがおもしろいんですよ。いろいろの点で、月曜日のドクトル・クロコフスキーの講演を思いださせられるのです。あのひとも、有機体の疾患は第二義的現象だといっていました」

「あまり純潔な理想主義者だとは申せません」

「彼に何か異論がおありなのですか」

「いま申した点です」

「あなたは精神分析を否定なさるんですか」

「必ずしもそうではないのです。大反対でもあれば、大賛成でもある、つまり賛否こもごもなのですよ、エンジニア」

「それはどういう意味でしょうか」

「精神分析は、啓蒙《けいもう》と文明の手段としては申し分なしです。愚昧《ぐまい》な迷信を打破し、自然的な偏見を解消し、権威を覆《くつがえ》す点では結構です。換言すれば、それが解放し、洗練し、人間化し、奴隷《どれい》に自由を獲得させる点では結構なものなのです。しかし精神分析が行動を妨げ、生命を形成する能力を持たず、かえって生命の根源を損傷するならば、それは悪、非常な悪というものです。そのとき、精神分析は非常に厭《いと》うべきものとなります。それは本来その母胎ともいうべき死と同じように厭うべきもの——墓穴と、その醜悪な解剖に近いものになる危険があります……」

「吼《ほ》えたな、ライオンめ」とハンス・カストルプは思わざるをえなかった、セテムブリーニ氏が何か教訓めいたことをいうときにいつもそう思うように。しかし彼は単にこういっただけだった。

「先日ぼくたちも光線による解剖を地下室でやりました。ベーレンスはぼくたちをレントゲンで診《み》たときに、それを光線による解剖といったのです」

「おやおや、もうその段階にまで達していらっしゃるのですか。それで」

「ぼくは自分の手の骸骨《がいこつ》をみました」ハンス・カストルプはそれを見た際に感じた気持をもう一度呼び戻そうとしながらいった。「あなたもご自分のをごらんになりましたか」

「いや、私は自分の骸骨などに全然興味がありません。で、医師の診断は」

「索が見えるということでした、結節のある索が」

「悪魔の手代めが」

「あなたは以前にもベーレンス顧問官のことをそう呼ばれましたが、それはどういう意味なのでしょうか」

「まったく誂《あつら》え向きの名だと思いませんか、ほんとに」

「いいえ、それは気の毒というものです、セテムブリーニさん。ぼくだってあのひとに欠点のあることを認めます。たとえばあのひとのしゃべり方、しばらく聞いているとぼくにも不快に感じられてきます。何か無理をしているのがときどき感じられますし、ことにここの上で奥さんをなくされた大きな悲しみのことを思えば、これはなおさらです。しかしそれにしても立派で尊敬に値する人物ではないでしょうか。悩める人類の恩人ですよ。この前もあのひとが肋骨《ろっこつ》切除の手術を終えてでてこられたところでお会いしましたが、一か八かの大仕事だったそうです。お得意の、困難で有益な仕事を済ませてきたのを見て、ぼくはすっかり感心してしまいました。あのひとはまだ興奮のさめやらぬ面《おも》持《もち》で、そのご褒美《ほうび》にでしょう、葉巻を一本吸っておられましたが、ぼくは本当にあの人が羨《うらや》ましくなりました」

「それはずいぶんとご奇特なことで。で、求刑は」

「別になんともいわれなかったのですが」

「それも悪くないでしょう。ではお互い寝るといたしましょう、エンジニア、各自の持場へ戻りましょうか」

ふたりは三十四号室の前で別れた。

「セテムブリーニさんはこれから屋上へいらっしゃるんですね。ああしてみんなといっしょに寝ていられるほうが、ひとりで寝ているより楽しいでしょうね。みんなで話などなさいますか。ごいっしょの皆さんは、みんなおもしろいひとたちですか」

「いやなに、パルター人*とスキチア人ばかりですよ」

「それはロシア人のことなのですか」

「ええ、ロシア女をも含めてです」そういってセテムブリーニ氏は口隅を引締めた。

「ではさようなら、エンジニア！」

これは明らかに底意のある言葉だった。ハンス・カストルプは茫然《ぼうぜん》として部屋へ帰った。いったいセテムブリーニは彼の心中を見破っているのだろうか。セテムブリーニが教育者流に青年をスパイして、彼の視線の行方《ゆくえ》を辿《たど》ったということがないとはいえない。そう考えてみるとハンス・カストルプは、イタリア人に対しても、また彼にうっかりまずいことを尋ねた自分に対しても腹がたった。安静療養に携行するペンや紙を探《さが》しながら（もはや一刻も早く国へ三本目の手紙を書かなければならなかった）、彼はまだ腹をたてていた。自分は外の往来で娘に向って鼠鳴《ねずみな》きをするくせに、自分に関係ないことにまで干渉してくる大風呂敷《おおぶろしき》の屁理屈《へりくつ》屋に対して、彼は口の中でぶつくさいった。――もう手紙など書く気持を失っていた。――筒琴弾《つつごとひ》きがこの当てこすりで、そういう気分をすっかり台無しにしてしまったのである。しかし気分がどうだろうと、冬物なしに済ますわけにはいかなかった。金も下着も靴も必要だった。つまり、盛夏の三週間だけでなく……まだどのくらいになるか見当はつかないものの、とにかく冬の一部も、あるいはここの上のひとたちの概念や時間観念からみて冬の全部もここにいるようなことになるかもしれないとはじめからわかっていたら、ちゃんと用意してきたはずのいっさいのものが必要だった。こうしたことは、万一という意味ででも、一応は国もとへ知らせておかなければならない。こんどは詳細に書いて、下のひとびとにもありのままを知らせなければならない。自分をもひとをも、もうこれ以上欺《あざむ》いているわけにはいかない。……

そう考えて彼は手紙を書いた。ヨーアヒムがなんどもやっていた方法を真似《まね》て、寝椅《ねい》子《す》に横になりながら膝《ひざ》を立てて、その上に旅行用折鞄《おりかばん》を乗せ、万年筆で書いた。彼は机の引出しに何枚も備えつけてあるサナトリウムの便箋《びんせん》を使い、三人の叔父のうちでもいちばん気安いジェイムズ・ティーナッペルに宛《あ》てて書き、領事の大叔父さんにもよろしく伝えてくれるようにと頼んだ。彼はある遺憾な思いがけぬ出来事について、事実となったらしい懸念《けねん》のことについて、医者の診たてでは冬の一部、あるいはその全部をここですごさなければなるまいということについて書いた。すなわち、小生のような症例は、もっと華々《はなばな》しく発病するケースよりも往々にして手剛《てごわ》く、いまのうちに徹底的な治療と完全な予防を図ることこそ肝要と思われる。その点小生が偶然ここへやってきて診察を受けたことは、幸運とも僥倖《ぎょうこう》ともいえる。さもなければ小生は自分の容態に長い間気づかず、後日もはやのっぴきならぬ容態になったときにはじめてそれに気づくというようなことになったであろう。療養に必要と思われる期間については、おそらく冬もここですごすことになるであろうが、いとこのヨーアヒムより早く帰国できなくても、どうかご心配なさらないでいただきたい。この土地での時間観念は、普通、温泉旅行や保養旅行などに適用されるのとはちがっていて、一カ月はいわば最小の時間単位であり、それもそのひとつひとつが問題になることは決してないのだ……と彼は書いた。

陽気は寒かった。彼は外套《がいとう》を着て毛布にくるまり手を赤くして書いた。筋道だった、いかにももっともらしい文を並べた便箋から彼はときどき眼をあげると、最近ではすっかり見慣れてもうほとんど見ることがなくなった景色、長く伸びている谷をぼんやりと眺《なが》めた。谷の出口に見える山々は、きょうはガラスのように薄青く見え、人家が群がって明るく見える谷底はときどきうららかに陽光に輝き、荒々しい森や牧場に覆《おお》われた斜面からは牝牛《めうし》の鈴の音が聞えてきた。ハンス・カストルプの筆の運びは次第に軽快になり、いまではこんな手紙を書くのがどうしてあんなに億劫《おっくう》だったのかわからなくなってきた。彼は書きつづけながら、これ以上もっともらしい説明はありえない、これならきっとうちの者たちもすべてのみこんでくれるだろうと考えた。彼のような階級の、彼のような境遇の青年ならば、それがいいとわかれば、少々の贅沢《ぜいたく》をしても彼らのために用意されている文化的施設を利用するというのは、普通でもあれば当然でもある。もし彼が家へ帰ったとしても――彼らは彼の話を聞いて、ふたたび彼をここへ送り返すだろう。彼は必要なものを送ってくれるように頼んだ。為替《かわせ》で必要金額を定期的に送ってくれることをも頼んだ。そして、「一カ月八百マルクあればすべてを賄《まかな》うことができます」。

それから彼は署名した。それで済んだ。この国元宛ての三本目の手紙は内容豊富で、これでしばらく息がつけた。――それも下の時間概念によるしばらくではなく、この上の時間概念によるしばらくである。この手紙はハンス・カストルプの「自由」を保証してくれた。この自由という言葉は彼が使ったのだが、はっきりと使ったのではなく、また頭の中でこの言葉を綴《つづ》ってみたわけでもなかったが、彼はここに滞在しているうちに、この言葉の最も広範囲な意味を次第に感じとるようになったのである。それはセテムブリーニがこの言葉に与えた意味とはまったく無関係だった。そして彼は、すでに経験済みのあの恐ろしいような驚愕《きょうがく》と興奮の波にふたたび巻きこまれ、溜息《ためいき》をつく胸が震えた。

手紙を書いたことで頭に血が昇《のぼ》り、頬がかっかっとした。彼は、この機逸すべからずと、小卓から体温計を取って検温した。水銀は三十七度八分にあがった。

「これはどうだ」とハンス・カストルプは考えた。そして追伸としてこう書き添えた。「この手紙を書きましたので、やはり疲れました。体温が三十七度八分にあがりました。しばらく絶対安静の必要があると思います。ご無沙汰《ぶさた》することになるかもしれませんが、ご了承のほどお願い申上げます」それから彼は横になり、蛍光板のうしろにかざしたときのように手の平を外に向けて空にかざしてみた。しかし日光は手の生態を変えるわけがなかった。明るいので手の筋肉が普段よりも一層暗く不透明になり、いちばん端の輪郭だけが薄赤く透けて見えた。それは彼が毎日見たり洗ったり使っている生きた手であって――蛍光板の中に見えたあの異様な骨格ではなかった。――あのとき眼前に展開された分析的墓穴の口は、ふたたび閉ざされていた。

水銀の気まぐれ

十月も、新しい月がいつもはじまるときのようにしてはじまった。――それ自体では謙虚に静粛に、記号も目標もなく、だから月日に鈍感なひとには気づかれないままにこっそりと忍びこんできた。元来時間それ自体に切れ目などあろうはずはなく、新しい月、新しい年が、雷鳴やラッパの音を合図にはじまるわけではない。新しい世紀の場合でも、鉄砲を撃ったり鐘を鳴らしたりするのは私たち人間なのである。

ハンス・カストルプが迎えた十月一日は、九月の最後の日とまったく同じだった。同じように寒くて陰気で、それ以後も数日間、同じ日が続いた。夜ばかりか昼の安静療養にも、冬の外套《がいとう》と二枚のラクダの毛布が必要だった。頬《ほお》は乾いて燃えたが、本を持つ指は湿ってかじかんだ。そのためヨーアヒムは毛革のスリーピング・バッグを使いたいと思ったが、早くから自分を甘やかすのはいけないと、これは断念した。

しかし数日後（月初めと月の半ばとの中間であった）にすべてが一変し、驚くほど眩《まぶ》しい夏、おくればせの夏がもう一度はじまった。ハンス・カストルプは前からみんながこの地の十月を讃美《さんび》するのを聞いていたが、いかにもと思った。約二週間あまりの間、晴れ渡った青空が山と谷の上に拡《ひろ》がり、日一日と青く澄んでいった。太陽が雲ひとつない青空から直射したので、誰もが、一度脱ぎ捨てた最も軽快な夏服、モスリンの上着やリンネルのズボンをふたたび引っぱりださなければならなかった。例の巧妙な仕掛けの、つまり孔《あな》をいくつもあけた木片で寝椅子《ねいす》の肘掛《ひじか》けへとりつけるようになっている帆布《はんぷ》製の、支柱のない大きな日傘も、この日中の太陽の直射にはたいして用をなさなかった。

「いまになってこんな上天気にめぐり会えて何よりだったよ」とハンス・カストルプはいとこにいった。「お互い目も当てられないときがあったからね——これじゃまるでもう冬がすぎてこれからいい季節になっていくみたいだ」本当にそのとおりであった。下の「街」の、わずかに余命を保っていて、葉はとっくに落ちてしまった二、三の楓《かえで》の木を除けば、ここには周囲の風景に季節感を与えるような闊葉樹《かつようじゅ》はなかったのである。柔らかい針葉を広葉のように下へ落としている雌雄同株《どうしゅ》の赤楊《はんのき》だけが、わずかに秋らしい裸の姿を見せていた。この土地の樹木は、それ以外は、すべて常緑の針葉樹だけで、高く延びているのも蹲《うずくま》っているのも、いずれも年中吹雪《ふぶ》くここの冬に耐えるようなものばかりだった。夏を思わせるようなこの太陽の酷熱もそしらぬ顔で秋の季節に忠実なのは、森を幾段にも濃淡に染め分けている赤錆色《あかさびいろ》の色調だけかと思われたが、注意してみれば、その他に野の花のいくつかがやはりそうだった。彼がここの上へやってきたとき山の斜面を飾っていた蘭《らん》によく似た千鳥草とか、灌木《かんぼく》の形の苧環《おだまき》、それに撫子《なでしこ》はもう姿を消して、竜胆《りんどう》や、茎の短いコルチクムだけはまだ残っていて、一見暑そうな大気中にもある冷気が流れていることを示していた。安静療養を続けるハンス・カストルプは、表皮は焦《こ》げんばかりに陽《ひ》に灼《や》かれていながら、熱病患者が悪寒《おかん》に襲われるように、不意にその冷気を骨身に感ずることがあった。

ところでハンス・カストルプは、時間をていねいに取扱うひとのように、時間の経過の番をしたり、時間を単位に分けて数えたり、命名して整理する整理癖などを持ち合せてはいなかった。十月がこっそりはじまったことに彼は気づかなかった。ただ十月の肌ざわりとでもいうか、内部と底辺に爽《さわ》やかな冷気を秘めた太陽の暑さだけを感じていた。——これはいままでに感じたことがないほどに強烈なもので、彼はそれをある料理に比較してみた。それは、彼がヨーアヒムに語った言葉に従えば、熱い泡《あわ》の下に冷たいアイスクリームを隠したオムレタン・シュルプリズ（Omelette en surprise）を思いださせた。彼はときどきそういうことを口にしたが、そんなときの彼は、皮膚に熱があって悪寒がするひとのように、早口にぺらぺらと震え声でしゃべった。しかしその合間は、物思いに沈んでいるといえば大げさだが、とかく黙りがちだった。彼の注意は外部に向けられていたが、それもただある一点にであって、それ以外はひと、物の区別なく、すべて霧に包まれてぼんやりとしていたのである。これは彼の頭の中に発生した霧であって、ベーレンス顧問官とかドクトル・クロコフスキーなら間違いなく可溶性毒素の所産と診断したことだろうが、霧に包まれている当人もそう考えていた。しかしそうだと解《わか》っていたところで、その陶酔からさめる力はむろんのこと、さめたいという願望すら、彼の心中には生じなかったのである。

つまり陶酔というものは、酔うこと自体が目的なので、さめることを欲せず、それを嫌悪《けんお》する。陶酔は、それを弱めるような印象に対しても自己を主張し、自己維持を図ってそういう印象を受入れまいとする。ハンス・カストルプは、ショーシャ夫人の横顔が貧弱で少し骨張って見えること、あまり若々しくは見えないことを知っていた。そして、以前にもそれを口にしたことがあった。で、彼はどうしたか。彼女の横顔を見ることを避け、遠くから、あるいは近くで、彼女が偶然横顔を見せることがあったりするような場合は、ぎゅっと眼を閉じてしまったのである。見るのが辛《つら》かったからである。なぜだろう。彼の理性はこの機をすかさずとらえて自己の勢力を挽回《ばんかい》すべきであったろうに。しかしそれはできない相談だった。……クラウディアが最近の好天続きに、彼女をとても愛らしくみせる白レースの朝衣《マティネ》、これを彼女はいつも暖かい日に着ることにしていたが——これを着こんで二度目の朝食に、遅れてきて、がちゃんとドアを締め、軽く両腕を不揃《ふぞろ》いな高さに持ち上げて微笑しながら食堂内のひとたちに正面きって顔を見せると、彼は恍惚《こうこつ》のあまり顔を青くした。彼女が愛らしく見えたからうっとりしてしまったというよりは、むしろ愛らしく見えたということにうっとりとなったのである。それが彼の頭の中の甘美な霧、すなわち酔うことだけを目的とし、ただそれが容認され助長されることしか望まない陶酔を強めたからである。

ロドヴィコ・セテムブリーニ流の批評家にいわせれば、こういう意志の欠如はきっと放縦とか「放縦の一形式」とかいって批判されたことであろう。セテムブリーニが「病気と絶望」に関して述べた著作家らしい言いぐさ、彼には不可解な、あるいはそう思われるふりをした例の言いぐさを、ハンス・カストルプはときどき思いだすことがあった。彼はクラウディア・ショーシャを、彼女のぐんなりした背中、頭を前に突きだした姿勢を見た。なんの理由も釈明もなしに、単に規律と礼儀を守る気力がないためにいつもひどく遅れて食事にやってくる彼女、そういう人間的欠陥から、出入りするドアはどれもこれも乱暴に締め、パンを小さく丸め、爪《つめ》の横を嚙《か》んだりする女、――もし彼女が病気だとすれば（むろん彼女は病気であって、しかもこんなに長い間、こんなになんどもこの上で暮らさなければならないのだから、おそらく彼女の場合は不治の病ということになるのだろうが）、彼女の病気はその全部が全部でないまでも、そのかなりの部分まで彼女の道徳的欠陥からきているのではあるまいか。もしそうであれば、セテムブリーニがいったとおり、彼女は病気が原因で「なげやり」になったり、あるいは「なげやり」なのが原因で病気になったりしたのではなくて、彼女の不精《ぶしょう》と病患は同一のものであろう。――こんな予感を彼は漠然と持ったが、彼はまた人文主義者が「パルター人とスキチア人」などといっしょに安静療養をするといったときの軽蔑《けいべつ》的な身ぶりをも思いだした。それは改めて理由を問う必要のない、ごく自然で、端的な軽蔑、擯斥《ひんせき》の態度だったが、ハンス・カストルプにとっても、そういう気持は以前から親しいものであった。――つまり彼がまだ食卓で端正な姿勢を維持し、乱暴なドアの開けたてを心から憎悪《ぞうお》し、指さきなどを嚙んでみる気持がさらさらなくて（そんなことをしなくても彼にはマリア・マンツィーニがあった）、ショーシャ夫人の不作法に立腹し、この眼の細い異国の婦人が彼の母国語を話そうとしているのを見て、ある種の優越感を禁じえなかった。あの当時にはそういう気持もあったのである。

しかるにその後、ハンス・カストルプは心境に変化をきたし、彼はそういう気持を棄《す》てて、「パルター人とスキチア人」云々《うんぬん》の暴言を吐いたイタリア人にむかっ腹をたてる仕儀となった。しかもセテムブリーニがそういったのは、何も下層ロシア人席、すなわち髪を蓬々《ぼうぼう》と伸ばしてシャツも着ていない学生が坐《すわ》っていて、外国語では意志の疎通《そつう》を図ることができないのか、ベーレンス顧問官が最近話してくれた肋骨《ろっこつ》のない胸部を連想させるような、骨なしといった奇妙な感じの母国語で議論に熱中しているあの下層ロシア人席の連中を指《さ》してのことではなかった。人文主義者がこうした手合いの不作法を非難して差別感を抱《いだ》いても、それは一向に構わなかった。彼らはナイフで食物を口へ運んだり、トイレットを話にならぬほど汚《よご》したりしたからである。セテムブリーニの話では、彼らのひとりの医科の上級生は、全然ラテン語を知らないし、たとえば Vacuum（真空）の意味さえ知らなかったということである。またシュテール夫人が食卓で、三十二号室のロシア人夫婦は、朝ベッドに寝たままでマッサージの先生を迎えると話したが、これもハンス・カストルプ自身の毎日の経験から考えて、おそらく本当らしかった。

しかしこれらの全部が本当の話だとしても、「上流」「下層」という截然《せつぜん》たる区別がでたらめなわけではない。明らかにこのふたつは違うのである。しかるに、このふたつの食卓のひとたちを傲然《ごうぜん》と冷やかに――自分も熱があって、少々きこしめしているくせに、とくに冷やかに――「パルタ―人とスキチア人」の名で一括した男、共和国と美しい文体を宣伝するどこかの男がいる。ハンス・カストルプは心中、そういう人間にはただ軽蔑をもって対するのみだと誓った。青年ハンス・カストルプには、セテムブリーニがなぜそういったのか、それがよくわかっていた。彼にもショーシャ夫人の病気と「棄鉢《すてばち》な態度」の関係がのみこめてきたのであった。しかし彼が以前ヨーアヒムに話したように、最初は憤慨したり差別感をいだいたりしていたくせに、途中でいつの間にか「批評とは全然無関係な別のもの」が混入してきて、もはや礼儀作法などを問題にしなくなってくるというような事態があるものである。――そういう場合に共和国的で雄弁な教育者の意見など傾聴されるはずはない。では人間の批評精神を麻痺《まひ》させ、停止させ、批評の権利を奪うもの、あるいはその当人が自ら非常識な喜びに駆られてその権利を放棄するほどにまでなってしまうような、その別のもの、それはいったいなんであろうか。われわれはロドヴィコ・セテムブリーニが得意とする教育的意味からもこう尋ねるのである。われわれわれは別にその名を尋ねているのではない。その名称は誰もが知っている。われわれが尋ねるのは名前でなくてその倫理的性状である。――そして正直のところ、われわれはたいして立派な解答を期待してもいない。しかしいずれにしても、その倫理的性状はハンス・カストルプの場合、巨大な力をふるい、そのために彼は批評をやめてしまったばかりか、自分が魅了された生活様式を自分で実験するというところまできてしまった。たとえば彼はぐったりと食卓について、背中をぐんにゃりさせてみて、こういう姿勢が骨盤の筋肉にとても楽なのを知った。また出入りのドアをていねいに締めないでぱたんと締めることも実験してみて、これも便利で具合がいいということがわかった。これは、ヨーアヒムが以前に停車場でさっそくやってみせた、肩をすくめる癖、あれ以来ここの上のひとたちの間によく見られるあの癖と同じ性《たち》のものであった。

つまり、われわれの旅びとは、クラウディア・ショーシャにぞっこん惚《ほ》れこんでしまったのである。――この惚れるという言葉によって生ずるかもしれない誤解についてはこれまでに十分予防線を張っておいたから、ここでもう一度この言葉を使うが、ハンス・カストルプの恋愛感情の本質は、上に引用した例の歌の精神であるところの甘い感傷的哀愁ではなかった。それは、恋心の中でも、かなり冒険的な、他にあまり例のない変種であって、ちょうど熱病患者の容態や高原の十月のように、冷熱二面から成るものであった。そして、そこにはこの両極端を結ぶ情緒的な中間物が欠けていた。つまりハンス・カストルプの恋情は、一方ではショーシャ夫人の膝《ひざ》、脚《あし》の線、背中、頸椎骨《けいついこつ》、その可愛《かわい》らしい胸を左右から締めつけている上膊《じょうはく》――要するに彼女の肉体、だらしのない、高められた、病気でおそろしく強調され、一段と肉体化された肉体に向けられて、青年の顔を青ざめさせたり、歪《ゆが》めさせたりするほどにまで官能的であったが、他方またその恋心は、何か極端に茫漠《ぼうばく》としたひとつの想念、いやむしろ夢でもあったのである。それは、無意識にもせよ、時代に対して「なんのために」とはっきりと問うて、しかもうつろな沈黙しか与えられなかった青年の、恐ろしい、無限に蠱惑《こわく》的な夢であった。誰もがやるように、われわれもこの物語の中に私見を述べさせてもらうことにして、つぎのごとき推測を記《しる》しておきたい。すなわち、もしハンス・カストルプが人生の勤務についての意義と目的とに関して、彼の単純な魂を満足させるような解答を時代の深淵《しんえん》から受取っていたとしたならば、彼がここの上のひとたちのところへやってくるときに予定してきた日数を、現在ここでわれわれが話している時期まで延期することはなかっただろうということである。

彼は恋心というものがいついかなる場合にも伴ういっさいの苦しみと喜びを味わった。すべての苦悩がそうであるように、恋心に伴う苦悩も抉《えぐ》られるように痛く、屈辱的要素を持っていて、神経系統を激しく揺り動かし、そのために彼の息はとまって、大の男が悲嘆の涙にかきくれるほどであった。しかしそれに劣らず歓喜も大きかった。それがどんなにくだらぬ動機によるものであろうと、歓喜は苦悩と同じように心に滲《し》み通った。「ベルクホーフ」の一日のほとんどどの瞬間も歓喜のチャンスを孕《はら》んでいた。たとえばハンス・カストルプが食堂に入ろうとして、意中の人がうしろからやってくるのを見る。その結果は最初から見通しの利《き》く幼稚な性質のものであったが、それでもそれは嬉《うれ》し涙がでるほどに心を躍《おど》らせた。ふたりの眼、彼の眼と彼女の灰緑色の眼とが間近で出会い、彼女のアジア的な眼の形、その位置が彼の心を捉《とら》える。彼は気も転倒せんばかりだが、それでいてきちんとわきへ退き、彼女に道を開けてやる。かすかな微笑と、小声の「メルシ」、他人の眼にはただの礼儀にすぎない彼の好意を受入れた彼女が、彼の前を通過する。その彼女の香りに包まれ、彼女に出会った喜び、彼女の口から直接彼に宛《あ》てて発せられた「メルシ」という言葉を聞いた喜びに酔い痴《し》れて、彼は茫然《ぼうぜん》として立ちつくす。彼女のあとに続いて右手の自席へ蹌踉《そうろう》と進んでいき、倒れこむように椅子《いす》に坐ろうとする——向うの方でもやはりクラウディアが同じように腰をかけようとしながら戸口での出会いのことをまだ考えているかのような表情で彼の方を振返るのを見る。ああ、なんという夢のような冒険、なんたる歓喜、勝利、無限の喜びであろうか。ハンス・カストルプがどこかの平地の健康な娘に出会って、その娘に彼が世間的な、平和な、有望なやり方で、例の歌の意味での「心臓」を捧《ささ》げたとしても、こういう夢のような歓喜は味わえなかったことであろう。そういうことをすべてちゃんと見ていて、そのために産毛《うぶげ》のある頬を赤く染める女教師に、ハンス・カストルプは、熱で浮かされたような、うわついた調子で挨拶《あいさつ》をする。——ミス・ロビンスンには支離滅裂な英語でまくしたてる。こういう有頂天な気分などには縁のない老嬢は、驚いてうしろへのけぞって、はらはらするような眼つきで彼を見るのである。

もうひとつ例をあげよう。夕食時、赤い夕陽の光が上流ロシア人席へさしこんだことがあった。ヴェランダへでるドアと食堂の窓にはカーテンが引かれていたが、どこかに隙間《すきま》があったのか、赤い光の筋が、冷えびえと、しかし眩《まぶ》しげにさしこんできて、ちょうどショーシャ夫人の頭に当った。彼女は右隣の扁平《へんぺい》胸の同国人と話しながら、それを手で遮《さえぎ》らなければならなかった。それは小うるさいことではあったが、そうたいしたことでもなかったので、誰も気にとめなかった。当人自身すらおそらくそのうるささをさほど意識しなかったであろう。しかしそれをハンス・カストルプは広間のこちらから見てとったのである。彼はしばらくの間じっと様子を見ていて、だいたい見当をつけ、光線の路《みち》を辿《たど》って光のさしこんでくる個所を発見した。向うの右隅の、ベランダへでるドアと下層ロシア人席の間にある半円形の窓から、光線が入ってきていたのであって、そこまでは、ショーシャ夫人の席からもハンス・カストルプの席からも、だいたい同じくらいの距離だった。彼は決心した。彼はナプキンを手にしたまま、無言で立ちあがると、食卓の間を斜めに食堂を横切り、奥の方のそのクリーム色のカーテンを十分に引合せ、振向いてみて、夕陽がささなくなってショーシャ夫人の手間が省けたことを確認したうえで、できるだけ平静な外観を保って自席へ戻った。誰もそれだけのことをしなかったので、その必要事をきさくに片づけたのだ、とでもいうような態度だった。たいていのひとたちはこういう彼の心遣《こころづか》いには気がつかないままでいたが、ショーシャ夫人はすぐこれに気がついて振返った。そしてハンス・カストルプが自席に戻って椅子に坐りながら彼女の方を見るまで、彼女は振向いたままでいた。そして愛想よく、驚いたような微笑を浮べて感謝した。つまりお辞儀したのであったが、それは頭を下げたというより前へ突きだしたといったほうがよかった。これに対して彼もお辞儀した。心臓は、停ってしまって全然鼓動しないかのようであった。それから少しして、つまりいっさいが終ってはじめて心臓は激しく鼓動しはじめた。またそのときになってはじめて、彼はヨーアヒムがそっと皿の上に眼を落しているのにも気がついた。シュテール夫人はドクトル・ブルーメンコールの横腹をつつき、くすくす笑いながら、自分の食卓や他の食卓でいまの出来事に気づいた者がいはしないかと、きょろきょろあたりを見回した。……日常のありふれた出来事にすぎないが、家常茶飯事も異常な背景のもとで起ると異常なものになってくる。ふたりの関係は緊張したり、その緊張がまたうまい具合に解消したりした。——むろんふたりといって悪ければ（ショーシャ夫人がそれをどの程度まで感じていたかは不問に付することにするから）少なくともハンス・カストルプの空想と感情にとってはそうだったのである。ここ数日ずっと晴天が続いて、療養客の大部分はいつも昼食後食堂前のベランダへでて、三々五々、十五分ぐらいの間日光浴をした。そのために十四日目ごとの日曜日の吹奏楽のコンサートの場合と同じ光景が展開された。いずれも微熱のある若い患者たちは、なんの仕事もせずに毎日肉の料理と菓子をたらふく平らげて、しゃべったり、いちゃついたり、流し眼をくれたりしていた。アムステルダムのザーロモン夫人はよく手摺《てす》りのそばに腰をかけ、——一方からは厚唇のゲンザーが、他方からはスウェーデンの大男が彼女を膝で締めつけていた。この巨漢はもう完全に全快していたが、大事をとって帰国を延ばしていた。イルティス夫人は本当は未亡人らしかった。というのも近来彼女はひとりの「花婿《はなむこ》」にかしずかれていたからである。「花婿」は憂鬱《ゆううつ》そうな、そんな資格がありそうにもみえない男であって、そのせいか彼女は、この花婿の外にミクロジヒ大尉《たいい》——鉤鼻《かぎばな》の、上ひげをポマードで固めて、胸を張った、きつい眼のミクロジヒ大尉のサービスも受入れていたのである。ほかにいろいろの国籍の、共同療養ホールの婦人たちがいたが、その中にはこの十月一日にやってきたばかりの、ハンス・カストルプがまだその名を知らない新顔もあった。新顔の中にはまたアルビン氏流に気どった若者たちとか、片眼鏡をかけた十七歳ぐらいの少年とか、郵便切手の交換に夢中の、眼鏡をかけ薔薇《ばら》色の顔をした若いオランダ人とか、他人の食事まで食べてしまう癖のある、ポマードを塗った、どんぐり眼のギリシア人とか、「マクスとモーリッツ」と呼ばれて脱走の名人だという、いつもいっしょにいる二人組の伊達男《だておとこ》なども混っていた。……せむしのメキシコ人はここで話される言葉がひとつもわからないので聾者《つんぼ》みたいな表情をし、おかしな格好で敏捷《びんしょう》にテラスの方々へ三脚を引きずっていって写真ばかり撮《と》っていた。顧問官もやってきて靴紐《くつひも》の神技を公開することがよくあった。マンハイムの信心家も人込みの中にこっそり姿を隠して、なんともいいようのないほど悲しげな眼を一個所にひそかに向けていたが、ハンス・カストルプはそれを見て深い嫌悪《けんお》感を覚えた。

さきほどの「緊張とその解消」の二、三の例を述べるならば、そういうとき、ハンス・カストルプは壁際《かべぎわ》のラック塗りの庭椅子に腰をかけて、嫌《いや》だというのを無理に引っぱりだしたヨーアヒムを相手にしゃべりまくった。彼の前には巻煙草《まきたばこ》をくわえたショーシャ夫人が、同じ食卓仲間といっしょに手摺りのところに立っていた。彼女のために、彼女に聞いてもらおうとして彼はしゃべっていたのである。彼女は彼に背を向けていた。……私たちが話しているのは、こういう特定の場合なのであるが、ハンス・カストルプはこうした底意のあるおしゃべりを、いとこだけを相手にやるのでは物足りなかったので、さらにわざわざ話相手をひとり見つけだしてきた。——誰かといえば、ヘルミーネ・クレーフェルトであった。——彼は偶然のようにこの若い婦人に話しかけ、自分とヨーアヒムの名を紹介し、三人でいっそう効果的な気勢をあげようと、クレーフェルトにもラック塗りの椅子を引寄せてやった。そして彼はこんな具合に尋ねたのであった。

あの朝の散歩ではじめてお目にかかったときは、とてもびっくりしました。まだ覚えていらっしゃいますか。あのとき、あの痛快な歓迎のぴゅうを浴びせられたのは、誰あろうこの私なのです。正直にいって、あなたは十二分に目的を達成されました。それこそ棍棒《こんぼう》で脳天をがんとやられたほどにも驚いたんですから。なんならいとこにきいてごらんなさい。は、は、気胸を鳴らして罪のない散歩者を驚かすなんていけない悪戯《いたずら》ですよ。むろん私はあれを罪深い濫用《らんよう》として大いに憤慨しますよ。……自分が道具に使われていることを意識したヨーアヒムは眼を伏せ、クレーフェルトもハンス・カストルプのきょろきょろした落着きのない眼つきから、自分が単にだしに使われているにすぎないことを察して次第に屈辱感を募らせていったが、ハンス・カストルプは依然として膨《ふく》れっ面《つら》をしたり、気どったり、お世辞みたいなことをいったりして、ぺらぺらとしゃべりつづけた。そのうち彼の苦心が報われたか、ついにショーシャ夫人がこの妙におしゃべりな男の方へ振向き、じっと彼の顔を見つめた――それはほんの一瞬間のことで、つまり彼女のプシービスラフの眼は、彼の脚を組んで坐《すわ》っているからだをすばやく滑《すべ》り下りて、ほとんど軽蔑《けいべつ》にすれすれの、軽蔑に似た冷淡さで彼の黄色の靴の上に止り、それから大儀そうに、おそらくは微笑をその下に秘めながら離れていった。

なんという悲惨な結果か！　なおしばらくの間ハンス・カストルプは熱に浮かされたように話しつづけたが、靴を見たときの彼女の目つきがはっきり心に浮ぶと、話の途中で不意に黙りこみ、沈んでしまった。うんざりしたクレーフェルトは、すっかり気を悪くしていってしまった。ヨーアヒムもさすがに声を尖《とが》らせて、安静療養に帰ることを注意した。腑抜《ふぬ》けた人間のように青ざめた唇《くちびる》で、ハンス・カストルプはそれに応じた。

この出来事で二日間ハンス・カストルプはふさぎこんだ。この二日間、彼の焼けつくような傷口の苦痛を柔らげてくれそうなことは何ひとつ起らなかった。どうして彼女はあんな眼つきをしたのか。三位一体の神の名にかけて、彼女があんな眼つきをした理由を知りたい。彼女は彼のことを、無邪気で簡単なことに向いた低地の健康で平凡な男ぐらいに思っているのだろうか。低地生れの唐変木とでも思っているのか、飛び回り、笑い興じ、太鼓腹を叩《たた》いて金儲《かねもう》けに余念のない凡庸な男——名誉の退屈な長所しかわからぬ人生の模範生とでも思っているのだろうか。いったい彼は、彼女の世界とは縁のない二、三週間そこそこしか滞在しない、吹けば飛ぶような聴講生だろうか。彼も浸潤個所があるということで入門の宣誓をしなかったであろうか。——いまでは彼もこの上の連中に編入され、所属せしめられたひとりであり、すでに二カ月の経歴を有し、昨夜も水銀は三十七度八分にのぼったではないか。……そうだ、そうなのだ、まさにそれが彼の苦悩を倍加したのである。すなわち水銀はそれ以上はあがらなかったのである。この二日間というもの、急激な意気銷沈《しょうちん》の結果、ハンス・カストルプの有機体は冷却し、沈滞し、弛緩《しかん》して、彼の深い苦悩をよそにきわめて低い、ほとんど平熱といえるほどの検温結果を示し、そのために彼がどんなに心を傷《いた》めてみても、結果はクラウディアの存在とその世界からますます遠ざかるばかりであって、彼は泣くに泣けない気持だった。

しかし三日目には優しい救いの手が差伸べられた。それも早朝のことであった。澄みきった秋の朝、日が照ってすがすがしく、草原には銀灰色のヴェールがかかり、清浄な空には太陽と欠けはじめた月が同じくらいの高さに懸《かか》っていた。この美しい日に敬意を表して、いとこたちは朝の散歩を規定の道程より少し延ばし、筧《かけひ》のそばにベンチのある森の道を少しさきの方までいってみることにして、この朝は早めに起きた。やはり体温の線が少し下がっているのを喜んだヨーアヒムが、こうした気分転換の例外措置を提案したところ、ハンス・カストルプもそれには反対しなかった。「ぼくらは治《なお》ったんだからね」とハンス・カストルプがいった。「熱もなくなったし、毒も消えたし、もう低地へ帰ってしまってもいいくらいなんだ。小馬みたいに跳《と》んだりはねたりしてみても、なんの差支《さしつか》えもないだろう」こうしてふたりは無帽で――はじめはハンス・カストルプも、無帽で歩くここの習慣に対してあれほど頑強《がんきょう》に抵抗して、低地の生活様式、礼儀作法を守っていたが、宣誓式後はあっさりとここの習慣に従ってしまった――ステッキ振りふり、ゆっくりと歩いていった。しかし以前に新米のハンス・カストルプが気胸の連中と出会った辺の、赤土道の上りの部分をまだ登りきらないときに、彼らの少し前方をショーシャ夫人が、やはりゆっくりと登っていくのが見えた。彼女は、白いスウェーターに白のフランネルのスカート、白い靴と白ずくめで、薄赤い髪を朝陽に光らせながら登っていく。厳密にいえば最初彼女に気づいたのは、ハンス・カストルプであり、ヨーアヒムは連れに引っぱられるような、引きずられるような不快な気持でやっとそれに気づいたのであった。——いとこが急に足を止めて立ちどまりかけ、それから急にせきたてるような早足で歩きだしたことに彼は不快を感じた。ヨーアヒムはせきたてられて我慢がならず、腹をたてた。彼の息はきれ、軽く咳《せ》きこみさえした。しかし目的に向って進むハンス・カストルプは、諸器官が活潑《かっぱつ》な運動をしているらしく、連れのことなど意に介さなかった。事情がわかったヨーアヒムは、いとこをひとりさきへやるわけにもいかず、黙って眉《まゆ》をしかめながら遅れまいとした。

さわやかな朝の中でハンス・カストルプは生気潑剌《はつらつ》としていた。それに意気銷沈中に英気も秘《ひそ》かに蓄積されていた。そしていまの彼の心には、頭上の暗雲一掃の好機到来という確信があった。息をきらしているばかりか、不承々々のヨーアヒムを引きずるようにして前進し、道が平らになって森に覆《おお》われた丘沿いに右折している手前で、ショーシャ夫人に追いついた。そこまでくるとハンス・カストルプは、ふたたびゆっくりとした足どりに戻った。急いだための取乱した姿で計画を実行しないようにと用心したのである。曲り角を向う側へ越えたところの斜面と崖《がけ》の間、樹間から日光が洩《も》れている赤錆色《あかさびいろ》の松の間で、ハンス・カストルプはヨーアヒムの左隣に並んで、愛くるしい病める婦人を追い越すことになった。彼は彼女の横を靴音高く通り抜け、彼女の右へでた瞬間を狙《ねら》って無帽の頭を下げ、小声で「おはようございます」と丁重に（むろん丁重にである）挨拶《あいさつ》した。すると彼女は、たいして驚いたふうもなく、愛想よくお辞儀を返し、やはり彼の国の言葉で「おはようございます」といって目顔でにっこりと笑った。——すべてがいくぶん違っていた。いや、あの靴を見おろしたときの目つきとは、まったく違っていた。しかも躍《おど》りあがりたいほどにまで違っていた。思いがけぬ幸運に見舞われて事態は予想外の好転を示し、まったく前例のないくらいの、気も遠くなるほどに好転して、彼はついに救われたのである。

ヨーアヒムと並んで歩きながら、ハンス・カストルプの足は地につかず、眼は愚かな喜びに盲《めし》い、彼女の会釈《えしやく》や言葉や微笑が彼の胸をいっぱいにした。だしに使われたヨーアヒムは、黙って眼をそむけて斜面を見おろしながら歩いていた。これは冒険、かなり大胆不敵な冒険であって、おそらくヨーアヒムの眼には、裏切りともペテンとも映ったかもしれない、それはハンス・カストルプ自身にもよくわかっていた。しかし赤の他人に鉛筆を貸してくれと頼むのではない。——何カ月もの間、同じ屋根の下に住んでいる婦人のわきを素知らぬ顔で通りすぎたとしたら、それこそ不作法というものであろう。

しかもクラウディアとは先日も待合室で話し合った仲ではないか。だからヨーアヒムにしても文句のつけようがなかった。名誉を重んじるヨーアヒムが種々の意味で沈黙し、顔をそむけて歩いている理由はハンス・カストルプにはよくわかっていた。それでいて彼は、自分の成功した冒険に有頂天になり、底抜けに喜んでいた。低地の世間的で有望な、まったく陽気なやり方で、健康な小娘に「彼の心臓を捧《ささ》げて」大成功を収めた男といえども、いまのハンス・カストルプ以上に幸福な気持は味わえなかったことであろう。――たといその男が幸福だったにしても、いまのハンス・カストルプが、好機を捉《とら》えて奪取し、確保したごく僅《わず》かなもので幸福感に満たされたようには、幸福ではありえなかっただろう。……だからしばらくしてハンス・カストルプは、いとこの肩をぽんと叩いてこういったものである。

「ハロー、君、いったいどうしたというんだ。実にすばらしいお天気じゃないか。あとで療養ホテルまでおりていこう。きっと音楽をやっているよ、すてきじゃないか。『カルメン』の中の『わが胸に、ひしと秘めしこの花よ、ああ、すぎし朝の』でも演《や》ってるかもしれない。何か気にかかることでもあるのかい」

「いや、そんなことはない」とヨーアヒムはいった。「しかし君はとても熱っぽそうだ。せっかくの平熱ももう終ってしまったのじゃないかな」

そのとおりだった。クラウディアと挨拶を交したために、ハンス・カストルプの有機体の屈辱的な沈滞状態は吹っ飛んでしまった。そして実は、そうと知って彼は満足したのである。そうだ、ヨーアヒムの予言は的中した。水銀はふたたび上昇した。散歩後水銀はちょうど三十八度まであがった。

百科辞典

ハンス・カストルプはセテムブリーニ氏の皮肉に腹をたてはしたものの——それを不当とみなす理由もなければ、またこの人文主義者の教育者らしい探偵癖を非難する権利もなかった。それに盲人だって彼の行状に気づいたろうし、彼自身も一向にそれを隠そうとはしなかった。彼の開けっぴろげで品のいい単純さが、そういう隠しだてをする邪魔をした。そういう点では彼は——マンハイムの髪の薄い男やその陰険さに比べて——人間が少し上だったということができた。ふたたびここではっきりさせておこうと思うが、彼のような状態にある人間は、自分の気持を外に現わしたい衝動、告白や自白の本能、盲目的な自我偏執、世界を自我で満たしてしまおうとする衝動に駆られるのが普通である。——しかし、その際そういう衝動の対象となっているものが、明らかに無意味で愚劣で見込みのないものであることが判明していれば、第三者としてはそれだけいっそう理解に苦しまざるをえない。しかもまた、彼らがなぜ自分の気持を表明せずにはいられないかも、容易に説明できることではない。しかしいずれにしろ、彼らがそうせずにはいられないということだけはたしかである。——ことにそれがこういう社会、批評の好きな男にいわせれば、ふたつのことしかひとびとの念頭にない社会ではなおさらのことである。そこでは第一に体温が問題になり、それから——第二にも体温である。たとえば、ヴィーンのヴルムブラント総領事夫人はミクロジヒ大尉《たいい》の浮気っぽさを誰を相手にして埋め合せをつけようとしているのか、つまり全快したスウェーデンの巨漢か、あるいはドルトムントのパラヴァント検事か、さもなくば同時にそのふたりかというようなことしか問題にしていないのである。パラヴァント検事とアムステルダムのザーロモン夫人との間に何カ月間か続いた関係は、両者の友好的な話合いによって解消され、ザーロモン夫人は年齢の好みに従ってもっと年若い雛《ひな》に食指を動かし、こうしてクレーフェルト嬢の食卓にいる例の厚い唇《くちびる》をしたゲンザーが、彼女のご愛顧をたまわることになった。すなわちシュテール夫人の、官僚的ではあるが、かなり実感的な表現を借りれば、彼女はゲンザーを「自分の介添え」にしたことは周知の事実だったので、だからいまはまったく自由になった検事が、総領事夫人のことでスウェーデン人と喧嘩《けんか》しようと妥協しようと、これはまったく気随気ままだったのである。

こういう出来事は「ベルクホーフ」の社会、とくにそこの微熱のある若者たちには慣れっこのことであって（これにはガラス仕切りを通り抜けて手摺《てす》り沿いに部屋から部屋へいくことのできるバルコニーの通路が明らかに重要な役割を演じていた）、彼らの頭はそのことでいっぱいになり、だからそういうことがここでの生活の主要部分を成していた。——しかしこれだけいっても、まだここで述べようとしていることの核心に触れたことにはならない。ハンス・カストルプは、世界中の誰もが真面目《まじめ》に、あるいは冗談めかして並々ならぬ関心を示している人生のある根本要件が、この社会では特別強烈に、しかも激しくひとびとの生活を支配しているという奇妙な印象を受けていた。ここの生活は、もう完全にそのことに支配されていて、それが新奇な感じを与えさえしたのであり、そのためにその根本要件自体までが、他の場所におけるのとは違った感じ、すなわち、おそろしいとまではいかなくても、それがあまりにもなまなましい感じを帯びていて、ひとをびっくりさせるほどだったのである。私たちはこう説明しながら、ここで真面目につぎのことをいっておく。つまり、いままで私たちは問題となっている種々の男女関係について、軽い冗談めかした口調で話してきはしたが、それは世間で一般にこの道のことを、よくそんな調子で話すのと同じひそやかな理由によるのである。しかし、そういう冗談めかした話し方は、その対象自体にそういう軽っぽいものがあるということを証明しているのではない。そしてこのことは、いまわれわれがいるここの上の世界では、よその世界における以上によく当てはまるのである。ハンス・カストルプは、この好んで冗談の対象とされがちな根本的な事柄について、人並みの知識は具《そな》えていると信じていたし、事実そう信じても差支《さしつか》えはなかった。しかしここの上へきてみてはじめて彼は、自分が低地でそれについて持っていた知識がおそろしく幼稚で、ほとんど無知に等しい単純なものだったことを知った。――ここに滞在するようになってから、ようやくにして彼もその事柄の異常に冒険的な、名状し難い性状が、ここの上のひとたちの間で、一般的にも個人的にもとくに強く意識されていることを感知したり、理解できるようになったが、それには、われわれがいままでいろいろと輪郭づけてきたような、そして彼をしてある瞬間には「ああ、たまらない」と叫ばせたような彼の個人的経験が、大いにものをいっていたのである。むろんここでも、この根本的な事柄を茶化したりしないというわけではない。しかしそこには、下界におけるのとは比較にならないほどの不自然さがあった。つまりそれには、ひとり歯をがちがち鳴らさせたり、息をはずませたりするようなものがあって、そういう点にも、その冗談が隠している、あるいはむしろ隠しきれないでいる悩みがかえってはっきりとしてきて、このこともいわゆる冗談がカモフラージュにすぎないということを証拠だてていたわけである。ハンス・カストルプは、あとにもさきにもただ一度だけ、自分がマルシャのからだつきのことを、低地の無邪気な冗談口調で話したとき、ヨーアヒムの顔が青ざめて斑《まだら》になったのを思いだした。また彼は、ショーシャ夫人のためを思って、彼女を悩ましていた夕陽《ゆうひ》を遮《さえぎ》ってやったときに自分も顔を青くしたこと――またその前後にも、いろいろな機会にいろいろなひとの顔が、同じように青ざめたのを見てきていた。通常、ふたつの顔が同時に青ざめるのであって、たとえば、シュテール夫人が熟語風に「介添え」という言葉で表現した関係が、ザーロモン夫人とゲンザー青年の間にはじまったころは、このふたりの顔は同時に青ざめたのである。彼はそのことをいま思いだしてみて、こういう情勢にあっては、ひとが自分の気持を「現わす」まいとしても、それは到底不可能であるばかりか、むだでもあるということを知った。つまりハンス・カストルプが、自分の感情を抑制したり、気持をいつわる必要を少しも感じなかったのは、単に彼の開けっ放しで、天真爛漫《らんまん》な性質のためばかりではなく、周囲の空気にもいくぶん刺激されてのことであった。

彼がここへやってきたとき、ヨーアヒムはここで新しい知合いを作るのはむずかしいといったが、これは、いいとこたちが他のひとびとの中でひとつの党を、つまり自分たちだけの小グループを形成していたこと、それに軍隊的なヨーアヒムが、早く治ることばかりを念頭に置いて、原則としてほかの患者たちに接近したり交渉をもったりするのを避けていたことからきているのであって、この障害さえなかったら、ハンス・カストルプがあけすけに自分の気持をひとびとに示す機会はいくらも増《ふ》えたことであろうし、彼もまたそういう機会を利用したことであろう。とにかく、ある晩、ヨーアヒムは、サロンの集まりのときに、いいとこがヘルミーネ・クレーフェルトやその食卓仲間のゲンザー、ラスムッセン、それに片眼鏡《モノクル》の、小指の爪《つめ》を伸ばした少年たちの四人連れといっしょに立ったままで、しかも眼を異様に輝かせ、興奮した声で、ショーシャ夫人の特色ある異国的な容貌《ようぼう》について、即席演説をやってるのを見た。四人の聴衆たちはその間、互いに目くばせし合い、つつき合い、くすくす笑い合っていた。

ヨーアヒムにとっては、こういういとこの態度はまったくやりきれなかったが、笑い物になっている当人のハンス・カストルプのほうは、一向に平気で自分の気持を口にして、もしそれをひとびとに気づかれないように自分の心の中に秘めていたら、それこそ宝の持ち腐れだといわんばかりの様子であった。彼は、それをみんなにわかってもらえるものと期待してよかったわけである。そして、それに伴うひとびとの意地の悪い喜びをも甘んじて受入れた。食事がはじまり、やがてがちゃんとガラス戸が締ると、彼の食卓仲間ばかりか、のちには、その周囲のひとたちまでが彼の方を振向いて、彼の青くなったり赤くなったりする顔を見物しようとしたが、彼にはそういうことすら満足だった。というのも、彼の陶酔ぶりが人目を惹《ひ》いて、そのために、いわば一般から承認され、是認され、それによっていっそう彼の一件が促進されることになり、その漠然とした非常識な望みが、鼓舞されるように思われたからである。――そして、こんなことが彼を有頂天にしさえした。それどころか、このわれを忘れた男を見物しようというわけで、たとえば食後のテラスや、日曜日の午後の門衛所の前などで、彼の周囲には文字どおりひとびとが集まってきた。日曜日には、郵便物は各自の部屋へは配達されず、門衛のところで各療養客が受取ることになっていた。そしてそこでは、おそろしく上機嫌《きげん》の、もうまったく恋に溺《おぼ》れた男が、集まってきたひとびとに、なんでも見物させてくれるのであった。そこでたとえば、シュテール夫人、エンゲルハルト嬢、クレーフェルト嬢とその友だちの貘《ばく》のような顔をした娘、見込みのないアルビン氏、小指の爪を伸ばした少年、その他多くの患者たちが、——口を下へへし曲げ、いまにも吹きだしそうなのを我慢して、彼を見物していた。その彼は、ここへきた最初の晩に襲われたような火照《ほて》りで頰《ほお》を真っ赤にさせ、騎手の咳《せき》を耳にしたときのように眼を輝かせ、うわの空で微笑しながら、ある方向を見つめていた。

そういうときにセテムブリーニ氏がそばへやってきて、ハンス・カストルプに話しかけ、からだの調子についていろいろと尋ねてくれたことは、本来なら、大いに感謝されてしかるべきことであったであろう。しかし、セテムブリーニ氏のそういう行為が持っていた親切でこだわりのない気持を、そのときのハンス・カストルプが、感謝をもって受入れたかどうかは、すこぶる怪しかった。ある日曜日の午後、表玄関では門衛所に患者たちが押し合いへし合いして、自分宛《あ》ての郵便物を受取ろうと手を差しだしていた。ヨーアヒムも前の方へでていたが、ハンス・カストルプはうしろの方に残り、さきほど述べたような格好で、クラウディア・ショーシャ、つまり食卓仲間といっしょに、すぐ彼のそばに立って混雑がやむのを待っていた彼女の眼を捉《とら》えようと夢中になっていた。

この郵便物受領の時間は、療養客の込み合う時間、チャンスを孕《はら》んだ時間であって、ハンス・カストルプ青年にしてみれば、いちばん大切な待望の時間だった。一週間前にも彼は、郵便物受取り口でショーシャ夫人とずいぶん接近し、彼女は彼を少し押しつけさえし、その際ちらりと彼を見て「失礼《パルドン》」といったことがあった。――そのときの彼は、われながらでかしたと思われたほど間髪を容《い》れずこう答えた。

「ドウ致シマシテ、マダム」

毎日曜日、決って表玄関で郵便物が分配されるというのは、なんというありがたい習慣だろうか、と彼は考えた。一週間後のこの時間を待ちながら、彼は一週間をすごしたといっても過言ではない。待つとは、さき回りするということであって、時間や現在というものを貴重な賜物と感じないで、逆に邪魔物扱いにし、それ自体の価値を認めず、無視し、心の中でそれを飛び越えてしまうことを意味する。待つ身は長いというが、しかしまた、待つ身は、あるいは待つ身こそは、短いといってもよかろう。つまり長い時間を長い時間としてすごさないで、それを利用せずに、鵜呑《うの》みにしてしまうからである。ただ待つだけの人は、消化器官が、食物を栄養価に変えることができないで、大量に素通りさせてしまう暴食家のようなものだ。もう一歩進めていえば、むろん純粋にただ待つだけで、そのほかには何ひとつ考えもしなければ行動もしないというようなことは、実際にはありえないにしても、消化されない食物が人間を強くすることができないと同様に、ただ待つことだけに費やされた時間は、人間に歳《とし》をとらせないともいえる。

ところで、一週間が鵜呑みにされ、やがて一週間前の同じ時間のように、日曜日の午後の郵便時間がふたたびめぐってきた。それは相変らず息づまるほどにチャンスを孕んでいて、ショーシャ夫人と世間的関係を結ぶための機会をふんだんに宿しており、そのためにハンス・カストルプの心臓は締めつけられ躍《おど》ったが、しかし彼は、その機会を利用しなかった。それには障害が――軍隊的障害と文化的障害とがあったのである。つまり前者は勤勉なヨーアヒムの存在と、ハンス・カストルプ自身の名誉や義務に結びついた障害であり、後者はクラウディア・ショーシャに対する世間的関係、つまり「あなた」と呼び合い、お辞儀をし、たぶんフランス語ででも話し合うような文明的関係――そういうものは、必要でもなければ願わしくもなく、また適当ともいえない、という気持から生れた障害であった。……彼は立ったまま、昔プシービスラフ・ヒッペが、校庭で話しながら笑ったのとまったく同様に、彼女が話しながら笑うのを見た。彼女の口は、笑うときにはかなり大きく開き、頰骨の上のいくぶん歪《ゆが》んだ灰緑色の眼は、糸のように細くなった。それは決して「美しい」とはいえなかったが、しかし、それがありのままの姿なのであり、それにまた、恋する者には、道徳的に冷静な判断を下すこともできなければ、また審美的に冷静な判断も下せないのである。

「あなたも何か郵送書類をお待ちですか、エンジニア」

こんなしゃべり方をするのは、例の邪魔者以外にはない。びっくりしたハンス・カストルプが振返って見ると、眼の前にセテムブリーニが微笑しながら立っていた。それは、以前筧《かけひ》のそばのベンチで新来者に初対面の挨拶《あいさつ》をしたときの、あの人文主義者らしいかすかな微笑であって、それを見たハンス・カストルプは、あのとき同様に赤くなった。夢の中では、この「筒琴弾き」を「そこにいられては邪魔です」といくども押しのけようとしたが、眼ざめているときの彼は、夢の中の彼とは違って、その微笑を見て羞恥《しゅうち》と興醒《きょうざ》めの気持を覚えたばかりか、地獄で仏に会ったような気持をも感じた。彼はこういった。

「郵送書類なんて、セテムブリーニさん。ぼくは大使閣下ではありません。せいぜい、ぼくたちのどちらかへ、葉書でもくるぐらいのものです。いとこがいま見にいっています」

「私はもうあの跛《びっこ》の男からちょっとした郵便物を手渡してもらいました」とセテムブリーニ氏はいって、一張羅《いっちょうら》のフラノの上着の脇《わき》ポケットに手をやった。「興味深いものです。文学的、社会的意義を有するものといって差支《さしつか》えないでしょう。つまり百科辞典に関するもので、ある人文主義的団体が、私にもその一部を担当してくれといってきたのです。……要するにかなりの大仕事なのです」セテムブリーニ氏はそこで話を中断して「ところであなたは」と尋ねた。「その後いかがでいらっしゃる。たとえば気候に慣れるほうは、だいぶ進歩しましたか。こんな質問が滑稽《こっけい》に響くほど長くは、まだあなたは私たちのところに滞在なさってはおられないと思いますので、こんなこともお尋ねするのです」

「ありがとうございます、セテムブリーニさん。その点は相変らず巧《うま》くいかないのです。最後までこんなふうじゃないかと思います。くる早々いとこから、慣れないで終るひともいるといわれましたが。しかし慣れないことに慣れるということもあるでしょうし」

「これはまたややこしい慣れ方ですね」とイタリア人は笑った。「風変りな帰化の仕方です。さよう、ご説のとおり、若いひとにはなんでも可能です。慣れなくても根はおろしますよ」

「それにここは、結局のところシベリアの鉱山ではありませんしね」

「そうですとも。ああ、あなたは東洋との比較がお好きのようですね。それも決して不思議ではない、アジアが私たちを呑《の》みこもうとしていますからな。どっちを向いても韃《だっ》靼《たん》人の顔ばかりだ」そういってセテムブリーニ氏はそっとうしろを振返った。「ジンギスカン、ステップ狼《おおかみ》の眼、雪とウオトカ、革の鞭《むち》、牢獄《ろうごく》の町、ロシアのシュリュッセルブルクとキリスト教。私たちは、ここの玄関に叡知《えいち》の神パルラス・アテネのために祭壇を設ける必要がありますな——防禦《ぼうぎょ》の意味で。ごらんなさい、前のあそこで、シャツを着ないイワン・イワノーヴィッチが、パラヴァント検事と口喧嘩《くちげんか》をはじめましたぜ。どちらも、自分のほうが郵便物を受取る順番がさきだと主張しているのです。どちらの言い分が正しいかわかりませんが、わたしの気持からいえば、検事のほうが女神の寵愛《ちょうあい》を受けているようですな。あれは単なる驢馬《ろば》にすぎないが、少なくともラテン語は知っています」

ハンス・カストルプは笑った。——しかし、セテムブリーニ氏が声をだして笑ったことは一度もなかった。彼が心から笑うということなどは想像もできなかった。彼は口の隅《すみ》をかすかに、冷静に緊張させて浮べる微笑以外には決して笑わなかった。彼は笑っている青年を見つめて、こう尋ねた。

「あなたの透明陽画は——もう受取られましたか」

「はあ、もらいました」ハンス・カストルプは重々しくいった。「ごく最近です。ここにありますよ」そういって彼は胸の内ポケットに手をやった。

「ははあ、紙入れに入れて持っていらっしゃるのですね。いわば身分証明書、旅券、会員章ですな。たいへん結構。ちょっと拝見」セテムブリーニはそういって、厚紙の黒枠《くろわく》にはまった小さいガラス板を、左手の親指と人差し指でつまみ、それを光にすかしてみたが、それはここの上でよく見かけられる、そして誰もが仕慣れたしぐさであった。彼は薄黒い写真を検査しながら、巴旦杏《はたんきょう》のような黒い眼の顔を少ししかめた。——それはもっとよく見ようとするためだったのか、あるいは別の理由からか、よくわからなかった。

「なるほど」と彼はいった。「これであなたも身分証明書をお持ちになられたわけだ。いやどうもありがとう」彼はそのガラス板を横から、ほとんど自分の腕越しに、顔をそむけて持ち主に返した。

「索をごらんになりましたか」とハンス・カストルプは尋ねた。「それに結節も」

「あなたもご存じと思いますが」とセテムブリーニ氏が言葉を引延ばすようにして答えた。「こういう写真の価値を私がどの程度まで認めているかをね。それにこの内部の斑《はん》点《てん》や暗い影は、ほとんどみな生理的に固有なものであることもご存じでしょう。これまでにも、あなたのと大体似たりよったりの患部を現わしている写真をたくさん見ましたが、しかしそれが本当に患部の『証明書』であるかどうか、その判定は見るひとによって多少違ってくるのです。むろん私は素人《しろうと》意見を申上げているわけですが、私は少なくとも経験のある素人です」

「あなたの証明書はもっと悪いんですか」

「ええ、そう、も少し悪いのです。——しかし私たちの先生も、こんな玩具《おもちゃ》みたいなものだけで診断するわけではないのです。——ところで、あなたはここで冬を越されるおつもりですか」

「ええ、そうです。……ぼくはいとこといっしょに国へ帰ることになるんじゃないかという考えに慣れてきました」

「つまり慣れないことに慣れるという……さきほどあなたはなかなかおもしろい表現をお使いになりましたが。たぶんもう支度はすっかりおできになったのでしょうね——温かい衣類とか、頑丈《がんじょう》な靴とか」

「全部、全部ちゃんと揃《そろ》いました、セテムブリーニさん。家の者にそういってやりましたら、家政婦が全部速達客車便で送ってくれました。これでもう心配はありません」

「いや、それで私も安心です。しかし待ってくださいよ、袋も要《い》りますよ、毛革の寝袋が。——そう、そう、それがあった。この残暑は当てになりません。一時間後にもう厳冬ということにならないとも限らない。ここの寒さときたら、お話にもなんにもなりませんからな」

「ああ、安静用の袋ですね」とハンス・カストルプはいった。「それも七つ道具のひとつでしょうね。ぼくも近いうちに一度いとこといっしょに街へでかけて、ひとつ買ってこなくちゃと、考えるには考えていたんですが。あとになっても使えるというものではありますまいが、それでも四カ月や六カ月の役にはたつでしょうから」

「たちますとも、十分に——エンジニア」とセテムブリーニはずっと青年に接近して低い声でこういった。「あなたは月日を浪費なさっていらっしゃって、それがどんなに恐《おそ》ろしいことか、おわかりにはならないのですか。それは不自然で、あなたの本性にも背《そむ》くものなのにね。あなたぐらいの年ごろによく見られる感心癖からくるわけだが、しかし私はそれを思うと実はぞっとさせられます。ああ、青年の極端な感心癖――これは教育者を絶望させる。なぜなら、青年は何よりも悪いことに感心しようとするのですから。あなたはここにみなぎっている空気に影響されないで、あなたのヨーロッパ的生活様式に恥じない言葉をお使いにならなければいけません。ここにはアジア的なものがありすぎる。――モスクワ系の蒙古《もうこ》人種がうようよしているだけのことはある。あのひとたち」そういってセテムブリーニ氏は、頤《あご》でうしろのほうをしゃくって見せた。「あんな連中と調子を合わせてはいけません、あのひとたちの観念に感染なさってはいけません。彼らの特性に対して、あなたはあなたの特性、より高い特性を主張なさらなければいけません。そして西欧の子、神聖な西欧の子、文明の子が民族的に有している神聖なもの、たとえば時間を神聖視しなければいけません。こういう気前のいい時間の浪費、この野蛮な大まかなやり方、これはアジア式なのです。――これが東方の子らに、この場所を居心地よくしている原因のひとつなのです。あなたはまだお気づきではありませんか、ロシア人の『四時間』は、われわれの『一時間』とだいたい同じではありませんか。あの連中の無頓着《むとんじやく》な時間感覚、これは彼らの国の未開の広大さと関係があるとも考えられます。空間の多いところには時間も多い、というわけでしょうか。――彼らは時間があり、そして待つことのできる民族だといわれています。しかしわれわれヨーロッパ人には、それができません。われわれの立派な、緻密《ちみつ》に分割された大陸は、空間に乏しいように、時間にも乏しいのです。われわれは、時空いずれをも精密に処理し、努めてこれを徹底的に利用するように定められているのです、エンジニア。たとえばわれわれの都市、つまり文明の中心であり焦点をなすもの、思想のこの坩堝《るつぼ》を、その象徴として考えてください。都市では、地代が上がって空間の浪費が不可能になるのに比例して、正比例してですよ、いいですか、その都市では時間もいっそう貴重なものになっていくのです。寸暇を惜しめ（carpe diem）とある都会人*が歌っています。時間は神々の賜物、人間がそれを利用するようにと貸し与えられた賜物なのです――エンジニア、人類の進歩のために利用するように」

地中海生れの彼には、この最後の「人類の進歩」というドイツ語などは、さぞ発音しにくかっただろうが、彼はそれを歯切れよく、明快に、流暢《りゅうちょう》に――造形的ともいえるほど見事に――発音してみせた。ハンス・カストルプは、説教されている生徒のように、ぴょこんとぎごちない、狼狽《ろうばい》したようなお辞儀をしてみせるよりほかに返事のしようがなかった。セテムブリーニの個人教授は、ほかの療養客全部に背を向け、こっそりと、それこそ囁《ささや》くように、はなはだ実際的で非社交的に、非対話的になされたために、それに賛意を表明することすら、この際は似つかわしくないことのように思われた。先生に「まことに結構なお話でした」という生徒はいない。前にはハンス・カストルプも、いわば社交上対等の位置を保つ必要から、そんなことをいってもみたが、しかしこの人文家が、これほどにも教育者の口調で切々と説教したことははじめてのことなので、ハンス・カストルプは、たっぷりとお説教を受けた小学生のように恐縮して、甘んじて——訓戒を受入れる以外に手はなかったのである。

それにセテムブリーニの様子を見ていると、彼が黙っている間もどんどん彼の思考が進んでいることがわかった。彼は依然としてハンス・カストルプのすぐ前に立ち（青年が反《そ》り身にならなければならないほどにも）、黒い眼でじっと、物思いに耽《ふけ》るかのように、青年の顔を凝視していた。

「あなたは悩んでいらっしゃる、エンジニア」と彼は言葉を続けた。「悩んで、そうです、迷える人のように。——誰の眼にもこれは明らかです。しかし苦悩に対するあなたの態度も、やはりヨーロッパ的でなければならない。——東方の、あのぐにゃぐにゃした、病気がちなために、ここへこんなにたくさんの代表者たちを送っている東方の態度をもってしてはならないのです。……同情と無限の忍従、これが苦悩に対するアジアの態度です。そしてそれは、私たち、つまりあなたの態度ではありえないし、またあってはならないのです。……私はさきほど私の郵便物の話をしました……ごらんください、ここで……いや、ここよりも——こっちへいらっしゃい。ここではだめです。……私たちはここを退散しましょう、あそこへいきましょう。あなたに打明けることがあるのです。それは……まあ、こちらへいらっしゃい」彼は回れ右をして、ハンス・カストルプを玄関からとっつきの談話室へ連れこんだ。それは表玄関にいちばん近い談話室で、普通書きものとか読書のために使われているが、いまは誰もいなかった。明るい感じの円天井があり、壁は樫《かし》の板張りで、書棚《しょだな》があり、枠に挟《はさ》んだ新聞が中央の机の上に置かれ、その回りに椅子《いす》が並んでいた。張出窓のアーチの下には、書物机が用意してあった。セテムブリーニ氏はその窓のひとつのところへいった。ハンス・カストルプはそれに従った。ドアは開いたままだった。

「この文書は」とイタリア人はいって、フラノの上着の、袋のように膨《ふく》らんだ脇ポケットから、ひとつの包み、嵩張《かさば》った、開封した大封筒をすばやく取りだし、その中身、つまり種々の印刷物と一通の手紙をハンス・カストルプの眼前でめくってみせた。「この文書には、フランス語で『進歩促進国際連盟』と印刷されています。この連盟の支部所在地ルガーノから送られてきたものです。あなたは連盟の原則、その目的についてお知りになりたいでしょうか。私はそれをふたつの言葉でお答えしましょう。すなわち『進歩促進連盟』はダーウィンの進化論から、人類の最も切実なる使命は自己完成なりという哲学的見解を導きだしてくることがそのひとつ、第二にそこからさらに、この使命に忠実ならんとする者はすべて、積極的に人類進歩に力を尽す義務がある、という結論をだしてくるのです。この旗の下には、多くのひとびとが馳《は》せ参じました。フランス、イタリア、スペイン、トルコ、そしてドイツでも、その会員はおびただしい数に達しています。そしてこの私も、その会員名簿に名を連ねる光栄に浴しています。つまり人類有機体について、現在その改良が可能とみなされているいっさいの領域を網羅《もうら》した、科学的研究に基づく大規模な改革案が、作成されたのです。そして、私たち人類の健康問題が研究され、工業化の進展に伴う嘆かわしい副産物とみなされる人類の退化を防止しようとして、あらゆる方法が検討されています。またこの連盟は、国立大学の設置、有効適切ないっさいの社会改善による階級闘争の克服、最後に、国際法の発達によって民族的闘争と戦争を除去することを意図しております。このように連盟の努力は、高邁《こうまい》にして広汎《こうはん》です。何種類もの国際的雑誌がその活動を報告します。——三、四カ国の国際語によって、文化的人類の進歩発展についてきわめて興味ある報告をする月刊雑誌です。方々の国に数多くの支部が設けられ、討論の夕べや日曜日の大会が開かれて、人類進歩の理想の精神に基づいて、啓蒙《けいもう》や教化に乗りだすことになっています。とくに連盟はあらゆる国々の進歩的政治団体に材料を提供して、その団体の援助に努めています。……私の話を聞いておいででしょうね、エンジニア」

「むろんのことです」ハンス・カストルプは激しく、慌《あわ》てて返答した。そう答えながらも、彼は、足を滑《すべ》らせ危うく踏みとどまったひとのような気持がした。

セテムブリーニは満足げであった。

「こんな話は、おそらくあなたにははじめてで、びっくりなさっただろうと思いますが」

「ええ、正直のところ初耳です、そういう……そういうご努力についてお聞きするのは」

「これが」とセテムブリーニは小声で叫ぶようにいった。「これがもっと早くあなたのお耳に入っていたらねえ。しかしいまからでも遅くはありません。ところでこの印刷物ですが……あなたにこの印刷物の内容についてお聞きになりたいというお気持はおありですか。……では、まあお聞きください。この春にバルセローナで、連盟の総会が盛大に催されました。――ご存じと思いますが、この都市は、政治的進歩の観念と特殊な関係にあります。一週間にわたって祝宴や祭典の中に会議が続けられました。実は、私もぜひと思って、会議に出席することを熱望したのですが、顧問官の悪党に死ぬのなんのとおどされて、許可が得られなかったのです。――私はといえば、死ぬのが恐《こわ》くて、出発を断念いたしました。お察しいただけると思いますが、不健康を理由に甘受しなければならなかったこの痛手に、私は絶望へ追いやられたのです。何が悲しいといって、私たちの有機体、その動物的部分のために、理性への奉仕を妨げられるということほどに悲しいことはありません。それだけに、ルガーノの支部からきたこの手紙は、私をことさら喜ばせるのです。……あなたは手紙の内容に興味をいだかれることと思いますが……そうだろうと思います。ではその大要をお話ししましょう。……『進歩促進連盟』は、人類の福祉を招来すること、つまり組織的な社会活動によって人類の苦悩を防ぎ、さらにその苦悩の完全な絶滅を目的とするところから——またこの最高の任務は、完全なる国家を究極の目的とする社会科学の援助によってのみ達成されるという事実に鑑《かんが》み——連盟は、巻数の多い『苦悩社会学』という表題の叢書編纂《そうしょへんさん》をバルセローナにおいて決議したのです。これは、人間の苦悩をそのあらゆる種別に従って、体系的に綿密に徹底的に研究する事業なのです。あなたは、種別や体系がなんの役にたつかと反駁《はんばく》されるかもしれません。それに対する私の答えはこうです、整理と分類こそ征服の第一歩であり、真に恐るべき敵は、未知ということだと。私たちは、人類を恐怖と忍従の無感覚の原始状態から解放し、目的を意識した活動へと導いていかなければならないのです。まず原因を知って、それを除けば、おのずから結果が消滅すること、また個人の苦悩の大半は、社会組織の欠陥に基づくこと、それを人類に知らせなければなりません。そうなのです、それが『社会病理学』の意図するところなのです。この病理学はだいたい二十巻の百科辞典ふうの叢書として、考えられるかぎりの人類の苦悩をすべて列挙し分析するはずです。ごく個人的な私的な苦悩にはじまって、大きな集団的な葛藤《かっとう》、つまり階級闘争とか、国際間の衝突から生ずる苦悩に至るまでですね。要するに『社会病理学』は、人間のいっさいの苦悩を構成する化学的分子を、その種々の混合や結合以前の状態に還元し、摘出して見せるのです。そして苦悩の原因を取除くために、有効適切と思われる手段と方策とをあらゆる場合に人類に提供して、人類の尊厳と幸福という目標に到達しようというのです。この苦悩の百科辞典編纂には、ヨーロッパ学界の著名な専門家、つまり医師、国民経済学者、心理学者等が協力を惜しまないでしょう。そしてルガーノの編纂本部は、原稿を集める集水桶《しゅうすいおけ》になるでしょう。ではこうした仕事の中のどんな役割が私に課せられたのか、とあなたは眼でお尋ねになっておられますね。まあ最後までお聞きください。この大事業は、文学が人間の苦悩を対象とするかぎりは、文学を無視しません。文学のためにとくに一冊が予定されていて、そこでは苦悩者を慰め導くという目的で、世界文学中の、個々の葛藤で参考になりうるような傑作が全部集められ、簡潔な分析がなされる予定なのです。そして――これこそこの手紙の中で、あなたの忠実な下僕に命じられている仕事なのです」

「下僕だなどと、とんでもないことをおっしゃいますね、セテムブリーニさん。しかし本当に、心からお祝い申上げます。実にたいしたお仕事ですね、まさにあなたに打ってつけの。連盟がそれをあなたに委嘱《いしょく》したのは、もっともなことです。それにあなたにしても、人間の苦悩の解消に協力されるというのは、さぞかし本望でいらっしゃるでしょう」

「実に大規模な仕事なのです」とセテムブリーニ氏は考え深そうにいった。「いろいろと資料を渉《あさ》り、読書しなければなりません。とくに」と彼はいいながら、仕事の多岐多端な状態にぼんやり見入るような目つきになった。「ことに文学となると、ほとんどの場合も苦悩を対象としていて、二流、三流の作品すらなんらかの形で苦悩を取扱わないものはひとつもないのですから。しかしそんなことは問題ではありません、いや、それだけいっそう結構だと思います。その仕事がどんなに広範囲にわたるものであろうとも、とにかくこの呪《のろ》うべき場所ですら、どうにかやっていける種類のものですから。もっともここでこの仕事を完結したくはありませんね。しかし、ここにいてもなんとか片がつくということ、これは」とここで彼はさらにハンス・カストルプに接近して、ほとんど囁くような声でいった。「これはあなたの場合、あなたが自然から課せられている義務については当てはまらないのですよ、よろしいか、エンジニア。それを私は申上げたかったのです。それをあなたにご注意したかった。私があなたの天職をどのように讃《さん》美《び》しているか、それはあなたもご存じです。しかし、あなたのお仕事は精神的なものではなくて実際的なのですから、あなたは私と違って、下の世界だけでそれをなさらざるをえない。低地にいてはじめてあなたはヨーロッパ人たりうるのです。あなたのやり方で、積極的に苦悩にも打克《うちか》つことができ、進歩への貢献も、時間の利用も低地にあってはじめて可能になってくるのです。私が自分に与えられた仕事についてお話ししたのも、みんな実はあなたの反省を促すため、思い直し、考え直していただきたかったからなのです。あなたのお考えは、明らかにここの雰囲気の影響で混乱しかけています。なんども申上げますが、卑下なさってはいけません。誇りを持つことです。見当違いの世界へ入りこまないことです。この泥沼、この魔女の島からお逃げください。オデュッセウスではあるまいし、あなたがここで無事息災に安住できるはずはない。そのうちに四ん這《よつば》いになって歩きだしますよ、もう前脚が地面につきそうだ、間もなくブウブウ鳴きだすでしょう。——気をおつけなさいよ」

小声で警告しながら、人文主義者は激しく頭を振った。それから眼を伏せ、眉《まゆ》をよせて沈黙した。ハンス・カストルプは、いつものように冗談めかして逃げを打とうかと一瞬考えてみたが、きょうはそれはできなかった。彼も眼を伏せて立っていた。それから肩をすくめて、彼も小声になっていった。

「ではどうすればいいのでしょう」

「ただいま申上げたとおりです」

「とおっしゃると、出発ですか」

セテムブリーニ氏は無言だった。

「つまりぼくに帰国をおすすめになるんですね」

「そのことについてはもう最初の晩にご忠告しておきました、エンジニア」

「たしかにそうでした。そしてあのときならば、まだぼくにもそれができたかもしれません。なるほどあのときは、空気がどうも合わないというぐらいの理由でさっそく予定を変えるなどとは、愚劣なことだと思いもしましたが。しかしいまは、あのときとはもう事情が違うのです。その後、診察を受け、ベーレンス顧問官は私に率直にこう忠告いたしました、帰国してもすぐ舞い戻ることになるだろう、下でいままでのような生活を続けていたら、肺葉が全部吹っ飛んでしまうだろうといったのです」

「それはよく承知しています、それにいままでは、ポケットに証明書をお持ちのご身分です」

「あなたはそんなふうに皮肉におっしゃいますが――むろんそれは正当な皮肉、一瞬も紛らわしくない、修辞学の直截《ちょくせつ》にして古典的な手段としての皮肉ではありましょうが。――どうです、ぼくはあなたのお言葉をよく覚えているでしょう。ではあなたは、ぼくにこんな写真があっても、それから、レントゲン検査の結果や顧問官の診断が下った今日といえども、ぼくに向って、責任をもって帰国をおすすめになるのですか」

セテムブリーニ氏は一瞬ためらった。それから顔をあげ、眼をあげ、ハンス・カストルプを黒い眼でじっと見つめ、芝居がかった技巧的な感じがないでもない抑揚をつけてこう答えた。

「そうです、エンジニア。責任は持ちます」

しかしハンス・カストルプも緊張した。彼は踵《かかと》を合わせて立ち、セテムブリーニ氏の眼をまっすぐ見返した。こうなると闘いだった。ハンス・カストルプは相手にひけを取らなかった。周囲の無形の影響が彼に「力」を藉《か》したのである。ここに相対するのは、教育者と、細い眼の婦人であった。ハンス・カストルプは自分の激しい言葉を詫《わ》びようともしなければ、「悪く思わないでください」と補足しもしなかった。つまり彼はこう答えたのである。

「では、あなたは、ご自身のことには用心深いくせに、他人のことにはそうでない方だということになります。あなたは、医師の禁止を無視してまでもバルセローナの進歩会議に参加しようとはなさらなかった。あなたは死ぬのが恐《こわ》くてここにとどまっておられたのですね」

この言葉でセテムブリーニ氏のポーズがある程度まで崩《くず》れたことはたしかだった。彼は辛うじて微笑した。

「あなたの論理は多少詭弁《きべん》じみてはいますが、それでも私はそういうぴしゃりとしたお返事には敬意を表します。ここでは誰もが争って自分を重病人に見せたがりますが、私はそういう風潮を憎悪《ぞうお》するのあまり自分のことを話さないようにしてきましたが、実をいえば、私の病気はあなた以上に重いのです。——実に残念なことですが、かなり重いのです。そのうちいつかはここを去って下の世界に帰れることもあろうかと希望しつづけることだって、どうやら技巧的に可能なのであって、そこにはいくぶん自己欺瞞《ぎまん》の気味さえあるのです。もしこんなふうに未練たっぷりに希望しつづけるということが完全に無意味だとわかったならば、私は即座にこの療養所を出て、どこか谷の下宿屋に移って、そこで余生を送るつもりでいるのです。これは悲しいことですが、しかし私の仕事はきわめて自由で精神的な世界に属していますから、私は息の続くかぎりは人類に貢献し、病気の精神に抵抗できると思うのです。そういう点での私とあなたとの相違については、すでにさきほどお話しいたしましたね。エンジニア、あなたはご自分の立派な天分をここで見せることのできる人ではないのです。これははじめてあなたにお会いしたときからわかっていました。あなたは私がバルセローナへいかなかったといって非難なさる。私は、死期を早めたくなかったので医者の言葉に従ったのです。しかし私は、自分の貧弱な肉体のかかる横暴を目の前に見て、きわめてきびしい条件つきで、精神のきわめて積極的で痛烈な抗議をもってその出発を断念したのです。そういう激しい反抗心が、ここの権力の命に服してここにとどまっておられるあなたにもあるかどうか——むしろあなたは、肉体とその悪《あ》しき欲望に、待っていましたとばかりに盲従なさるのではないでしょうか。……」

「いったいあなたは肉体というものの、どういう点がけしからんとおっしゃるのです」ハンス・カストルプは早口に相手の話の腰を折ると、白眼が血走った青い瞳《ひとみ》を大きく見開いて相手を睨《にら》んだ。彼は自分の大胆さに眼がくらむような思いがした。それは彼の様子にも現われていた。「おれは何についてしゃべっているのだろうか」と彼は考えた。「これはたいへんなことになるぞ。しかし戦いは宣せられたのだ。最後まで戦うまでだ。どうせ最後は彼が勝つに決っているが、そんなことはどっちでもいい。たとい負けても何か得《う》るところがあるはずだ。彼を怒らせるだけでもいいではないか」そこで彼はさらに抗議を続けた。

「あなたは人文主義者でいらっしゃるのでしょう。それでどうして肉体のことを悪《あ》しざまにおっしゃれるのですか」

セテムブリーニは微笑したが、その微笑にはいかにも余裕綽々《しゃくしゃく》という感じがあった。

「『あなたは精神分析のどこがお気に障《さわ》るのですか』」と彼は頭をかしげて、この間ハンス・カストルプが彼に向っていった言葉をそっくりそのまま真似《まね》ていった。「『あなたは精神分析に反対ですか』と先日もあなたはおっしゃったが。——私はいつなんどきでもあなたにお答えできるのですよ、エンジニア」彼は手を床まで下げて一礼した。「とくにあなたのお抗議が堂々たるものであればあるほど、なおさらのことです。あなたはかなり巧妙に応酬なさる。人文主義者ではないか、と。——そのとおり、たしかにそうです。あなたにしても私が禁欲的だとはいわれないでしょう。私は肉体を肯定し、尊敬し、愛しています。それは私が形、美、自由、明朗、享楽《きょうらく》を尊敬し、愛しているのと同じことです。——それはまた私が感傷的な現世逃避に対して、『現世』と現世的福祉を擁護し——ロマン主義に対して古典主義を擁護するのと同じことです。私は旗幟《きし》すこぶる鮮明なのです。しかし私が最高の肯定と究極的な尊敬と愛情を捧《ささ》げている力、原理があるのです。それは何か。それは精神です。『魂』と呼ばれる、ある種のうさんくさい、月光の幻や亡霊を揚げて肉体を卑《いや》しめるのは、私の断乎《だんこ》として採らぬところでありますが、——しかし精神との対立における肉体は、悪の、悪魔の原理です。なぜなら肉体は自然であり、自然は——もう一度申上げておきますが、精神や理性と比較された場合の自然は——悪だからです、それは神秘的で、かつ悪なのです。『あなたは人文主義者でしょう』とお尋ねでしたな。むろんそうです。なぜなら私は、プロメーテウスのように人間の友です、人類とその高貴の愛好者です。しかしこの高貴は、精神と理性の中にこそあれ、キリスト教のいう『魂』にあるのではありません。だからしてあなたが、私のそういう考え方をキリスト教的な蒙昧《もうまい》主義と混同して非難なさるのはまったくのお門違いなのです」

ハンス・カストルプは冗談ではないというような様子をしてみせた。

「……そういう非難は」と、セテムブリーニは主張した。「全然見当はずれです。人文主義が人間の高貴を誇って、精神が肉体や自然に縛りつけられていることを屈辱あるいは恥辱と感ずるようなことがあったとしても、その非難は当らないのです。あなたはご存じでしょうか、かの偉大なるギリシアの哲学者プロティノスが、自分は肉体を持つことを恥ずるといったという伝説を」セテムブリーニはそう尋ねて、その返事を本気に待っているような様子をするので、ハンス・カストルプは仕方なしに、それは初耳だと白状した。

「*ポルフュリオスがそう伝えています。いかにも非常識な言葉ではありますが、しかし非常識なものこそ精神的には尊敬に値するのです。精神が自然に対して自己の尊厳性を主張して、自然への屈従を拒否する場合、それを非常識だといって批評するほど哀れなことはありますまい。……ところであなたはリスボンの地震のことをご存じですか」

「いいえ——地震があったのですか。新聞は読んでいないものですから……」

「ああ、勘違いをしていらっしゃる。しかしついでに申上げておきますが、あなたがここで新聞を読むのをなまけていらっしゃるのは——いかにもここらしいことです——実に残念に思います。あなたはしかし勘違いをしていらっしゃる。私のいった天変地異は、きょうこのごろの話ではなくて、いまから約二百五十年あまり前のことなのです……」

「ああ、そうでしたか。そう、そう——そうでした、どこかで読んだことがあります、当時ゲーテがワイマルにいて、夜分、寝室で召使に……」

「いや、私がお話ししようとしたのはその地震ではないのです」セテムブリーニは眼を閉じ、陽《ひ》に灼《や》けた小さな手を空中に振回して彼を遮《さえぎ》った。「あなたはふたつの地震を混同していらっしゃる。あなたのいわれたのはメッシーナの地震です。私が話しているのは、一七五五年にリスボンを襲った地震のことです」

「これは失礼いたしました」

「そのとき、ヴォルテールはそれに反抗したのです」

「とおっしゃいますと……どういうことでしょうか、その反抗というのは」

「さよう、反抗です。ヴォルテールは、そういう残忍な運命と事実を甘受すること、それに屈服することを拒否したのです。この繁華な都市の四分の三と、幾千という人命を破壊した自然の忌《い》むべき暴虐《ぼうぎゃく》に対して、彼は精神と理性の名において抗議したのです。……びっくりなさっているのですか。笑っていらっしゃるのですか。びっくりなさるのは構いませんが、お笑いになるのでしたら、失礼ながら、そういうことはご遠慮願いたい。ヴォルテールの態度は、天に向って矢を放った、かの古代ゴール人の真の後裔《こうえい》にふさわしい態度だったのです。……エンジニア、これこそ自然に対する精神の敵意、誇らしき不信任、自然とその悪しき非理性的暴力に対しての批評精神の高邁《こうまい》なる主張でなくてなんでありましょうか。なぜなら自然は暴力です。そしてこの暴力を甘受し、それに屈服すること……よろしいか、内的に馴《な》れ合うこと、これは奴隷《どれい》的行為です。肉体を邪悪な悪魔的原理とみなしながら、矛盾することなくキリスト教的現世逃避にも転落しない人文主義の一例、それがヴォルテールの態度です。私が人文主義者であるのに肉体の悪口をいうのは矛盾だ、とあなたはおっしゃるが、あなたは結局いつも同じことを矛盾とみなしておいでなのです。先日もあなたはおっしゃった、『精神分析のどこがいけないというのですか』と。精神分析の目的が教化、解放、進歩にあるとすれば……悪かろうはずはないではありませんか。……ただし精神分析が塚穴《つかあな》の醜悪な腐臭を伴う場合には、いいところなしです。肉体についても同じことがいえます。肉体の解放と美、感覚の自由、幸福、快楽といったことが問題ならば、肉体は尊敬され、擁護されなければなりません。しかし肉体が鈍感と無気力の原理として、光へ向う運動を阻止する場合には、肉体は軽蔑《けいべつ》に値すべきものです。肉体が病気と死の原理をも代表し、そのために肉体に特有の精神が背理の精神、すなわち腐敗、淫楽《いんらく》、破廉恥《はれんち》の精神であれば、肉体は軽蔑されるべきです。……」

セテムブリーニは話を打切ろうとして、この最後の言葉をほとんど囁《ささや》くように、おそろしく早口で、ハンス・カストルプの前に立ちふさがるようにしていった。それは、ハンス・カストルプに援軍が近づいてきたからだった。ヨーアヒムが二枚の葉書を持って読書室へ入ってきたのである。――イタリアの文士はそこで話を中断すると、急に社交的な軽快さに調子を切り替えたが、その巧妙さは彼の生徒に――もしハンス・カストルプをそう呼べるとしたら――ある種の印象を与えずにはおかなかった。

「やあ、いかがです少尉《しょうい》殿。いいところさんをお探しになっていらっしゃったのでしょうね。――申し訳ありません。ここでふたりで話しこんでしまったものですから。――私の思いすごしでなければ、ふたりは口論もしたようです。いとこさんは、どうして隅《すみ》におけませんぞ。いざとなると油断のならぬ論敵です」

フマニオーラ（古典学芸研究）

ハンス・カストルプとヨーアヒム・ツィームセンは、食後、白いズボンに青い上着といういでたちで、庭の椅子《いす》に腰をおろしていた。その日もまだ、この土地で讃美《さんび》される十月のある一日、暑くて軽快、華麗できびしいといった日で、谷の上に拡《ひろ》がる空は、南国のように紺碧《こんぺき》色をしていて、荒れ果てた森のゆるい傾斜面からは牝牛《めうし》の鈴の音が聞えてきた。――この平和な、単調で音楽的なブリキの鈴の音は、はっきりと、何物にも乱されずに、静かな、希薄な、うつろな空気の中を漂い流れてきて、高地を支配しているお休みの日の気分を深めていた。

いとこたちは庭の端の、丸く植え並べられた若樅《わかもみ》の前にあるベンチに腰をかけていた。――そこは、「ベルクホーフ」一帯の、谷より五十メートルも高いところにある、垣を廻《めぐ》らした台地の西北端であった。ふたりは黙っていた。ハンス・カストルプは、煙草《たばこ》をふかしていた。彼は内心ヨーアヒムに対して腹をたてていた。というのは、ヨーアヒムが安静療養をはじめる前の、食後の一刻、ベランダの集《つど》いに加わろうとはせずに、ハンス・カストルプをこの静かな庭へ強引に連れてきてしまったからである。これはヨーアヒムの横暴であった。厳格にいうと、彼らふたりは癒合《ゆごう》双生児などという筋合いのものではなかったのである。好みがちがえば、互いに別れ別れになることもできる間柄だった。いまではハンス・カストルプは、ヨーアヒムのお相手をするためにここにいるわけではなくて、彼自身が病人だったのである。そういうわけで彼はふくれっ面《つら》をしていたのだが、彼がいつまでもふくれっ面をしていられたのは、マリア・マンツィーニのせいだった。彼は両手を上着の脇《わき》ポケットに入れ、鳶色《とびいろ》の靴をはいた両足を前に伸ばして、くすんだ灰色の長い葉巻をいくぶん下向きになるように唇《くちびる》の真ん中にくわえていた。その葉巻は吸いはじめたばかりの段階にあった。というのはつまり、彼はその丸い先端からまだ灰を落してはいなかったのである。彼はたっぷりと食事をしたあとの葉巻の芳香を味わっていた。いまではふたたび葉巻の味がしてきた。ここの上での彼の順応過程が、慣れないことに慣れるということだけにあったとしても――胃の化学的状態や乾《かわ》いて出血し易《やす》くなった鼻の粘膜神経に関するかぎり、順応はやはり完全に行われていた。すなわち気がつかないうちに、そしてその進捗《しんちょく》ぶりをあとづけることができないままに、六十五日、七十日という日数が経《た》つうちには、巧妙に製造された植物性の刺激物や麻痺《まひ》物を味わい愉《たの》しむ器官は完全に回復していたのである。彼は機能の回復を喜んだ。精神的満足は肉体的悦楽を強めた。持参した二百本の貯《たくわ》えは病床にある間に倹約していたので、まだ残りがあった。しかし彼は下着や冬着といっしょに、さらに五百本のブレーメンものをシャーレンから取寄せて補充した。それは、地球儀やたくさんのメダルや旗がひるがえっている展覧会場の絵が金色に飾りつけられた美しいラック塗りの小箱だった。

彼らが腰をおろしていると、偶然にベーレンス顧問官が庭を通ってやってきた。彼はいま、広間でみなといっしょに昼食をしてきたのである。だから、ザーロモン夫人の食卓で、彼が大きな両手を自分の皿の前に組み合せているのが見られたわけだ。それから彼はおそらくテラスにとどまって、彼独特の調子で話をし、そしてまだ見たことのないひとのために、靴紐《くつひも》の手品を演じてみせていたのであろう。その彼がいま砂利道をこちらへぶらぶらやってきた。診察着をつけないで、細かい弁慶格子《べんけいごうし》縞燕尾《じまえんび》服を着て、山高帽をあみだに被《かぶ》り、これまた口には非常に黒い葉巻をくわえ、もうもうとした白っぽい雲煙を吐いていた。彼の頭、つまり青白くほてった顔と団子鼻、それにうるんだ青い眼と片方が吊《つ》りあがっているちょびひげという道具だての彼の顔は、背が高くていくらか猫背でうつむき加減の彼の容姿や手足の大きいのに比して、小さかった。彼は神経過敏で、いとこたちの存在に気がつくと、目に見えてびっくりした。いやそればかりか、いくぶん狼狽《ろうばい》気味に足を止めさえした。というのも、そのまま歩いてくれば、いとこたちの方へ真っ直《す》ぐに進んでこないわけにはいかなかったからである。彼はいつもの調子で挨拶《あいさつ》をした。いとこたちが彼に敬意を表して立ちあがろうとすると、坐《すわ》ったままでいるように勧めながら、「これは、これは、ティモテオス*」ときまり文句をいって、快活に彼らの新陳代謝に祝辞を述べた。

「いや、そのまま、そのまま。私ごときにお構いなく。そうしてもらっては恐縮です。あなた方はおふたりとも患者さんなのだから。あなた方はそんなことをなさるには及ばない。そのままで結構々々」

そして、葉巻を大きな右手の人差し指と中指の間に挟《はさ》んで、彼はふたりの前に立った。

「葉巻のお味はいかがです、カストルプさん。ちょっと見せてください。私は好きだから目が利《き》く。灰の色はよろしい。いったいこの褐色の恋人はなんというしろものですか」

「マリア・マンツィーニといって、ブレーメン製の食後の葉巻です、顧問官さん。まったく安いのです、純良品で十九ペニヒですが、普通そんな値段では考えられないような味を持っています。ごらんのように、スマトラ・ハヴァナで、下葉です。私はずっとこれなのです。ミクスが複雑で非常に風味がいいのです、そのくせ舌ざわりは軽いのです。この葉巻は灰を長くつけたままにしておいたほうがいいので、私はせいぜい二度落すだけです。むろんむらも少しはありますが、作るときの検査がとくに厳格なのでしょう、非常に信頼できて、空気の通り具合も一様です。一本いかがでしょうか」

「ありがとう、ではひとつ交換してみますか」彼らはそれぞれにシガー・ケースをとりだした。

「これは筋のいいものなのですよ」と、顧問官はシガーを一本差しだしながらいった。「質といい、よろしいか、味といい、力といい、ね。セント・フェリクス・ブランディのよう私の愛用シガーです。まったく憂《う》さ晴らしにもってこいのしろもので、ブランディのようにひりひりして、ことに終り近くになると強くなります。これとつき合うには、いくぶん用心なさるほうがいい。たてつづけには吸えません。それは男子の力の及ぶところに非《あら》ずだ。しかし一日中水蒸気みたいなのを吸っているよりは、したたかなやつを一服やったほうがいいですからな。……」

彼らは、取交わした贈物を指の間でひねり回して、専門家の目つきでこの細長い物体を吟味した。この物体の、盛りあがって、ところどころに少し隙間《すきま》のある縁には、斜めに平行に走った葉脈があって、そこに並んでいる脈管は脈を打っているように見え、表面の小さな凸凹《でこぼこ》は皮膚さながらで、表面と角とには光がたわむれていて、何か有機的生命をも持ったもののように思われた。ハンス・カストルプはこれをつぎのように表現した。

「こういう葉巻というやつは生きているのですね。ちゃんと呼吸をしています。私は国にいるころ、マリアを湿気から守ろうとして、密閉したブリキの小箱の中に保存してみたことがありますが、それが、先生、そうしたらマリアは死んでしまったのですよ。傷ついて、一週間のうちに死にました。——革のような屍《しかばね》になってしまったのです」

そして彼らは、葉巻、ことにハヴァナ産の輸入葉巻を保存する最善の方法について、互いの経験談を交換した。顧問官は輸入品が好きで、いつも強いハヴァナを吸っていたいといった。ただ残念ながら、彼はその葉巻に耐えられなかったのである。彼がいつかある会合で可愛《かわい》がった二本の小さなヘンリー・クレイが、危く彼を草葉の蔭《かげ》へ連れていくところだったという。「私はヘンリー・クレイを、コーヒーを飲みながら吸っていたのです」と彼はいった。「続けざまに。考えなしに。しかし吸い終ると、これは変な気分だと考えました。とにかく、不断と全然勝手が違って、生れてはじめて味わう、実に異様な気持がしたのです。やっとこ、すっとこ家に帰ってはじめて容易ならぬことだと驚いた始末です。脚《あし》は氷のように冷たくなっていましてね、おかまいなしに冷汗がだらだら流れるし、顔は麻布のように白くなって、心臓はめちゃくちゃ——、脈はといえば、まるで糸のように、ほとんど感じられないぐらい、かと思うと、急にどきどきしだす。そうして頭は興奮している。……私はもう、このままあの世へふらふらといってしまうのではないかと観念しました。ふらふらと、といいましたが、そのとき私の頭に浮んだのが、この言葉でしたから、それで、この言葉を、私が味わった状態を表現するのに使うわけです。と申しますのは、私はひどくおそろしくて、まったく恐怖の塊《かたまり》だったというってもいいのに、その一方ではこのうえもなく愉快で、何か本当のお祭り気分だったたのです。しかし、ご承知のように、恐怖とお祭り気分とは実は排除し合うものでない。初めて娘っ子を抱こうというやつもひどくこわがるし、娘っ子のほうもそうです。それでいながら奴《やっこ》さんたちは、ただもううっとりとして溶け合ってしまうのですからね。いや、私もやはりほとんど溶けてしまうところでした。胸を波打たせながら、ふらふらと踊り消えようとするところでした。でも、あのミュレンドンクがいろいろと手を尽してくれたおかげで、私はその危険な気分からさめたのです。氷罨法《あんぽう》、ブラシ摩擦、カンフル注射、こうして、私は人類の手から失われずにすんだのです」

ハンス・カストルプは、患者の資格で腰をかけたまま、しきりに頭をはたらかせているという表情で、ベーレンスを見あげていた。ベーレンスの青い、うるんだ眼は話しているうちに涙でいっぱいになっていた。

「ときどき絵をお描きになるそうですね、先生」とハンス・カストルプは突然いった。

顧問官は飛びあがるようなふりをした。

「おやおや、お若いお方は何をいいだされる」

「済みません。そんなことを二、三度小耳に挟んだものですから。いま、ふとそれを思いだしたのです」

「いや、それでしたら、私は一概に否定はしますまい。私たちは、ともに虚弱な人間ですからな。さよう、そんなこともありましたな。例のスペイン人がよくいっていたように、『私も絵描きのひとりなんだが（Anch'io sono pittore）』」

「風景ですか」とハンス・カストルプは、手短かに、しかも少し不作法な調子で尋ねた。その場の空気が彼をそんな口調にさせたのである。

「なんでも屋です」と顧問官は、照れながらも威張ってみせた。「風景、静物、動物――男一匹、何物にも尻《しり》ごみはしません」

「しかし、肖像画は全然？」

「肖像画も、たしか一度やったことがあります。あなたのをご注文なさりたいのですか」

「は、は、いいえ。でも先生の絵を、そのうちに一度拝見させていただきたいのです」

ヨーアヒムは、びっくりしていいところを見て、慌《あわ》てて、拝見できたらたいへんありがたいといい添えた。

ベーレンスは、このお世辞にすっかり嬉《うれ》しがって、うっとりしてしまった。喜びのあまり、顔を赤く火照《ほて》らせさえした。そして両眼からはいまにも涙が流れでそうになった。

「ぜひともごらんになってください」と彼は叫んだ。「これほど嬉しいことはない。よろしかったら、いますぐにでも結構ですよ、さあ、ごいっしょに。拙宅でトルコ・コーヒーでも淹《い》れましょう」こういって彼は若者たちの手をとって、ベンチから立ちあがらせ、ふたりの間にぶらさがるようにして、砂利道添いに彼の住居へふたりを案内した。

彼の住居は、ふたりも知っていたように、「ベルクホーフ」の建物の、そこから近い西北の翼にあった。

「実は私自身」とハンス・カストルプは打明けた。「むかしときどきその真似事《まねごと》をやってみたことがありますので」

「おや、油で本式にですか」

「いいえ、とんでもない、水彩画を一、二枚描いたにすぎません。船とか海とか、ほんのいたずらです。しかし私は絵を見るのは好きでして。それでこんな無遠慮なことを……」

ヨーアヒムのほうはこれでいくらか安心した。そしていまの説明によっていとこの風変りな好奇心の理由がわかったように思った。――たしかにハンス・カストルプは、顧問官に対してというよりもむしろヨーアヒムに聞かせるために、自分も絵をやってたという話を持ちだしたのである。三人は顧問官の家に着いた。この病院のこちらの側には、向うの車寄《くるまよ》せにあるような豪華な、戸外ランプの並んだ玄関はなかった。半円形の階段を数段上ると、樫《かし》のドアの前にでた。顧問官は、どっしりと重そうな鍵束《かぎたば》から鍵をひとつとって、ドアを開けた。手は震えていた。彼の神経はあきらかに昂《たか》ぶっていた。携帯品置き場としてしつらえられた控室に彼らが入ると、ベーレンスはそこで山高帽を釘《くぎ》に掛けた。中に入って、ガラス戸で建物の他の普通の部分と隔てられた、短い廊下で、彼は女中を呼んで、用事をいいつけた。廊下の両側には小さな個人住宅の小部屋がいくつかあった。それから彼は、陽気な励ますような言い回しで、客を中へ通した――右手のドアのひとつから。

平凡な、小市民ふうの家具を並べた部屋が、前方に谷を見おろしながら、二つ三つごたごた並んでいた。部屋と部屋の間にはドアはなくて、ただカーテンで仕切られていた。つまり、「古代ドイツふう」の食堂と、机のある居間兼仕事部屋と、そのほかに「トルコふう」に飾られた客間があった。居間兼仕事部屋の机の上の方には学生帽と交差させた剣とが掛かっており、毛織の敷物や書棚やソファなどがあった。いたるところに絵が、顧問官が描いた絵が掛かっていた。――部屋に入るいとこたちは、慇懃《いんぎん》にそして感嘆する構えをしながら、さっそくそれらの絵に眼をやった。顧問官の、亡《な》くなった夫人の姿がそこここにあった。油絵もあれば、机の上には写真もあった。それは、薄い着物をさらりと羽織った、何か謎《なぞ》めいた風情《ふぜい》を見せた金髪婦人であった。彼女は両手を左の肩のところで合わせて――それも固くではなくて、指さきが軽く絡《から》み合うぐらいに組み合せていた――両眼は、天に向けられているか、さもなくば深く伏せていて、瞼《まぶた》から斜めにでている長い睫毛《まつげ》の下に隠れていた。つまり、どの絵、どの写真でも、故人は真っ直ぐに、観賞者の方に眼差《まなざ》しを向けてはいなかった。ほかには山を描いたものが主で、雪や緑の樅《もみ》に覆《おお》われたり、煙霧《ガス》につつまれたりしている山とか、冷やかな鋭い輪郭がセガンティーニふうに紺碧《こんぺき》の空を切り取っている山などがあった。さらにまた牧人の小屋の絵、陽当《ひあた》りのいい牧草地に立ったり寝そべったりしている、頸《くび》の皮の垂れ下がった牝牛を描いたもの、机の上の野菜の間から捩《ねじ》られた頸をだらっと垂れている、羽根をむしられた鶏の絵、花の絵、山地の住民の絵、そのほかにもいくつかあったが、それらはどれも一種の素人《しろうと》の気楽さの大胆な配色で、場合によってはチューブから直接に絵具がカンヴァスに押しつけられて、乾くまでに長くかかったにちがいないと思われるような絵もあった。――乱暴な描法では、これがかえってときには効果をあげている絵もあった。

いとこたちは、この家《や》の主人の案内で展覧会場にでもいるように、絵を見ながら壁に沿って歩いた。主人はときどき画題をいった。が、大概は黙りこくって、芸術家の誇らしい胸苦しさに浸りながら、この客たちといっしょに自分の作品の上に眼を休めるという喜びを味わっていた。クラウディア・ショーシャの肖像画は居間の窓の間の壁に掛かっていた。ハンス・カストルプは部屋に入るやいなや、すばやくこの絵を見つけだした。もっとも、絵は本人にあまり似てはいなかった。彼はわざとその場所を避けて、同伴のふたりを食堂に引留めていた。そしてそこの、薄青い氷河を背景にしたゼルギタールの緑の眺《なが》めには感心した、といって、それから連れのふたりを無視して、まずトルコふうの小室へと進み、讃辞《さんじ》を口にしながら、同じく徹底的に綿密な調査をした。それから、ヨーアヒムにもときどき讃辞を促しながら、居間の入口の壁を視察した。最後にハンス・カストルプは振向いて、適当にはっとした様子を見せて尋ねた。

「あそこにあるのは、よく見かける顔ですが」

「誰だかわかりますか」と、ベーレンスは聞きたがった。

「むろん、わかります。上流ロシア人席の婦人で、フランスふうの名前をもった……」

「そのとおり、ショーシャです。似ているとはありがたい」

「そっくりです」とハンス・カストルプは嘘《うそ》をついた。わざと嘘をつくつもりではなかったにせよ、むしろもし自分があらかじめ聞いていなかったら、モデルをまったく判別できなかっただろうという意識があったからである。――ヨーアヒムにしたところが、自分の眼だけを頼っていたら、モデルの誰であるかは、ついにわからなかったであろう。善良な、いっぱい食わされたヨーアヒム、いまやむろんこの男にも事情が次第にのみこめてきた。最初一度だまされ、いまやっと事の真相がわかってきたのである。「ああ、そうか」とヨーアヒムは小声でいって、他のふたりといっしょにその絵を見ることに甘んじた。彼のいとこは、ベランダの集《つど》いで彼女のそばにいかれなかった埋め合せをしているのであった。

肖像画は、半ば横向きの胸像で、実物よりはいくぶん小さく、頸を露《あらわ》にし、肩と胸に紗《しゃ》の布を掛け、内側へ傾斜した、そしてカンヴァスの縁を金色蛇腹《じゃばら》で飾ってある黒色の広い額縁にはめられていた。ショーシャ夫人は、この絵では実際より十ぐらい老《ふ》けて見えたが、それも個性を強調したがる素人の肖像画だからであった。顔全体に赤が強過ぎ、鼻の描写が拙《つたな》く、髪の色も見当違いで藁色《わらいろ》に過ぎ、口は歪《ゆが》み、顔だちの特別の魅力は見すごされたのか、あるいは表現されなかったのか、とにかく粗《あら》っぽい描き方のために魅力の原因が表現されてはいなかった。全体として決して上出来とはいえず、肖像画としても、モデルにあまり似たものではなかった。しかし、ハンス・カストルプは、似る似ないをたいして問題にしなかった。彼にとっては、このカンヴァスとショーシャ夫人そのひととの間のいろいろな関係だけでもう十二分であった。とにかくこの絵はショーシャ夫人の絵である。彼女自身がこの部屋のどこかでこの絵のモデルとなったのだ。彼にはそれで十分だった。彼は感動して、繰返していった。

「実によく似ていますねえ」

「そうおっしゃらないでください」と顧問官は穏やかに断わった。「粗削《あらけず》りでね。十分にこなせたとは自惚《うぬぼ》れていません。二十回くらいは坐《すわ》ってもらったのですが。――それに、こんなにこみ入った顔は容易にこなせるものじゃありません。極北人のような頬骨、酵母入り菓子の割れ目のような眼なんかは、見ていると、描きやすいようについ思いこんでしまう。ところが実際に当ってみると、どうして、どうして。部分を正確に描けば、全体が壊《こわ》れる。まったくの謎《なぞ》です。彼女をご存じですか。おそらく、あれはモデルにして描くべきではなくて、記憶で描くべき人物なのでしょうな。あなたはいったい彼女をご存じなのですか」

「ええ、いや、表面的にです、ここで私たちがお互いを見知っているという程度の……」

「ところで私は、彼女をむしろ内部的に、皮下的に知っているのです。つまり、動脈の血圧、組織の活力、淋巴《リンパ》運動に関しては、私は彼女に相当精通しているんですよ——ある種の理由からね。内面的なものより表面的なもののほうが厄介です。彼女の歩きぶりをもうなんどかごらんになりましたでしょう？　顔が、あの歩き具合そっくりなのです。つまり忍び足の顔だ。たとえばあの眼だ——それも曲者《くせもの》の眼の色のことをいっているのではなくて、あの眼の坐り具合、あの切れ具合のことです。目が細く斜めに切れあがっているでしょう。しかし、それはただそういうふうに見えるだけのことなのです。そういうふうにひとの眼を欺《あざむ》くのは、内眥贅皮《ないしぜいひ》、すなわちある種族に見られる一つの変種なのです。これは、このひとたちの平たい鼻梁《びりょう》のためにできた贅皮が眼瞼《まぶた》の蓋皮《がいひ》から内眥の上に被《かぶ》さったために生ずる印象です。鼻梁の皮を少しつまみあげてみると、私たちの眼と少しも変らない眼になります。一種のあざといいんちきですよ。とにかく、あまり名誉なことではない。というのは、はっきりいえば、内眥贅皮は隔世遺伝的発育不全による一種の畸形《きけい》ですからね」

「そういうことがあるのですか」とハンス・カストルプはいった。「私はそんなことは知りませんでしたが、ああいう眼には、昔から興味をもっていたのです」

「揶揄《やゆ》、欺瞞《ぎまん》ですよ」と顧問官は断言した。「あの眼をただ斜めに、切れ長に描いたら、いっぱい食わされる。あの吊《つ》りあがり方や切れ方は、自然がそうしたように、それと同じやり方でつかまえなければならんのです。いわば騙《だま》されなければいけない。そのためには内皆贅皮について通じていることがむろん必要です。およそ知っておいて悪いということはありませんからね。この皮膚をごらんください。この体皮を。本物そっくりですか、それともとくにそうだともいえないというところですか、あなたのご意見では」

「とても」とハンス・カストルプはいった。「非常に活《い》きいきと描けていますよ、この皮膚は。これほどうまく描けたものに私はまだお目にかかったことがないように思います。毛孔《けあな》まで見えるような気がします」そして彼は、その肖像の開いた襟首《えりくび》の上を、手の縁で軽くさわってみた。そこの皮膚は、いつも日の目を見ない部分のように非常に白くて、顔の赤すぎるのに対して著しい対照をなしていた。そういうわけで、故意にか偶然にか、剝《む》きだしにされているという印象を強烈に喚起した――どのみち、かなり強烈な効果を見せていた。

それでもやはり、ハンス・カストルプの讃辞は当っていた。薄青い紗の中に消えている繊細ではあるが瘦《や》せてはいない胸の鈍く光る白い部分は、非常に自然に描けていた。その部分は明らかに感情をもって描かれていたけれども、そこからでているある甘さは損《そこな》われずにいた。この芸術家は、その部分に一種の科学的写実性と生彩に富んだ正確さとを与えることに成功していた。彼はカンヴァスの粒状の凹凸《おうとつ》を利用して、ことに柔らかく突出した鎖骨の辺《あた》りで、その粒面を皮膚面の自然な凹凸として、油絵具だけでまざまざと表現していた。胸が二つの乳房に分れる付け根の左にある小さな雀斑《そばかす》も見逃《みのが》されていなかったほどであるから、二つの丘陵の間には微《かす》かな薄青い血管が透けて見えるようだった。観察者に見られていることを感じて、この露出部には、ほとんど気づかれないくらいの、すこぶる敏感な羞恥《しゅうち》の戦慄《せんりつ》が走るかのようであった——あえていうならば、この肉体の発汗、目に見えない有機的発散物が感じとられると空想することさえできるほどだった。そして、唇をそれへ当てれば絵具やワニスの匂《にお》いの代りに、人間の肉体の匂いが嗅《か》ぎとられるかのようであった。筆者がここに伝えるものはすべて、ハンス・カストルプの印象そのものである。要するに、ハンス・カストルプには、そういう印象を受けたいという気持がとくにあったのであるが、それにしても、ショーシャ夫人の胸の裸部を描いたこの肖像画が、この部屋でとくに人目を惹《ひ》くに足る作品だったことは、公平にいってたしかなことであった。

ベーレンス顧問官は、自作を訪問者たちといっしょに鑑賞しながら、両手をズボンのポケットに入れて、踵《かかと》と足さきとでからだを前後に揺《ゆ》すっていた。

「感激しました、ご同業」と彼はいった。「ありがたいことです、あなたにもわかっていただけて。皮下のことにも少しは通じていて、眼に見えないものもいっしょに描きこめれば、益こそあれ害はないというものです。——いい換えると、自然に対して、まあいってみれば、単に抒情的《じょじょう》な関係だけでなく、また別の関係をも持つ、たとえば、画家でありながら医者を兼ねているとか、生理学者とか解剖学者であって、そして婦人の着物の下のことについてもまたひそかな知識をもっているとしたら、——これは益でこそあれ害にはならん。なんといおうと断然有利です。この肖像の皮膚には学問があります。顕微鏡でその有機的正確さをお検《しら》べになってもよろしい。そこには、表皮の粘膜層および角質層が見られるのみならず、その下には、脂肪腺《しぼうせん》、汗腺、血管および小乳頭まで備わった真皮組織も描きこまれています。——またさらにその下には脂肪膜、つまりクッション、つまりたくさんの脂肪細胞によってあの魅力ある女性的形姿を作りあげている下敷きも描きこんであるのです。意識され、意図されたものは、おのずから外に現われてくるのです。それは手の中へと流れこんできて、それなりの働きをし、実在はしないけれども、なんとなく存在する、これですよ、実感を生むのは」

ハンス・カストルプはこの話に熱中して、額は赤くなり、眼は輝き燃えた。彼はいろいろと話したいことがあって、まず何からいったらいいのか、それがわからなかった。第一に、この絵を窓の間の薄暗い壁面から、もっと効果的な場所へ持っていきたかった。第二に、彼が絶大な興味をもっていた皮膚の性質に関する顧問官の説を糸口にして話を進めていきたかった。第三には、同様に彼の心にかかっている彼自身の一般的な哲学的な考えをいい現わしてみようと思った。肖像画を取りはずすために、すでにそれに手を掛けながら、彼は性急にしゃべりはじめた。

「そうですとも、そうですとも。そのとおりです、まさにそのとおりです。私は……つまり顧問官さんは『別の関係を持つ』とおっしゃいました。抒情的関係以外にも――こうおっしゃったと思いますが――芸術的関係以外に他の関係がもしありましたら、そして事物を、要するに、他の視角、たとえば医学的視角からも捉《とら》えるならば、それはいいことでしょう。いや、どうも、まったくそのとおりです――済みません。顧問官さん――すなわち、ここで本来肝要なのは、根本的に異なったいくつかの関係や視角ではなくて、厳密にいえば、いつもひとつの同じ関係と視角――そのひとつのもののいろいろな変種、つまりニュアンス、ですから、こういってよろしければ、芸術家の仕事もその一部、ひとつの現われにすぎないようなあるひとつの普遍的関心のさまざまな変化だけが、問題となっているのではないか、と私は思うのです。恐れ入りますが、この絵を外《はず》させていただきます。ここでは全然光線が当りません。いま、ちょっとソファの方へ移してみます。そこに置いてみたらまったく違った効果がでないかどうか、やってみましょう。……医学は何を相手にしているのでしょう。むろん、私は医学については何も知りません。が、医学も結局は人間を相手にするものです。そして、法律は、立法は、司法は。これもやはり人間が対象です。そしてまた、教育的職業の実施に当って切り離せない言語学は。そして神学、宗教、牧師の職は。すべて相手は人間です。これらはみな同一の、重要な、そして……主要な関心の、すなわち人間に対する関心の濃淡にすぎません。そういうものはみな、一言でいえば、人文的職業です。ですからこれを学ぼうという場合には、基礎として何よりもまず古代の言語を、いわゆる形式的教養のために学ぶのではありませんか。私がこんなことをいうと、おそらくびっくりなさるでしょう。私は単なる現実主義者、つまり技術家にすぎないのですから。しかし私は、このごろも寝ながら考えてみたのですが、どんな種類の人文的職業にあっても、外形的なもの、形式の観念あるいは美しい形という観念を基礎に置いているということは、やはりすばらしいことであり、この世のすばらしい仕組のひとつだと思うのです。——これが事物に何か非常に高尚な、豊かなものを与えますし、さらに、感情とか……作法とかいったようなものも与えます——それによって、この関心はほとんどもう艶《つや》っぽい事柄のようなものになります。……つまり、私の表現はおそらくとてもまずかったと思いますが、精神的なものと美しいものとは、別言すれば、科学と芸術とは混り合っていて、元来はいつもひとつのものだったということが、これでわかるのではないでしょうか。だから芸術上の仕事もまた絶対に、いわば第五学科として人文的学科の一部門であること、さらに芸術の最も重要なテーマなり関心なりが結局また人間であるかぎりは、芸術上の仕事もまた人文的職業、すなわち人文的関心の色合いのひとつにほかならないということは、認めていただけるでしょう。もっとも、私は若いころにこの道をちょっと試みました。といっても、船とか水とかを描いたにすぎませんが、絵の中で最も心をそそるのは、やはり相変らず私にとっては肖像画なのです。それと申しますのも、肖像画は直接に人間を対象とするからなのです。ですから私は、顧問官さんが肖像もおやりになるかどうかと、すぐにお尋ねしたのでした。……ここへ掛けたほうがやはりずっと効果的ではないでしょうか？」

ベーレンスとヨーアヒムのふたりは、ハンス・カストルプが、口からでまかせにいろいろなことをしゃべり散らして、それを恥ずかしく思わないのだろうかとばかり、彼を見つめた。しかしハンス・カストルプは、夢中になっていて、ばつの悪い顔をするどころではなかった。彼はその絵をソファ側の壁にささえて、ここのほうが光線の当り具合がずっとよくはないか、ときいた。ちょうどそのとき、女中が盆の上に湯とアルコール・ランプとコーヒー茶碗《ぢゃわん》をのせて運んできた。顧問官は、女中に客間へ運ぶように指《さし》図《ず》してからいった。

「それでしたら、あなたはもともと絵よりもむしろまず第一に彫刻に興味をお持ちになるべきだったでしょう……どういたしまして、むろんそこのほうが明るい。この絵にそんなに光線を当ててみるだけの値打ちがあるとおっしゃるのならね。……つまり造形美術にです。というのは、造形美術こそはやはり最も純粋に、専《もっぱ》ら人間一般に関《かか》わり合っているのですから。しかし、湯が吹きこぼれてしまうとたいへんだ」

「本当です、造形美術です」と、ハンス・カストルプはいっしょに隣の部屋へ移りながらいった。そして、絵を元どおりに掛けるか、下へ置くかするのを忘れてしまって、絵の下部を持って隣室へ運びこんでいった。「たしかに、ギリシアのヴィーナス像とか競技者像とかを見ますと、人文的なものが疑いもなく最もはっきりと現われています。よく考えてみますと、おそらくはああいうものが結局は本物であって、本当に人文的な芸術というものなのでしょうね」

「ところで、あの可愛《かわい》いショーシャについていうと」と顧問官はいった。「あれはどっちみち、絵の対象だろうと思いますね。＊フィディアスとか、あるいは、名前の最後がユダヤふうのもうひとりの彫刻家とか、ああいう芸術家たちは、彼女のようなご面相には鼻に皺《しわ》を寄せたことでしょう。……どうなさったのです。下手くそな作品を引きずりまわして、どうなさるおつもりです」

「ありがとう、これを私はちょっとこの椅子《いす》の脚のところに立てかけておきましょう。しばらくはちゃんと立っていますから。しかし、ギリシアの彫刻家たちは顔のことは余り顧慮しませんでした。彼らが問題にしたのは、肉体でした。そこがまさに人文的なところなのでしょう。……それから、女性のからだの線、あれは要するに脂肪からきているのでしょうか」

「脂肪です」ときっぱりといった顧問官は壁戸棚を開けて、そこから、コーヒーを淹《い》れるのに必要なものを取りだしていた。筒型をしたトルコふうのコーヒー挽《ひ》きと、長い柄のついたコーヒー沸し、それに砂糖と挽いたコーヒーとを入れる二重の容器、みな真鍮《しんちゆう》製であった。「パルミチン、ステアリン、オレイン」と脂肪成分の名を口にしてから、コーヒーの豆をブリキ罐《かん》からコーヒー挽きの中へ入れ、そして曲柄《まがりえ》を回しはじめた。「ごらんのように、私は一切合財《いっさいがっさい》最初から自分でやります。そうしたほうが風味は一段とよろしい。――あなたはいったいなんだと思いました。不老不死の薬だとでも思いましたか」

「いいえ、私も、もう知ってはいたのです。ただ、そう聞かされてみると、ちょっと妙な気がして」とハンス・カストルプはいった。

彼らは戸口と窓の間の一隅に、東洋風に装飾された真鍮板のついた竹製の低い卓を囲んでいた。コーヒーの道具は、煙草《たばこ》の道具にまざって、その真鍮板の上にのっていた。ヨーアヒムはベーレンスと並んで、絹のクッションがいくつも置いてある安楽椅子に腰をかけ、ハンス・カストルプはローラーのついた肘掛《ひじかけ》椅子に坐《すわ》って、それへショーシャ夫人の肖像画を立てかけていた。床には、目もあやな絨毯《じゆうたん》が敷いてあった。顧問官は、コーヒーと砂糖を柄のついたコーヒー沸しの中へ抄《すく》い入れ、それに水を注ぎ足して、アルコール・ランプの炎の上で煮えたたせた。コーヒーは玉葱《たまねぎ》型の茶碗の中で褐色に泡立《あわだ》ち、味わってみると、甘くてしかも強烈な味がした。

「それはそうと、あなたのもまた」とベーレンスはいった。「彫塑《ちょうそ》性が問題になるかぎり、あなたのもまたもちろん脂肪です。もっとも、婦人の場合ほどではありませんが。私たち男子では、脂肪は普通体重の二十分の一にすぎませんが、婦人にあっては十六分の一が脂肪です。この皮下細胞組織がなかったら、私たちはみな、まるであみがさ茸《たけ》みたいに見えることでしょう。そうして脂肪は年とともに減少していって、果ては誰もが知っているあのあまり美的ではない皺のかたまりになってしまうのです。最も肥満し、最も脂肪のついている個所はどこかというと、婦人の胸、そして腹、太腿《ふともも》、要するに、人に穏やかならざる刺激を与える個所ですな。足の裏も脂肪が多いから、くすぐったいのです」

ハンス・カストルプは筒状のコーヒー挽きを両手に挟《はさ》んでひねり回していた。コーヒー挽きは、そのセット全部がそうであったが、トルコ製というより、むしろインドかペルシャのものらしかった。真鍮に刻まれた彫刻の様式や、彫刻の表面が鈍色《にびいろ》の地から光って浮きでている点などから、それと察しられた。ハンス・カストルプはその装飾を見つめていたが、すぐにはそれがなんであるかがわからなかった。それがわかったとき、彼は不意に顔を赤くした。

「そう、それは独身男性向きの道具です」とベーレンスはいった。「だから私は錠をおろして蔵《しま》っているんですよ。台所の仙女君には眼の毒でしょうからな。あなたならたいした被害もないでしょうが。これはなんと、ある婦人患者からの贈物なのです。一年ほどここにご滞在くださった、さるエジプト王女のご下賜品です。ほら、この模様がどれにも繰返されている。おもしろいでしょう、ね？」

「ええ、珍しいものですね」とハンス・カストルプは答えた。「は、は、いや、私はむろん大丈夫です。考え方ひとつでは、これを真面目《まじめ》に厳粛に受取ることもできますしね――もっとも、こんな模様をコーヒー・セットに刻みこんだりするのは当をえたものとはいえないでしょうが。古代人は、ときどきこういうもので棺を飾ったそうですね。古代人にとっては、淫猥《いんわい》なものと神聖なものとはほとんど同じものだったんですね」

「ところで、その王女ですが」とベーレンスはいった。「彼女はどちらかというと、どうやらその前者のほうだったようです。このほかにもまた非常に上等な葉巻をもらいました。とびきり上等なやつで、これは特別な場合にしかださないことにしているのですが」そういって彼は、壁の戸棚から、けばけばしい小箱を取りだして、客にすすめた。ヨーアヒムは両踵を引きつけて、礼をいって断わった。ハンス・カストルプは手を伸ばした。そして金色のスフィンクスが捺《お》してある、非常に長くて太い葉巻に火を点《つ》けて吸ってみた。実にすばらしい味がした。

「皮膚について、もっと何か話してくださいませんか」と彼は頼んだ。「気がおすすみでしたら、顧問官さん」彼はショーシャ夫人の肖像画をふたたび取上げて、膝《ひざ》の上に置き、そして椅子にもたれて、葉巻を口にくわえたまま肖像画に眺《なが》め入った。「脂肪膜についてはそれがどんなものか、もうわかりましたから、何か別のこと、つまり先生がこんなにお上手にお描きになれる人間の皮膚一般について何か」

「皮膚についてね。生理学に興味がおありかな」

「ええ、非常に興味があるのです。生理学には、もうずっと前から非常に興味を持っていました。私は人間のからだについては以前からとくに興味を持っているのです。自分は医者になるべきではなかったか、となんど自問したかしれません。――ある意味では、私にもそう不向きな職業ではなかっただろうと思っています。なぜかといいますと、からだに興味を持つ者は、病気にも――病気にはことさらの――興味を持つでしょうからね。そういうものではないでしょうか。とにかく、これは何も取りたてていうほどのことでもないでしょうが、私は、たとえば牧師にもなれたかもしれないと思うのです」

「なんですって」

「そうです、一時は、牧師なら自分にぴったりするだろう、となんど思ったかしれません」

「ではいったい、どうしてエンジニアになられたのです」

「偶然からです。とにかく外部的な事情で事が決したのです」

「ところで、皮膚についてですか。さて、あなたの知覚葉についていったいどういうことをお話しすればいいかな。皮膚というものはつまり、あなたの外脳です、よろしいかな——個体発生的には、あなたのその頭蓋骨《ずがいこつ》の中にあるいわゆる高等器官の装置とまったく同じ起源を持つものなのです。中枢神経組織《ちゅうすう》は表皮層が少し変形したものにすぎません。そして下等動物にあっては、中枢と末梢《まっしょう》との間に総じてまだ区別がないので、連中は皮膚で嗅《か》いだり、味わったりするのです。感覚といったら、皮膚感覚しかないのです——考えてみただけでも、快適ですなあ。これに反して、あなたとか私とかのような、非常に高度に分化した生物にあっては、皮膚の功名心は擽《くす》ぐったがることぐらいのところで抑《おさ》えられていて、保護と伝達の器官というにすぎませんが、しかし肉体に近づこうとするあらゆるものに対してはおそろしく警戒厳重です。——さらに皮膚は触覚装置、つまり毛ですな、体毛という歩哨《ほしょう》を持っている。この体毛は角質化した皮膚細胞だけからできていて、何かが近づくと、それが皮膚そのものに触れない前に、皮層にそれを感知させる。これは内々の話ですが、皮膚のこの保護と防禦《ぼうぎょ》の役は単に肉体的なことに限ったことではないのです。……赤くなったり青くなったりするのはどうしてか、それをご存じですか」

「よくわかりません」

「正直をいうと、私たちにも正確にはわかっていないのです、少なくとも羞恥《しゅうち》のために赤くなるほうのことはね。この問題は、まだ完全には解明されていないのです。というのは、脈管運動神経によって動かされるという拡張筋が今日までのところでは脈管に確認されていないからなのです。どうしていったい雄鶏《おんどり》の鶏冠《とさか》はあんなに赤く膨《ふく》れあがるのか、――そのほかにも顕著な実例はいくらでもあげられるでしょう――これは、いってみれば神秘的なのです。ことに、心理的作用が問題となる場合にはなおさらのことです。大脳皮膜と脳髄中の脈管中枢の間に連絡があるのではないかと私たちは考えているのです。従って、ある刺激があると、たとえばひどく恥ずかしいというような場合、この連絡が働いて、脈管神経が頭へ作用し顔面の血管が拡大膨脹《ぼうちょう》して、七面鳥のような顔になり、血液ですっかり膨れあがってしまって、眼も見えなくなるというわけです。それに反して他の場合、あなたに何かひどくすばらしいことが差迫っているというような場合でも構いませんが――そういう場合には、皮膚の血管は収縮します。そして皮膚は青白く冷たくなり、萎縮《いしゅく》してしまいます。感激のあまり眼窩《がんか》が鉛色になり、鼻は白く尖《とが》って、死骸《しがい》のような顔になる。しかも、心臓は交感神経のためにまるで太鼓を打つように鼓動するのです」

「ははあ、そういうわけなのですか」とハンス・カストルプはいった。

「ざっとそんな具合です。これは反射作用ですね。しかし、反応とか反射作用とかいうものはみな、はなから何か目的を持っているものですから、私たち生理学者は大体こう推測しているのです、つまり、心理的興奮に付随するこういう現象も、元来合目的な防衛手段、たとえば、鳥肌《とりはだ》のようにからだの防禦反応である、というふうにね。鳥肌になるわけをご存じですか」

「それもよくは存じません」

「これはつまり、蛋白性《たんぱくせい》の、ぬるぬるした分泌物《ぶんぴつぶつ》であるところの皮脂を分泌する皮脂腺の仕業《しわざ》で、決して気持のいいものではありませんが、しかし、そのために皮膚がつやつやとして、干からびたり、ひび割れたりすることがないように、またさわって気持がいいようになっているのです。――このコレステリン皮脂がなかったら、人間の皮膚はどんな感触がするものか、まったく想像することもできないのです。この皮脂腺には小さな筋肉がいくつかついていて、この筋肉のために腺が突起するのです。腺が突起すると、女王さまに泥鰌《どじょう》を入れたバケツをもろにぶっかけられた童話の若者よろしく＊、皮膚は下ろし金のようになる。刺激が強いと、毛嚢《もうのう》まで突起します――頭髪も体毛も逆立《さかだ》って、身を護《まも》るやまあらしのようになるのです。身の毛がよだつとはどういうことか、これでおわかりになったでしょう」

「そうですよ、私は」とハンス・カストルプはいった。「そういうことならもうたびたび経験して知っています。私はどうかするとすぐに身の毛がよだつのです。実にいろいろな機会にそうなるのです。不思議でならないのは、ただ、その腺がよくもこんなにいろいろな場合に突起するものだということです。石筆でガラスをこすっても鳥肌になるし、特別すばらしい音楽を聞いても不意に鳥肌になります。それからまた、堅信礼のときに聖餐《せいさん》をいただく、そのときもひっきりなしに鳥肌がたって、ぞくぞくぴくぴくがどうしても止りませんでした。この小さな筋肉が、なにかといえばすぐに動きだすというのは、まったくおかしいですね」

「さよう」とベーレンスはいった。「刺激は刺激です。刺激の内容などは、肉体にとってはまったく問題にならんのです。泥鰌だろうが、聖餐だろうが、そんなことにはお構いなしに皮脂腺は突起します」

「顧問官さん」とハンス・カストルプはいって、膝《ひざ》の上の絵に視線を落した。「もう一度話を戻したいのですが、先生はさっき体内現象の淋巴《リンパ》運動とか何かについてお話しになりましたが。……それはどういうものなのでしょうか。相済みませんが、そのことについて、たとえばその淋巴運動についても、もう少しお話ししていただけませんでしょうか。非常に興味がありますので」

「そうでしょうな」とベーレンスは答えた。「淋巴液、こいつは人体の全機能の中で最も微妙な、最も内密な、そして最も敏感なしろものなのです。——あなたがそういうご質問をなさるというのも、おそらくそういうことが薄々わかっていらっしゃるからなのでしょう。ひとはいつも血とその神秘のことをいいたてて、血液を特別扱いにしている。しかし、淋巴液、これこそまず液中の液、液のエキス、いわば血乳なのです、実に結構な液なのです——この液は脂肪分を摂《と》ったあとではまったくミルクそっくりの外観を呈しています」それからさらに顧問官は、上機嫌《じょうきげん》に、切り口上で説明しはじめた。血、すなわち芝居のマントのように赤い液体は、そして呼吸と消化によって作られ、ガスで飽和され、老廃物を積みこんだこの脂肪と蛋白と鉄分と糖分と塩分の液は、三十八度の温度で、心臓のポンプによって血管の中へ押し進められ、そして体内至るところの新陳代謝、動物的温かさ、つまり愛すべき生命を維持している。——また従って、血が直接に細胞に近寄るということはなくて、血を送る圧力が血液の中のエキスすなわち乳液を脈管壁から浸《し》みこませ、そして隈《くま》なくしみ通るように組織内へと圧《お》し流し、組織液としてあらゆる細かい隙間《すきま》を充《み》たし、弾力性のある細胞組織を拡《ひろ》げ伸ばす。さらに、これが組織緊張、トゥルゴルであって、このトゥルゴルの側では、淋巴液が細胞を柔和に洗い、細胞と成分を交換してから淋巴液がふたたび淋巴管の中へ追いこまれ、そして血液の中へ流れこむようにしている。これは一日に一リットル半である。ベーレンスはまた、淋巴管の管状組織と吸収管組織を説明してみせ、脚、腹、胸、腕および頭部の片側の淋巴液を集めている胸部乳糜槽《にゅうびそう》について述べ、それから、淋巴管の諸所方々で形成されていて淋巴腺と呼ばれ、頸《くび》や腋下《わきのした》や肘関節《ひじかんせつ》や膝頭やそれらに似て微妙で繊細なその他の部分に在る傷つきやすい濾過《ろか》器官について話した。「ところで、淋巴腺に腫脹《しゅちょう》が現われることがあるのです」とベーレンスは説明した。「そこから私たちの話ははじまったのでしたね――淋巴腺の肥厚、これは膝頭とか肘関節とかのそこここに水腫《すいしゅ》様の腫《は》れ物ができることがある。これには決って何か原因があるのです、しかもよろしくない原因がね。場合によっては、結核性の淋巴管閉塞《へいそく》と疑ってもいいのです」

ハンス・カストルプは黙っていた。「ええ」と彼はしばらくしてから低い声でいった。「私は医者になってもよかったという気がします。胸部乳糜槽……脚の淋巴液……おもしろいですねえ。――からだとはなんでしょう」と彼は突然あたりの空気を破るような激しさで叫んだ。「肉とはなんでしょう。人体とはなんでしょう。これは何からできているのでしょう。この機会に話してくださいませんか、先生。私たちにわかるように、詳しく正確なところをお聞かせくださいませんか」

「水でできています」とベーレンスは答えた。「あなたはそれでは、有機化学にも興味がおありですな。人文的人体を形成しているのはほとんどすべて水です、要するに水にすぎん。憤慨することはありません。固体成分は二十五パーセント、しかもそのうちの二十パーセントは普通の卵白、も少し高尚な表現をなさりたければ蛋白質です。それに脂肪と塩分がちょっとついているだけです。これで、大体全部ですな」

「蛋白ですか。それはなんでしょうか」

「あらゆる元素を持つものです。炭素、水素、窒素、酸素、硫黄《いおう》、ときにはまた燐《りん》も。あなたは旺盛《おうせい》な知識欲を展開なさる。蛋白はまた多くの場合、含水炭素、すなわち葡萄《ぶどう》糖《とう》や澱粉《でんぷん》とも結合しています。年をとると肉が硬くなりますが、それは、結締組織内の膠原質《こうげんしつ》、つまり骨と軟骨の最も重要な成分が増《ふ》えるからです。このほかにまだ何をお話ししたらいいかな。肉漿《にくしょう》中には、ミオジノーゲンという一種の蛋白があって、死ぬと、これが凝固して筋肉繊維素となり、死後硬直というのを作りだすのです」

「そうですか、死後硬直」とハンス・カストルプは張りきった調子でいった。「なるほど、なるほど。そのつぎが総分解、つまり墓穴の解剖とくるわけですね」

「もちろんです。それにしても、よくいい現わされましたな。それからが、事が大がかりになる。人間が、いわば溶解するのですよ。人間のからだを作っている水全部のことを考えてもごらんなさい。他の成分は、生命がなくなるとその結合が不安定になり、腐敗によって単純な化合物へと、つまり無機化合物へと分解していくのです」

「腐敗、分解」とハンス・カストルプはいった。「それは燃焼、つまり酸素との結合でしょう、私の知るかぎりでは」

「まさに仰《おお》せのとおり、酸化作用です」

「そして生命とは」

「それも、やはり酸化作用です。生命もまた、大体において、細胞蛋白の酸素燃焼にすぎない。そこからあのすばらしい動物的温かみが生じるのですが、それがときには度を越したりするわけです。そうですね、生とは死ですよ、その点をいい繕うことはできない。——*あるフランス人が、持って生れた気軽さでいったところに従えば、有機的破壊（une destruction organique）です。そんなふうのものですよ、生命とは。もし私たちが、そうではないように思うとしたら、それは私たちの判断が正しくないのです」

「すると、私たちが生に興味を持つ場合」とハンス・カストルプはいった。「私たちはとくに死に興味を持っているということにもなりますね、そうではないでしょうか」

「まあ、ある点ではやはり区別はありますけれどね。生命とは、物質が交代しながらも形はそのまま持続するということですから」

「なんのために形は持続するのでしょう」とハンス・カストルプはいった。

「なんのため？　いいですか、いまのお言葉は全然人文的ではありませんな」

「形など、くだらないではありませんか」

「あなたは今日は意気衝天ですな。韋《い》駄《だ》天《てん》のごとしだ。しかし私はもう落馬です」と顧問官はいって、大きな手を眼に当てた。「ねえ、こんなふうにやってくるのです。いま、私はあなた方とコーヒーをおいしくいただきましたのに、突然ふさぎの虫に襲われるのです。では、この辺でご勘弁ください。私にはまたとない喜びでした、愉快のかぎりでした。……」

いとこたちは飛びあがるように腰をあげた。顧問官さん、こんなに長くお邪魔してしまって……と彼らはいいかけた。ベーレンスは、決してそんなことはない、といって、ふたりを安心させた。ハンス・カストルプはショーシャ夫人の肖像画を隣の部屋へ急いで運んで、元の場所に掛けた。彼らは、自分たちの部屋へ帰るのに、こんどは庭は通らなかった。ベーレンスが境のガラス窓のところまで送ってきてくれて、建物の中の道を教えてくれたからである。ベーレンスの頸筋《けいきん》は、不意に襲った憂鬱症《ゆううつしょう》の発作のために、いつもよりひどくとびだしているように見えた。彼はうるんだ眼をまたたかせた。そして唇《くちびる》の片方が歪《ゆが》んでいるために曲っているちょびひげは哀れな感じを与えていた。

ヨーアヒムといっしょに廊下と階段を通っていきながら、ハンス・カストルプはこういった。

「ぼくの思いつきはよかっただろう」

「とにかく気晴らしにはなった」とヨーアヒムは答えた。「きょうは実にいろいろなことを話し合ったもんだな。ぼくは頭がこんがらがってしまいそうだった。お茶の前に少なくともまだ二十分は安静療養できるように急がなくちゃ。ぼくがこんなことをいうと、君はぼくをくだらないと思うだろう——近ごろの君の韋駄天ぶりではね。しかし結局、君はぼくほどに安静療養を必要としてはいないんだからね」

まぼろしの肢体

こうして、必ずくることになっていたもの、つまりついこの間まではハンス・カストルプがそれをここで迎えようとは夢にも思っていなかったものがやってきた。すなわち冬、この地の冬がはじまったのである。ヨーアヒムは、ハンス・カストルプには去年の冬の最中にここへやってきたので、もうここの冬は経験ずみであったが、ハンス・カストルプにははじめてのことで、用意はすっかり整っていたのだが、それでもいささか不安だった。いとこはハンス・カストルプを安心させようとした。

「あまり大げさに考えないことだよ」と彼はいった。「北極じゃないんだから。空気が乾燥していて、風もないので、寒さはほとんど感じられない。からださえ十分にくるんでおけば、夜更《よふ》けまでバルコニーにいても大丈夫なのさ。煙霧《ガス》が湧《わ》く高度以上になると気温が下がる、といわれているが、あれは作り話さ。本当は高いところほど温かいんだ。ぼくも前にはそんなことはわからなかったけれど。でも雨が降ると本当に寒くなる。しかし君にはもう仰臥《ぎょうが》用の毛革袋があるんだし、どうにもならないほどの寒さになれば、スチームも少しは通してもらえる」

冬は、とにかく、不意打ちとか強制的とかいう形でではなしに、ごく穏やかにやってきた。そして真夏のころにもう経験済みの冬のような日々と、大差ないように見えた。二、三日の間南風が吹き、太陽が照りつけ、谷は縮まって狭くなったように見え、谷の出口のアルプスの絶壁も、殺風景な裸の姿を間近かに見せていた。それから雲がでて、ピーツ・ミヒェルやティンツェンホルンの方向から東北方へ進み、谷が暗くなった。そして猛烈な雨になった。その雨は濁って、白灰色になった。雪まじりの雨になったのである。それがついには雪ばかりになり、吹雪《ふぶき》が谷を埋め、そしてそれがかなり長い間続き、その間に気温も非常に低下してきたので、降った雪は溶けないで、湿ったままで残った。谷はその湿った斑《まだら》な雪の薄い衣をまとい、その雪の色と対照的に、斜面の針葉樹が黒く際《きわ》だった。食堂では暖房のスチーム管が生ぬるく暖まった。十一月はじめ、万霊節のころのことだったが、別に珍しいことではなかった。八月にもこんなことがあったので、雪を冬だけのものと思うような習慣は、もうとっくになくなっていた。いつ、いかなる天候の場合にも、遠方には雪が見えていた。谷の入口に立ちはだかっているように見えるレティコンの、岩石の重畳する連峰は、その割れ目や峡谷に、いつも仄《ほの》かに残雪を光らせており、南方の最も遠い高峰は、いつも雪をいただいた姿でこちらへ挨拶《あいさつ》を送っている。しかしこんどの場合は、降雪も気温の低下も、長い間続いた。薄灰色の空が谷に低く垂れ下がり、それが溶けて細かい雪片になるかと見え、音もなく小止《こや》みなく、軽い不安を覚えさせるほどにふんだんに降りつづけ、刻々と寒さもつのっていった。ある朝ハンス・カストルプの部屋の温度は七度になり、その翌朝は五度しかなかった。それは厳寒の温度だった。それ以下には下がらなかったが、寒さはそのまま続いた。これまでのように夜だけでなく、昼も凍《い》てつくような寒さで、しかもそれが朝から夜までぶっ通しに続く。一方雪は、四日目か五日目か七日目にほんのしばらくの間やむだけで、依然として降りに降った。それは積りに積って、次第に厄介なものになっていった。例の筧《かけひ》のほとりのベンチまでの療養散歩道、谷へ下る車道には、それぞれ雪を掻《か》いて路《みち》が作られたが、幅が狭いために途中で避け合うわけにゆかず、だから人といき逢《あ》った場合には、どちらか一方が横の雪の堤の中へ踏みこみ、膝《ひざ》まで雪につからなければならなかった。下の療養地の通りでは、ひとりの男に手綱を引かれた馬が、終日、石の雪均《ゆきなら》し機を転《ころ》がし、療養ホテル街と「村」と呼ばれている部落の北部との間を、古風な駅馬車の形をした黄色い馬橇《ばそり》が、前方に雪掻きを取りつけ、それで白い雪の塊をすくいあげては横へ投げて往復していた。世界、すなわちここの上のひとたちの、狭い、高い、隔絶した世界は、いまでは毛革か布団《ふとん》を被《かぶ》せられたようで、柱も杭《くい》もみな白い綿帽子をいただき、「ベルクホーフ」の表玄関に通ずる段々は雪の下に消え去って、ひとつの斜面に変ってしまい、どの松にもユーモラスな格好のクッションが重そうに載り、その塊《かたまり》があちこちで滑り落ち、飛散しては、雲か白い霧のように樹間に漂うのであった。周囲の山脈も雪に覆《おお》われていて、山裾《やますそ》は雪の衣が粗《あら》いが、植物限界線から抜けでたいろいろな形の峰々は、柔らかい雪の布団にくるまっていた。あたりはどんよりと薄暗く、太陽は層雲のかげの青白い光にすぎなかった。しかし雪が穏やかな間接光を反射し、そのミルク色の明るさで自然も人間も美しく見えた。むろん誰もが、白や色物の毛糸帽の下で、鼻を赤くしてはいたが。

食堂の七つのテーブルでは、この地方のかき入れ時である冬がはじまったということが、話題の中心になっていた。つまり、観光客やスポーツマンが大勢やってきて、「村」や「街」のホテルを賑《にぎ》わしているということであった。降雪量は六十センチメートルと見積られ、雪の質もスキーには理想的だということである。向うのシャッツアルプの西北方の斜面を谷へおりる二連橇《ボッブスレー》のコースは、目下大至急で手入れ中で、南風で予定が狂わなければ、二、三日もすればコース開きができるということであった。誰もが、下から訪れてくる健康人たちの、今年もまたここで展開されるお祭り騒ぎ、スポーツ大会や滑走競走を楽しみにして待ち、そのときには禁を犯して、つまり安静療養をさぼって、こっそり抜けだして見物してやろうと企《たくら》んでいた。ハンス・カストルプは、今年は何か新しい競技があると聞いたが、それは北国で考案されたスキー・ジョーリングといって、スキーをはいた競走者が馬に引っぱってもらう種目だということである。みんなはこっそり抜けだしてそれを見にいこうというのであった。——クリスマスのことも話題になった。

クリスマス！　いや、ハンス・カストルプはまだそこまでは考えていなかった。彼は、医師の診断ではここでヨーアヒムといっしょに冬を送らなければならないだろうと無造作に口にもだし、国もとへもそう書いてやっていた。しかし考えてみれば、それはここでクリスマスを迎えるということをも意味していたわけで、そう思うと彼は本当に何か恐ろしいような気がしたのである。彼がこれまで一度も故郷の、家族のもと以外の場所で、クリスマスの時期を送ったことがないということからも、そんな気持になったのであるが、しかしそのせいばかりでもなかった。だがこれはとにかく仕方のないことである、これは我慢しなければなるまい。自分はもう子供ではないのだし、ヨーアヒムだってそれに別に文句をいうでもなく、愚痴ひとつこぼさずに、なんとかやってきたのだから。それに、世界のどこであろうと、またどんな境遇にあろうと、クリスマスが祝われなかったためしがあろうか。

それにしても、まだ最初の降臨節の日もこないうちに、もうクリスマスの話をするなどというのは少し気が早すぎるとハンス・カストルプは思った。それまでにはまだたっぷり六週間はある。ところで食堂のひとたちは、この六週間を飛び越え、呑《の》みこんでしまったのだ。それは一種の精神的処置ではあったが、ハンス・カストルプは、まだ同病の先輩たちのように大胆な考え方をすることには慣れてはいなかった。むろん彼もすでにある程度は独力でこの処置を講ずることができたが、同病の先輩たちにとっては、クリスマスというような、一年の途中の一段落は、段落間の空虚な時間をひらりと飛び越える手がかりになる、便利な木馬のようなものであった。彼らはみな、からだに熱があって、その新陳代謝は昂進《こうしん》し、その肉体の作用は旺盛《おうせい》で活潑《かっぱつ》になっていたのに、それでもそれほど早く、大量に時間を経過させてしまえるのは、これは結局、彼らのからだの状態と関係していることかもしれなかった。だから、彼らがクリスマスはもう終ったことにして、急に新年や謝肉祭のことを話題にしたところで、ハンス・カストルプはたいして驚かなかったであろう。しかし、「ベルクホーフ」の食堂に集まったひとびとも、それほど気軽で無分別というわけではなかった。彼らはクリスマスのところで立ちどまったが、さて、そうしてみれば、何かと心配したり頭を悩ますことが起ってきた。すなわち彼らは、この療養所の慣例に従って、クリスマスの晩に、院長のベーレンス顧問官に贈物をすることになっていたが、その共同の贈物について相談がなされたのである、すでに全部の者からこの贈物のための金が集められていた。ここに一年以上いるひとの話では、去年は旅行鞄《りょこうかばん》を贈ったということである。今年の贈物としては、新しい手術台、画架、毛革の外套《がいとう》、揺り椅子《いす》、象牙《ぞうげ》製で何か「象嵌《ぞうがん》した」聴診器などが候補にあがっていた。意見を尋ねられたセテムブリーニは、目下完成しかけているとかいう『苦悩の社会学』という、辞典のような編纂《へんさん》方式を採った書物の贈呈を進言したが、賛成者は、少し前からクレーフェルトの食卓に坐《すわ》っている一出版業者だけであった。これまでのところでは、意見は全然一致していなかった。ロシア人患者たちと話をつけるのが、何かと困難だった。醵金《きょきん》が二つに割れた。モスクワ人たちが、自分たちだけでベーレンスに贈物をしたいと声明したのである。シュテール夫人は、醵金の際にうっかりイルティス夫人の分を立替えてやって、その十フランをイルティス夫人が返すのを「忘れている」ことで、幾日もそわそわしていた。イルティス夫人は返すのを「忘れている」ということだった。——この「忘れている」という言葉にシュテール夫人が置いたアクセントは、いろいろなニュアンスを含んでいたものの、結局は、相手の忘れっぽさに対するきわめて深い不信の念を知らせようと狙《ねら》ったものであった。シュテール夫人の断言するところでは、どんなにそれとなく仄《ほの》めかして思いださせるようにしてみても、相手は意地になって忘れたふりをしているらしい。シュテール夫人はいくどか諦《あきら》めて、しまいにイルティス夫人に貸した金をくれてやると声明した。「結局、私は、私の分とあのひとの分と、二人前払うことになるわけよ」と彼女はいった。「いいわ、私の恥じゃないんだから」しかし最後に彼女は一つの打開策を思いつき、それを食卓仲間に話して聞かせて、みなを笑わせた。すなわち、彼女は事務局で十フランを払い戻してもらい、それをイルティス夫人の支払分に回してもらったというのである。——これで怠慢な借り手はまんまと裏をかかれたことになり、少なくともこの事件は落着した。

雪はもう降りやんでいた。あちこちに青空が顔をだし、灰青色の雲の切れ目から日光がさし、あたりの風景を薄青く染めた。それから上乗の天気になった。厳寒の澄みわたった天気、十一月半ばのすがすがしい、落着いた冬晴れの天気になった。雪景色の森、柔らかい雪に埋れた山峡、青く輝く空の下に白く照り映《は》えている谷、バルコニーのアーチの向うに見えるこうした風景はすばらしかった。とくに夜分満月に近い月が照ると、世界は魔法にかけられたように美しくなった。見渡す限りあたりは水晶のような輝きと、ダイヤモンドのような燦《きらめ》きに満ち、森は白黒の鮮やかな対照を示していた。月から遠い方角の空は薄暗く、星が瞬《また》いていた。煌々《こうこう》たる月光を浴びた雪の面には、家、樹《き》、電柱の、実物以上に本物らしく意味ありげな濃い影がくっきりと鮮やかに落ちていた。陽《ひ》が沈んで二、三時間もすると、温度は七、八度の寒さに下がった。そして世界は氷のように清浄になり、本来の汚《よご》れが姿をひそめ、死の妖《あや》しげな夢魔に凍《い》てついてしまうのであった。

ハンス・カストルプは、この魔法にかけられたような冬の谷を眼下にして、夜遅くまでバルコニーに残っていた。ヨーアヒムは十時か、あるいはその前に部屋へ引っこんでしまうのに、彼はそれ以上長い間残っていた。三つの部分から成るクッションと筒枕《つつまくら》のついた快適な寝椅子は、雪の褥《しとね》を乗せて真っ直《す》ぐに伸びている木の手摺《てす》りの近くへ引寄せられ、電気スタンドがかたわらの白い小卓の上にともり、幾冊も積みあげた書物の横には、脂肪分の豊かなミルクの入ったコップが置かれていた。これは「ベルクホーフ」

の療養客たちに、九時に各部屋へ配られる夜のミルクで、ハンス・カストルプは、これに少量のコニャックを入れて口当りをよくしておいた。使用しうる限りの防寒具と装具もすっかり整えられていた。彼は、療養地の専門店で手回しよく購入しておいた釦《ボタン》つき毛革袋に胸まで潜《もぐ》りこみ、その上へ二枚のラクダの毛布を規定どおりかけていた。彼はさらに冬服の上に短い毛革の上着を着、毛糸の帽子を頭に、フェルトの靴を足に、厚い裏地の手袋を手にしていたが、それでも指はかじかんだ。

彼がこんなに遅く十二時ごろまで、いや、十二時すぎまで（あの下層ロシア人席の夫婦が隣のバルコニーからとっくに引揚げてしまったあとも）外にいたのは、第一に冬の夜の魅惑的な美しさ、とくに十一時までは谷の遠くや近くから聞えてくる音楽の伴奏付きの美しい夜景のせいであったが——それよりも主な原因は不精《ぶしょう》と興奮であった。このふたつが同時に、共同で彼を襲ったのである。彼のからだは動くのが億劫《おっくう》なほど疲労し怠惰になり、彼の精神は、彼がはじめた新しい興味ある研究のためにすっかり興奮して、容易に平静を取戻さなかったのである。彼の有機体が疲労し消耗したのは、彼を圧迫する天候の寒気の作用によるものであった。彼は食事の量が増《ふ》え、添え物つきのロースト・ビーフに鵞鳥《がちょう》の焼肉が続いてでる「ベルクホーフ」の盛りだくさんなご馳走《ちそう》を異常な食欲で平げた。こういう逞《たくま》しい食欲は、ここではまったく普通な現象で、これは夏よりも冬によけい見受けられた。同時に彼は睡気《ねむけ》に襲われ通しで、日中にも月の明るい晩にも、本を見ながらよく睡りこみ、数分間とろとろと意識を失ったのちにふたたび研究を続けるという具合であったが、どんな本を読んでいたかは、あとで述べることにする。——彼はここへきてから低地にいたころよりも早口に、無遠慮に、向う見ずなほどにおしゃべりをする癖がついていた。——そのために雪を踏んで規定の散歩をしながらもよくヨーアヒムを相手に活潑にしゃべったが、これは彼を非常に疲れさせた。眩暈《めまい》がしてからだが震えるような、麻痺《まひ》陶酔とでもいうような感じに襲われ、頭が焼けるように熱かった。彼の体温表の曲線は、冬になってから上昇していた。ベーレンス顧問官は注射のことをいっていたが、これはしつこい高熱を下げるためのもので、ヨーアヒムを含めて患者の三分の二が、規則的にこの注射を受けていた。しかしハンス・カストルプの考えでは、体温の上昇は、雪にきらめき凍てつく夜遅くまで、自分を寝椅子に引きとめておく精神の旺盛な興奮と関係があった。彼は読書にすっかり心を奪われ、それでそういうふうに解釈をしてみる気にもなったのである。

国際サナトリウム「ベルクホーフ」では、安静ホールでも私室のバルコニーでも、読書はかなり盛んだった。とくに療養当初の患者や短期滞在の患者が読書したが、幾カ月、何年も滞在している患者となると、気晴らしとか頭を使うとかしないでも、時間を潰《つぶ》し、それを精神的な技巧で処理する術《すべ》を身につけていて、時間潰しに本にしがみつくなどということは、無能な人間の不器用というものだときめつけていた。本などというものは、せいぜい膝の上、あるいはかたわらの小卓に一冊のせておけば十分で、それで結構安心した気持になれるというのである。サナトリウム備えつけの書物は、各国語にわたり、多くは絵入り本で、歯医者の待合室に備えつけてある娯楽本の範囲を広くした程度のもので、誰でも自由に利用できた。その外に、「街」の貸本屋から借りてきた小説が患者間で交換して読まれた。ときどき引っぱり凧《だこ》になるような本や小冊子が現われ、そういう読物には、読書しなくなった連中さえ、いかにも無関心をみせかけて手をだした。目下のところアルビン氏の輸入した『誘惑術』という表題の、粗雑な印刷の小冊子が引っぱり凧で読まれていた。これはフランス語から直訳的に訳されたもので、原文の構造すらそのまま訳文に移し伝えられていて、そのために訳文が結構風格のあるものとなり、刺激的で優雅な趣もあり、世間人らしい享楽《きようらく》的な異教精神で肉欲と放蕩《ほうとう》の哲学を説いたものだった。さっそくそれを読んだシュテール夫人は、「酔わせるようだ」と批評した。マグヌス夫人、すなわち、蛋白質《たんぱくしつ》をなくしつつあるという例の夫人は、公然とシュテール夫人の意見に賛意を表明した。彼女の夫であるビール醸造家は、自分はその本を読んでいろいろと教えられる点があったが、しかし自分の妻がこういう本を読んだのは遺憾であるといった。彼の意見では、こういう書物は女性を「甘やかし」不遜《ふそん》な考えをいだかせるというのである。彼のこういう見解が、その本に対する好奇心を少なからず高めた。十月にここへやってきて、下の安静ホールで療養中のふたりの婦人、ポーランドの一工業家の妻であるレーディシュ夫人と、ベルリンからきたヘッセンフェルト未亡人は、どちらも自分がその本の閲覧方を相手よりさきに申込んだと主張し、昼食後、不愉快というか、乱暴な場面を繰拡《くりひろ》げた。ハンス・カストルプは、それを自分の部屋のバルコニーから聞くはめにな<ruby>っ</ruby>たが、ふたりの婦人のうちの一方――レーディシュかヘッセンフェルトかわからなかったが――とにかく一方がヒステリックに喚《わめ》きつづけたあげくにその当人の部屋へ運び去られることで一段落ついた。年長者よりも若者のほうが一足さきにその『誘惑術』を入手し、夕食後に数人ずつのグループを作っては、あちこちの部屋でそれを研究した。小指の爪《つめ》を伸ばしたあの若者が、最近母親に伴われてやってきたばかりの軽症患者、フレンツヒェン・オーベルダンクというブロンドの髪を分けた箱入娘に、食堂でその本を手渡しているのをハンス・カストルプは目撃した。

おそらくこういうひとたちとは別のひとたちもいたことであろう。安静療養の時間を何か真面目《まじめ》で精神的な仕事、なんらかの点で有益な勉強にふり向けるひとたちもいたであろう。時間というものが純粋に時間だけになって、それ以外になんの痕跡《こんせき》も残さないというようなことにならないように、時間にいくらか重みと深味を与えるために、また、それがたんに平地の生活との関連を維持するためにすぎないとしても、それでもなお勉強しているひとびとがいないとはいえなかったであろう。苦悩を除去しようと努力しているセテムブリーニ氏、ロシア語の入門書に齧《かじ》りついている実直なヨーアヒム、彼らのほかにも誰かが安静療養の時間を活用していたことであろう。たとい食堂の常連の中にはいなくても――実際この中にはそんな者はいそうにもなかったが――寝床の患者、危篤《きとく》患者の中にはかえってそういうひとたちがいたにちがいない、ハンス・カストルプはそう信じたかった。彼自身は『大洋汽船』をもう完全にマスターしてしまって、冬着といっしょに、自分の職業に関係のある書物、つまり工学関係や造船技術関係の本を数冊家から送ってもらっていた。しかしこれらの書物は、ハンス・カストルプが近ごろ関心を持ちはじめた方面の本、つまり全然専門ちがいの学科部門に属する別の学術書に押除《おしの》けられてしまって、棄《す》てて顧みられなくなっていた。別の学術書とは、ドイツ語やフランス語や英語などの、いろいろの国語で書かれた解剖学や生理学や生物学の本で、それはある日療養地の本屋から届いたものだが、むろん彼が注文したから届いたのであり、それも（ヨーアヒムが注射か体重の測定かにいっていたので）自分ひとりで誰にも相談しないで注文したものだった。ヨーアヒムは、いとこがそれらの本を手にしているのを見てびっくりした。科学書の例に洩《も》れず、いずれも高価な本ばかりで、定価がまだ表紙の裏とかカバーに書きつけてあった。そんな本が読みたいのなら、どうして顧問官に借りなかったのか、彼ならきっとこの方面の文献のいいものを持っているはずだよ、とヨーアヒムはハンス・カストルプにいった。ハンス・カストルプは、本を自分のものにしたい、自分のものだと読む上で気持が全然違ってくるし、また鉛筆で書きこんだり傍線を引いたりするのが好きだから、と答えた、いとこのバルコニーから、ペーパーナイフで仮綴《かりとじ》本のページを切る音がヨーアヒムの耳にも聞えてきた。

こういう本は重たく、扱いにくかった。ハンス・カストルプは寝たままの姿勢で、本の下端を胸に、つまり、胃の上に当ててささえた。重かったが、彼は我慢し、口を半ば開け、学問的な本のページに眼を走らせ、眼といっしょに顔を動かし、頤《あご》が胸につくまで読みおろすと、頭をあげてつぎのページに移る前に、しばらくそのままの姿勢で何か思いに耽《ふけ》るようにして、うとうとする、というか、あるいはうとうとしながら何か物思いに耽るのであった。そういう読書の間、笠《かさ》をかけたランプの薄赤い光が本のページを照らしたが、ランプはほとんど不必要だったともいえる。ランプがなくても本が読めるほどに、月の光が明るかったからである。――月が定めの軌道を辿《たど》りながら、水晶のようにきらめくアルプスの谷間の上を渡っていく下で、彼は研究に没頭し、有機物質のことや、原形質の特性について読んだ。彼はまた、生成と分解の間に奇妙な不安定な存在を続ける敏感な物質、その物質が始源的な、しかもつねに現存する原形から形態を作りあげる過程について読み、生命と、その神聖で不浄でもある秘密について、切実な関心を持って読んだ。

生命とは何であったか。誰にもそれはわからなかった。明らかに生命は、それが生命になった瞬間から自己を意識してはいるのだが、しかし自分が何であるかを知らないのである。刺激感覚としての意識は、明らかに、生命発生の最も低い未発達な段階ですら、すでにある程度目ざめている。だから生命の一般的、あるいは個別的歴史のある時期に、はじめて意識現象が現われたと見ること、たとえば、まず神経系統が存在してはじめて意識が存在するに至ると見ることは不可能である。最も下等な動物形態には、大脳はむろんのこと神経系統もないが、しかしそれが刺激を感ずる能力を具《そな》えていないとは誰も断言できないのである。またわれわれは、生命が形成する特殊な感覚器官、たとえば神経ばかりか、生命自体をも麻痺《まひ》させることができる。動植物の世界で生命あるいっさいの物質の刺激感覚を、しばらくの間、無効にすることができる。卵子、精虫を、クロロホルムや水化クロラールやモルヒネを使って麻痺状態に陥《おとしい》れることもできる。だから意識なるものは、結局のところ、生命を構成している物質の一機能なのであって、この一機能としての意識は、それが増大するにつれて、自分をささえている生命に立ち向い、自分を生みだしたこの生命なるものの現象を解明し説明しようとする。これは生命が自分を認識しようとして試みる努力、自然の自己発掘であって、希望に満ちた、しかし同時に絶望的な努力、結局は空《むな》しい努力なのである。自然は認識しつくされることはないし、生命というものは、結局のところ、知りつくすことのできないものなのである。

生命とは何であったか。誰にもそれはわからなかった。生命が発生し、燃えあがる自然の時点、それは誰にもわからない。この時点以後では、生命の世界におけるすべての現象は、正当な媒介を通して現われでるのに、生命そのものは媒介なしに現われるのだ。生命についてわれわれのいいうることは、それがきわめて高度の発達を遂げた構造を有し、無生物界にはこれと比較しうるものはないというくらいのことである。有機的な組織を有しない、従って死んでいるとさえいえないような自然物、これと生命の最も簡単な現象との間の距離に比較すれば、偽足アミーバーと脊椎《せきつい》動物との間の距離など、微々たるもので、そんな距離は問題にならない。つまり、死は単に生の論理的否定にすぎないのに、生命と生命のないものの間には深淵《しんえん》が口を開けていて、科学がそこに橋をかけようとする努力は、報われない努力だといわなければならない。ひとびとはいろいろな理論によってこの深淵に架橋しようと努力するが、深淵は片っ端《ぱし》からそれらの理論を呑《の》みこみ、その深さも幅も一向に変化しない。ひとびとは、生命と生命のないものとを結びつける項を発見しようとして、無構成の生命物、すなわち、結晶が母液中で凝結するように、蛋白液中で自然に凝結する無機的有機物という矛盾した仮定を立てるまでに至ったが、——しかし、有機的分化ということこそ、いっさいの生命の前提条件であり表現であって、有親生殖からでてこなかったような生物が発見されたためしはないのである。ひとびとは深海の底から原形質をすくいあげて歓呼の声をあげたが、それはやがて赤面に変った。石膏《せっこう》の沈澱物《ちんでんぶつ》を原形質と勘ちがいしただけのことだったからである。しかし、生命を奇蹟《きせき》とみなしてその前で立ちどまってしまわないためには——無機物界と同一の物質から構成されていて、同一の物質に分解する生命が、媒介なしに発生するものとすれば、これは奇蹟というよりほかはないからである——偶然発生、つまり、無機物から有機物が発生するとでも信じこまねばならなかったが、こういう偶然発生も、また一種の奇蹟以外の何物でもあるまい。だからひとびとはその中間段階や過程を考えつづけ、既知のあらゆる有機体よりも低い段階にあって、しかもそれ自身が自然のいっそう原始的生命形成の試みを先行者として持っているような有機体の存在を仮定した。それは、いかなる倍率の顕微鏡をもってしてもその姿を見ることができないほどに微小な原形物体を仮定するということであって、しかもこの原形物体が発生したと考えられる時期よりもさらに前に、蛋白化合物の合成が起っているにちがいないと想像するのである。……

それでは、生命とはいったい何であったか。それは熱だった。形態を維持しながらたえずその形態を変える不安定なものが作りだす熱、きわめて複雑にしてしかも精巧な構成を有する蛋白分子が、同一の状態を保持できないほど不断に分解し更新する過程に伴う物質熱である。生命とは、本来存在しえないものの存在、すなわち、崩壊と新生が交錯する熱過程の中にあってのみ、しかも甘美に痛ましく、辛うじて存在の点上に均衡を保っている存在である。生命は物質でも精神でもない。物質と精神の中間にあって、瀑《ばく》布《ふ》にかかる虹《にじ》のような、また、炎のような、物質から生れた一現象である。生命は物質ではないが、しかし快感や嫌悪《けんお》を感じさせるほど官能的なもので、だから、自分自身を感じうるほどにまで敏感になった物質の淫蕩《いんとう》な姿、存在の淫《みだ》らな形式である。生命は、宇宙の純潔な冷気中での秘密な敏感な運動であり、栄養摂取と排泄《はいせつ》との淫らで秘密な汚れであり、炭酸ガスと、素性も性質も曖昧《あいまい》な不純な成分から生れる排泄物的息吹《いぶ》きなのである。生命とは、水と蛋白と塩分と脂肪とから成り、肉と呼ばれるこのぶよぶよしたものは、自己の存在の不安定さに圧倒され、固有の形成法則に縛られたままに増殖、展開、形態形成を行う。それは形を得て高貴な形象となり、美にもなるが、それでいてつねに官能と欲望とのかたまりである。なぜならその形や美は、文学や音楽の作品のように精神によって生れるのではなく、また造形美術品の形や美のように、精神を無我夢中にする中立的な物質、精神を純潔なやり方で官能化する物質から生みだされたのではないからである。その形や美は、なんらかの事情で肉欲に眼ざめた物質、死にながら生きている有機物質、匂《にお》いを放つ肉によって生みだされ、作りだされたものなのである。

……

きらめく谷を眼下に、毛革や毛糸によって貯《たくわ》えられている体温にぬくもって横になっているハンス・カストルプ青年の眼前には、生命のない天体の光に明るく照らされた寒夜、生命の姿が現われ浮び上がってきた。眼前の空間のどこかに、捉《とら》えるには遠すぎるが、しかしまざまざと生命の姿、人間の肉体が浮び上がってきた。汗をかき、しっとりした、薄白い色の肉体が浮んできた。生れながらにあらゆる汚点と染《し》みを持った皮膚、斑点《はんてん》や乳疣《にゆうゆう》や黄斑《おうはん》や亀裂《きれつ》や、粒状、鱗状《うろこじよう》を呈する部分を有し、発育不全な産毛《うぶげ》の柔らかい流線や渦に覆《おお》われている皮膚が浮んできた。それは、無生物界の冷やかさから離れて自分の体臭や汗の雰囲気に包まれていて、不精な格好で立ち、頭には冷たい角質の色のある物、つまり、皮膚の所産である毛髪を有し、両手を項《うなじ》に組み、幾分反《そ》り気味の唇《くちびる》を半開きにし、目蓋《まぶた》を伏せ、その目蓋の皮膚が変った形成をしているために斜視みたいな眼で、ハンス・カストルプの方を見ていた。それは片脚《かたあし》に重みをかけて立ち、力が入っているほうの腰骨は肉のなかに目立って見え、力を抜いた脚は爪立《つまだ》ちで、その軽く曲げられた膝《ひざ》は、他方の重みをかけられた脚の内側に触れていた。こうして立った生命の姿は、微笑して身をくねらせ、自分の美しい形の中に休らい、白く光る肘《ひじ》を前に突きだし、四肢の構造と体軀《たいく》の黒毛部との対照から生れる均斉美を示していた。すなわち、鋭く匂う左右の腋窩《えきか》の暗黒に対しては、股間《こかん》の夜のような漆黒《しつこく》が、左右の眼には赤い表皮の唇が、胸に咲いた紅《あか》い花ともいうべき左右の乳頭には、縦長の臍《へそ》が対応して、それぞれ神秘的な三角形を型づくっていた。ある中枢《ちゆうすう》器官と脊髄《せきずい》からでている運動神経とが起動の働きをして、腹部や胸郭が動き、胸膜と腹膜の間の窪《くぼ》みが膨《ふく》らんだり縮んだりし、息は、肺臓気胞内で酸素を血液中のヘモグロビンに結合させて内部呼吸を営み、その後気管の粘膜に温められ、湿らされ、老廃物に満たされて、唇の間から吐きだされていた。なぜなら、ハンス・カストルプには生きた肉体の内部構造が理解できたからである。この生きた肉体は、血液によって養われ、神経や静脈や動脈や毛細管の無数の分枝に覆われ、淋巴《リンパ》液《えき》によって隈《くま》なく滲透《しんとう》された四肢の神秘的均斉美を見せているが、それは本来の支持質である膠様《こうよう》組織にカルシウム塩と膠《にかわ》が加わって固まった支え骨、すなわち、骨髄のつまった管状骨、つまり肩胛骨《けんこうこつ》、椎骨《ついこつ》、跗骨《ふこつ》などで組み立てられた、体内の足場ともいうべき骨組にささえられていて、関節の莢膜《きょうまく》、ぬらぬらした窩腔《かこう》、靭帯《じんたい》、軟骨、二百あまりの筋肉、栄養や呼吸や刺激の報知伝達の用をなす中枢諸器官、保護の役を果す皮膚、漿液《しょうえき》の満ちた窩腔、分泌物《ぶんぴつぶつ》に富んだ腺《せん》、開口して体外の自然に接している複雑な体内壁の管組織や亀裂組織を有していること、そういうことをハンス・カストルプは学んだ。

そして、こういう肉体組織を有する「我」が高級な生命単位であること、それが、肉体の全表面で呼吸し、養分を摂取し、思考さえするあの最も単純な生物とはもはや似ても似つかぬものであること、それは、ただひとつの有機体を起原にしながら、たえず分裂を繰返して何倍にも増加し、種々の職責と連絡のために秩序を持ち分化を行い、それぞれに独自な発達を遂げ、自己の成長の条件でもあれば結果でもある種々の形態を作りあげた小有機体の無数の集合であること、そういうこともハンス・カストルプは学んだのである。

彼の眼前に浮遊している肉体、個体、生きた「我」は、呼吸したり栄養を取ったりしている無数の個体の巨大な複合物であった。しかしその場合、各個体は有機的秩序と分業のために、各自の存在や自由や独立性を大幅に失い、まったく解剖学的要素になりさがり、そのあるものの機能は、単に光、音、接触、温度を感ずることだけに制限され、他のものは、収縮によって変形したり、消化液を製造する能力しか持たなくなり、また他のものは、保護、支持、体液運搬、生殖の方面に片寄った発達をして、その方面だけの専門家になってしまっている。しかし、この高度の「我」を構成している有機的複合体の結びつきは、ゆるむことがある。その多数の構成個体が、ゆるやかな不安定な結合によって上位の生命単位を構成している場合である。われわれの若い研究者は、こうした細胞群の現象について考えてみた。そして準有機体としての海藻《かいそう》に関する事柄を本で読んだ。それは個々の細胞がしばしば遠く離れ合っていて、なるほど膠質《こうしつ》の外被に包まれているから細胞の集合的形成物には相違ないが、それを単細胞の群体とみるか、あるいは統一体とみるかは問題で、つまり自分を「我」と呼ぶべきか、「われわれ」と呼ぶべきか、そこのところをどうとも決めかねるようなものであった。自然は、この海藻において、無数の原始的個体が集まって上位の「我」の組織と器官を形成する高度の社会的統一体と——原始的個体の自由な個体的生活との中間物を示していた。多細胞有機体は、生殖から生殖への一循環である循環的過程（この過程内で生命が営まれる）の発現形式にほかならなかった。二個の細胞体の性的融合という受胎行為は、単細胞原始生物の各世代のはじめに存在していて、最後にふたたび現われるが、それはまたあらゆる多細胞個体の構成当初にも存在しているのである。不断に分裂することによって繁殖するので受胎行為を必要としない数世代中も、受胎行為を忘れてはいず、無性生殖によって発生した子孫がふたたび性的行為に復帰し、こうして一循環の完了する瞬間がやってくる。だから多細胞個体は、二個の両親細胞の核の合体に端を発し、無性生殖によって発生した細胞個体の幾世代もが共同生活を営んでいる生命国家なのである。その成長とは、無性世代の数の増加にほかならない。そして生殖の目的のために発達した要素、つまり生殖細胞が体内に形成され、生命の誕生を促す性的行為にふたたび辿《たど》り着いたとき、生殖の輪は完了する。

若い大胆な研究者は、胎生学の本を鳩尾《みずおち》に当てて、有機体の成長を追求した。彼は、多数の精虫の中の一つだけが群を抜いて、尾の顫毛《せんもう》運動によって前進し、頭のさきを卵子の膠状被膜へぶつけ、卵膜の原形質が迎合するように膨《ふく》らませている受胎丘へ突入する瞬間から始めていった。この単調な過程に変化を与えようと、自然はあらゆる茶番、滑稽《こっけい》を演ずるのである。ある動物の雄は雌の腸内でぶらぶら暮しをしている。またある動物では、雄が雌の口腔から胎内へ腕を入れ、そこへ子種を置くとその腕が嚙《か》み切られる。やがてその腕は吐きだされ、指で立ってすたこら逃げだすのである。これに一杯食わされていた科学は、その腕にギリシア語やラテン語の学名をつけ、それを独立した生物として取扱うべきだと長い間考えていた。ハンス・カストルプは、二つの学派、卵源論者と精虫論者の論争を読んだ。前者が、卵子こそ小さいが完全な蛙《かえる》、犬、人間の元であり、精虫はたんにその生長を刺激するだけであると主張するのに対して、後者は、頭と腕と脚を有する精虫を未来の生物の原形と考え、卵子はその培養基にすぎないという。——しかし結局両派は妥協して、卵子細胞も精液細胞も、元来区別しがたい生殖細胞から発生したものとして、両者のいずれにも同等の功績を容認することにした。ハンス・カストルプは、受精した卵子の単細胞有機体が、卵割、分裂によって多細胞有機体に変ずる道程を追求してみた。また、細胞体が結合して粘膜葉をなし、この胚胞《はいほう》が陥没してひとつの杯形の空洞を形づくり、この空洞が栄養を摂《と》り、消化の作業をはじめることも研究してみた。これは腸蛹《ちょうよう》、つまり原生動物あるいはガストルラとも呼ばれるもので、あらゆる動物生命の原形であり、肉を素材とする美の原形でもある。その内外の表皮層、つまり外胚板と内胚板は原始的器官であって、これが陥没と外翻とによって、腺や組織や感覚器官や体突起になる。外胚葉の一片は凝固し、溝状《みぞじょう》の皺《しわ》を作り、閉じて神経管を形成し、脊柱や脳細胞になる。ハンス・カストルプは、膠質細胞が粘液素の代りに膠質物質を作りだし、それによって胎膜粘液が凝固し、それが結締組織や軟骨となり、さらにある結締組織細胞が、周囲の体液中から石灰塩と脂肪を吸収し、骨化することを知った。人間の胎児は、母胎内に丸くなってうずくまり、尾を有し、豚の胎児とまったく同じで、長い腹腔茎《ふくこうけい》を持ち、切株のように不格好な四肢を有し、醜悪な顔を大きな腹の上に伏せている。真理に対して真摯《しんし》で陰鬱《いんうつ》な胎生学によれば、この胎児の成長は、系統発生史の小規模な反覆である。胎児はしばらくがんぎえいのように、腮囊《えらぶくろ》を持っていた。胎児が辿る成長段階から、原始時代に完成した人間が示していたあまり人文的とはいえない風貌《ふうぼう》を想像することは、許されるし、それが当然とも思われた。当時の人間の皮膚は、昆虫類を防禦《ぼうぎょ》するために痙攣《けいれん》的筋肉を有し、密毛に包まれ、大きな面積の嗅覚《きゅうかく》粘膜を持ち、耳は突っ立って、よく動き、顔の表情とも密接な関係を持ち、今日よりも音を捉《とら》えるのに適していた。またその眼は、垂れ下がった第三の目蓋《まぶた》に保護され、頭の側面についていた。今日松果腺《しょうかせん》としてその痕跡《こんせき》をとどめている第三の眼は、上空を監視できた。その他に当時の人間は、非常に長い腸管と多くの臼歯《きゅうし》を有し、喉頭《こうとう》に咆哮《ほうこう》用の音響《おんきょう》囊《のう》を持ち、腹腔《ふくこう》内に男性生殖腺を備えていた。

　解剖学は私たちの研究者に、人体の四肢の皮を剝《は》いで解剖して見せ、腿《もも》、足、とくに腕（上膊《じょうはく》と前膊）の表面と内部の筋肉、腱《けん》、靭帯《じんたい》を見せてくれた。人文精神のひとつである医学は、それらのすべてに上品で典雅なラテン名を与え、それらを分類していた。そして彼は骨格に及んだが、骨格の形成は、あらゆる人間的なものの単一性、あらゆる学科の一元性を考える新しい見方を教えた。つまり骨格の構成は、奇妙なことにも彼の本来の——以前のというべきかもしれない——専門、すなわち彼がここへ到着早々に会ったひとたち(ドクトル・クロコフスキー氏とセテムブリーニ氏)に、彼が所属する科学的職場として紹介した工学のことを彼に思いださせたのである。彼は何かを習得しようとして——何を習得するかは全然問題ではなかった——大学で静力学、可撓《かとう》性支柱、加重、機械材の活用としての構造学を学んだのだが、この工学における力学の法則が有機的自然にも適用されていると考えるのは、子供染《じ》みているし、また力学の法則が、有機体から導きだされた法則だともいえないであろうが、それにもかかわらず、力学の法則は有機体にも当てはまるし、それによって裏書きされてもいたことを発見したのである。中空円筒の原理は、長い管状骨の構造においても完全に守られており、硬物質の最少量をもって、静力学の法則を活《い》かしていた。ハンス・カストルプは大学で、張力と圧力とによって課される負担を考慮して、機械的に使用できる材料の桿《かん》と薄板から構成された物体は、同一材料から成る巨大な物体と同一の加重に耐えうることを学んだ。それと同様に、管状骨の生成に際しては、骨の表面に硬物質が形成されるに従って、力学的に不必要となった中心部分が、脂肪組織の黄色い髄質に変っていくのが見られた。大腿《だいたい》骨《こつ》は、起重機にも比すべきであった。有機的自然はこれを組み立てるに際して、以前にハンス・カストルプが同じ用途の器械を製図するときに精密に描きこまなければならなかったのとそっくり同じの張力と圧力の曲線を、各骨材に割当てられた方向に従って描いていたのである。これは愉快だった。なぜなら彼は、大腿骨、いや有機的自然一般に対して、自分がこれで三通りの関係——抒情的《じょじょう》、医学的、工学的関係に立ったことを知ったからである。こうして彼の関心もいっそう大きなものになった。そしてこれら三つの関係は、人間の中に統一され、そのいずれもあるひとつの切実な関心のヴァリエーションであり、人文的学科にほかならないことがわかったのである。……しかしながら原形質の働きは、相変らず全然説明がつかなかった。生命は、自分自身を理解することを拒絶されているように見えた。生化学上の大半の現象は、知られていないものであるばかりか、大体認識しえない性質のものであった。「細胞」という生命単位の構造や合成についても、ほとんど何も知られてはいない。死んだ筋肉の成分を究《きわ》めることができたとしても、それがなんの役にたつだろうか。しかも生きている筋肉の化学を調べることは不可能ときている。死後の硬直がもたらすあの変化だけでも、あらゆる実験の無意味さを理解させるのに十分である。誰にも新陳代謝の理由はわからないし、神経作用の本質についても同じことである。味がする物体は、どのような属性によってその味がするのか。香料がある知覚神経に種々の興奮を呼び醒《さま》すというのはどういうことか。それに匂《にお》いの正体はなんであろうか。動物と人間の特殊な体臭は、ある物質の発散に基づくが、その物質の正体までは知られていない。汗という分泌物の成分も、皆目判明していないといえる。汗を分泌する腺が芳香を作り、これは哺乳《ほにゅう》動物の場合たしかに重要な意義を有するが、それが人間にどんな意義を持つかまでは明らかになっていないという。身体内で明らかに重要な部分と思われる個所の生理的意義は謎《なぞ》のままなのである。盲腸はしばらくおくとしても、これも神秘なものであることには変りなく、家兎《かと》の場合にはそこには通常粥状《かゆじょう》の物質がつまっているが、それがいかにして外部に排泄《はいせつ》されるのか、また新しく補充されるかは不明である。さらに脳髄の白と灰色の物質は？　視神経と連絡している視神経牀《ししんけいしょう》は？　また「脳橋」の灰色の付着物は？　脳髄と脊髄《せきずい》の成分はきわめて脆弱《ぜいじゃく》なために、その構造を究める望みは永久に満たされそうにない。睡眠中に大脳皮質の活動が停止するのはどうしてか。胃の自家消化という、死体にときどき見られることのある現象は、生きている間は何によってさしとめられているのか。あるひとは、生命、つまり生きている原形質の特殊な抵抗力によって、と答えるかもしれない。――そしてこの答え自体が、すでに神秘的な説明であることに対しては、これに気づかないふりをする。発熱という日常茶飯事的現象に関する理論すら、矛盾だらけなのである。新陳代謝の昂進《こうしん》の結果は、熱製造の昂進となって現われる。しかしその際に、他の場合のように、熱の消費が補整的に昂進しない理由はなんであろうか。しかし発汗の減退の原因は、皮膚の収縮状態にあるのか。しかし皮膚の収縮は、熱性悪寒《おかん》の場合にのみ認められるのであって、他の場合には皮膚はむしろ熱しているのである。「熱のほろ酔い」という言葉からすれば、新陳代謝昂進の原因は中枢《ちゅうすう》神経系統にありとすべきであろうし、あるいはそれは、私たちが他に表現の術《すべ》を知らないためにたんに異常ということにしている皮膚状態の原因の棲家《すみか》とも考えられる。

しかしこれらいっさいの無知も、記憶というもの、いやそれよりもさらに広汎《こうはん》な驚くべき記憶、すなわち獲得形質の遺伝という記憶現象についての困惑に比較すれば、いうに足りないものではあるまいか。こういう細胞物質の働きを機械的に説明する糸口さえまったく摑《つか》むことができないのである。父親の無数の複雑な種族形質と個人形質を卵子に伝達する精虫は、顕微鏡によってのみ認められる。しかしどのような倍率の顕微鏡をもってしても、精虫が等質体であるということ以上はわからないし、その素性を探ることも不可能である。いかなる動物の精虫も同じ形をしているからである。それで精虫の組織状況から、ある細胞は、それが構成する上位の有機体とは性質を異にしてはいず、また細胞自体がすでに上位の有機体であって、それ自体が、生きた分裂体、すなわち個体的生命単位から構成されているのだと考えざるをえない。こうしていわゆる最微小物からさらに微小な物へ、原始的な物をさらに原始的な物へ分解することを強《し》いられることになる。種々の動物から動物界が成り、多くの細胞種族から動物や人間の有機体が成っているように、原始的な生命単位の多様な集合から細胞有機体も成立しているらしい。むろんこういう生命単位は、顕微鏡の可視限界をはるかに下まわる大きさのもので、自力で成長し、あらゆる生物は同種の生物しか生めないという法則に基づいて自力で繁殖し、分業の原則に従って、一段上位の生命段階である細胞を共同で経営しているのである。

これが遺伝子、細胞質遺伝子、ビオフォーレンである。――ハンス・カストルプは厳寒の夜、そういう名称を知ってうれしく思った。彼は興味の赴《おもむ》くままに、それらの原始物の性状というものをさらに精密に探究していったらどんなものがでてくるだろうかと考えた。それらも生命体である以上は有機体であることはたしかだ。生命とは有機組織によるものであるから。しかし有機体であれば、それはもう原始的とはいえまい。有機体は原始的ではなくて、複合体であるから。それらの遺伝子は、それらが有機的に構成している生命単位、すなわち細胞よりも下位の生命単位である。とすれば、それらは想像もつかないほどに微小な存在ではあるが、それでもそれ自体が「構成されて」いる――つまり有機的に、生命の一段階として「構成されて」いるはずである。なぜならば、生命単位という概念は、一段と微小な下位の生命単位、つまりそれより上位の生命を組織している生命単位から構成されていることを意味するからである。いくら分解していっても、生命の特性、つまり同化と成長と繁殖の能力を有する有機的単位がその結果として現われてくるかぎり、分解の作業は終ったとはいえない。生命単位が問題であるかぎり、それを原始的単位と呼ぶのは正しくない。生命単位という概念は、下位の構成単位という内在概念を無限に含んでいるからである。そして原始的生命、換言すればすでに生命でありながらまだ原始的であるような物は存在しえないのである。

しかし論理的には存在しえなくても、結局そういう物はなんらかの形で存在しているにちがいない。なぜならば、偶然発生、換言すれば無生物からの生命の発生という観念をそう無造作に斥《しりぞ》けることはできないからである。ひとびとが外部自然においてなんとかして埋めようと空《むな》しく企てたあの深淵《しんえん》、つまり生命と無生命との間の深淵は、自然の有機的内部世界では、なんとか埋められ、架橋されているに相違ない。無限に分解を続ければ、合成されてはいるがまだ組織されていない、生命と無生命との中間「単位」、つまり生命秩序と単なる化学との中間をなす分子群に到達するに相違ない。しかしこの化学的分子に到達した時、有機自然と無機自然との間の深淵以上に神秘的な深淵、すなわち物質と非物質の間の深淵がすぐそこに口を開けているのに気づく。なぜなら、分子は原子から成り、原子は極微小といえるほどの大きさももっていないのだから。原子というものはおそろしく微小で、非物質的な物、すなわちまだ物質ではないがすでに物質に似た物、つまりエネルギーの非常に微小な、早期の、中間的かたまりであって、まだとてもこれを物質と考えるわけにはいかない。それはむしろ物質的な物と非物質的な物との中間物、その境界点と考えられなければならない。ここに、有機物の偶然発生とは別の偶然発生、つまり一段と神秘的、一段と冒険的な自然発生の問題、非物質から物質が発生するという問題が登場してくる。実際、有機自然と無機自然の間の深淵と同様に、あるいはそれ以上に物質、非物質間の深淵を埋めることが切実な問題となっている。そして、有機体が無機的結合から生ずるように、物質が非物質的結合から生ずるという、いわば非物質の化学が生れてこなければならなくなる。そして原子は、物質の原生類や無核類――すなわちその性質からいって物質的であってしかも物質的でない物ということになる。しかし「小さいとさえいえない」ところへ到達すれば、そもそも標準というものがなくなってしまう。「小さいとさえいえない」とは、すでに「おそろしく大きい」と同じ意味である。こうして原子までおりていくことはきわめて危険だといっても過言ではない。なぜなら、物質を徹底的に分解し微分していくと、突然天文学的大宇宙が眼前に展開してくるからである。

原子はエネルギーの充満した一宇宙を構成しており、その体系内では、太陽にも似た中心体の周囲を多くの天体が自転公転し、たくさんの彗星《すいせい》が、中心体の引力によって外心的軌道内に引きとめられながら、光年的速度でその天空を飛びちがっている。これは、多細胞生物の身体を「細胞国家」と呼ぶのと同じように、たんなる比喩《ひゆ》ではない。分業の原理によって組織された社会的団体としての都市や国家が、有機的生命に比較できるばかりか、それらは有機的生命の反覆なのであるが、それと同様に、ぬくぬくと服を着込んだ青年研究者の頭上に、厳寒にきらめく谷の上方に、月光に青白く漂っている無数の集団と群像の大宇宙をなしている星の世界は、自然の深奥に存在する原子の中に、最も広大に反映しながら反覆されているのである。原子内の太陽系の中のある遊星、つまり物質を作りあげているいろいろの太陽系の群星や銀河中のある遊星――これらの内界的天体は、地球を生命の存続に適するようにしている状態と同じ状態にあると考えてはいけないだろうか。神経中枢がほろ酔い加減で、皮膚が「異常」な状態にあり、禁じられている事柄の世界でもすでにいろいろなことを経験済みにしていた青年研究者にとって、そういう考えは荒唐無稽《こうとうむけい》な空想どころか、執拗《しつよう》に迫ってくる、きわめて明白で論理的真実性を帯びた想念ですらあった。内面的天体を「微小」であるというのは、はなはだ不当な言葉というべきであろう。大きいとか小さいとかいう標準は、「最小」分子の宇宙的性質が明らかになったとたんにもはや通用しなくなり、内外の概念もまた次第にその根拠を失っていくからである。原子の世界が外界であると同時に、私たちの棲《す》んでいる地球も、これを有機的に見れば、おそらくきわめて深い内界である。ある研究者は、奔放な空想力をもって、肉も骨も脳髄も、いっさいが太陽系によって構成されている宇宙的怪物を空想し、そして、それを「銀河動物」と呼んだ。もしそうだとすれば、ハンス・カストルプが考えたように、究極に到着したと確信した瞬間は、同時にまたすべてをはじめからやり直す瞬間だということになる。そしてハンス・カストルプという人間の最深部、奥の奥にも、もうひとりの、もう何百人ものハンス・カストルプ青年がぬくぬくと服にくるまって、月の明るいアルプスの高原の寒夜を見おろすバルコニーにからだを横たえ、指をかじかませ、顔を火照《ほて》らせ、人文的、医学的関心から人体の生活を研究しているのではなかろうか。

彼が横の卓上ランプの赤い灯火にかざして読んでいた病理解剖学の本は、たくさんの挿《さ》し絵のある本文によって、彼に寄生性細胞結合と伝染性腫瘍《しゅよう》の何物であるかについて教えてくれた。これは異種の細胞が、なんらかの形で——そしてなんらかのふしだらな形でといわざるをえないが——自分を受入れて繁殖を助長してくれる状態にある有機体の中へ入りこむことから生じた組織の肥大、それもきわめて旺盛《おうせい》な肥大である。この寄生物は、単に周囲から栄養を奪うばかりか、あらゆる細胞同様に自らも新陳代謝を行なって、その産物である有機合成物は、宿主の有機体細胞をはなはだしく毒し、破滅させてしまう。この微生物の二、三からその毒素を遊離させ、凝縮して濃厚なものにし、この一種の蛋白《たんぱく》化合物を動物の血液中へ注入すると、ごく少量で驚くべき危険な中毒作用、激烈な腐蝕《ふしょく》作用を惹《ひ》き起す。この腐蝕作用の外的特徴としては、組織の肥大、病的な腫瘍があげられるが、これは宿主の細胞が、自らの中に寄生した細菌の刺激に反応した結果なのである。バクテリアが粘膜組織状の細胞の中や間に巣食う場合、それらの細胞のあるものはおそろしく原形質を増大し、巨大になり、多くの核を有し、相互に結合して粟粒《あわつぶ》大の結節を形成するが、しかしこの肥大もたちまち破滅に変る。なぜなら、この怪物細胞の核は萎縮《いしゅく》し、崩れ、その原形質は凝固し、そのため死滅しはじめるからである。周囲の他の組織部分も異種細胞の刺激をこうむり、かくて炎症現象は拡大し、隣接する血管も安全を脅かされる。白血球が病巣の救援に駆けつける。しかし凝固の結果である死滅は続く。そしてその間に、細菌の可溶性毒素がすでに神経中枢を麻痺《まひ》させ、有機体は高い体温を帯び、いわば胸を波打たせ、よろよろとして破滅へとのめりこんでいくのである。

これが病理学、病気の学問、肉体の苦悩強調に関する学問であるが、この苦悩強調は、肉体面の強調という点からみれば、快感強調でもあった。——こう見てくれば、病気は、いわば生命の放縦な一形式である。そして生命そのものは、いったいなんであろうか。生命とは、おそらく物質の伝染性疾患にすぎないのではなかろうか——物質の偶然発生と呼ばれる現象がおそらくは非物質の疾患、刺激による肥大であるのと同様に。悪と快感と死とへの第一歩は、ある未知の浸潤による快感のために、精神的な物、つまりエネルギーの密度がはじめて増加し、その組織が病的に肥大する瞬間にはじまることはたしかである。この肥大は、非物質が物質に変る、すなわちはじめて物質が出現する現象であり、そこには快感と苦悩が相半ばしている。これがいわゆる堕罪である。第二の偶然発生、つまり無機からの有機の誕生は、物質性が非常に昂進して、意識を持つに至るということなのである、ちょうど有機体の疾病《しっぺい》が、肉体の陶酔的昂進、その放縦な強調であるように。——かくて生命とは、純潔を喪《うしな》った精神の冒険途上における必然的な一歩であり、覚醒者《かくせいしゃ》に対して準備体制にあった物質が、感性に目ざめた結果生じた羞恥《しゅうち》熱の放射にほかならないのである。

ランプを置いた小卓上に二、三冊の書物が積みあげられ、一冊は寝椅子《ねいす》のかたわらの床《ゆか》、バルコニーのマットの上に置かれていた。彼が最後に読んでいた本は、まだ彼の腹の上にのったままだったので、圧迫されて呼吸がとても困難になったが、大脳皮質から所属の筋肉へ、その本をどけるようにという命令が伝達されなかったので、本はそのままになっていた。彼はそのままページを読みおろし、胸に頤《あご》がつき、単純で青い眼の上に目蓋《まぶた》がおりた。彼は生命の像を見たのである。その美しい四肢と、肉の作りだしている美を見た。彼女は項《うなじ》に組んでいた両手を解き、両腕を拡《ひろ》げた。その内側の、ことに肘《ひじ》関節の薄い皮膚の下には、血管、二本の大静脈が、薄青く透けて見えた。——それはなんともいいようもない甘美な腕だった。彼女は彼に、彼の方へ、彼の上へ身を屈《かが》めた。彼は彼女の有機体の匂《にお》いを嗅《か》ぎ、彼女の心臓の心尖搏動《しんせんはくどう》を感じとった。彼の頸《くび》に熱した柔らかい腕がまきつき、彼は快感と恐怖で気が遠くなりながら、彼女の上膊《じょうはく》の外側、すなわち三頭膊筋を包むざらざらした皮膚が気持よくひんやりとしている部分へ両手をおいた。そして彼女の唇《くちびる》が自分の唇を湿っぽく吸うのを感じた。

死人の踊り

クリスマスが終って間もなく騎手が死んだ。……しかし、その前にはむろんクリスマスが祝われた。この二日間の祭日、あるいはクリスマス前夜をも含めての三日間にわたる祭日が、ここではどのような例外の日になるかについて、ハンス・カストルプは少し心配もしたり、頭をかしげて期待もしたりしながら待っていたが、それは朝、昼、晩と、いくぶん季節はずれの天候（雪が少し融《と》けた）を伴った普通の日として、他の日と同じようにやってきて、そしてすぎ去っていった。つまりこのクリスマスの日々は、外面的には少し飾りたてて目立つものにされ、内面的には、この期間そのことで人々の頭や心を支配し、普通の日とは違う印象を残しながら、まず真新しい過去になり、やがては遠い過去になっていった。……

顧問官の息子クヌートが休暇で帰省し、側翼の父の住居にいっしょに住んだ。彼は相当な好男子であったが、父に似て頸《くび》がこの若さでもう飛びだしすぎていた。このベーレンス二世の滞在は、周囲の雰囲気にもそれと感じられるほどで、婦人患者たちはしきりに笑い、おめかしをし、興奮して、庭園や森や療養ホテル街などでクヌートに会ったことを話題にした。ところでこのクヌート自身にもお客があった。大学の学友が六、七人、この谷合いにやってきて、宿は街にとったが、顧問官家で食事をし、クヌートといっしょにひとかたまりになって近辺をぶらつき歩いた。ハンス・カストルプは彼らを避けた。この青年たちを避け、彼らと出会うのをきらって、場合によってはヨーアヒムといっしょに道を変えた。ここの上の住人のひとりである彼と、歌い、歩き、ステッキを振回すこの青年たちの間には壁があった。彼はこの連中とは全然没交渉でありたかった。そのうえ、彼らの大部分は北ドイツの出身らしく、従って彼と同郷の者がその中にいないとはいえず、そしてハンス・カストルプは、同郷人と会うのを極端に恐れていたのである。ハムブルクの誰かがこの「ベルクホーフ」へやってくるかもしれない、ことにベーレンスが、ハムブルクの町がいつもこのサナトリウムへたくさん療養客を送ってくれるといっていたから、そういう可能性は大いにあると思われ、それを思って彼はよくうんざりした。おそらく重症や危篤《きとく》の患者で人中に顔を見せない連中のなかには、同郷人がいるかもしれない。顔を見せる同郷人といえば、二、三週間前からイルティス夫人の食卓にいる頰《ほお》のこけた、ククスハーフェンの商人だけである。この男を見るにつけても、ここでは食卓仲間以外の者と近づきになるのがきわめて困難であることや、自分の故郷が大きく広い地域であることをハンス・カストルプはうれしく思った。この商人がいてもそれに対して平気でいられるということが、ここの上でハムブルク出身の者に会うのをおそれていたハンス・カストルプの心配を大いに和らげてくれたのである。

さてクリスマスの前夜が近づいてきて、ある日それが目前に迫り、つぎの日には現実になった。ハンス・カストルプが、ここの上でもうクリスマスの話がされていると聞いて驚いたのは、たっぷり六週間も前のことだった。つまりクリスマスの前夜までは、算術的に計算してみれば、彼がはじめに予定していた滞在期間に彼が病床にあった期間を加えただけの時間があったのである。それにしても最初の六週間はずいぶん大きな時間量だったのに、とくにその前半が長かったと今のハンス・カストルプに思われたが、――算術的にはこれと同じ時間量が、こんどはきわめて小さくてほとんど無に等しかったこと、つまり、食堂のひとたちがこの時間量をきわめて些細《ささい》なもののように見なしたのは当然だった、といまになってハンス・カストルプは思うのであった。六週間が、一週間の日数もないくらいのものになったが、それがどのくらいの長さであるかは、月曜から日曜へと廻ってもう一度月曜日に戻る一週間の小さな一回転が、いったいどれくらいの長さに当るかというもう一つの問題を考えてみれば、大体見当がつく。時間の単位を次第に小さくしていって、それらの単位の価値と意味を考えていくと、それらの単位を合計してもたいした量にはなりえないし、そのうえそういう合計というものは同時に著しく時間を短縮し、ぬぐい消し、収縮させ、消滅させる結果をも有することが明らかになる。一日を、たとえば昼食の席についた瞬間から二十四時間後にふたたび戻ってくる同じ瞬間までと計算すれば、この一日はなんであろうか。それは無である――二十四時間という時間にもかかわらず。では一時間というもの、たとえば安静療養や散歩や食事――これだけでもうこの一時間という単位をすごす方法が全部出揃《でそろ》ったわけだが――ですごす一時間はなんであろうか。やはり無なのである。そして無をどれだけ合計してもその性質上たいしたことにはならないのである。逆に事態が最も大きなものになるのは、最小の単位の場合、すなわち体温表の曲線を継続していくために体温計を唇《くちびる》の間に挟《はさ》んでいる時間、あの六十秒の七倍という時間の場合で、それはきわめて強靭《きょうじん》で重みがあり、小さな永遠とでもいったようなものにまで拡大し、大量の時間が影のように掠《かす》め去る中にあって、堅牢《けんろう》無比な層を成していたのである。……

クリスマスも「ベルクホーフ」の住人たちの生活を乱すようなことはほとんどなかった。二、三日前から見事な枝ぶりの樅《もみ》の木が、食堂の右手の狭い側の下層ロシア人席のかたわらに立てられ、その香《かお》りが、ときには盛りだくさんな料理から立ちのぼる湯気をしのいで食事中の人々の鼻へ匂《にお》ってきて、七つの食卓の方々のひとの眼は何か物思いに耽《ふけ》るような表情を帯びた。十二月二十四日の夕食時には、その樅の木は金銀のテープ、ガラス玉、金色に塗った樅の毬果《きゅうか》、網に入れて吊《つ》りさげた林檎《りんご》、いろいろな菓子などで美しく飾られ、枝にともした彩色蠟燭《ろうそく》が食事中も食後も燃えつづけた。寝床を離れられないひとびとの部屋にも小さな樅の木が立てられ、蠟燭が点《とも》され、誰もがそれぞれにクリスマス・ツリーを与えられているということだった。そしてこの数日間に、小包郵便の数が非常に多くなっていた。ヨーアヒム・ツィームセンとハンス・カストルプも、下の遠い故郷から念入りに包装された贈物をもらい、自分たちの部屋で拡《ひろ》げてみた。中には凝った衣類、ネクタイ、革とニッケルでできた贅沢品《ぜいたくひん》、たくさんのクリスマス用のビスケット、胡桃《くるみ》、林檎、扁桃《へんとう》入り菓子など――その豊富さは、いつになったら食べつくせるだろうかと、彼らが首をかしげて尋ね合ったほどだった。ハンス・カストルプは、自分宛ての小包がシャレーンの手で、彼女が叔父たちと具体的な相談をしたうえで、買《か》い整えられたものであることを知った。ジェイムズ・ティーナッペルの手紙が一通添えてあった。便箋《びんせん》は私信用の厚いほうでも、文字はタイプライターで打ってあった。叔父はその手紙の中で、大叔父と彼自身のクリスマスの挨拶《あいさつ》や病気見舞の言葉をのべ、手間を省くために、間近い新年の祝詞をも付け加えていたが、この要領のいいやり方は、実はハンス・カストルプが、適当な折にクリスマスの挨拶に病状報告を添えた手紙を、ティーナッペル領事宛てに寝ながら書いたときのやり方でもあった。

食堂の樅の木が、枝につけられた蠟燭に温められてパチパチ音をたて、香りを放ち、今宵《こよい》の意義をひとびとの頭や心に意識させつづけた。みんながおめかしをしていた。男はスモーキングを着、女は、平地の各国に住む夫君から送られたと見える装身具をつけていた。クラウディア・ショーシャも、この土地で普段着みたいになっている毛糸のスウェーターをサロン服に着換えた。それは少々我流な、あるいはむしろロシア国民的な感じのものだった。全体の印象はロシアの農民ふうとも、バルカンふうとも、あるいはブルガリアふうともいえるような、明るい色の、刺繡《ししゅう》のある、バンドつきの衣裳《いしょう》で、細かい金糸をちりばめ、その襞《ひだ》のために彼女の容姿が普段とはちがった柔らかい丸みを帯び、セテムブリーニがよくいう「韃靼《だったん》人の面相」、とくにその「草原の狼《おおかみ》の眼」と非常によく調和していた。上流ロシア人席はひどく陽気だった。まずその食卓でシャンパンが威勢のいい音をたてて抜かれると、それにならってほとんどの食卓でシャンパンが抜かれた。いとこたちの食卓では、あの大叔母さんが姪《めい》やマルシャのためにシャンパンを注文し、それを食卓仲間にも振舞った。献立も特別のもので、チーズ・ケーキとボンボンで終ったが、客たちはさらにコーヒーとリキュールを追加注文した。ときどき樅の小枝に蠟燭の火が燃え移って消さなければならなかったが、そのたびに大げさな騒ぎになった。相変らずの服装のセテムブリーニは、この祝宴の終りころに、爪楊子《つまようじ》を口にしながらいとこたちの食卓にしばらくの間坐《すわ》って、シュテール夫人をからかったあとで、今夜が誕生日だという*指物師《さしものし》の息子、人類の師《ラビー》について少し話をした。この人物が実在したかどうかは確かではない。しかしその当時に生れて今日まで絶《た》えず勝利の道を進んできたもの、それは個人の魂の価値という観念と平等という観念——つまり個人主義的デモクラシーなのである。その意味で自分はご馳走《ちそう》になった杯を飲み乾《ほ》すのだとセテムブリーニは語った。とシュテール夫人は、彼の話し方は「曖昧《あいまい》で、情味に欠ける」と批評した。彼女はそう抗議して席を離れたが、もう大半のひとたちが談話室へ移っていたので、他の食卓仲間も彼女のあとに従った。

今夜の集りでは、クヌートやミュレンドンクを従えて三十分あまりの間やってきていた顧問官に贈物をするということで、あたりには重々しさと活気がみなぎっていた。贈呈式は、光学応用の娯楽器具のあるサロンで行われた。ロシア人は自分たちだけで別に、銀製のとても大きい丸盆、中央に顧問官の氏名を組み合せ文字で彫った、見るからに無用の長物らしい品物を贈った。ロシア人を除いた他のお客たちは寝椅子《ねいす》を贈ったが、これはまだ布団《ふとん》もクッションもない、カバーだけかかったもので、しかしそれでもその上に横になることはできた。この寝椅子は、頭をのせる部分の高さを調整できたが、ベーレンスは寝心地を試《ため》そうと、無用の長物の丸盆を小脇《こわき》に長々とその上に身を伸ばし、眼を閉じ、われこそは宝物をいだくファーフニル*なりといって、機械鋸《のこぎり》のような鼾《いびき》をかきはじめた。みんなは大笑し、大喝采《だいかっさい》した。ベーレンスのしぐさにショーシャ夫人も大笑いをしたが、眼が細くなり、口は開いたままだった。ハンス・カストルプは、その眼つきも口の格好もプシービスラフ・ヒッペが笑うときとそっくりだと思った。

院長が姿を消すとさっそくみんなはカルタ台についた。ロシア人たちはいつものように小さなサロンへ引っこんだ。二、三の客は食堂のクリスマス・ツリーを囲んで、蠟燭の燃えさしが金属製の小さいソケットの中で消えていくのを眺《なが》めたり、吊《つる》してある菓子をつまみ食いしたりしていた。食卓にはもう明日の最初の朝食の準備が整っていて、そのところどころには、互いに遠く離れて坐ったひとたちが思いおもいの格好で肘《ひじ》を突いて、黙りこくって物思いに耽っていた。

クリスマスの第一日はじめじめとした霧の深い天気だった。ベーレンスは、われわれが乗っているのは雲であって、霧などというものはこの上にはないのだといったが、しかし雲だろうと霧だろうと、とにかくたいへんな湿気だった。根雪の表面が融けだして方々に孔《あな》があいて、べとついた。療養勤務中の顔や手の凍えは、晴天の寒さのきびしい日以上に耐えがたいものだった。

この日は晩に音楽会が催されて特別の日になったが、これは、椅子を何列も並べ、印刷したプログラムも用意してあるという本式の演奏会で、「ベルクホーフ」がここの上のひとたちのために提供してくれたのである。歌曲の夕べということで、この地で音楽を教えている専門の女流声楽家が歌った。彼女は舞踏服の胸の開《あ》きの横下に二つのメダルを吊し、竿《さお》のように細い腕をしていて、その変に力のない声は、彼女がここの上に移住するようになった陰鬱《いんうつ》な原因を物語っていた。彼女は歌った。

「この想《おも》い、ひとときも
われを去らず」

伴奏のピアニストもやはりこの地の住人だった。ショーシャ夫人は最前列に坐っていたが、休憩を利用して中座してしまったので、そのあとハンス・カストルプは、気楽な気持で音楽に（とにかくそれは音楽だった）耳を傾けることができ、歌手が歌っている間、自分もプログラムに印刷してある歌詞を読んだ。セテムブリーニは、しばらくの間ハンス・カストルプの隣席を占めていたが、この土地の女流歌手の冴《さ》えない美声（bel canto）について、きびきびした造形的批評を二、三述べ、「ベルクホーフ」側も療養客側も、誰もが今晩もこうした親密な集まりを持つのは結構なことだ、と皮肉たっぷりな言葉を洩《も》らしたうえで、やはり退場してしまった。実をいえば、ハンス・カストルプは、あの眼の細い婦人とこの教育者のふたりが、どちらも姿を消してしまってはじめてほっとした気持になり、のびのびと歌曲に聞き入ることができるようになったのである。世界じゅうどこへいこうと、どんな変った環境の下でも、おそらくは極地探険の際でも、音楽が演奏されるということは、ありがたいことだと彼は思った。

クリスマスの第二日は、それがそういう日であるという軽い意識を別にすれば、そこには普通の日曜日あるいは平日となんら違った点もなかった。そしてこの日がすぎると、クリスマスは過去のことになってしまうのである――といおうか、それはふたたび遠い未来のこと、一年さきの未来のことになってしまったのである。クリスマスがふたたびやってくるまでには、さらに十二カ月を必要とするが、ところでこの十二カ月というのは、結局はハンス・カストルプがここですごした期間より七カ月多いだけのことであった。

そのクリスマスが終った直後、まだ新年になる前に、例の騎手が死んだ。そのことをいとこたちは例のアルフレーダ・シルトクネヒト、通称ベルタ看護婦、すなわちあの気の毒なフリッツ・ロートバイン付添いの看護婦から聞いた。彼女はそれを、この秘密な事件を、廊下でそっと話してくれた。ハンス・カストルプはこの事件に非常な関心を寄せた。というのも、この騎手の咳《せき》がここの上でのハンス・カストルプの最初の印象のひとつ、——すなわち例のもはやどうにも引っこもうとしない頬の火照《ほて》りを最初に誘発させたと思われる印象のひとつであったということのほかに、そこには道徳的、宗教的ともいえるような理由があった。彼はヨーアヒムを引きとめて、長い間ベルタ看護婦と話しこみ、彼女はおしゃべりができるのが嬉《うれ》しくて、しがみつかんばかりによろこんだ。騎手がクリスマスの終りまで持ちこたえたのは奇蹟《きせき》だと彼女はいった。彼が粘り強い紳士であることは以前からわかっていたが、しかし最後にはいったいどうして息を続けていたのか、それは誰にも理解できない。この数日間、彼はもちろん多量の酸素を吸入して、辛うじて生命を維持していた。昨日だけでも一本六フランの壜《びん》を四十本も空《から》にしてしまった。いいとこたちも計算してみればわかるだろうが、これはたいした金高になるだろう。しかしここで考えなければならないことは、それほどの金を使った彼を抱いて死なせてやった彼の妻が、いまやまったく無一文であとに残されたということだとベルタ看護婦はいった。ヨーアヒムはこの浪費を非難した。全然見込みのない病人をなぜそんなに苦しめたり、大金を費やして人工的に死を延期する必要があるのだろう。当人が高価な活力ガスを無茶苦茶に吸ったのは、強《し》いられてのことだから、それを責めるつもりはない。しかし治療者たちはもっと頭を働かせ、どうせだめなものなら、安らかに病人を旅だたせてやるべきではないだろうか。資産状態に関係なくそうすべきであり、それをも考慮するとなればなおさらそうすべきだ。遺族にもやはり権利があるのだ、とヨーアヒムはいった。これに対してハンス・カストルプは強硬な反対を唱えた。君の言葉はセテムブリーニの言葉と大差がない、それは苦悩に対して尊敬も畏敬《いけい》も払わない言葉だ。騎手はいまはもう亡《な》き人である。われわれは冗談をいってはならない。それ以外にわれわれの真面目《まじめ》さを表明する方法がないではないか。死ぬひとにはどれだけ尊敬と敬意を表しても十分すぎるということはない。これを自分は断乎《だんこ》として主張したい。ところでベーレンスは臨終の騎手を叱《しか》ったり、乱暴などなり声をたてたりするようなことはしなかったでしょうね、とハンス・カストルプは尋ねた。いいえ、そんな必要はありませんでした。いよいよというときになって不覚にも逃げだしかけて、それも結局はむだなことだと一言注意されると、すぐに諦《あきら》めて眼をお閉じになりました、とシルトクネヒトはいった。

ハンス・カストルプはこの死者を自分の眼で見た。彼は周囲の秘密主義に抵抗し、ひとびとの利己的な見ざる聞かざる知らざる主義を軽蔑《けいべつ》し、自らの行動によってそれに抗議しようとして、故人を見舞うことにした。彼は食事のときに騎手の死のことを話題にしようとしたが、誰もが申合せたように頑強《がんきょう》にその話題を拒んだので、彼は気まりが悪いやら腹がたつやらで散々だった。シュテール夫人のごときはいきりたちさえした。いったいなんだってあなたはそんな話をはじめたの、いったいあなたはどういう躾《しつけ》を受けていらっしゃるの、と彼女は尋ねた。サナトリウムの規則で、そういう話は患者の耳に入れないように禁止してあるのに、あなたのような新参者が、ときもあろうに、焼肉がでているときに、そしてあすにもお陀仏《だぶつ》になりそうなドクトル・ブルーメンコールの面前で（さすがにこれはこっそりいった）、無遠慮にそんなことをしゃべりたてるとは。二度とこういうことが起ったら、私は訴えてでますよ、と彼女はたしなめた。叱られたハンス・カストルプは、自分としては同宿の死者を弔問し、その枕頭《ちんとう》で静かにお祈りして最後の敬意を表明しようと決心し、その決心を言葉に述べて、ヨーアヒムにも付き合いを強いた。

ふたりはアルフレーダ看護婦の手引きで、彼らの室《へや》の直下に当る二階の喪室へ入っていった。未亡人が彼らを出迎えた。彼女は小柄のブロンドの婦人で、髪は乱れ、徹夜の看護でやつれていて、口にハンカチを当て、赤い鼻をし、着ていた厚地の外套《がいとう》の襟《えり》を立てていた。部屋の中はとても寒かった。スチームはとめられ、バルコニーのドアが開け放たれていた。青年たちは声をひそめて必要な挨拶をのべ、彼女のせつなそうな手招きに応じて部屋を横切り、ベッドに近づいた。彼らは、靴の踵《かかと》を床から浮かせた、敬虔《けいけん》に上体を揺《ゆす》る歩き方で進み寄り、思いおもいの姿勢で故人の枕《まくら》もとに立って故人を見守った。ヨーアヒムは軍隊式の直立不動の姿勢で立ち、敬礼するように上体を半ばかがめ、ハンス・カストルプはゆったりした姿勢で、両手を腹の上に重ね、ぼんやりして、首をかしげ、音楽を聞くときの顔つきをしていた。騎手の頭は枕で高く持ちあげられていた。それで彼のからだ、生命のこの細長い構成物、複雑なこの生殖環は、両足が下方で布団の中で高く持ちあがっているのも手伝って、それだけいっそう平べったく、ほとんど板のように薄く見えた。一つの花輪が膝《ひざ》の辺に置かれ、その花輪の棕櫚《しゅろ》の一枝が、落ちくぼんだ胸の上に組んでおかれた大きな黄色い骨張った手に触れていた。禿《は》げた頭、鉤鼻《かぎばな》、尖《とが》った頬骨――そういう造作の顔もまた黄色く骨張っていた。密生した赤みがかったブロンドの口ひげが、ごわごわした灰色の頬の窪《くぼ》みをいっそう深く見せていた。いくらか不自然なほど固く眼が閉ざされていた。――それは閉ざされたのではなくて、無理に合わされたものだとハンス・カストルプは思わずにはいられなかった。こういう習慣は、死者のためよりはむしろ遺族のためになされるのであって、それは死者への最後の心づかいと呼ばれている。これは早目に、死の直後になされる必要がある。筋肉中にミオジン形成が進行すると手遅れになり、死者は寝ながらかっと眼を見開いてしまうので、「永眠」という意味深長な感じがなくなってしまうからである。

ハンス・カストルプはこういうことに経験があったし、自分がいま、そのほかにもいろいろの意味でよく知っている環境にあることを感じ、すべてに通暁《つうぎょう》したような、しかも敬虔さを失わない気持で故人の枕もとに立っていた。「まるで眠っていらっしゃるようです」と彼は、事実はそれにほど遠かったが、未亡人をいたわっていった。彼は騎手の未亡人と話をして、彼女の夫の病気の経過、最後の数日、数分間の模様、まだ残されたままの仕事、すなわち遺骸《いがい》をケルンテンへ輸送することなどについて尋ねたが、そういう質問は、彼の医学的、宗教的、倫理的な知識と関心を証拠だてる性質のものだった。未亡人は、オーストリア人らしいのんびりとした、少し鼻にかかる話し方で、ときどき啜《すす》りあげながら、若いひとたちがこんなにも他人の不幸を気にかけてくれるというのは珍しいことだといった。するとハンス・カストルプは、いとこも自分も病身であること、さらに自分は、幼時からいくども近親者の死を見とったことがあり、両親のない境遇にあって、小さいときからいわば死とは仲良しなのだと答えた。どんな職業におつきになったの、という問いに対して、技術家「だったのです」と彼は答えた。――「だったのです」って？　と彼女が続いて反問すると、――そうなのです、いまこうして病気のために、これからまだどれだけここの上にいなければならないか、それはわかりませんが、これは重大な切れ目、生涯の分岐点のようなものになるかもしれませんから、この際技術家「だったのです」といっておいたほうが適切でしょうと彼は答えた。ヨーアヒムは探るようなびっくりしたような顔で、いとこを見つめた。ではおいとこさんは？　と彼女が尋ねた。――低地で軍人になるつもりです。士官候補生なのです、と彼はいとこに代って返事をした。――おや、さようでございますか、軍人さんのお仕事はなにしろ真剣味の必要なお仕事ですから。兵隊さんはいつ死に直面なさらないともかぎりませんから、早くから死の姿に見慣れておかれるのがよろしゅうございますわと未亡人がいった。彼女は感謝の言葉と優しい態度で若者たちを送りだしたが、この落着いた振舞いは、彼女の現在の窮迫状態、ことに死んだ夫が残した高額な酸素代を考慮に入れると尊敬に値した。ふたりは自分たちの階へ戻った。ハンス・カストルプはこの訪問に満足したらしく、そこで受けた印象から宗教的な興奮に駆られているようであった。「汝《なんじ》安らかに眠れ（requiescat in pace）」と彼はラテン語でいった、「彼の屍《かばね》よ、安らかに憩《いこ》え。主よ、永遠の休息を与えたまえ（sit tibi terra levis. Requiem aeternam dona ei, Domine）。ねえ、君、人が死んだ場合に死人に話しかけたり、死人のことを話したりするときは、ラテン語がふたたび生命を取戻すね。ラテン語はこういう場合の公用語で、それによって死がどんなに特別なものであるかを感じさせてくれる。だが死のためにとくにラテン語を使うのは、何も人文的な作法からだけではないのだ。死のときのラテン語は、教養のためのラテン語ではなくて、いいかい、教養の場合とはまったく違った、まったく反対のとさえいえる精神から生れたラテン語なのだ。死の場合のラテン語は、つまり宗教的なラテン語、僧侶《そうりょ》の用語で、中世的で、暗い単調な地下からの歌ともいえるものなのだ。――セテムブリーニならば敬遠するラテン語だ。人文主義者、共和主義者、そういう教育者には向かない、それと反対の考え方から生れたラテン語なのだ。ぼくの考えではね、ぼくたちはいろいろの考え方、もっと正確には感じ方だが、これをはっきり区別しておく必要があると思う。つまり敬虔な感じ方と自由な感じ方とをね。そのどちらにも長所があるわけだが、ぼくが自由な感じ方、つまりセテムブリーニ式の感じ方に反対するのは、それが人間の尊厳性をひとりで代表しているように考えているからで、これはいきすぎというものではあるまいか。もうひとつの感じ方も、なるほど形式は異なっているが、それはそれなりに人間の尊厳性を大いに含有していて、作法、身嗜《みだしな》み、上品な礼儀などについていろいろと問題を提供していると思う。そういう点では、それは『自由な』感じ方以上のものだともいえる。もっとも敬虔な感じ方の場合は、人間の弱さや脆《もろ》さを気にしすぎて、そのために死や分解の観念が重要な役割を演ずるということがあるだろうが。君は芝居で『ドン・カルロス』を見たことがあるかい。あの中のスペイン宮廷の空気を嗅《か》いだり、フィリップ王が黒ずくめの服装で、ガーター勲章と金羊皮勲章をつけて入ってきて、いまの山高帽に似た形の帽子をゆっくりと脱ぎ――それをこんなふうに上に持ちあげて、『被《かぶ》られよ、卿《けい》ら』とかなんとかいうのを聞いたりして、どんなふうに思う――すべてが実に整然としていて、投げやりな、放縦な作法など全然見られない。それで王妃も『わたくしの生れましたフランスでは、こんなふうではございませんでした』というのだ。つまり万事があまりにも厳格すぎ、面倒で、王妃にはもっと明るく、もっと人間的なのがいいというわけなのだ。しかし人間的とはなんだろう。なんでも人間的さ。スペインふうの敬神的な、荘重で四角張った生き方も人間的で、きわめて立派な型なんだし、その一方では、逆に『人間的』という言葉にかくれて、どんな自堕落やぐうたらもできるのだから。これは君も同感だろうね」

「そうさ」とヨーアヒムがいった。「軟弱とぐうたらは、ぼくにだって我慢ができない。規律が必要だ」

「うん、君は軍人だからそういうのが当然だし、軍隊でそういうことをやかましくいっていることは、ぼくも認める。あの未亡人は、君たちの仕事が真剣なもので、いつも非常の場合に備えておくことが大切だし、死に直面してしっかりしている覚悟が要《い》るともいったが、たしかにそのとおりだね。君たちの軍服はきちんとしていて、からだにぴったり合う。固いカラーが君たちをしゃんとさせる。そのうえ君たちには階級と服従があって、やかましい礼儀があるが、これらすべてはスペイン的精神、敬虔な感じ方から出発するものだ。ぼくも実はそういうものが好きなのさ。ぼくたち市民の間でも、もっとそういう精神が広まっていいと思う、つまり、ぼくたちの作法や態度などにもね。ぼくはそれを歓迎するし、それが本当だと思う。この世の中と人生は、誰もがみな黒い服を着、君たちのカラーよりも一歩進んで、糊《のり》づけした襞《ひだ》のある頸飾《くびかざ》りをつけ、真面目に、慎《つつ》ましく、礼儀正しく、死のことを念頭において、お互いにつき合うべきだ、とぼくは思っているのさ。――それがぼくの気持にぴったりするし、また道徳的だとも思われるんだ。ねえ、こう考えてくれれば、この点でもセテムブリーニは誤謬《ごびゅう》と自惚《うぬぼ》れに陥っているよ、もうひとつのね。ぼくたちが現在いろいろと話し合ってそういう点にまで触れたことは、とてもいいことだったと思う。彼は人間の尊厳性のみならず、道徳まで独占していると思っているんだからね。彼のいう『人生の実際的な仕事』とか、進歩の日曜日の祭典とか(何も日曜日にまで進歩のことを考えなくても、ほかにも考えることはあると思うがね)、苦悩の組織的解消によってね。もっともこの点については君は何も聞かされてはいないだろうが、それは彼がぼくを教育するつもりで話してくれたことなんだ――とにかく苦悩を組織的に解消させるってことだよ、ある百科辞典によってね。ところでぼくにはそういうことこそまさに不道徳に思われるとすれば――そうしたら、いったいどういうことになるだろうか。むろんぼくは彼にそんなことをいいはしない。そんなことをしたら、また例の造形的な名調子で懇々と説教されて、『私はあなたに忠告いたします。エンジニア』とくるからね。しかし考えるのは各人の自由だ。――卿よ、思想の自由を与えたまえ、だ。それはそれとして、実は君に相談したいことがあるんだ」と彼は話を結んだ。彼らはヨーアヒムの部屋へ入り、ヨーアヒムは安静療養の支度《したく》をはじめていた。「ぼくの計画を聞いてくれたまえ。ぼくたちはここで、死にかけているひとたちや、非常に悲惨な不幸とか悲しみとかと隣合せに暮しているのに、誰もがそういうことに無関心な態度をとり、そのうえ周囲のものからもそれに触れないように、それが見えないように注意されたり、いたわられたりしている。例の騎手も、ぼくたちが夕食か朝食を摂《と》っている間にこっそり始末されてしまうのだろう。ぼくにいわせれば、これこそ不道徳というものだ。シュテール夫人なんかは、ぼくがあの死人のことを口にだしただけでもういきりたつのだから、話にならない。いくら教養のない女でも、この間の食堂のように、『ひそかなる、ひそかなる、聖なる調べ』という詞《ことば》が『タンホイザー』のなかにでてくると思っているような女だとしても、もうすこし物事を道徳的に感知できそうなものだ。これは何も彼女だけの問題ではない。ほかの連中にしても同じことだ。で、ぼくはね、これから院内の重症患者や危篤《きとく》患者にもう少し接近しようと決心したんだ。きっと気分がすっきりすると思うんだよ。——いまの弔問でもかなりの効果があったものね。いつかの気の毒なロイター君ね、ぼくがここへやってきたころ、ドアの隙間《すきま》から覗《のぞ》き見た二十五号室の男ね、あれはきっともう祖先のもとへ（ad penates）いってしまって、こっそり片付けられたんだろうね。あのころすでにもう眼が大きすぎたものね。しかし代りはまだいくらもいる、うんといるさ。不足はないはずだ。アルフレーダ看護婦、婦長、あるいはベーレンスだって、ぼくたちが彼らと関係を持つのを手伝ってくれると思う、何もむずかしいことではないんだから。たとえばね、危篤患者の誰かが誕生日を迎えたとする、そしてそのことをぼくたちが知ったとする。——そういうことは別に聞きだせないということではないのだから。そこでだ、ぼくたちはその男、あるいは女に、つまりその場合に応じて彼か彼女に、花の鉢《はち》を病室へ届けさせる、『無名のふたりの同病者よりの微志。衷心よりご快癒《かいゆ》を祈る』としてね。――快癒という言葉は、儀礼上いかなる場合にも適当な言葉なんだから。むろんぼくたちの名前がその病人に知れないはずはない。そして彼あるいは彼女は、気を落しているときだから、ドア越しに感謝の言葉を伝えさせるだろうし、場合によってはぼくたちをしばらくの間室内へ請《しょう》じ入れて、ぼくたちはそこで分解前のそのひとと、二、三の人間らしい言葉を交えることができることもあるだろう。そんなふうにぼくは考えているんだけど、君、賛成してくれるかい。ぼくとしてはどっちみちやりはじめようと思っているのだが」

ヨーアヒムはこの計画に対してそう反対できなかった。「ここの規則には反することになるけれど」と彼はいった。「君はいわばそれを破るんだから。しかし君がぜひともというのなら、ベーレンスも例外として許してくれると思う。例の医学的な興味からのこととすればいいんだから」

「そうだ、それもある」とハンス・カストルプが答えた。なぜなら、彼の希望にはたしかに種々の動機が出発点となっていたからである。周囲の利己主義に対する反抗などは、それら諸動機のひとつにすぎなかった。その他の動機としては、とくに苦悩と死というものを真面目《まじめ》に考えたり尊敬したりしたいという精神的欲求が、もっとも強かった。そういう欲求を満足させ、それを強化しようとして、種々の屈辱的見聞に逆らう意味で、彼はあえて重症患者や危篤患者に接近しようとしたのである。屈辱的な見聞についていえば、それはセテムブリーニのある種の批評を遺憾ながら裏書きするかのように、いたるところに、いつでもころがっていた。その実例はありあまるほどたくさんあった。もしハンス・カストルプがそれについて質問を受けたならば、おそらく彼はまず「ベルクホーフ」の住人たちの、明らかにどこも悪くもないのに、軽い疲労を表面上の理由にして、本当はただ遊びたいので、病人暮しが性に合うので、まったくの酔狂からここに滞在している連中をあげたことであろう。たとえばこれまでにもちょっと触れておいたヘッセンフェルト未亡人がその代表的存在で、この陽気な婦人の道楽は賭《かけ》ごとだった。彼女は男たちと賭けた。なんでも彼女の賭の対象になった。あすの天気、つぎのご馳走《ちそう》、総診の結果、ある患者に何カ月科されるかにも賭け、運動競技会の際には二連橇《ボッブスレー》、氷上橇、スケート選手、スキー選手に賭け、患者間に芽生《めば》えた恋の成行きにも、その他実にくだらぬ、どうでもいいようなことにまで賭けた。賭金は、これもなんでもよかったので、チョコレートを賭け、あとでレストランで華《はな》やかに飲食するシャンパンやキャヴィアを賭け、金、映画館の入場券、接吻《せっぷん》の遣《や》り取りまでも賭けた。――要するにこの女は、その賭け気違いによって食堂の空気を緊張させ、活気づけたが、彼女の振舞いがハンス・カストルプ青年に真面目な感じを与えなかったことは当然であり、そのうえ彼女の存在それ自体がすでに苦悩の場所の厳粛さを傷つけているように思われた。

この厳粛さを守り、それを自分の気持から失わないようにと彼が一所懸命に努力していただけに、余計そんなふうに思われたのであった。しかしここの上のひとたちの間で半年近くも暮したいまは、それを守るのは決して容易なことではなかった。彼がここの上のひとたちの生活や振舞いや風習や考え方について次第に見聞して得た結果は、たいして彼の決心の励ましにはならなかったのである。たとえばあの「マクスとモーリッツ」と呼ばれる十七歳と十八歳のすらりとしたふたりの伊達男《だておとこ》たちは、婦人たちといっしょにポーカーをやったり飲んだりするために、夜になるとこっそりと抜けだすので、いろいろと話題の種を蒔《ま》いていた。先日も、というのは元日から一週間ほどして（こうして話しつづけている間にも、時間は静かに流れていることをお忘れなきようにお願いする）、朝食の際にこんな噂《うわさ》が流れた。マッサージの先生が朝くしゃくしゃの社交服のままでふたりがベッドに寝ているのを発見したということだった。ハンス・カストルプはその話を聞いて笑ったが、しかし彼の決心を鈍らせる効果の点では、ユーテルボクからきているアインフーフ弁護士の話に及ぶものはなかった。山羊《やぎ》ひげを生やし、手に黒い毛が生えた四十あまりのこの男は、少し前からセテムブリーニたちの食卓で、全快退院したスウェーデン人の席に坐《すわ》っていたが、彼は毎晩酔って帰るばかりか、近ごろは帰ってくるのもやめて、草原に寝ているところを発見されたのであった。さらに彼はドン・

ファンとして有名で、シュテール夫人はある若い婦人がこのアインフーフの部屋から毛革の外套《がいとう》をまとい、その下には改良パンティしかつけないででてきたのを目撃したと主張し、その若い女を——しかも低地に婚約者がある——指でさして見せることができると断言した。これは忌《いま》わしい話だった。一般に道徳的意味においてばかりでなく、ハンス・カストルプ個人にとって、彼の精神的精進にとって、忌わしい話だった。彼はこのアインフーフのことを考えるとき、二、三週間前に堂々たる田舎《いなか》貴婦人型の母親に伴われて上ってきた小娘、髪を撫《な》でつけて分けたフレンツヒェン・オーベルダンクのことを思わずにはいられなかった。この少女が到着したとき、初診の診断は、軽症ということであったのに、どういうへまをしたのか、あるいは彼女の場合もここの空気がはじめのうちは病気を治《なお》すことよりもまず病気を起させるのに適していたためか、あるいはまた彼女がなんらかの陰謀や興奮に巻きこまれて、それがからだに障《さわ》ったのか、とにかく彼女が四週間後に再診を受けてから食堂へ入ってくると、ハンドバッグを空へ放《ほう》りあげて、陽気な声で、「万歳。わたし、一年間ここにいなくちゃならなくなったわ」と叫んだ。——食堂のひとたちはいっせいにどっと笑った。しかし二週間して、アインフーフ弁護士がこのフレンツヒェン・オーベルダンクに破廉恥《はれんち》な行為をしたという噂が広まった。もっともこの破廉恥な、という言葉は、われわれが、あるいはせいぜいのところハンス・カストルプが使用した言葉にすぎず、その噂をしたひとたちには、その噂が本質的にはさほどどぎつい言葉で表現されなければならないほどに目新しい事柄ではなかったようである。それにそういう事件にはもともとふたりの人間が必要であり、また、それがふたりの当事者たちのうちの一方の願望や意志に反して起ったわけでもあるまいと彼らは肩をすくめて仄《ほの》めかすのであった。少なくともこのいかがわしい事件に対するシュテール夫人の態度と見解はそうであった。

カロリーネ・シュテールはなんとも堪《たま》らない存在であった。青年ハンス・カストルプの真面目で敬虔《けいけん》な精神的精進を鈍らせるものがあったとすれば、それはほかならぬこの女の人柄であっただろう。彼女がでたらめな言葉を使ってその無知ぶりを発揮しているだけでももうたくさんだった。たとえば彼女は「断末魔」を「断末味」といい、誰それが鉄面皮だというべきときに「鉄人皮」といい、日蝕《にっしょく》があったときには、でたらめな天文学的知識を披露《ひろう》に及んだ。積雪については、「たいへんな容積《カパチテート》」といい、ある日セテムブリーニ氏に向って、目下ここの図書館から本を借りて読んでいるが、これはあなたにも関係があって、その本は「シラー訳のベネデトー・ツェネリ」*だといったので、彼はしばらく開《あ》いた口がふさがらなかった。彼女はまた好んで、「それはとてものことですわ」とか、「超想像的だわ」というような言葉を使ったが、そういう表現の没趣味で流行語らしい陳腐さが、ハンス・カストルプ青年の神経にはひどくこたえた。新語好きなひとたちが「すてき」とか「すばらしい」といった意味で長い間使ってきた「すごい」という言葉が、いまでは色あせた、迫力のない、汚《よご》れて古ぼけたものになってしまったために、彼女は最新流行の「たまったものじゃない」という言葉にとびつき、それがまともな意味であろうと皮肉な意味であろうと、とにかく何から何まで、橇《そり》のコースでもプディングでも、彼女自身の体温までも、みんなこの「たまったものじゃない」で片付けたが、これも吐き気を催させるほどだった。そのうえ彼女は無類のゴシップ好きだった。彼女は、ザーロモン夫人がきょうはいちばん上等のレースの下着を着ているが、それというのもきょうが彼女の診察日で、その美しい下着で医者たちをたぶらかそうという魂胆なのだと陰口をきいた。——それだけだったならば、それはまんざら嘘《うそ》ではなかった。ハンス・カストルプ自身も、診察の時間が、その結果とは無関係に婦人たちに喜ばれていて、彼女たちがなまめかしいおしゃれをするのはそのためだろうと感じていた。しかし、シュテール夫人が、脊髄《せきずい》結核らしいポーゼンのレーディシュ夫人は毎週一回顧問官の眼前で素っ裸になって十分間室内を往《ゆ》き来《き》しなければならないのだと断言するに至っては、もはや誰もなんと挨拶《あいさつ》していいかわからなくなった。これはとほうもない作り話でもあれば、また猥雑《わいざつ》でもあったが、それを本当のことだとシュテール夫人は意地になって主張したり、断言したりした。——彼女は自分にとって重要な問題をたんとかかえていて、それに気を使うだけでもたいへんなのに、そのうえまだそんなことに力んだり、いこじになったり、奮闘したりするわけは誰にもわからなかった。というのは、彼女はときどき、日増しに激しくなると称している「だるさ」や、体温カーヴの上昇とかのために、怯気《おじけ》づいた泣きたいような不安の発作に襲われることがあったからである。肌の荒れた赤い頰《ほお》を涙で濡《ぬ》らし、すすり泣きながら食卓へやってきた彼女は、ハンカチを口に当てて、ベーレンスは私をベッドに寝かせつけようとしているが、そのベーレンスが陰でどういっているか知りたいものだ、いったい私のどこが悪いというのだろう、容態はどうなっているんだろう、ああ、私は本当のことが知りたい、そういって彼女はおいおい泣きだす。そうかと思うと、またある日などは、自分のベッドが足のほうを入口へ向けて置かれているのを発見して卒倒せんばかりに驚く。誰にも彼女の憤慨、その恐怖の意味がすぐにはわからない。とくにハンス・カストルプにはわからなかった。いったいどうしたというのか。どうしてだろう。ベッドの足が戸口に向いているのがどうしていけないのだろうか。――まあ、あなたときたらなんて頓馬《とんま》なんでしょう。「ベッドのまま運びだされるときがきたみたいに、足を入口に向けているなんて……縁起でもないわ」彼女があまり激しく喚《わめ》きたてたので、ベッドはさっそく向きを変えられた。しかしそのために彼女は寝ながら光線を見ることになって、安眠を妨げられたのである。これらはすべて不真面目であった。ハンス・カストルプの精神的欲求を萎縮《いしゅく》させるに足るものであった。そのころ、ある食事どきに恐るべき椿事《ちんじ》が出来《しゅったい》して、若いハンス・カストルプがとくに強烈な印象を受けたことがある。到着したばかりの患者で、瘦《や》せて温和な教師ポポフが、同様に痩せて温和な新妻といっしょに上流ロシア人席につくようになっていたが、その彼が癲癇《てんかん》の持病を持っていることが食事中に明らかになった。この激しい発作に襲われた彼は、よく話にあるような、悪魔的な、とても人間のものとは思われない叫び声をあげて床の上に倒れ、椅子《いす》のわきでおそろしくもがいて手足を振回した。都合の悪いことに、そのときはちょうど魚の料理がでていたので、ポポフが痙攣《けいれん》中に魚の骨を咽喉《のど》にたてる恐れがあった。たいへんな騒ぎになった。シュテール夫人を先頭に、婦人たち、たとえばザーロモン夫人、レーディシュ夫人、ヘッセンフェルト夫人、マグヌス夫人、イルティス夫人、レーヴィ嬢、その他誰も彼もがてんでに狂態を見せ、二、三の女性はポポフ氏に劣らない醜態を演じた。彼女たちの叫喚はほとんど耳を聾《ろう》さんばかりであった。あちらでもこちらでも、痙攣的に閉ざされた眼、あんぐり開いた口、ねじられた上半身ばかりが見られた。ある婦人はおとなしく気絶していた。生憎《あいにく》誰もが嚙《か》んだりのみこんだりしている食事中だったので、食べもので咽喉をつまらせた者も多かった。一部のひとたちはあらゆる出口から逃げだし、戸外が湿ってとても寒かったのに、ベランダのドアから外へ飛びだしてしまった者もいた。しかしこの出来事には、恐怖のほかに、ある特別の嫌《いや》らしい感じがつきまとっていた。それは、誰もが最近なされたドクトル・クロコフスキーの講演内容を連想したからである。この精神分析学者は疾病《しっぺい》形成力としての愛に関する講演で、先週の月曜日に癲癇にも触れ、精神分析以前の時代には人類はこの疾病を何か神聖な予言者的受難と見なしたり、あるいは悪魔に憑《つ》かれて起ると考えていたが、クロコフスキーは半ば詩的な、半ば仮借ない科学的言葉を駆使して、この病気の正体は愛の等価物、脳のオルガスムスであると断言したのである。要するに彼のためにこの病気はなんらかの意味でうさんくさいものとなり、そのためにこの講演を聞いたひとたちは、ポポフ教師の恐るべき椿事《ちんじ》をその講演の実演のように感じ、だから狂態に隠れて逃げだした婦人たちの様子にはある羞恥《しゅうち》の色さえ見られた。食事にきていた顧問官は、ミュレンドンクやその食卓に居合せた腕っ節の強そうな二、三の青年たちといっしょに、泡《あわ》を吹き、青ざめて硬直し痙攣して恍惚《こうこつ》状態にあるその男を食堂からロビーへ運びだした。そこで医師や婦長やほかの職員たちが、しばらくの間まだ無意識状態にあるその男を介抱していたが、やがて担架で運び去った。しかしポポフ氏はすぐに落着いた晴ればれとした顔つきで、これもやはり落着いて晴ればれとした顔つきの細君といっしょに上流ロシア人席へ帰ってきて、何事もなかったような様子で食事をすましたのであった。

表面上は畏怖《いふ》の表情を浮べてハンス・カストルプはこの出来事を見ていたが、内心ではこの一件からもどうしても真面目《まじめ》な印象を受けとることができなかった。ポポフはちょうど魚を食べていたときだったので、骨を咽喉に立てる恐れは十分あったのに、事実はそうもならずに終った。あんなに無我夢中な狂乱と陶酔に陥りながらも、やはりひそかに少しは注意していたのであろうか。事が終ったいまの彼は、朗らかな顔で食事を終え、奮戦した勇士かのんだくれのように騒いだのはどこの誰だったのだというような顔をしていて、それを思いだしもしないような様子であった。そういう態度もまたハンス・カストルプの苦悩に対する畏敬の念を強化するのには役だたなかった。そこには、形こそ違えやはり不真面目な放縦という印象を与えるものがあって、それで彼はそういう印象に反抗するためにも、院内の慣習を無視して、重病患者や危篤《きとく》患者に接近したいと切望したのである。

いとこたちと同じ階の、彼らの部屋からたいして離れていない部屋に、まだ若い娘が寝ていた。ライラ・ゲルングロースという名で、アルフレーダ看護婦の話では、きょうか、あすかという容態だった。十日間に四回も激しい喀血《かっけつ》をやった。両親は彼女が生きている間に国へ連れて帰れると思ってやってきたが、そうはいかなかったらしい。顧問官の話では、哀れなゲルングロース少女は動かすこともできないほどの容態だった。歳《とし》は十六、七であった。ハンス・カストルプは花の鉢と病気見舞の言葉を贈るという計画を実行するのにはちょうどいい機会だと思った。むろんライラの誕生日はまだだった。ハンス・カストルプの聞いたところでは、ライラの誕生日は春ということだが、ライラはそれを祝うことがむずかしいように思われた。しかし、だからといって、なにもこうした同情的親切を示して悪いことはない。こう決心して彼は、ある日、療養ホテルの近くまで散歩にでかけたとき、いとこといっしょにある花屋へ入った。その店の土臭く湿っぽい、花の香の満ちた空気を吸いこんで心を動かされながら、彼は美しい紫陽花《あじさい》を一鉢買い、「ふたりの同宿者より。衷心よりご快癒を祈る」という無署名の紙片を添え、小さい危篤患者の部屋へ届けてくれるように依頼した。彼は花の香と、寒い戸外から入ると眼を涙ぐませるほど温かい室内の空気にうっとりとし、胸を躍《おど》らせ、自分の小さな計画が冒険的で大胆で有益なものであることを感じて、ひそかにそれにある象徴的意義を与えて、わくわくした気持で勘定を済ませた。

ライラ・ゲルングロースには付添いの看護婦がいなくて、直接フォン・ミュレンドンク女史と医師が世話をしていた。しかしアルフレーダ看護婦が少女の部屋に出入りしていたので、若者たちは彼女から彼らの親切な行為の効果を聞いた。少女は快癒の見込みのない危篤状態にあって、他人のこうした好意を子供のように喜んだ。彼女は鉢を枕《まくら》もとに置いてもらって、それを眼と手で愛撫《あいぶ》し、水をやるようにと気を配り、はげしい咳《せき》の発作の最中にも、苦しそうな眼を花から離さなかった。彼女の両親である退役少佐ゲルングロース夫妻も、娘といっしょに感動し、喜んだが、彼らはサナトリウムにひとりも知合いがないので、鉢の寄贈者を当て推量してみることもできなかった。アルフレーダ・シルトクネヒトが見るに見かねて匿名《とくめい》の贈り主の名前をいい、そう打明けたことをいとこたちに告白した。そして、ゲルングロース一家が、お礼をいいたいので青年たちに少女の部屋まできてもらえないかとお願いしているということも伝えた。それで翌々日、看護婦に案内されて、ふたりはライラの苦難の部屋へ爪立《つまだ》ちして入っていった。死に直面した少女はとても可愛《かわい》らしく、ブロンドで、忘れな草そっくりの青い眼をしていた。ひどい喀血で苦しめられ、肺組織のごく一部分で呼吸しつづけていたのに、弱々しそうではあるが、そう悲惨な感じを与えなかった。彼女はお礼をいって、あまり力はないが感じのいい声で話した。頬《ほお》に薔薇《ばら》色の赤みがさして、いつまでも消えなかった。ハンス・カストルプは彼女とそこに居合せた両親に、みなが予期したとおりに自分の計画を説明し、言い訳も添え、感動のこもった低い声で優しく敬意をこめて話した。彼は少女のベッドの前にひざまずかんばかりにして（そうしたい心中の衝動は強かった）、長い間ライラの手を固く握っていた。その熱っぽい手は湿っぽさを通り越し、ほとんど濡れているといっていいほどだった。それほど彼女の発汗はひどかった。彼女はたえず多量の水分を分泌《ぶんぴつ》したので、もし脇《わき》テーブルに置かれているガラス瓶《びん》にいっぱい入ったレモネードを貪《むさぼ》り飲んで水分の補給をしなかったならば、その肉体はとっくにしなび乾《ひ》からびてしまっていただろう。両親は悲しみにうちひしがれながらも、いとこたちに身の上を尋ねたり、他の話題を探《さが》しては、人の世の務めに従って短い談話を途切らせないようにした。少佐は肩幅の広い、額の低い、上ひげを逆立《さかだ》てた偉丈夫で、娘のかよわい体質が全然彼と関係ないことは一目瞭然《りょうぜん》であった。娘の体質に責任があるのは明らかに夫人のほうであった。この女は結核性体質の小柄な婦人で、そんな体質で嫁にきたことを苦に病んでいるようであった。十分もするとライラが疲労の色、というよりは興奮の徴候を見せ、頬の薔薇色が濃くなり、忘れな草のような眼が不安に輝いてきたので、アルフレーダ看護婦が眼で合図した。それでいとこたちがさよならをして帰りかけると、少佐夫人が戸口まで送ってきて、長々と悲しい自責の気持を述べたてた。この悲嘆は不思議にハンス・カストルプの胸にこたえた。みんな私の、私だけの責任です、と彼女はせつなげにいった。かわいそうなあの子は私から病気を受継いだのです。主人は全然関係がありません、主人には少しの罪もありません。けれども私だって若い娘時分にはほんのしばらく、ごく軽いのをちょっとの間病んだだけなのです、それも医師が証明してくれたように、すぐ全治しました。結婚しよう、結婚して生きていこうという希望に燃えていたのです。そしてその希望は見事に叶《かな》えられ、私は完全に健康を取戻し、今の愛する丈夫な主人、そんないきさつは夢にも知らない主人と結婚生活にはいりました。しかし主人があんなに頑健《がんけん》で無病な体質でも——この不幸はどうにもできませんでした。埋められ、忘れられたものと思っていたあの病気が子供に現われ、あの子は治《なお》らずに死んでいくなんて。母親の自分は治って、もうどうでもいいこんな年まで生きているというのに——あの可愛い子供は不愍《ふびん》にも死んでいきます、医者たちはみんな匙《さじ》を投げています、そしてそれもみな、そういう娘時代を送った私ひとりのせいなのです。

青年ふたりは、まだいいほうへ向うかも知れないのだから、といって彼女を慰めようとした。しかし少佐夫人は啜《すす》り泣きをやめないで、ふたりの厚意と紫陽花に対して、また娘を見舞って慰めたり幸福な気持にしてやってくれたことに対して、もう一度礼をいった。よその娘さんたちは人生を楽しんで若い美しい青年たちと踊り暮しているのに、不愍でかわいそうなあの子は、病気でも踊りたい気持でいっぱいだろうに、ああして苦しんでひとりで淋《さび》しく寝ている。あなたがたは、あの子に少しばかりの日光を、ああ、おそらくこの世での最後の日光をあの子に持ってきてくださった。紫陽花はあの子には舞踏会での成功にも比することができるものだし、それにご立派な騎士でいらっしゃるお二方とお話できたことは、あの子にとって楽しいちょっとした浮気のようなものだ。母親のわたしゲルングロースにはそれがよくわかる、というのであった。

この言葉はハンス・カストルプに不愉快な感じを与えた。とくに浮気（Flirt）という言葉を少佐夫人は英語ふうに正しく「フラート」と発音しないで、ドイツ語ふうに「フリルト」といったので、それが余計彼の神経にさわった。それにまた彼は立派な騎士どころか、専《もっぱ》ら周囲の人々の利己主義に対する反抗心と、医学的、宗教的な考えからライラ少女を見舞ったのである。つまり少佐夫人の解釈には多少すっきりしないところがあったが、それを別とすれば、彼は計画を遂行しえたことで元気になり、得意でもあった。とくにふたつの印象が、この訪問をきっかけにして、彼の気持と感覚を捉《とら》えた。花屋の土臭い匂《にお》いと、ライラの小さな手の湿っぽい感触である。こうして計画が軌道に乗ったので、彼はさっそくその日のうちにアルフレーダ看護婦と相談のうえ、彼女が付き添っている患者のフリッツ・ロートバインを見舞うことにした。この患者はすべての徴候からみて臨終は時間の問題であったが、付添い看護婦ともども我慢がならないほどに退屈していた。

善良なヨーアヒムの思惑は完全に無視されたが、彼は付き合わないわけにはいかなかった。ハンス・カストルプが張りきっていて、その同情的な活動欲がいとこの嫌悪《けんお》感を圧倒したし、それにヨーアヒムとしてはその嫌悪感を説明するとすれば、それは当然キリスト教的精神の欠如を証明することにもなり、だから彼は黙りこんで眼を伏せて、それによって自分の気持を仄《ほの》めかすだけであった。ハンス・カストルプはそのことをよく承知していて、それを利用した。彼にはいとこが軍人としてそういう行為をいやがる気持もよくわかっていた。しかしそういう計画によってハンス・カストルプ自身が元気を回復し、幸福感を味わえるのだったら、そしてその計画を有益なものとみなすことができるのであるならば——彼はあえていとこの無言の抵抗を無視するよりほかに仕方がなかったのである。ところでこんどの危篤患者は男性だったが、それでも花を届けるなり持参するなりしたほうがいいだろうか、とハンス・カストルプはヨーアヒムに相談した。彼としてはそうしたいのであって、こんな場合、花はどうしても必要なものだ、というのが彼の考えだった。あの紫陽花——紫色の、形のよい紫陽花を贈ったというやり方が、すっかり彼の気に入っていたのである。ロートバインは死期が迫っているのだから男女の区別はないものとして、また死に瀕《ひん》した病人はいつでも誕生日を祝ってもらえるものとして、誕生日を待たずとも花を贈って一向に差支《さしつか》えあるまいと彼は決心した。そう決ると彼はもう一度いとこといっしょに花屋の、土の香の匂う、ほの温かくて馥郁《ふくいく》たる雰《ふん》囲気《いき》を訪問し、水をやったばかりの香りの高い薔薇、カーネーション、それにあらせいとうの花束を買い、アルフレーダ・シルトクネヒトに来訪を取りついでもらったうえで、彼女に導かれてロートバイン氏の部屋へ入っていった。

この重病人はまだ二十そこそこなのに、もう頭が少し禿《は》げあがっていて、白髪《しらが》もあり、蠟《ろう》のように青ざめた顔は憔悴《しょうすい》し、手も鼻も耳も大きかったが、この訪問と気晴らしを涙を流さんばかりに歓迎した。——実際彼は、ふたりに挨拶《あいさつ》して花束を受取ったときに、我慢ができなくなって少し泣いた。しかしすぐに彼は低い声で、ヨーロッパにおける花卉《かき》の取引きと、次第に増大してゆくその需要に話を持っていき、ニースとカンヌから積みだされるたくさんの花や、これらの土地から全世界に向けて毎日客車便や小包便が発送されることや、パリやベルリンの卸市場、ロシアへの輸出などについて話した。ロートバインは商人で、生きているかぎりは彼の関心はその方面にあったのである。彼の父はコーブルクで人形製造工場を経営していて、息子を修業のためにイギリスへやったが、そこで彼は発病したということだった。医師は彼の発熱性疾病《しっぺい》をチフスと診断し、その治療をしたので、彼は薄いスープによる食餌療法《しょくじりょうほう》を強《し》いられ、そのためにすっかり衰弱してしまった。ここの上へきてから食べることを許され、随分食べもした。額に汗してベッドに坐《すわ》り、うんと栄養をとるつもりだったのだが、残念ながらもう手遅れで、腸も病菌に冒され、せっかく国元から牛の舌や燻製《くんせい》の鰻《うなぎ》を送ってもらったけれどもむだだった。腸はもはや何も受けつけない。目下父親が、ベーレンスに電報で呼ばれて、コーブルクから駆けつけてくるところだ。一か八かの手術である肋骨《ろっこつ》切除術をやってみることになっている。成功する見込みはほとんどないのだが、とにかく試《ため》してみようというわけだ。そういってロートバインはそれについてもきわめて事務的に囁《ささや》いた。彼は手術についても、採算が合うかどうかという観点からのみ観察していたが、おそらく息の続くかぎり、彼は万事をその観点からのみ観察するつもりでいるらしい。費用の点は、と彼は囁いた、脊髄《せきずい》の麻酔剤をも加算して千フランということになっている。胸郭のほとんど、つまり六本ないし八本の肋骨を切除しなければならない。そこで問題は、その手術が少しでも算盤《そろばん》に合う投資かどうかということだ。ベーレンスは、どっちに転んでも損はしないので、頻《しき》りに手術をすすめるが、自分のほうの損得は曖昧《あいまい》で、いまのまま肋骨をつけて静かに往生したほうがかえって利口なやり方かもしれない、と彼はいった。

彼を説得することは困難だった。いいとこたちは、ベーレンス顧問官の非凡な外科医としてのの手腕も計算に入れなければ、ともいってみたが、とにかく、決定は汽車でやってきつつある老ロートバインに任せることになった。いとこたちが別れを告げたとき、フリッツ青年はまたすこし泣いた。気の弱さからそうしたのであったが、頰を濡《ぬ》らしたその涙は、彼の味気ない現実的な考え方や話し方と奇妙な対照をなしていた。彼は客にもう一度訪問してくれるように頼み、いとこたちもその場ではそう約束したが、これはとうとうそれきりになってしまった。その晩に人形工場主が到着し、翌日の午前に手術が行われたが、それ以来フリッツ青年は面会謝絶になったのである。そして二日後、ハンス・カストルプがヨーアヒムと通りすがりに見ると、ロートバインの部屋は大掃除中だった。アルフレーダ看護婦は一休みする間もなく、他のサナトリウムの危篤《きとく》患者のところへ回され、小さい行李《こうり》を持ってもう「ベルクホーフ」から姿を消していた。彼女は溜《ため》息《いき》をつき、鼻眼鏡の紐《ひも》を耳にかけ、新しい病人のところへ移っていったのだが、それが彼女の前途に開けている唯一《ゆいいつ》の道なのであった。

食堂へいく途中やそとへでかける際、通りすがりに見ると、「人がいなくなった」空虚な部屋――家具は積みあげられ、二重のドアが開けっ放しになり、大掃除してある部屋が眼にとまる。そういう部屋は実に多くのことを物語っているのだが、しかし見慣れた光景であるために、誰も格別の印象を受けるということがなかった。ましてそのひとが以前に、そういう「がらん」とした、大掃除直後の部屋を当てがわれ、その部屋にすっかり落着いてしまっている場合には、それだけいっそう感銘が希薄だった。場合によってはその部屋の住人を知っていたということもある。そういう場合にはさすがに考えさせられるものがあり、ロートバインの場合がそうであったし、また一週間後にゲルングロース少女の部屋がそうなっているのを通りすがりにハンス・カストルプが見たときも、同じだった。このときは、一瞬彼は、そこでひとびとが忙しそうに働いていることの意味を理解しまいとした。彼が立ちどまってぼんやりしていると、ちょうど顧問官がそばを通りかかった。

「ここで、消毒作業を見物してるんですが」とハンス・カストルプがいった。「こんにちは、顧問官さん。ライラさんは……」

「そう――」とベーレンスは答えて肩をすくめた。しばらく無言のままで、その間にすくめた肩をおろすと、彼はこうつけ加えた。

「あなたは閉門ぎりぎりに、まったく本式に、あの子のご機嫌《きげん》伺いをなさったそうですな。感謝いたします。比較的健康なあなたが、わたしの肺鳥類たちをその鳥籠《とりかご》にご訪問くださって少し面倒を見ていただけるとは。これは、あなたの美徳、いやいや、あなたの性格のきわめてうるわしき長所であることを、この機会にひとつ承認させていただきましょう。私にもときにはひとつあなたのご案内をさせていただきましょうか。ほかにもまだいろいろと真鶸《まひわ》を飼っていますのでね――あなたに興味がおありならば。私はこれから『詰めすぎ』の部屋へ出むくところですが、ごいっしょなさいませんかな。同情ある同病者とだけいってご紹介しますが」

ハンス・カストルプは、顧問官が彼のいおうと思っていたことをそっくりいってくれたこと、また彼が自分のほうから依頼しようと思っていたことを、顧問官がさきに切りだしてくれたと答えた。お言葉に甘えて、喜んで同行いたしますが、ところでその「詰めすぎ」とは誰のことで、またどうしてその名前がつけられているのか、とハンス・カストルプは尋ねた。

「文字どおりの意味です」と顧問官がいった。「まったく字義どおりの意味で、少しも象徴的なところはありません。しかしそれについては直接本人から話させましょう」数歩で「詰めすぎ」の部屋の前にきた。顧問官は連れを外に待たせておいて、二重ドアから入っていった。ベーレンスが入っていくと同時に、部屋の中から息苦しそうな、しかし明るい陽気な笑声と話声が聞えてきたが、またすぐにドアにせき止められてしまった。しかし二、三分後に、同情心に富んだ訪問者が部屋へ請《しよう》じ入れられ、ベーレンスによって寝台に横になっているブロンドの婦人に紹介されたとき、婦人は青い眼で珍しそうに彼を眺《なが》めやって――同じような笑声で応《こた》えた。彼女は枕《まくら》を背にして半ば坐るように寝た落着かない姿勢のままで、珠《たま》を転がすようにかん高い声で、銀鈴を振るように笑った、息をはずませ、呼吸が困難なために興奮して、くすぐられるように。彼女は客を紹介する顧問官の言葉がおかしいといって笑い、部屋を去る顧問官にうしろから手を振って、さよなら、ありがとう、ではまた、をいくども繰返し、金属的な溜息とともに銀鈴を忙しく振るように笑い、麻の下着の下に波打っている胸を両手で押え、両脚《あし》をばたばたさせた。彼女はツィンマーマン夫人といった。

この婦人ならハンス・カストルプも少しは見知っていた。彼女はザーロモン夫人や大食家の生徒の食卓に二、三週間ほど坐っていたが、そのころからよく笑った。やがて彼女の姿が見えなくなったが、青年は格別気にもとめなかった。彼女の顔が見られなくなったところで、退院したぐらいにしか考えていなかったのである。しかるにその彼女が、「詰めすぎ」と呼ばれてここに寝ている。彼はその名の由来が話されるのを待った。

「ははははは」彼女はくすぐられるように胸を震わせ、珠を転がすような声でいった。「まったく呆《あき》れ返ったおもしろいひとね、あのベーレンス先生は。本当に滑稽《こっけい》で愉快なひと。お腹《なか》の皮がよじれて病気になってしまいそうですわ。まあ、おかけなさいな、カステンさん、カルステンさん、それともなんとかさん、あなたのお名前とても滑稽だわ。ははは、ふふ、ご免なさいね。でも私の足がじたばたするのをお許しになってね。その私の足もとの椅子《いす》におかけなさいな。私の足ときたらちっともじっとしていないのよ、お許しになってね、わたしもうはは……は」彼女は口を開けて溜息《ためいき》をつき、それからふたたび珠をころがした。「私もう足をじっとさせておくことができませんの」

彼女は美人といってもよかった。眼鼻だちが少し整いすぎているという印象を与えはしたが、感じがよく、頤《あご》のくびれが可愛《かわい》かった。しかし唇《くちびる》は青く、鼻のさきも青ざめていた。これは呼吸困難なためらしかった。感じのいいほっそりとした手は、寝衣《ねまき》のレースの袖口《そでぐち》のためにいっそう美しく見えたが、足と同じようにじっとしてはいられないようであった。頸《くび》は少女のそれのようで、ほっそりした鎖骨の上には、俗に「塩容《しおい》れ」と呼ばれている窪《くぼ》みがあり、笑いと息切れのためにリンネルの下で激しく喘《あえ》ぎつづける胸も、可憐《かれん》で少女のようだった。ハンス・カストルプは、彼女にも美しい花を、ニースとカンヌから輸入された、水をかけた、よく匂う花を、届けさせるか持参するかすることに決心した。彼はいくぶん不安な気持で、ツィンマーマン夫人の喘ぐような苦しそうな笑いに調子を合わせていた。

「それで、あなたはここで重症の患者を歴訪していらっしゃるんですって」と彼女は尋ねた。「なんとまあ愉快な、ご親切なお方なんでしょう、はははは。でもあれよ、私は重病人でもなんでもありませんのよ。いいえ、重病ではなかったといったほうが本当ですわ。ついこの間までは全然そうじゃなかったんですのよ。……それが最近になってね。……まあ、お聞きあそばせ、こんな滑稽な話はあなたも生れてはじめて……」彼女は息を切らし、銀鈴を振り、珠をころがして、自分の身の上に起った出来事を話した。

彼女がここへやってきたときは軽症であった。――むろんここへやってきた以上は、とにかく病気にはちがいなかったし、それにきわめて軽いというほどでもなかったが、まあ軽いほうだった。彼女の場合にも、発明されたばかりなのに一躍外科医学界の寵児《ちょうじ》になった気胸法が、すばらしい効果をあげた。手術はみごとに成功し、ツィンマーマン夫人の容態はめきめきよくなり、彼女の夫は――子供はなかったが結婚はしていた――三、四カ月もすれば彼女を胸に抱けそうであった。そこで彼女は気晴らしにチューリヒへ旅行した。――その旅行はまったく気晴らし以外の何物でもなかった。そして彼女は実際に心ゆくまで気晴らしできたが、そのうちに肺にガスを詰めてもらう必要を感じ、それを土地の医師に頼んだ。医師は愛嬌《あいきょう》のある若くて愉快なひとでしたが、ははは、はは、その結果はどうでしょう、ガスを詰めすぎてしまったのです。文字通り詰めすぎたのであって、それ以外になんとも表現のしようがない。おそらく医師は彼女に好意を寄せすぎ、それにやり方もよく心得ていなかったらしい。しかしとにかく彼女は詰められすぎた状態で、換言すれば、心臓を圧迫されて呼吸困難の状態で――は！　ふふふ！ここの上へ帰ってきて、ベーレンスに眼の玉が飛びでるほど叱《しか》られ、すぐこうして寝かせられてしまったのであった。こんどこそは本当に重症だったからですわ。――はじめは重症でなかったのに、その失敗で何もかも台無しにしてしまったのである。――ははは、いったいまあなんてお顔をしていらっしゃるの。彼女はそういってハンス・カストルプの顔を指《さ》して、彼の顔つきがとてもおかしいと笑い、額まで青くなりかけた。しかし、と彼女はいった、何よりもおかしかったのは、ベーレンス顧問官の怒鳴りよう、憤慨ぶりでしたわ。——私は、詰められすぎたことに気づいてから、それを思ってひとりで笑わずにはいられなかったわ。「あなたは今や生死の境を彷徨《ほうこう》しておられるのですぞ」って、ベーレンス顧問官はまったくあけすけに、それこそ熊《くま》のようにどなるんですもの、ははは、ふふふ、ご免あそばせ。

顧問官のいったことがどうしてそんなにおかしくて、彼女が珠をころがすのか——その「乱暴」な宣告の仕方のためか、そして彼女にはそれが信じられなかったためか、あるいはそれを信じたが——信じないわけにはいくまいから——そのこと自体が、つまり、彼女が生死の境をさまよっているということ自体が彼女にとってはやりきれないほどおかしかったのか、それははっきりしなかった。ハンス・カストルプには、おそらく後者が本当のように思われた。彼女は本当は子供のような無思慮と女の無知とから、珠をころがし、銀鈴を振っているのであろうが、彼はそれを彼女のために残念に思った。それでも彼は彼女の部屋へ花を届けさせたが、この笑い上戸のツィンマーマン夫人を見たのもあれが最後だった。それからまだ数日間は、酸素のおかげで生きていたが、電報で呼ばれた夫の腕に抱かれて、本当に死んでしまったのである。顧問官がそれをハンス・カストルプに伝えて、その際ついでにつけ加えたように、彼女は本当に愚かな女の見本だった。

しかしツィンマーマン夫人が亡《な》くなる前に、ハンス・カストルプの同情的な活動欲は、顧問官や看護婦たちの援助をえて、サナトリウム内の他の重病人たちをつぎつぎと見舞っていた。ヨーアヒムは彼のあとについていくよりほかはなかった。たとえばヨーアヒムは「ふたりとも（Tous-les-deux）」の息子、つまりまだ生き残っている次男の部屋へも同行しなければならなかった。隣室の長男の部屋はとっくに大掃除されて H_2CO で消毒されていた。ヨーアヒムはまた、最近まで「フレデリック大王学校」という学校に在学していたのが、病勢が悪化して在学が不可能になったのでここへやってきたテディ少年の部屋へもいっしょにいかなければならなかったし、ドイツ系ロシア人の保険外交員で、善良な忍従者のアントン・カルロヴィッチ・フェルゲ氏の部屋へも、またとても不幸で、しかも仇《あだ》っぽいフォン・マリンクロート夫人の部屋へも同行しなければならなかった。この婦人も、前に述べたひとたちと同様に花を贈られたばかりか、ヨーアヒムの面前でハンス・カストルプになんども粥《かゆ》を口へ運んでもらった。……こうしていいとこたちは、次第にサマリア人*、慈善僧と噂《うわさ》されるようになった。セテムブリーニもある日ハンス・カストルプにそんな意味のことをいった。

「なんと、エンジニア、近ごろ私はあなたの行状について異なことを耳にしていますが。最近のあなたは慈善を心がけておられるとのことですが。慈善によってあなたの生活を是認なさろうというわけでしょうか」

「特別どうというほどのことはないのです、セテムブリーニさん。問題にしていただくほどのことではありません。いとことぼくとが……」

「いとこさんを引合いにだす必要はありません。お二方のことが話題になったときは、責任者はいつもあなたです。それは間違いありません。少尉《しょうい》は立派な人物ではありますが、根が単純なひとで、精神的にはなんの心配もないひと、従って教育者になんの不安をも覚えさせない人柄です。あのひとが音頭を取ったとおっしゃっても私は信じません。お二方で問題になるのは、そしてそれだけまた心配なのは、あなたなのですよ。もしこういう言葉が許されるものなら、あなたは人生の厄介息子だ――あなたは眼が離せない。あなたは、私があなたに気を配ることを許してくださったのでしたね」

「むろん覚えています、セテムブリーニさん。はっきりそのことをお願いしました。本当にご親切なことです。『人生の厄介息子』は名文句ですね。文筆家というものは、うまい文句を思いつくものですね。そんな称号をいただいて、それが自慢になるものかどうかはよくわかりませんが、とにかく名文句にはちがいありませんね。おっしゃるとおりぼくは『死の子供たち』に少々かかわり合っていますが、おそらくあなたはそのことをいっておられるのだと思います。なるほどぼくはときどき暇を利用して、ほんの片手間に、つまり療養勤務に支障をきたさない程度に、重病人や危篤《きとく》患者の部屋を覗《のぞ》いてやっています。みんな死にかけているひとたちで、気晴らしにここへやってきてでたらめな生活を送っているひとではないのです」

「しかし、聖書にもありますね。死者は死者をして葬《ほうむ》らしめよ、と」イタリア人はいった。

ハンス・カストルプは両腕を上げて、聖書には何事についてでもいろいろと書いてあるから、その中から正しいものを選びだして、それを守り通すのは、とてもできない相談だという顔つきをして見せた。むろん筒琴弾きは、故意に水をさすような見方を引っぱりだしたのであって、これは予期できることであった。ハンス・カストルプはいままでどおりイタリア人の話を謹聴し、単に参考までに彼の教訓に耳を藉《か》すべきだと考え、実験的にそこから教育的感化を受けるつもりでいたが、しかし教育者がどのような感じ方をしようと、それによっていまの計画を中止する気は全然なかった。母親ゲルングロースの人柄とか、彼女がいった「ちょっとしたたのしい浮気」という言葉や、気の毒なロートバイン青年の散文的な人柄、また「詰めすぎ」の愚鈍な銀鈴などのこともあったが、彼はこの計画はやはり何か有益な、重要な意義を持つものだと思っていた。

「ふたりとも」の息子はラウロといった。土の香りがするニースの菫《すみれ》が彼にも「ふたりの同情する同宿者より。衷心よりご快癒《かいゆ》を祈る」ために贈られた。このごろではそういう匿名《とくめい》はほんの形式的なものになってしまっていて、誰もがその贈り主を知っていたので、メキシコからきている黒ずくめの衣裳《いしょう》の青ざめた母親「ふたりとも」は、廊下でいいとこたちに出会ったとき、悲しげな身ぶりでふたりを請《しょう》じ入れようとして、彼女の息子の——彼女ノ最後ノ、兄ト同様ニ死ニカケテイル息子ノ——口から直接お礼を聞いてやってくれるようにと頼んだ。これはすぐに実行に移された。ラウロは、燃えるような眼と、鼻翼が震える鷲鼻《わしばな》と、黒いちょびひげがうっすら生えかけた豊艶《ほうえん》な唇《くちびる》を持った、驚くばかりの美青年であったが——ひどく芝居気たっぷりな身ぶりで話をするので、見舞客のハンス・カストルプもヨーアヒム・ツィームセンも、病室からでたときにはほっとした。母親の「ふたりとも」が、黒カシミヤの短外套《たんがいとう》を着、黒いヴェールを頤《あご》の下に結び、狭い額に横皺《よこじわ》を寄せ、まっ黒の眼の下に大きな涙嚢《るいのう》を垂らし膝《ひざ》を曲げて室内を歩き回り、大きな口の片隅《かたすみ》を悲しげに歪《ゆが》め、病人の枕もとに腰をおろしたいとこたちのそばへときどき寄ってきては例のようにフランス語で「フタリトモデス、アナタ、……初メニヒトリ、ソシテイママタモウヒトリデス」と悲劇的な愚痴を繰返している間に——美青年のラウロのほうも同じくフランス語で、騒がしい、うんざりするほど高調子の演説をはじめ、私は英雄のごとく死ぬつもりである。英雄ノゴトクニ、スペイン風ニ、一足さきにスペインの英雄のごとく死んだ若クテ猛《たけ》キ兄フェルナンドノゴトクニ、と大見得を切り——シャツの胸を開いて黄色い胸を死の魔手に対して突きだした。そのうちに咳《せき》の発作が起って唇から淡い桃色の泡《あわ》をふき、それでやっと大言壮語を諦《あきら》めたので、それを機会にいとこたちは、爪立《つまだ》ちして外へ逃げだした。

ラウロを訪問したときのことについては、ふたりはその後全然話し合わなかったし、また各自の心の中でもラウロの態度を批評しないことにした。これに対して、ペーテルスブルクのアントン・カルロヴィッチ・フェルゲの病床を訪ねたときは、ふたりとも気持のいい印象を与えられた。フェルゲ氏は、善良そうな房々とした上ひげを生やし、やはりこれも善良そうに飛びだした喉仏《のどぼとけ》をのぞかせてベッドに寝ていた。彼は最近気胸手術を受け、その際危うく手術台上の露と消えかけたが、その衰弱から容易に回復しないのであった。手術最中彼は、この流行の手術に伴う副現象として知られている激烈な胸膜震盪《しんとう》に襲われたのである。彼の場合はその震盪が例外的に危険な形を取り、まったくの虚脱とはなはだ憂慮すべき失神状態とを伴い、つまりあまりにも烈《はげ》しい震盪であったために、手術は中止され、延期されなければならなくなったのである。

そのときのことがよほど恐ろしかったのか、フェルゲ氏はその話をするごとに、善良そうな灰色の眼を大きく見開き、土気色の顔をした。「麻酔なしでです。でもそれは一向に構いません、私たちはとても全身麻酔には耐えられませんから、あれは禁物ですよ。分別のあるひとならそれくらいのことはわかるというものです。はい。しかし局部麻酔は肉の浅いところにしか届きません、深い部分にまで届きませんからね。それで切開される模様がわかるのですよ。もっともそれは、圧《お》しつけられたり、圧し潰《つぶ》されたりするような感じだけですが。私は何も見えないように顔に布切れをかけられ、右からは助手が、左からは婦長が私を押えつけていたのです。肉を圧しつけるような、圧し潰すような気がしたのですが、つまりそれは肉を切開して、それをピンセットで引っくり返していたのです。私はそのとき顧問官さんが『さあ、では！』というのを聞きましたが、その瞬間に顧問官さんが鈍い器具で——鈍い器具でというのはですな、うっかり変なところを突き刺したりしたときの用心のためになのですよ——肋骨《ろっこつ》を探《さぐ》りはじめました。孔《あな》を開けて、ガスを入れるのに適当な所を発見するためなのですが、顧問官さんがそれをはじめられたとき、つまり器具で私の肋骨を撫《な》ではじめられたときに——ああ、お二方、私はすっかり往生してしまいました。お陀仏《だぶつ》になって、なんともいえん気持になったのですわ。あなた方、肋骨はさわるものじゃございません。それはさわられることをきらいます。肋骨はタブーですぞ。それは肉で包まれていて、ちゃんと隔離されていて、接近できないようになっています。それを顧問官さんは、裸にして探りました。いや、どうもなんともかんとも私は気持が悪くなりましたよ。思いだしてもぞっとします、ねえ、こんなに厭《いや》らしい、こんなとほうもない厭な気分が、地獄を除いてこの世にあろうとは思っておりませんでしたな。私は気絶してしまいましてね、——それも一度に三色の、緑と褐色《かっしょく》と紫の、三色の気絶です。それにまたその気絶の臭いことといったら、胸膜震盪が嗅覚《きゅうかく》を襲ったんですわ。鼻が曲るほどに、それこそ地獄の臭気のように、硫化水素の臭《にお》いがひどいのです。そのうえ、私は気絶しながら、自分の笑い声を聞きましたな。

それも人間の笑い声ではなくて、まあ、この歳《とし》までまだ聞いたことがないほどに淫《みだ》らな、厭らしい笑い声なのですな。つまり肋骨を撫で回されるということは、あなた、これは実に淫らに、ひどく、たまらないほどにくすぐるのと同じことなのです。はい。そしてこれが胸膜震盪というものです。なろうことならみなさまが、そんなものを知らずにお済みになるようにお祈りしたい。まあそれほどのものですよ、胸膜震盪というのは」アントン・カルロヴィッチ・フェルゲはこの「とほうもなく厭な」経験をなんども語って聞かせたが、そのたびに彼は土気色の恐怖の表情を見せて、二度とそんな経験はしたくないといった。さらに彼は最初から、自分は単純な人間だからと断わって、いっさいの「高尚なお話」は自分と全然無関係であって、自分から他人《ひと》さまには決して精神的、情操的な面でのむずかしい注文をしない代り、ひとさまのほうでも自分にそういうご注文はなさらんようにといった。そしてそれを了解してもらったうえで、彼は病気のためにやめなければならなくなった生活、つまり以前、ある保険会社に勤めて出張旅行をしていたころの生活について、なかなか隅《すみ》におけないおもしろい話をして聞かせた。彼の役目は、ペーテルスブルクを中心にロシア全土至るところを旅行し、契約工場を訪問して経済的に怪しい工場を探りだすことにあった。経営困難な工場に限って、たいてい火災を起すということが、統計上明らかになっていたから、彼はなんらかの口実をもうけては工場の実情を探り、それを自分の会社の銀行に報告し、もっと高額の再保険なりプレミアム分配なりによって、甚大《じんだい》な損害を未然に防ごうというわけであった。彼は、広漠とした ロシアの冬の旅、おそろしく寒い夜に羊皮の防寒具を身にまとい、寝椅子《ねいす》を設《しつら》えた橇《そり》で幾夜も疾駆する旅について話し、ふと眼をさましたとき雪の平原上に狼《おおかみ》の眼が星のように光るのを見たともいった。こういう場合には、糧食は全部、キャベツのスープも白パンも凍らせて箱詰めにして携帯し、宿駅で馬を換える間にそれを溶かして食べる。そうすればパンは焼きたてのときと同じ新鮮味を持っているが、ただ困るのは、途中で急に雪解けの気候に見舞われるときで、そういうときには塊《かたまり》で携帯したキャベツのスープが、箱から流れでるそうである。

フェルゲ氏はこんなふうに話したが、途中でときどき思いだしたように溜息《ためいき》をついては話を中断し、これで気胸の手術をもう一度しなくても済むのだったなら、こんなにありがたいことはないのだが、と嘆くのであった。彼の話はどれも決して高尚な話ではなかったが、すべて実際的で、その点傾聴に値するものを持っていた。とくにハンス・カストルプは、ロシアの国やその生活様式について話してもらい、サモワールやピロシキやコザックや、密生した茸《きのこ》のような、葱坊主《ねぎぼうず》みたいな塔が林立している木造の教会の話は、なんとなく有益そうで、それで余計に興味をあおられた。彼はフェルゲ氏にロシア人の特質、彼らの北方人的な、それゆえ彼にはいっそう夢幻的に感じられる異国的な印象について話してもらった。彼らの血液のアジア的要素、突きでた顴骨《かんこつ》、フィンランド的・蒙古《もうこ》的な眼の形の話をしてもらって、それに人種学的興味を寄せ、ロシア語もしゃべってもらった。この東方の言語は、フェルゲ氏の善良そうな口ひげの下から、善良そうにとびだしている喉仏から、早口に、ぼやけて、ちんぷんかんぷんに、骨なしのようにでてきた。――いまハンス・カストルプ青年が歩き回っている世界は教育上は禁断の世界だったので、それだけに興味は一段と強烈だった。青年とはいつの世にもそうしたものなのである。

彼らはなんどもアントン・カルロヴィッチ・フェルゲを十五分間ぐらい見舞ってやった。またその一方では彼らは、「フレデリック大王学校」のテディ少年をも見舞った。十四歳になる品の良い少年で、ブロンドで、すっきりしていて、看護婦がつき、紐《ひも》で縁取った白絹のパジャマを着ていた。少年のいうところでは、彼は孤児で金持だった。彼は病菌に冒された部分を試験的に除去する大手術を受けることになっていたが、気分のいいときは一時間ぐらい病床を離れて、美しいスポーツ服を着て下の集まりに参加した。婦人たちは好んで彼と遊びたがり、彼はまた婦人たちの話、たとえばアインフーフ弁護士や、改良パンティの令嬢や、フレンツヒェン・オーベルダンクなどの話に耳を傾けた。それから彼はふたたびベッドに帰っていった。こうしてテディ少年は毎日を上品に送り、人生からそれ以外の何物をも期待していないようなふうであった。

さて、五十号室にはフォン・マリンクロート夫人が寝ていた。名はナターリエといい、黒い眼の、金の耳輪をし、艶《つや》っぽい、おしゃれの婦人で、しかもラザロかヨブのように、四百四病を神から背負わされていた。彼女の有機体は病毒の巣窟《そうくつ》といった観を呈し、あらゆる病苦に代るがわる苦しめられていた。皮膚まですっかり病毒に冒され、ほとんど全身が湿疹《しっしん》で、それがおそろしく痒《かゆ》くなり、そこここが出血していた。口もとも同様で、匙《さじ》を入れるのもむずかしかった。肋膜《ろくまく》、腎臓《じんぞう》、肺、骨膜が交互に炎症を起し、脳髄まで炎症を起し、そのために夫人はときには失神した。彼女の心臓は熱と苦痛のために衰弱し、そのために烈しい胸苦しさに襲われて、たとえば食物を嚥《の》みこむときなども、それが食道のすぐ上のところでつかえてしまい、下へさがろうとしないことがあった。これだけでも彼女にはひどい苦しみだったのに、そのうえ彼女はまったく寄る辺《べ》のない身の上だった。というのは、彼らふたりが彼女自身から聞いたところでは、彼女はある男、つまりまだ子供っぽいような若い燕《つばめ》のために夫と子供たちを見棄《みす》てたが、つぎには彼女がその若い燕に棄てられてしまったのである。彼女が棄てた夫が送金してくれるので、文無しではなかったが、彼女の帰る家はなかった。彼女は自分を真面目《まじめ》な人間とは思わず、破廉恥《はれんち》で罪深い女としか考えなかったので、少しも思いあがった自惚《うぬぼ》れなしに、夫のそういう真面目さ、というか、昔に変らぬ愛情を受入れ、それをたよりにいっさいのヨブ式の苦しみに、驚嘆すべき忍耐と粘り強さと女性らしい強靭《きょうじん》な抵抗力をもって耐えていたのであった。彼女は自分の褐色の肉体の悲惨な状態にも女らしく打克《うちか》ち、何か思わしくない理由で頭に巻いていなければならないガーゼの白い繃帯《ほうたい》すら、よく似合う飾りのように巻いていた。彼女はたえず装身具を取換えた。朝《あした》に珊瑚《さんご》、夕べに真珠というふうであった。ハンス・カストルプが花を贈ったのに対して、彼女はそれを慈善よりも何かもっと優しい意味に解してか、それをひどく喜んで、ふたりの青年を枕《まくら》もとのお茶に招待した。彼女は親指をも含めてどの指にも関節のところまでオパールや紫水晶やエメラルドの指輪をはめ、その指を動かして吸呑《すいのみ》からお茶を飲んだ。やがて彼女は金のイアリングをきらめかせながら、自分の身の上話をはじめた。実直だが退屈な夫、父親に似てやはり実直で退屈な子供たちに対して愛情が持てなかったこと、いっしょに駆落《かけおち》した若い燕について、その恋人のすばらしい詩的なこまやかな情愛とか、彼を彼女から引離して連れ去った彼の縁者たちの奸策《かんさく》と暴力とか、そのころいろいろな形で彼女の病気が猛烈に現われてきたことに対してその若い燕も嫌気《いやけ》がさしたことなどを話して聞かせた。あなたがたもお厭《いや》でしょうね？　彼女はしなを作ってそう尋ねた。そして彼女の女っぽさは、顔の半分を覆《おお》っている湿疹を打負かしていた。

ハンス・カストルプは、嫌気がさしたという彼女の若い恋人を軽蔑《けいべつ》し、自分のそういう気持を肩をすくめてほのめかしもした。そして彼自身は、その詩的な若い燕の意志薄弱の逆をいって、機会あるごとにこの不幸なフォン・マリンクロート夫人を見舞ってやり、全然予備知識なしでもできるようなこまごまとした面倒を努めて見てやった。粥《かゆ》を食べる際には用心してそれを口もとへ運んでやり、食物が咽喉《のど》につかえたときには吸呑みから水を飲ませ、ベッドで寝返りをうつときは手伝ってやるというふうに。彼女はいろいろな苦痛にかてて加えて、手術の傷口のためにじっと寝ていることができなかった。食堂へいく途中や散歩から帰ってきたときなどに、ハンス・カストルプは彼女の部屋へ寄ってそういう面倒を見てやった。そういうときにはヨーアヒムには、五十号室を大急ぎでちょっと監督していくから、さきにいってくれと頼んだ。そういう世話をしてやりながら、彼は胸のわくわくするような幸福感を味わった。これは彼が自分の行為の有益性とひそかな意義を喜んだからであったが、それはまた彼の行為が立派なキリスト教的色彩を帯びていて、非常に敬虔《けいけん》でやさしさに溢《あふ》れた行為であり、従って軍隊的立場からも、また人文的・教育的立場からも、それをまともに非難できないのをほくそ笑む気持もそこには含まれていた。

カーレン・カールシュテットのことはまだ話していなかったが、ハンス・カストルプとヨーアヒムは、特別よくこの少女の世話をしてやった。彼女は顧問官の私的な院外患者で、ふたりは顧問官から彼女の世話を依頼されたのである。この無一文の少女は、この上へきてもう四年になるが、冷淡な親戚《しんせき》の厄介になっていた。親戚の連中は、どうせ死ぬものならと、一度ここから彼女を連れ帰ったが、顧問官のとりなしでやっとまたここへ送り返されてきたのである。彼女は「村」の、とある安下宿にいた。十九歳の、弱々しいからだつきだった。油をつけて撫《な》でつけられた髪、消耗性の頬《ほお》の赤みと同じ輝きを臆病《おくびょう》げに隠そうとする眼、特徴ある、感じよく響く嗄《しゃが》れ声。彼女はたえず咳《せ》きこみ、どの指も壊疽《えそ》を起して口を開けていて、そのために指さきには膏薬《こうやく》を貼《は》っていた。顧問官が、おふたりは同情深いから、と口添えしたのも手伝って、ふたりはとくにこの少女に親切にしてやった。花を贈ったのを手はじめに、彼らは「村」の侘《わび》しいバルコニーにかわいそうなカーレンを見舞い、それから三人でスケート競走や二連橇《ボッブスレー》競走の見物というふうに、いとこたちとしては異例の計画をあれこれと実行した。というのも、この高原ではいまがウインター・スポーツのシーズン最盛期であって、体育週間が催されてさまざまな行事が相ついで行われていたからである。そういう余興や見物には、いとこたちはこれまで何かの機会に覗《のぞ》き見したという程度で、ほとんど振向いてもみようとはしなかった。ヨーアヒムは、ここの上でのいっさいの遊びごとをきらっていた。彼はそんな遊びごとに熱中するためにここへやってきたのではなかった。大体楽しい生活を送ったり、ここの生活を愉快なものにして、ここに慣れ親しむためにここへきていたのではない。彼は一日も早く病毒を駆逐して平地で勤務につけるように、それもいまやっているような代用の療養勤務ではなく（そのくせ彼はそれを一回といえども怠るのをいやがったが）、本当の勤務につくのが目的でここに滞在しているのである。彼は自分でウインター・スポーツに参加することを禁じられていたし、といってそれをぼんやり見物する気にもならなかった。一方ハンス・カストルプは、自分をあまりにも厳格で親密な意味でここの上の一員と感じていたので、この高原を運動場と同一視するひとたちのすることに理解も興味も持てなかった。

しかしこういうスポーツ観も、哀れな少女カールシュテットへの慈善的な同情心によって多少の変化をきたした。――ヨーアヒムも、それに反対すれば、非キリスト教的と非難される恐れがあった。そこで彼らは彼女を「村」の侘しい下宿から連れだして、ぎらつく太陽が輝く酷寒の日に、ホテル・ダングルテルの名に因《ちな》んで英国区と呼ばれている区を通り抜け、鈴を鳴らして走る橇《そり》や、世界各国からやってきた金のある享楽児《きょうらくじ》や有閑人や、療養ホテルやその他の一流ホテルに止宿しているひとたち――立派な高価な生地の流行のスポーツ服を着て、無帽で、冬の陽灼《ひや》けと雪灼けで赤銅色《しゃくどういろ》をした顔のひとたちでいっぱいの、目抜き通りの立派な店舗の間を通り、療養ホテルからあまり遠くない谷の底にあるスケート場へおりていった。ここは夏にはフットボールのグラウンドに使用される草原だった。音楽が演奏されていた。紺碧《こんぺき》の空に聳《そび》え立つ雪峰を背景に、長方形に延びたリンクの向うには、園亭ようの木造建築があって、その高桟敷《たかさじき》で療養ホテル所属の楽団が演奏していた。入場した三人は、リンクを三方から囲んでいる尻上《しりあ》がりの観覧席の観衆の間を分けて、空席をみつけて見物した。黒のメリヤス・ズボンと、毛革の縁のついたモールのある短い上着を、からだにぴったり着こなしたフィギュア・スケーターたちが、揺れるように舞うように滑《すべ》ったり、フィギュアを描いたり、跳躍《ちょうやく》したり、独楽《こま》のようにからだを回したりしていた。番外として、プロの一組の男女が、世界中で他の誰にもできないような芸当を演じてみせ、ラッパの祝奏と観衆の拍手を受けた。スピード競走では、各国の代表選手である六人の青年が、屈《かが》みこみ、両手を背に、ある者はハンカチを口にくわえ、広い四角形のリンクを六周した。音楽にまじって鐘が鳴った。ときどき観衆は応援の喚声をあげ、喝采《かっさい》してどよめいた。

三人の病人、つまりいとこたちとその被保護者の周囲は、さながら人種展覧会のようであった。格子縞《こうしじま》の鳥打ち帽に、白い歯をみせたイギリス人たちが、強い香水を匂《にお》わせている婦人たちとフランス語で話していた。彼女らは上から下まで派手な毛糸ぐるみで、その中の数人はズボンをはいていた。頭の小さいアメリカ人たちは、髪を撫でつけ、マドロスパイプを口にくわえ、毛革の粗《あら》い裏を表面に出した外套《がいとう》を着ていた。ひげを生やした、優雅でたいへんな金持らしいロシア人、マレー人の血が混っているらしいオランダ人たちが、ドイツ人やスイス人たちの中にまじっていた。ほかにいろいろなひとがフランス語を話し、バルカンか近東地方の人種、つまりハンス・カストルプの関心はそそるが、ヨーアヒムにはうさんくさくて節操がないといって敬遠される奇妙な人種も方々にいた。競技の合間に、子供たちが片足にスキー、片足にスケートとか、あるいは男の子が可愛《かわい》い女の子を雪搔《ゆきか》きに乗せて押すとかいうような遊戯的条件で競走し、リンク上で転んだりしていた。子供たちはまた燃えた蠟燭《ろうそく》を持って走り、炎を消さないでゴールに着いたものが勝だった。そのほか滑りながら障害物をとび越えたり、並んでいる如露《じょろ》へ錫《すず》のスプーンで馬鈴薯《ばれいしょ》をすくいこむ競争も子供たちで行われた。大人たちは大騒ぎだった。観衆は、子供たちの中でいちばん金持の子供、有名人の子供、愛らしい子供らを指さし合った。その中には、オランダの億万長者の令嬢、プロイセン王子の令息、世界的なシャンパン会社と同名の十二歳の少年もまじっていた。かわいそうなカーレンも歓声をあげては咳きこんだ。大喜びの彼女は、指さきが口を開けている両手を打合せて拍手した。彼女は心から愉《たの》しんだ。

いとこたちは彼女を二連橇競走へも連れていった。そこは「ベルクホーフ」からも、またカーレン・カールシュテットの下宿からも遠くはなかった。つまり、シャッツアルプからおりてくるコースは、「村」の西斜面の部落のところで終っていたのである。そこに審判所があり、スタート地点の山上の電話で各橇の出発が知らされてきた。氷結した雪堤の間の、金属のように光ったコースの斜面を、白いスウェーターの胸の回りに、各国の国旗を染めた飾り帯を巻いた男女の平たい橇が、かなりの距離をおいて一台ずつ上から滑りおりてきた。搭乗者《とうじょう》の緊張した赤い顔に、雪が降りつけた。観衆は、橇が威勢よく滑りおりてきて、角にぶつかり、ひっくり返り、搭乗者が雪の中へ放《ほう》りだされるのを写真に撮《と》った。ここでも音楽が演奏されていた。観衆は、小さい桟敷に坐《すわ》ったり、コースの横に雪を掻いて作った小路に行列していたりした。この小路は、もっと下方でコースの上にかかっている木橋に通じていて、この木橋の上にも見物人が陣取って、ときどき下を二連橇が唸《うな》って滑走していくのを見ていた。ハンス・カストルプは、上のサナトリウムで死んだ人の遺骸《いがい》も、やはりこのコースを通って、木橋の下を音をたてて走り、下の谷へ落ちていくのだと考えて、そのことを口にだしていった。

ふたりはある日の午後、カーレン・カールシュテットを「街」の映画館へ連れていった。彼女はそういう物を見るのがとても好きだったからである。清浄な空気ばかりに慣れていた三人には、館内のよどんだ空気は生理的にひどくこたえ、息苦しくなり、頭はぼんやりして霧がかかったようになった。館内では、彼らの眼前を、さまざまな生活が細分されて、あわただしく忙しく、たえず跳《は》ねたり、とまったり、消えたりして、軽い音楽とともに、スクリーンの上を明滅していった。その音楽は、現在の時間を分割しながらあわただしい過去の現象を蘇《よみがえ》らせ、限られた曲目で、荘重、華麗、情熱、野性、情欲のあらゆる感じを巧みに表現していた。三人は、愛と暗殺の息詰るような物語、東洋のある暴君の宮廷で展開された無声のドラマを見た。その作品は豪華と裸形《らぎょう》、支配欲と狂信的な隷属《れいぞく》欲、残忍と欲望と恐るべき情欲を展開していた。首斬人《くびきりにん》の腕の逞《たくま》しい筋肉を大写しにする場面ではゆっくり写実的になるが、それ以外のところはすべてがあわただしく現われては消えた。それは要するに世界じゅうの文明国から集まった観客のひそかな願望を見抜いて、それに迎合するように製作された作品だった。批評家のセテムブリーニならば、こんな反人文的見世物を手きびしく拒絶して、例の直截《ちょくせつ》で古典的な皮肉を用いて、人間の技術をかかる人間汚辱の観念の肉づけに悪用することを非難したに相違ない、とハンス・カストルプは考え、そういう意味のことをいとこの耳に囁《ささや》いた。ところで三人からあまり遠くない座席にはシュテール夫人が腰をかけてやはり映画見物をしていたが、彼女はまったく夢中になっているらしかった。その赤い、教養のない顔はうっとりとゆがんでいた。

同じような興奮が、周囲のどの顔にも浮んでいた。しかし連続する画面のちらちらする最後の場面がすっと消え、場内に電灯がつき、いままでそこに幻影が動いていた映写幕が、白々《しらじら》と観客の前に現われたとき、ひとびとは拍手することもできなかった。拍手によってその労をねぎらいたくても、またその演技を賞讃《しょうさん》してアンコールをしたくても、その相手の影は見えないからである。いままで観客の前で演技していた俳優たちは、もはや跡形もなく消えうせていた。観客は、ただ俳優たちの演技が残していった影絵、つまり無数の像と、瞬間ごとのスナップを見たにすぎなかった。俳優たちの演技は、この無数の像と姿に分解されて、やがて任意になんどでも、あわただしく時間の流れに委《ゆだ》ねられる。幻像を見送ったのちの観客の沈黙には、何かとほうにくれたような、暗いものがあった。相手なしに、彼らは両手をぼんやり休めていた。彼らは眼をこすり、空を見つめ、明るさに照れ、ふたたび暗くなるのを待ちわびた——過去が新たに現在によみがえらされ、音楽に飾られて再登場するのを待ちわびていた。

暴君は刺客の匕首《あいくち》に刺され、口を開けて、聞えぬ唸《うな》り声をあげて斃《たお》れた。続いて世界各国のニュースが上映された。フランス共和国大統領がシルクハットをかぶって、大綬《だいじゅ》章《しょう》をつけ、四輪馬車の座席から歓迎に応《こた》えている場面、インド王の結婚式に列席したインド総督、ポッツダムの営庭でのドイツ皇太子、南洋のノイメクレンブルクの土民部落の生活とその習慣、ボルネオの闘鶏、鼻孔で笛を吹く裸の野蛮人、象狩り、シャム宮廷での何かの儀式、小格子のうしろに芸者が坐っている日本の色町が映しだされた。それからまた、北アジアの荒涼たる雪原を毛革の外套を着たサモエード人が馴鹿《となかい》に橇を牽《ひ》かせて走る場面、ロシアの巡礼がエルサレムの南方の町ヘブロンで祈っている場面、ペルシアの罪人が蹠《あしのうら》に笞《ち》刑《けい》を受けている場面なども映しだされた。観客はあたかもそれらの場面に居合せているかのように画面に見入っていた。時空の隔たりが消え、遠い過去の出来事が音楽に伴奏されて、急いで、目まぐるしく、現在の眼前の事柄に変る。ある若いモロッコの女が、縞《しま》の絹服を着、頸飾《くびかざ》りや腕輪や指輪で身を飾り、豊かな胸を半ばあらわにして、不意に等身大の大きさで近づいてきた。彼女の鼻孔は大きく、眼は動物的な生気に溢《あふ》れ、表情が活《い》きいきとしていた。彼女は白い歯を見せて笑い、爪《つめ》が肉よりも白く見える一方の手を眉《まゆ》にかざし、もう一方の手で観客をさし招いた。観客はまごつきながら、その魅惑的な顔に見とれていた。彼女はこちらを見ているようでいて、実は見ているわけではなく、こちらの視線を意識しているわけでもなく、笑ったり手招きしたりしているのも、現在の観客を相手にではなくて、過去の、どこかの誰かにやっているので、だからそれに応《こた》えることは、およそ無意味のように思われた。これが原因で、上にもいったように、ひとびとの楽しみの中には何かとほうに暮れたような気持がまざりこんできた。やがて幻影は消えた。白々しい光が銀幕上に映り、そのうちに「終」という字が映しだされ、これで一回分のプログラムが終った。新しい観客が同じプログラムの繰返しを見るために外からなだれこんでくる中を、みなは黙って外へでた。

三人は、仲間に加わったシュテール夫人に引っぱられて、かわいそうなカーレンを喜ばせるためにも（本当に少女は大喜びで、両手を合わせていた）、映画見物ののちに療養ホテルのカフェーに入った。ここでも音楽が演奏されていた。チェコ人かハンガリア人らしい第一ヴァイオリンが、仲間からひとりだけ離れて、踊っている幾組かの男女の間に立ち、熱狂的にからだをくねらせてヴァイオリンを弾《ひ》き、赤い燕尾服《えんびふく》姿の小楽団がその指揮に従って演奏していた。どのテーブルも社交的雰囲気を漂わせ、高価な飲物が給仕されていた。蒸暑く、埃《ほこり》っぽかったので、いとこたちは被保護者と自分たちの分に冷たいオレンジエードを、シュテール夫人は甘いブランディを注文した。彼女の話では、この時刻にはまだ雰囲気は最高潮に達していないということであった。もっと遅くなるにつれて、ダンスはずっと活気を帯び、方々の療養所の患者たち、その他の、たくさんあるホテルやこの療養ホテルに止宿しているだらしのない病人たちが大勢ダンスをやり、これまでにも幾人もの体温の高い病人たちが、ここで人生謳歌《おうか》の杯を傾け、飲めや歌えや（dulci jubilo）の最中に最後の喀血《かっけつ》をして、あの世へ踊りながら退場していったということであった。シュテール夫人が、この dulci jubilo を模様替えした無学ぶりにはまったく驚くべきものがあった。彼女は音楽家であるご亭主の音楽用語のイタリア語を借用して dulci を dolce（穏やかに）といい、つぎの言葉は feuerjo（火事）とか Jubeljahr（五十年祭）とか、何か怪しげなことをいった。——彼女の口からこのラテン語が飛びだすと同時に、いとこたちはふたりともコップのストローをくわえたが、シュテール夫人は落着き払ったものであった。むしろ彼女は細長い歯を浅ましくむきだして、当てこすりや皮肉で、若い三人の関係を探りだそうとして一所懸命だった。彼女にいわせれば、かわいそうなカーレンに関するかぎりでは、関係はきわめて明白で、つまりカーレンとしては、ちょっとした散歩にもこんなに立派な騎士たちに左右から付き添われるのは、悪い気持はしないだろうというのであった。反対にいとこたちを中心に考えると、この問題はそう簡単ではない。彼女は愚かで無知ではありながら、女特有の直観力から、中途半端《はんぱ》な月並みの見方ではあったが、ある程度の真相は見抜いていた。つまり、この場合はハンス・カストルプが本当の騎士であって、ヨーアヒムは単にお伴《とも》をさせられているにすぎないということ、しかしハンス・カストルプは（ショーシャ夫人に対する彼の気持はシュテール夫人もよく知っていた）目標とする婦人に公然と接近するわけにはいかないので、哀れなカールシュテットを身代りの相手としているのだ、そんなふうに彼女は見抜いて、それをたねに嫌味《いやみ》を並べた。——これはまったくいかにも彼女らしい見方というもので、そこには倫理的な深味のない、浅薄で月並みな直感が働いているだけだった。だから、彼女がそういう下品な皮肉をいったとき、ハンス・カストルプは退屈そうな、軽蔑《けいべつ》するような視線を投げつけただけだった。なるほど彼のすべての慈善的行為と同様に、この哀れなカーレンとの交際も、彼にとっては一種の埋め合せ、少しでも自分の本来の希望に役だちそうな方便には相違なかったが、しかしそれと同時に、それ自体の目的を持っていないわけではなかった。病気の巣窟《そうくつ》のようなマリンクロートに粥《かゆ》を食べさせてやったり、フェルゲ氏のために地獄のようなひどい胸膜震盪《しんとう》の苦しみを聞いてやったり、またかわいそうなカーレンが喜びのあまり、指さきに膏薬《こうやく》を貼《は》った手を打合せたりするのを見る、そういうときにハンス・カストルプが覚えた満足感は、たといその原因が複雑で純粋なものではなかったにしろ、それは同時にまたそれ自体が目的の、純粋な喜びでもあった。その喜びは、ハンス・カストルプが試験採用（placet experiri）を応用してみる価値があると考えたある一個の教養精神に由来するものであった。むろんそれはセテムブリーニ氏が教育者として掲《かか》げている精神とはおよそ逆の立場の精神であった。

カーレン・カールシュテットが下宿している家は、例の筧《かけひ》や鉄道線路から遠くない、「村」に向う道に沿っていた。だからいとこたちにとっては、朝食後の規定の散歩に彼女を誘おうという場合には好都合だった。主要散歩道路にでるのに「村」の方に向って進むと、行く手に小シアホルンが見え、そのずっと右寄りに三つの尖峰《せんぽう》が見えた。これは「緑の塔」と呼ばれ、これもいまは雪を被《かぶ》り、まぶしい陽光を浴びていた。さらにその右にはドルフベルクの丸い峰が見えた。そしてその斜面の四分の一位の高さのところに墓地が見えた。これは「村」の墓地で、石塀《いしべい》に取囲まれ、眺望《ちょうぼう》、おそらく湖水への眺望がよく利《き》くような位置にあって、そのためによく散歩の目的地に選ばれた。そしていとこたちもある晴れた日の午前に、三人でそこへ登ってみた。――ここしばらく好天気が続いていて、風はなく、陽《ひ》が照り、空は青く、暑くもあれば寒くもあり、雪は白くきらめいていた。彼らは、赤銅色《しゃくどういろ》と青銅色の顔色で、邪魔になると思って外套《がいとう》なしででかけた。――ツィームセン青年はスポーツ服にゴムの雪靴、ハンス・カストルプは、靴はいとこと同じだったが、ニッカーボッカーをはくほどのスポーツマンではなかったので、長ズボンをはいた。年が改まった二月の初めと月半ばの間ごろだった。そういえば、ハンス・カストルプがここへやってきてから、年が変って、いまは別の、つまりつぎの年になっていた。宇宙の大時計の長針が、一単位だけ前進したのである。この長針は、最大の針、たとえば十世紀ごとに指《さ》す針でもなく（この針がそのつぎに進むのを経験する者は、現在生きている人間の中にはいまい）、また一世紀を刻む針でもなく、また十年を指すものでもなかった。そういう大きな針ではなくて、一年を指す針が、そのころ一単位だけ前進したまでのことである。こういっても、ハンス・カストルプはまだここの上で一年をすごしたわけではなく、半年と少しいたにすぎない。この年を指す針は、五分毎《ごと》に前進するある大時計の分針のように、このつぎにふたたび前進するのを待ちながら、一応ぴたりと止っていた。しかしこの年針がつぎに前進するまでには、一カ月を指す月針があと十回前進しなければならなかった。ということは、ハンス・カストルプがここの上へ着いてから前進した回数に二、三回を加えただけ前進しなければならないということで、しかし彼は二月はもう勘定に入れていなかった。つまり、崩《くず》したお金はもう使われてしまったも同然であるように、月が始まれば、その月はすぎ去ったも同然だったのである。

さてドルフベルクの斜面にある墓地へと、三人はある日散歩にでかけたのであるが――詳しく話すという建前から、この散歩の模様もここで詳しく話しておこう。この散歩の提案者はハンス・カストルプだった。ヨーアヒムは、カーレンに墓地はどうかと最初はためらったが、しかし、彼女に事実を隠したり、臆病《おくびょう》なシュテール夫人のように、終りを思わせるものは何ひとつ眼に触れないようにと気を配ることが結局は空《むな》しいことだと悟りもし認めもしたのである。カーレン・カールシュテットは、こうした病気の末期によく見かけられるような自己欺瞞《ぎまん》などには少しも捉《とら》われず、自分の容態が本当はどうであるか、指さきの壊疽《えそ》がいかなる性質のものであるのかをよく承知していた。彼女はまた冷淡な縁者たちが、彼女の遺骸《いがい》を故郷へ送る贅沢《ぜいたく》を許してくれそうにもないこと、だから終焉《しゅうえん》後の彼女は、「村」の墓地にささやかな安息所を与えられることになろうということをも知っていた。結局のところ、この散歩の目的地は、彼女には、その他の場所、つまり二連橇《ボッブスレー》の出発地点や映画館以上に、精神的にふさわしい場所と考えられた。——それにまた、単に景色のいい場所とか、単なる散歩地とかいうふうに墓地をみなければ、そこに眠っているひとたちに一度は敬意を表明しておくというのも、その同僚として当然の礼儀だといえないこともなかった。

雪中につくられた道は、ふたり並んで歩けるほどに幅が広くなかったので、彼らはひとりずつ前後になって、ゆっくりと登っていった。斜面上の最後の、いちばん高い所にある別荘を後《あと》にし、下にして、さらに登りつづけると、朝夕見慣れているはずの景色が、冬のすばらしい景観となって、しかし不断とは遠近を多少異にして、開けてきた。視野は東北方、つまり谷の入口に向って開け、予想されていた湖水は、森に囲まれた氷結した円い面に雪をのせて現われた。そのいちばん遠い岸の彼方《かなた》では、いくつもの山の斜面がおりてきて出合っているように見えた。さらにその背後には見慣れぬ山々の頂が、雪をかぶって、青空を背景に、背丈を競い合っていた。この景色を三人は墓地の入口の石の門の前で雪の中に立って眺《なが》めた。それから寄せかけてあるだけの門の鉄格子《てつごうし》の扉を開けて、中へ入っていった。

入念に整然と敷きのべられた臥所《ふしど》――鉄柵《てつさく》をめぐらし、こんもり雪をいただいた塚や、石や金属の十字架や、円形の内彫や碑文で飾られた小さい碑の間を、細くあけられた道が通っていた。しかしひとの姿はなく、声も聞えなかった。周囲の静寂、その静寂さには、いろいろの深い神秘的な意味がこもっているように思われた。とある繁《しげ》みの中に、石造りの小天使の童像が、小さい頭に雪の帽子を横っちょにのせて立っていて、指を唇《くちびる》にあてていたが、これがこの場所の守護神らしい。――おそらく沈黙の守護神で、それも単なる沈黙ではなく、しゃべることの反対、その逆、つまり、永遠に口を閉じた沈黙の、そのくせ空虚でも単調でもない沈黙の守護神なのであろう。もし帽子を被《かぶ》っていたら、脱帽すべきところであろうが、しかしふたりとも（ハンス・カストルプまでが）無帽だったので、彼らは敬虔《けいけん》な態度で、からだの重みを足さきへかけて、右と左へ軽くお辞儀するような格好で、先頭のカーレン・カールシュテットのうしろから、一列になってついていった。

墓地は不規則な形をしていて、はじめは南へ長方形に延び、それから両側へ方形に拡《ひろ》がっていた。たびたび拡張を迫られ、そのために隣接する田畑を墓地に繰入れたことは明らかだった。それでいて現在の墓地はもう満員に近く、それも石塀《いしべい》沿いの場所ばかりか、もっと条件の悪いところまでもそうだった。いざとなれば、どこにひとり分の休息所を見つけたらいいか、ちょっとわからないほどであった。三人の訪問客は、碑の間の小路や通路をしばらく敬虔に歩き回って、ときどき立ちどまっては、碑に誌《しる》された名前、生年月日、逝去《せいきょ》の日付を拾い読みした。石碑も十字架も簡素で、あまり金をかけたようなものは見当らなかった。墓碑銘についていえば、その姓名は世界じゅうの国々、あらゆる方角から集まっていて、イギリス、ロシア、または一般にスラヴ名前、それからドイツ、ポルトガル、その他いろいろの名前があった。日付は新しく、行年は大体非常に若く、そのどれもが、誕生から終焉までの年数は、約二十年、またはそれをたいしてでていなかった。ほとんど若いひとたちばかりがこうして世界の各地からここへ集まってきて、永遠の水平暮しに入り、この臥所に寝ているのであった。老人はほとんどいなかった。

墓が込み合っている奥の方の草地の中央部に近く、人間の背丈《せたけ》ほどの長さの平らな地面が、石碑に造花の花輪をかけて高く台を据えたふたつの墓の間に、まだ誰にも占領されないで残っていた。三人の客は思わずその前で立ちどまった。立ったまま三人は左右の石碑のいたいけな年数を読んだ。少女はふたりの青年から少し前へでて立ち、ハンス・カストルプは楽な姿勢で両手を前に組み合せ、口を開け、眠そうな眼をして、ツィームセン青年は、不動の姿勢で、直立というよりはむしろ背後へ少し反《そ》り気味で立っていた。――ふたりとも同時に好奇心を持って横からカーレン・カールシュテットの表情をこっそり窺《うかが》った。それに気づいた彼女は、頭を少し前方へ突きだして恥ずかしそうにつつましく立ち、唇をすぼめ、忙しく瞬《まばた》きながら作り笑いをした。

＊ワルプルギスの夜

あともう数日でハンス・カストルプ青年はここの上に七カ月間滞在することになり、彼がここへ到着したときすでにここで五カ月目を迎えていたヨーアヒムは、十二カ月、すなわち一年――まる一年――ということになるが、これは、小型だが牽引力《けんいんりょく》の強い機関車が彼をここの駅におろして以来、地球が一公転を終えて、ふたたび当時の位置に戻ってきたという、宇宙的な意味での丸一年ということである。そしていま謝肉祭の時期を迎えようとしていた。ハンス・カストルプは、謝肉祭が目前に迫ってきたので、ここに丸一カ年いるいとこにその模様を尋ねた。

「たいしたものですよ」セテムブリーニがヨーアヒムに代って答えた。彼は彼らと朝の散歩をいっしょにしていた。「絢爛《けんらん》にして豪華です」と彼は答えた。「ヴィーンのプラーター遊園地のように愉快ですよ。いまにおわかりになる、エンジニア。われわれもそのときはさっそく輪舞に加わる伊達男《だておとこ》です」そういって彼は例のきびきびした口調で悪口を続けたが、その際、頭や腕や肩を動かして巧みな身ぶりをつけた。「なにしろ精神病院（maison de santé）だって阿呆《あほう》や低能のための舞踏会がときどき催されるということですな。そんな記事をどこかで読んだことがありますがね――だからここだってそれが悪いという理屈はないでしょう。ご想像がつくことと思いますが、プログラムにはいろいろの死の舞踏（danses macabres）が盛ってあります。ただ残念なのは、*去年祭りに加わっていた者の一部が、今年は参加できないということです。なにしろ祭りは九時半には終るんですから。……」

「とおっしゃると。……ははあ、そうですか、これは傑作」とハンス・カストルプは笑った。「洒落《しゃれ》がお上手でいらっしゃいますね――『九時半』にね――君、聞いた、つまりあまり早く終ってしまうので、去年参加した連中の『一部』がしばらくの間仲間入りをしようとしたってだめだ、とセテムブリーニさんがおっしゃるんだ。はは、気味が悪いね。『一部』っていうのは、この一年間に『肉』に決定的にさよならをしたひとたちのことだ。ぼくの洒落がわかった？ しかし、待遠しいですね」と彼はいった。「ぼくは、お祭りがくる度《たび》にここでそのお祝いをして、世間なみに段階、つまり区切りをつけて、時間が切れ目も何もない単調なものにならないようにするのを、当を得たことだと思うのです。時間が切れ目も何もないのっぺらぼうだとずいぶん変てこなものでしょうからね。これまでにクリスマスを祝って、さらに新年を迎えたわけですが、こんどは謝肉祭。つぎに復活祭の前の日曜日がやってきて（ここにも復活祭の輪型パンはあるでしょうか）復活祭の前週になり、それから復活祭になり、その六週間後は聖霊降臨祭がやってきますが、そうなるとすぐに一年じゅうで昼がいちばん長い日、すなわち夏至《げし》になるわけで、それから次第に秋が深まっていく……」

「待った、待った、ストップ」セテムブリーニがそう叫んで、顔を仰向けて顳顬《こめかみ》を両手で押えて見せた。「お黙りください！　そんなふうにでたらめに駆けだすことを私は禁止します」

「どうも失礼しました、ぼくが申しましたのはむろんでたらめとは反対のことでしたが。……しかしベーレンスはぼくの毒を消すために、いよいよ注射を試みることに決心したようです。つまり熱は依然として三十七度四分、五分、六分、ときには七分もあるのです。それが少しも変りそうにないのです。ぼくはどう見ても人生の厄介息子なのですね。むろんぼくは長期病人ではないと思います。ラダマンテュスはまだ一度もぼくに禁錮《きんこ》の期間をはっきり宣告していませんが、ぼくがここの上にもう結構長くいたので、つまりたくさんの時間を投資したのだから、いまになって全治しないまま療養を中止するのはばかげているといっています。それにまた、彼が期限を決めてくれたところで、それがどうだというのでしょう。たいして意味はありません。たとえば彼が半年といったとします。しかしこれは最小限度の見積りで、本当はもっと長びくものと覚悟していなくてはならないのですから。いとこがそのいい見本です。彼の場合は今月の初めに片付く——つまり全快するという意味です——片付くはずでしたが、最近ベーレンスはまた四カ月追加して、完全な回復には、それだけどうしても必要だというのです。——でその四カ月が終るとどうなるのでしょうか。さきほど申したように夏至です。あれは何もあなたを怒らせるつもりでいったのではないのです。そして夏至のつぎが冬です。しかしながら差当りはまず謝肉祭です。——正直にいって、ぼくはここでぼくたちがカレンダーに載っている順にどのお祭りも祝っていくのはいいことだと思っているのです。シュテール夫人の話では、門衛所で玩具《おもちゃ》のラッパを売るとかいうことですが」

　まさにそのとおりであった。謝肉祭の火曜日は、遠くからはっきりそれと見てとる暇もないうちにもうやってきて、この日の最初の朝食時——つまり早朝から、もう食堂では玩具の吹奏楽器がピーピー、ブーブーと賑《にぎ》やかな音を響かせていた。昼食時にはゲンザー、ラスムッセン、クレーフェルトの食卓からもう紙テープが飛びはじめ、つぶらな眼をしたマルシャをはじめとして、幾人かが紙の帽子を被《かぶ》っていたが、これもやはり玄《げん》関脇《かんわき》の門衛所で例の跛《びっこ》の門衛が売っていた。しかし晩には祝祭の集まりが食堂と談話室であり、そのあげくの果てに。……この謝肉祭の夜会がハンス・カストルプの行動精神のおかげでいかなる結末をみることとなったか、それを知っているのは目下のところ私たちだけである。しかし私たちは、それを知っていることでいい気になってこれまでの慎重さを失わないように、あわてすぎないように、すべてを信頼するに足る時間の手に任せよう。――ハンス・カストルプ青年が倫理的な羞恥心《しゅうちしん》から、あんなにも長い間そういう結末を招くことを抑制していたということにわれわれは深い同感を覚える。それゆえ、その事件を話すことをできるだけ遅らせたいのである。

午後は大半のひとたちが「街」へ謝肉祭の景気を見にでかけていった。途中でピエロや、剣みたいに鳴子をかたかたいわせて振回す道化者の仮装にも出会った。鈴を鳴らして通過する飾りたてられた橇《そり》の上の仮装のひとたちと、歩いていくひとたちとの間に、石膏《せっこう》の小さな球や紙片が投げ交わされた。みんなはすっかりお祭り気分になり、街のそういう陽気な気分を晩餐《ばんさん》のときに小さなグループでも保ちつづけようと意気ごんで、七つの食卓についた。門衛が売る紙帽子、ピーピーやブーブーが飛ぶように売れた。まずパラヴァント検事が手のこんだ仮装の皮切りをして、女の着物を着、周囲の呼声から察するにヴルムブラント総領事夫人の持ち物らしい辮髪《べんぱつ》を頭にのせ、焼《や》き鏝《ごて》で上ひげを斜め下へさげ、支那《しな》人そっくりの姿で登場した。経営者側も負けていなかった。七つのテーブルには紙の酸漿提灯《ほおずきぢょうちん》が飾られ、その中には蠟燭《ろうそく》が点《とも》っていて、色のついた月のように光っていた。それでセテムブリーニは、食堂へ入ってきてハンス・カストルプの食卓のそばを通る際に、このイルミネーションにひっかけた『ファウスト』中の詩句を引用

して、
「どうです。実にいろいろな火が燃えているじゃありませんか。愉快な連中が寄り合っていますぜ」
と上品で冷静な微笑を浮べながら口ずさみ、彼の食卓へ進んでいったところ、彼はそこで小さい手榴弾《しゅりゅうだん》、薄い膜の中に香水が詰っていて、当って破裂すると中の香水がふりかかる仕掛けになっている手榴弾の一斉射撃を受けた。

要するにお祭り気分ははなから非常に強烈だった。部屋には笑声が満ちて、シャンデリアから垂れた紙テープが空気の動きにつれてひらひらと揺れ、焼肉のソースの中に色紙の小さな球が浮んだ。やがて侏儒《こびと》の給仕女が今宵《こよい》最初のシャンパンの瓶《びん》を冷却器に入れて忙しそうに持っていくのが見られ、みなはアインフーフ弁護士の合図に応じて、シャンパンにブルグント酒を割って飲んだ。そして食事が終るころ天井の灯火が消され、提灯だけが五彩の薄明りでイタリアの夜のように食堂を照らしたとき、お祭り気分は絶頂に達した。セテムブリーニがハンス・カストルプの食卓へ、つぎのような詩句を書いた紙片を回してよこしたので（それを彼は自分にいちばん近いところに坐《すわ》って緑色の薄《うす》葉《よう》紙の騎士帽を被っているマルシャに手渡した）、ハンス・カストルプの食卓で大喝采《だいかっさい》を博した。

しかし、旦那《だんな》、今日は物日の無礼講なのですから鬼火に道案内をお頼みになるにしても、ちっとは大目に見ていただかないと困ります。

ドクトル・ブルーメンコールはふたたび病状が悪化していたが、例の独特な顔つき、というよりは口つきで何かひとりで呟《つぶや》いていた。これはいったいどういう詩句だとでもいっているようであった。ハンス・カストルプは、その詩句に返事を書かなければならないように感じた。ずいぶんくだらない返事になりそうだったが、こっちも浮かれてその紙片に何か返歌を書いてやらなければとしきりに思ったのである。そして彼はポケットへ手を突っこんで鉛筆を探《さが》したが、鉛筆はなかった。ヨーアヒムも女教師も持ち合せていなかった。彼は赤く充血した眼で助けを求めて東の方、食堂の左手の奥の隅《すみ》を見やったが、最初の軽い思いつきがやがて深刻な連想に変り、そのために彼の顔は青ざめ、最初の目的がすっかり忘れられてしまったように見えた。

青ざめる理由はまだほかにもあった。向うの奥のショーシャ夫人は、謝肉祭のおめかしをして新しい服、ハンス・カストルプがはじめて見る服を着ていた。それは黒っぽいというより、むしろ黒い、ときどき少し栗色《くりいろ》に光る薄い絹地の服で、襟口《えりぐち》が少女の服のように小さく丸くなっていて、くりが浅く、前のほうは咽喉《のど》と鎖骨の付け根が見え、うしろは、前へ突きだし加減の首のために、少し飛びだし気味の頸椎骨《けいついこつ》が項《うなじ》のほつれ毛の下に見えた。その服はクラウディアの腕を肩まで露出させていたが、その腕はすんなりとしかもふくよかで、どう見てもひんやりとしているらしく、黒い絹地の服から抜けでるように白く際《きわ》だっていた。そこには、いかにもひとの心を動かす風情《ふぜい》があって、そのためにハンス・カストルプは眼を閉じて囁《ささや》くように、「ああ」と嘆声を洩《も》らした。——こういう裁ち方の服を彼はそれまで見たことがなかった。舞踏服は知っていたから、これ以上に肉体を露出させる服があることはわかっていたが、しかしそれも盛装として許可された、むしろ作法として要求された露出であって、これほどまでにセンセーショナルなものではなかった。彼は以前に薄い紗《しゃ》を透《とお》してこの腕を見たことがあるが、そのときはこの腕の誘惑的魅力、その妖《あや》しい魅力は、あのときの彼の表現を借りるなら、その薄い紗のいかにも思わせぶりな「浄化」によってあれほどまでに強いものになったのだろうと考えられたが、しかしいまはそういう臆測《おくそく》がはっきり間違いだったことがわかった。それは間違っていた。途方もない思い違いだった。病毒にむしばまれた有機体のこのすばらしい腕、豊満で非常に際だった、眩惑《げんわく》するような裸のこの腕は、いつかの浄化された姿以上に強力な誘惑力を発揮していて、それに対してはただもう頭を垂れて囁くように「ああ」と繰返すよりほかにはどうしようもなかったのである。

それからしばらくしてもう一度紙片が回ってきた。それにはこう書いてあった。

飛びきりの方々ですね。

立派な花嫁さんばかりだ。

それに男性諸君も、

末頼もしい青年ばかりですな。*

「ブラヴォー、ブラヴォー!」の叫びが起った。みんなはこのときにもう小さな褐色の陶器に入れてだされるモカを飲むか、あるいは、たとえば甘い酒が何よりも好物のシュテール夫人のように、リキュールを飲んでいた。そして座が乱れて人々が往《ゆ》き来《き》しはじめた。互いに出むいていったり、食卓を替えたりした。一部の客はもう談話室に引っこんでしまったが、一部は食卓に残ってシャンパンをぶどう酒で割ったものを飲みつづけた。セテムブリーニがこんどは自分でやってきた。コーヒー茶碗《ぢゃわん》を手に、爪楊子《つまようじ》を口にくわえている。彼は臨時の座をハンス・カストルプと女教師の間の食卓の角に占めた。

「まるでハルツの山ですな」と彼はいった。「魔女たちが集まるシールケとエーレントのあたりといったところです。いつかの私の話は誇張だったでしょうか、エンジニア。これは正真正銘の乱痴気騒ぎです。しかし待っていらっしゃい、そう急に私たちの洒落《しゃれ》は種切れになりません。まだまだ絶頂ではありません。いわんやおしまいなどではありません。いろいろ聞いたところでは、もっとたくさんの仮装人物が登場するそうです。あるひとたちが姿を消しましたが——これは大いに期待していい証拠です。いまにわかりますよ」

実際に新しい仮装人物が登場してきた。喜歌劇ふうの変に膨《ふく》らんだ格好で、コルクの栓《せん》を焼いてそれで顔へ黒々とひげを書いた男装の婦人たち、その反対に、婦人の夜会服を着てその裾《すそ》に足をとられてよろめく男たち、たとえば学生のラスムッセンは、黒玉を一面に縫いつけた黒の婦人服を着、吹出物だらけの肩や頸《くび》を露出して、背中のほうまで扇子であおいでいた。脚《あし》の曲った乞食《こじき》がひとり、松葉杖《まつばづえ》にすがって現われた。白い下着とフェルトの婦人帽でピエロの衣裳《いしょう》をこしらえ、眼が変に見えるほどに顔に白粉《おしろい》を塗りたくって、口を口紅で真っ赤に引立たせていたのは、あの小指の爪《つめ》を長くのばした少年だった。下層ロシア人席のギリシア人は、美しい脚に藤色《ふじいろ》のメリヤスのズボン下をはき、短外套《たんがいとう》をまとい、紙の襟飾《えりかざ》りをつけ、仕込み杖を下げ、スペインの太公か童話の王子といったような様子で威張って歩いてきた。これらの仮装はいずれも食事後、急いで即席になされたものばかりであった。シュテール夫人はもう落着いて椅子《いす》に坐っていることができなくなった。彼女はいったん姿を消したかとおもうと、すぐにスカートをからげ、袖《そで》をまくりあげ、紙頭巾《かみずきん》の紐《ひも》を頤《あご》の下で結び、手桶《ておけ》と箒を持った掃除婦《ほうきはき》として戻ってきて、さっそくその道具を使いはじめ、濡《ぬ》れた箒を食卓の人々の脚の間に突っこんだ。

バウボ*婆《ばあ》さんがひとりでやってきた。

セテムブリーニは彼女を見ながら『ファウスト』の詩句を引用し、そのつぎの詩句も明瞭《めいりょう》な造形的ないい方で付け加えた。シュテール夫人はそれを耳にしてセテムブリーニを「七面鳥」ときめつけ、仮装会では無礼講だという精神に従って彼を「お前さん」と呼び、「猥褻《わいせつ》な言辞」は控えてもらいたいと要求した。誰もが、もう食事中から「お前さん」とか「君」とか呼び合うようになっていたのである。セテムブリーニがシュテール夫人にやり返そうとしたとき、広間の方から賑《にぎ》やかな笑い声が聞えてきてセテムブリーニを黙らせ、食堂にいるひとたちは一斉に色めきたった。

仮装を終えたばかりと思われるふたつの奇妙な格好のものが、談話室のひとたちに取巻かれて食堂に入ってきた。ひとつは看護婦の服をまとっていたが、その黒服には白紐の線が首から裾まで横に縫いつけてあり、短い線が狭い間隔をおいて平行に並んだところどころにもっと長い線がこれも横へ突きだして、体温計の度盛りをかたどってあった。この姿は人差し指を青く塗った口に当て、右手に体温表を持っていた。もうひとつは青一色の仮装で、唇《くちびる》も眉毛《まゆげ》も顔も頸も青く塗りつぶし、青い毛糸の帽子を斜めに被《かぶ》って片方の耳を隠し、服にも上っ張りにも見える、一枚地の青い光沢麻《ギンガム》で作ったものを着、足首のところは紐でくくり、腹には何かを詰めて膨《ふく》らませていた。このふたりはイルティス夫人とアルビン氏だということがわかった。ふたりとも首にボール紙の札を吊《つる》して、それには「のっぺらぼう」、「青きハインリヒ」と書かれていた。ふたりはよろよろした足どりで広間を回って歩いた。

これは拍手喝采《かっさい》を浴びた。歓声が渦を巻いた。シュテール夫人は箒を小脇《こわき》にして両手を膝《ひざ》につき、掃除婦の仮装をいいことにして度外れに下品な笑い方をした。セテムブリーニだけは冷やかな表情をしていた。彼は大成功を収めたこのふたりの仮装者に一瞥《べつ》をくれると、美しくはねあがった口ひげの下の唇をきっと結んだ。

談話室からこの「青」と「のっぺらぼう」のあとについて食堂へ戻ってきたひとびとの中には、クラウディア・ショーシャもいた。彼女は柔らかい髪のタマラや、いまは夜会服にあのくぼんだ胸を包んでいるブリギン氏とかいう食卓仲間と連れだって、新しい服を着た姿でハンス・カストルプの食卓の横を通りすぎ、斜めに進んでゲンザー青年やクレーフェルトのいる食卓へいってそこで立ちどまり、両手を背中へ回して細い眼で笑ったり、おしゃべりをしたりしていた。そのうち、彼女のつれのふたりは「青」と「のっぺらぼう」という寓意《ぐうい》的な仮装のあとを追って、ふたたび食堂からでていってしまった。ショーシャ夫人も謝肉祭の帽子を被っていたが、それは買い求めたものではなく、子供が折ってもらうような、白い紙を無造作に三角に折りたたんだものにすぎなかった。しかしそれを横っちょに被ったところは、彼女によく似合っていた。栗色に光る黒っぽい絹の服から足がのぞき、スカートには少し膨《ふく》らみがつけられていた。腕については改めてここに贅《ぜい》するまでもあるまい。むろん肩のところまでむきだしだった。

「あの婦人をよくごらんください」そういうセテムブリーニ氏の声を遠方から聞いているような気持で、ハンス・カストルプは、ショーシャ夫人がやがてふたたび歩きだしてガラス扉《ど》の方へ進み、食堂からでていく様子を眼で追った。

「あれはリーリトです」

「誰ですって」とハンス・カストルプは尋ねた。

ゲーテの『ファウスト』の中の台詞《せりふ》のやりとりと偶然同じ順序になったので文学者はすっかり喜んだ。彼は答えた。

「アダムの最初の女房ですよ。よく用心して……」

この食卓には、ふたりのほかにはドクトル・ブルーメンコールが、彼らから離れた自席にいるだけだった。他の食卓仲間は、ヨーアヒムもいっしょに、談話室へ移ってしまっていた。ハンス・カストルプがいった。

「きょうの君は詩や歌でいっぱいだね。そのリーリとかいうのはいったいどんな女性なんだ。するとアダムは再婚したわけだな。これは初耳だ」

「ヘブライの伝説ではそうなっています。このリーリトは夜の魔となり、とくにその美しい髪の毛のため若者には危険だということになっているのです」

「これは、これは！　美しい髪の夜の魔物か。君にはそんなものは我慢できないというわけだね。だから君はやってきて、いわば電灯をつけて若者を正道に連れ戻す――というわけなんだな」ハンス・カストルプは夢でも見るような調子でしゃべっていた。彼はシャンパンのコクテイルをかなり飲んでいた。

「いや、エンジニア、君呼ばわりはおやめなさい」眉根を寄せてセテムブリーニが命令するようにいった。「失礼ですが、教養あるヨーロッパにおける慣用の呼びかけ形式、第三人称複数形、『あなた』をお使いください。いまあなたが使っておられる『君』という呼び方は、あなたに全然合わない」

「どうしてですか。謝肉祭じゃありませんか。今夜は誰に向っても『君』でいいはずじゃありませんか。……」

「ええ、それはみだらな刺激を狙《ねら》ってのことです。他人同士、つまり本来なら『あなた』と呼び合う必要のあるひとたちが『君』呼ばわりをすること、これは厭《いと》わしく野蛮なことであって、原始の状態をもて遊ぶこと、ずいぶんとふしだらな遊び方であって、私がそれをきらうのは、それが根本的には文明や進歩せる人間性に逆行すること――まことに厚顔無恥な逆行を意味するからです。私はあなたを『君』などと呼びはしなかった。誤解なさってはいけない。私はただあなたのお国の文学の傑作から一個所を引用したにすぎないのです。つまり私は詩的にいったのですよ……」

「ぼくもですよ。ぼくだって詩的にいっているんです。いまはそれがぴったりすると思ったので、それでそういっているのです。君を『君』と呼ぶこと、それが自然で簡単なことだなどと思っているのでは決してないんですよ。むしろその反対にそうするには一種の克己が必要なんです。そうするのには相当努力しなければならないのですが、ぼくはその努力を少しも惜しみません、本当に心から喜んで……」

「心から、とおっしゃるか」

「ええ、本当です。心からです。だってぼくらはもうここの上にずいぶん長い間いっしょにいるではありませんか——計算してみてくれたまえ、もう七カ月にもなる。七カ月といえば、なるほどここの上のぼくらの時間観念では決して長いとはいえない。しかし下の世界の時間観念を思いだしてみれば、これはかなりの時間なのだ。ところでぼくらは、人生の波に運ばれてきて、ここで出会って七カ月を共にした。毎日顔を合わせておもしろい話をしたが、その中には、ぼくが平地にいたのでは全然理解できなかっただろうと思われるような話もあった。しかし、それがここではとてもよく理解できた。ここではそういう事柄が、ぼくにとってはとても大事で切実な問題だったので、それでぼくらが議論をするときは、ぼくはいつもとても真剣だったのだ。議論をするといったけれど、むしろ君が人文主義者（homo humanus）としていろいろな事柄をぼくに説明してくれたのだ。だって経験の乏しいぼくにはろくな話ができないから、いつだって君の話を非常に傾聴に値するものと思って聞いているだけだったのだから。君のおかげでぼくはいろいろなことを知ったり理解できるようになった。……カルドゥチの話はその中で最もささやかなものだったにしろ、たとえば共和国と美しい文体の関係とか、時間と人類の進歩の関係だとか——またその反対に、もし時間がなければ人類の進歩もありえず、世界は淀《よど》んだ水たまりか、腐った溜《たま》り水みたいなものになってしまうだろうというようなこと——そういうことは、君なしにはとてもぼくなどの理解の及ぶところじゃなかった。ぼくは君を単に『君』としか呼ばず、その他の呼び方をしない。申し訳ないと思うけれども、ぼくにはほかの呼び方がわからない。――ぼくにはどうしてもそれ以外の呼び方はできない。君がそこに坐《すわ》っていて、ぼくは君を単に『君』と呼ぶ。それで十分だと思う。君は一定の名前を持ったひとりの人間ではなく、ひとりの代表者です、セテムブリーニさん、この土地におけるぼくのそばにいるひとりの代表者なのだ――そうだ、君は代表者なんだ」ハンス・カストルプはそう断言して、平手で卓布の上を叩《たた》いた。「そして、ぼくはいま君にお礼を申上げようと思う」と彼は続けていって、シャンパンにブルグント酒を割ったコップをセテムブリーニ氏のコーヒー茶碗の方へ、いわば食卓上でかち合せるように押しやった。――「この七カ月間、君はとても親切にぼくの面倒を見てくれた。無数の新しい経験の洪水の中でぼんやりしていたこの若い新入生のために、まったく無料（sine pecunia）で、あるいは実話によって、あるいは抽象的な形式の話で、ぼくの練習や実験の援助をしてくれた。そしてぼくに矯正的感化を及ぼそうとした。ぼくはそのことに対してお礼を申上げる。それに対して、またその他のすべてのことに対して、ぼくはお礼を申上げ、ぼくが悪い生徒、君のいわゆる『人生の厄介息子』であったとすれば、そのお詫《わ》びをしなければならないときがきたのを、はっきりと感ずるのだ。君がぼくをそういったとき、ぼくはひどく感動したが、いつもそれを思いだすたびごとに改めて感動してしまう。人生の厄介息子、実際ぼくは君にとって、そしてまた君の教育家的気質にとっても厄介息子だったと思う。君はぼくとはじめて会った日にさっそく君の教育家的気質のことをいわれた——むろんこの、つまり人文主義と教育の関係も、やはり君に教わった関係のひとつなのだが——そのうちには、そのほかに教わったいくつものことがきっと頭に浮んでくることと思う。ではお許しのほどを。そしてぼくのことを悪く思わないでくれたまえ。ご幸福を祈ります、セテムブリーニさん、ご健康を祈ります。ぼくは人類の苦悩を除去しようという君の文学的努力のために乾杯します」そういって彼は話を終えると、うしろへからだをそらせて混合酒を二、三度ぐいぐいと飲んで立ちあがった。「ではみんなのところへいきましょうか」

「おや、エンジニア、何を怒っていらっしゃるんです」イタリア人は驚いた眼でそういって、同じように食卓を離れた。「どうもお別れの挨拶《あいさつ》のように聞えますが……」

「いいえ、どうしてお別れなんてことがありましょう」とハンス・カストルプが逃げた。彼は比喩《ひゆ》的に、つまり言葉のうえで逃げたばかりか、上半身を弧を描くように動かして、からだのほうでも逃げた。そしてちょうど彼らを迎えにきた女教師エンゲルハルト嬢の方へ向いてしまった。彼女は、顧問官さんが経営者側の奢《おご》りである謝肉祭のポンス*をピアノ室で、ご自分で分けていらっしゃるから、みなさんも一杯飲みにいらっしゃいませんか、と知らせにきたのであった。そこで彼らはそちらへでかけた。

事実その部屋では、ベーレンス顧問官が白い卓布のかかった中央の円卓の前に立って、耳つきのコップを差しだしている客たちに取巻かれ、柄杓《ひしゃく》で鉢《はち》から湯気の立つ飲物を汲《く》みあげていた。彼は年中無休の職業柄きょうも診察着を離さなかったが、服装を謝肉祭風に少し飾りたて、真紅な本物のトルコ帽を被って、その黒い総《ふさ》を耳の上にぶらぶらさせていた。これだけでもう彼には十分な扮装《ふんそう》だった。ただささえ異様な風采《ふうさい》が、このふたつのもののためにまったく珍妙で滑稽《こっけい》な姿を作りあげていた。白の長い診察着は、顧問官の身長をとても大きく見せた。項《うなじ》が屈《かが》んでいたから、それを真っ直《す》ぐに延ばして、彼の姿を一直線に延ばして考えると、まったく人間離れした大きさに見えることになるが、さらにその上に、まことに風変りな眼鼻だちの、判じ物めいた小さい頭がのっかっている。この獅子鼻《ししばな》の平べったい、青白く火照《ほて》っている顔つき、淡いブロンドの眉毛の下に青い眼がうるみでていて、弓形に上へ曲っている口の上には薄色のちょびひげが片ちんばに吊《つ》りあがっているご面相が、少なくともハンス・カストルプ青年にとっては、とぼけた帽子を頭にのっけた今夜ほどに異様に見えたことはなかった。顧問官は、鉢からたちのぼる湯気から顔をそむけるようにして、柄杓で弧を描きながら、褐色の砂糖入りのポンスを、差しだされているコップに入れてやり、その間もたえず例の陽気な冗談を飛ばしたので、卓の周囲ではその一杯売りを囲んで、盛んな哄笑《こうしょう》が湧《わ》き起っていた。

「魔王様のおでましです」*セテムブリーニがベーレンスを指して小声でそういったが、すぐハンス・カストルプの横へ引っぱられた。ドクトル・クロコフスキーもきていた。

小柄でがっしりとして、頑健《がんけん》な体軀《たいく》のこの男は、黒い木綿の上っ張りの袖《そで》に腕を通さず、それを肩の周囲にかけただけだったので、それだけでもう舞踏用の仮装服を着たように見えた。そういう格好で彼は、手首を曲げてコップを眼の高さにあげ、仮装の一団と愉《たの》しげに話をしていた。音楽がはじまった。貘《ばく》のような顔をしたあの婦人患者が、マンハイムの男のピアノの伴奏で、ヘンデルのラルゴをヴァイオリンで弾《ひ》き、さらにグリークの、国民的でサロン向きのソナタを弾いた。好意的な拍手が送られた。シャンパンの瓶《びん》を入れた冷却器をそばに、二台のブリッジ台を拡《ひろ》げてカルタをしていたひとびとも（仮装したひとも、そうでないひとも）拍手を送った。ドアは開け放たれていて、ロビーにも幾人かのひとがいた。ポンス鉢が置かれた円卓を囲んでいる一群は、顧問官が何か室内遊戯の手ほどきをしているのを見ていた。眼をふさぎ、立ったままテーブルの上に屈み、しかも眼をふさいでいることが誰にもわかるように顔を仰向け、顧問官は一枚の名刺の裏に、鉛筆で何かの絵を描いた。仔豚《こぶた》の絵だった。眼を閉じたまま、大きな手で、横から見た仔豚の絵を描いたのである。——多少単純で、写実的というより観念的な絵ではあったが、それでも仔豚の画《え》にはちがいなく、しかもそれをこういう困難な条件下にあって描きあげてみせた。細い眼も、大体しかるべきところについていた。少し鼻さきに寄りすぎてはいたが、まあ穏当な位置だった。頭には尖《とが》った耳が、丸い腹には短い脚が、やはり大体適当な位置におかれていた。背中も腹も丸く描かれ、その終りが器用に丸まって尻尾《しっぽ》になっていた。その絵が完成したとき、みなが「わあ」と嘆声をあげ、先生と同じにやってみようと意気ごんだ連中が、われさきにと試《ため》してみた。しかし眼が開いていても、満足に仔豚の描ける者はほとんどいなかったから、眼を閉じたのでは、ものになるはずがなかった。その結果出来損《できそこな》いばかりができあがった。つまりまったくばらばらで、眼は頭の外へ飛びだし、脚は腹の中へ、腹は線が合わず、尻尾はこんがらがった胴体とはいかなる有機的関係もなく、どこか横のあたりで勝手に丸まっていて、それだけで独立した唐草《からくさ》模様を作りだしていた。みんな腹をかかえて大笑いした。誰も彼もこの一群のところへ押しかけてきた。ブリッジをやっていたひとたちもざわめき立って、扇状にしたカルタを手に持ったままで、何事かと覗《のぞ》きにやってきた。見物人たちは、描くひとがこっそり眼を開けないかと監視し（事実二、三の人は心細くなって眼を開けてしまった）、当人が散々なでたらめを描いている間中《あいだじゅう》、くすくす笑いをしたり、噴《ふ》きださないようにこらえたりしていて、やがて描き手が眼を開けて自分のたいへんな作品を見おろすとたんに、どっと笑い崩れた。それでも誰もがわれこそはという気持に騙《だま》されて、競技に参加した。名刺は大型だったがすぐ裏表ともいっぱいに描きつぶされ、出来損いの豚が重なり合った。それで顧問官はもう一枚名刺を奮発し、今度はパラヴァント検事がその上に描きだした。彼は、ひそかに想を練った上で一気に仔豚を仕上げようとしたが、ところが出来あがったものは、前のひとたちの誰の仔豚よりもまずかった。

大体それはとても豚などと呼べるしろものではなく、この世の何物にも似ていなかった。歓声と哄笑と祝辞の嵐《あらし》だった。こんどは誰かが食堂から何枚かのメニューを持ってきた。それで数人もの男女が一度に描くことができた。各々《おのおの》の描き手に監視と見物人がつき、ひとりが描き終ると、つぎの者が鉛筆を受けつぐ。鉛筆は三本しかなく、どれもが奪い合いだった。三本ともお客の所有物だった。顧問官はこの新しい遊戯を紹介して、それが盛んに行われているのを見たうえで、代診といっしょに姿を消した。

ハンス・カストルプは、人込みにまじって片手の肘《ひじ》をヨーアヒムの肩につき、五本の指で頤《あご》をつまみ、他のほうの手を腰に当て、いとこの肩越しに描き手を眺《なが》めていた。彼はしゃべったり笑ったりしていた。彼は自分でも描いてみようと思い立って、大声でそう申しでて鉛筆を渡してもらった。その鉛筆はもうすっかり短くなっていて、辛うじて親指と人差し指でつまんで描けるくらいだった。彼はちびた鉛筆の悪口を並べながら、眼をつむって上を向き、こんな鉛筆ではとてもだめだと大声をはりあげて文句をいいながら、一気にもの凄《すご》い絵を厚紙の上になすりつけ、鉛筆の線は勢いがあまって紙の外に飛びだし、卓布の上にまで及んだ。「これは練習だ」と彼はみなの当然の爆笑に応じて叫んだ。「誰だってこんな鉛筆では——こんな鉛筆なんか捨ててしまえ」そういって彼は罪もない鉛筆をポンス鉢の中へ投げこんでしまった。「どなたかまともな鉛筆をお持ちの方はありませんか。どなたか貸していただけませんか。もう一度描きたいのです。

鉛筆、鉛筆、どなたかお持ちになりませんか」そう叫んで彼は左の前腕でテーブルによりかかりながら、右手を高くあげて振り、周囲を見まわした。誰も貸してくれなかった。そこで彼は向きを変えて部屋の奥の方へ、鉛筆はないかと大声で叫びつづけながら進んでいった。そこにはクラウディア・ショーシャが、小さなサロンの境のカーテンからたいして離れていないところに立っていて、そこからポンスのテーブルの騒ぎを微笑しながら見ていたのである。彼はそれをちゃんと知っていた。

流暢《りゅうちょう》なイタリア語が彼のあとを追った。「アア！　エンジニア。オ待チナサイ、ドウシテソンナコトヲ。エンジニア。モット理性的ニ振舞ッテクダサイ。モシ、トテモ正気ノ沙汰《さた》デハナイ、アノ青年トキタラ」しかし彼はその声を自分の叫び声で圧倒してしまった。それでセテムブリーニ氏は、片方の腕を、その手が頭の上へくるように張って（これは氏の国で誰もがよくやる身ぶりであり、その意味するところは言葉で簡単に表現できないが、とにかくそれは「はあ！」という長嘆息で終る身ぶりであった）、謝肉祭の夜会から姿を消してしまった。しかしハンス・カストルプのほうは、かつての煉瓦《れんが》敷きの校庭でのように、飛びでた顴骨《かんこつ》の上にある青と灰と緑の混合したような眼、内眥《ないし》贅皮《ぜいひ》の眼を間近かにじっと見入ってこういった。

「君は鉛筆を持っていないかしら」

彼は死人のように青ざめていた。以前散歩の際血まみれになって、そのまま講演を聞きに帰ってきたときと同じように青ざめていた。彼の顔面に派生している脈管神経が作用し、そのために、血の気を失った顔の皮膚はうそ寒くしぼみ、鼻は尖《とが》り、眼の下のあたりは死骸《しがい》のように鉛色に見えた。しかし心臓は交感神経によって躍《おど》らされて、もはや規則正しい呼吸など全然問題にならなかった。からだじゅうの皮脂腺《ひしせん》が毛嚢《もうのう》といっしょに突起していて、それで青年は続けさまに悪寒《おかん》に襲われた。

紙の三角帽を被《かぶ》った女は、微笑しながら彼を頭の天辺《てっぺん》から爪先《つまさき》まで見あげたり見おろしたりしていたが、その微笑には、青年の凄惨《せいさん》な様子に対する同情も心配もなかった。大体女というものは、情熱の凄惨さにはあまり同情したり心配したりしないものである。――女性にとって情熱は、生来それに慣れない男性にとってよりもずっと身近なものであり、だから男性がそれに手を焼いているのを見ると、冷笑や意地悪い喜びを禁ずることができない。もっとも男性にしても、女性からそのことで同情や心配を押しつけられたりすれば、かえって有難迷惑ぐらいには思うかもしれない。

「私？」と腕をあらわにした病気の女が、「君」と呼ばれたのに対して答えた。……「ええ、たぶんあると思うわ」さすがに彼女の声にも微笑にも、長期にわたる無言の交渉後にはじめて話しかけられたときの興奮が多少現われていた。――それはまた、これまでの無言の数々の交渉をひそかに匂《にお》わせようとするずるい興奮ともとれた。「あなた、とても野心家（ehrgeizig）ね。……あなたは……とても……熱心（eifrig）ね」彼女は外国人らしいr音と外国人らしい開き過ぎたe音でエキゾティックな発音をしながら冷かした。彼女の少し曇った快い嗄《しゃが》れ声が、「野心家（ehrgeizig）」という言葉の二番目の音節にアクセントを置いたので、それはドイツ語ではなくて、まるで外国語のように聞えた。＊彼女は革のハンドバッグをかき回し、中を覗《のぞ》きこんで、はじめにでてきたハンカチの下から、小さい銀の軸の鉛筆を取りだした。それは細くて壊《こわ》れやすい、ほとんど使いものにならないような装飾品だった。以前にヒッペから借りた鉛筆、あの最初の鉛筆のほうが、もっと丈夫で、しっかりとしていた。

「ドウゾ」と彼女はフランス語でいって、親指と人差し指で鉛筆のさきをつまみ、それを軽くぶらぶらさせながらハンス・カストルプの眼の前に差しだした。

彼女はそれを渡すでもなく、渡さないでもないという様子だったので、彼もそれを受取るような、受取らないような格好で、手を鉛筆の高さにまで、鉛筆のすぐそばまであげ、それを指で摑《つか》みそうにして、しかも摑んでしまわないままに、鉛筆とクラウディアの韃靼《だったん》人のような顔を、鉛色の落ちくぼんだ眼窩《がんか》の奥から交互に眺《なが》めていた。彼は血の気のうせた唇《くちびる》を開いたまま、しかも唇を動かさずにこういった。

「やっぱり、持っていたんだね」

「気ヲツケテネ、少シ壊レヤスイカラ」と彼女はフランス語でいった、「ネジッテダスノヨ」

ふたりは鉛筆の上へ頭をくっつけ合うようにして屈め、彼女は鉛筆のわかりきった仕掛けを説明した。螺旋《ねじ》を回すと中から針のように細くて固そうな、色がつきそうにもない芯《しん》がでてくるのである。

ふたりは頭をくっつけ合うようにして立っていた。今夜の彼はタキシードを着て固いカラーをつけていたので、それに頤《あご》をのせていることができた。

「ちび（klein）だが、君（dein）のだ」彼は彼女と額と額を合せて鉛筆に眼を落しながら、唇を動かさずに、それで唇音《しんおん》もださないでいった。

「まあ、あなたは駄洒落《だじゃれ》もお上手だわ」と彼女は顔をあげてようやく鉛筆を渡しながら、ちょっと笑った（明らかに彼の頭には一滴の血も残っていそうもなかったのに、どうしてそんな駄洒落なんかいうことができたのか、これはまったくの謎《なぞ》だった）。「ではいって、急いでいって、描いて。立派に描いて、恥をかかないように」彼女も洒落をいって、彼を追いたてるようにした。

「でも、君はまだ描いていないんだろう。君も描かなくちゃだめだ」と、彼は「だめ」を「だえ」と発音し、彼女を引っぱるように一歩うしろへ退いた。

「私？」彼女はふたたび驚いたように繰返したが、それは彼の勧誘に驚いただけではなさそうだった。彼女は幾分困惑したように笑いながら立っていたが、彼の催眠術師的な後退に惹《ひ》かれて、ふた足、三足、ポンス鉢の円テーブルのほうへ歩きかけた。

しかしもうさきほどの遊びは飽きられて、もう終ろうとしていた。誰かがまだ描いていたが、見物人はいなかった。メニューの紙は全部拙《つたな》い画ですっかり埋められていた。誰もが自分の無能ぶりを試し終って、テーブルの周囲はひっそりとしていた。それに別の物がひとびとを惹きつけていた。つまり、医者が姿を消したのを見届けると、みなが急にダンスをやろうといいだしたのである。急いでテーブルが片隅《かたすみ》へ寄せられ、見張り役が書き物室とピアノ室に配置されて、万一「おやじ」や、クロコフスキー、あるいは婦長がやってきた場合には、合図してダンスをやめさせるようにした。スラヴの青年が胡桃《くるみ》材の小さなピアノの鍵盤《けんばん》を、情熱的に叩《たた》きはじめた。最初の幾組かがその部屋で踊りだした。見物人たちは周囲に雑然と丸く並んだ椅子《いす》や肘掛《ひじかけ》椅子に腰かけていた。

ハンス・カストルプは、隅へ片づけられるテーブルに向って、「さらば」といい、手を振って別れを告げた。それから彼は小さなサロンに残っている椅子と、右手のカーテンのそばの人目の少ない隅を頤で指した。彼は一言も発しなかった。おそらく音楽がとても喧《やかま》しかったからであろう。彼は粗天鵞絨《あらびろうど》張りの木の椅子——いわゆる凱旋《がいせん》椅子をショーシャ夫人のために引っぱってきて、先刻身ぶりで示した場所に据え、自分には籐《とう》を丸く巻いた、肘掛のある、ぎしぎし軋《きし》む籐椅子を選び、彼女と並んで、彼女の方へ屈《かが》みこんで腰かけた。両腕を肘掛に、両手で彼女の鉛筆を持って、両足を椅子の下へ深く入れていた。彼女は粗天鵞絨の椅子の背に、ぐっと深く寝るようにもたれたので、両膝《りょうひざ》が高く持ちあがっていたが、脚《あし》を組んで、片足を宙に揺すっていた。黒いエナメル靴の縁から、黒絹の靴下に包まれた踝《くるぶし》が覗いていた。ほかのひとたちが彼らの前に腰をかけていて、踊りに立ったり、踊り疲れたひとに席を譲ったりしていた。往《ゆ》き来するひとたちで周囲はがやがやしていた。

「新しい服だね」彼女を眺める口実を作ろうとしてハンス・カストルプはこういった。そして彼女がそれに答えるのを聞いた。

「新しい？　あなたは私の服のことを知ってるの？」

「ね、そうだろう」

「そう。最近ここで作らせたの。村のルカセクのところで。あの人はここの上の女のひとたちのものをずいぶん作ってるの。これお気に召して？」

「うん」と彼はいって、もう一度彼女の姿を見回すと、眼を伏せて、「踊らない？」とつけ加えた。

「あなた、踊りたいの」彼女は眉《まゆ》をあげて微笑しながら問い返した。彼は答えた。

「君が踊るんなら」

「あんたはなかなか隅に置けないのね」と彼女はいったが、彼が何をくだらないというように大声で笑ったので、「あんたのいとこさんはもう帰ってよ」と付け加えた。

「ああ、あれはぼくのいとこさ」彼は必要もないのにそう保証した。「あれが引揚げたことは知っているよ。おそらく横になったんだろう」

「アノ人ハトテモ窮屈ナ、トテモ律義《りちぎ》ナ、トテモドイツ的ナ人ネ」

「窮屈？　律義？」と彼は相手の言葉を繰返しながら尋ねた。「ぼくはフランス語は話せる以上によくわかるんだ。君は僕たちドイツ人をペダンティックだと思うの——ボクタチドイツ人ノスベテヲ？」

「私タチハアナタノイトコサンノコトヲ話シテイルノヨ。デモホントネ、あなた方はすこし小市民的よ。アナタタチハ自由ヨリモ秩序ヲ愛スルワネ、トイウノガヨーロッパデノ通リ相場ヨ」

「愛スル……愛スル……。コレハドウイウコトカ。定義ガナイ、コノ言葉ニハ。人は持たない物を愛する、諺《ことわざ》ニイウトオリ」とハンス・カストルプが主張した。「最近ぼくは」と彼は話しつづけた。「自由について時どき考えてみた。つまりね、あまりなんども自由という言葉を聞かされたので、それについて考えてみた。ぼくの考えたことを君ニフランス語デ話シテミヨウカ。ヨーロッパノミンナガ自由ト呼ンデイルモノハ、秩序ヲ求メルボクタチノ気持ニ較《くら》ベレバ、カナリペダンティックデ、カナリ小市民的ナモノラシイ——ボクハソウ考エタ」

「アラ、オモシロイワネ。ソンナ奇妙ナコト、ソレ、アナタノイトコサンノコトヲオッシャルノ？」

「いや、アレハトテモ善良ナ人間ダ、単純でなんの心配も要《い》らない人間さ。シカシ彼ハ小市民デハナクテ、軍人ナンダ」

「心配の要らない」と彼女は発音しにくそうに繰返していった。……「アナタハアノ人ガ完全ニ頑丈《がんじょう》デ、ソレデ何ノ危険モナイトオッシャルツモリ？ ケレドアノ人トテモ悪イノヨ、アナタノオ気ノ毒ナオイトコサンハネ」

「誰がそういったの」

「ここでは誰でもお互いのことをよく知っているの」

「ベーレンス顧問官が君にそういったの？」

「タブンネ、絵ヲ見セテクダサッタトキカモ知レナイワ」

「ツマリ、君ノ肖像ヲ描キナガラ？」

「ソウネ。アレハヨク描ケテイルトオ思イニナッテ、私ノ肖像画？」

「ヨク描ケテイル、トテモスバラシイ。ベーレンスハ君ノ皮膚ヲトテモ正確ニ描キアラワシテイル、アア、トテモ忠実ニ。肖像画家ダッタラト思ウヨ、ボクダッテネ。ソシテ、アノ人ノヨウニ君ノ皮膚ヲ研究スル機会ガ得ラレタラ」

「ドウゾ、ドイツ語デオ話シナサイヨ」

「ああ、僕はドイツ語で話しているのさ、フランス語を使っていてもね。アアイウ研究ハ一種ノ芸術的、医学的ナ研究——一言デイエバ、人文的研究ナンダ。ところで、どう、踊らない？」

「いやよ、子供じみてるわ。医者タチノ眼ヲ盗ンデナンカ。ベーレンスガクルト、ミンナ慌《あわ》テテ椅子ニ飛ビックノヨ。醜態ヨ」

「そんなにあのひとを尊敬しているの？」

「誰を？」彼女はこの「誰を」という疑問詞を短く、外国人らしく発音した。

「ベーレンスさ」

「ベーレンス、ベーレンスッテイワナイデヨ。それに踊るには狭すぎるわ。シカモ敷物ノ上デナンカ。……私たちは見物していましょうよ、踊りを」

「ああ、そうしよう」と彼は賛成して、青ざめた顔で、祖父譲りの青い瞑想《めいそう》的な眼差《まなざ》しで、仮装した患者たちがこちらのサロンと向うの書き物部屋で踊っているのを、彼女の横から眺めていた。「のっぺらぼう」が「青」と踊り、燕尾《えんび》服《ふく》に白チョッキを着た舞踏会の世話係りというういでたちのザーロモン夫人は、シャツの胸を高く盛りあがらせ、口ひげを描き、片眼鏡をはめ、黒い男ズボンの下から小さなエナメル靴のハイ・ヒールをのぞかせるという見っともない格好で、ピエロを、白く塗った顔の真ん中に真っ赤な唇を走らせ、赤目兎《あかめうさぎ》のような眼をしたピエロを相手に踊っていた。黒玉のきらめく抜き襟《えり》の服を着たラスムッセンを抱いているのは、短外套《たんがいとう》をはおったギリシア人で、彼は藤色《ふじいろ》のメリヤス・ズボンに包まれた均斉のとれた脚をすり動かしていた。キモノを着た検事、ヴルムブラント総領事夫人、ゲンザー青年の三人は互いに腕を組み合せ、三人いっしょに踊っていた。シュテール夫人はといえば、箒《ほうき》を相手に、箒を胸に抱いて、箒の剛毛を人間の逆立った髪の毛であるかのように愛撫《あいぶ》しながら、踊っていた。

「ではそうすることにしよう」とハンス・カストルプは機械的に繰返していった。ピアノの音が響くなかで、ふたりは低い声で話し合った。「ぼくらはここに坐《すわ》って、夢のなかでのように見物していよう。こんなふうにふたりで腰をかけているなんて、ぼくにはまるで夢のようだ――特別ニ深イ夢ノヨウダ。トイウノモ、コンナ夢ヲミルニハ、トテモ深ク眠ラナケレバナラナイカラ。……実ヲイウト、コレハ、イママデイツモ見テキタ、ヨク知ッテイル夢、長イ間ノ、永遠ノ夢ナンダ。ソウダ、君ノソバニ、イマノヨウニ坐ッテイルコト、コレハ永遠トイウモノナンダ」

「詩人ネ」と彼女はいった。「小市民デ、ヒューマニストデ、ソシテ詩人――ソレデ申シ分ノナイドイツ人ヨ、理想的ナ、ネ」

「イッタイボクタチハ、ハタシテ理想的ナドトイエルダロウカ」と彼は答えた。「ドンナ点カライッテモ。ボクタチハ、オソラク、人生ノ厄介息子ナノサ、単ニ、ネ」

「オモシロイコトイウワネ。ソンナラオ尋ネシテヨ。……コンナ夢ナラ、モット早ク、シカモ簡単ニ見ルコトハデキナカッタノカシラ。コノツマラナイ女ニオ言葉ヲカケテクダサロウトイウゴ決心ノツクノガ、少シ遅スギタヨウネ」

「ドウシテ言葉ガ必要ナンダロウ」と彼がいった。「ナゼ話ス必要ガアルノダロウ。話シタリ論ジタリスルコト、ソレハ共和的ナコトカモ知レナイ。ソレハ認メル。シカシ、ソレガマタ詩的ナコトデモアルカドウカ、ソレハ疑ワシイ。ボクタチノ療養仲間デ、ボクノ友人ミタイニナッテイルセテムブリーニ氏ハ……」

「サッキアンタニ何カ言ッテイタ人ノコトネ」

「ソウ、彼ハ確カニ雄弁家ダ。ソレニ、美シイ詩句ヲフンダンニ引用スル――シカシ彼ヲ詩人トヨベルカシラ」

「私ハマダアノ紳士トオ知リ合イニナル機会ニ恵マレテイナイノ、ホントニ残念ダワ」

「ソウダロウネ」

「マア！　ソウダロウネ、ナンテ」

「ドウシテ？　イマイッタノハ全然無意味ナ言葉ナンダ。ボクノ話シ方デワカルヨウニ、ボクハフランス語ナンカメッタニ使ワナイ。シカシ、君ト話ストキハ、ボクハ自分ノ国ノ言葉ヨリモコノ言葉ヲ使イタイ。フランス語デ話スノハ、僕ニハ、イワバ話サナイデ話スヨウナモノナノダカラ――ツマリ、責任ヲ持タズニ、トイウカ、アルイハ、夢ノナカデ話スヨウナモノナノダ。ワカル？」

「マアネ」

「ソレデ結構……。話スナドトイウコトハ」とハンス・カストルプは続けていった。

「――哀レナコトダ。永遠ノナカデハ、話ナンカ必要ジャナイ。永遠ノナカデハ、仔豚《こぶた》ヲ描クトキミタイニスルノサ、ツマリ、顔ヲ仰向ケ、眼ヲ閉ジルンダ」

「トテモウマイ言イ方ネ、ソレハ。アナタハ永遠トイウモノニ明ルイノネ、キットソウヨ、トテモ詳シイモノ。アナタハトテモ風変リナ可愛イ夢想家ナノネ」

「ソレニ」とハンス・カストルプはいった。「ボクガモット早ク君ニ話シカケテイタラ、ボクハ君ヲ『アナタ』ト呼バナケレバナラナカッタダロウ」

「デ、アナタハコレカライツモ私ヲ君ト呼ブツモリ？」

「ムロンノコトダ。コレマデダッテボクハイツモ君ヲ君ト呼ンデイタシ、コレカラモ永遠ニ君ヲ君ト呼ブヨ」

「ソレハ少シ極端ネ、ホントヨ。イズレニシテモ、アナタガ私ヲ『君』ト呼ンデクダサルノハ、余リ長イコトデハナイワ。ワタシ、ココヲ出発スルノヨ」

ハンス・カストルプにこの言葉の意味がはっきり意識されるまでに、かなりの時間が必要だった。それから彼は、眠りから起されたひとのように、きょろきょろ周囲を見回して、急にからだを起した。ハンス・カストルプはのろのろと、ためらいながら考え考えフランス語でしゃべっていたので、二人の会話はかなりのろいテンポで進行していた。しばらくの間止《や》んでいたピアノの音が、スラヴの青年に代って楽譜を拡《ひろ》げたマンハイムの男の手によって、ふたたび鳴りはじめた。彼の横にエンゲルハルト嬢が坐って、楽譜をめくってやっていた。舞踏会はさびれていた。大部分の療養客は水平状態に帰ったらしい。ハンス・カストルプの前には誰も坐っていなかった。読書室ではカルタが続けられていた。

「何をするって?」ハンス・カストルプは茫然《ぼうぜん》として尋ねた。

「出発するのよ」彼女は相手が驚いたのにけげんな様子を見せて、笑いながら繰返していった。

「とんでもない」と彼はいった。「ご冗談でしょう」

「いいえ、大真面目《まじめ》。私、さよならするの」

「いつ?」

「あした。昼食ヲイタダイテカラ」

彼の心の中ではいっさいが崩れ落ちたようだった。彼はいった。

「どこへ」

「ずっと遠く」

「ダーゲスタンへ」

「アナタハナカナカ詳シイノネ。エエ、タブンネ、シバラクノ間……」

「ではもう治《なお》ったの?」

「ソレハ……マダヨ。しかしベーレンスは、差当って私がこれ以上ここにいても、たいして変りはあるまいというの。デ、私モコノ際、思イキッテ少シ場所ヲ変エテ見ヨウッテワケヨ」

「じゃ君はまたここへ戻ってくるんだね」

「そこまではわからないの。とくにそれがいつのことになるかは。私ハネ、自由ヲ何ヨリモ愛スルノ、トクニ居所ヲ選ブ自由ヲネ。アナタナンカニハトテモワカリッコナイワ、自由ヲ求メズニハイラレナイトイウ気持ハ。キットコレハ民族的ナモノナノネ」

「ソレデ、ダーゲスタンニイル君ノゴ主人ハソレヲ君ニ認メテイルノ、君ノソノ自由ヲ？」

「病気ガ私ニ自由ヲ与エテクレルノ。私ハココニコレデ三度目デス。コンドハココニ一年イタワ。モウ一度ココヘ戻ッテクルカモシレナイ。デモ、ソノコロハ、アナタハモウトックニドコカ遠クヘイッテルハズヨ」

「ソウ思ウ、クラウディア？」

「マア、私ノ名前マデ。本当ニアナタハ謝肉祭ノ慣習ニ忠実ネ」

「いったい君は僕がどのくらい悪いか知ってるの？」

「『エエ』トモ——『イイエ』トモイエルワ——ココデソウイウコトヲ知ッテイルトイウ場合ハイツモソンナフウネ。アナタノカラダノナカニハ小サナ浸潤個所ガアッテ、熱モ少シアル、デショ」

「昼過ギニハ三十七度八分カ九分」とハンス・カストルプはいった。「で君は？」

「アラ、私ノハモウ少シ複雑……決シテ単純ジャナイノ」

「人文学科ノ中ノ医学ト呼バレル部門ニハ」とハンス・カストルプがいった。「淋巴腺《リンパせん》ノ結核性栓塞《せんそく》ト呼バレル現象ガアル」

「マア！　アナタハ探偵シタノネ、キットソウネ」

「ソレデ、君ハ。……いや、どうも失礼！　ところでひとつお尋ねしたいことがある、ドイツ語でね。いつかぼくが食堂から診察を受けにいったとき、六カ月前のこと。……あのとき、君はぼくの方を振返って見たけど、覚えている」

「タイヘンナ質問ネ。六カ月モ前ノコトヲ」

「あのとき君はぼくがどこへいくか知っていた？」

「知ッテイタワ、マッタク偶然ニ。……」

「ベーレンスから聞いたの？」

「マタ、ベーレンス」

「ダッテ彼ハ君ノ皮膚ヲアンナニ正確ニ描イタンダモノ。……ソノウエ、彼ハ頬《ほお》ヲ火照《ほて》ラシタ独身者デ、ナントモ驚クベキコーヒー・セットヲ持ッテイルシネ。……ダカラ彼ハ君ノカラダヲ、単ニ医師トシテノミナラズ、マタ人文学科ノ別ノ部門ノ識者トシテモ知ッテイルニチガイナイト思ウ」

「確カニ、夢ノナカデ話シテイルヨウダトオッシャルホドノコトハアルワ、コノ人」

「ソウカモシレナイ。……君ノ出発ノ警鐘ノオカゲデボクノ夢ハ無残ニ破ラレタ。シカシ、ボクニモウ一度夢ヲ見サセテクレタマエ。七カ月間、君ノソバデ暮シタボク。……ソシテ現実デヤット君ト知リ合ッタトタンニ、君ハ出発スルトイウ」

「サッキモイッタデショウ、モット早ク話シ合エタデショウニト」

「君はそれを望んだだろうか」

「私？　逃ゲテハダメヨ、坊チャン。アナタノ問題ヨ、アナタ自身ノ。イッタイアナタガ臆病《おくびょう》スギタタメニ、イマ夢ノ中デ話シテイル女ニ近ヅケナカッタノ？　ソレトモ誰カガ邪魔ヲシタトイウノ？」

「コレハモウ一度イッタコトダケレドネ。ボクハ君ヲ『アナタ』ト呼ビタクナカッタ」

「驚イタ人ネ。デハ、イッテチョウダイ――アノ雄弁家、夜会カラ引揚ゲテイッタアノイタリア人――アノ人ハサッキアナタニナントイッタノ？」

「ボクハ絶対ニ何モ聞カナカッタ。ボクノ眼ガ君ヲ見テイルトキニハ、ボクハ彼ノコトナドマッタク念頭ニナイ。ソレニ君ハ忘レテイルヨ……ココデハソンナニ簡単ニ君ト近ヅキニハナレナイトイウコトヲネ。ソレカラ、ボクニハイツモイトコトイウ紐《ひも》ガツイテイル。ソシテ彼ニハココデ楽シム気ナンカ全然ナイノダ。彼ノ考エテイルコトハ、平地へ帰ッテ兵隊ニナルコトダケダ」

「オ気ノ毒ナ人ナノネ。アノ人ハ、ホントハ、アノ人ガ自分デ思ッテルヨリズット悪イノヨ。ソレカラ、アナタノイタリア人ノオ友達ニシテモ、ソウ軽イトハイエナイノヨ」

「ソレハアノ人モ自分デイッテイタ。ダケドボクノイトコハ。……ソレガ本当ナラ、恐ロシイコトダ」

「平地デ兵隊ニナンカナロウモノナラ、ソレコソ死ナナクチャナラナイッテ」

「彼ガ死ンデシマウ。死。コレハ恐ロシイ言葉ダ、ソウジャナイ？　シカシ不思議ダ。前ホドコノ言葉ハボクノ心ヲ動カサナイ。『恐ロシイコトダ』トイッタケレド、コレハキマリ文句ニスギナイ。ボクニハ死トイウ考エハ恐ロシクナイ。ボクハ平気ダ。アノ善良ナヨーアヒムガ死ヌカモシレナイト聞イテモ、ボクハ気ノ毒ダト感ジナイ、彼ニ対シテモ、ボク自身ニ対シテモ。彼ノ体質ハボクノトヨク似テイルトイウコトダガ、ソレガ本当デモ、ボクハソウタイシテ怖《こわ》クナイ。彼ハ重病人デ、ボクノホウハ恋ワズライ、ソレモ結構。――君ハレントゲン写真ノアトリエデ、ボクノイトコニ話シカケタコトガアルケレド、待合室デ、思イダセル？」

「ボンヤリ覚エテイルワ」

「アノ日、ベーレンスハ君ノ透視写真ヲトッタネ」

「エエ、ソウ」

「アア、神様。イマソコニソレヲ持ッテイル？」

「イイエ、私ノ部屋ニアルワ」

「アア、君ノ部屋ニネ。ボクハイツモ紙入レニ入レテオクンダ。オ目ニカケヨウカ」

「アリガトウ。私ソンナニ好奇心ガ強クナイノ。ゴク単純ナ写真ナンデショウ」

「ボクハ君ノ外面的肖像ハモウ見テシマッタ。シカシソレヨリモ君ノ部屋ニアル内面ノ肖像画ガ見タイ。……デハコンドハ別ノコトヲ知リタイ。街ニトマッテイルロシア人ノ紳士ガ時ドキ君ヲ訪《たず》ネテクルソウダガ、アレハドウイウ人ナノ。ドンナ目的デ、アノ人ハヤッテクルノ？」

「アナタハトテモ探偵ガオ上手ネ、ホント。イイワ、答エルワ。アノ人ハネ、同ジ病気ノ同国人デオ友達ナノヨ。アノ人トハ他ノ療養地デ知リ合ッタノ、モウ三、四年前ノコト。私タチノ関係？　ソウネ、私タチハイッショニオ茶ヲ飲ンダリ、煙草《たばこ》ヲ二、三本吸ッタリ、オシャベリヲシタリ、哲学ヲ論ジタリ、人間ヤ神サマヤ人生ヤ道徳ニツイテ、ソノ他イロイロナコトニツイテオ話シスルノ。以上報告終リ。コレデゴ満足？」

「道徳ニツイテモ。ソレデ、道徳ニツイテ君タチハドンナ結論ニ達シタノダロウカ、タトエバ」

「道徳ニツイテ？　アナタハソンナコトニモ興味ガアルノ？　ソウネ、私タチニハコンナフウニ思ワレルノ、道徳ハ美徳ノ中ニ求メルベキデハナイ、ツマリネ、理性トカ規律トカ良風、誠実トイウヨウナモノノ中ニ求ムベキデハナクテ――ムシロソノ反対ノモノ、ツマリ、危険デ有害ナモノ、私タチヲ破滅サセルモノノ中ヘ飛ビコンデ、罪悪ノナカニ求メルベキダト。私タチニハネ、自分ヲ大事ニスルヨリハ、自分ヲ傷ツケ、苦シメルノガ、ズット道徳的ダト思ワレルノヨ。スグレタ道徳家ハ有徳ノ士デハナクテ、悪ノ中ノ、悪徳ノ中デノ冒険家ダッタ。悲惨ノ前ニキリスト教徒トシテ頭ヲ垂レルコトヲ私タチニ教エテクレル偉大ナ罪人ナノダトネ。コンナ考エヲアナタハ不快ニ思ウデショウネ？」

彼は黙っていた。彼は相変らず最初と同じ姿勢で、組み合せた足をきしむ椅子《いす》の奥へ入れ、クラウディアが紙の三角帽子を被《かぶ》って寝そべるような格好で腰かけているほうへ屈《かが》み、彼女の鉛筆を指の間に挟《はさ》み、ハンス・ローレンツ・カストルプ譲りの青い眼で、人影のなくなった部屋を額越しに眺めていた。夜会の客は退散してしまっていた。マンハイム生れの病人が、斜め向うの隅《すみ》にあるピアノを片手で弾《ひ》いて、低い、切れぎれの音をたてていた。彼のそばに腰をかけた女教師は膝《ひざ》の楽譜をめくっていた。ハンス・カストルプとクラウディアの会話がとぎれると、マンハイムのピアニストも鍵盤《けんばん》に軽く触れていた手を膝へおろして弾くことをやめ、エンゲルハルト嬢は相変らず楽譜をのぞいていた。謝肉祭の夜会で最後に残ったこの四人は、身動きもせず坐《すわ》っていた。数分の間、静寂が続いた。その沈黙の重さに耐えかねたように、ピアノのそばのふたりの頭が、マンハイムの男の頭は鍵盤上に、エンゲルハルト嬢のは楽譜の上へ、次第に深く垂れていった。そしてこのふたりは、ひそかな了解ができたかのように同時にそっと立ちあがり、まだひとが残っている部屋の隅をわざと振向かないようにと、首を縮め、腕をぎごちなくからだにくっつけ、爪立《つまだ》ちで書き物部屋と談話室を通り抜けて、姿を消していった。「イマノガ最後ノフタリヨ。「皆サンガオ引取リニナルワ」とショーシャ夫人がいった。「イマノガ最後ノフタリヨ。モウ遅イワ。サア、コレデ謝肉祭ハ終リヨ」そういうと彼女は両腕をあげて、紙の帽子を、編んだ髪を花冠のように頭に巻きつけた赤みがかった髪から取りおろした。「ソシテソノ結果ハアナタモゴ存ジノトオリナノヨ」

しかしハンス・カストルプは元どおりの姿勢で眼をつむったまま、彼女の言葉を否定していった。

「決シテ、クラウディア、ボクハ決シテ君ヲ丁重ナ『アナタ』ト呼バナイ、こういってよければ、生命ニ代エテモネ——構わないだろう。進歩シタ人文的文明ノヨーロッパガ、人ヲ呼ブトキニ用イル『アナタ』トイウ形式ナンカ、ボクニハトテモ小市民的、杓子定規《しやくしじようぎ》的ナモノニ思ワレル。イッタイ何ノタメノ形式ダロウ？　形式ナンカ俗物根性ソノモノデハナイカ。君タチガ、君ト君ノ同病ノ同国人ガ道徳ニツイテ到達シタ結論……君ハ、ボクガソウイウ考エニ驚クト本気ニ思ッテイルノダロウカ。イッタイボクヲドコノ頓馬《とんま》野郎ダト思ッテイルノ。イッテクレタマエ、君ハボクヲイッタイドウ思ッテイルンダ」

「ソンナコトタイシタ問題デモナイワ。アナタハオ上品デ善良ナオ坊チャンヨ。良家ノ出デ、身ダシナミガヨクテ、先生ニ従順ナ生徒サンデ、間モナク平地ニ帰ッテ、今夜ココデ夢ノ中デノヨウニ話シタコトナンカスッカリ忘レテシマッテ、造船所デ真面目《まじめ》ニ働イテ、祖国ヲ偉大ニ強力ニスルオ手伝イヲスル人ヨ。コレガアナタノレントゲン写真ヨ、機械ナシデ写シタネ。ヨク撮《と》レテイルト思ワナイ？」

「ベーレンスガ発見シタ二ツ三ツノ小サナコトガ欠ケテイル」

「アア、オ医者サンハナンデモ発見スルノヨ、ヨク知ッテルンデスモノ……」

「君ハセテムブリーニ氏ノヨウナ言イ方ヲスルンダネ。デハ、ボクノ熱ハ？　コレハイッタイナンノ熱ナノ？」

「モウタクサン、ソンナオ熱ナンカナンデモナイワ、スグ消エテナクナルオ熱ヨ」

「チガウ、クラウディア、君ニハ自分ガ本当ノコトヲイッテイナイコトガヨクワカッテイルンダ。君ハナンノ確信モナイノニソウイッテイルンダ。ボクニハソレガヨクワカル。ボクノカラダノ熱、疲労シタ心臓ノ動悸《どうき》、手足ノ悪寒《おかん》、コレハナンデモナイドコロデハナイ、コレハホカデモナイ――」そういって彼は唇を震わせた青い顔を、いっそう深く彼女の顔の方へ傾けた。「コレハホカデモナイ、君ニ対スルボクノ愛ナンダ、ソウダ、ボクノ眼ガ君ヲ見タ瞬間ニボクノ心ヲトラエタ愛、ボクガ君ヲ君ダト認メタト同時ニ知ッタ愛ナンダ――ソシテ、ボクヲココヘ連レテキタノモ、コノ愛ニホカナラナイ……」

「マルデ気ガチガッタヨウヨ」

「アア、モシ愛ガ妄想《もうそう》デナケレバ、ソレガ非常識デ、禁ジラレタコトデナケレバ、悪ノナカデノ冒険デナケレバ、愛ナドトルニ足リナイモノナンダ。ソノトキハ、愛ハ、平地デ作ラレル陳腐ナ小唄《こうた》ノ対象ニスギナイ。シカシ、ボクガ君ヲソノ人ダト認メ、君ニ対スル愛ヲモウ一度感ジタコトハ——ソウダ、コレハ本当ノコトダガ、ボクハ君ヲ前カラ知ッテイタ、昔カラ知ッテイタンダ、君ヲ、君ノ不思議ナ形ニ傾イタ眼ヲ、君ノ口ヲ、君ガモノヲイウトキノ声ヲ知ッテイタンダ——ボクハ前ニモ一度、ボクガマダ生徒ダッタトキ、君ニ鉛筆ヲ貸シテクレ、ト頼ンダコトガアッタ、君ト遂《つい》ニハ世間的ニモ知合イニナロウトシテネ。トイウノモ、ボクハ君ヲ理性ヲ失ウホドニマデ愛シテイタカラナノダ。ボクノカラダノ中ニベーレンスガ発見シタ痕跡《こんせき》、ソシテボクガズット以前ニモ病気ダッタコトヲ示ス痕跡、コレハソノタメニ残ッテイルンダ、君ニ対スルボクノ古イ愛ニヨッテデキタ痕跡ナンダ……」

彼の歯はがちがち鳴っていた。彼はうわ言をいうようにしゃべりながら、きしむ椅子から片足を引きだして前へずらし、もう一方の足の膝を床につけて彼女の傍《そば》に跪《ひざまず》き、頭を垂れ、全身を震わせていた。「ボクハ君ヲ愛シテイル」と彼は口ごもっていった。「ボクハイツモ君ヲ愛シテイタ、ナゼナラ、君ハボクノ生命、ボクノ『君』、ボクノ夢、運命、切望、永遠ノ憧憬《どうけい》ダカラナンダ……」

「ヤメテヨ、モウタクサンヨ」と彼女はいった。「アナタノ先生方ガコンナトコロヲ見タラ……」

しかし彼は顔を絨毯《じゅうたん》にうつ向けて絶望的に頭を振りながら、こう答えた。

「見ラレタッテ平気ダ、カルドゥチモ、雄弁ナ共和国モ、時間ノ経過ニツレテ実現スル人類ノ進歩モ、何モカモ軽蔑《けいべつ》スル。ボクハ君ヲ愛シテイルノダカラ」

彼女は彼の後頭部の短く刈った髪を片手で軽く撫《な》でた。

「小市民サン」と彼女はいった、「小サナ浸潤個所ノアル小粋《こいき》ナ小市民サン。アナタガ私ヲソンナニ愛シテイルトイウノハ、ソレ本当？」

彼女の手にさわられて有頂天になった彼は、遂に両膝をつき、顔を仰向け、眼は閉じたままでいいつづけた。

「アア、愛トハ……。肉体、愛、死、コノ三ツノモノハ本来一ツノモノナンダ。ナゼナラ肉体ハ病気ト快楽デアリ、肉体コソ死ヲ生ゼシメルモノダカラダ。ソウダ、愛ト死トハイズレモ肉体的ナモノナンダ。ソシテ、ソコニ愛ト死トノ恐ロシサ、ソノ恐ルベキ魔力ガアルンダ。シカシ、死ハ、一方デハイカガワシイ、破廉恥《はれんち》ナ、恥ズカシクテ赤面セザルヲエナイヨウナモノデアルト同時ニ、他面マタソレハトテモ荘重デ、トテモ高尚ナ力――金ヲ儲《もう》ケテ腹鼓ヲ打チナガラオモシロガッテイル生ヨリモ遥《はる》カニ上品ナモノダ――イツモ無駄ナオシャベリバカリシテイル進歩ナドヨリモハルカニ尊敬ニ値スルモノナンダ――ツマリ、死ハ歴史デアリ、高貴デアリ、敬虔《けいけん》デ、永遠デ、神聖デ、ボクタチガ帽子ヲ脱イデ爪立チシテ歩カズニハイラレナイモノナンダカラ。……トコロデソレト同様ニ、肉体モ、肉体ニ対スル愛モ、卑猥《ひわい》デ浅マシク、肉体ハ自分自身ヲ恐レタリ恥ジタリシナガラ、ソノ表面ヲ赤クシタリ、青クシタリスル。シカシナガラ、肉体ハマタ大イニ賞讃《しょうさん》ニ値シ、尊敬スベキモノ、有機生命ノ驚クベキ形象デアリ、形ト美トノ神聖ナ奇蹟《きせき》ダ。ソシテ、コレニ対スル愛、人体ニ対スル愛ハ、ヤハリ非常ニ人文的ナ関心デアリ、世界ジュウノイカナル教育学ヨリモ教育的ナ力ナンダ。アア、スバラシイ有機的美、油絵具ヤ石ナドデ構成サレタノデハナク、生キタ腐敗性ノ物質カラ成リ、生ト腐敗トノ熱性ノ秘密ニ満チタ美ヨ。人体組織ノ驚嘆スベキ対称ヲ見タマエ、左右ノ肩、左右ノ腰、胸ノ左右ノ花ノヨウナ乳首、対ニナッテ行儀ヨク並ンダ肋骨《ろっこつ》、軟カイ腹部ノ真ン中ノ臍《へそ》、股間《こかん》ノ黒イ宝庫！　背中ノスベスベシタ皮膚ノ下デ肩胛骨《けんこうこつ》ガ動クサマヲ見ヨ、水々シイ豊満ナ二ツノ臀部《でんぶ》ニ向ッテ背骨ガ走リオリル様ヲミヨ。軀幹《くかん》カラ腋窩《えきか》ヲ通ッテ四肢ヘ走ル脈管ト神経トノ太イ枝ヲ、ソシテ、腕ノ構成ガ脚ノ構成ニ対応スルアリサマヲ見タマエ。アア、肘《ひじ》ヤヒカガミノ関節ノ内側ノ柔ラカイ部分、ソシテ、ソノ内部ノ肉ノ褥《しとね》ニ包マレタ無数ノ有機的秘密。人体ノコノ甘美ナ部分ヲ愛撫《あいぶ》スルノハ、ナントイウ歓喜ダロウカ。死ンデモ悔イノナイ喜ビ。アア、君ノ膝頭ノ皮膚ノ匂《にお》イヲ嗅《か》ガセテクレタマエ、精巧ナ関節嚢《かんせつのう》ガ滑《なめら》カナ香油ヲ分泌《ぶんぴつ》スル表面ヲ！　君ノ股《また》ノ前面ヲ脈打ッテ、ズット下方デ二本ノ脛部《けいぶ》動脈ニ分レテイル大腿部《だいたいぶ》動脈ニ、ボクノ唇ヲ敬虔ニ触レサセテクレタマエ。君ノ毛孔《けあな》ノ発散物ヲ嗅ギ、君ノ柔毛《にこげ》ヲ愛撫サセテクレタマエ。水ト蛋白質《たんぱくしつ》カラ成リ、ヤガテハ墓場デ分解スル運命ヲ持ッタ人間像ヨ、君ノ唇ニボクノ唇ヲ当テテ、僕ヲ死ナセテクレタマエ」

話し終ってからも彼は眼を閉じていた。彼は相変らずの姿勢で顔を仰向け、銀鞘《ぎんざや》の鉛筆を持った手を前に差しだし、身を震わせて大きく揺れながら跪《ひざまず》いていた。彼女がいった。

「アナタハ、トテモ深刻ナ、ドイツ式ノ口説キ方ヲ心得タ伊達者《だてしゃ》ネ」

そして彼女は紙の帽子を彼の頭にのせた。

「サヨナラ、謝肉祭ノワタシノ王子サマ。今夜ハオ熱ノ線がタイヘンヨ、予言スルワ」

そういって彼女は椅子から立ちあがり、滑《すべ》るように絨毯の上をドアに近づき、敷居のところに立って、あらわな腕の一方をあげてドアの蝶番《ちょうつがい》に手をかけ、半ば後ろを振返ってためらっていたが、やがて肩越しに低い声でいった。

「私ノ鉛筆、忘レナイデ返シニキテネ」

そして、彼女は出て行った。


（下巻につづく）

注

（数字はページ数を示す）

九九 **「人生の黄金の」云々《うんぬん》** ゲーテ『ファウスト』第一部でファウストに化けたメフィストーフェレスが新参学生に向って言うせりふ。（詩行二〇三九）。

一一〇 **筒琴弾《つつごとひ》き** 筒琴あるいは手回しオルガン。横についたハンドルを回すと音がでる。このオルガンを鳴らして道行く人の喜捨を仰ぐ乞食《こじき》。

一一三 **ミーノスとラダマンテュス** ともにギリシア伝説中の人物で、前者はクレタ島の王、死後冥界《めいかい》で裁判官になったといわれ、後者も同じくクレタ島の王で、死後ミーノスとともに冥界の裁判官になった。ともに厳正な人物。

一二四 **カルドゥチ** Giosuè Carducci（1835—1907）イタリアの詩人で、一九〇六年にはノーベル賞を受けた。

一二九 **「わたしは鳥刺し」云々** モーツァルトのオペラ『魔笛』第一幕第二場でパパゲーノがうたう歌の文句。

一三四 **フィウメ** 現在はユーゴ領の町。

一八九 **列氏** 氷点から沸騰点《ふっとうてん》までを八〇度に分けた寒暖計の単位。

二〇三 **ハパランダ** スウェーデン最北端の町。

二三五 **危篤患者《モリブンドウス》** moribundus「死につつある」「死すべき」の意のラテン語。

二五三 **ヴェンデン・スラヴ** 北ドイツのラウジッツ地方に住むスラヴ人。

二七三 **ハーメルンの笛吹き**　ドイツのハノーファー州のハーメルンの町の人々が十三世紀の末、鼠《ねずみ》の大群に悩まされた時、見知らぬ笛吹き男が笛を吹いて鼠を町から外へ誘いだしてくれたが、町の人たちが約束の礼をしなかったために、男は笛を吹いて町の子供という子供を連れだして、町近くの山の中へ姿を消してしまった。

三三〇 **マンツォーニ**　A.F.T.Manzoni (1785—1873) イタリアの劇作家・小説家。

三三一 **ブルネットー・ラティーニ**　Brunetto Latini (1210?—1294) イタリアの政治家・学者・文人でダンテの師。

四二五 「**起《た》ちて往《ゆ》け**」　キリストの言葉。ルカ伝第十七章、第十九節。

四四八 **カストルプとポルックス**　ギリシア神話で、ゼウスとレダとの間に生れた双生児。

四六五 **パルター人とスキチア人**　パルター人はパルチア地方にいた好戦的な、イラン系の民族。スキチア人は古代ギリシア人が考えていたアジアの民族。モンゴル人か？

五〇五 **ある都会人**　ローマの詩人ホラティウス。

五一九 **ポルフュリオス**　新プラトン派の哲学者、プロティノスの弟子。

五二五 **ティモテオス**　ギリシアの詩人？　パウロの弟子（新約聖書）？

五四二 **フィディアス**　紀元前五世紀のギリシア最大の彫刻家。

五四九 **童話の若者**　グリム童話の主人公、ぞっとしたという経験がなく、それを経験しようとして旅にでるが、最後に新妻から泥鰌《どじょう》の入った桶《おけ》を頭から浴びせかけられてぞっとしたという話。

五五四　**あるフランス人**　フランスの哲学者ベルグソン（Henri Bergson, 1859–1941）のこと。

五九六　**指物師の息子**　キリストのこと。

五九七　**ファーフニル**　『ニーベルンゲンの歌』で、ニーベルンゲンの宝を守る竜。

六一四　**「シラー訳のベネデトー・ツェネリ」**　イタリアの彫刻家ベンヴェヌート・チェリーニのことで、この人の自伝をゲーテが翻訳している。

六三四　**サマリア人**　強盗に遭《あ》って重傷を負った人を誰も見過して通ったが、「然《しか》るに或《あ》るサマリア人、旅して其《そ》の許《もと》にきたり、之《これ》を見て憫《あわ》れみ、近寄りて油と葡萄酒《ぶどうしゅ》とを注ぎ傷を包みて己《おの》が畜にのせ、旅舎に連れゆきて介抱し、あくる日デナリ二つを出し、主人に与えて『この人を介抱せよ。費《ついえ》もし増さば我が帰りくる時に償わん』と云《い》えり」といったキリストのたとえ話である（ルカ伝、第十章）。

六四三　**ラザロかヨブ**　「又ラザロという貧しき者あり、腫物《はれもの》にて腫れただれ、富める人の門に置かれ、その食卓より落つる物にて飽かんと思う。而《しか》して犬ども来《きた》りて其《そ》の腫物を舐《ねぶ》れり。遂《つい》にこの貧しきもの死に」云々のラザロ、ヨブは旧約聖書ヨブ記の主人公で、すべての不幸をじっと耐え忍ぶ。

六六一　**ワルプルギスの夜**　むろんゲーテの『ファウスト』への連想がある。四月三十日から五月一日にかけての夜、北ドイツのハールツ山脈中の最高峰ブロッケン山に魔女たちが集まって大騒ぎをするというドイツの俗信。

六六二　**去年祭りに加わっていた者**　祭りは九時半に終るが、亡者《もうじや》がこの世に戻れるのは午前零時から夜明けまでなので。

六六九　このあたりの詩句はすべて『ファウスト』から引用されている。

六七〇　**バウボ婆《ばあ》さん**　ゲーテの『ファウスト』の「ワルプルギスの夜」に出てくる老魔女。「バウボ婆さんがひとりでやってきた。／孕《はら》み豚に騎《の》ってやってきた」（詩行三九六二―六三）。

六七七　**ポンス**　甘い混合酒。

六七八　**魔王様**　『ファウスト』の「魔女の合唱」中の言葉（詩行三九五六―六一）。

六八四　**アクセント云々**　野心家 ehrgeizig のアクセントは本来最初のeにある。それを二番目のeのところに置いて発音したので。

本作品中には、今日の観点からみると差別的表現ととられかねない箇所が散見しますが、作品自体のもつ文学性ならびに芸術性、また訳者がすでに故人であるという事情に鑑み、原文どおりとしました。

（新潮文庫編集部）

T・マン 高橋義孝訳

トニオ・クレーゲル ヴェニスに死す

ノーベル文学賞受賞

美と倫理、感性と理性、感情と思想のように相反する二つの力の板ばさみになった芸術家の苦悩と、芸術を求める生を描く初期作品集。

ゲーテ 高橋義孝訳

ファウスト（一・二）

悪魔メフィストーフェレスと魂を賭けた契約をして、充たされた人生を体験しつくそうとするファウスト——文豪が生涯をかけた大作。

ゲーテ 高橋義孝訳

若きウェルテルの悩み

ゲーテ自身の絶望的な恋の体験を作品化した書簡体小説。許婚者のいる女性ロッテを恋したウェルテルの苦悩と煩悶を描く古典的名作。

高橋健二訳

ゲーテ詩集

人間性への深い信頼に支えられ、世界文学史上に不滅の名をとどめるゲーテの、抒情詩を中心に代表的な作品を年代順に選んだ詩集。

高橋健二編訳

ゲーテ格言集

偉大な文豪であり、人間的な魅力にもあふれるゲーテ。深い知性と愛情に裏付けられた言葉の宝庫から親しみやすい警句、格言を収集。

フルトヴェングラー 芳賀 檀訳

音と言葉

ベルリン・フィルやヴィーン・フィルでの名演奏によって今や神話的存在にまでなった大指揮者が〈音楽〉について語った感銘深い評論。

ヘッセ
高橋健二訳
春の嵐

暴走した橇と共に、少年時代の淡い恋と健康な左足とを失った時、クーンの志は音楽に向った……。幸福の意義を求める孤独な魂の歌。

ヘッセ
高橋健二訳
デミアン

主人公シンクレールが、友人デミアンや、孤独な神秘主義者の音楽家の影響を受けて、真の自己を見出していく過程を描いた代表作。

ヘッセ
高橋健二訳
車輪の下

子供の心を押しつぶす教育の車輪から逃れようとして、人生の苦難の渦に巻きこまれていくハンスに、著者の体験をこめた自伝的小説。

ヘッセ
高橋健二訳
知と愛

ナルチスによって、芸術に奉仕すべき人間であると教えられたゴルトムント。人間の最も根源的な欲求である知と愛を主題とした作品。

ヘッセ
高橋健二訳
荒野のおおかみ

複雑な魂の悩みをいだく主人公の行動に託し、機械文明の発達に幻惑されて己れを見失った同時代人を批判した、著者の自己告白の書。

ヘッセ
高橋健二訳
メルヒェン

おとなの心に純粋な子供の魂を呼びもどし、清らかな感動へと誘うヘッセの創作童話集。「アウグスツス」「アヤメ」など全8編を収録。

リルケ
高安国世訳
若き詩人への手紙・
若き女性への手紙

精神的苦悩に直面している青年に、苛酷な生活を強いられている若い女性に、孤独の詩人リルケが深い共感をこめながら送った書簡集。

富士川英郎訳
リルケ詩集

現代抒情詩の金字塔といわれる「オルフォイスへのソネット」をはじめ、二十世紀ドイツ最大の詩人リルケの独自の詩境を示す作品集。

リルケ
大山定一訳
マルテの手記

青年作家マルテをパリの町の厳しい孤独と貧しさのどん底におき、生と死の不安に苦しむその精神体験を綴る詩人リルケの魂の告白。

フロイト
高橋義孝訳
夢判断（上・下）

日常生活において無意識に抑圧されている欲求と夢との関係を分析、実例を示して詳しく解説することによって人間心理を探る名著。

フロイト
高橋義孝
下坂幸三訳
精神分析入門（上・下）

自由連想という画期的方法による精神分析の創始者がウィーン大学で行なった講義の記録。フロイト理論を理解するために絶好の手引き。

ショーペンハウアー
橋本文夫訳
幸福について
―人生論―

真の幸福とは何か？　幸福とはいずこにあるのか？　ユーモアと諷刺をまじえながら豊富な引用文でわかりやすく人生の意義を説く。

新潮文庫最新刊

西加奈子著
夜が明ける
親友同士の俺とアキ。夢を持った俺たちは希望に満ち溢れていたはずだった。苛烈な今を生きる男二人の友情と再生を描く渾身の長編。

江國香織著
ひとりでカラカサさしてゆく
大晦日の夜に集った八十代三人。思い出話に耽り、それから、猟銃で命を絶った――。人生に訪れる喪失と、前進を描く胸に迫る物語。

結城真一郎著
#真相をお話しします
日本推理作家協会賞受賞
でも、何かがおかしい。マッチングアプリ・ユーチューバー・リモート飲み会……。現代日本の裏に潜む「罠」を描くミステリ短編集。

森絵都著
あしたのことば
小学校国語教科書に掲載された「帰り道」や、書き下ろし「%」など、言葉をテーマにした9編。すべての人の心に響く珠玉の短編集。

柞刈湯葉著
幽霊を信じない理系大学生、霊媒師のバイトをする
理系大学生・豊は謎の霊媒師と出会い、奇妙な〝慰霊〟のアルバイトの日々が始まった。気鋭のSF作家による少し不思議な青春物語。

緒乃ワサビ著
天才少女は重力場で踊る
未来からのメールのせいで、世界の存在が不安定に。解決する唯一の方法は不機嫌な少女と恋をすること?! 世界を揺るがす青春小説。

Title: DER ZAUBERBERG（vol. I）
Author: Thomas Mann

魔《ま》の山《やま》（上）

新潮文庫　マ－1－2

昭和四十四年二月二十五日　発行
平成十七年六月二十五日　四十刷改版
令和　六　年　六　月二十五日　五十三刷

訳者　高《たか》橋《はし》義《よし》孝《たか》

発行者　佐藤隆信

発行所　株式会社　新潮社

郵便番号　一六二―八七一一
東京都新宿区矢来町七一
電話　編集部(〇三)三二六六―五四四〇
　　　読者係(〇三)三二六六―五一一一
https://www.shinchosha.co.jp

価格はカバーに表示してあります。

乱丁・落丁本は、ご面倒ですが小社読者係宛ご送付ください。送料小社負担にてお取替えいたします。

印刷・TOPPAN株式会社　製本・株式会社大進堂

ISBN978-4-10-202202-3 C0197